시간과 이야기 3

Temps et récit III

Le temps raconté

TEMPS ET RÉCIT III
by Paul Ricœur

Copyright © 1985 by Éditions du Seuil
Korean Translation Copyright © 2004 by Moonji Publishing Co., Ltd.
All rights reserved.

This Korean edition was published by arrangement with Éditions du Seuil
through Imprima Korea Agency.

현대의 문학 이론 40

시간과 이야기 3

이야기된 시간

폴 리쾨르 / 김한식 옮김

문학과지성사

2004

폴 리쾨르 Paul Ricœur는 1913년 프랑스의 발랑스에서 태어났다. 렌 대학과 소르본 대학에서 철학을 공부했으며, 제2차 세계대전 중에는 전쟁 포로로 1940년부터 5년간 수용소에 갇히게 되는데, 이 시기에 카를 야스퍼스의 글을 읽고 후설의 『이념들*Ideen*』을 프랑스어로 번역했다. 석방된 후에는 프랑스 국립과학연구소의 연구원으로 재직했으며, 1948년부터는 장 이폴리트의 뒤를 이어 스트라스부르 대학에서 철학사를, 그리고 1956년부터는 소르본 대학에서 일반 철학을 강의했다. 1966년에 낭테르 대학으로 옮겨 1969년에 대학장으로 선출되었지만 학생 운동의 여파로 이듬해에 학장직을 사임하고 루뱅 대학에서 3년간 철학 강의를 맡았다. 그 후 미국 대학들의 초청을 받아 예일 대학, 시카고 대학 등에서 강의하였다. 1990년대 이후 주로 프랑스에 거주하면서 활발한 사회활동과 저술활동을 펼쳤고, 2005년 사망했다.

저서는 *Philosophie de la volonté* I: *Le Volontaire et l'involontaire*(1950), *Philosophie de la volonté* II: *Finitude et culpabilité*(1960), *Histoire et vérité*(1955), *De L'interprétation: Essai sur Freud*(1965), *Le Conflit des interprétations: Essais d'herméneutique* I(1969), *La Métaphore vive*(1975), *Temps et récit* I · II · III(1983∼1985), *Du Texte l'aciton: Essais d'herméneutique* II(1986), *Soi-même comme un autre*(1990), *Lecture* I · II · III(1991∼1994), *La mémoire, l'histoire, l'oubli*(2000) 등 20여 권에 이르며, 철학과 문학, 신학, 정치학에 관한 많은 논문들이 있다.

옮긴이 김한식은 서울대학교 불어교육과와 같은 대학원 불어불문학과를 졸업하고, 프랑스 파리10대학에서 「이야기의 시학과 수사학─베르나노스의 정치평론을 중심으로」라는 논문으로 박사학위를 받았다. 현재 중앙대학교 불어불문학과 교수로 재직 중이다. 「소설의 결말에 대한 해석학적 연구」「텍스트, 욕망, 즐거움─소설의 지평구조와 카타르시스」「미메시스 해석학을 위하여」 등의 논문이 있으며, 폴 리쾨르의 『시간과 이야기』1·2권(공역), 아리스토텔레스의 『시학』(로즐린 뒤퐁록 · 장랄로 주해, 2010, 펭귄클래식코리아)을 우리말로 옮겼다.

현대의 문학 이론 40

시간과 이야기 3─ 이야기된 시간

제1판 제1쇄_2004년 3월 15일
제1판 제6쇄_2024년 3월 30일

지은이_폴 리쾨르
옮긴이_김한식
펴낸이_이광호
펴낸곳_㈜**문학과지성사**
등록번호_제1993-000098호
주소_04034 서울 마포구 잔다리로7길 18(서교동 377-20)
전화_02)338-7224
팩스_02)323-4180(편집)   02)338-7221(영업)
전자우편_moonji@moonji.com
홈페이지_www.moonji.com

ISBN 89-320-1117-6

책머리에

『시간과 이야기』 제4부의 목표는 우리의 연구를 주도하는 가설, 즉 서술적 형상화 전체에 걸쳐 작용하는 사유 활동은 시간 경험의 재형 상화를 통해 완성된다는 가설을 가능한 한 완벽하게 밝히는 것이다. 이야기 영역과 행동 영역, 그리고 삶의 영역 사이에 설정된 삼중의 재현적 관계에 대한 우리의 도식에 따르면,[1] 이러한 재형상화 능력은 미메시스의 세번째이자 마지막 계기에 해당된다.

제4부는 두 장으로 이루어져 있다. 1장에서 우리는 재형상화 능력 을 시간성의 모순——이것은 우리가 이미 아우구스티누스의 『고백록』 을 읽으면서 언급한 바 있는 명제를 일반화하는 것이다——과 대치시 키고자 한다. 『고백록』의 명제에 따르면 시간성의 현상학은 결코 아 포리아를 완전히 벗어날 수 없으며, 또한 원칙적으로 그 어떤 시간성 의 현상학도 성립될 수 없다. 여기에서 우리가 왜 시간성의 모순이라 는 길을 거쳐서 재형상화 문제로 들어가려 하는지를 해명할 필요가 있다. 우리와는 달리 인간 경험의 이차적 서술화라 부를 수 있을 재 형상화 문제에 직접적으로 접근하려는 사람은 심리학,[2] 사회학,[3] 발

---

1) 『시간과 이야기』 1권 pp. 125(번역본) 이하 참조.
2) 이 분야의 고전적 저작은 다음과 같다. 자네 P. Janet, 『기억과 시간 개념의 발달 *Le Développement de la mémoire et de la notion de temps*』, Paris: A.Chahine, 1928. 피

생인류학[4]이 제공하는 수단을 매개로, 또는 역사와 문학에 대한 소양(여기에서는 서술적 구성 요소가 지배적이기 때문이다)이 일상적인 삶, 자기와 남의 이해, 개인적이고 집단적인 행동에 미치는 영향을 추적하는 경험적 연구가 제공하는 수단을 매개로 해서, 이야기를 통한 시간 경험의 재형상화 문제에 접근할 수 있을 것이다. 하지만 그러한 연구가 평범한 관찰에 머물지 않으려면 사회-심리학적 조사와 분석이라는 방법이 사용될 수밖에 수 없었을 것이며, 이는 나의 역량을 벗어난다. 이러한 역량 부족이라는 이유 외에, 내가 어째서 이런 순서를 따를 것인지를 그 근거가 된 철학적 성찰을 통해 설명해보겠

아제 J. Piaget, 『유아의 시간 개념 발달 Le Développement de la notion de temps chez l'enfant』, Paris: PUF, 1946. 프레스 P. Fraisse, 『시간의 심리학 Psychologie du temps』, Paris: PUF, 1957(2판 1967)과 『리듬의 심리학 Psychologie du rythme』, Paris: PUF, 1974. 이 문제에 관한 최근의 동향은 다음 저작들을 참조할 수 있을 것이다. 클라우스 리글 Klaus F. Riegel(편저), 『발달심리학과 역사 The Psychology of Development and History』, New-York and London: Plenum Press, 1976. 버나드 고어맨 Bernard S. Gorman과 얼던 웨스맨 Alden Wessman(편저), 『시간의 개인적 경험 The Personal Experience of Time』, New-York and London: Plenum Press, 1977 (특히 웨스맨과 고어맨, 「인간의 시간 인식과 시간 개념의 등장 The Emergence of Human Awareness and Concepts of Time」[pp. 3~58]. 클라우스 리글, 「시간과 변화의 변증법적 해석을 향하여 Towards a Dialectical Interpretation of Time and Change」[pp. 57~108]를 참조). 심리학자와 철학자가 접근 방식에서 보여주는 관점의 차이는, 심리학자는 개인적이고 사회적인 발달 과정에서 몇몇 시간 개념들이 어떻게 나타나는가에 관심을 가지고 있는 반면, 철학자는 발달심리학에 목적론적 지침 역할을 하는 개념들이 어떤 의미를 가지고 있는가 하는 보다 근본적인 질문을 제기한다.

3) 뒤르켐 E. Durkheim, 『종교적 삶의 기초 형태 Les Formes élémentaires de la vie religieuse』, Paris: Alcan, 1912: PUF, 1968. 알바흐 M. Halbwachs, 『기억의 사회적 배경 Les Cadres sociaux de la mémoire』, Paris: Alcan, 1925와 그의 사후에 출간된 『기억과 사회 Mémoire et Société』, Paris: PUF, 1950(『집단적 기억 Mémoire collective』[Paris: PUF, 1968]이라는 제목으로 다시 출간됨). 귀르비치 G. Gurvitch, 『사회적 시간의 다양성 La Multiplicité des temps sociaux』, Paris: CDU, 1958.

4) 자콥 A. Jacob, 『시간과 언어. 말하는 주체의 구조에 관한 시론 Temps et Langage. Essai sur les structures du sujet parlant』, Paris: Armand Colin, 1967.

다. 어떤 것이 시간 경험이 될 수 있으려면 서술성을 통한 행동의 재편이 갖는 암묵적 시간 양상들을 기술하는 데 그쳐서는 안 된다. 보다 더 근본적인 측면에서, 있는 그대로의 시간이 주제화되는 경험을 규명해야 하는 것이다. 그것은 역사 기술과 서술학에 이어 시간 의식의 현상학이라는 세번째 동반자를 논쟁에 참여시키지 않고는 이루어질 수 없다. 기실 제1부 서두에서 우리가 아리스토텔레스의 『시학』에 대한 연구 전에 아우구스티누스의 시간 관념에 대한 해석을 위치시킨 것은 바로 그러한 성찰을 지침으로 삼았기 때문이다. 그때부터 이 4부의 분석은 이미 흐름이 정해져 있었던 것이다. 시간 경험의 재형상화 문제는 서술성이 인간 행동에 미치는 영향들을 더 이상 사회-심리학의 한계 속에 묶어둘 수 없다. 특히 철학적인 논의를 거쳐야 한다는 더 큰 위험을 감당할 수밖에 없으며, 그러한 논의의 쟁점은 서술적 활동이, 그 전체적인 규모에서 다시 보자면, 아우구스티누스의 시간 분석과 떼어놓을 수 없는 것으로 보였던 아포리아들에 시적 '해결책' — 물론 사변적인 해결책은 아니다 — 을 제공할 수 있는가를, 그리고 어떻게 제공할 수 있는가를 알아보는 것이다. 그렇게 되면 이야기를 통한 시간의 재형상화 문제는 시간성의 모순과 서술성의 시학을 광범위하게 대조하는 층위로 옮겨가게 된다.

그런데 이러한 진술은, 우리가 앞서 『고백록』 XI에서 얻은 가르침에 머물지 않고, 시간의 현상학은 근본적으로 모순성을 안고 있다는 주장에 대해서 그 기준이 되는 두 가지 예(例)에 비추어 검증을 시도하는 경우에만 유효하다. 그 두 가지 예는 바로 시간의 내적 의식에 대한 현상학(후설)과 시간성의 해석학적 현상학(하이데거)이다.

이렇게 해서 1장은 전체적으로 시간성의 모순을 다루게 될 것이다. 그러한 모순은 기실 특정 이야기 이론과는 무관하게 전개된 반성적이고 사변적인 사유의 결과이기 때문에, 그 자체로서 행동의 미메시스의 어느 한 단계에 귀속되는 것이 아니다. 시간의 모순에 대해 이야기 ─ 역사 이야기이건 허구 이야기이건 ─ 의 시학이 응수할 때 비로소 그 모순은 삼중의 미메시스가 형성하는 중력 공간 속으로 끌려들어가는 것이다. 그때 삼중의 미메시스는 이야기 속에서의 시간의 형상화와 이야기를 통한 시간의 형상화 사이의 문턱을 넘게 되는 것이다. 시간의 모순에 대한 이러한 이야기의 시학의 응수는, 앞에서 의도적으로 선택한 표현에 따르면, 재형상화 문제의 입구를 마련한다.

서양 장기로 비유하자면, 후에 이야기를 통한 시간의 재형상화 문제가 나아가게 될 방향은 바로 이러한 포석(布石)에 따라 설정된다. 재형상화의 철학적 위상을 결정한다는 것, 그것은 서술적 활동이 어떤 창조적 수단을 통해 시간성의 모순에 답하고 화답하는가를 검토하는 것이다. 이 점은 2장에서는 심화될 것이다.

2장의 첫 5개 절은 시간성의 모순이 드러내게 될 주요한 난점을 중점적으로 다룬다. 그것은 시간에 대한 두 관점, 즉 순수 현상학적 관점과, 쉽게 말해서 내가 우주론적이라고 부르는 상반된 관점이 서로 타협할 수 없으며, 심지어 서로를 호도하고 있다는 것이다. 문제는 그 아포리아를 해결하지는 못한다 할지라도 적어도 생산적인 것으로 만들기 위해서 이야기의 시학이 어떤 수단을 구사하는가를 알아보아야 한다는 것이다. 우리는 역사 이야기와 허구 이야기라는 두 가지 커다란 서술 양태가 각기 내세우는 대상 지시 역량, 그리고 진리 주장과 관련하여 두 이야기를 갈라놓는 불균형을 이용하여 답을 찾아갈 것이다. 기실 '실재'의 과거, 다시 말해서 실제로 일어난 과거를 지시한다고 주장하는 것은 역사 이야기뿐이며, 허구 이야기의 특성은 그 반대로 우리가 『살아 있는 은유』 7장에서 밝혔던 것과 유사한 대상 지시 양상과 진리 주장으로 규정된다. 그런데 여기서 피해갈 수 없는 가장 중요한 문제는 바로 '실재'와의 관계이다. 역사는 실제 일어난 과거와의 관계에 대한 문제 제기를 피할 수 없으며, 그와 마찬가지로, 『시간과 이야기』 1권에서 밝혔던 바와 같이, 역사에서 이야기 형태를 띤 설명과의 관계에 대한 문제 제기 역시 소홀히 할 수 없다. 하지만 실제 일어난 과거와의 관계라는 이 문제에 대해서, 피해 갈 수는 없어도, 대상 지시와 관계된 용어, 즉 프레게가 그 윤곽을 그렸던 연구 유형에 속하는 용어들과는 다른 용어로 문제를 다시 설정할 수 있다. 시간성의 아포리아와 대치하여 이와 같이 역사와 허구를 짝짓는 접근 방식이 갖는 이점은, 그것이 (허구의 '비실재적'인 실체와는 달리) '실제' 일어났던 과거에 대한 대상 지시라는 해묵은 문제를 재형상화라는 용어로 다시 설정하도록 유도한다는 사실에 있을 뿐, 그 반대는 아니다. 이처럼 문제를 재설정하는 것은, 대상 지시의 인식론적 차원을 재형상화의 해석학적 차원에 종속시킨다는 것을 나타낸다는 점에서, 어휘의 변화에만 국한되는 것은 아니다. 역사와 과거의 관계에 대한 질문은 사실상 역사와 이야기의 관계에 대한 질문과 동일한 층위의 연구에 속하지 않는다. 역사 지식의 인식론이 그 영역 속에 증언과 문서, 그리고 사료들archives에 대한 설명의 관계를 포함시켜, 그로부터 프랑수아 시미앙François Simiand의 유명한 정의, 즉 역사를 흔적에 의한 지식으로 간주하는 정의를 이끌어낼 때 역시 마찬가지이다. 그러한 정의가 어떤 의미를 갖는가 하는 질문이 제기되는 것은 이차적 층위의 성찰이다. 탐구로서의 역사는 문서를 주어진 것으로 간주하며 강조한다. 역사 이야기를 뒷받침하기로 되어 있지 않았던 과거의 흔적들을 문서의 지위로 격상시킬 때 역시 마찬가지이다. 문서를 만들어내는 것은 여전히 인식론적 문제이다. 그런데 탐구의 목표가 무엇을 의미하는가라는 질문을 제기하게 되면 사정은 전혀 달라진다. 그 목표에 따라 역사는 문서를 만들어내면서 — 만들어낸다는 말이 갖는 이중의 의미에서 — '실제로' 일어난 사건들과 연관된다고 스스로 의식하는 것이다. 문서는 바로 이러한 의식을 통해 흔적이 되는 것이다. 때가 되면 보다 분명하게 설명하겠지만, 흔적이란 존재했으나 더 이상 존재하지 않는 것의 잔해이자 기호이다. 역사가는 문서에 근거를 두는 동시에 어떤 **존재론적 목표**에 따라 존재했으나 더 이상 존재하지 않는 것에 이르고자 한다. 그러한 존재론적 목표의 의미를 해석하는 것이 바로 해석학의 임무다. 이것을 보다 친숙한 어휘로 표현하자면, 역사가 자기 이야기를 구성할 때 과거에 일어난 어떤 것을 재구성한다는 주장을 어떻게 해석할 것인가? 무엇이 구성을 재구성으로 생각하게끔 하는가? 우리는 바로 이러한 질문을 허구적 실체의 '비실재성'에 관한 질문과 교차시킴으로써 서술 행위에서 '실재성'과 '비실재성'의 문제를 동시에 진척시킬 수 있다고 생각한다. 『시간과 이야기』 1부 끝에서 예고되었던 대로, 독서를 통해 이루어지는 텍스트 세계와 독자 세계의 중재는 이러한 틀 속에서 검토될 것이라고 말할 수 있을 것이다. 우리가 특히 허구의 측면에서 역사적 '실재'라 부르는 것에 부여할 수 있는 진정한 위상을 모색하는 것 역시 이러한 궤도 위에서다. 성찰이 그러한 단계에 이르게 되면 『살아 있는 은유』에서까지도 그대로 보존되었던 대상 지시의 언어를 결정적으로 넘어서게 된다. '실재'와 '비실재'의 해석학은 분석철학이 대상 지시의 문제에 부여했던 틀을 벗어나는 것이다.

그렇다면 이어지는 5개 절의 쟁점은, 『시간과 이야기』 1권에서는 그래도 역사와 허구의 교차 대상 지시라고 불렀던 것, 즉 이야기를 통한 시간의 재형상화에서 우리가 유일한 것은 아니지만 가장 중요한 쟁점으로 간주하는 작업에 정당한 권리를 인정할 수 있도록 역사와 허구가 각기 겨냥하고 있는 존재론적 목표들 사이의 괴리를 점진적으로 줄여나가는 일이 될 것이다.[5] 나는 이 책 2장의 서론에서, 두 가지 커다란 서술 양태들이 각기 겨냥하고 있는 존재론적 목표들 사이의 가장 큰 괴리로부터 시간을 구체적으로 재형상화하는 작업을

---

5) 『시간과 이야기』 1권, pp. 168~71(번역본).

통해 그 둘이 긴밀하게 융합되는 과정으로 나아가도록 이어지는 전략에 합리적 근거를 부여할 것이다. 여기서는, 실제로 각기 역사(1절과 3절)와 허구(2절과 4절)를 다루고 있는 장들을 서로 엇갈리게 함으로써, 이른바 교차 대상 지시의 문제(5절)에 대한 해결책이 점차 마련될 것이라는 점만을 지적해두겠다.

마지막 두 개 절에서는 시간에 대한 현상학적 관점과 우주론적 관점 사이의 불협화음의 아포리아보다 더 다루기 힘든 아포리아, 다시 말해서 시간의 단일성의 아포리아에 의해 야기된 문제를 확장시킬 것이다. 기실 칸트 이래 모든 현상학은 시간이 어떤 단수 집합명사 singulier collectif라는 것에는 동의하고 있으나, 그러한 공리를 현상학적으로 해석하는 데 성공했다고 말할 수는 없을 것이다. 그렇다면 헤겔이 처음 제기한 역사의 **전체화** 문제가, 이야기에서는 시간의 단일성의 아포리아에 대응하지 않는가를 알아보아야 할 것이다. 우리의 연구가 이 단계에 이르면 역사histoire라는 용어는, 역사적 양태이든 허구적 양태이든, 이야기된 스토리histoire뿐만 아니라 인간이 만들고 겪는 역사histoire도 포괄하게 될 것이다. 이러한 질문과 더불어 역사 의식의 존재론적 목표에 적용된 해석학의 영역은 최대한으로 확장될 것이다. 그 해석학은 『시간과 이야기』 1권 2부[6]에서 말한 역사적 지향성의 분석을 이어가면서, 동시에 결정적으로 넘어서게 될 것이다. 문제의 분석에서는 여전히 인식 과정으로서의 역사적 '탐구'가 겨냥하는 목표를 대상으로 했던 것이다. 역사의 전체화 문제는 역사 의식 — 역사를 만든다는 의식과 역사에 속한다는 의식이라는 이중의 의미에서 — 과 관련된다.

이야기를 통한 시간의 재형상화는, 넓은 의미에서 역사의 전체화 문제가 역사 기술과 허구 이야기에 의해 함께 수행되는 시간의 재형

---

6) 같은 책, pp. 171~80(번역본).

상화 문제와 결합될 때 완성될 것이다.

『시간과 이야기』전 세 권에 걸쳐 이어져온 분석들을 전체적으로 다시 읽어본 후, 다음과 같이 지극히 조심스러운 질문을 던지게 된다. 시간에 관한 현상학적 관점과 우주론적 관점의 갈등을 검토함으로써, 그리고 시간의 단일성 공리에 대한 현상학적 해석을 추가적으로 검토함으로써, 우리는 시간의 모순을 완전히 규명할 수 있을 것인가? 특별히 분석의 대상으로 다루지는 않았지만, 앞에 말한 두 가지 아포리아보다 더 깊이 숨어 있는 또 다른 시간의 아포리아가 여러 번 따라나오지 않았던가? 그리고 그 아포리아는, 최종적으로 시간의 모순과 이야기의 시학을 대조하지 않고는 알아차릴 수 없을, 서술성의 내·외적 한계를 가리키는 것이 아닌가? 후기 형식의 결론에서 이러한 조심스러운 질문이 검토될 것이다.

옮긴이의 말

창밖으로 가을 산과 맞닿은 하늘이 보인다. 하늘이 있기에 산이 보이고 산이 있기에 하늘의 지평이 그려진다. 숲 사이로 가느다란 오솔길이 있을 것이며, 그 길 위에선 내가 보지 못하는 또 다른 풍경이 펼쳐질 것이다. 새들은 떼지어 어디론가 날아가고 구름도 꼬리를 끌며 산 너머로 사라진다. 산 너머 저쪽에는 또 다른 하늘이 감추어져 있을 것이다. 그 너머 하늘과 또 그 너머 하늘…… 어딘가에는 하늘과 땅이 서로 살을 섞어 하늘이 땅이고 땅이 하늘일 것이다. 갈 수도 볼 수도 없고, 가서도 보아서도 안 되는 곳. 보는 나를 나는 보지 못하나, 보는 나가 없다면 보이는 것도 없다. 보이는 것 속에는 보이지 않는 것이 있고, 보이지 않는 것이 있기에 보이는 것이 있다. 풍경은 그렇게 말없이, 하나의 텍스트가 되어 나에게 말을 건넨다.

예전에 읽었던 작품을 다시 읽을 때, 같은 작품이라도 다른 모습과 의미로 나타난다. 또 같은 작품이라도 읽는 이에 따라서 다른 의미로 나타난다. 텍스트가 변할 리는 없을 테고, 내가 달라졌고 나의 바라봄이 남의 바라봄과 다른 것일 텐데, 작품의 의미는 어떻게 생겨나며 그 너머에는 무엇이 있는가? 작품의 의미는 찾아가는 것인가, 주어지는 것인가? 구조가 의미를 결정하고 텍스트는 텍스트에 대해서만 말한다는 구조주의 문학 이론은 그때 명쾌한 논리로 다가온다. 마치

'구조'라는 용어가 확실한 버팀목이 되어 예술적 심미안의 부족을 메워주기라도 하듯이. 하지만 물음은 사라진 것이 아니다. 텍스트의 구조를 통해 텍스트를 설명할 수는 있지만, 텍스트 너머에 있는 그 무엇, 보이는 것 뒤에 숨은 보이지 않는 것은 나를 부르며 손짓하고, 구조 속으로 다가갈수록 의미의 지평은 저 너머로 물러선다. 전망 속에는 보이지 않는 심연이 자리잡고, 욕망은 모호한 대상을 향해 꿈틀거린다. 나를 감싼 세계의 주름이 깊어질수록 나의 사유의 주름도 깊어만 간다. 눈에 보이는 사물의 뜻이 말뜻과 얽히고 말뜻은 다시 삶의 뜻과 얽혀서 지평은 새로 열리고 텍스트의 의미는 매순간 새롭게 드러난다. 문학이 보여주는 현실은 객관적인 세계의 현실이 아니라 체험된 삶의 현실이고, 삶의 뜻과 말뜻은 하나는 아니지만 말의 뜻을 통하지 않고는 드러날 수 없는 것. .

주체와 세계 그리고 언어의 뒤얽힘에 곤혹스러워하던 상황에서, 어설프지만 절실했던 이런 물음들을 안고 리쾨르와 만나게 되었다. 프랑스에서 박사학위를 취득하고 귀국한 직후인 1995년부터 『시간과 이야기』 번역을 시작했지만, 번역을 모두 끝낸 지금도 나는 그러한 물음들에서 벗어났다는 느낌은 별로 없다. 오히려 물음들이 더욱 많아지고 깊어졌을 뿐이다. 문학은 과연 어떤 방식으로 삶과 관계를 맺는가? 새로운 지평이 열릴수록 전망은 더욱 멀게만 느껴진다. 역사와 철학 그리고 문학이 어우러진 이 거대한 산맥 속에서 과연 제대로 길을 찾아가고는 있는 것인가? 아우구스티누스에서 칸트와 후설을 거쳐 하이데거에 이르기까지, 번역을 통해 에둘러왔던 거대한 철학의 봉우리들이 나에게는 아직도 어슴푸레하고 흐릿하게만 보인다. 그것이 구름 속에 가려져 있다는 것은 아니다. 내가 구름이 되어 산을 넘어가지 못할 따름이다. 산이 높아도 구름은 거칠 것이 없다는데(山高雲不碍)…… 어쨌든 리쾨르를 통해 세계와 나 자신을 들여다보는 법을 새로 배웠다는 것을 위안으로 삼는다. 이를테면 리쾨르가 나에겐 세상을 보는 렌즈가 된 셈인데, 그 어질어질한 렌즈를 끼고 문사철(文史哲)이 어우러진 숲을 헤매는 일에도 이젠 제법 익숙해진 느낌이다. 하지만 과연 내가 보려고 하는 것은 무엇이고 렌즈 바깥의 흐릿한 풍경은 또 무엇인가? 리쾨르를 길잡이 삼아 내가 따라가려고 하는 곳은 어디이며, 거기서 무엇을 볼 수 있을 것인가?

리쾨르는 해석의 갈등이라는 열쇠말을 중심으로 이루어지는 자신의 열린 해석학이, 서로 갈등하는 다양한 해석들이 함께 모여 어우러지는, 일종의 오디세이로 간주될 수 있을까라는 리처드 커니의 물음에 이렇게 답한 바 있다. "오디세이가 일주를 마치고 자신의 이타카에 돌아올 때 대학살과 파괴가 있었다. 내가 보기에는, 철학의 임무는 원을 닫고 지식을 중심화하거나 총체화하는 것이 아니라 담론의 환원 불가능한 복수성을 계속해서 열어놓는 것이다." 요즘 책 제목에 오디세이를 붙이는 것이 유행이다. 하기야 그 누가 행복한 귀향을 꿈꾸지 않겠는가? (하지만 그 이면에는 그만큼 대학살과 파괴가 있을지도 모른다.) 쿤데라의 말처럼 향수는 부재(不在)로 인한 고통인데, 때로는 향수 자체가 삶을 살아가는 이유가 되기도 한다. 돌아갈 곳에 대한 그리움이 있다면 삶은 견딜 만한 것이 된다. 물론 그때는 고향으로 돌아가는 것이 오히려 고통이 될 수도 있겠지만. 번역 곳곳에 묻어 있는 시간의 흔적들이 이제는 감싸안아야 할 고통으로 다가온다. 있었던 것이 없었던 것이 될 수는 없으며, 거쳐온 길을 되돌아갈 수도 없다. 무엇을 하나 남긴다는 것은 이처럼 초라한 등짐을 하나씩 지고 영원한 이타카로 돌아간다는 것이리라.

『시간과 이야기』 2권의 번역에서 1권과 2권의 내용을 해제로 다루었고, 이번 3권에도 해제를 붙였다. 사실 해제라는 것 자체가 나 나름대로의 해석이기에 편협할 수도 있고, 그래서 책을 읽는 독자의 즐거움을 훼손시킬 수도 있을 것이다. 그럼에도 불구하고 한편으로는 나

스스로 이해한 바를 정리하고 싶은 욕심에서, 다른 한편으로는 리쾨르라는 거대한 숲에 들어서는 독자를 위해 약간의 이정표를 세우고자, 다소 긴 분량의 해제를 붙이게 되었다. 어쩌면 번역의 부족함을 메워보려는 불순한 의도도 있을 것이다. 하지만 번역이란 직역과 곡역이 맞닿아 있는 칼날 같은 능선을 따라 올라가는 것, 게으름이든 실수든 어차피 생채기는 번역된 글 속에 흉터로 남아 있을 것이다.

번역을 하면서 어려웠던 점 가운데 하나는 역시 용어 문제였다. 특히 후설이나 하이데거 부분은 우리말로 번역된 책에서 많은 도움을 받았으나 때로는 용어들이 난삽하여 그 뜻이 제대로 전달되지 못하고 있다는 느낌도 있었다. 그리고 오랜 시간에 걸쳐 번역을 하다 보니 같은 용어에 대한 우리말 역어가 3권에서는 달라지는 경우도 있었다. 예를 들어 1, 2권에서는 'énonciation'을 '언술 행위'로 번역했으나 3권에서는 '발화 행위'로, 또 하이데거의 용어인 'intra-temporalité'도 '내적 시간성'에서 '시간 내부성'으로 바꾸었다. 일관성의 문제가 제기될 수 있겠으나, 보다 나은 우리말 역어를 찾기 위한 노력으로 이해되기를 바란다. 2004년 『시간과 이야기』 3권이 처음 나오고 이번 2쇄가 나오기까지 7년여의 시간이 흘렀고, 그사이 2005년 리쾨르도 서거했다. 저자 소개 등의 정보를 바꾸는 것 외에도 번역 용어들을 다시 한 번 손보고 싶었지만, 그것은 1·2권을 포함하여 전체 세 권을 함께 검토해야 하는 작업이기 때문에 아쉽지만 다음 기회로 미루었다. 번역을 위해 주로 참고한 책은 후설의 『시간의식』(이종훈 옮김, 한길사), 하이데거의 『존재와 시간』(이기상 옮김, 까치) 등이다. 오랜 작업을 끝낼 수 있도록 격려해준 이들, 원고를 읽어준 나의 아내, 그리고 책이 나올 수 있도록 도와준 문학과지성사 여러분에게 감사드린다.

2011년 4월
김한식

차례

제4부 이야기된 시간

일러두기

1. 이 책은 폴 리쾨르의 『시간과 이야기 *Temps et Récit*』(Seuil, 1985) 제3권을 완역한 것이다. 본문의 원주는 아라비아 숫자로, 옮긴이 주는 〔……: 옮긴이〕로 본문 내에 표기한다.

2. 본문에 나오는 그리스어, 라틴어, 영어, 독일어 등의 번역은 혼동의 우려가 있으므로 프랑스어 발음대로 표기하지 않고 관례를 따라 원래의 표기를 사용한다. 다만 각주에서의 인명은 일반적으로 잘 알려진 인물을 제외하고는 원어를 그대로 표기함을 원칙으로 한다.

3. 원서에서 이탤릭체로 강조된 부분은 고딕체로, 《 》로 강조된 부분과 강조하는 말은 ' '로, 인용문은 " "로 표기함을 원칙으로 한다.

4. 본문에 나오는 원서명은 반복해서 언급되는 경우에 원서에 준하여 축약해서 표기한다. 예를 들면 「1770년 논고」는 「논고」로, 「초월적 감성론」은 「감성론」으로, 「선험적 분석론」은 「분석론」으로, 『내적 시간 의식의 현상학을 위한 강의』는 『강의』로, 『순수이성비판』은 『비판』으로 적는다.

제4부

이야기된 시간

제1장
시간성의 모순

나는 이 마지막 4부를 시간의 현상학, 즉 미메시스 Ⅲ에 관한 설명에서 언급했던 대로 역사 기술과 허구 이야기에 이은 삼각 대화의 세 번째 파트너에 대한 입장을 표명함으로써 시작하려 한다.[1] 가장 넓은 의미로 이해된 서술적 구성은 시간에 관한 사변의 모순적 특성에 응수한다는 논제가 우리 연구의 토대를 이루고 있는 이상, 이는 피할 수 없는 일이다. 앞에서 언급한 아우구스티누스의 『고백록』 XI의 예 하나만으로는 그 특성이 충분히 규정되지 않았다. 게다가 그때는 아우구스티누스의 소중한 발견, 즉 시간의 화음과 불협화음의 구조를 통해 무엇보다도 1부의 중심 논거를 뒷받침하느라, 그 발견의 대가(代價)인 아포리아들을 가늠할 여유가 없었다.

여기서 우리는 아우구스티누스의 시간 개념이 갖는 아포리아를 강조한 후, 그를 계승한 몇몇 연구자들에게서 부각되는 시간의 아포리아들을 소개할 것이다. 이것이 그의 위대한 발견을 부정하는 것은 아

---

1) 『시간과 이야기』 1권 pp. 147~188(번역본) 참조. 시간의 모순성과 이야기의 시학 사이의 관계에 대해 앞에서 말한 것을 새삼 환기시킬 필요가 있을까? 후자가 당연히 미메시스의 순환에 속한다면, 전자는 반성적이고 사변적인 자율적 사유의 소관이다. 그러나 전자가 질문을 만들고 시학이 그에 어떤 대답을 한다는 점에서, 시간의 모순성과 이야기의 재현성 사이에는 질문과 대답의 논리에 의해 어떤 특권적인 관계가 설정된다.

.니다. 반대로 시간성의 현상학이 거둔 모든 발전은, 커져가는 모순성으로 말미암아 매번 더 비싸지는 값을 그 대가로 치러야 한다는, 시간론의 매우 기이한 그 특징을 첫 실례를 들어 강조하는 것이다. 유일하게 순수 현상학의 권리를 당연한 듯 요구하는 후설의 현상학 역시 이 당혹스런 법칙을 확인해줄 것이다. 하이데거의 해석학적 현상학 또한, 시간의 내적 의식의 현상학과는 심층적으로 단절되어 있음에도 불구하고, 그 규칙을 벗어나지는 못한다. 그는 앞선 두 저명한 선구자들이 겪는 어려움에 자기만의 어려움을 덧붙이게 된다.

1. 정신의 시간과 세계의 시간
— 아우구스티누스와 아리스토텔레스의 논쟁

아우구스티누스 이론의 가장 큰 실패는, 시간의 우주론에 비하여 시간의 심리학이 상당히 발전된 것임이 부인할 수 없는 사실임에도 불구하고 우주론적 개념을 심리학적 개념으로 대치시키지 못했다는 것이다. 엄밀히 말해서 아포리아는 심리학이 합법적으로 우주론에 가세한다는 데 있다. 물론 이때 심리학이 우주론을 밀어내지는 못하며, 또한 두 가지를 떼어놓을 경우 그 사이의 극심한 불화에 대해서 어느 한쪽도 만족스러운 해결책을 제시할 수 없다.[2] 아우구스티누스는 아리스토텔레스의 사유 체계가 미해결로 남겨둔 문제, 즉 정신과 시간의 관계라는 문제에 대해 지속적인 해결책을 마련하면서, 아리스토텔레스의 핵심 이론, 즉 시간보다 운동이 우선한다는 이론을 반박하지 않았다. 그런데 아리스토텔레스 이후로 펼쳐지는 우주론적

---

2) 후설과 하이데거가 이룩한 시간현상학의 발전은, 아우구스티누스의 분석에 더 깊이 감추어진 다른 결점들을 드러낼 것이며, 그 해결책은 이번에는 더 심각한 아포리아들을 불러올 것이다.

전통에 따르면, 시간은 우리의 경계를 그려내고 우리를 감싸고 우리를 지배하지만, 정신은 그러한 결과를 만들어낼 힘이 없다. 정신의 긴장과 이완 사이의 변증법 그것만으로 시간의 이 거역할 수 없는 특성을 만들어내기에는 역부족이며, 역설적으로 그것은 이 특성을 감추는 데 기여하기까지 한다는 것이 나의 확신이다.

아우구스티누스가 실패한 순간은 바로 그가 정신의 이완이라는 그 하나로부터 시간의 연장(延長)extension과 측정 원리까지 끌어내려 한 순간이다. 이 점에서 우리는 측정이 시간의 진정한 속성이라는 확신을 흔들림 없이 지킴으로써 후에 베르그송의 『의식의 직접 소여에 관한 시론』에서 전제가 되는 학설, 즉 시간은 기이하고 애매하게 공간에 감염됨으로써 측정할 수 있게 된다는 논제의 빌미를 제공하지 않았다는 데 대해서 아우구스티누스에게 경의를 표해야 한다. 고전 수사학자라면 익히 음절의 장단을 비교할 수 있는 것과 마찬가지로, 아우구스티누스에게도 시간이 날수와 햇수로 나누어진다는 것은 시간 자체의 속성을 지칭하는 것이다.[3] 정신의 이완은 바로 시간을 측정할 수 있는 가능성인 것이다. 따라서 아우구스티누스가 우주론적 논제를 반박하는 부분은 그의 정교한 추론 과정에서 핵심을 벗어나는 곳이 아니라, 오히려 없어서는 안 될 추론의 한 고리를 이룬다. 그런데 문제는 그러한 반론이 처음부터 길을 잘못 들어섰다는 것이다. "나는 언젠가 어떤 학자에게서 해와 달의 운동이 바로 시간 그 자체라는 말을 들었다. 하지만 나는 그 말에 동의하지 않는다"(『고백록』 XI, 23, 29).[4] 하늘을 떠다니는 두 천체의 원운동을 시간과 단순하게

---

3) 서술적 이해력을 통해 배우게 될 시간론 또한 측정할 수 있는 시간에 만족할 수는 없다 하더라도, 이를 도외시할 수도 없다는 것을 후에 보게 될 것이다.

4) 여기서 말하는 "학자"가 누구인가에 대한 다양한 견해들은, Meijering의 저술(『시간과 이야기』 1권 p. 28, 각주 1〔번역본〕에서 인용), J. F. Callahan, "카에사레아의 바실레이오스〔바실레이오스Basileios(330~379)는 오늘날 터키의 중부 도시 카파

동일시함으로써 아우구스티누스는 시간은 운동 그 자체가 아니라 "운동의 어떤 것(ti tès kinèséôs, 『물리학 *Physique*』 Ⅳ, 11, 219 a 10)"이라는 보다 정교한 아리스토텔레스의 논제를 지나쳐버린 것이다. 그와 동시에 시간의 연장에 관한 원리를 정신의 이완에서 찾을 수밖에 없게 되어버렸다. 그런데 모든 문제를 해결해주는 것 같았던 이 추론은 이내 흔들리게 된다. 추론의 가설은 모든 운동, 즉 옹기장이의 몸놀림이나 사람 목소리의 움직임과 마찬가지로 태양의 운동도 변할 수 있고, 따라서 빨라지기도 하고 느려지기도 하며, 게다가 멈출 수도 있지만, 시간 간격은 변하지 않는다는 것이다. 그런데 그러한 가설은 천체의 운행은 절대 변하지 않는다고 생각했던 그리스 사람들뿐만 아니라, 태양 주위를 도는 지구의 운동이 절대적으로 규칙적이지는 않다는 것을 알고 있으며 절대 시계 horloge absolue를 찾는 일은 아직 요원한 오늘날의 우리들에게도 생각할 수 없는 것이다. 월 · 년의 달력 계산에서 고정된 단위로서의 '하루'라는 개념에 대해 과학이 끊임없이 수정을 해왔다는 사실 자체는 절대적으로 규칙적인 운동을 찾는 것이 모든 시간 측정을 여전히 주도하는 관념임을 여실히 보여준다. '하루'의 길이가 태양의 운동에 의해 측정되지 않는다 하더라도, 하루는 여전히 우리가 하루라고 부르는 것으로 남아 있으리라는 추론이 무조건 참일 수 없는 것도 그 때문이다.

  아우구스티누스는 분명 시간 간격을 측정하기 위해서 운동을 전혀 참조하지 않을 수는 없었다. 하지만 그는 운동을 참조하면서도 그 모든 구성적 역할을 박탈하고 순전히 실용적 기능으로 축소시키려 노

도키아에 해당하는 카에사레아 Caesarea의 주교로서 고전 수사학에 능하였고 서한집 등을 통해 기독교 교회의 가르침에 많은 영향을 미쳤다: 옮긴이]. 성 아우구스티누스의 시간론을 위한 새로운 근원 Basil of Caesarea, A New Source for St. Augustine's Theory of Time," Harvard Studies in Classical Philology, n° 63, 1958, pp. 437~54. 그리고 A. Solignac의 저술(『시간과 이야기』 1권, p. 28, 각주 1에서 인용) "보주(補註)" n° 18, p. 586 참조.

력했다. 즉 「창세기」에서처럼 천체는 시간과 날수와 햇수를 나타내는 조명(照明)에 지나지 않는다(『고백록』 XI, 23, 29). 물론 움직이는 물체가 출발하고 도착하는 장소를 표시하지 notare 않는다면 언제 운동이 시작되고 끝나는지를 말할 수 없다. 그러나 아우구스티누스도 지적했듯이, 물체가 한 지점에서 다른 한 지점으로 운동하는 데 '얼마의 시간'이 걸렸는가의 문제에 대한 답은 운동 그 자체를 고려한다고 해서 찾을 수 없는 것이다. 결국 시간이 운동으로부터 빌려오는 '표시'를 통한 추론이 갑자기 멈추고 만다. 아우구스티누스가 그로부터 얻어낸 가르침은 바로 시간은 운동과는 다른 어떤 것이라는 사실이다. "시간은 따라서 물체의 운동이 아니다"(XI, 24, 31). 아리스토텔레스도 같은 결론을 이끌어냈을 테지만, 그것은 그의 핵심 추론, 즉 시간이 운동은 아니지만 운동의 어떤 것이라는 추론의 부정적 측면을 이루었을 것이다. 하지만 아우구스티누스는 자기 추론의 이면을 볼 수 없었다. 시간은 그저 해와 달 그리고 천체의 운동과 같은 것이라는 전혀 짜임새 없는 논제를 반박하는 데만 몰두했기 때문이다.

그때부터 아우구스티누스는 기다림과 기억에서 시간 고유의 측정 원리를 찾아야만 하는 불가능한 내기를 걸지 않을 수 없게 된다. 결국 기다리던 일이 다가오면 기다림은 줄어들고 기억에 남아 있던 일이 멀어져가면 기억이 늘어난다고, 그리고 내가 시를 암송할 때 현재를 거쳐감으로써 과거는 양이 늘어나고 미래는 줄어들게 된다고 말하게 된다. 그렇다면 아우구스티누스에게 무엇이 늘어나고 무엇이 줄어드는가, 그리고 어떤 고정된 다양한 시간 길이들을 비교할 수 있게 하는가를 묻지 않을 수 없다.[5]

---

5) 아우구스티누스는 그 두 가지 질문에 하나의 답만을 제시한다. 내가 긴 음절과 짧은 음절들을 놓고 비교할 때, "내가 측정하는 것은 (따라서) 그 음절 자체, 즉 이미 존재하지 않는 음절이 아니라 내 기억 속에 있는 어떤 것, 거기서 움직이지 않은 채로 머물러 있는 어떤 것이다"(quod infixum manet, XI, 27, 35). 이와 동시에

하지만 불행히도, 이어지는 시간 길이들을 어떻게 비교할 수 있는가 하는 난점은 해결된 것이 아니라 한 걸음 뒤로 물러섰을 뿐이다. 정신 속에 머물러 있다고 상정되는 이 인상들에 다가갈 수 있는 직접적인 통로가 어떤 것인지 알 수 없고, 더욱이 천체의 운동에서 더 이상 얻을 수 없게 된 고정된 비교 척도를 그 인상들이 어떻게 제공할 수 있는지도 알 수 없다.

시간의 측정 원리를 단지 정신의 이완에서 이끌어내려 한 아우구스티누스의 실패는 우리로 하여금 시간의 문제를 그 다른 극단인 자연, 우주, 세계(나중에는 구분하겠지만 지금은 잠정적으로 이 말들을 같은 뜻으로 간주한다. 이는 우리가 당분간은 영혼, 정신, 의식이라고 구별없이 부르고 있는 그 반대말의 경우도 마찬가지다)의 측면에서 접근하게끔 한다. 나중에 우리는 시간의 문제에 접근할 수 있는 두 통로, 즉 정신의 측면과 세계의 측면이라는 통로가 자유롭게 열려져 있다는 사실이 서술 이론에 얼마나 중요한지를 보여주게 될 것이다. 이야기하는 행위가 다양한 방식으로 대응하고 있는 시간성의 아포리아란, 엄밀히 말해서 정신의 시간과 세계의 시간이라는 사슬의 양끝을 붙잡아야 한다는 어려움에 있다. 더 이상 갈 수 없는 가장 깊은 곳까지 파고들어, 심리적 시간론과 우주론적 시간론은 서로 얽혀 있는 만큼이나 서로 은폐하고 있다는 사실을 고백해야 하는 것도 그 때문이다.

아우구스티누스의 분석이 등한시하고 있는 세계의 시간을 등장시키기 위해서 아리스토텔레스의 말을 살펴보자. 그리고 아리스토텔레

고정된 단위라는 개념이 암묵적으로 상정된다. "그 일들이 지나가며 네 속(나의 정신)에 만든 인상affectionem은, 그 일들이 지나간 후에도 거기에 머물러 있으며 manet, 내가 측정하는 것은 지나가면서 인상을 남긴 일들이 아니라, 바로 현재 남아 있는 그 인상이다"(같은 책, p. 36).

스의 말 뒤에서, 자신[원문에는 Stagirite로 되어 있는데, 아리스토텔레
스가 태어난 고향이 Stagire로서 그 지방 사람을 가리키는 Stagirite는 아
리스토텔레스의 별명이다: 옮긴이]도 그 뜻을 완전히 파악하지 못하고
있는 더 오래된 말들이 울려퍼지는 것을 들어보자.

　아리스토텔레스는 세 단계로 이루어진 추론을 통해 『물리학』 IV
219 a 34~35에서 시간에 대한 정의에 이르게 되는데, 이를 차례로
따라가볼 필요가 있다.[6] 그 추론의 가정은, 시간은 운동과 관계는 있
지만 섞이지는 않는다는 것이다. 그럼으로써 시간에 관한 논의는 여
전히 『물리학』에 닻을 내리고 있고, 따라서 시간은 그 근원성에도 불
구하고 '원리'의 지위, 그러니까 국지적인 운동을 포함하여 변화만이
누릴 수 있는 권위에까지 올라가지 못한다.[7] 시간에 대한 운동의 우
위를 훼손시키지 않으려는 고심의 흔적은 『물리학』 II의 첫부분에 나
오는 자연 Nature의 정의에서도 드러난다. "자연은 삼라만상의 운동
과 휴식의 원리 arkhè이자 원인 aitia이며, 우발적이 아니라 본질적으
로 삼라만상 속에 직접 살고 있다"(192 b 21~23).

---

6) 내가 취하고 있는 Paul F. Conen의 해석(『아리스토텔레스의 시간론 *Die Zeittheorie
des Aristoteles*』, München: C. H. Beck'sche Verlagsbuchhandlung, 1964)에 따르면 시
간론의 핵심은 바로 218 b 9에서 219 b 2에 이르는 짤막한 논의이며, 이것을 바탕
으로 세 번에 걸친 일련의 짧은 논의들을 통해 형성된다. 중심 추론과 약간 느슨하
게 연결된 이 논의들은 아리스토텔레스 학파 안에서나 그 시대 학자들이 토론을
벌였던 문제에 답하고 있다. 즉, 영혼과 시간의 관계에 대한 문제, 순간의 문제가
이 부차적 논의에 포함되는 것이다. Victor Goldschmidt은 언제나 그렇듯이 세심하
고 명쾌한 연구 ──『아리스토텔레스에게서 물리적 시간과 비극적 시간 *Temps
physique et Temps tragique chez Aristote*』(Paris: J. Vrin, 1982)── 에서 시간의 정의
를 벗어나지 않으면서도 그 정의에 잇따른 분석들을 보다 견고하게 연결하려고 한
다. 그렇지만 순간의 문제는 별도로 강조하고 있다. 때가 오면 우리는 대가의 풍모
를 보여주는 이 부분에 담긴 생각들을 최대한 고려할 것이다. 『물리학』 IV는 Victor
Goldschmidt의 번역을, 『물리학』의 다른 부분은 H. Carteron(Paris: Les Belles
Lettres, 2판, 1952)의 번역을 인용할 것이다.

7) 『물리학』 III, pp. 1~3.

아리스토텔레스는 이미 아우구스티누스에 앞서 시간은 운동이 아니다(218 b 21~219 a 10)[8]라고 말한 것이다. 변화(운동)는 매번 변하는(움직인) 것 속에 있는 데 비해, 시간은 어디에나 그리고 모든 것에 똑같이 있다. 변화는 느리거나 빠를 수 있는 데 비해, 시간은 속도를 포함할 수 없다. 만일 시간이 속도를 포함한다면, 속도는 다시 시간을 끌어들이기 때문에, 시간이 바로 시간 자체에 의해 정의되는 일이 생길 수 있기 때문이다.

반면 운동 없이 시간이 있을 수 없다고 말함으로써, 정신의 이완만을 토대로 삼아 시간을 측정하려는 아우구스티누스의 바람을 무너뜨리고 있는 추론은 주목할 가치가 있다. 아리스토텔레스의 말에 따르면, 우리는 운동과 시간을 다같이 지각한다. 〔……〕 그리고 거꾸로 어떤 일정한 시간이 흘렀다고 보일 때, 어떤 운동 또한 다같이 일어난 것처럼 보인다"(219 a 3~7). 이 추론의 주안점은 지각하고 구분하는 사유의 활동, 보다 일반적으로 말해서 시간 의식의 주관적 조건이 아니다. 여기서 역점은 운동이란 용어에 있다. 운동을 지각하지 않고서는 시간을 지각할 수 없다면, 시간 그 자체의 존재도 운동의 존재 없이는 있을 수 없다는 것이다. 전체 추론의 첫 단계 결론이 이것을 확인한다. "그러므로 시간은 움직임도 아니지만, 움직임이 없는 것도 아니다. 명백한 사실은 바로 그것이다"(219 a 2).

이처럼 시간이 변화(운동)에 딸려 있다는 사실은 말하자면 기본적 현상이며, 이제부터의 과제는 정신의 이완을 어떤 식으로든 이 "운동의 어떤 것"에 접목시키는 것이다. 거기에서 시간 문제의 가장 중요

---

8) P. F. Conen과는 달리 219 a 11에 이르러서야 시간의 정의를 다루기 시작하는 V. Goldschmidt(앞의 책, pp. 22~29)는 「예비적 고찰」이라는 제목으로 이 부정 명제를 거론하고 있다. 텍스트를 분할하는 그러한 사소한 문제에 대해서는 Goldschmidt 자신도, "저자보다 더 정확성을 기하려고 고집 부린다면 지나친 현학에 빠질 것"이라고 조언하고 있다(p. 22).

한 난점이 생겨난다. 일차적으로 "운동의 어떤 것"으로 정의되는 시간과 정신의 이완이 어떻게 어울릴 수 있는지 쉽게 알 수 없기 때문이다(219 a 9~10).

시간을 정의하기 위한 구성의 두번째 단계, 즉 전후 관계를 일반적인 크기 grandeur⁹⁾로 옮기고, 공간과 운동을 거쳐 시간에 적용하는 단계가 이어진다. 이 추론을 마련하기 위해 아리스토텔레스는 먼저 크기, 운동, 시간이라는 세 개의 연속체들 사이에 유비 analogie 관계를 설정한다. 한편으로 "운동은 크기를 따른다 akolouthei"(219 a 10).¹⁰⁾ 그리고 다른 한편으로 그 유비 관계는 "시간과 운동의 상응"(219 a 17)에 근거하여 운동에서 시간으로 확장된다. 그런데 연속성이란 바로 어떤 크기를 무한대로 분할할 수 있는 가능성이 아니겠는가?¹¹⁾ 전후 관계는 그러한 연속적 분할에서 생겨나는 질서 관계로 이루어진다. 그러므로 이전과 이후의 관계는 오직 운동 속에 있기 때문에 시간 속에 있으며, 크기 속에 있기 때문에 운동 속에 있다. "이전과 이후가 크기 속에 있다면, 크기와의 유비에 의해 당연히 운동 속에도 있다. 시간과 운동이 상응하기 때문에 시간 속에도 이전과 이후가 존재한다"(219 a 15~18). 추론의 두번째 단계는 그렇게 완성된다. 앞에서 말했듯이 시간은 운동의 어떤 것이다. 운동의 무엇이란 말인가? 운동 속의 이전과 이후다. 그 자체로서의 크기에 속하는 질서 관계를 토대로 이전과 이후를 설정하는 데 어려움이 있고, 또한 유비에

---

9) 크기에 관해서는 『형이상학 *Métaphysique*』, △ 13 (poson ti métrèton)과 『범주론 *Catégories*』, 6을 참조.

10) '따르다 suivre' 라는 동사에 관해서는 V. Goldschmidt, 앞의 책, p. 32를 참조. "akolouthein 〔……〕 동사가 언제나 일방적인 뜻으로 종속 관계를 가리키는 것만은 아니다. 그것은 전후 관계를 가리킬 수도 있고 동시 관계를 가리킬 수도 있다." 실제 더 뒤에는 운동과 시간이 "서로 규정한다"(320 b 16, 23~24)고 되어 있다. "따라서 문제는 존재론적인 종속성이 아니라, 서로 더불어 규정하는 것이다"(앞의 책, p. 33).

11) 『물리학』 VI, 2, 232 b 24~25와 『형이상학』, △ 13 참조.

의해 그 관계를 크기에서 운동으로, 운동에서 시간으로 옮기는 것이 아무리 어렵다 하더라도, 이러한 추론의 핵심에는 의혹의 여지가 없다. 즉, 시간 속에서의 이전과 이후에 다름아닌 연속성은 절대적인 근본 관계가 아니다. 그것은 정신 속에 존재하기에 앞서 세계 속에 있는 어떤 질서 관계에서, 유비에 의해 생겨나는 것이다.[12] 우리는 여기서 다시 한 번 확실한 난관에 부딪힌다. 즉 이전과 이후를 파악하는 데 있어서 정신이 기여하는 바가 어떤 것이든 간에,[13] 그리고 이에 덧붙여 그러한 기초 위에서 이야기하는 행위를 통해 정신이 무엇을 구성하든 간에, 정신은 연속성을 일단 사물들 안에서 발견한 후에, 자기 안에서 되찾는 것이다. 정신은 연속성을 구성하기에 앞서, 그것을 겪고 참아내기까지 한다.

아리스토텔레스의 시간 정의의 세번째 단계는 우리에게 그야말로 결정적이다. 이전과 이후의 관계가 수적인 관계를 통해 완성되는 것이다. 수가 도입됨으로써 시간 정의는 완전하다. "시간이란 이전과 이후에 따른 운동의 수 바로 그것이기 때문이다"(219 b 2).[14] 이 추론

12) 여기서 다시 한 번 정신의 활동을 언급하는 것이 좋을 듯하다. 정신과 관계되는 분별 활동이 없다면 시간에서나 운동에서나 이전과 이후를 구분할 수 없을 것이다. "그러나 우리는 운동을 전후 관계로 규정하면서 어떤 운동을 규정했을 때 시간 또한 알고 있으며, 우리가 운동에서 이전과 이후를 지각하게 될 때 시간이 흘렀다고 말한다"(219 a 22~24). 하지만 이 추론은 '알다' '규정하다' '지각하다'와 같은 동사들이 아니라, 시간 고유의 전후 관계에 대해 운동 고유의 전후 관계가 우선함을 강조하고 있다. 처음에는 안다는 것의 층위에서 언급된 우선순위는 사물 자체의 층위에서도 동일한 순위라는 것을 나타낼 따름이다. 즉 (장소를 매개로) 처음에는 크기, 다음에는 운동, 이어서 시간 순이다. "이전과 이후로 말하자면, 그것은 일차적으로 장소 안에 있다. 왜냐하면 장소 속에서 이전과 이후는 위치로서 자리잡기 때문이다"(219 a 14).

13) Joseph Moreau가 『아리스토텔레스에 따른 공간과 시간 L'Espace et le Temps selon Aristote』(Padova: Éd. Antenore, 1965)에서 끊임없이 강조하는 것은 바로 이러한 측면이다.

14) 『고대 철학에서의 네 가지 시간관 Four Views of Times in Ancient Philosophy』(Cambridge: Harvard University Press, 1948)에서 J. F. Callahan은, 시간 정의에서

은 다시 한 번 시간 지각이 갖는 특성, 다시 말해서 양끝과 그 사이 간격을 생각을 통해 구별한다는 특성에 근거를 두고 있다. 이제 정신은 두 개의 순간이 있고 또 그 두 순간들이 제한하는 간격을 셀 수 있다고 선언한다. 어떤 의미에서 지성의 행위인 순간의 절단 능력이 결정적이다. "우리에게 시간의 본질로 나타나는 것은 바로 순간에 의해 결정되는 것이기 때문이다. 이 점을 논란의 여지 없는 확실한 것으로 간주하자"(219 a 29). 하지만 그렇다고 해서 운동에 부여된 특별한 위상이 흔들리는 것은 아니다. 물론 순간을 결정하고 — 보다 정확히 말하자면 두 순간을 구별하여 셈하고 — 어떤 고정된 단위를 기초로 그 사이의 간격을 비교하기 위해서는 정신이 필요하지만, 그래도 그 차이를 지각하려면 연속되는 크기와 운동의 지각, 그리고 이전과 이후의 질서 관계, 즉 유비 관계에 놓인 세 연속체들 사이의 파생 질서를 '따르는' 관계를 여전히 토대로 삼아야 하는 것이다. 그리하여 아리스토텔레스는 시간 정의에서 중요한 것은 세어진 nombré 수가 아니라 셀 수 있는 nombrable 수라고 분명하게 말할 수 있게 되는데, 이것은 시간에 적용되기에 앞서 운동에 적용된다.[15] 그 결과 아리스토텔레스의 시간 정의 — "이전과 이후에 따른 운동의 수"(219 b 2) — 는, 정신의 작업일 수밖에 없는, 지각하고 구분하며 비교하는 작업을 각 단계마다 참조하고 있음에도 불구하고, 정신을 명백하게 끌어들이지는 않는다.

아리스토텔레스의 시간 정의 자체에 포함되지는 않는다 하더라도 적어도 시간 정의에 이르는 논증에 함축된 '시간 의식'의 현상학이 모습을 드러내기 위해서 어떤 대가를 치러야 했는지는 — 이는 아리

수는 마치 형태가 질료에 덧붙여지듯이 운동에 덧붙여진다고 지적한다. 수를 시간 정의에 집어넣는 것은 말 그대로 본질적이다(같은 책, pp. 77~82).

15) 세어진 것과 셀 수 있는 것의 구별에 관해서는 P. F. Conen, 앞의 책, pp. 53~58, V. Goldschmidt, 앞의 책, pp. 39~40 참조.

스토텔레스와 아우구스티누스 사이를 시계추처럼 오가는 것일 수밖에 없을 것이다 — 나중에 살펴볼 것이다. 사실상 아리스토텔레스는 최초로, 논증 과정에 딸린 소론(小論)들에서, "정신이 없다면 시간이 있을 수 있는가 아니면 없는가"(223 a 21~22)가 '당혹스러운' 문제임을 시인했다. 세기 위해서, 아니 먼저 지각하고 구분하고 비교하기 위해서, 지성까지는 아니더라도 정신이 필요하지 않은가?[16] 시간 정의에서 어떠한 노에시스적 규정도 포함시키지 않으려는 아리스토텔레스의 의도를 이해하기 위해서는, 그의 분석이 전반적으로 시간이 운동에 의존하고 있음을 인정함으로써, 중심축을 옮길 수 없게 만드는 조건들을 끝까지 따라가보는 것이 필요하다.

그것은 어떤 조건들인가? 변화(운동)에 대한 최초의 정의, 즉 변화를 자연 phusis — 그 원리와 원인 — 에 뿌리박게 하는 정의에 이미 명백하게 나타나 있는 필요조건들이다. 운동의 역동성을 받쳐주면서 시간에 있어서 인간적인 것을 넘어서는 차원을 보존하는 것은 바로 자연이다.

그런데 자연이란 말이 갖는 깊은 의미를 되살리기 위해서는, 아리스토텔레스가 플라톤으로부터 이어받은 것에 주의를 기울여야 한다. 물론 아리스토텔레스의 시간 철학이 스승에 비해 진전을 보이고 있지만 말이다.[17] 나아가 플라톤보다 더 먼 곳에서 들려오는 거역하기

---

16) 아리스토텔레스는 이것을 시인한다. 하지만 그렇게 물러서자마자 다시 이렇게 시도한다. "그럼에도 불구하고 시간은 토대로서 존재하며, 마찬가지로 운동은 정신 없이도 당연히 존재할 수 있다"(223 a 27~28). 이렇게 해서 아리스토텔레스는 앞에서 그랬던 것처럼 "이전과 이후가 운동 속에 있으며, 이것을 셀 수 있다는 점에서, 바로 이전과 이후가 시간을 이룬다"(223 a 28)라고 결론 내릴 수 있다. 달리 말해서 실제로 세기 위해서는 정신이 필요하지만, 반면에 셀 수 있는 것이란 무엇인가를 정의하는 데는 운동만으로 충분하다. 셀 수 있는 것이 바로 우리가 시간이라 부르는 이 "운동의 어떤 것"이다. 노에시스적 활동은 이렇게 해서 엄밀한 의미에서의 시간 정의 속에는 포함되지 않지만 논증을 통해 함축되고 있다.
17) 시간은 근본적으로 인간의 정신이 아니라 세계의 정신에 자리잡고 있으며, 세계

힘든 말에도 귀를 기울여야 한다. 그 말은, 그 어떤 철학보다 앞서, 그리고 우리의 그 어떤 시간 의식의 현상학과도 관계없이, 이렇게 가르친다. 우리가 시간을 만들어내는 것이 아니라, 시간이 우리를 에워싸고 둘러싸고 그 가공할 위력으로 우리를 지배하는 것이라고. 여기서 시간의 힘에 관한 아낙시만드로스Anaximandre의 유명한 구절,

를 "자신의 모델에 한층 더 흡사하게"(37 c) 만드는 것을 최종적인 목적성으로 받아들인다는 점에서 『티마이오스 Timée』[플라톤의 작품으로 자연에 관해 다루고 있다: 옮긴이]를 이쯤에서 끌어들이는 것도 우리 사유에 도움이 될 것이다. 도대체 이 '그럴싸한 우화'에서 조물주 몸짓은 시간을 어디에 덧붙이는가? 시간은 세계의 질서를 마무리하면서 마지막으로 어떤 손질을 가하는가? 세계의 시간이 갖는 최초의 주목할 만한 특징은, 그 시간 구조가 그 어떤 시간의 현상학보다 앞서 우주적인 것과 심리적인 것, 자체 운동 auto-mouvement(『파이돈 Phédon』 『페드르 Phèdre』, 그리고 『법률론 Lois』에서처럼[플라톤의 작품들로서 각각 정신과 미(美), 법률의 문제를 다루고 있다: 옮긴이])과 앎(로고스 logos, 인식 épistémè 그리고 심지어는 의견 doxai과 '확고하고 진정한' 믿음 pisteis)을 결합한다는 것이다. 두번째 특징은 한층 더 주목할 만한데, 시간은 일련의 '혼합'을 통해 나타나는 고도로 변증법적인 존재론적 체제를 완성한다는 것이다. 분리될 수 없는 존재와 분리될 수 있는 존재, 다음에는 분리될 수 없는 동일자 Même와 분리될 수 있는 동일자, 그 다음에는 분리될 수 없는 차이와 분리될 수 있는 차이가 그 변증법을 구성하는 항목들이다(F. M. Cornford의 『플라톤의 우주론, 플라톤의 '티마이오스' Plato's Cosmology, The Timaeus of Plato』[본문 해설이 포함된 번역, London: Kegan Paul, New-York: Harcourt, Brace, 1937. pp. 59~67]에서 매우 복잡한 이 존재론적 체제의 도표를 볼 수 있다. Luc Brisson은 『플라톤의 '티마이오스'의 존재론적 구조에서의 동일자와 타자 — 플라톤의 '티마이오스'에 대한 체계적 해설 Le Même et l'Autre dans la structure ontologique du Timée de Platon; un commentaire systématique du Timée de Platon』[Paris: Klincksieck, 1974, p. 275]은 이 난해한 부분을 아주 명쾌하며 번역하면서 그 도표를 다시 다루고 있다). 이렇게 해서 Luc Brisson은, 그처럼 시간 철학의 토대를 『궤변론자 Sophiste』[플라톤의 작품으로 존재의 문제를 다루고 있다: 옮긴이]의 '대범주'의 변증법과 같은 층위에 위치시키면서, 동일자와 타자라는 양극을 중심으로 『티마이오스』의 전체 구조를 재구성할 수 있게 된다. 마지막으로 시간의 존재론을 그 모든 인간적 심리에서 한 단계 멀어지게 하는 특징을 들 수 있다. 동일자의 원형 궤도, 타자의 원형 궤도, 그리고 그 안에 여러 원형 궤도를 갖는 혼천의(渾天儀)의 구성을 주도하는 것은 매우 정교하게 만들어진 조화 관계(분리, 간격, 분할, 비례 관계)라는 것이다. 시간은 이 복잡한 변증법적-수학적 구조에 무엇을 덧붙이는가? 우선 시간은 이

생성과 소멸의 교체는 "고정된 시간 질서"[18]에 매여 있다는 구절을 어떻게 떠올리지 않을 수 있겠는가?

아리스토텔레스가 『물리학』을 저술하면서 시간에 관한 중심 논의에 덧붙인 몇몇 짤막한 논의에서도 플라톤의 말이 메아리치는 것을 들을 수 있다. 아리스토텔레스는 논증에 딸린 논의들 중 두 곳에서 "시간 속에 있다"(220 b 32 ~ 222 a 9)는 것이 무엇을 뜻하며, 어떤 것들이 "시간 속에"(222 b 30 ~ 223 a 15) 있는지를 자문한다. 그는 일상에서 흔히 쓰이는 "시간 속에 있다"는 표현과 그에 따라오는 표현법

거대한 천상의 시계의 운동들이 통일성을 지니고 있음을 최종적으로 확인한다. 이 점에서 시간은 단일한 어떤 것("영원성을 움직임으로 모방하는 어떤 것." 37 d)이다. 이어서 그것은 행성들을 각자 적절한 자리에 끼워넣음으로써(Comford는 37 d의 agalma를 이미지가 아니라 "영원한 신에게 존재하게 된 전당," 다시 말해서 천체라고 매우 탁월하게 번역하고 있다. 앞의 책, pp. 97~101) 단일한 시간을 날과 달 그리고 해로 나누게 한다. 간단히 말해서 측정할 수 있게 하는 것이다. 거기서 "수에 따라 진행하는 영원한 이미지"(37 d)라는 시간의 두번째 정의가 나온다. 천체의 모든 회전이 그 속도를 맞추어 최초 지점으로 되돌아오게 되면 "시간의 완전수가 완전한 한 해를 이루었다"(38 d)고 말할 수 있다. 이 영원한 회귀는 불변의 세계가 갖는 영원한 지속에 대해 세계가 부여할 수 있는 가장 가까운 근사치를 구성한다. 그러므로 정신의 이완 밑에는, "하늘과 함께 태어났으므로"(38 b) 이 천체의 척도 없이는 존재할 수 없는 어떤 시간 — 우리가 시간이라고 부르는 바로 그것 — 이 있다. 그것은 세계 질서의 한 양상이다. 우리가 무엇을 생각하거나, 무엇을 하거나 또는 느끼더라도, 그것은 주기적인 원운동의 규칙성을 공유한다. 그러나 이렇게 말하게 되면 우리는 거의 수수께끼에 가까운 경이에 이르게 된다. 상징 세계에서 원이란 기하학자와 천문학자가 말하는 원 이상의 것을 의미한다. 세계 정신의 우주-심리 밑에는 고대의 지혜, 즉 시간은 우리를 둘러싸고 있으며, 마치 망망대해처럼 우리를 에워싸고 있다는 지혜가 숨어 있다. 시간을 구성하려는 그 어떤 시도도, 존재하는 다른 모든 것들과 마찬가지로 우리도 시간 속에 있다는 확신을 내쫓을 수 없는 것은 그 때문이다. 이것이 바로 의식의 현상학으로도 소거할 수 없는 역설이다. 시간을 분할하는 정신적 힘의 압력으로 말미암아 우리의 시간이 해체될 때, 적나라하게 드러나는 것은 바로 강 밑바닥이며 바위처럼 도사린 천체의 시간이다. 때로 불협화음이 화음을 이기더라도 천체의 비인간적 질서를 절정에 이르게 하는 것은 바로 시간이라는 플라톤의 경이로운 확신을 통해, 위안은 아니더라도 적어도 기대고 설 수 있는 곳을 찾을 때가 있다.

18) V. Goldschmidt, 앞의 책, p. 85, 각주 5와 6에서 재인용.

들을 그 자신의 시간 정의를 벗어나지 않는 범위 내에서 해석하려고
한다.

하지만 아리스토텔레스가 완전히 성공했다고는 말할 수 없다. 스
스로 말했다시피, 시간 속에 존재한다는 것은 시간이 존재할 때 존재
한다는 것 이상을 뜻한다. 즉 "수(數) 속에" 있다는 것이다. 그런데
수 속에 있다는 것은 "마치 어떤 장소에 있는 것이 그 장소에 둘러싸
여 있듯이"(221 a 18) 수로 "둘러싸여 périékhétai" 있다는 것이다. 일
상적인 표현들에 대한 이 철학적 해설은, 언뜻 보기에는 앞선 분석에
서의 이론적 바탕을 넘지 않는다. 그러나 이미 그 표현 자체가 제시
된 해설을 넘어선다. "시간 속에 있다"는 표현은 몇 줄 뒤에 "시간에
둘러싸여"가 되어 보다 강하게 재등장한다. "시간에 둘러싸여" 있다
는 말은 그 "속에" 펼쳐진 것들보다 우월하고 독립적인 어떤 실존을
시간에 부여하는 것처럼 보인다(221 a 28). 마치 말의 힘에 끌려들어
가듯 아리스토텔레스는 "삼라만상은 어떤 의미로는 시간의 작용을
받는다"(221 a 30)고 말할 수 있음을 인정한다. 그리고 "시간은 써버
린다. 모든 것은 시간의 작용 아래 늙어가고, 모든 것은 시간 덕분에
지워진다"(221 a 30~221 b 2)는 표현을 사용하기에 이른다.[19)]

---

19) P. F. Conen은 여기서 그리 의아해하지 않는다. 그가 생각하기에 "시간 속에 있
  다'는 표현은 시간을 이미지로 표상하는 것이며, 이것을 바탕으로 시간은 장소와
  유비 관계에 놓이게 된다. 이렇게 표상됨으로써 시간은 "마치 그 자신으로부터 독
  립된 어떤 실존을 가지고 있으며, 그 속에 있는 것들 위에 펼쳐지는 것처럼"(앞의
  책, p. 145) 어느 정도 사물화된다. "'시간 속에 있다'는 표현에 담긴 분명한 은유
  적 특성"(p. 145)을 지적하는 데 그칠 수가 있을까? 그것은 오히려 철학적 해설에
  저항하는 오랜 신화문학적 토대가 아닐까? 실제로 이 경우에 Conen도 그 친숙한
  표현들 밑에 깔려 있는 철학 이전의 직관을 잊지 않고 환기하고 있다(앞의 책,
  pp. 146 이하).『현상학의 근본 문제들 Die Grundprobleme der Phänomenologie』,
  G. A. XXIV(J.-F. Courtine 불역, Les Problèmes fondamentaux de la phénoménologie,
  Paris: Gallimard, 1985)에서 하이데거는 아리스토텔레스론을 다루고 있는 연구 논
  문에서 그 표현과 마주치게 되는데, 이를 시간 내부성 intra-temporalité이라는 자
  기 고유의 개념과 같은 것으로 본다. "어떤 것이 시간 속에 있으며, 그것은 시간-

여기서 아리스토텔레스는 다시 한 번 수수께끼 같은 문제를 풀어내려 애쓰면서, 이렇게 말한다. "왜냐하면 시간은 그 자체로 부패의 원인이라고 할 수 있기 때문이다. 그것은 시간이 운동의 수이기 때문인데, 운동은 존재하는 것을 없앤다"(같은 책). 아리스토텔레스는 과연 성공한 것일까? 이상하게도 그는 몇 쪽 뒤 다른 항목에서 같은 수수께끼로 되돌아온다. "그런데 모든 변화는, 그 본질상, 어떤 상태에서 벗어나게 한다 ekstatikon〔H. Carteron은 "해체하는"이라고 번역한다〕. 모든 것들은 바로 시간 속에서 태어나고 소멸한다. 바로 그 때문에 어떤 이들은 시간이 존재하는 것 가운데 가장 지혜롭다고 말했다. 또한 바로 그 이유에서 피타고라스 학파의 파롱 Paron은 시간이 가장 무지하다고 말하는데, 우리가 시간 속에서 잊어버리기 때문이다. 파롱의 생각이 더 적합하다"(222 b 16~20). 어떤 의미에서 보면 이것은 전혀 복잡한 수수께끼가 아니다. 어떤 것이 일어나고 진행되려면 실제로 무언가를 해야 한다. 그러니까 그저 아무것도 하지 않으면 사물이 소멸되는 것이다. 그리고는 파괴가 시간으로 인해 일어나는 것으로 간주한다. 결국 수수께끼는 없고, 그저 수수께끼처럼 말하고 있을 뿐이다. "사실상 시간은 이처럼 파괴를 일으키는 것이 아니라, 파괴 역시 우연히 시간 속에서 일어나는 것이다"(226 b 24~25). 하지만 그렇게 설명한다고 해서 사물을 소멸시키는 시간의 힘이 없어졌는가? 단지 어느 정도까지만 그럴 뿐이다. 누군가가 행동하기를 멈춘다면 어떤 것이 해체된다는 사실은 무엇을 뜻하는가? 물론 아리스토텔레스는 시간 그 자체가 이러한 해체의 원인이 된다는 것을 부인할 수 있다. 그는 아주 오래전부터 전해진 지혜에 의해 해체하는 변화 ── 망각, 늙음, 죽음 ── 와 그저 지나갈 뿐인 시간 사이에 은밀한 결탁이 있

안에 있다"〔334〕(285). 우리도 그 표현을 미메시스 I 층위에서 행동의 시간적 특성에 집어넣음으로써, 그러니까 행동 자체의 서술적 전형상화가 갖는 시간적 특성에 집어넣음으로써 그 표현을 받아들였다.

음을 알아차린 것처럼 보인다.

오랜 세월을 걸쳐온 지혜가 이렇게 철학적 명증성에 저항한다는 것은 우리로 하여금 아리스토텔레스의 시간 분석 전체에 부담을 주는, 받아들이기 힘든 두 가지 사실에 주목하게 만든다. 우선 시간의 불안정하고 모호한 위상, 즉 시간이 그 한 양상이 되는 운동과 시간을 구분하는 정신 사이에 시간이 놓이게 되는 것을 받아들일 수 없다. 더욱 받아들이기 힘든 것은, 아리스토텔레스가 『물리학』 III(201 b 24)에서 말하고 있는 운동 그 자체다. 거기서 운동은 존재와 비존재를 유동적으로 뜻한다는 견지에서 "규정되지 않은 어떤 것"(201 b 24)으로 나타나지 않는가? 그리고 운동이 가능태도 현실태도 아니라면 실제로 "규정되지 않은 어떤 것"이 아닌가? 운동의 특성을 "잠재적인 것의, 즉 그 자체로서의 엔털러키 entéléchie〔아리스토텔레스의 철학에서 완전하게 완성된 상태를 가리키는 용어이다: 옮긴이〕"(201 a 10~11)로 규정할 때 도대체 그것이 무슨 뜻인가?[20]

아리스토텔레스의 시간 철학을 짧게 다루고 나서 이처럼 아포리아로 끝맺는다고 해서, 우리가 이 아포리아를 아우구스티누스의 '심리학'을 간접적으로 옹호하려는 목적으로 사용하려는 것은 아니다. 오히려 아우구스티누스가 아리스토텔레스를 반박한 것은 아니며, 그의 심리학은 우주론을 대신하기보다는 단지 덧붙여질 따름이라는 것이 우리의 주장이다. 아리스토텔레스가 안고 있는 아포리아를 언급한 것은, 아리스토텔레스는 추론이 가진 설득력으로 아우구스티누스를 이기지 못할 뿐만 아니라, 나아가서 그 나름대로 추론을 해갈수록 더 심화되는 아포리아의 힘으로도 버티지 못한다는 것을 보여주기 위해서다. 즉 아리스토텔레스의 추론은 시간이 운동 속에 닻을 내리는 것으로 설정하고 있지만, 그 다른 쪽에서는 추론과 함께 가는 아포리아

---

20) P. F. Conen은 시간과 운동의 관계, 그리고 운동 그 자체가 받아들이기 힘든 두 가지 사실이라는 것을 기꺼이 인정하고 있다. 앞의 책, pp. 72~73.

들이 운동은 자연 phusis ──『물리학』IV에서 멋지게 펼쳐진 논증을 통해서도 자연의 존재 양태는 완전히 파악되기 어렵다 ── 속에 닻을 내린다고 암시한다.

시간성의 현상학에 반하여 이처럼 어두운 심연 속으로 내려감으로써 심리학의 자리에 우주론을 대체하는 효과를 거둘 수 있을까? 아니면 심리학이 우주론을 은폐한 만큼 우주론도 심리학을 은폐할 위험이 있다고 말해야 할까? 우리는 이렇게 혼란스러운 사실을, 체계에 사로잡혀 있는 우리의 정신이 그로 인해 힘겨워한다 해도, 인정할 수밖에 없다.

기실 물리적 시간의 연장(延長)이 정신의 이완에서 저절로 파생되는 것이 아니라면, 그 역(逆)의 경우 역시 인정하지 않을 수 없다. 이때 역의 파생 관계에 대해 장애가 되는 유일한 난관은 아리스토텔레스가 말하는 순간 개념과 아우구스티누스가 말하는 현재 개념의 괴리, 그러니까 개념적으로 넘어설 수 없는 괴리뿐이다. 아리스토텔레스가 말하는 순간을 생각하려면, 셀 수 있다는 한에서 연속적으로 이어지는 운동을 정신으로 절단하기만 하면 된다. 그런데 이러한 절단은 특별한 것이 아니다. 그 어떤 순간이라도 똑같이 현재가 될 자격이 있기 때문이다. 하지만 아우구스티누스가 말하는 현재란, 오늘날 벤베니스트의 말을 따르자면, 발화자에 의해 자신의 발화 행위의 '지금'이라고 지칭되는 매 순간이다. 순간이란 이처럼 별다르지 않은 것인 동시에, 또한 현재를 담고 있는 발화 행위만큼 유일하고 결정된 현재라는 이 차별적 특징은 우리 연구에 두 가지 결과를 가져온다. 한편으로 아리스토텔레스의 관점에서 보자면, 정신이 두 순간을 구분해서 잘라내는 것은, 운동의 방향이 원인에서 결과로 나아가는 그 힘만으로도, 이전과 이후를 결정하기에 족하다. 그렇게 해서 사건 A는 사건 B에 앞서고 사건 B는 사건 A를 뒤따른다고 말할 수 있다. 하지만 그렇다고 해서 사건 A는 과거고 사건 B는 미래라고 주장할 수는 없다. 다른 한편으로 아우구스티누스의 관점에서 보자면, 미래와 과거는 현재와 관련해서, 다시 말해서 그것을 지칭하는 발화 행위가 규정하는 순간과 관련해서만 존재한다. 오직 발화 행위 자체를 통해 확인되는 자기 지시 sui-référence 관계가 주어진 현재와 비교해서만, 과거와 미래는 앞에 오고 뒤에 오는 것이다. 그 결과 아우구스티누스의 관점에서 보자면 이전-이후, 즉 연속 관계는 현재, 과거, 미래의 개념과 무관하여, 따라서 그 개념들에 접목된 긴장과 이완의 변증법과 무관하다.

이것이 바로 시간 문제의 가장 큰 아포리아다. 적어도 칸트 이전에는 그렇다. 시간 문제의 아포리아는 바로 이러한 순간과 현재의 이원성 속에 전부 담겨 있는 것이다. 우리는 후에 어떤 식으로 서술 행위가 그 이원성을 확인하고 아울러 그에 대해서 우리가 시학이라고 부르는 일종의 해결책을 가져오는가를 살펴볼 것이다. 그런데 아리스토텔레스가 순간의 아포리아에 대해 제시한 해결책 속에서 우주론적 순간과 체험된 현재 사이의 화해를 나타내는 징조를 찾는 것은 소용이 없다. 아리스토텔레스에게서 그 해결책은 시간을 "운동의 어떤 것"으로 정의함으로써 영위되는 사유 공간에서 성립된다. 아리스토텔레스의 해결책은 운동과 관련하여 시간의 상대적 자율성을 강조하지만, 시간의 독립성에는 절대 이르지 못한다.

순간이 아리스토텔레스의 시간 이론을 주도하는 요소라는 것은 앞서 인용한 텍스트에서도 충분히 알 수 있다. "우리에게 시간의 본질로 나타나는 것은 바로 순간에 의해 결정되는 것이다. 이 점을 논란의 여지 없는 확실한 것으로 간주하자"(219 a 29). 실제로 순간이야말로 이전의 끝이자 이후의 시작이다. 또한 측정할 수 있고 셀 수 있는, 두 순간 사이의 간격이다. 이 점에서 순간의 개념은 시간을 그 **토대**에 있어서 운동에 종속되는 것으로 규정하는 시간 정의와 완전히 동질적이다. 즉 순간 개념은 시간, 운동, 크기라는 세 연속체의 유비에 근거하여, 시간이 운동, 그리고 크기와 공유하는 연속성 내에서 이루어지는 잠재적 단절을 나타낼 뿐이다.

순간의 아포리아가 입증하고 있는 대로의, 그 본질에 있어서의 시간의 자율성은 이러한 토대의 종속성을 전혀 문제삼지 않는다. 순간을 다루고 있는 짧은 부속 논의에서 그것을 볼 수 있다.

순간이 어떤 의미에서는 같은 것이고 어떤 의미에서는 다른 것이라는 사실이 어떻게 가능한가(219 b 12~32)라고 질문할 수 있다. 그에 대한 답은 시간, 운동, 크기라는 세 연속체 사이의 유비 관계를 참조해야 한다. 이러한 유비 관계에 근거하여, 순간의 운명은 "움직인 물체corps mû"의 운명을 "따라간다." 그런데 움직인 물체는, "정의에 따르면 다르다"고 할 수 있으나 존재한다는 점에서는 여전히 같은 것이다. 그리하여 코리코스Coricos[코코넛 열매로 만든 비스킷의 일종이다: 옮긴이]는 옮겨도 같은 것이지만, 학교에 있거나 또는 시장에 있을 때는 서로 다른 것이 된다. "그러므로 움직인 물체는 그것이 때로는 여기에 있고 때로는 저기에 있다는 점에서 다르다. 그리고 시간이 운동을 수행하듯이 순간은 움직이는 물체를 수행한다"(같은 책, 22~23). 결국 아포리아 속에는 우연히 얻어진 역설이 있을 뿐이다. 그렇지만 그로 인해 치러야 할 생겨나는 문제는 바로 순간과 점을 어떤 특징들로 구별하는가에 대한 성찰이 없다는 것이다.[21] 그런데 가

---

21) 아우구스티누스를 읽고 배운 독자라면 그 아포리아를 다음과 같은 말로 해결할 것이다. 시간의 그 어떤 점이라도 모두 다르다는 점에서, 순간은 항상 다른 것이다. 반면에 언제나 같은 것은 바로 현재다. 그것을 담고 있는 담론 실현 행위에 의해 매번 지칭되기 때문이다. 순간과 현재를 구별하지 않는다면, D. Ross의 말대로 "모든 지금은 지금"이며, 이런 뜻에서 같은 것이라고 말할 수 있다. 또한 "지금"은 단지 "운동의 이르거나 늦은 횡단면이기에," 다르다고 말할 수 있다(『아리스토텔레스의 물리학, 머리말과 해설을 포함한 개정판 *Aristotle's Physics, a revised text with introduction and commentary*』, Oxford, 1936, p. 867). 순간의 동일성은 이처럼 동어 반복으로 귀결된다. P. F. Conen은 그 아포리아에 대해 좀덜 동어 반복

능태en puissance에 있는 것의 현실태acte로서의 운동에 대한 아리스
토텔레스의 성찰은, 가능태가 현실화될 때 새로 나타나는 것에 연결
된 어떤 현재 개념을 — 아우구스티누스가 말하는 현재를 예고하는
것은 아니다 — 불러들이는 순간을 파악하게 한다. "실제로 움직이고
있는 물체의 우위성 속에서 알아낸 현재 순간의 어떤 우위성"[22]이야

적인 해답을 찾으려 했던 사람들 가운데 Bröcker를 인용하고 있다. 그에 따르면
순간은 토대로서는 다음과 같은 의미에서 동일하다. "바로 지금 있는 것은 현재인
한 동일한 것이다. 한 점에 국한된 시간은 지금 있는 한, 과거가 아닌 한, 미래가
아닌 한, 현재다 das was jeweilig jetzt ist, ist dasselbe, sofern es Gegenwart ist,
jeder Zeitpunkt ist, wenn er ist und nicht war oder sein wird, Gegenwart." 또한
"한 점에 국한된 시간은 우선 미래였고, 이후 현재가 되고 마지막으로 과거가 된
다 jeder Zeitpunkt war erst Zukunft, kommt in die Gegenwart und geht in die
Vergangenheit"(같은 책)라는 점에서 순간은 언제나 다르다. 다시 말해서 순간은
어떤 의미에서는 현재이고 또 다른 의미에서는 시간의 한 점이며, 현재는 끝없이
다른 시간상의 점들을 돌아다니는 언제나 동일한 것이다. 이 해결책은 현재와 순
간을 화해시킨다는 점에서 철학적으로는 만족스럽다. 하지만 그것은 토대라는 의
미에서의 'ho potè'라는 표현의 일상적인 용법과는 무관하고, 그 자체로서의 순
간은 옮겨진 것의 동일성 — 순간의 동일성은 이것을 '따른다'고 간주된다 — 을
참조한다는 사실을 이해하지 못한다는 점에서 아리스토텔레스가 제시한 해결책
은 아님을 인정해야 한다. P. F. Conen(앞의 책, p. 91)은 Ross의 해석처럼, 아리스
토텔레스의 텍스트에서 멀어지지 않고, 현재와 순간의 구별에서 도움을 받는 해
석을 제시한다. 즉, 순간의 동일성은 서로 다른 운동들이 공유하는 동시성일 것이
라는 해석이다. 아우구스티누스를 피하긴 하지만 칸트를 끌어들일 수밖에 없는
이 해석은 그러나, 순간의 동일성이 갖는 모든 무게를 전후 관계 — 또 다른 시각
에서 보면 전후 관계는 차이를 만들어내는 대안이 된다 — 에 걸리게끔 함으로써
아리스토텔레스의 추론과는 멀어진다. V. Goldschmidt는 순간의 동일성을 해석하
기 위해 이와 같이 동시성을 끌어들이는 입장을 거부한다. 즉 "유일하고 동일한
순간 속에 있다"(218 a 11~12)는 것은 동시적이라는 말이 아니라 동일한 토대를
가지고 있다는 말로 이해할 수 있다는 것이다. "운동의 주체는 자기의 통일성을
운동에 전달함으로써, 그 이전과 이후는 동일하다는 자격을 이중으로 얻을 수 있
게 된다. 즉 그 토대가 되는 것은 유일하고 동일한 운동이라는 점에서 그렇다. 그
리고 매 순간은 움직이는 물체의 잠재성을 현실태로 넘어가게 한다는 점에서, 그
본질은 운동과는 구별된다"(p. 50). V. Goldschmidt는 자신의 해설 전체에 걸쳐
순간이 이처럼 현실화하는 특성을 가지고 있다는 점을 강력하게 주장하고 있는
데, 순간과 점의 저편에서 순간의 역동성을 만드는 것은 결국 그 특성이다.

말로 순간의 역동성과 순전히 정태적인 점의 차이를 이루며, 현재 순간에 대해서, 그리고 그 논리적 귀결로 과거와 현재에 관해 말하지 않을 수 없게 하는 것처럼 보인다. 이 점은 나중에 살펴볼 것이다.

　순간에 대한 두번째 아포리아도 비슷한 문제를 제기한다. 어떤 의미에서 "시간은 순간 덕분에 연속적이며, 순간에 따라 분할된다"(220 a 4)고 말할 수 있는가? 아리스토텔레스에 따르면, 그저 어느 것도 보태지 않은, 이전과 이후의 단순한 관계만으로도 그 답을 얻을 수 있다. 연속체 속에서의 절단은, 어떤 경우에든, 구별하고 또 연결하는 것이다. 마찬가지로 단절과 연결이라는 순간의 이중적 기능은 현재의 경험과는 아무 관계가 없으며, 무한한 분할 가능성으로 연속성을 규정하는 정의에서 전적으로 파생된다. 하지만 아리스토텔레스는 여기서 역시 크기, 운동 그리고 시간 사이의 상호 의존 관계를 유지하는 데 따른 어려움을 모르지 않았다. 운동은 멈출 수 있지만 시간은 그렇지 않기 때문이다. 그 점에서 순간은 단지 "어떤 방식으로pôs" (220 a 10)만 점에 '대응한다.' 기실 순간은 오로지 잠재적 상태에서만 분할하는 것이다. 그러나 결코 현실태로 이행할 수 없는 잠재적 상태에서의 분할이란 무엇인가? 시간의 분할 가능성을 생각할 수 있게 되는 것은 단지 우리가 시간을 본래 멈추어 있는 어떤 선으로 취급할 때뿐이다. 따라서 순간이 시간을 분할하는 데에는 특수한 어떤 것이 있어야만 한다. 시간의 연속성을 보장하는 순간의 힘의 경우는 더욱더 그렇다. 운동에 대한 시간의 종속 관계에 주안점을 두고 있는 아리스토텔레스 같은 관점에서 보자면, 순간의 통합력은 수많은 고정된 점들을 거쳐가면서도 유일하고 동일한 것으로 남아 있는 움직이는 물체의 역동적 통일성에 기초를 두고 있다. 하지만 움직이는 물체가 갖는 운동의 통일성에 상응하는 역동적인 "지금"은, 엄밀한 의

---

22) V. Goldschmidt, 앞의 책, p. 46.

미에서의 시간적인 분석, 즉 순간을 어떤 식으로든 점과 대응하게 하는 단순한 유비 관계를 넘어서는 분석을 끌어들이지 않을 수 없게 만든다. 아우구스티누스의 분석이 아리스토텔레스의 분석에 도움을 주는 것은 바로 여기가 아닌가? 연속성과 엄밀한 의미에서의 시간적 불연속성 원리는 세 겹의 현재에서 찾아야 하지 않을까?

사실 '현재' '과거' 그리고 '미래'라는 용어를 아리스토텔레스가 전혀 사용하지 않은 것은 아니다. 하지만 아리스토텔레스는 현재, 과거, 미래를 오직 순간이 결정되고 전후 관계가 결정되는 것으로 보았을 뿐이다.[23] 그에게 현재란 위치가 설정된 순간일 따름이다. 『물리학』 IV 13장에서 고찰하고 있는 일상 언어의 표현들은 바로 그러한 순간에 대해 설명하고 있다.[24] 그런데 그 표현들은 이내 순간의 아포

---

23) 지나가듯 언급되고 있는 다음 대목에서 한 용어가 다른 용어로 슬쩍 넘어가는 것을 볼 수 있다. "그리고 시간은 어디에서나 동시에 동일하다. 그러나 이전과 이후는 동일하지 않다. 변화는, 그것이 현재 parousa일 때는 그 또한 하나이지만, 지나갔거나 gégénèménè 다가올 때에는 mellousa 다르다"(220 b 5~8). 이렇게 해서 아포리아들을 논의하기 위해서는 동일성과 차이의 대립만이 있다는 한에서, 아리스토텔레스는 순간, 그리고 이전-이후의 관념에서 현재, 과거, 미래의 관념으로 어려움 없이 넘어간다.

24) 아리스토텔레스는 바로 일상 언어의 표현('때로는' '언젠가' '이전에' '갑자기')을 다루는 분석들 근처에서 현재, 과거, 미래의 어휘를 빌려온다. "우리가 말한 것처럼 순간은 과거와 미래를 전부 잇는다는 점에서 시간의 연속성을 보장한다. 그것은 또한 미래의 시작이자 과거의 끝이라는 점에서 시간의 경계 péras이기도 하다"(222 a 10~12). 아리스토텔레스는 점과의 유비가 불완전함을 다시 한 번 더 고백한다. "정지하고 있는 점 위에서만큼 그것이 명백하게 드러나지는 않는다. 순간은 잠재적 상태에서 분할하기 때문이다"(같은 책, I, pp. 13~14). P. F. Conen은 첫번째 아포리아(다르면서 동일한 순간)에 대해서는 Bröcker의 해석을 따르지 않지만, 두번째 아포리아(분할하면서 통합하는 순간)를 해석하면서는 그와 접근한다. Conen에 따르면 아리스토텔레스는 순간에 대해 두 가지 관념을 가지고 있었다. 즉 순간을, 토대와 관련해서는 동일한 것으로, 그리고 본질과 관련해서는 다른 것으로 간주하는 한, 아리스토텔레스는 동일한 선 위에 있는 수많은 점들과 관련지어 생각했다는 것이다. 반면 어느 정도 '지금'을 운동하는 물체의 통일성으로 간주하면서부터는, 순간이 물체의 운동을 만들어내면서 물체의 운명을 따라가는

리아들을 해결할 수 있다고 주장하는 추론의 논리적 틀로 환원되어 버린다. 이 점에서, 정해지지 않은 순간과 위치가 설정된 순간 혹은 현재의 순간이 어떤 차이가 있는가 하는 것은 아리스토텔레스에게 별다른 의미가 없다. 시간이 정신을 참조하는 것이 별다른 의미가 없는 것과 마찬가지다. 실제로 수로 셈해진 시간만이 실질적으로 순간들을 구별하고 세는 정신을 필요로 하는 것과 마찬가지로, 결정된 순간만이 현재의 순간이라고 불리는 것이다. 마찬가지로 운동의 셀 수 있음 ── 이것은 정신 없이도 가능하다 ── 만을 고려하는 논증 역시 정해지지 않은 순간, 정확히 말하자면 "그로 인해 [운동의] 이전과 이후가 셀 수 있게 되는 것"(219 b 26~28)만을 이해하려고 한다.

따라서 아리스토텔레스에게 순간과 현재의 변증법을 필요로 하는 것은 오직 순간과 점의 대응을 분할과 통합이라는 그 이중적 기능을 통해 끝까지 유지해야 한다는, 스스로 인정하고 있는 어려움뿐이다. 세 겹의 현재에 대한 아우구스티누스식의 분석은 바로 이러한 어려움에 접목될 수 있을 것이다.[25] 기실 아우구스티누스의 분석에서는 근접한

한, 순간이 시간을 만들어낸다고 생각했다. "첫번째 생각에 따르면, 수많은 '지금'은 정지하고 있는 수많은 점들에 대응한다. 그리고 두번째 생각에 따르면 역동적인 어떤 '지금'은 움직이는 물체에 대응한다"(p. 115). 어쨌든 P. F. Conen은 두 개념을 최종적으로는 화해시킬 수 있다고 생각한다(pp. 115~16). 이 점에서 역시 V. Goldschmidt는, 잠재적인 것이 현실화되는 것의 표현으로서의 역동적 순간 개념에 도움을 청함으로써 Conen의 해석을 확인하고 설명해준다.

25) V. Goldschmidt는 이런 방향으로 나아가지는 않지만 13장의 분석에 관해 다음과 같이 지적하고 있다. "여기서 문제되는 것은 더 이상 분화되지 않은 시간, 변화하는 시간이 아니라, 구조화된 시간 그리고 현재 순간으로부터 구조화된 시간이다. 현재 순간은 이제 이전과 이후(220 a 9)만이 아니라 보다 엄밀히 말해서 과거와 미래를 결정한다"(앞의 책, p. 98). 그러므로 엄밀한 의미의 순간과 넓은 의미의 순간, 혹은 파생된 의미의 순간을 구별해야 한다. "그러니까 현재 순간은 그 자체로 고려되는 것이 아니라, '다른 것,' 즉 아직 가까운 미래('그는 올 것이다')나 과거('그는 왔다')와 결부된다. 그리고 그 전체는 오늘 [……]이라는 용어로 둘러싸여 있다. 따라서 우리는 한 점에 국한된 현재로부터, 가깝거나 먼 과거와 미래로 팽창하는 어떤 움직임을 목격한다. 그렇게 팽창하는 과정에서 현재와 결부된

과거와 가까운 미래를 품고 있는 현재만이 과거와 미래를 구별하고 또 동시에 통합할 수 있다. 그러나 아리스토텔레스의 입장에서는, 순간의 현재와 전후 관계에 놓인 과거-미래 관계를 구별하는 것은 물리학의 궁극적인 유일 원리인 운동에 대한 시간의 종속성을 위협하는 것일 수 있다.

우리가 아우구스티누스의 발상과 아리스토텔레스의 발상 사이에 중간 단계는 없다고 말할 수 있었던 것은 바로 이런 의미에서다. 일상 언어에서 현재 순간은 단지 순간의 한 변이형에 불과하다는 생각(『물리학』이 그것을 떠안고 있다)으로부터 또 다른 생각, 즉 직관attention의 현재는 일차적으로 기억의 과거와 기다림의 미래에 의거한다는 생각으로 옮겨가기 위해서는, 그대로 건너뛰는 수밖에 없다. 우선 시간에 대한 한 가지 관점에서 다른 관점으로 뛰어넘어야 하는 것뿐만 아니라, 심지어 마치 두 관점이 서로를 은폐할 수밖에 없는 것 같다.[26] 하지만 두 관점은 각기 나름대로의 어려움을 안고 있기 때문

'다른' 사건들은 현재와 더불어 매번, 위치가 결정되고 계량화할 수 있는 경과 시간을 이룬다(227 a 27)"(p. 99). 14장에서 검토된 일상 언어의 표현들(그 표현들은 다양한 정도로 현재 순간과 관련된다)이 암시하듯이, 이제 순간의 다의성(多義性)은 어느 정도 불가피한 것으로 보인다("순간은 얼마나 많은 뜻으로 쓰이는가." 222 b 28). V. Goldschmidt는 이에 대해 다음과 같이 설명한다. "앞선 것과 뒤에 오는 것에 의해 시간을 결정하는 데 사용되었으며, 그러한 기능에서 보자면 언제나 '다른'(219 b 25) 것이던 순간이 이제는 위치가 결정된 순간이며, 현재 순간으로 이해된다. 바로 그 현재 순간으로부터 앞선 것과 뒤에 오는 것은 두 가지 방향으로 — 반대되는 의미를 지니긴 하지만 — 조직된다"(앞의 책, p. 110).

26) 아리스토텔레스에서 아우구스티누스로 옮겨갈 수 있는 가능성을 아리스토텔레스의 학설에서 찾아볼 수 있다면, 그것은 『물리학』에 따른 순간의 아포리아를 통해서라기보다는 『윤리학』과 『시학』에 따른 시간론 속에서가 아닐까? 그것이 V. Goldschmidt가 개척한 길이다(앞의 책, pp. 159~74). 즉 쾌락plaisir이란 사실상, 그 어떤 운동이나 형성 과정을 벗어나서, 찰나에 생기는 것일 수밖에 없는 완결된 어떤 전체를 이룬다는 것이다. 느낌도 마찬가지로 한순간에 생겨나며, 심지어 우리를 운명의 영고성쇠로부터 벗어나게 하는 행복한 삶은 더욱 그렇다. 이것은 순간이 의식 활동 — "현실태는 발생론적 과정의 종착점이긴 하지만 그 과정을 초월

에 서로 화해하지 않을 수 없다. 이 점에서 아우구스티누스와 아리스토텔레스를 대조함으로써 얻은 결론은 명확하다. 즉 시간의 문제를, 정신이든 운동이든 단 하나의 극단적 방법으로 공략한다는 것은 가능하지 않다는 것이다. 정신의 이완만으로는 시간의 연장을 만들어낼 수 없으며, 운동의 역동성만으로는 세 겹의 현재의 변증법을 만들어낼 수 없다.

우리의 궁극적인 의도는 이야기의 시학이 사변이 떼어놓은 것을 합치는 데 어떻게 기여하는가를 보여주는 것이다. 이야기의 시학은 시간의 내적 의식과 객관적인 연속의 대조뿐만 아니라 그 둘의 공모를 필요로 한다. 그렇게 해서 현상학적 시간의 불협화음을 내는 화음과 물리적 시간의 단순한 연속을 서술적으로 중재하는 것들을 탐구하는 것이 더욱 절실해지기 때문이다.

하는"(앞의 책, p. 181) 의식 활동 ── 이기도 한 현실태의 순간인 한에서 그렇다. 그러한 시간은 더 이상 잠재태의 불완전한 현실태 체제에 종속된, 운동의 시간이 아니다. 그것은 완결된 현실태의 순간이다. 이 점에서 비극적 시간은, 물리적 시간과는 결코 다시 만나지 못한다 하더라도, 윤리학의 시간과는 어울린다. 스토리의 전개와 "더불어 가는" 시간은, 형성되는 과정의 시간이 아니라 하나의 전체로 간주되는 극적 행동의 시간이다. 그것은 형성 과정의 시간이 아니라 현실태의 시간이다(앞의 책, pp. 407~18). 『시간과 이야기』 1권에서 아리스토텔레스의 『시학』에 대한 나의 분석은 그 결론과 맞아떨어진다. 이와 같이 아리스토텔레스의 시간론이 예상치 못한 국면으로 전개되는 것은 인상적이긴 하지만, 아리스토텔레스에서 아우구스티누스로 넘어가게 해주지는 않는다. 『윤리학』의 순간-전체성은 시간에서 벗어날 때에만 『물리학』의 순간-경계와 구별된다. 이제 더 이상 순간이 "시간 속"에 있다고 말할 수 없다. V. Goldschmidt의 분석에 따르면, 그때부터 『윤리학』, 혹은 경우에 따라 『시학』의 순간-전체성은 아우구스티누스보다는 플로티누스와 헤겔 쪽으로 방향을 잡아간다.

2. 직관적 시간과 보이지 않는 시간
── 칸트 대 후설

우리가 아우구스티누스가 말한 정신의 시간과 아리스토텔레스가 말한 물리학의 시간을 대조한 이후에도 시간의 아포리아는 완전히 사라지지 않았다. 아우구스티누스의 생각이 안고 있는 난점들이 빠짐없이 드러나지도 못했다. 『고백록』 XI의 해석은 번득이는 혜안과 칠흑 같은 망설임 사이를 끝없이 오간다. 때로 아우구스티누스는, 이제 나는 알았다, 이제 나는 믿는다!, 라고 외친다. 하지만 때로는, 내가 단지 보았다고 믿었던 것이 아닌가? 내가 안다고 믿는 것을 이해는 하고 있는가? 이렇게 묻는다. 그렇다면 시간에 대한 의식이 이처럼 확신과 의심 사이를 오갈 수밖에 없게끔 만드는 어떤 근본적인 이유가 있는가?

시간의 아포리아를 탐구하면서 우리가 이 단계에서 후설에게 질문을 던지기로 한 것은, 바로 그가 적합한 방법으로 시간 그 자체를 나타나게 만들고 그렇게 해서 현상학을 모든 아포리아에서 해방시키려고 했기 때문이다. 이러한 야심찬 의도는 후설의 현상학을 특징짓는 것으로 보인다. 그런데 시간을 있는 그대로 나타나게 만든다는 의도는, 앞장에서 물리적 시간이라는 이름으로 등장한 바 있고, 『순수이성비판』에서 객관적 시간, 다시 말해서 사물objets을 결정하는 데 함축된 시간이라는 명목으로 다시 등장하는 그러한 시간의 비가시성invisibilité이라는, 무엇보다도 칸트적인 논제에 가로막히고 만다. 칸트의 입장에서 객관적 시간은──물리적 시간은 선험철학에서 객관적 시간이라는 새로운 모습으로 재등장한다──, 결코 있는 그대로 나타나는 것이 아니라, 언제나 하나의 전제로 머물러 있다.

I. 시간의 드러남:
내적 시간 의식의 현상학에 대한 후설의 "강의"

『내적 시간 의식에 대한 강의 *Leçons sur la conscience intime du temps*』[27]에서 1과 2[서론에 포함된 1. 객관적 시간의 배제, 2. '시간의 근원'에 관한 물음을 가리킨다: 옮긴이]를 포함한 서론은, 시간의 드러남을 그 자체로 직접 기술하려는 후설의 야심을 잘 보여주고 있다. 이때 시간 의식은 "내적인 inneres" 의식으로 이해되어야 한다. 이 단 하나의 형용사 안에 시간 의식의 현상학 전체가 이루어낸 발견과 그것이 안고 있는 아포리아가 맞물린다. 이러한 내적 의식, 그러니까

---

27) Edmund Husserl, "내적 시간 의식의 현상학 Zur Phänomenologie des inneren Zeitbewusstseins(1893~1917)," Rudolf Boehm 편집, 『후설 전집 *Husserliana*』 10 권, Den Hagg: Nijhoff, 1966. R. Boehm의 서문은 중요한 의미를 갖는데, 그에 따르면 이 『강의』는 1916년부터 1918년까지 후설의 연구 조교였던 Edith Stein이 그의 수고들을 정리한 것이다. 후설은 Edith Stein이 손으로 쓴 수고본을 1926년에 하이데거에게 맡겼고, 하이데거는 이 원고를 1928년, 그러니까 『존재와 시간』 (1927)이 나온 뒤에 『철학과 현상학적 탐구 연보 *Jahrbuch für Philosophie und phänomenologische Forschung*』 9집에 「내적 시간 의식의 현상학에 대한 에드문트 후설의 강의 Edmund Husserls Vorlesungen zur Phänomenologie des inneren Zeitbewusstseins」란 제목으로 출간하였다(Henri Dussort가 이것을 『내적 시간 의식의 현상학을 위한 강의 *Leçons pour une phénoménologie de la conscience intime du temps*』(Paris: PUF, 1964, 1983)라는 제목으로 프랑스어로 번역했으며, Gérard Granel의 서문이 실려 있다). 후설이 지녔던 원래 생각을 역사적으로 재구성하기 위해서는 다음과 같은 사항들도 유념해야 한다. 우선 Edith Stein이 정리하고 집필한 텍스트의 글자 그대로의 의미를 후설의 뜻이라고 받아들여서는 안 될 것이다. 그리고 R. Boehm이 출판하고 『후설 전집』 10권에 수록된 "부록 Beilagen"과 "보유 des ergänzende Texte"에 비추어 주 텍스트를 비판적으로 검토해야 할 것이다. 끝으로 루뱅 대학의 후설 자료 보관소에서 출판을 준비하고 있는 『베르나우 수고본 *manuscrit de Bernau*』[1917년 후설이 베르나우에서 여름 휴가를 보내면서 정리한 원고를 가리킨다: 옮긴이]과 『강의』를 대조해야 할 것이다. 우리가 이 책에서 시도하는 것과 같은 철학적 탐구를 위해서는 후설이 1928년에 자필로 서명하고 R. Boehm이 1966년에 펴낸 『강의』를 바탕으로 할 수 있다. 우리가 후설의 시간론이라는 명목으로 해석하고 논의하는 것은 바로 그 텍스트, 오로지 그 텍스트뿐이다. Boehm 편집본은 〔 〕로, 프랑스어 번역본은 ( )로 인용한다.

직접적으로 어떤 의식-시간(독일어는 의식과 시간이라는 단어 사이의 간격이 없는 복합명사 'Zeitbewusstsein'을 사용함으로써 이를 완벽하게 나타낸다)일 수 있는 이 내적 의식은 객관적 시간을 배제 Auschaltung 함으로써 만들어진다. 그렇다면 시간이 드러나는 영역에서 객관적 시간이라는 이름하에 배제되는 것은 무엇인가? 그것은, 칸트에 따르면, 사물을 결정하는 데 있어서 반드시 전제가 되는 세계의 시간이다. 후설이 객관적 시간을 배제하면서 이를 심리적인 대상들을 다루는 과학으로서의 심리학의 핵심에까지 밀고 나간 것은,[28] 시간과 지속 durée(이 용어는 언제나 시간 간격, 경과된 시간의 뜻으로 사용되고 있다)을 나타나는 그대로 적나라하게 드러내기 위함이다.[29] 여기서 후설이 최초의 인상, 일상 경험을 모으는 것은 아니다. 오히려 후설은 그것들을 인정하지 않는다. 물론 그는 이러한 "의식 흐름의 내재적 시간"을 자료 datum [6](9)라고 부르기는 하지만, 이 자료는 직접적으로 주어진 것 un immédiat이 되지 못한다. 보다 정확히 말해서 직접적인 것은 직접적으로 주어지지 않는다. 직접적인 것을 획득하기 위해서는 큰 대가, 즉 "존재하는 것들과 관련된 모든 선험적 전제(같은 책)"를 유보시키는 대가를 치러야 한다.

이러한 대가를 후설이 치를 수 있을까? 이것은 배제의 방법론을 끝까지 밀어붙일 것을 요구하는 『강의』 3장 끝부분에 가서야 대답할 수 있는 질문이다. 하지만 현상학은, 적어도 그 기획 초기에는, "의식 흐

---

28) "객관적 관점에서 보자면 각각의 체험, 따라서 시간 지각과 시간 표상의 체험 자체도, 모든 실재적 존재나 실재적 존재 계기와 마찬가지로 유일한 하나의 객관적 시간 속에 자리를 잡을 것이다"(『강의』 §1 [4](6)).

29) "우리가 받아들이는 것은 세계의 시간의 실존이나 사물이 지속하는 시간의 실존과 같은 것이 아니라, 오히려 나타나는 시간 그 자체, 즉 나타나는 지속 그 자체이다. 그런데 이것들은 절대적으로 주어진 것들이며, 이를 의심하는 것은 무의미할 것이다" [5](7). 그 다음에 수수께끼 같은 진술이 이어진다. "물론 그러고 나서 우리는 존재하고 있는 어떤 시간 또한 Allerdings auch 인정하지만, 이것은 경험 세계의 시간이 아니라 의식 흐름의 내재적 시간이다"(같은 책).

름"과 "세계 시간의 객관적 흐름," 또는 내재적 시간의 "잇달아 일어남 l'un après l'autre"과 객관적 시간의 연속성, 또는 내재적 시간의 연속체와 객관적 시간의 연속체, 내재적 시간의 다양성과 객관적 시간의 다양성이, 서로 관계는 없지만, 같은 이름을 지니고 있다는 사실을 인정하지 않을 수 없다는 것을 지적해야만 한다. 이후에도 우리는 비슷한 경우를 계속 보게 될 것이다. 배제된 객관적 시간의 분석에서 계속해서 무엇을 빌려오지 않고서는 내재적 시간의 분석이 이루어질 수 없는 것처럼 보인다.

후설의 의도가 다름아닌 의식의 질료학 hylétique을 구축하는 것임을 감안한다면, 그처럼 내재적 시간의 분석이 객관적 시간으로부터 무언가를 끊임없이 빌려올 수밖에 없다는 것을 이해할 수 있다.[30] 그런데 이 질료학이 무엇인가를 말할 수 있으려면, 현상학적 자료들 가운데 무엇보다도 "시간 파악 Auffassungen, 즉 객관적 의미의 시간적인 것이 나타나는 체험들"[6](9)을 고려해야 한다. 내적 시간 의식의 현상학의 최종적 내기인 질료학에 관해 말할 수 있게끔 하는 것은 바로 이러한 시간 파악들이다. 후설은 시간 파악들이 감각된 senti 시간 속에서 질서를 이루고 있으며, 또한 객관적 시간 그 자체를 구성하는 토대로 쓰이고 있음을 인정한다.[31] 그런데 이러한 시간 파악이 질료

---

30) 후설이 말하는 질료학이란, 질료에 생명을 불어넣고 질료를 활성화하고 의미를 부여하는 형태 morphê를 제외시킨 지각을 말한다. 즉, 지향적 행위의 질료 hylê — 또는 있는 그대로의 인상 — 에 대한 분석을 말한다.

31) 시간 파악의 이 두 가지 기능, 즉 감각된 시간을 말로 표현할 수 있게 해주며, 객관적 시간이 구성될 수 있게 한다는 기능이 서로 밀접하게 연관되어 있다는 것은 다음 대목에서 알 수 있다. "'감각된' 시간 자료들은 단순히 감각된 것이 아니라 파악의 성격들도 담고 있으며, 다시 이러한 파악의 성격들에 어떤 적합한 요구와 가능성, 즉 감각된 자료들에 기초하여 나타나는 시간들이나 시간 관계들을 서로 비교하여 측정하고, 그것들을 객관적 질서 속에서 이러저러한 방식으로 자리잡게 하는 가능성, 그리고 그것들을 명백하고 실재적인 질서로 배열할 수 있는 가능성이 속한다. 이 경우 객관적으로 타당한 존재로서 구성되는 것은 결국 무한한 객관

학을 침묵에서 끌어내기 위해서는, 배제되기 이전의 객관적 시간의 규정들로부터 무엇을 빌려와야 하지 않는가 하고 생각해볼 수 있다.[32] 객관적인 동시성 simultanéité과 시간적 거리에 관해 아무것도 모르고, 또 시간 간격들 사이의 객관적 동등성에 관해 아는 것이 없다면, "동시에 en même temps" 감각한 것이라고 말할 수 있을까?[33]

적 시간뿐이며, 바로 이 객관적 시간 속에서 모든 사물이나 사건, 즉 물리적 속성의 육체와 심리적 상태인 정신이 시간측정기에 의해 규정될 수 있는 그들의 일정한 시간 위치들을 차지한다"[7](12). 더 뒤에 가면, "현상학적으로 말하자면 객관성은 곧 '일차적' 내용들 속에서 구성되는 것이 아니라, 파악의 성격에서, 또한 본질상 그에 속하는 것인 법칙에의 적합성 속에서 구성되는 것이다"[8](13).

32) 객관적 시간/내재적 시간의 쌍과 지각된 빨간색/감각된 빨간색의 쌍을 비교하는 것은 이러한 의혹을 더욱 깊게 만든다. "감각된 빨간색은 그 어떤 파악 기능에 의해 활성화되어 객관적 질(質)을 제시하는 현상학적 자료이다. 그러나 이 자료 자체가 하나의 질은 아니다. 본래 의미에서의 질, 즉 나타나는 사물의 성질은 감각된 빨간색이 아니고, 지각된 빨간색이다. 감각된 빨간색은 단지 애매하게 빨간색이라고 불릴 뿐이다. 왜냐하면 빨간색은 어떤 사물의 질의 명칭이기 때문이다"[6](10). 그런데 시간의 현상학도 그와 같은 유형으로 시간을 둘로 나누고 겹쳐놓게 만든다. "우리가 만일 어떤 현상학적 자료, 즉 파악에 의해서 우리로 하여금 객관적인 어떤 것이 생생하게 주어졌다고 의식하게 하는(그때부터 '객관적으로 지각된 것'으로 불리게 된다) 현상학적 자료를 '감각된' 것이라고 부른다면, 우리는 이와 동일한 의미에서 '감각된' 시간적인 것과 '지각된' 시간적인 것도 구별해야만 한다. 후자가 객관적 시간을 뜻한다"[7](11).

33) 후설의 현상학은 다른 무엇보다도 지각의 현상학이라는 점에서, 『내적 시간 의식의 현상학을 위한 강의』에는 후설 현상학 전체의 흐름을 거스르는 어떤 시도가 있다고 본 Gérard Granel(『후설에게서 시간과 지각의 의미 Le Sens du temps et de la perception chez E. Husserl』, Paris: Gallimard, 1958)의 견해는 타당하다. 그와 같은 현상학에서 감각된 것의 질료학은 지각된 것에 대한 의식 작용 la noétique du perçu에 종속될 수밖에 없다. 사물을 지향할 때 감각 Empfindung(또는 인상)은 언제나 뒤진다. 가장 대표적인 나타남은 감각된 것이 아니라 지각된 것의 나타남이다. 그것은 사물을 지향하는 순간부터 경험된다. 따라서 감각된 것을, 그 자체 자율적인 질료학 속에서 뚜렷하게 나타나는 것으로 간주하기 위해서는, 대상을 향해 있는 지향적 의식의 운동을 역전시켜야 한다. 그러므로 대상을 향해 있는 현상학은, 종속된 층이 가장 깊은 층이 되는 현상학이 구축되기 전까지는, 단지 잠정적으로만 질료학을 지성론에 종속시킨다는 것을 인정해야 한다. 『내적 시간 의식의 현상학』은 아직 이루어지지 않은 현상학, 다른 어떤 지각의 현상학보다 심오

감각된 시간적 연쇄를 지배하는 것으로 후설이 제시한 **법칙들**을 고려할 때, 위의 질문은 더욱 급박해진다. 후설은 "선험적인 진리들" [10](15)이 시간 파악에 붙어 있으며, 시간 파악은 감각된 시간에 내재하는 것이라고 확신한다. 선험적인 진리들로부터 시간의 선험성 a priori이 파생된다. 다시 말해서 "잘 짜여진 시간적 질서는 이차원의 무한 계열 série이며, 상이한 두 시간은 결코 동시에 같이 있을 수 없고, 그 관계는 불가역적이며, 추이성(推移性) transitivité이 있고, 그 각각의 시간에 이전과 이후의 시간이 딸려 있다. 이 정도면 일반적 서론으로 충분하다"[10](16). 따라서 "시간 의식을 탐구하고, 그것의 본질적 구성을 분명히 드러내도록 이끌며, 경우에 따라서는 특수한 방식으로 시간에 속하는 파악 내용들과 작용 성격들──시간의 선험적 성격들은 본질적으로 그에 속한다── 을 추출함으로써"[10](15) 시간의 선험성이 명백히 드러날 수 있다는 내기가 성립될 수 있을 것이다.

후설이 보기에, 지속의 지각이 지각의 지속을 항상 전제로 한다는 사실은 별로 문제가 되지 않는다. 지각의 현상학을 포함한 모든 현상학이 따르는 일반 조건, 다시 말해서 객관적인 세계와의 친숙성을 미리 전제하지 않는다면 환원은 모든 근거를 상실하게 될 것이라는 일

한 이러한 현상학에 속하는 것이다. 이렇게 해서 시간의 질료학은 대상을 향해 있는 현상학이 요구하는 지성론에서 벗어날 수 있는가. 그리고 그것은 『순수현상학과 순수현상학적 철학을 위한 주도 이념 *Idées directrices pour une phénoménologie et une phénoménologique pures*』(1권, 불역, Paris: Gallimard, 1950, 1985) §85에서 내건 약속, 즉 "체험된 것의 시간성 전체를 구성하는 궁극적 의식의 어두운 심층" 속으로 내려간다는 약속을 지킬 수 있는가 하는 문제가 제기된다. 『이념』 1권 §81에서는, 지각은 현상학의 표층만을 구성할 따름이며, 그리고 그 저술 전체는 결정적이고 진정한 절대 층위에 자리잡고 있지 않다고 암시하고 있다. 그런데 §81은 바로 내적 시간 의식에 관한 1905년의 『강의』에 의거하고 있다. 어쨌든 우리는 어떤 대가를 치러야 하는지는 알고 있다. 즉 다름아닌 지각 그 자체를 배제해야 하는 것이다.

반 조건 역시 마찬가지다. 여기서 문제가 되는 것은 배제라는 말이 갖는 일반적인 의미다. 즉 배제는 그 어떤 것도 제거할 수는 없으며, 그저 배제되는 것을 시야에서 놓치지 않으면서 시선의 방향을 바꾸는 데 그친다는 뜻으로 이해되어야 한다. 이런 의미에서 내재성으로의 전환은, 『순수현상학과 순수현상학적 철학을 위한 주도 이념』 1권 §32에서 말하고 있듯이, 기호를 바꾼다는 것을 뜻한다. 지속되는 음(音)에서 "그것이 어떻게 지속되는가의 양태"[34]로 시선이 옮겨갈 때, 기호가 변화한다 하더라도 음의 통일성, 파악 등 동일한 낱말을 사용하지 말라는 법은 없다. 그럼에도 불구하고 내적 시간 의식과 더불어 어려움은 더욱 가중된다. 즉 의식 작용noétique의 속박에서 벗어나는 질료학의 보다 깊숙한 지층으로 파들어가기 위해서, 현상학은 이미 환원된 지각에 대해서 다시 환원을, 즉 이번에는 **지각된 것에서** 감각된 것으로 환원을 수행하기 때문이다. 하지만 이러한 환원 속의 환원 말고 다른 길을 통해 질료학이 이루어질 수 있을지는 의문이다. 그 전략의 이면은 밖으로의ad extra 지향성을 삭제하면서 지각된 사물이라는 해결되지 않는 문제로 인해 유지되는, 겉으론 같지만 그 뜻이 다른 용어들, 어휘상의 애매함이다. 이것이 바로 스스로 전복시키고 있는 경험에 의지하는 시도의 역설이다.

그런데 이러한 모호성은 내적 시간 의식의 현상학이 전적으로 실패했기 때문이 아니라, 언제나 보다 정제된 현상학적 분석을 위해서는 보다 비싼 값을 치르지 않을 수 없기에 생기는 아포리아들 때문인 것처럼 보인다.

이런 당혹스러운 사실들을 안고, 이제 우리는 후설의 시간현상학

---

34) 그렇기 때문에 나타남 Erscheinung이라는 용어는 보존될 수 있다. 그 의미만 축소되는 것이다. 지각하다라는 용어도 마찬가지다. "우리는 음의 지속에 대하여 지각이라고 말한다"[25](39).

이 발견한 위대한 두 가지 사실, 즉 과거 지향 rétention, 그리고 그와 대칭을 이루는 미래 지향 protention 현상에 대한 설명, 그리고 과거 지향(또는 일차적 기억)과 회상 ressouvenir(또는 이차적 기억)의 구별로 다가갈 것이다.

과거 지향에 대한 분석을 시작하기 위해 후설은 어떤 음son이라는 가능한 한 평범한 대상의 지각을, 그러니까 같은 이름으로 부를 수 있으며 실제로 같은 것으로 간주되는 어떤 것, 즉 어떤 음과 어떤 음의 지각을 버팀목으로 삼는다.[35] 후설은 그러므로 어떤 것을 내 눈 앞에 있는 지각된 대상이 아니라, 감각된 대상으로 여기고자 한다. 음이란, 그 자체의 성질이 시간적이기 때문에, 단지 우연히 생겼다가, 연이어지고, 계속되다가, 멈추는 것에 지나지 않는다.[36] 이 점에서 아우구스티누스가 예로 든 송가「만물의 창조자인 신(神) Deus creator omnium」에서 장음과 단음이 번갈아 나오는 8음절 시구의 낭송〔『시

---

35) 서론에서부터 후설은 스스럼없이 다음과 같이 말한다. "어떤 음이 진행되는 것에 관한 의식, 즉 내가 지금 듣고 있는 멜로디에 관한 의식이 연속성을 보여준다는 사실이야말로 우리가 보기에는 그 어떤 의혹이나 부정도 무의미하게 만드는 명증성을 갖는다"〔5〕〔7〕. "어떤 음son"이라는 표현으로 후설이 지향성 자체가 요구하는 지속의 통일성을 부여하는 것은 아니다. 어떤 대상이 동일한 것으로 파악될 수 있는가는, 대상과 부합하는 지향이 갖는 의미의 통일성에 근거하고 있다는 점에서 그렇게 보이는 것이다(D. Souche-Dagues, 『후설의 현상학에서 지향성의 전개 Le Développement de l'intentionnalité dans la phénoménologie husserlienne』, Den Hagg : Nijhoff, 1972).

36) Gérard Granel은『강의』를 "지각된 것이 있거나 혹은 없는 지각"(앞의 책, p. 52)을 묘사하는 데 전념하는 "현상 없는 현상학"(p. 47)이라고 매우 적절하게 지적하고 있다. 하지만 그가 후설의 현재와 헤겔의 절대를 접근시키고 있는 것에 대해서는 동의할 수 없다("여기서 문제되는 내면성 intimité은 절대의 내면성, 다시 말해서 칸트 수준의 진리들이 성과를 거둔 다음에 필연적으로 닥쳐오게 마련인 헤겔적인 문제다," p. 46).『강의』3장에 대한 나의 해석은 그와 같이 후설의 현재와 헤겔의 절대의 연결 가능성을 배제한다. 절대로 옮겨가는 것은, Granel의 표현에 따르면, 생생한 현재와 마찬가지로 흐름 전체라는 점에서 그렇다.

간과 이야기』 1권, pp. 54~60(번역본) 참조: 옮긴이]은, 후설의 말에
따르면, 내재적 영역에서는 유지될 수 없을 정도로 매우 복잡한 대상
을 제시한다. 후설에게도 멜로디의 예는 마찬가지 경우이며, 그래서
후설은 지체없이 그것을 논의 대상에서 분리시킨다. 그는 지속되는
음이라는 이 최소 대상에 시간 객체 Zeitobjekt라는 이상한 이름을 붙
이는데, 그 기이한 용어의 특성을 강조하기 위해 그라넬 Gérard
Granel은 아주 적절하게 프랑스어로 템포-객체 tempo-objet로 옮긴
다.[37] 결국 상황은 이렇다. 한편으로 객관적 시간은 환원되었다고 가
정하면서, 시간 그 자체가 어떤 체험된 것으로 나타나기를 요청한다.
다른 한편으로 질료학에 관한 논의가 침묵을 지키지 않기 위해서는
지각된 어떤 것이 받침이 되어야 한다. 여기에서 객관적 시간의 배제
를 끝까지 밀고 나가서, 시간-객체에 남아 있는 객관적 측면을 박탈
하는 것이 가능한지는 3장에서 다룰 것이다. 그전까지는 환원된 대상
으로서의 시간-객체가 연구의 목적 télos이다. 바로 이 시간-객체가
순수 내재적 영역에서 무엇을 구성해야 하는지를 — 그건 바로 같은
것이 다른 국면 phase의 연속을 거쳐 계속된다는 의미에서의 지속이
다 — 말해준다. 이 시간-객체가 너무 모호한 실체라고 유감스러워하
는 사람도 있을 것이다. 하지만 그 덕분에 우리의 시간 분석은 단번
에 지속 — 단순히 연속의 의미가 아니라 계속 continuation, "그러한
것으로 간주된 지속"(Verharren als solches, 같은 책)의 의미로 — 에
대한 분석이 된다.

이 점에서 후설이 발견한 독창적인 것은, '지금'은 한 점에 국한된
순간으로 수축되는 것이 아니라 세로 방향의 지향성 intentionnalité

---

37) "우리는 시간-객체[Dussort는 시간적 객체 objet temporel로, Granel은 템포-객체
tempo-objet라고 번역한다]라는 용어를, 시간 속의 단위들만이 아니라 그 자체 속
에 시간 연장(延長)Zeitextension을 포함하고 있는 대상들이라는 특수한 의미로 이
해한다"[23](36).

longitudinale(이는 지각 작용에서 대상의 통일성을 강조하는 선험적 지향성과 대립되는 뜻으로 사용된다)을 내포하고 있다는 사실이다. '지금'은 그러한 지향성에 근거해서 그 자체인 동시에 '이제 막 soeben' 지나간 국면의 음(音)에 대한 과거 지향이고 곧 다가올 국면의 미래 지향이다. 바로 이러한 발견에 힘입어 '지금'은 다양한 모습의 하나 un에 추가된 모든 종합적 기능 —— 브렌타노 Brentano에 따르면 상상력이리라 —— 에서 벗어날 수 있게 된다. 나중에 다시 설명하겠지만 칸트가 말하는 "잇달아 일어나는 l'un après l'autre" 것은 시간-객체들이 나타나는 데 필수적이다. 기실 계속된다는 것은 순수 질료학적 여건 상태로 환원된 것으로 추정되는 음의 지속 Dauereinheit의 통일성으로 이해해야 한다(§8, 첫부분). "음이 울려퍼지기 시작하고 그친다. 그리고 음이 지속되는 시간의 전체 통일성, 즉 음이 울려퍼지고 끝나는 과정 전체의 통일성은 그 음이 끝남에 따라 항상 보다 먼 과거 속으로 '밀려난다 tombe'" [24](37). 더 말할 나위 없이 문제는 같은 것으로서의 지속에 대한 문제다. 그리고 과거 지향은, 여기선 그저 간단히 들먹였지만, 바로 그에 대해 찾고자 했던 답의 이름이다.

이제부터 현상학적 기술(記述)의 기법은, 지속되는 음에서 그것이 지속되는 방식 modalité으로 관심을 옮기는 것에 있다. 순수한 질료적 여건이 형태가 없고 말로 표현할 수 없다면 그러한 시도는 또다시 물거품이 될 것이다. 실제로 울려퍼지기 시작할 때의 음에 관한 의식을 나는 '지금'이라고 부를 수 있으며, "국면들의 연속성은 방금 일어난 것으로 vorhin," 시간적인 지속 전체는 마치 "흘러가버린 지속인 것 als abgelaufene Dauer" [24](38)처럼 말할 수 있다. 질료학이 침묵을 지키지 않으려면, 아우구스티누스가 매번 회의론자들에 맞서 그랬던 것처럼, 일상 언어의 이해와 의사소통, 그러니까 '시작하다' '계속하다' '끝나다' '남아 있다' 같은 말들의 관용적인 의미, 그리고 동사 시제 및 시간과 관련된 수많은 부사와 접속사('아직' '하는 한' '지금 '그전에' '그후에' '하는 동안' 등)의 의미론의 힘을 빌려야 한다. 불행히도 후설은 자신의 기술의 근거가 되는 가장 중요한 용어들, 즉 "흐름 Fluss" "국면" "흘러가다 ablaufen" "밀려나다 rücken" "뒤로 밀려나다 zurücksinken" "간격" 그리고 특히 "살아 있는"-"죽은"의 짝 (이것은 "현재를 생산하는 지점"과 결정적으로 허공에 밀려난 지속이라는 양극에 적용된다)과 같은 용어들이 갖는 분명히 은유적인 성격에 대해 깊이 생각하지 않았다. "과거 지향"이라는 말 자체도, 원래 꽉 붙잡고 있다는 것을 의미한다는 점에서[과거 지향의 rétention은 원래 '점유, 유치' 등을 의미한다: 옮긴이] 은유적이다. "이처럼 음이 뒤로 밀려날 때도 나는 여전히 그것을 '붙잡고 halte' 있고, 그 음을 '과거 지향' 속에서 갖고 있다. 그리고 과거 지향이 유지되는 한, 그 음은 자기 고유의 시간성을 가지며, 그 음은 똑같은 것으로 울려퍼지고, 그 지속도 변함이 없다"[24](37). 후설은 물론 용어들의 은유적 성격을 언급하지 않았지만, 지속의 양태 자체에 적용된 풍부한 어휘에 비추어본다면, 일상 언어는 질료학 그 자체에 더할 나위 없는 자원을 제공한다는 것을 아무 문제 없이 인정할 수 있다. 그 이유는 간단하다. 즉 사람들은 결코 대상에 관해 말하는 데 그친 것이 아니라, 그 대상이 변할 때 나타나는 것의 변형 자체에 적어도 막연하게나마 항상 주의를 기울여왔기 때문이다. 말이 언제나 부족한 것은 아니다. 글자 그대로의 용어가 없을 때, 은유는 의미론적 혁신의 잠재적 능력을 보여주면서 그 뒤를 확실히 이어받는다. 언어는 흘러가는 속에서도 남아 있는 것을 지칭하는 데 적합한 은유를 제공하는 것이다. "과거 지향"이라는 낱말 자체는 일상 언어가 이처럼 그 은유적 용법 속에까지 남아 있다는 것을 탁월하게 보여주는 증거다.

　이러한 배제에는 대담함과 소심함이 뒤섞여 있는데, 이에 대해 필요한 논의는 후에 칸트를 통해 접근함으로써 실마리를 찾게 될 것이다. 이 배제의 과정에서 감내해야 하는, 어쩌면 요구하고 있는 동음이의 homonymie의 혼란과 애매함은 과거 지향이라는 소중한 발견을 위해서 치러야 하는 대가이다. 과거 지향은, 음이 '여전히 encore' 울려퍼진다라는 표현에서 '여전히'라는 낱말에 부여해야 할 뜻을 성찰하는 데서 생긴다. '여전히'는 같은 것과 다른 것을 동시에 내포한다. "음 그 자체는 같은 것이지만, '그것이 (나타나는) 방식에서 보자면 그 음은 끊임없이 다른 것으로 나타난다"[25](39). 관점을 음에서 "음이 나타나는 방식"(der Ton "in der Weise wie," 같은 책)으로 뒤집는 것은 타자성을 전면에 나서게 하고 미궁에 빠뜨린다.

§9는 그러한 타자성이 보여주는 첫번째 특징을 차근차근 설명하고 있는데, 그것은 흘러가버린 국면들에 대한 지각의 변별성은 점차 줄어들면서, 과거 지향을 통해 붙잡은 내용들은 점점 더 희미해지거나 가라앉는다는 이중의 현상과 관계된다. "시간적 객체는 과거로 밀려남으로써 줄어드는 동시에 불투명해진다"[26](40). 그러나 후설이 어떤 대가를 치르면서라도 보존하려는 것은, 멀어지고 불투명해지고 줄어드는 현상 속에서도 드러나는 연속성이다. 변화를 특징짓는 타자성, 그 경과 양상 mode d'écoulement을 통해 시간적 객체에 영향을 미치는 타자성은 그 어떤 동일성도 허용하지 않는 차이가 아니다. 그것은 전적으로 특수한 변질이다. 후설은 '지금' 속에서 어떤 특수한 종류의 지향성, 선험적인 상관물이 아니라 "이제 막" 흘러간 지금을 향해 가는 지향성을 찾는 데 내기를 걸었다. 그러한 지향성이 갖는 효력은 바로, 그라넬이 그 지속 전체를 고려하여 음의 "커다란 지금 grand maintenant"(앞의 책, p. 55)이라고 부르는 것을 지금 흘러가고 있는 국면의 한 점에 국한된 '지금'에 준해 만들어내기 위해서, 지금을 붙잡는 데에 있다.

대상을 객체화하지 않는, 세로 방향의 이러한 지향성이야말로 지속의 연속성을 보장하면서도 다른 것 속에서 같은 것을 보존한다. 사실 단 하나의 객체라는 길잡이가 있기 때문에 내가 연속성을 만들어내는 이 세로 방향의 지향성에 관심을 갖는 것이라 해도, 한 점에 국한된 현재가 불가분의 지속을 통해 늘어난 현재 속에서 계속되게끔 보장하는 것은 질료학적 구성 속에 슬며시 도입된 객체화하는 지향성이 아니라 바로 이 세로 방향의 지향성이다. 그렇지 않다면 과거 지향은 분석할 가치가 있는 그 어떤 특유의 현상도 구성하지 못할 것이다. 과거 지향은 정확히 말해서 한 점에 국한된 Jetzpunkt 현재와 거기에 걸려 있는 일련의 과거 지향들을 다같이 붙잡게 하는 것이다. 한 점에 국한된 현재에 대하여 "그 경과 양상 속에 있는 객체"는 언제나 다른 객체다. 과거 지향의 기능은 한 점에 국한된 현재와 한 점에 국한된 것이 아닌 내재적 객체 사이의 동일성을 확립하는 것이다. 과거 지향은 동일자와 타자의 논리에 대한 도전이며, 그 도전은 시간이다. "모든 시간적 존재는 지속적으로 변하고 있는 어떤 경과 양상 속에서 '나타나며,' 어쨌든 우리가 객체, 그 시간의 모든 시점 그리고 이 시간 자체는 동일한 하나의 것이라고 말하더라도, '그 경과 양상 속에 있는 객체'는 이러한 변화를 통해 언제나 새롭게 다른 객체가 된다"[27](41). 역설은 단지 말에 있을 따름이다("어쨌든 우리가 [……]라고 말하더라도"). 그 역설은 이제부터 지향성 그 자체에 부여해야 하는 두 가지 뜻으로 이어진다. 즉 지향성이 "그 방식 속에 있어서 나타나는 것"에 대한 의식의 관계를 가리키느냐, 아니면 단적으로 나타나는 것과의 관계, 즉 선험적으로 지각된 것을 가리키느냐에 따라 달라지는 것이다(§9의 끝부분).

이 세로 방향의 지향성은 '지금'들의 연속이 갖는 계열 양상, 즉 후설이 "국면" 또는 "시점 points"이라고 부르는 양상이 지속의 연속성 속에 흡수되는 현상을 보여준다. 이러한 세로 방향의 지향성으로부터 우리는 다음과 같은 사실을 알게 된다. "우리는 경과 현상에 관해 그것이 불가분의 통일성을 이루는 끊임없는 변화의 연속성이라는 것을 알고 있다. 불가분이란 다시 말해서, 그 자체만으로 존재할 수 있는 조각들로 나누어질 수도 없으며, 그 자체만으로 존재할 수 있는 국면들, 즉 연속성의 시점들로 나누어지지도 않는다는 것이다" 〔27〕(42). 지속 Dauer이라는 용어 자체가 가리키고 있듯이, 전체의 연속성 또는 연속되는 것의 전체성이 강조된다. 그것이 바로 변화하면서도 어떤 것이 남아 있다는 것, 지속된다는 것을 뜻하는 바이다. 따라서 그로부터 비롯되는 동일성은 이제 더 이상 논리적인 동일성

38) 자크 데리다는 『목소리와 현상 La Voix et le Phénomène』(Paris: PUF, 1967, pp. 67~77)에서 "눈짓 Augenblick," 그러니까 자기와 동일하고, 여섯번째『논리 탐구 Recherche Logique』의 직관론적 개념이 꼭 필요로 하는, 한 점에 국한된 현재가 갖는 우위성에 대하여, 생생한 현재와 과거 지향 사이의 이러한 연대가 갖는 전복적 성격을 강조한다. "의식의 '원형 Urform'(『이념 I Ideen I』로서 한 점에 국한된 '지금'이 갖는 이러한 동기에도 불구하고, 『강의』와 다른 곳에 기술(記述)된 내용에 비추어보면 자기에 대한 현재의 단순한 동일성이라고 말할 수는 없다. 바로 거기서 형이상학적 보장이라고 부를 수 있는 것뿐만 아니라, 보다 국지적으로『탐구』에서의 '같은 순간에 im selben Augenblick'에 대한 논증이 흔들린다"(p. 71). 후설의 직관론이 한 점에 국한된 현재 속에 자기 자신에 대해 순수한 현전에 의존하고 있다 할지라도, 『강의』에서 바로 후설이 다음과 같은 사실을 발견한 공은 인정해야 한다. 그에 따르면 "지각된 현재의 현전은, 그것이 비-현전과 비-지각과 연이어 화해하는 한에서만, 다시 말해서 일차적인 기억과 기대(과거 지향과 미래 지향)로 나타난다"(p. 72). 이렇게 함으로써 후설은, 우리의 모든 분석의 결정적 계기가 되는 현재와 순간의 구별에 각별한 의미를 부여한다. 후설의 발견을 보존하려면, 회상 ressouvenir을 특징짓는 비-지각과 과거 지향에 귀속되는 비-지각을, 타자성이라는 공통된 명목으로 같은 쪽에 놓아서는 안 된다. 그렇게 한다면 지각과 함께 연속적으로 형성되는 과거 지향과 그것만이 그 낱말의 가장 강한 의미에서 비-지각인 회상 사이의 본질적인 현상학적 차이를 폐기시킬 위험이 있다. 이런 뜻에서 후설은 과거 지향의 특수한 sui generis 타자성을 포함하게 될 현전성의 철학에 길을 연다. 데리다는『목소리와 현상』을 쓴 시기에 이미 흔적 trace 속에서, "단지 '지금'의 순수한 현실성에 자리잡을 뿐만 아니라 그 현실성이 거기에 끌어들이는 차이의 운동 자체에 의해 그 현실성을 구성하게 될 가능성"(p. 75)을 간파하고, "그러한 흔적은, 만일 우리가 그 표현을 금방 반박하거나 삭제하지 않고 받아들인다면, 그 자체 현상학적인 근원성보다 더 '근원적 originaire'이다"(같은 책)라고 적절하게 덧붙인다. 우리는 나중에 이에 근접한 흔적의 개념을 받아들일 것이다. 하지만 그 개념은 생생한 현재를 한 점에 국한된 순간과 뒤섞으려는 현상학의 경우에만 불리하게 작용한다. 후설이 이러한 혼동을 허물어뜨리려고 노력하고

이 아니라 바로 그 어떤 시간적 전체성의 동일성이다.[38]

§10에 첨부된 도표[39]는 그저 단순한 연속을 특징짓는 타자성과 과거 지향에 의해 수행되는 지속에서 나타나는 동일성 사이의 종합을 선으로 나타내려고 할 뿐이다. 이 도표에서 중요한 것은 시간의 진행이 한 선으로 나타나고 있다는 사실이 아니라, "가라앉음"을 나타내는 사선 OE'와, 특히 각각의 순간에 있어서 현재 순간들의 연속을 가라앉음에 연결시키는 수직선 EE'를 바로 그 선 — 칸트는 이 선만을 고려한다 — 에 덧붙여야 한다는 사실이다. 국면들의 연속성을 통해 현재가 과거 지평과 융합된다는 것을 나타내는 것은 바로 수직선이다. 여기에서 그 어떤 선도 자체만으로는 과거 지평을 나타내지 않는다. 세 가지 선으로 이루어진 전체만이 과거 지평을 시각화하는 것이다. 후설은 §10 끝부분에서 이렇게 말할 수 있다. "그러므로 앞의 도표는 경과 양상들의 이중적 연속성에 대한 완벽한 이미지를 제시한다"[29](43).

이 도표의 가장 큰 결점은 비-선형적인 구성을 억지로 선형적으로 재현하려고 한다는 것이다. 뿐만 아니라, 시간이 연속된다는 특성과 함께 시간의 모든 점이 선 위에 위치한다는 것을 전제로 하지 않고서

있지만, 이는 단지 세 겹의 현재, 보다 정확히 말해서 "과거의 현재"라는 아우구스티누스의 개념을 세련되게 다듬고 있을 뿐이다.

39) 『강의』[28](43)

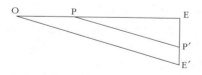

OE : 현재 순간들의 연속
OE' : 깊은 곳으로 가라앉음
EE' : 국면들의 연속체(과거 지평을 지닌 현재 순간)

는, 시간의 진행을 나타내는 선을 그릴 수 없을 것이다. 물론 이 도표에서 시간 진행을 나타내는 선은 가라앉음을 나타내는 사선과 매 순간의 깊이를 나타내는 수직선에 의해 보완됨으로써 충실해진다. 이렇게 해서 전체 도표가 시간 연속의 도식을 보완함으로써, 현상학적 시간을 형상화하는 데 있어서 연속성이 누리는 특권과 독점권이 와해될 것이다. 도표는 일련의 한계-시점 points-limites을 나타내기는 하지만, 원천-시점 points-sources이 과거 지향적으로 연루되어 있음을 나타내는 데는 실패한다. 간단히 말해서 멀리 떨어진 것과 깊숙한 곳에 있는 것의 동일성, 다른 것이 되어버린 순간들이 독특한 방식으로 현재 순간의 두터움 속에 포함되게끔 하는 동일성을 나타내지는 못하는 것이다. 실제로 그 어떤 도표도 과거 지향과 그것이 순간과 지속 사이에서 실행하는 중재를 제대로 나타낼 수는 없다.[40]

나아가 후설이 과거 지향을 설명하기 위해 사용하는 어휘 또한, 기억해둘 필요가 없는 도표만큼이나 적절하지 못하다. 기실 근원적 인상〔'근원적 인상'은 생생한 현재의 감각 활동으로서, 이것이 지속적으로 수정된 과거 지향의 연속체는 시간 의식의 흐름 속에서 지각 대상을 구성하기 위한 근원적 재료가 된다: 옮긴이〕과 관련하여 과거 지향의 특성을 설명하기 위해 후설은 바로 수정 modification이라는 용어를 사용하는데, 이 어휘를 택한 것은 각각의 새로운 현재의 근원성이 갖는 특권이 연속되는 순간들, 서로 떨어져 있음에도 불구하고 현재가 그 깊이 속에서 붙잡고 있는 순간들에까지 미친다는 것을 나타내기 위해서이다. 이로 인해 한 점에 국한된 현재와 이미 흘러가고 지나간 모든 것 사이가 아니라, 최근의 현재와 말 그대로의 과거 사이에 다

---

40) 모리스 메를로-퐁티는 『지각의 현상학 *Phénoménologie de la perception*』에서 다른 해석을 제시한다(같은 책, pp. 465~95). 나의 논문 "메를로-퐁티에서의 시간성 La temporalité chez Merleau-Ponty," in B. Waldenfels(éd), 『살아 있는 지각, 메를로-퐁티의 사유를 따라서 *Leibhaftige Vernunft. Spuren von Merleau-Pontys Denken*』, München: W. Fink-Verlag, 1985 참조.

름을 나타내는 기호를 표시해야 한다. 이러한 논의는 과거 지향과 회상을 구별하면서 그 온전한 힘을 갖게 될 것인데, 최근의 현재와 말 그대로의 과거의 구별은 근원적 인상과 과거 지향적 수정 사이의 연속성을 위해서 치러야만 하는 대가다. 이제부터는 이렇게 주장할 수 있다. 즉 현재, 그리고 가까운 과거는 서로 종속 관계이며, 과거 지향이란 확장된 현재로, 시간의 연속성뿐만 아니라 원천-시점의 직관력이 점차 완화되면서 현재 순간이 그 속에 혹은 그 밑에 붙잡고 있는 모든 것에 확산되게 해준다. 현재에서 흘러간 것은 "여전히" 현재에 속하기 때문에 현재는 원천-시점 Quellpunkt이라 불린다. 즉 시작한다는 것은 지속하기를 시작한다는 것이며, 현재 그 자체는 그처럼 "끊임없이 확장되는 연속성, 과거의 것들의 연속성"〔28〕(42)이다. 지속의 각 시점은 경과 양상들의 연속성을 포함하는 원천-시점이며, 이 모든 지속적 시점들이 축적됨으로써 과정 전체의 연속성이 이루어진다.[41]

　브렌타노와의 논쟁이 갖는 의미는 바로 여기에 담겨 있다. 다시 말해서 어떤 지속을 만들어내기 위해서 비본질적인 관계 ── 그것이 비

---

41) "그러므로 지속하고 있는 어떤 객체의 경과 연속성은 하나의 연속체 continuum다. 이 연속체의 국면들은 객체 지속에서 서로 다른 시점들의 경과 양상들의 연속체들 continua이다"〔28〕(42). R. Bernet는 근원적 인상과 과거 지향적 수정 사이의 이러한 연속성을 매우 강조하고 있다("시간 의식에 대한 후설의 분석에 나타난 현재 아닌 현재, 현재와 부재 Die ungegenwärtige Gegenwart. Anwesenheit und Abwesenheit in Husserls Analyse des Zeitbewusstseins," in E. W. Orth(éd), 『후설과 하이데거에 따른 시간과 시간성 Zeit und Zeitlichteit bei Husserl und Heidegger』, Freiburg, München, 1983, pp. 16~17; 불역 "시간 의식에 대한 후설의 분석에 나타난 과거의 현전 La présence du passé dans l'analyse husserlienne de la conscience du temps," Revue de métaphysique et de morale, 1983, n° 2, pp. 178~98). 그에 따르면 현전과 비-현전을 함께 구성하는 것이 그리 문제되지는 않는다는 것이다. "핵심적인 문제는 부재를 현상으로 나타나게 하는 것이다. 〔……〕 주체는 그의 현전이 현재를 넘어서서 지나간 현재와 다가올 현재로 밀려들 때에만 구성하는 주체로 자신을 파악할 수 있다"(p. 179). 이 "확장된 현재"(p. 183)는 지금 Jetzpunkt이며 그리고 과거의 현재다.

록 상상력의 관계라 하더라도 ── 를 '지금'들의 연속에 덧붙일 필요
는 없다는 것이다. 각 시점이 지속으로 확장되면서 그렇게 되기 때문
이다.[42]

바로 이처럼 원천-시점이 지속으로 확장됨으로써 과거의 지평에서
원천-시점을 특징짓는 인상이 누리는 근원성의 확장이 보장된다. 과
거 지향은 가까운 과거를 현재에 다시 이어줄 뿐만 아니라 그 직관력
intuitivité을 그러한 과거에 전달하는 효과도 갖는다. 이렇게 해서 수
정은 두번째 뜻을 얻게 된다. 즉 현재는 가까운 현재로 수정될 뿐만
아니라 근원적 인상 자체가 과거 지향으로 넘어가는 것이다. "현재의
음은 과거의 음으로 변화하고, 인상의 의식은 끊임없이 흐르면서 항
상 새로운 과거 지향의 의식으로 넘어간다"[29](44). 하지만 근원적
인상은 차츰 "흐려지는dégradée"[43] 형태로만 과거 지향으로 넘어간
다. 뿐만 아니라 "과거 지향의 과거 지향"이나 "기점 point initial에 속
하는 일련의 연속된 과거 지향들"[29](44)과 같은 복합적인 표현은
바로 이러한 연쇄와 결부시켜야 할 것이다. 모든 새로운 '지금'은 이
전의 '지금'을 가까운 과거로 밀어내면서 그것을 자기 고유의 과거

---

42) "우리가 추상적으로 이끌어내는 부분 Stücke들은 전체 경과 속에서만 존재할 수
있으며, 이것은 경과 연속성의 국면들이나 시점들도 마찬가지다"[28](42). 순간
은 분리하는 동시에 연결한다는 역설을 다루는 부분에서 아리스토텔레스와 비교
해볼 수 있을 것이다. 첫번째 양상에서 순간은 자기가 단절시키는 연속성에서 나
온다. 두번째 양상에서 그것은 연속성을 만들어낸다.

43) 독일어 'sich abschatten'은 번역하기가 매우 힘들다. "이러한 계열의 그 이전 모든
시점들은 과거 지향이라는 의미에서 하나의 '지금'으로서 다시 wiederum 흐려진
다 schattet sich ab[프랑스어로는 'dégradé'라는 표현을 사용하고 있는데, 그 용어
로는 음영(陰影) 또는 농담(濃淡)의 뜻을 담고 있는 독일어 'abschatten'의 의미를
충분히 살리지 못하는 것처럼 보인다. 본 역서에서는 이러한 어려움을 감안하고
우리말 표현의 자연스러움을 택해 '흐려진다,' 또는 부득이한 경우 '음영'이라는
용어를 사용할 것이다: 옮긴이]. 이러한 각각의 과거 지향들에는 과거 지향적 변
화들의 연속성이 그와 같이 연결되어 있으며, 이 연속성은 그 자체로 다시 과거
지향적으로 흐려지는 현실성의 한 시점이다"[29](44).

지향을 가지고 있는 어떤 과거 지향으로 바꾼다. 이차적 단계의 이러한 지향성은 가장 가까운 과거 지향이 가장 오랜 과거 지향을 끊임없이 다시 손질하고 있음을 나타낸다. 바로 그것이 시간적으로 멀어지는 것이다. "각각의 과거 지향은 그 자체로, 이를테면 일련의 농담(濃淡)이라는 형식으로, 과거의 유산을 그 자신 속에 지니고 있는 연속적 수정이다"[29](44).[44]

후설의 의도가 수정 개념을 다듬어가면서, 현재 인상을 특징짓는 근원성의 특권을 가까운 과거로 넓히는 것이라면, 그 속에 내포된 가장 중요한 사실은, "더 이상 ~ 아니다"를 통해 표현되는 차이, 타자성, 부정성의 개념들은 근본적인 것이 아니라, 순간에 멈춰 서서 그것을 원천-시점에서 한계-시점으로 변환시키는 시선을 통해 연속성을 추상화하는 것에서 파생한다는 사실이다. 이다 être라는 동사의 문법적 특징은 이러한 시각을 확인해준다. 실제로 부정(否定)을 도입하

---

44) 흥미로운 것은 후설이 여기서 하이데거에게서 독특한 역할을 맡게 될 어떤 유산 Erbe과의 비교를 끌어들이고 있다는 사실이다. 그는 과거 지향의 진행 과정 속으로 끝없이 퇴행한다는 가설과 결별하면서[29~30](44) 그 이미지를 끌어들인다. 그렇게 해서 후설은 유산이라는 관념을 시간적 영역의 제한이라는 관념과 결부시키는 것처럼 보인다. 독일어판 편집자에 따르면 1905년 『강의』의 수고본으로 거슬러 올라가는 §11의 2부에서 후설은 그 주제를 다시 다룬다. R. Bernet에 따르면, "과거 지향적 변형의 반복적 itératif 구조는 행위의 지속에 대한 의식과, 보다 정확히 말하자면 절대 의식의 흐름의 '지속'에 대한 의식을 동시에 설명한다"(앞의 책, p. 189). 반복적 구조란 근원적 인상의 과거 지향적 수정이 수정된다는 뜻으로 이해해야 하며, 그 덕분에 "지금"은 지금-이었던-것 un ayant-été-maintenant일 뿐만 아니라 지금-이었던-이었던 것 un ayant-été-ayant-été-maintenant이 된다. 바로 그처럼 각각의 새로운 과거 지향은 선행하는 과거 지향을 수정한다. 바로 이러한 수정의 수정이라는 구조에 근거해서 각각의 과거 지향은 그 자체 안에 선행하는 모든 과정의 유산을 담고 있다고 말해지는 것이다. 이 말이 뜻하는 것은 "과거는 과거 지향의 현재에 준해 끊임없이 다시 수정되며, 시간적 지속의 체험을 가능하게 하는 것도 오로지 과거에 대한 현재의 이러한 수정일 따름"(앞의 책, p. 190)이라는 것이다. 내가 덧붙이고 싶은 것은 그러한 반복이 지속을 형태로 파악하는 사유의 싹을 담고 있다는 점이다.

지 않고도 이다라는 동사를 과거(그리고 미래) 시제로 변화시킬 수 있다. "이다" "이었다" "일 것이다"는 언어 행위에서, 적어도 일차적 기억의 체제 속에서는, 수정 관념이 부정의 관념보다는 우위에 있다는 것을 나타내는 완전히 긍정적인 표현들이다.[45] "여전히"라는 부사도 마찬가지다. 그 부사의 입장은 "이제 막 지나간 것"이 현재의 의식에 나름대로 달라붙어 있음을 나타낸다. 과거 지향과 지향적 수정의 개념이 말하고자 하는 것은 다름이 아니라 바로 일차적 기억이란 인상을 긍정적으로 수정하는 것이지, 그 차이는 아니다라는 것이다. 일차적 기억은 과거를 이미지로 재현하는 것과는 반대로, 비록 계속해서 약화되는 양태라고 하더라도, 근원적인 것의 특권을 생생한 현재와 공유한다. "과거 직관 그 자체는 이미지로 형상화하는 것 Verbild-lichung일 수는 없다. 그것은 근원적 의식이다"[32](47).[46]

그렇다 해도 우리가 사유를 통해 과거 지향적 흐름을 멈추고 현재를 분리시킨다면, 과거와 현재가 서로 배척하는 것으로 나타날 가능성이 배제되지는 않는다. 그럴 경우 과거는 더 이상 존재하지 않고 과거와 "지금"은 서로를 배제한다고 말해야 한다. "똑같은 모습으로 동일한 것이 지금도 존재하고 과거에도 존재할 수 있다. 하지만 이는 오로지 그것이 '지금'과 '과거' 사이에 지속하였다는 사실에 의해서만 그러하다"[34](50). "이었다"에서 "더 이상 아니다"로 이행하고 그 둘이 서로 겹쳐진다는 사실은 현재의 이중적 의미, 한편으로는 원천-시점, 즉 과거 지향적 연속성을 주도하는 것으로서의 현재라는 의미, 그리고 다른 한편으로는 시간적 연속체를 무한정 분할함으로써

---

45) 원천-시점이 "지속하는 객체를 '생산 Erzeugung' 하기 시작한다"고 §11 서두에서 말하는 것도 같은 의도다. 생산 개념과 원천-시점 개념은 서로 함께 이해된다.

46) 같은 뜻으로 이렇게 말한다. "내가 지각 속에서 지금 존재하는 것을 보고 확장된 지각, 그렇게 구성되는 대로의 지각 속에서 지속하는 존재를 보는 것처럼, 나는 일차적 기억 속에서 과거의 것을 본다. 과거의 것은 기억 속에 주어져 있으며, 과거의 것이 주어져 있는 것이 기억이다"[34](50).

추상화된 한계-시점으로서의 현재라는 의미를 나타낼 따름이다. 과거 지향 이론은 "더 이상 아니다"가 "이었다"에서 나온 것이지 그 역은 아니라는 것, 그리고 수정은 차이에 앞선다는 것을 보여주려고 한다. 순간이란, 연속되는 과거 지향의 물꼬를 틀 수 있는 그 능력을 떼어놓고 생각해본다면, 그러한 과정의 연속성에 생겨나는 추상화의 결과일 따름이다.[47)]

일차적 기억과 회상 ressouvenir, Widerinnerung이라고 부르는 이차적 기억의 구별은 『강의』에서 얻을 수 있는 두번째 순수 현상학적 지식이다. 과거 지향의 본질적 성격을 규정하게 되면, 즉 과거 지향적으로 파악된 과거는 사라지면서도 남아 있는 현재의 한가운데에서 한 점에 국한된 현재에 밀착된다고 그 성격을 규정하게 되면, 그 대가로 이러한 구별을 도입하지 않을 수 없다. 기억이라는 말이 뜻하는 바가 모두 과거 지향의 이러한 기본 경험에 담겨 있는 것은 아니다. 아우구스티누스의 용어로 말하자면, 과거의 현재는 "이제 막" 지나간 것과는 다른 의미 작용을 가진다. 더 이상 현재라는 혜성의 꼬리로 묘사될 수는 없는 이러한 과거는 어떻게 되는가? 즉 이를테면 더 이상 현재에 한 발을 담그고 있지 않는 우리의 모든 기억들은 어떻게 되는가?

이 문제를 해결하기 위해 후설은 또다시 앞서와 같은 계열의 예를 드는데, 그 예는 계속해서 울리는 단순한 음과 같은 도식적 단순함을 가지고 있는 것은 아니지만, 적어도 첫눈에는 여전히 극도의 단순함을 보여준다. 우리가 최근에 jüngst 콘서트에서 들었던 선율을 기억한다는 예가 그것이다. 기억이 갖는 모든 야심은, 머릿속에서 떠올린

---

47) "정신 속에 고정된 인상"으로 간주되는 과거의 이미지에 대한 아우구스티누스의 분석에 비해볼 때 과거 지향 이론은 분명 어떤 진전을 보여준다. 현재의 지향성은 현존하는 것인 동시에 부재하는 것의 기호라 할 흔적 vestige의 수수께끼에 직접 대구한다.

사건이 최근의 것이라는 특성에 근거해서 어떤 시간–객체를 재생산하려는 것이라는 뜻에서 그 예는 단순하다. 그로써 후설은 어쩌면 역사적 과거나 오랜 기억의 과거의 경우에서 볼 수 있는 것과 같은 과거의 재구성과 연결된 모든 복잡한 문제들을 떼어놓을 수 있다고 생각했을 것이다. 하지만 이번에는 똑같은 음이 아니라 첫번째 음, 이어서 두번째 음 등의 순서에 따라 상상력을 통해 거쳐갈 수 있는 선율의 문제이기 때문에, 이것은 절대로 단순한 예가 아니다. 어쩌면 후설은 단 하나의 음에 적용된 과거 지향 분석이, 선율의 경우에는 중요한 단서를 달지 않고서는 그대로 바꿔 적용될 수 없다고 생각했을 수도 있다. 논의에서 고려된 대상은 선율의 구성이 아니라 단지 그것이 한 점에 국한된 현재와 결부되는 방식이었다는 점에서 말이다. 그렇게 해서 후설은 설명의 새로운 단계로 접어들면서 또 다른 단순한 특징, 즉 "생산된" 것이 아니라 "재생산된" 선율, 현전화된(크나큰 현재라는 의미에서) 것이 아니라 재현된(Repräsentation 또는 Vergegenwärtigung) 선율의 특징에 주의를 집중하기 위해서, 선율의 경우에서 직접 출발할 수 있게 된다.[48] 그가 생각한 예에서 추정되는 단순성은 그러니까 다시–기억함 re-souvenir이라는 표현 그리고 우리가 나중에 마주치게 될 그와 유사한 표현들, 특히 하이데거의 분석에서 특별한 위치를 차지할 것이며, 이야기된 시간론에서 내가 그 중요성을 보여주게 될 반복 répétition이라는 표현에 함축된 "다시 re-(wieder)"라는 접두어에 달려 있다. "다시"라는 이 접두어는 용어가 일대일로 "대응"하는 현상, 내용이 아니라(그것은 생산되고 이어서 재생산된 같은 선율이다) 그 수행 방식에서 차이가 생겨난다는 것을 가설로 삼고 있는 현상인 것처럼 씌어진다. 차이는 그러니까 지각된 선율과 준(準)지각된 quasi perçue 선율, 청취와 준–청취 quasi-audition 사이에 있다. 이러한 차

---

48) 인용된 두 용어는 연이어 나온다[35, 1, 14~15](51, 1, 8).

이는 한 점에 국한된 "지금"이 어떤 준(準)현재, 즉 "마치 ~ 처럼"이라는 그 위상과는 별개로 과거 지향과 미래 지향이라는 동일한 특징, 따라서 한 점에 국한된 "현재"와 그것이 길게 꼬리를 끄는 과거 지향들의 동일성을 보여주는 현재 속에 그에 상응하는 것을 가지고 있음을 뜻한다. 다시 기억된 같은 선율이라는 단순한 예를 선택한 이유는 단지 인상의 의식과 과거 지향적 의식 사이의 연속성을 그와 결부되는 분석 전체와 더불어 "마치 ~ 처럼"의 영역으로 옮겨놓을 수 있도록 하는 것뿐이다.[49] 그 결과 연속된 현재 순간들의 모든 계기는 "마치 ~ 처럼"의 양태로 상상 속에서 근원-현재로 재현될 수 있다. 따라서 이 준근원-현재는 매번 이것을 자기 고유의 과거 지향과 미래 지향을 위한 관점 중심으로 삼게 될 자기의 시간 지평 Zeithof[35](51)을 가질 것이다. (나중에 이러한 현상이 역사 의식의 근본임을 보여주게 될 것이다. 역사 의식에 있어서 과거 지향적으로 파악된 모든 과거는 그 고유의 과거 지향과 미래에의 기대 ─ 그 가운데 어떤 것들은 실제 현재의 [과거 지향적으로 파악된] 과거에 속한다 ─ 를 갖춘 준현재로 간주될 수 있다.)

회상에 대한 분석이 첫번째로 내포하고 있는 것은, 한 점에 국한된 현재와 가까운 과거 사이의 차이를 무시하고서라도 과거 지향과 인상 사이의 연속성을 확장된 지각 내부에서 대조적으로 강화하는 것이다. 한편으로 구별, 대립, 차이 속에 담긴 단절의 위협과, 다른 한편으로 과거 지향과 인상의 연속성, 이 둘 사이에서 벌어지는 투쟁은 1905년판 『강의』에서 가장 오랜 지층을 이룬다.[50] 이러한 투쟁의 의

---

49) "그 점에서 모든 것이 지각이나 일차적 기억과 비슷하지만, 그럼에도 불구하고 그것 자체가 지각이나 일차적 기억은 아니다"[36](52).
50) 우리는 "과거 자체를 지각된 것으로"[39](55), 그리고 "이제 막 지나간" 존재 자체도 "직접 주어진 것 Selbstgegebenheit"으로 특징짓고자 노력하고 있음을 주목할 수 있다(같은 곳).

미는 명확하다. 즉 차이가 연속성 속에 포함되어 있지 않다면, 엄밀히 말해서 시간 구성도 없을 것이라는 사실이다. (좁은 의미에서의) 지각에서 비-지각으로 연속적으로 이행하는 것이 시간 구성이며, 그러한 연속적 이행은 우리가 앞에서 말한 바 있듯이 질료학과 같은 층에 속하는 파악들의 결과다. 어떤 선율의 진정한 "지금"은 마지막 음이 끝났을 때에야 다가온다고 말할 수 있을 정도로 연속체의 단일성은 시간-객체를 파악하는 데 있어서 본질적이다. 그러므로 "지금"은 한 덩어리로 파악된 시간-객체를 구성하는 "상승의 연속체 continuité d'accroissement"가 갖는 관념적 한계다. 이런 뜻에서 후설이 시간 차이 die Unterscheide der Zeit[39](55)라고 부르는 차이는, 시간-객체가 시간 간격 속에서 펼치는 연속성 속에서 그리고 연속성을 통해 구성된다. 차이에 대한 연속성의 우위 —— 그것이 없다면 시간-객체나 시간 간격에 대해 말한다는 것이 아무 의미가 없을 것이다 —— 를 이보다 더 잘 강조할 수는 없을 것이다.

현전화 présentation와 재현 représentation의 전반적 대립에 결여된 것은 바로 현재에서 과거로의 이러한 연속적 이행이다. "마치 ~처럼"은 현재를 가까운 과거로 수정함으로써 현전화를 이루는 연속적 이행과는 전혀 다르다.[51]

그러니까 결국 이전과 이후는 일차적 기억에 이어서 바로, 다시 말해서 확장된 지각 속에 이미 구성되어 있어야 하는 것이다. 거의 재현에 가깝다 함은 그 뜻을 다시 생산할 수 있을 뿐이지, 근원적으로 생산

---

51) 이 점에 관해 『강의』 전체에서 가장 강력하게 주장하고 있는 부분은 다음 대목이다. "지각이 '지금'을 근원적으로 구성하는 작용·acte으로 간주되었기 때문에 과거에 대한 의식, 즉 과거에 대한 일차적 의식은 지금까지는 지각이 아니었다. 하지만 모든 근원이 그 속에 놓여 있는 작용, 근원적으로 구성하는 작용을 우리가 지각이라고 부른다면, 일차적 기억은 지각이다. 왜냐하면 우리는 오직 일차적 기억 속에서만 과거의 것을 보며, 과거는 오직 일차적 기억 속에서만 구성되는데, 이것은 재현적 방식이 아니라 반대로 현전화하는 방식으로 구성되기 때문이다"[41](58).

하는 것이 아니다. 재현에 거의 가까운 모든 것보다 앞선, 인상과 과거 지향의 통일성만이 후설이 아리스토텔레스와 칸트에 도전하여 "시간을 창조하는 작용, 지금의 작용이나 과거의 작용 der zeitschaffende Jetztakt und Vergangenheitsakt"[41](58)이라 불렀던 것의 열쇠를 쥐고 있다. 그와 함께 우리는 내적 시간 의식 구성의 핵심에 도달한다.

현전화와 재현 사이의 단절은 넘을 수 없다는 특성은 과거 지향이 갖는 우위를 추가로 확인해준다. 오로지 현전화만이 근원적으로 부여하는 작용이다. "그 자체로 부여하지 않는다는 점이야말로 상상의 본질이다"[45](63). "다시 한 번 encore une fois"은 "다시"와는 아무런 관련이 없다. 이러한 현상학적 차이를 가릴 수 있는 것은 바로 과거 지향적 수정 고유의 특징, 근원적이기도 하지만 재생산된 것이기도 한 "지금"을 과거로 변형시키는 그 주요 특징이다. 하지만 연속적으로 옅어지고 흐려진다는 과거 지향의 특성을 지각에서 상상으로 옮겨가는 것 — 그것은 불연속적 차이를 구성한다 — 과 혼동할 수는 없다. 재현에서 명료성이 줄어드는 것 또한 일차적 기억의 점진적 소멸과 혼동해서는 안 된다. 서로 구별해야 하는 다른 유형의 모호성인 것이다(§ 21). 현재의 연장(延長)이 상상의 결과라는 착각을 끊임없이 불러일으키는 것은, 언제나 한 점에 국한된 현재라는 집요한 선입견이다. 과거 지향 속에서 현재가 점진적으로 지워지는 현상은 환상과 전혀 다르다. 현상학적 심연은 좁힐 수 없다.

그 말은 시간 구성에서 과거 지향이 갖는 우위성을 강화하기 위해서만 회상을 끌어들인다는 것을 의미하는가? 내가 이전에 체험한 어떤 것을 마음속으로 재현할 수 있다는 것은 무의미한 일이 아니다. 재현의 자유는 시간 구성에서 간과해도 되는 구성 요소가 아니다. 과거 지향만이 칸트가 말한 자기 촉발 Selbstaffektion에 비교될 수 있을 것이다. 회상은, 다시 돌이켜보는 그 능력과 더불어 자유로운 유동성으로 말미암아 자유로운 성찰의 거리를 갖는다. 그래서 재생산은 과거의 재현에 다양한 어떤 **템포**와 분절과 명료성을 부여할 수 있는 "자유로운 여정"이 된다.[52] 현재의 아우라aura 속에서 단순히 과거 지향적으로 파악된 과거와 과거 위를 다시 지나가는 재생산 사이에 어떤 "겹침 Deckung"이 일어나는 것이 전체적으로 후설에게 가장 주목할 만한 현상으로 나타나는 것은 바로 그 때문이다. "그렇게 해서 나에게 나의 지속의 과거가 주어지며, 곧 단적으로 지속이 '다시 주어진' 것으로 주어진다"[43](60). (수동적으로 파악된 과거와 자발적으로 재현된 과거 사이의 '겹침 recouvrement'에서 비롯된 이러한 다시 주어짐 Wiedergegebenheit으로부터 역사적 과거에 대한 성찰이 받아들일 수 있는 모든 것에 대해서는 나중에 이야기할 것이다.) 동일한 시간적 대상을 동일한 것으로 파악하는 것은 상당 부분 이러한 "되돌아옴 Zurück-kommen"에 달려 있는 것으로 보인다. 거기서 나중에까지 살아남음 Nachleben의 나중에까지 nach, 다시 주어짐 Wiedergegebenheit의 다시 wieder 그리고 되돌아옴 Zurückkommen의 되zurück는 다시-기억함 re-souvenir의 "다시 re-" 속에서 동시에 일어난다. 하지만 ("나는 다시 기억할 수 있다"의) "나는 할 수 있다" 하나만으로는, 최종적으로 과거 지향적 수정에 기대고 있으며, 행동이라기보다는 감정 affection 영역에 속하는 과거와의 연속성을 보장할 수 없을 것이다. 적어도 회상을 통해 과거를 자유롭게 되풀이할 수 있다는 것은, 현상학적 방법 그 자체가 가장 기본적인 과거 지향 경험을 반복할 수 있는 — 되돌

---

52) 그렇게 해서 우리는 문학 비평에서 이야기된 시간과 이야기하는 시간, 혹은 가속과 감속, 축약, 게다가 또 이야기 속에 이야기를 끼워넣는 기법이라는 명목으로 다루어지고 있는 현상들에 대한 현상학적 설명을 §20에서 보게 된다. 예컨대 다음과 같은 대목이다. "재현이 실제로 일어나는 동일한 내재적 시간 연장 속에 우리는 그 경과 양상들을 갖는 재현된 과정의 보다 크거나 작은 부분들을 '자유롭게' 받아들일 수 있으며, 이에 따라 그 과정을 보다 빨리 혹은 보다 느리게 밟아갈 수 있다"[48](66). 하지만 후설은 현전화되고 재현된 동일한 과거를 똑같이 재생산한다는 입장에서 거의 벗어나지 않음으로써, 문학 비평과 관련하여 기초를 다진다는 그 분석의 역량을 상당히 제약하고 있음을 고백하지 않을 수 없다.

아오게 하고 되풀이한다는 이중의 의미에서 — 능력에 근거하고 있기에, 과거를 구성하는 데 있어서 상당한 중요성을 띠게 된다. 그러한 경험은 과거 지향적으로 파악되고, 이어서 다시 기억된 동일한 연속적 계기 succession가 잇달아 겹치는 것을 가능하게 만드는 "유사성 계열 lignes de similarité"을 따라가는 것이다. 과거 지향적으로 파악된 것과 다시-기억된 것 사이의 유사성은 그 자체가 유사성과 차이의 직관에 속하기 때문에 이러한 "겹침" 자체는 그 어떤 반성적 비교에 선행한다.

"겹침"이 회상의 분석에서 그토록 중요한 자리를 차지하는 것은, 그것이 여전히 현재에 속하는 과거 지향과 현재에 속하지 않는 재현 사이의 단절을 보상하게끔 되어 있기 때문이다. 후설의 뇌리를 떠나지 않는 질문은 이것이다. 회상이 과거를 현재화하는 방식이 과거 지향 속에서의 과거의 현전과 근본적으로 다르다면, 재현이 어떻게 그 대상에 충실할 수 있는가? 그러한 충실성은 현재의 '지금'과 과거의 '지금'이 적절히 상응하는 충실성일 수밖에 없다.[53]

상상과 회상을 구별함으로써 새로운 문제가 제기된다. 과거 지향적으로 파악된 과거와 재현된 과거의 차이에 역점을 두었던 앞서의 분석에서는 그러한 구별을 뒤로 제쳐놓아야만 했었다. 앞에서 말했

---

53) R. Bernet는 회상에 의한 재생산 이론이 확장된 현재의 형이상학에서 차지하는 진리의 위상에 거는 내기를 다음과 같은 말로 강조하고 있다. "회상에 대한 후설의 분석이 본받고 있는 진리 개념은, 지향적 의식이 그 스스로에게 양분되어 나타나는 현상을 통해 시간적 차이를 무화시키려는 희망에서 비롯된다. 기억의 진리란 상응이 아닌가. 의식의 존재는 재현이나 재생산이 아닌가. 그리고 과거의 시간적 부재는 의식이 그 스스로에게 은폐되어 나타나는 것이 아닌가라고. 질문을 던지게 하는 일종의 인식론적 강박관념이 그 분석에서 드러난다"(앞의 책, p. 197). 이러한 인식론적 강박관념에 대해 Bernet가, 역사적 진리를 지향적 의식이 그 스스로에게 양분되어 나타나는 것이 아니라 서술성에 연결시킨 것 — Danto가 그렇게 시도했고 나 역시 그렇다 — 은 틀린 것이 아니다(p. 198). 내 말은 서술성이 이처럼 양분되어 나타나는 현상을 구성하는 것이지, 그 역은 아니라는 것이다.

듯이 우리는 "재현된"과 "상상된"을 스스럼없이 같은 뜻을 지닌 말로 여기기까지 했다. 그런데 여기서 "재생산된 '지금'이 어떻게 과거를 재현하기에 이르는가"[54]의 문제가 제기된다. 이때 "재현하다"라는 말은 오늘날 우리가 "진리 주장"이라고 부를 수 있는 것에 상응하는 또 다른 뜻을 갖는다. 중요한 사실은 이제 더 이상 회상과 과거 지향의 차이가 아니라, 그러한 차이를 거쳐가는 과거와의 관계이다. 그렇다면 회상에는 부여되어 있으나 상상에는 없는 정립적 가치 valeur positionnelle, Setzung를 기준으로 회상과 상상을 구분해야 한다. 사실상 재-생산된 과거와 과거 지향적으로 파악된 과거가 겹친다는 관념은 재생산된 "지금"의 정립 position이라는 관념을 이미 담고 있었다. 하지만 실제적 "지금"이 지향하는 것, 즉 회상은 실제적 "지금"을 이미 있었던 것으로 정립한다는 뜻에서 그것을 재현하게 만든다는 사실보다는, "다시 한 번"과 "다시"의 차이에도 불구하고 내용이 동일하다는 사실이 더 많은 관심을 끌었다. 재현적 흐름은 과거 지향적 흐름과 똑같이, 마찬가지의 수정과 과거 지향 그리고 미래 지향의 유희로써 구성된다고 말하는 것은 충분치 않다. 재현을 ~에 관한 재현으로 만드는 "이차적 지향성 seconde intentionnalité"[52](70) 관념을 형성하는 것이 필요한데, 이차적이라는 것은 과거 지향을 구성하고 시간-객체를 생성하는 세로 방향의 지향성의 대립 심상 Gegenbild과 마찬가지라는 뜻이다. 회상은 체험의 흐름이라는 형식으로 말미암아 실제로 일차적 기억과 동일한 과거 지향적 지향성의 특징들을 보여준다. 뿐만 아니라 그러한 일차적 지향성을 지향적으로 지향한다. 과거 지향 고유의 이러한 지향의 중복은 내적 시간 의식의 구성에 회상이 확실히 통합될 수 있도록 만드는데, 사실 회상과 과거 지향을 구별

---

54) 후설은 여기서는 더 이상 재현 Repräsentation의 재 re-를 강조하지 않고 연결 부호 없이 repräsentieren이라고 쓰고 있는데, Dussort의 번역은 그 점을 드러내지 않고 있다.

하는 데 신경을 쓰다 보면 이러한 통합을 잊어버릴 수 있다. 회상은 단지 현전하는 "마치 ～처럼comme si"이 아니다. 다시 말해서 그것은 현재를 지향하며, 그렇게 해서 현재를 있었던 것으로 정립한다. (나중에 말하겠지만, 정립하는 활동은 겹쳐놓는 활동과 마찬가지로 역사적 과거를 이해하는 데 핵심적이다.)

체험의 흐름이 갖는 통일성 속에 회상을 완전하게 편입시키려면, 회상은 기대 지향들을 포함하며, 그러한 기대 지향의 충족이 현재로 이끈다는 사실을 여전히 고려하지 않을 수 없다. 달리 말해서 현재는 우리가 체험하고 있는 것인 동시에 회상된 과거의 기대를 실현하는 것이다. 그러면서 그러한 실현은 기억 속에 기록된다. 지금 실현된 것을 기대했다는 사실을 나는 기억하는 것이다. 이러한 실현은 이제부터 회상된 기대의 의미 작용의 일부를 이룬다. (이 특징 또한 역사적 과거의 분석에 상당히 유용하다. 즉 그것은 역사적 과거를 과거의 미래 지평을 구성하는 기대를 거쳐 현재로 이끈다는 점에서 역사적 과거의 의미에 속한다. 이런 뜻에서 현재는 회상된 미래의 실행이다. 회상된 사건과 결부된 기대가 실현되었는가 아닌가는 기억 그 자체에 영향을 미치며, 그 반작용으로 재생산에 어떤 특정한 색조를 부여한다.) 때가 되면 우리는 이 주제를 발전시킬 것이다. 여기서는 이것만 지적하기로 하자. 어떤 기억을 향해 나아갈 수 있고, 나중에 실현되었거나 또는 그렇지 않은 기대를 그 기억 속에서 지향할 수 있다는 사실은 기억을 체험의 통일적 흐름에 편입시키는 데 기여한다.

이제 우리는, 사건들이 각기 다른 위치를 얻게 되는 "시간의 연쇄 enchaînement du temps"에 대해 이야기할 수 있다. 앞에서 우리가 설명한 대로의 과거 지향과 회상의 짜임은 이제 과거 지향과 회상을 단일한 시간적 여정 속에 합칠 수 있게 해준다. 그러한 단일한 연쇄에 의해 회상된 사건의 위치의 지향은, 과거 지향의 질서를 재생산한다고 여겨지는 회상의 내적 질서의 지향성에 덧붙여지는 추가적 지향성을 구성한다. 시간의 연쇄 속에서 "위치"의 이러한 지향은, 다른 내용들을 제시하지만 시간의 연쇄 속에서 동일한 위치를 차지하고 있는 지속들을 과거, 현재 또는 미래로 특징짓게끔 하는, 따라서 과거, 현재, 미래를 특징짓는 것에 형식적 의미를 부여하게끔 하는 것이다. 하지만 이 형식적 의미가 의식의 직접 여건은 아니다. 엄밀히 말해서 과거, 미래 그리고 현재의 사건들은, 그 내용과 그 고유의 지속과는 별개로 자기의 위치를 지향하는 회상의 이러한 이차적 지향성과 관련해서만 다루어진다. 이 이차적 지향은, 회상의 기대가 현재 속에서 실행되었다는 이유로 회상이 어떤 새로운 의미 작용을 받아들이게 되는 반작용과 불가분의 관계가 있다. 회상과 과거 지향적 의식을 가르는 심연은 그것들의 지향이 겹침으로써 메워지는데, 그렇다고 해서 재-생산과 과거 지향의 차이가 없어지는 것은 아니다. 거기서는 내용의 위치를 가르는 회상의 지향성을 둘로 나누는 것이 필요하다. 후설이 위치의 지향을 직관적이 아닌 "비어 있는" 것이라고 부르는 것은 그 때문이다. 내적 시간 의식의 현상학은 여기서 지향성이 중첩된 복잡한 유희를 통해서 연속적 계기(繼起)의 순수 형식을 설명하려고 노력한다. 그 형식은 칸트가 말하는 것처럼 이제 더 이상 경험의 전제가 아니라, 회상된 내용과는 별도로 시간적 연쇄를 지향하는 지향성들이 상관 관계를 맺고 있는 것이다. 그래서 그 연쇄는 실제적으로 회상된 것의 흐릿한 "주변"으로, 지각된 사물들의 공간적 배경과 비견되는 것으로 지향된다. 이제부터 시간적인 모든 것은 시간 형식의 배경 위로 — 앞에서 말한 지향성들의 유희는 그 형식을 그 배경 속에 편입시킨다 — 두드러지게 드러나는 것 같다.

후설이 기대를 희생시켜가면서 이 정도로까지 기억에 특권을 부여했다는 사실이 놀라울 수도 있다. 몇 가지 이유들이 어울려 이러한 명백한 불균형에 이른 것처럼 보인다. 첫번째 이유는 후설의 가장 큰 관심사, 즉 칸트나 브렌타노식의 종합 활동을 끌어들이지 않고 시간의 연속성 문제를 해결하려는 것과 관계가 있다. 그런데 이러한 문제는 과거 지향과 회상을 구별하는 것으로 충분히 해결된다. 뿐만 아니라 미래와 과거의 구별은 우리가 미래나 과거의 특성에 어떤 형식적 의미를 부여했음을 상정한다. 그런데 회상의 이중적 지향성은, 기대를 회상된 것의 미래로서 기억 그 자체 속에 미리 끌어들이는 것을 감수하며 그 문제를 해결한다. 그때부터 후설은 회상의 이중적 지향성을 설정하기 전에는(§25) 기대라는 주제를 다룰 수 없다고 생각한다(§26). 바로 현재의 시간 주변 속에, 미래가 자리를 잡고 또 기대가 비어 있는 지향으로서 편입될 수 있는 것이다. 보다 근본적으로 말하면, 후설은 기대를 직접 다룰 수 있다고 생각하지는 않았던 것처럼 보인다. 기대는, 지향적인 동시에 과거 지향적인 현재의 경험을 "재생산"하는 기억과 짝을 이룰 수는 없다. 이런 뜻에서 기대는 자기 나름대로 "생산적"이다. 객관적 시간을 배제함으로써 없애지는 않았으나 유보하고 있는 지각의 현상학에 우위를 둔 탓인지, 후설은 그러한 "생산" 앞에서 속수무책인 것처럼 보인다. 지각이 아니라 마음 씀 souci에 중심을 두고 있는 하이데거의 철학만이, 기대에 대한 후설의 분석을 꼼짝할 수 없게 만드는 금제(禁制)를 풀 수 있을 것이다. 후설은 기대를 거의 지각을 예견하는 것으로밖에는 생각하지 않는다. "어떤 것이 지각될 것이라는 사실은 기대하고 있는 것의 본질에 속한다" [56~57](77). 그리고 기대하고 있던 지각이 일어나면, 따라서 현재의 것이 되면, 기대의 현재는 그 현재의 과거가 된다. 기대의 문제는 이렇게 우회적인 방법으로 일차적 기억의 문제, 즉 『강의』의 가장 중요한 핵심으로 남아 있는 문제로 되돌아간다.[55]

---

55) "그러한 차이에도 불구하고, 기대 직관은 과거 직관과 똑같이 근원적이고 독특하다"(같은 책)는 주장은, 후설의 현상학에서 지각이 차지하고 있는 자리를 마음 씀에 넘겨주게 될 철학을 통해서만 온전히 정당화될 것이다.

이처럼 재생산을 내적 시간의 연쇄에 편입시킴으로써 재생산의 "준quasi"과, 지각과 과거 지향에 의해 형성된 덩어리 사이의 대립이 결정적으로 완화된다. 기억을 심상 의식(§28)과 대립시키기 위해서 기억의 정립적thétique 성격을 강조하면 할수록, 과거 지향과 동일한 시간적 흐름 속에 기억을 편입시키게 된다. "[이러한] 심상 의식과는 반대로 재생산들은 자기 현전화 Selbstvergegenwärtigung라는 성격을 지닌다. [……] 기억은 과거의 것이라는 뜻에서 자기 현전화이다" [59](78). 과거의 것이라는 성격은 이제부터 "현재였던 ayant été présent"[59](79) 것이라는 표지 아래 이차적 기억과 일차적 기억을 통합한다. 이러한 편입이 갖는 형식적 성격을 염두에 둔다 하더라도, 이제 재생산과 과거 지향에 공통적이 된, 과거의 것이라는 성격은 모든 체험의 통일적 연쇄로서의 내적 시간의 구성과 떼어놓을 수 없다. 이차적 기억과 일차적 기억을 과거라는 약호 아래 이렇게 정렬시키는 데에 가장 효과적인 동인은 바로 과거의 재생산이 갖는 정립적 성격이다.

아마도 그 때문에 재생산은 과거 지향과 마찬가지로 수정이라고 불리는 것이리라. 이런 뜻에서 준quasi과 근원적인originaire 것의 대립이 이차적 기억과 일차적 기억의 관계를 결정짓는 것이라고 말할 수는 없다. 처음에는 칸트와 브렌타노에 맞서 과거 지향적 의식과 인상적 의식을 보다 잘 꿰어맞추기 위해서 그 둘을 대립시켜야 했다. 다음에는 그것들을 접근시켜 단일한 시간적 흐름 ── 비록 그러한 통일적 연쇄가 형식적이기는 하지만 ── 속에 더 확실하게 같이 편입시켜야 했다. 하지만 그 형식적 성격 자체는, 그러한 형식적 연쇄에서 "주변 지향Umgebungsintention"[61](81)이 갖는 구체성을 보존하는 회상의 이차적 지향성에서 비롯된다는 사실 또한 잊지 말아야 한다.

『강의』의 2장이 제기하는 마지막 문제는, 『내적 시간 의식의 현상학』이 객관적 시간을 배제하는 대가로 객관적 시간의 구성에 기여했는지를 알아보는 것이다.

그러한 객관적 시간의 구성이 성공했는가의 여부만이 최초의 환원 절차의 정당성을 입증해줄 수 있을 것이다. 『강의』에서는 (적어도 2장의 마지막 대목들[§30~33]에서는) 그러한 논거의 실마리를 찾아볼 수 있을 뿐이다. 후에 3장을 검토하면서 어째서 후설이 그러한 방향으로는 노력을 기울이지 않았는가를 설명할 것이다.

과거 지향과 재생산(순수한 "마치 ~처럼"에 정립적 성격을 덧붙이는 재생산)을 내적 시간의 연쇄 속에 편입시킨다는 것은 객관적 의미에서의 시간을, 시간을 채우는 내용과는 무관한 계열적 질서로 구축하게 하는 토대가 된다. "시간 위치 Zeitstelle"라는 개념은 주관적인 것에서 객관적인 것으로, 또는 좀더 정확히 말하자면 체험된 것의 "질료"에서 그 시간적 "형식"으로 이처럼 옮겨가는 데 실마리가 되는 개념이다. 기실 질료적으로 상이한 "체험"들에 현재, 과거, 미래의 성격을 부여하게끔 하는 것은 바로 "시간 위치"다. 그러나 후설은 단한 번에 시간을 환원시키려고 하는 만큼, 신중하게 시간성의 형식적 성격들을 객관화하려고 한다. 그는 시간 위치들의 형식적 객관성을 경험 내용들의 질료적 객관성과 대립시키는 것에서 시작한다. 실제로 그 두 가지 현상들은 서로 반대되는 것이며, 그 둘을 대조함으로써 제기된 문제를 잘 이해할 수 있다. 기실 한편으로, 새로운 현재의 새로움에 의해 밀려난 인상이 "지금"이라는 그 성격을 잃고 과거 속으로 가라앉게끔 하는 수정에도 불구하고, 동일한 객관적 지향 — 동일한 객체의 지향 — 은 보존된다. 다른 한편으로, 체험된 내용들은 질료적 차이에도 불구하고 동일한 시간 위치가 부여된다. 이런 의미에서 때로 내용들의 초-시간적 동일성이, 또 다른 경우에는 다른 질료적 내용들의 시간 위치의 동일성이 반대 방향으로 작용하는 것이다. 한편으로는 동일하게 "존속 Bestand"하지만 상이한 시간 속으로

"가라앉고," 다른 한편으로 동일한 시간 위치지만 상이하게 "존속"한다. 후설은 이에 관해 뚜렷한 이율배반이라고 말한다(§31 시작 부분). 사실 이것은 객체적 동일성과 시간 위치의 동일성에 의해 대비되는 개체화 individuation의 문제이다.

바로 객체적 동일성을 시간 위치의 동일성에서 분리시킴으로써 우리는 객관적 시간의 문제에 접근하게 된다. 사실상 객관적 시간이란 "시간 속의 고정된 위치"[65](84)의 할당을 말한다. 그런데 이러한 작업은 현재의 음을 과거 속으로 사라지게 만드는 가라앉기와 대조를 이룬다는 점에서 문젯거리가 된다. 우리는 시간 위치의 동일성이라는 질문을 거쳐, 다시 본질적으로 칸트적인 문제를 만나게 된다. "시간은 경직된 것이지만, 어쨌든 흘러간다. 시간 흐름 속에서, 과거 속으로 끊임없이 밑으로 가라앉아버림 속에서, 흘러가버리지 않는 어떤 시간, 절대적으로 고정되어 있고 동일한 객관적 시간이 구성된다. 바로 이것이 문제다"[64](84). 그런데 과거 지향적 수정은 시간 속의 위치가 갖는 고정성을 말해주기보다는 과거 속으로 가라앉음을 이해하게 해주는 것 같다. 시간 국면들의 흐름 속에서 감각이 동일하다는 것이 우리가 찾고 있는 대답을 주지는 못한다. 내용의 동일성과 위치의 동일성은 그 자체가 대조를 이루고 있다는 것을 보여주었고, 후자는 전자의 열쇠라는 점을 받아들였기 때문이다. 하나의 동일한 음이 과거 속으로 가라앉는다는 것은 어떤 고정된 시간 위치에 대한 대상 지시를 포함한다는 사실을 후설은 본질적인 법칙으로 여기고 있는 것처럼 보인다. "이 시간 위치가 동일하게, 그리고 필연적으로 동일하게 현존한다는 사실은 수정하는 흐름의 본질에 속한다"[66](86). 확실히, 칸트가 말하는 선험적 직관과는 달리, 시간 형식은 순수 감각 자료에 포개지는 것이 아니다. 과거 지향과 재현들의 유희는 아주 잘 구조화된 시간 조직을 이루기 때문이다. 그럼에도 불구하고 그 유희 자체는, 자기가 만들어낼 수 있다고는 보여지지 않는 어떤 형식적 계기를 여전히 요구한다. 후설은 2장의 마지막 부분에서 바로 이러한 괴리를 메우려고 애를 쓴다.

그는 현재였다가 과거가 되는 인상의 시간 위치가, 과거 속으로 물러나는 운동에 대해 본질적인 것임을 증명하려고 노력한다. 어떤 사건은 바로 현재와의 거리를 수정함으로써 시간 속에서 자리를 잡는다. 후설은 시간 위치를 가라앉음 그 자체, 다시 말해서 원천-시점의 멀어짐과 연결시키려는 자기의 시도에 완전히 만족하지는 않는다. "하지만, 과거 속으로 가라앉는 순간들의 개체성을 유지하는 경우에도, 우리는 아직 통일적인, 그리고 동질적인 객관적 시간의 의식을 갖고 있지는 않다"[69](90). 이전의 설명은, 단지 제한된 시간 영역 쪽으로 길을 열어줄 따름인 과거 지향에만 기대고 있었다. 이제는 회상, 보다 정확히 말하자면 과거 지향 과정에서 뒤로 밀려난 각각의 순간을 영점(零點) point zéro, 준(準)현재로, 그리고 그것을 반복적으로 바꾸는 능력의 힘을 빌려야 한다. 이렇게 해서, 재생산된 것은 중첩되어 멀어짐으로써 새로운 가라앉음들에 대한 원천-시점이 된 영점의 위치다. "비록 지금의 기억이 곧 없어진다 하더라도, 이러한 과정은 분명 무한히 계속될 수 있는 것으로 생각되어야 한다"[70](90). 이러한 지적은 기억의 시간에서 각자의 기억을 넘어서는 역사적 시간으로 이행하는 경우에 큰 관심을 끈다. 회상은 과거의 모든 시점을 준현재로 바꾸며, 이를 끝없이 되풀이함으로써, 이행을 가능하게 하는 것이다. 이제 남은 문제는, 무한한 일련의 준현재를 매개로 하는 시간 영역의 이러한 상상적 연장(延長)이, "단 하나의 고정된 질서를 갖는 유일한 객관적 시간"(같은 책)의 생성을 대신할 수 있는가를 알아보는 것이다.

"그 어떤 시간 간격, 현재의 시간 영역과는 연속성 없이 재생산된 시간 간격이라도 지금의 현재에 이르기까지 이어지는 유일한 연쇄의 한 부분이 되게끔 하는 선조적인 질서"[71](92)라는 동일한 요구가 다시 힘을 얻는다. 객관적 시간을 내적 시간 의식에서 이끌어내려고 할 때마다 우위 관계는 역전된다. "자의적으로 상상된 그 어떤 시간이라도, 그것이 실제적 시간으로서 (즉 그 어떠한 시간적 객체의 시간으로서) 생각될 수 있어야만 한다면, 그것은 유일한 하나의 객관적 시간의 내부에 있는 시간 간격으로서 존재해야만 한다는 요구에 따른다"[71](92). 여기서 후설은 시간 위치들이 주어지고 있음을 직접적 명증성의 대상으로 삼는 "몇 가지 선험적인 시간 법칙들"(§33의 제목)을 방패로 삼는다. 예컨대 "두 가지 인상이 절대적으로 동일한 시간 위치를 동일하게" 가지는 경우를 들 수 있다. 그 두 가지 인상이 동시에 존재하고 단 하나의 "지금"에 속한다는 것은 이러한 상태의 선험적 본질에 속한다.

후설은 과거 지향과 회상 현상에 밀접하게 연결된 시간 위치 개념에서 그 개념이 객관적 시간을 구성하도록 — 그것이 매번 구성하는 작업의 결과를 전제하는 것은 아니다 — 허용하기를 기대했던 것 같다.[56]

후설의 시도가 갖는 진정한 의미는 3장에서 비로소 드러난다. 그것은 바로 구성의 여러 단계들을 통해 세번째 층위, 즉 절대적 흐름flux absolu의 층위에 이르는 것이다. 첫번째 층위는 객관적 시간 속에서 경험하는 사물들의 층위였다. 그것은 저서의 시작 부분에서 배제했

---

56) 그렇기는 하지만 시간 "위치" 혹은 상황이라는 어휘와 결부된 "형식"이라는 어휘의 출현은, 순수 기술 과정에서 객관적 시간의 재현이 은밀하게 행사하는 주도적 기능의 징후가 아닌가를 생각해볼 수 있다. 모든 것은 마치 유일한 선조적 연속성이라는 관념이, 재현의 이차적 지향성과 과거 지향의 일차적 지향성의 관계를 통해 선조적 연속성이라는 관념의 가능한 한 가장 가까운 근사치를 찾고 발견하는 데에 목적론적인 지침으로 쓰이는 것처럼 진행된다. 후설이 흐름의 구성을 통해 풀어내는 선험적 법칙 아래 그 전제는 감추어져 있다. 『강의』 3장이 갖는 전략적 역할을 이해하려면 끊임없이 되살아나는 이러한 반론을 항상 염두에 두어야 한다. 후설의 시도가 갖는 진정한 의도가 드러나는 곳도 바로 거기다.

다가 2장 끝부분에서 구성하려고 시도했던 층위다. 두번째 층위는 시간-객체 유형이 갖는 내재적인 통일성 unité의 층위로서, 이전의 모든 분석이 바로 이 층위에서 이루어졌다. 그런데 두번째 층위에서 나타나는 통일성은 세번째 층위와 비교해볼 때 여전히 구성된 통일성이다. 이 세번째 층위는 "시간을 구성하는, 의식의 절대적 흐름"[73](97)의 층위다.[57]

　모든 시간-객체들은 구성된 통일성들로 다루어져야 한다는 것, 그것은 이전의 분석이 잠정적으로 기지(旣知)의 것으로 간주해야 했던 다양한 전제들을 되풀이한다. 즉 시간-객체는 지속한다. 다시 말해서 시간적 수정들의 지속적 과정을 거쳐 특수한 통일성을 유지하며, 객체들의 변화는 동일한 지속에 비하여 빠르거나 늦다 등이다. 이와는 대조적으로 의식의 절대적 흐름이 어떤 의미를 갖는다면, 그 어떤 동일성에도 — 시간-객체의 동일성이라 할지라도 — 기댈 수 없게 되며, 따라서 상대적인 속도를 이야기할 수도 없다. 이제 더 이상 지속하는 "어떤 것"이 없다. 우리는 오직 "농담(濃淡)의 연속성"[74](98)이 흐름을 형성하게 하는 있는 그대로의 수정만을 신뢰한다는 이러한 시도가 얼마나 대담한 것인지 엿볼 수 있다. 또한 그러한 시도가 안고 있는 어려움도 알게 된다. "이 모든 사실을 지칭할 명칭이 없다"[75](99). 구성하는 것 — 흐름 — 을 구성된 것(현재 단계, 과거 지향 속에서의 과거의 연속성 등)에 따라 이름붙이거나, 흐름, 근원-시점, 분출하다, 잠기다 등의 은유를 신뢰한다. 초월적 객체 밑을 파고들어 나타남의 층위, 즉 내재적 객체 혹은 시간-객체의 층위에서 이어간다는 것은 이미 어려운 일이었다. 이제 내기는 내재적 객체 밑을 파고들어 의식이, 흐름인 차원, ~에 대한 모든 의식이 "흐름의 계기 moment"가 되는 차원에 자리잡는 것이다. 문제는 그저 어휘를 억지로 바꾼

---

57) "우리는 언제나 의식(흐름), 나타남(내재적 대상), 초월적 대상(내재적 대상이 그 내용물이 아닐 때)을 구별해야 한다"(같은 책).

것이 아닌가, 그래서 똑같은 분석이지만 처음에는 나타남이란 용어를 사용했고 그 다음에는 의식이란 용어 —— 지각 의식, 과거 지향적 의식, 재생산하는 의식 등 —— 를 사용하게 되는 것이 아닌가 하는 점이다. 그렇지 않다면 내재적 시간이 통일적이며, 동시성, 동등한 길이를 갖는 지속들, 이전과 이후에 따른 규정 가능성을 내포한다는 사실을 어떻게 알 수 있겠는가[76](100~01)?

지금까지 세 가지 문제가 제기되었다. 흐름들을 하나의 단일한 흐름으로 연결하는 통일성 형식, "지금"의 공통적 형식(동시성의 근원), 흐름의 양상들의 연속성(연속적 계기의 근원)이 그것이다.

흐름의 통일성에 관해서는 이렇게 말할 수 있을 뿐이다. "내재적 시간은 모든 객체들이나 과정들에 대해서 하나의 시간으로 구성된다. 이와 상관적으로 내재적인 것들에 관한 시간 의식은 하나의 전체 통일성이다"[77](102). 그러나 우리는 모든 객체와 모든 과정의 흐름이 "함께 있음 전체에 대해 동질적이고 동일한 흐름의 형식"(같은 책)을 구성하도록 하는 이러한 "함께 있음 ensemble" "동시에 있음 à-la-fois" "전체를 포괄함 omni-englobant"에 접근하기 위한 어떤 뚜렷한 수단을 가지고 있는가? 근원적인 일군의 감각들에 대해 동일한 '지금'의 형식, 그리고 '지금'에 관한 모든 의식을 무차별적으로 어떤 이전에 대한 의식으로 변형시키는 흐름의 동일한 형식에 대해서도 질문은 마찬가지다. 후설은 이렇게 대답할 뿐이다. "이 사실은 무엇을 뜻하는가? 여기서 우리는 '보라 voyez' 고밖에 달리 말할 수 없다" (같은 책). 칸트가 전제 사항으로 여겼던 경험의 형식적 조건들은 그저 직관처럼 다루어지고 있는 것 같다. 그러므로 세번째 층위의 독창성은 시간-객체들을 배제하고, 거기서 구성되는 동일성들이 내재적이라 할지라도 그에 관계없이 원천-시점, 과거 지향과 미래 지향 사이의 관계들을 형식화하는 데, 간단히 말해서 근원적인 '지금'과 그 수정된 것들의 관계를 형식화하는 데 있다. 그런데 그것이 구성된 어떤 객관성의 도움을 받지 않고 가능할까?

후설 역시 이 문제를 모르지 않았다. "궁극적으로 구성하는 의식 흐름이 어떤 통일성을 가진다는 것을 어떻게 알wissen 수 있는가?" [81](105). 대답은 과거 지향 현상의 바로 핵심에 있는 지향성의 이중화에서 찾아야 한다. 처음의 지향성은, 내재적이긴 하지만 이미 구성된 통일성인 시간-객체를 향한다. 두번째 지향성은 근원성, 과거 지향, 회상의 양상들을 향한다. 그러니까 유사하면서 동시적인 두 개의 과정인 것이다. "바로 단 하나의 통일적인 의식 흐름 속에서 음의 내재적인 시간적 통일성과 의식 자체의 흐름의 통일성은 동시에 구성된다"[80](105). 후설 역시 이러한 진술이 갖는 역설적인 성격에 신경을 썼다. "의식의 흐름은 그 나름의 독특한 통일성을 구성한다고 말하는 것이 아무리 놀라워도(처음에는 터무니없어 보인다), 하여튼 사실은 그렇다"(같은 책). 여러 국면의 흐름을 거쳐 구성되는 것 쪽으로 향하고 있는 시선과, 흐름을 대상으로 하는 시선의 차이를 깨닫는 것은 여전히 어떤 본질 직관éidétique을 통해서다. 그렇다면 과거 지향, 과거 지향에 대한 과거 지향 등에 관한 이전의 모든 분석들을 시간-객체가 아니라 흐름이라는 용어로 다시 시작할 수 있게 된다. 한편으로 흐름 그 자체의 자기 구성의 지향성과 다른 한편 국면들의 겹침을 통해 음을 시간-객체로 구성하는 지향성은 바로 그렇게 해서 구분된다. 이러한 이중의 지향성은 기실 2장에서, 즉 우리가 시간 위치의 동일성을 내용의 동일성과 구분했을 때, 그리고 보다 근본적으로 지속의 흐름의 양상과 거기서 구성되는 시간-객체들의 통일성을 구분했을 때, 이미 예견된 것이다.

아울러 그 두 가지 지향성이 서로 분리될 수 없는 것이라면, 세번째 단계로 넘어가는 것이 실제로 어떤 진전을 나타내는가 하는 질문을 던져볼 수 있다. 한 지향성에서 다른 지향성으로 넘어가는 것은, 첫번째 단계에서 두번째 단계로 넘어갈 때처럼 공공연하게 무엇을 배제하는 것이라기보다는 오히려 시선을 이동시키는 것이다. 이러한 시선의 이동에서 두 가지 지향성은 끊임없이 서로를 가리킨다. "결국 유일하고 동일한 하나의 의식 흐름 속에는, 유일하고 동일한 하나의 사실의 두 측면과 같이 서로가 서로를 요구하는 두 가지 지향성들이 서로 얽혀 있다"[83](108). 달리 말해서, 지속하는 어떤 것을 갖기 위해서는 그 자체로 구성되는 어떤 흐름이 필요하다. 이것을 위해서는 흐름이 스스로 나타나야 한다. 후설은 수면 위로 솟아오르는 이러한 아포리아, 즉 흐름이 스스로 나타나려면 그 흐름을 나타나게 하는 두 번째 흐름이 필연적으로 요구되지 않는가 하는 무한정한 역진 régression의 아포리아를 잘 알고 있었다. 그는 반성은 그와 같은 중복을 요구하지 않는다고 대답한다. "현상으로서, [흐름은] 그 자체로 구성된다"[83](109). 순수 현상학의 시도는 이러한 자동 구성auto-constitution으로 마무리된다. 그에 관해 후설은 자신의 현상학이 내적 지각에 부여한 것과 동일한 명증성을 주장한다. 내재적 내용들의 명증성만큼이나 의심의 여지가 없는 "지속의 명증성에 대한 의식" [95](111)도 있는 것이다. 그래도 문제는 여전히 남아 있다. 지속의 명증한 의식은 지각하는 의식의 명증성 없이도 그 자체로 충족적일 수 있는가?

지속의 명증성에 관한 후설의 추론에서 두 가지 사항은 다시 강조할 만한 가치가 있다. 첫번째는 흐름의 주된 특성의 명증성, 즉 그 연속성과 관련된다. 후설은 흐름의 통일성의 명증성과 그 연속성의 명증성을 단번에 입증한다. 흐름의 통일성은 단절이 없는 통일성이며, 두 시간 간격의 차이는 엄밀히 말해서 차이 verschieden이지, 분열 ge-schieden은 아니라는 것이다[86](112). "불연속성은, 그것이 변화가 없는 지속의 형식이든 끊임없는 변화의 형식이든 간에 연속성을 전제한다"[86](113). 그러한 단언은 패러다임이나 인식소 épistémè들의 불연속성에 대한 이 시대의 논쟁에 불러일으키는 반향 때문에 부각될 필요가 있다. 후설의 입장에서는 의심의 여지가 없다. 즉 연속성이라는 토대 위에서만 불연속성을 생각할 수 있으며, 그것이 바로 시간이라는 것이다. 하지만 질문은 또 있다. (대상을 향한) 초월적 지향성과 (흐름을 향한) 세로 방향의 지향성 사이의 융합을 벗어나서 어떻게 그것을 알 수 있는가? 후설이 다시금 음과 같은 어떤 시간-객체가 전개될 때의 연속성에 기댈 수밖에 없는 것은 우연이 아니다. 그렇다면 논증을 이렇게 이해해야 할 것이다. 즉 단절이 없는 다른 어떤 경험에 의해 시간의 연속성이 입증되지 않는다면, 경험의 한 지점에서 불연속성을 구별할 수는 없다. 이를테면 근원적 의식과 지향적 의식 사이의 겹침이 없는 곳에서는 차이가 부분적일 수밖에 없다고 말할 수 있을 것이다. 우리가 말할 수 있는 것은, 마치 괴리가 연속성에서 그리고 서로간에 발생하는 것처럼 연속성과 불연속성은 흐름의 통일성의 의식 속에서 얽혀 있다는 사실뿐이다.[58] 그러나 후설의 입장에서는, 연속성이 차이들을 감싸고 있다. "끊임없는 변화의 경우만이 아니라 모든 경우에도, 변질 altération의 의식, 차별 différenciation의 의식은 통일성을 전제한다"[87](114).

우리를 또다시 가로막는 것처럼 보이는 두번째 사항은 흐름의 또다른 주된 특성, 즉 근원적인 것의 질서에서 재생산과 관련하여 현재의 인상이 갖는 우선권이다.[59] 우리가 이미 알고 있는 것이지만, 어떤

---

58) "근원적 '지금' 지향은 완전히 개체적으로 유지되면서, 새로운 그리고 항상 새로운 동시적 의식 속에서 다른 지향들과 공동으로 정립되어 나타난다. 이 다른 지향들은 '지금' 지향으로부터 시간적으로 더 멀리 떨어져 있을수록 끊임없이 커지는 차별, 즉 어떤 괴리를 부각시키게 된다. 맨 처음에는 서로 겹치고, 그 다음에는 서로 거의 겹치고, 계속해서 더 차별화된다. 즉 이전의 것과 새로운 것은 더 이상 그 본질에서 동일한 것으로서가 아니라, 유(類)적 공통성에도 불구하고 언제나 다르고 생소한 것으로 나타난다. 이렇게 해서 '차츰 변화된' 것의 의식, 끊임없는 동일화의 흐름 속에서 커져가는 괴리의 의식이 생기는 것이다"[87](113).

59) §42~45는 이전 부분과 느슨하게 연결되어 있다. 『강의』의 독일 편집자는 그 부분을 1911년 이후의 것으로 간주한다. 이처럼 상대적으로 뒤늦게 작성되었다는

의미에서 보자면 재생산에 대한 이론은 전체가 "마치 ~처럼"과 근원적으로 현전하는 것 사이의 차이를 토대로 삼고 있다. 동일한 문제지만 가장 근본적인 층위에서 다시 거론하는 것은 나름의 의미가 있다. 즉 이전의 분석에서는 다소간의 모순에도 불구하고 재생산의 자발성과 자유를 강조했지만, 지금은 재생산의 수용적 réceptif 이고 수동적인 특성을 강조하는 것이다. 수용 차원에서의 대조는, 재-생산과 생산 사이의 일대일 대응에 덧붙여지면서 보다 의미심장한 명제, 즉재-현은 자기 나름의 방식으로 인상이며 현재의 인상이라는 명제에길을 열어준다. "어떤 의미에서는 [……] 모든 체험은 인상에 의해의식되고 모두 인상된다"[89](116).[60] 두번째 층위의 분석 전체를 의식의 근본 층위로 전환함으로써 우리는 이렇게 말할 수 있다. 어떤기억이 표면으로 되돌아가는 것은 현재로 되돌아가는 것이며, 이런뜻에서 그것은 어떤 인상이다. 물론 재-생산과 생산의 차이는 없어지지 않지만, 단절이라는 그 성격은 상실된다. "재-현은 [……] 그것이인상적 의식의 대상이 되는 일차적 의식을 전제한다"[90](117).[61]

흐름의 연속성에 관한 명제는 그처럼 보편적으로 존재하는 인상적의식에 의해 동시에 힘을 얻게 된다. 초월적 사물의 통일성(1단계)은나타남과 내재적 파악의 통일성(2단계)을 기초로 하며, 후자의 통일성은 이제 인상적 의식(3단계)의 통일성에 토대를 둔다. 즉 이제는더 이상 인상 "뒤"에 "인상이 의식 대상이 되는 의식"이 있는 것이 아

사실은, 수고본에 덧붙여진 그 마지막 손질 또한 결정적인 것으로 여겨진다는 가설을 확인하고 있다.

60) 우리는 여기서 아우구스티누스의 명제를 생각하지 않을 수 없는데, 그에 따르면기억은 지나간 일들의 현재이며, 이는 정신에 인상된 이미지가 인상적으로 의식된다는 성격에 근거한다.

61) 사실상 "대상"이라는 낱말은 이 단계에서는 부적절한데, 독일어 원본 — "인상적으로 의식의 내용으로 되었을 때에 in dem es impressional bewusst ist"로 되어 있다 — 에는 나타나지 않는다.

니다(같은 책). 대상(1단계), 나타남(2단계), 인상(3단계)으로 이루어진 단계적 질서는 궁극적으로 절대적인 흐름을 가리킨다. "내재적 통일성들은 다양한 시간적 음영들의 흐름 속에서 구성된다"[91](119).

종국적으로 시간 그 자체도 세 단계로 고려되어야 한다. 즉 객관적 시간(1단계), 시간-객체들의 객체화된 시간(2단계), 내재적 시간(3단계)이 그것이다. "나타남의 순간들의 근원적 계기는 시간의 토대를 세우는 과거 지향 등의 힘을 빌려 (변화하든 변화하지 않든) 나타남을 현상학적-시간적 통일성으로 구성한다"[94](122).

문제는 끝부분에서 다시 확인되고 있는 내재적인, 그리고 초월적인 통일성들의 구성적 유추[94](121)가 후설의 시도 전체를 순환성에 빠뜨리는 것은 아닌가 하는 점이다. 내적 시간 의식의 현상학은 궁극적으로 객체화하는 지향성과 뒤섞인 내재적 지향성을 목표로 한다. 그런데 전자는 기실 지속하는 어떤 사물의 인지 능력reconnaissance에 근거를 두고 있으며, 오로지 후자만이 전자에 그러한 능력을 부여할 수 있는 것이다. 이제 곧 설명하겠지만, 그 전제는 칸트가 지속성permanence과 규제된 연속적 계기succession, 그리고 상호적 행동이라는 제목으로 연이어 다루고 있는 세 가지 「경험의 유추Analogies de l'expérience」에서 분명하게 개진하고 있는 전제다.

II. 시간의 비가시성: 칸트

앞에서 우리가 아리스토텔레스로 아우구스티누스를 대신하게끔 하지 않았던 것과 마찬가지로, 이제 칸트로 돌아온다고 해서 후설에 대해 반박을 하려는 것은 아니다. 우선 내가 칸트에게서 찾고자 하는 것은, 내적 시간 의식에 대한 후설의 현상학이 어째서 객관적 시간의 구조들을 배제할 뿐만 아니라, 구성한다고 주장하면서도 어떤 이유로 되풀이해서 그것들을 빌려오고 있는가 하는 점이다. 이 점에서 칸트가 반박하고 있는 것은 후설의 현상학적 분석이 아니라 그러한 분석이 주장하고 있는 것, 즉 객관적 시간에 대한 그 어떤 대상 지시에서도 벗어날 수 있으며 직접 반성을 통해 그 어떤 초월적 지향도 제거된 시간성에 이를 수 있다는 주장이다. 그 대신 나는 칸트로서는, 사유의 초월적 양태에 의해 은폐되기 때문에 절대로 있는 그대로 나타나지 못하는 암묵적인 시간의 현상학을 빌리지 않고서는, 결코 있는 그대로 나타나지 않는 시간과 관련된 전제들을 설정할 수 없음을 보여줄 것이다. 이처럼 두 가지를 겹쳐 보여주는 전략은, 우리가 앞에서 아우구스티누스의 심리학과 아리스토텔레스의 물리학이 갖는 가능성을 대조하면서 유지해왔던 전략을 되풀이하는 것이다. 한마디로 주관성과 객관성의 관계를 문제삼는 근대의 변증법이, 정신의 시간을 운동의 시간과 대치시키는 고대의 변증법에 무엇을 덧붙이는가 하는 것이다.

후설에 맞선 칸트의 입장을 가장 뚜렷하게 나타내고 있는 것은, 시간에 대한 모든 단언들이 간접적인 성격을 지니고 있다는 주장이다. 즉 시간은 나타나지 않으며, 나타남의 조건이라는 주장이다. 시간을 있는 그대로 나타나게 하려는 후설의 야심과는 정반대되는 이러한 유형의 논증은 「판단 분석론Analytique du jugement」, 그 가운데에서도 특히 「경험의 유추Analogies de l'expérience」에 이르러 완성된다. 하지만 우리는 이미 「초월적 감성론Esthétique transcendantale」에서 그 밑그림을 볼 수 있다.

칸트가 공간과 시간에 대해 선험적a priori 직관의 위상을 부여했다고 해서, 그러한 위상에 대한 주장에 대해서도 직관적인 특성을 부여했다고 생각하는 것은 그릇된 일일 것이다. 이와 관련하여, 시간에 내적 감각sens interne 을 부여했다는 사실에 현혹되면 안 된다. 『순수이성비판』 전체를 통틀어, 더욱이 두번째 판에서도 내적 감각은 계속해서 자기 인식과는 구별되는 근원으로서 구성될 권리를 잃어간다.[62] 여기서 현상학의 영향이 드러나는 것이라면, 그것은 정신

Gemüt을 결코 주제로 삼지는 않지만 이를 참조하고 있다는 사실에 있다.[63] 즉 직관은 맨 처음에 "어떤 방식으로 촉발되는affecté 정신 Gemüt"(A 19, B 33)이라는 개념에 주어지고 매달려 있는 것으로서의 대상들과의 내재적 관계로 정의되며, 이어지는 정의, "우리가 대상에 의해 촉발되는 방식 덕분에 표상을 받아들이는 능력 —— 수용성 ——을 감성이라고 부른다"는 정의 역시 현상학적 내용을 담고 있다고 볼 수 있다. 그리고 같은 식으로 외적 감각과 내적 감각은 우리 정신의 어떤 특성Eigenschaft unseres Gemüts에 근거한다(A 22, B 37). 그러나 「감성론」 첫부분에 있는 정의들의 현상학적 핵심은 질료와 형식의 구분이라는 매우 오래된 구분 속에 이미 들어가 있다. 질료는 "다양한 현상 le divers"이 되며, 형식에 대해서는 단지 "그것은 모든 〔현상들〕에 적용될 수 있도록 정신 속에 im Gemüt에 만반의 준비가 되어 있어야 한다"(A 20, B 34)고만 말하고 있다. 처음에는 개념에 의해 감각 능력 sensibilité을 사고 pensée와 분리시키고, 그 다음에는 감각 능력의 차원 자체에서 형식을 다양한 현상과 분리시킴으로써 이중으로 추상화하는 방법이 명증성에 근거하고 있는 것은 전혀 아니며, 『비판』 전체를 통해 간접적으로 정당화되고 있을 뿐이다.

그러한 정당화는 「초월적 감성론」에서 주로 반증적 추론의 형태를 띤다. 그렇기 때문에 「초월적 감성론」의 서두를 여는 질문, 다시 말해서 "공간과 시간은 무엇인가?"(A 23, B 37)라는 특히 존재론적인

---

62) 『순수이성비판』 초판에서 이미 그러한 내용을 분명히 예고하고 있다. "정신 das Gemüt은 내적 감각을 통해 스스로 직관되거나 그 내적 상태를 직관하지만, 그러한 내적 감각은 하나의 대상으로서의 마음 그 자체에 대한 직관을 제공하지는 못할 것이다"(A 22, B 37). 이성적 심리학을 괴롭히는 이율배반들에 대한 비판(「초월적 변증론 Dialectique transcendantale」, A 341~405, B, 399~432)의 핵심이 여기에 담겨 있다.

63) 앞의 각주에서 인용된 원문은 이렇게 이어진다. "하지만 그러한 내적 상태에 대한 직관은 일정한 형식에서만 가능해지며, 그 결과 내적 규정에 속하는 모든 것은 시간의 관계에 따라서 표상된다"(같은 책).

질문에는 4개의 해답만이 가능하다. 즉 그것들은 실체 substance이거나, 우연성 accident이거나, 현실적인 관계이거나, 우리 정신이 주관적으로 구성하는 영역에 속하는 관계다. 네번째 해답은 고대 철학자들이나 라이프니츠의 논증을 다시 빌려와 토대로 삼아 앞의 세 가지 해답을 소거한 결과로 나온다.[64] 칸트의 해결책이기도 한 네번째 해결책을 이끌어내기 위한 논증이 귀류법에 의한 증명 preuve par l'absurde 형식을 취하는 것은 이러한 반증적 양태 때문이다. "주관적 조건이 없다면 외적 직관을 받아들일 수도 없을 것이며, 다시 말해서 대상에 의해 촉발될 수도 없을 것인데, 만일 우리가 그러한 주관적 조건에서 벗어난다면 공간의 표상이란 더 이상 아무런 의미도 갖지 못할 것이다"(A 26, B 42). 좀더 뒤에서는 시간과 관련하여 이렇게 말한다. "우리가 내적으로 직관하고, 또 이 직관을 통하여 모든 외적 직관을 표상 능력으로 파악하는 우리의 내적 직관 양식을 빼고 생각한다면〔……〕 시간이라는 것은 아무것도 아니다"(A 35).

「감성론」에서는 시간에 비해 공간의 검토에 우선권을 부여함으로써 선험적 직관으로서의 시간의 속성들이 가지는 비직관성 non-intuitivité이 특히 강조되고 있다. 그 이유는 분명하다. 즉 공간은 시간 쪽에서는 대응할 만한 비교항이 없는 "초월적 해명 exposition transcendantale"을 제공하며, 이는 공간이 도형을 그릴 수 있는 환경을 구성하는 기하학의 힘 때문이다. 공간이 실체나 우연성이 아니라

---

64) G. Martin(『임마누엘 칸트. 존재론과 과학 이론 *Immanuel Kant. Ontologie und Wissenschaftstheorie*』, Köln: Kölner Universitätsverlag, 1951, pp. 19~24: 불역 J.-C. Piguet, 『칸트에서의 근대 과학과 존재론 *Science moderne et Ontologie Chez Kant*』, Paris: PUF, 1963)은 그 문제의 존재론적 형식을 완벽하게 규정했고, 세번째 해답을 소거하는 과정에서 라이프니츠가 뉴턴을 반박하면서 담당했던 역할을 강조한 바 있다. 칸트에게 남은 과제는, 공간과 시간을 신적인 현상 phaenomena Dei으로 간주했던 라이프니츠의 해답 대신에 그것을 인간 정신의 표상으로 만들 수 있는 다른 해답을 찾아내는 것이다.

외재적 관계일 수밖에 없는 것은 기하학이 관계의 학문이기 때문이다. 더 나아가 공간에 관한(그리고 유추적으로, 시간에 관한) 명제들이 분석적이 아니라 종합적인 판단들로 이루어져야 하는 것은 바로 기하학이 분석적으로는 밝힐 수 없는 속성들에 토대를 두고 있기 때문이다. 사실 기하학의 구성적 성격과 그 공리적 특성은 서로 협력해서 단 한 가지의 논증을 구성하는 경향이 있다. 그 대신 공간의 직관적 성격은 기하학에서 작도(作圖)를 통한 증명과 관련한 논증들과 불가분의 관계에 있다.[65]

그것이 바로 공간 개념의 **초월적 해명**의 핵심으로, 그 비직관적 성격은 이론의 여지가 없다. "초월적 해명이란 다른 선험적인 종합적 인식의 가능성을 설명할 수 있는 원칙으로 간주되는 어떤 개념을 설명하는 것을 뜻한다"(A 25, B 40). 그런데 시간의 초월적 해명은, 두 번째 판에서 다음과 같은 간략한 문장이 요약하고 있듯이, 바로 공간의 초월적 해명을 모델로 하여 구성된다. "따라서 우리의 시간 개념은 운동의 일반 이론, 적잖게 유익한 이론이 담고 있는 모든 선험적 종합적 인식의 가능성을 설명해준다"(B 49).

---

65) 수학의 공리화, 그리고 유클리드 공간에서 수학적 개체의 작도 가능성과 관련하여 「초월적 감성론」을 해석하는 것에 관해서는 G. Martin, 앞의 책, pp. 29~36을 참조할 것. 칸트의 탁월한 해석자인 그는 독자로 하여금 『방법론』 1장 1절, A 713, B 741을 참조하게 한다. "철학적 인식은 개념을 통한 이성적 인식이며, 수학적 인식은 개념의 구성을 통한 이성적 인식이다." 그런데 개념을 구성한다는 것은 그에 상응하는 직관을 선험적으로 표상하는darstellen 것이다. "초월적 감성론에 대한 일반적 설명" II에서 칸트는 공간·시간의 직관적 성격과 그로 인해 가능하게 된 과학들의 이성적이고 구성주의적인 성격의 결합을 다음과 같은 용어로 표현한다. "우리의 인식에서 직관에 속하는 모든 것은 [……] 단순한 관계들만을 포함할 따름이다"(B 67). 나중에 우리는 그 대목의 다음 부분에 관해 다시 언급할 것인데, 거기서는 우리가 그 안에 우리의 표상을 위치시키는 것으로서의 시간이 문제가 되며, 시간은 거기서 우리 고유의 행동에 의해 자기 촉발 Selbstaffecktion과 연결된다. 그것이 "현상학적"이라고 말해질 수 있는 것은 여전히 정신 Gemüt을 고려해서라는 사실은 주목할 만하다.

초월적 해명에 앞선 형이상학적 해명으로 말할 것 같으면, 그것은 공간과 시간의 속성들이 엄격하게 평행을 이루고 있다는 사실에 근거를 두고 있다. 그리고 두 경우 모두 추론은 엄밀하게 반증의 양태를 띤다. 처음 두 개의 논증은 비경험적 위상을 설정한다. 마르틴 G. Martin이 "플라톤식"이라고 표명하고 있는 첫번째 논증은 시간이 공간과 마찬가지로 경험을 통해 알 수 없다는 성격을 갖는다는 것을 밝힌다. 즉 두 개의 사건이 동시적이라거나 연속적이라는 점을 우리가 지각할 수 있는 것은, 시간의 표상이 지각 경험의 그러한 시간적 술어 prédicat를 파악하는 데 토대로 쓰이기 때문에 가능한 것이다. 두번째 논증은, 우선 순서를 설정한다는 점에서 보다 "아리스토텔레스식" 표현법으로서, 공간 속에 담겨 있는 모든 것을 비울 수 있듯이, 시간에서 사건들을 비워낼 수 있다고 — 물론 그렇다고 시간이 없어지지는 않는다 — 상정한다. 사건들에 대한 시간의 우위는 오로지 그러한 사유 경험만으로 입증된다. 세번째 논증에 따르면 공간과 시간은 말로 따질 수 있는 discursif, 다시 말해서 총칭적인 générique 개념들이 될 수 없다. 다양한 공간들이 (어떤 개념의 하위 부류가 아니라) 그 부분을 이루고 있는 단 하나의 공간만을 표상할 수 있는 것과 마찬가지로, 서로 다른 시간들은 연속적일 수밖에 없다. 시간은 단일한 차원을 가지고 있다고 상정하는 이러한 공리는 경험에 의해 만들어지는 것이 아니라 경험이 전제하고 있는 것이다. 시간의 특성이 말로 따질 수 있는 것이 아니라 직관적이라는 것은 거기에서 비롯된다. 기실 서로 다른 시간들이 동일한 시간의 부분들에 지나지 않는다면, 시간은 하위 부류들과 관련해서 이들을 총칭하는 개념으로 작동하지 않을 것이다. 그것은 집합을 이루면서도 단일한 어떤 것 un singulier collectif[이후 단수 집합명사로 옮김 : 옮긴이]이다. 네번째 논증에 따르면 공간과 마찬가지로 시간도 무한히 크게 주어진 어떤 것이다. 그 무한함이 논리적으로 내포하고 있는 것은 바로 정해진 모든 시간, 모

96

든 시간 간격을 단일한 시간을 한정하는 것으로 간주하지 않을 수 없다는 사실이다.

그러한 추론에 내포된 현상학이 어떤 것이든 간에 — 우리는 잠시 후에 이를 다시 검토할 것이다 —. 주안점은 시간에 관한 모든 주장이 시간을 미리 전제하고 있다는 특성에 주어져 있다. 그 특성은 공간과 마찬가지로 시간이 갖는 상대적이며 순전히 형식적인 위상과 불가분의 관계에 있다. 보다 정확히 말해서 "시간은 모든 현상들 일반의 선험적인 형식적 조건이다." 간접적으로는 모든 내적 현상들에 대해서, 직접적으로는 모든 외적 현상들에 대해서 그렇다. 「감성론」의 담론이 체험된 것에 대한 담론이 아니라 미리 전제하고 있는 것에 대한 담론인 것은 그 때문이다. 즉 귀결에서 전제로 거슬러 올라가는 논증이 직접적인 시각 vision보다 항상 우세한 것이다. 그러한 역진적 논증은 이번에는 특별히 귀류법(歸謬法) 형식을 따르게 된다. "이에 따르면 시간은 우리의 내적 직관의 형식에 불과하다. 즉 시간에서 우리의 감각 능력이라는 독특한 조건을 소거한다면, 시간 개념 자체가 사라져버린다. 시간은 대상 그 자체 안에 있는 것이 아니라 대상을 직관하는 주체 안에 있을 뿐이다"(A 37).[66]

초월적 추론이 초기 단계의 현상학을 내포하는 동시에 억압한다는 것은, 「1770년 논고」에서 시간과 관련된 몇몇 지적들 — 그것은 공간

---

66) "만일 우리가 우리의 주체, 아니 단지 우리 감각 일반의 주관적 성질마저 빼고 생각한다면, 모든 존재 방식 Beschaffenheit과 시·공간 속에서의 사물들과의 관계, 그리고 심지어는 시간과 공간마저도 사라져버릴 것이다. 현상으로서의 시간과 공간은 그 자체로서가 아니라 오로지 우리 안에서 존재할 수 있기 때문이다"(A 42). "오로지 우리 안에서"라는 말은 언뜻 보기에 칸트를 아우구스티누스와 후설에 다가가게 한다. 하지만 실제로는 다가가는 만큼 멀어진다. "오로지"라는 말은 논쟁적 성격을 띤 논증의 흔터를 나타낸다. "우리 안에서"라는 말은 따로 사람을 가리키는 것이 아니라, 「1770년 논고 Dissertation de 1770」〔칸트가 쾨니히스베르크 대학의 교수에 취임하면서 쓴 논문인 「감성계와 지성계의 형식과 원칙들에 관하여」를 지칭한다: 옮긴이〕의 표현에 따르면 인간 조건 humana conditio을 가리킨다.

분석에 대한 응답에 그치지 않는다 ─ 이 입증하고 있다.[67] 이 점에서 「논고」에서 시간에 대한 논의(§14)가 공간에 대한 논의에 앞선다는 것은 우연이 아니다.

　「논고」에서도 이미 전체에 의한 추론 양태가 지배적이기는 하지만 ─ 후에 「초월적 감성론」의 경우도 그렇다 ─ 그것은 후설을 거치면서 우리가 주의를 기울여온 현상학적 색채를 간직하고 있다.[68] 그렇게 해서 사물들을 매번 동시적이거나 계기(繼起)적인 것으로 지각하는 것으로 정의되는 시간적 질서라는 전제에는 다음과 같은 지적이 따르게 된다. 연속적 계기는 시간 개념을 "낳는gignit" 것이 아니라 "그것에 도움을 청한다 sed ad illam provocat." 우리는 앞선다는 praevio 시간 개념을 통해 그 다음post이라는 낱말이 뜻하는 바를 이해한다. 앞선다는 개념에 경험을 통해 도움을 청한다는 이러한 생각은 잠시 살펴볼 가치가 있다. J. N. Findlay에 따르면 그것은 "명확하

---

67) J. N. Findlay, 『칸트와 초월적 대상, 현상학적 연구 Kant and the Transcendantal Object, a Hermeneutic Study』, Oxford: Clarendon Press, 1981, pp. 82~83. 그에 따르면 칸트의 순수 직관이라는 개념은 "취향에 따른dispositionnel 특성을 갖는 애매한 요소들을 배제하지 않는다"(p. 90). Findlay는 도식에 관한 논의에서 "취향에 따르는 것을 같은 유형으로 존재론화하려는 시도"를 발견한다(같은 책).

68) 수용 능력을 통한 감각 능력의 정의 ─ 이것은 「초월적 감성론」에서도 유지된다 ─ 는 이러한 고찰에 길을 열어준다. "감각 능력은 주체의 수용 능력이다. 어떤 면에서 보자면 이로 말미암아 그 표상적 상태는 어떤 대상의 현전에 의해 촉발되는 것이 가능해진다"(「1770년 논고」, 불역, Paul Mouy, Paris: J. Vrin, 1951, p. 30). 촉발된다는 우리의 존재 조건을 수학적 개체의 작도 가능성 조건과 뚜렷하게 같은 것으로 볼 수는 없다. 하지만 「논고」의 연장선상에서 형상화에 대한 어떤 현상학, 촉발된다는 존재 조건과 경험적으로 구조화하는 능력을 이어줄 수 있는 현상학의 밑그림을 그려볼 수는 있다. 3절의 마지막 부분은 암묵적이고 맹목적인 현상학, 아니 전제에 의한 추론을 통해 맹목적이 되어버렸다고 하는 편이 더 나은 현상학이라는 관념에 모종의 신뢰를 보여준다. 그에 따르면 공간과 시간은 "의심할 나위 없이 대상들에 대한 감각이 아니라 (왜냐하면 감각은 인간이 인식하는 것의 형식이 아니라 질료를 제공하기 때문이다) 정신의 활동 자체에서 획득되고 추상화된다. 이를 통해 정신은 항구적인 법칙에 따라 감각들을 통괄하는 것이다. 그것은 불변의 유형 같은 것으로서 따라서 ideoque 직관적으로 인식할 수 있다"(같은 책, p. 60).

지 않은 시간적 질서에 대한 막연한 시각"(앞의 책, p. 88)을 내포하고 있다. 「논고」의 두번째 논제는 시간의 단일성(그것은 「감성론」의 네번째와 다섯번째 논증을 끌어내게 될 것이다)과 관련되어 있는데, 그 또한 일정 부분 현상학적 내용을 담고 있지 않는 것은 아니다. 감각으로 느낄 수 있는 내용물에서 "시간 속에 놓여 in tempore posita" 있다는 사실과 "공통의 표시를 가진 것으로 tanquam nota communi" 어떤 일반적 개념 아래 포함된다는 사실은 별개의 것임을 우리는 이의 없이 받아들이지 않는가? 그래서 모든 감각에 선행하는 이러한 형태의 연계 자체를 직관적으로 알아차릴 수 있다고 말하는 경향이 있다.[69] 그것이 감각으로 느낄 수 있는 내용물을 훨씬 넘어 확장되며 감각으로 느껴지는 내용물에 의존하지 않으면서도 그 내용물로 채워지기를 요구하는 지평으로서 모든 감각적 내용물에 통합된다는 점에서 그렇다. 그리고 순전히 시간의 직관에 대한 논증을 떠받치고 있는 것처럼 보이는 이러한 지평 경험은, 사실 현상학적으로 말하면, 개념적인 일반성도 감각적으로 규정된 내용도 아니다.[70]

---

69) 칸트는 감각으로 느낄 수 있는 형식에서 "어떤 연계 법칙 lex quaedam〔……〕 coordinandi"을 찾아낸다. 우리의 감각을 촉발하는 대상들은 이를 통해 "하나의 전체적인 표상을 만들어낸다 in totum aliquod repraesentationis coalescant." 이것을 위해서는 "정신의 어떤 내적 원칙이 필요하며, 이로써 그 다양한 속성들은 불변의 내적 법칙에 따라 특수성 speciem quandam을 띠게 된다"(같은 책, II, §4). 그렇지만 §12에서는 내적 감각과 외적 감각 사이의 구별이 미치는 인식론적 영향을 받아들이고 있다. 즉 그렇게 해서 순수 수학은 공간을 기하학의 관점에서, 시간을 순수 역학의 관점에서 고려한다.

70) Findlay는 §14의 처음 세 논증에 커다란 중요성을 부여한다. 그에 따르면 시간이란 "단 한 번 전체적으로 바라봄으로써, 모든 제한된 시간 간격들이 그 안에서 자기 자리를 찾아야만 하는 단일하고 무한하며 개별적인 전체로서 우리에게 주어진다"(p. 89). 경험적인 모든 연속적 계기들에 결부된 이 "본원적인 기타 등등 primordial And So On"에 근거하여 "우리는 과거와 미래의 지도를 무한하게 확장하는 법을 배울 수 있다"(같은 책). Findlay는 이렇게 시간이 펼쳐질 수 있다는 특징을 매우 중요하게 여기는데, 절대적으로 비어 있는 시간을 생각할 수 없기 때문에 그러한 특징에 근거하여 우리는 주어진 모든 것 너머로 무한하게 나아갈 수 있다.

「논고」의 잠재적인 현상학 또는 초기 단계의 현상학을 길잡이로 삼아, 시간에 대한 「초월적 감성론」의 논의로 되돌아가자. 우리는 위에서 공간의 선험적 속성과 시간의 선험적 속성 사이의 균형만을 지적했다. 시간과 공간 사이의 불균형은 어떻게 되는가? 그것은 그 각각의 형식이 가능하게 만든 과학들 사이의 차이, 다시 말해서 일차원의 연속을 다루는 과학들과 삼차원의 연속을 다루는 과학들 차이로 환원되는가? 연속적 계기라는 관념에는 암묵적으로 어떤 독특한 특징에 대한 인식, 다시 말해서 매번 생각을 앞으로 밀고 나가기 위해서는 단계별로, 절대로 대상 전체를 동시에 굽어볼 수는 없으므로 단편적으로 나아가야 할 필요성이 있는 것이 아닌가? 시간 속에서 일어나는 모든 경험의 단편적인 특성을 보상하기 위해서는 시간적 지평이라는 경험을 끌어들여야 하지 않겠는가? 시간 관념이 그 어떤 시간적 경험보다 앞서야 한다는 "플라톤식" 논증은 물론 모든 사건 내용이 비워진 어떤 시간이라는 사유 경험에 토대를 두고 있는 "아리스토텔레스식" 논증에도 그러한 지평 경험이 숨어 있지 않는가? 나아가 시간은 단일한 것이라는 생각조차도, 즉 모든 시간들이 그 하위 부류가 아니라 부분들이 되는 하나의 시간만이 존재한다는 생각도, 지평 경험의 인도를 받는 것이 아닌가?[71] 초월적 논증의 현상학적 기반이라는 암시에 가장 큰 신뢰를 부여하는 것은 바로 시간의 무한성을 주장하는 논증이다. 공간과 관련해서 칸트는 이렇게 주장할 뿐이다. "공간은 무한한 규모로 주어진 것으로 표상된다"(A 25, B 39). 그러나 시간에 관한 논증은 보다 특이하다. 제한된 어떤 시간 규모를 얻기 위해서 그 토대로 쓰이는 단일한 시간을 한정할 필요성을 강조하면서,

---

71) 사실상 칸트 역시 이렇게 적고 있다. "〔서로 다른 시간이 동시에 존재할 수 없다는〕 명제는 종합적이며, 오로지 개념에서만 끌어낼 수는 없는 것이다"(A 32, B 47). 하지만 곧바로 이렇게 덧붙인다. "따라서 그 명제는 시간의 직관과 표상 속에 직접 포함되어 있는 것이다"(같은 책).

그는 이렇게 주장한다. "시간의 근원적 표상 또한 무한하게 주어진 것이어야 한다"(같은 책). 물론 이러한 여건을 후설식의 체험 Erlebnis과 동일시할 수는 없으나, 그 무한성을 포착하게 하는 표상의 지위에 관해서는 생각해보지 않을 수 없다. 모든 제한을 넘어선 시간에 적용된 "표상 전체"라는 표현은 무엇을 뜻하는가?[72] 우리의 시간 경험이 갖는 단편적 성격에 덧붙여지는 포괄적 성격에 대한 전이해 pré-compréhension는 이처럼 「초월적 감성론」의 공리적 위상을 앞지르는 것처럼 보인다. 「논고」의 표현을 빌리자면, 그 기능은 시간 개념을 만들어내는 것이 아니라 "불러내는" 것이다.

요컨대 『비판』의 역설은 그 고유의 추론 양식이 사유 경험에 내재한 현상학, 공간과 시간의 관념성을 입증하는 데 지배력을 행사하는 현상학을 은폐해야 한다는 것이다.

「분석론 Analytique」이 확인하고 있는 것이 바로 그것이다. 그 자체로서의 시간의 비–현상성의 주된 이유가 바로 거기서 드러나며, 시간 개념을 완전히 새로 규정하기 위해서는 대상을 구성함으로써 우회할 필요성이 밝혀지는 것도 바로 거기다.

도식 schématisme 이론으로 말하자면, 그것이 「초월적 감성론」에서는 받아들여지지 않았던 나타남 apparaître을 시간에 부여하기를 기대한다는 것은 사실상 헛된 일이라 할 수 있다. 물론 새로운 시간 규정들이 도식을 실행하는 것과 연결되어 있다는 점은 사실이다. 그래서 "시간 계열" "시간 내용" "시간 순서" 그리고 마지막으로 "가능한 모든 대상들과 관련된 시간 전체"(A 145, B 184)에 대해 말하는 것이다. 하지만 이 "초월적 시간 규정"은 도식을 명백하게 밝히는 일차적인

---

72) "표상 전체는 개념을 통해 주어질 수 있는 것이 아니며(왜냐하면 부분적인 표상들이 제일 먼저 주어지기 때문에), 그 토대로 쓰이는 직접적인 직관이 있어야 한다"(A 32). (괄호 속에 있는 문장은 B에서는 다음과 같은 언급으로 대치된다. "왜냐하면 그 개념들은 부분적인 표상만을 포함하기 때문이다." B 48)

선험적 종합 판단, 혹은 "원칙들 Grundsätze"에 기댐으로써만 의미를 갖게 된다. 그런데 그 원칙들의 기능이란 대상의 대상성 조건들을 제시하는 것뿐이다. 그 결과 시간은 그 자체로 지각될 수 있는 것이 아니라, 우리가 공간 속에 있는 대상들에 적용된 지적(知的)이고 상상적인 활동을 계기로 그 간접적인 표상만을 갖게 되는 것이다. 되풀이 해서 말하지만 시간은 나타나는 것이 아니라 대상이 나타나는 조건으로 남게 되며, 그것이 바로 「분석론」의 주제다. 이 점에서 시간을 선으로 형상화하는 것은, 시간의 표상에 외재적인 버팀목을 구성하기는커녕, 오히려 상상력의 도움으로 개념을 대상에 적용하면서 드러나는 그 간접적인 방식의 일부를 이룬다.

게다가 시간의 표상은, 도식과 원칙이라는 측면에서는, 언제나 시간 규정, 다시 말해서 시간 간격의 규정을 수반한다. 이러한 규정은 모든 시간들이 그 연속적인 부분을 이루는 무한한 시간이라는 전제에 아무런 변화도 가져오지 않는다. 시간의 표상이 갖는 간접적인 성격은 바로 개별적인 연속적 계기라는 규정을 통해서 분명해진다.

시간의 표상이 갖는 이중적 성격, 즉 간접적이고 규정된다는 그 성격이 「분석론」의 측면에서 시간의 비-현상성 non-phénoménalité의 주된 이유이다. 여하튼 도식론과 관련하여 칸트가 일러두는 것은 도식론과 밀접한 관계를 맺고 있는 시간 규정에까지 확장된다. 후자는 전자와 더불어 "개념에 그 형상을 부여하는 상상력의 일반적 방식 Verfahren"(A 140, B 179)이 된다는 성격을 공유한다. 그러나 도식론은 바로 그러한 이유로 말미암아 도식으로서 "인간 정신의 깊은 곳에 숨어 있어서 우리가 그 진정한 기계적 구조를 본성 nature에서 떼어내어 이것을 적나라하게 드러내기는 쉬운 일이 아닌 그러한 기술 art"(A 141, B 180~81)에 속하지 않을 수 없다. 이 엄숙한 선언은 초월적 시간 규정이 내포할 수 있는 새로운 현상학적 특징들 — 이것들은 관점에 따라서는 포섭, 적용, 제한이라고 불리는 매개적 기능과 밀접한 관련을 맺는다 —— 을 정신에서 "떼어내버리려는" 모든 시도들에 대한 분명한 경계를 은밀히 감추고 있는 것이 아닌가? 역설적인 점은 바로 시간과 도식의 관계야말로 우리로 하여금 시간의 직관적 현상학에서 한 단계 더 멀어지게 한다는 사실이다. 시간적 속성은 바로 범주를 도식화하는 활동을 통해서만 드러난다. 그리고 범주의 도식화는 반대로 "원칙들" —— 직관의 공리, 지각의 기대, 경험의 유추, 양태의 원칙 —— 을 통해서만 실현된다. 도식들은 매번 이 원칙들을 줄여서 규정하는 것이다.

우리는 바로 이처럼 매우 제약이 심한 조건 아래서 그 자체로서의 시간과 관련된 몇몇 가르침을 이끌어내려고 시도할 수 있다. 하지만 이내 그 가르침들이 시간-연속적 계기에 대한 우리의 관념을 강화하기는 하지만, 기억 또는 기대 혹은 후설의 경우라면 과거 지향과 미래 지향의 중개로 체험된 현재가 과거와 미래와 맺는 관계는 결코 문제삼지 않는다고 말할 수밖에 없다.

실체, 원인 그리고 동시 존재 communauté의 도식을 논증을 통해 펼쳐나가는 「경험의 유추」에는 순서 ordre로서의 시간에 대한 초월적 규정과 관련된 언급들이 가장 많다. 그러한 언급들은 그 자체가 규정된 시간 속에서 규정되는 표상이라는 우회를 요구한다. 초판에는 "그 일반 원칙은 모든 현상들이 그 존재의 측면에서 보자면 그들 사이의 관계를 어떤 시간 속에서 결정하는 규칙에 선험적으로 따른다"(A 117)고 되어 있다. "시간 속에서"라는 말은 결국 어떤 규정된 시간 간격 속에서라는 말이다. 따라서 지각들의 필연적 연결에 대한 표상과 어떤 시간 속에서의 그들의 관계라는 두 표현을 접근시켜야 한다. 규정된 시간 속에서의 표상을 거쳐 이처럼 둘러감으로써, 우리의 주된 논의에 핵심적인 단언, 즉 "시간은 그 자체로 지각될 수 있는 것이 아니라"(A 183, B 226) 우리는 단지 시간 "속에"(같은 책) 있는 대상만을 지각한다는 단언이 그 의미를 부여받게 된다. 경험의 유추를 하나씩 검토하면서 이러한 중요한 유보 조항들을 놓치면 안 될 것이다.

시간에 관한 가장 중요한 언급은 영속성 permanence의 원칙(제1유추)과 관계된다. 사실 칸트는 처음으로 "시간의 세 가지 양태는 영속성, 연속성 succession, 동시성 simultanéité이다"(A 177, B 219)(거기에 현상 속에서의 모든 시간 관계에 대한 세 가지 규칙이 대응한다)라고 지적한다. 우리는 여태까지 연속성과 동시성에 대해서만 이야기했다. 영속성은 다른 두 가지와 동질적인 "양태"인가? 그런 것 같지 않다.

어떤 현상의 존재에서만이 아니라 시간 그 자체에서도, 영속한다는 것은 무엇을 뜻하는가? 그러한 특징이란 엄밀히 말해서 시간 "일반"(A 183, B 226)을 가리킨다고 되어 있다. 두 개의 현상이 연속적이거나 동시적인 것으로 간주되기 위해서는 "언제나 머물러 있는 어떤 것, 즉 지속적이고 영속적인 어떤 것, 그 모든 변화와 동시성은 영속적인 것이 존재하는 방식(시간 양태)에 지나지 않는 어떤 것을 그 근거"(A 182, B 225~26)로 제공해야 한다. 연속성과 동시성 관계는 이 점에서 영속성을 전제한다. "그러니까 이 영속성을 통해서만 시간 관계가 가능하다(동시성과 연속성만이 시간 속의 유일한 관계들인 것이다)"(A 183, B 226)(앞에서 우리가 세 가지 관계가 아니라 세 가지 양태라고 말한 것도 그 때문이다). 우리는 여기서 의미심장한 문제를 다루게 된다. "변화는 시간 자체가 아니라 단지 시간 속의 현상들과 관련된다"(A 183, B 226). 하지만 시간 그 자체는 지각될 수 없기 때문에, 우리는 바로 어떤 현상의 존재 속에서 영속하는 것과 변하는 것의 관계라는 간접적인 수단을 통해서만, 흘러가지 않고 그 속에서 모든 것이 흘러가는 시간을 알 수 있게 된다. 그것이 바로 우리가 어떤 현상의 지속이라고 부르는 것인데, 그것은 지속되고 영속되는 기반 substrat에 변화가 일어나는 동안의 일정 시간량을 말한다. 칸트는 이렇게 강조한다. 단순한 연속성에서는, 그러니까 영속성을 참조하지 않는다면, 존재는 조금의 시간량도 갖지 못하고, 단지 나타나게 하고 사라지게 할 따름이다. 시간이 일련의 나타남과 사라짐으로 환원되지 않으려면 그 자체가 머물러 있어야 한다. 그러나 머물러 있는 것을 변하는 것과 관련시키면서, 현상 속에 머물러 있는 것과 우리가 실체로 규정하는 것을 관찰함으로써만, 우리는 그 특징을 식별할 수 있다.[73)]

영속성 원칙은 그처럼 「감성론」의 공리, 즉 하나의 시간만이 있을 뿐이며, 모든 시간들은 그 부분들에 지나지 않는다는 공리를 명확하게 한다. 그 원칙은 시간의 단일성에 전체성을 덧붙인다. 하지만 그 규정의 근거가 되는 실체의 영속성은 시간의 원칙적 비가시성에서 아무것도 걷어내지 못한다. 영속성은 우리의 일상적 지각의 전제, 그리고 과학을 통해 사물들의 질서를 파악하기 위한 전제 ── "그것이 없으면 어떻게 될까"라는 전제 ── 로 남게 된다. "실체의 도식은 실재적인 것이 시간 속에서 갖는 영속성, 다시 말해서 다른 모든 것이 변화하는 동안에도 변하지 않고 있는 기반, 경험적 시간 규정 일반의 기반으로서의 실재적인 것의 표상이다"(A 143, B 183). 생각은 바로 이렇게 단 한 번에 시간을 부동의 것으로, 도식을 실재적인 것의 영속성으로 제시하며, "따라서 그 자체로 변하지 않고 고정된 시간에 현상 속에서 서로 대응하는 것은 존재에 있어서 변하지 않는 것, 즉 실체"(A 143, B 183)라는 실체 원칙을 제시한다. 시간 규정(불변성), 도식에 따른 현상 규정(실재적인 것의 시간 속에서의 영속성) 그리고 첫번째 원칙에 대응하는 원칙, 즉 실체의 영속성의 원칙은 이처럼 서로 대응한다. 시간을 그 자체로 지각할 수 없는 것도 그 때문이다.

제2유추, 그러니까 두번째 판에서는 "인과성의 법칙에 따른 시간적 계기의 원칙"(B 233)이라고 이름 붙여진 유추에서는 시간 순서라는 개

---

73) "그 결과 시간 일반을 표상하는 기반을 찾아야 할 곳은 바로 지각의 대상 속, 다시 말해서 현상 속이다"(B 225).

넘이, 잘 알려져 있듯이 규칙적인 연속적 계기라는 개념과 연결되어 보다 명확해진다. 인과성의 종합적 성격과 관련된 고전적 논의를 다시 거론할 필요는 없을 것이다.[74]

반면에 시간 순서라는 개념 자체에 대한 그러한 논의에서 파급되어 나오는 것을 얻어내야만 한다. "시간은 그 자체로서는 지각될 수 없다"(B 233)고 다시 한 번 되풀이되는데,[75] 이 말이 내포하는 바는, 나는 객관적인 인과 관계에 의거해서만 초월적 시간 규정 ─ 그 자체가 "시간 관계와 관련해서 내적 의미를 규정하는 상상력의 종합적 능력"(B 233)에서 비롯된 ─ 을 인식할 수 있다는 것이다. 그런데 내가 표상하는 것들 가운데 두 가지 종류의 연속적 계기를 구분하지 않고서는 그것을 인식할 수가 없다. 하나는 강의 흐름을 따라 내려오는 배를 관찰할 때와 같이 현상들 사이의 객관적 관계에 근거한 연속적 계기이며, 다른 하나는 내가 집안을 어떤 방향에서 훑어나가면서 묘사할 때와 같이 주관적 임의성을 인정하는 연속적 계기다. 바로 이처럼 두 종류의 연속적 계기 ─ 객관적이고 주관적인 ─ 를 구별하는 작업을 통해서 나는 순서라는 초월적 시간 규정을 그 비가시성이라는 전제와 마찬가지로 비스듬히 알아차리게 되는 것이다. 그 구별 작업은 어떤 규칙에 따른 시간 속에서의 생성 혹은 연속적 계기 원칙을

---

74) 하지만 제2유추가 라이프니츠의 충족 이유 원칙과 유사하다는 점은 특별히 짚고 넘어갈 필요가 있다. "그러므로 충족 이유 원칙은 가능한 경험의 근거다. 즉 시간의 연속적 계기 in der Reihenfolge의 관계에서 보면 현상들에 대한 객관적 인식이라는 말이다"(A 201, B 246). 충족 이유 원칙과 선험적 종합 판단 사이의 연관 관계에 주의를 기울이게 된 것은 G. Martin의 연구 덕분이다.

75) "그러나 이러한 위치 규정은 절대적인 시간에 대한 현상의 관계에서 파생될 수 있는 것이 아니다(왜냐하면 그것은 지각 대상이 아니기 때문이다). 반대로 여러 현상들이 시간 자체 속에서 제 위치를 서로서로 규정하고 이것을 시간 순서 속에서 필연적인 것이 되게끔 해야 한다. 다시 말하면 연속하거나 일어나는 것은 하나의 일반 규칙에 따라서, 이전의 상태에 포함되어 있던 것을 따르지 않으면 안 되는 것이다"(A 200, B 245).

"증명"하는 데 핵심이 된다. "증명"은 전제들의 목록을 통해 다시 한 번 「초월적 감성론」의 논증들을 완결한다. 인과성이 부각시키는 것은, 있는 그대로의 연속적 계기가 아니라 "나의 상상력 Einbildung의 주관적 유희〔……〕 단순한 꿈"(A 202, B 247)에 지나지 않을 연속적 계기와 "실제로 일어난"(A 201, B 246) 어떤 것이라는 뜻에서 사건 Begebenheit 개념에 의미를 부여하는 연속적 계기를 구별할 수 있는 가능성이다. 이런 뜻에서 제2유추의 쟁점은 바로 "일어나다"라는 낱말의 뜻인데, 제2유추의 첫번째 공식에 따르면, "일어나는 — 존재하기 시작하는 — 모든 것은, 하나의 규칙에 따라 그 뒤를 잇는 어떤 것을 가정한다"(A 189). 이처럼 명백히 규정되기 전에는 사건 없는 연속적 계기만이 있었다. 즉 규칙에 따른 연속적 계기가 대상 속에서 관찰되는 경우에만 사건이 있는 것이다. 따라서 바로 뉴턴적인 자연의 관계성을 보고 나는 시간 순서라는 특성을 읽어낸다.

상호성 또는 동시 존재 원칙(경험의 제3유추)에 대해서도 마찬가지 지적을 할 수 있다. 물론 나는 「감성론」에 따라 "동시성은 동일한 시간에 다양한 것이 존재하는 것이다"(B 257)라고 말할 수 있다. 더 나아가서 "사물들은 같이 동일한 시간에 존재한다는 점에서 동시적이다"(B 258). 그러나 사물들의 동시성은 상호적인 행동의 경우에만 지각된다. 따라서 칸트가 다시 한 번 "시간을 그 자체로 지각할 수는 없다"고 되풀이하는 것은 우연이 아니며, 사물들이 동일한 시간 속에 있을 수 있다는 것에 대해 "그 사물들에 대한 지각은 서로 잇따를 수 있다"(같은 책)라고 결론짓게 된다. 사물들이 서로서로 상호 작용을 한다는 가정만이 순서 관계로서의 동시성을 드러낸다. 즉 오로지 "상호적 행동의 조건 아래 생각된 실체들만이 동시에 존재하는 것으로 경험적으로 표상될 수 있다"(A 212, B 259).

결론적으로 내속(內屬)inhérence, 귀결conséquence, 그리고 합성 composition이라는 세 가지 역동적 관계는 시간 속에서 현상들을 조직함과 동시에, 그 논리적 귀결로 지속을 존재의 양으로 정의하는 시간 순서,[76] 연속적 계기 속에서의 규칙성, 그리고 존재의 동시성이라는 세 가지 관계를 규정한다.

이미 「감성론」에서도 직관적인 파악이 아니라 논증을 통해서만 다가갈 수 있었던(거기에 이율배반, 그리고 명제와 반대 명제의 상호 귀류법을 더해야 한다) 시간이, 그 "증거"나 "해명"이 뒤따르는 원칙 Grundsätze을 거치기 전에는 규정될 수 없다고 하는 것도 놀라운 일이 아니다.

물론 시간은 그 초월적 규정을 통해 자연 체계를 규정한다고 말할 수 있다. 하지만 반대로 시간은 자연의 공리 체계를 구성함으로써 규정된다. 이런 뜻에서 자연의 존재론을 구성하는 공리 체계와 시간 규정들의 상호 규정이라고 말할 수 있다.

대상의 객관성을 구성하는 절차와 새로운 시간 규정의 출현의 상호성은, 그 규정들이 가져올 수 있는 현상학적 묘사가 비판적인 논증을 통해 체계적으로 억압되기도 하는 이유를 설명해준다. 그렇게 해서 시간의 영속성은 한 가지 확신에 암묵적으로 호소한다. 즉, 제1유추에 따라 우리의 확신, 즉 시간의 탐사를 항상 더 멀리 이끌어가는 우리의 능력에 대한 보상은, Findlay의 말을 빌리면(앞의 책, p. 165), 그 운동의 모든 단계를 "우주 같은 광대한 지도에" 통합하는 것이라는 확신이다. 칸트도 스스로 지적하고 있듯이, 그렇지 않다면 시간은 매순간 끊임없이 사라지고 다시 시작될 것이다. 귀류법 또한 ── 칸트에게서는 언제나 그렇듯이 ── 어느 한 순간 개념이 아니라 살아 있는 현재의 경험에 기대고 있는 과거 지향과 미래 지향의 현상학이 차지

---

76) "다른 모든 관계들의 근원이 되는 세 가지 역동적인 관계는 내속, 귀결, 그리고 합성의 관계다"(A 215). 시간 순서를 규정하게 하는 세 가지 "양태"들을 내포하는 것은 바로 이 세 가지 역동적 관계들이다.

하는 위치를 음각적으로 나타내고 있지 않은가?

경험의 제2유추도 같은 문제를 제기한다. 즉 그 최종적인 쟁점은 시간의 비가역성인 것이다. 그런데 우리가 시간의 방향에 부여하는 의미는 칸트가 그에 관해 제시하는 초월적 "증거," 즉 우리의 상상력에 두 가지 구별되는 연속적 계기가 있다 ─ 하나는 순전히 주관적이기 때문에 그 방향이 임의적일 것이며, 다른 하나는 내가 "파악의 표상들"에 "그 표상들과는 구분되는 파악의 대상"(A 191, B 236)을 대립시킬 수 있기 때문에 그 방향이 필연적일 것이다 ─ 는 것으로도 결코 완벽하게 밝혀지지는 않는다. 임의적으로 가역적인 연속적 계기와 필연적으로 비가역적인 연속적 계기를 구별하기 위해서는, 그 자체 선험적인 것으로 간주되는 인과 관계의 형식적 범주밖에는 없는 것인가? 여기서 "시간의 화살"과 관련하여 근대 물리학에 의해 제기된 새로운 문제들이나 칸트의 선험성 전반의 위기와 연결된 인과성 원칙의 위기를 거론하지는 않을 것이다. 하지만 우리는 초월적 논증이, 아우구스티누스와 아리스토텔레스를 대조하면서 전면에 부각되었던 구별, 즉 그 어떤 순간들instants quelconques의 연속적 계기와 그 자신의 발화 행위의 순간인 현재에 걸려 있는 과거-미래 사이의 구별에 대한 몰이해를 드러내고 있지 않은가 생각해볼 수 있다. 연속적 계기가 그 어떤 순간 말고는 다른 지표가 없는 시간 이론에서, 주관적인 연속적 계기와 객관적인 연속적 계기의 구별은 있는 그대로의 연속적 계기에 외적인 어떤 범주, 칸트가 연속적 파악의 대상과 그 자체 단순히 표상된 그 파악 사이의 대립으로 요약하고 있는 범주에서 비롯될 수밖에 없다. 그런데 과거와 미래 사이의 불균형 그 자체가 유일한 인과적 규칙성을 통해 제공되는 순서 원칙으로 환원될 수 없음이 밝혀지게 되는 것은 바로 그 어떤 순간으로 환원될 수 없는 현재와 관련해서이다. 그런 뜻에서 사건 개념, 즉("생성 원칙 Erzeugung"이라고도 불리는) 제2유추를 구성하는 진술에서 보듯이, 일어나는 어

띤 것이라는 개념 역시 규제된 연속적 계기라는 개념으로는 완전히 규명되지 않는다. 시간이 단순한 연속적 계기로, 즉 그 어떤 순간들 사이의 전후 관계로 축소되는가, 혹은 현재 이전 — 또는 과거 — 과 현재 이후 — 또는 미래 — 사이의 비가역적인 관계에 근거하고 있는 가에 따라 사건 개념은 다른 의미를 갖는다.

이 점에서 제3유추는 두 가지 접근 방법의 이중성을 강화할 뿐이다. 즉 칸트의 상호성이나 동시 존재 원칙에 따라 상호적 행동에 토대를 둔 그 어떤 순간들 사이의 동시성 simultanéité이 있는가 하면, 더불어 산다는 것의 무수한 양상들에 따라 실존적 질서의 성격을 띤 상호성을 통해 창조되는 둘 혹은 여러 가지 경험적 추이들 사이의 동시성 contemporanéité도 있는데, 그 두 가지는 서로 별개의 것이다.

현상학의 입장에서 「경험의 유추」에서 논의되고 있는 내용을 넘어 논쟁을 확대시켜보자. 그 경우 시간 규정들이 그 고유의 현상학적 속성을 보여주지 않는다면 범주의 사용에서 그 "제약" 기능을 유지하지 못할 것이라는 사실에 현상학자는 기꺼이 동의할 것이다. 시간 규정들이 범주의 의미 작용, 다시 말해서 그 사용 가치에 변별적인 요소로 쓰이려면, 적어도 암묵적으로라도 그 자체로서 이해되어야 하지 않겠는가? 현상학자는 다음과 같은 성찰에서 어떤 도움을 받을 수 있을 것이다. 즉 설명 순서에 따르면 칸트는 범주에서 도식으로, 이어서 원칙으로 나아간다. 그런데 발견 순서에 따르자면 먼저 시간 규정과 더불어 범주의 도식화가 있고, 그 다음에 범주는 추상적으로 있는 것이 아닌가? 하이데거의 칸트 읽기는 거기서 시작된다. 그러나 이처럼 범주와 도식-시간의 짝 사이의 우선권이 뒤바뀌었다고 해서 칸트가 현상학 전반에 대해 제기한 보다 근본적인 문제가 바뀌는 것은 아니다. 다시 말해서 도식-시간의 짝에서, 시간적 규정은 원칙으로 전개되는 도식과 대응함으로써 이른바 시간 규정의 순수 현상학의 성립을 가로막게 된다. 우리가 주장할 수 있는 것은, 기껏해야 시간화와 도식화의 상호성에서 전자가 후자에 어떤 것을 가져다준다면, 시간 규정 개념은 그에 연루된 어떤 현상학의 초안을 배태하고 있을 것이라는 사실이다. 그러나 시간 구성과 대상 구성 사이의 상호적 연관의 단절, 정확히 말해서 내적 시간의 현상학에 의해 이루어지는 단절이 없다면, 그 현상학은 독자적으로 성립할 수 없을 것이다.

『비판』의 두번째 판에 나오는 두 개의 중요한 텍스트는 비판적 관점과 현상학적 관점이 서로를 은폐할 수밖에 없는 궁극적인 이유를 뚜렷이 보여준다.

첫번째 텍스트는, 비판의 보호에서 벗어난 현상학을 일단은 가장 잘 보여주는 것처럼 보인다. 그것은 자기 촉발Selbstaffektion에 관한 유명한 텍스트로서, 칸트는 이를 §24 두번째 초월적 연역에서 형상적 종합synthèse figurée 이론에 부속시키고 있다(B 152~57).

우리는 그 논의의 배경을 기억하고 있는데, 바로 그 앞에서 칸트가 말한 내용은 대상 일반에 범주를 적용하려면 "자발성으로서의" 오성이 "내적 감각을 규정"(B 151)해야 한다는 것이다. 칸트는 이 기회에 시간과 내적 감각의 관계라는 문제를 결정적으로 해결하려고 한다. 그는 곧바로 「감성론」 6항 이후로 해결하지 않고 미루어두었던 "역설"로 그 문제를 제시한다. 역설은 다음과 같다. 만일 내적 감각이 그 어떤 명목으로도 정신으로서의 우리 자신, 따라서 그 자체로서의 주체에 대한 직관을 구성하지 못하고 "우리 그 자체가 아니라 단지 우리에게 나타나는 대로 우리 자신을 의식에 표상한다면," 그 경우 우리는 우리의 행위 그 자체에 대해서는 전혀 직관할 수 없으며, 단지 우리 행위에 의해 내적으로 우리가 촉발되는affecté 방식만을 직관할 수 있다고 말해야 한다. 외적 대상이 그 자체로는 미지(未知)의 사물들에 의해 촉발되는 것과 똑같이, 우리도 우리 스스로에게 그처럼 단지 경험적 대상으로 나타난다. 그 두 가지의 촉발 방식은 엄밀히 말해서 대조를 이루며, 내적 감각은 그 자리를 완전히 빼앗은 통각(統覺) aperception 능력과는 아무런 관계도 없다.[77] 결과적으로 이러한 강력한 해결책에서 다음과 같은 역설이 나온다. 어떻게 우리가 스스로에 대하여 수동적인 태도를 취할 수 있는가?

그 답은 이렇다. 즉 "촉발한다"는 것은 여전히 "규정하는" 것이다. 나는 나 자신을 촉발하면서 나를 규정하고, 설명될 수 있고 이름 붙여질 수 있는 머리로 그릴 수 있는 형상을 만들어낸다. 하지만 규정된 형상을 공간 속에서 만들어내지 않고서 어떻게 내가 내 자신의 행동으로 나를 촉발할 수 있을 것인가? 바로 여기서 형상적 종합을 통해 둘러가는 것이 촉발하는(알려지지 않은) 나와 촉발되는(알려진) 나를 매개하는 필연적 요소임이 밝혀진다.[78] 따라서 자기 촉발의 역설을 설명하는 바로 그 부분에서 "선긋기"의 예가 대거 나타나는 것은 놀라운 일이 아니다. 선을 긋는다는 행위, 그리고 이와 더불어 원을 그리거나 삼각형을 만드는 행위는 일단 다른 무엇보다도 상상력의 초월적 활동을 통하여 내적 감각을 규정하는 것에 대한 예가 된다.

---

77) 칸트가 말하는 "나"에는 세 가지 의미가 결부되어 있다. 초월적 통각의 "코기토je pense," 그 자체로 능동적이고 수동적인 절대적 자아, 다른 모든 대상과 마찬가지로 자기 자신에 의해 촉발됨으로써 표상된 자아가 그것이다. 초월적 변증론에서 순수 이성의 추론 착오paralogisme를 통해 적나라하게 드러나는 합리적 심리학의 과오는 여기서도 되풀이되는데, 그것은 그 자체로서의 자아, 즉 정신을 어떤 대상이 아닌 "코기토"와 혼동함으로써 그 자신이 주체이자 대상이라는un sujet objet de lui-même 철학적 괴물을 만들어내게 된다.

78) "오성이 상상력의 선험적 종합이라는 이름 아래 수동적 주체에 대하여 어떤 작용Wirkung을 가하는바, 이 작용을 통하여 내적 감각이 촉발된다고 말하는 것은 당연하다"(B 153~54). Herman de Vleeschauwer(『칸트 작품에서의 초월적 연역 La Déduction transcendantale dans l'œuvre de Kant』, Paris: Leroux, Den Hagg: Nijhoff, 3 vol., 1934~1937)는 이렇게 해설하고 있다. "시간 형식이 그러한 순수 다양성을 종합하도록 함으로써 내적 감각을 결정하는 것은 결국 오성이다. 시간은 내적 감각의 형식이며, 내적 감각이란 수동성의 면에서 고려된 자아에 다름아니다"(t. II, p. 208).

그러나 선과 원, 그리고 삼각형의 표상에는 "다양한 것을 종합하는 활동, 이를 통해 우리가 내적 감각을 연속적으로 규정하는 활동, 그로 말미암아 내적 감각 안에서 그러한 규정의 연속적 계기"(B 154)에 주의를 기울이는 활동이 추가된다. 그렇게 해서 선을 긋는 행위는 딱히 시간의 직관을 구성하는 것이 아니라, 시간을 표상하는 데에 협조한다.

베르그송이 생각하는 것과는 반대로 거기에는 공간과 시간의 혼동은 전혀 없고, 직선을 긋는 활동에 대한 성찰을 통하여 그 자체로는 관찰할 수 없는 직관, 즉 시간에서 규정된 어떤 시간의 표상으로의 이동이 있다. 모든 공간 규정들 가운데 선은 표상에 외적인 성격을 부여하는 특권을 갖는다("시간의 외형적인 표상," B 154). 하지만 상상력의 종합 활동에 관해 생각하면서 거기에 시간이 연루되어 있다는 것을 알아차리기 위해서는, 그 활동이 공간에 적용되어야만 한다는 것이 — 선을 긋고, 원을 그리고, 한 점에서 세 선을 서로 수직으로 긋게 한다 — 논의의 관건이다. 규정된 공간을 구성함으로써 나는 나의 오성적 활동의 연속적 성격을 인식하고 있다.[79] 그러나 나는 그것에 촉발되는 범위 내에서만 그것을 인식한다. 그래서 우리가 시간을 어떤 선으로 표상하는 한, 우리는 우리를 있는 그대로가 아니라 대상으로 인식하는 것이다. 시간과 공간은 종합적 상상력의 활동을 통해 오히려 서로를 만들어낸다. "하지만 외적 직관의 대상이 아닌 시간을 표상하려고 할 때, 우리가 긋는 선이라는 모양 말고는 달리 표상할 수가 없다. 그리고 [……] 그러한 표현 방식이 아니고는 시간 차원의

---

79) 칸트는 그 활동을 하나의 "운동mouvement"이라고 부른다. 하지만 아리스토텔레스가 시간 분석을 접목시켰던 그러한 운동의 문제는 아니다. 경험적 운동은 범주 가운데 한 자리를 차지할 수는 없다. 문제되는 것은 공간의 묘사나 구성에 따른 운동이다. "운동은, 규정된 어떤 공간을 구성하는 데 따른 종합 활동에 의해 야기되는, 내적 감각의 규정의 연속으로 이루어진다"(H. De Vleeschauwer, 앞의 책, t. Ⅱ, p. 216).

단일성을 인식할 수 없을 것이다"(B 156). 문제가 되는 것은, 공간 속에서의 형상 규정이든 시간이나 기간의 길이 규정이든, 언제나 규정이다. 우리가 전체로 만들어내는 것은 바로 이러한 규정이다. "그러므로 우리가 외적 감각의 규정을 공간 속에서 정돈하는 것과 똑같은 방식으로 현상으로서의 내적 감각의 규정을 시간 속에서 정돈해야 한다"(B 156). 물론 그 논증에서 칸트에게 중요한 것은, 자기에 의한 촉발이 외부의 촉발과 전적으로 평행을 이룬다는 사실, "즉 내적 감각과 관련하여 우리는 우리 자신의 주체를, 그 자체 있는 그대로를 통해서가 아니라 다만 현상으로서 인식할 뿐이다"(B 156)라는 사실이다.

우리가 여기서 관심을 갖는 부분은 초월적 주체, 즉 절대적 자아와 현상적 자아의 구별이 아니라 단지 자기 촉발이 드러내는 새로운 시간 규정이다. 상당히 우회적인 이러한 연구가 가져다주는 결실은 크다. 시간은 그 자체로 관찰할 수 없다는 특성이 다시 확인되고 있을 뿐만 아니라, 시간의 간접 표상의 성격도 뚜렷이 밝혀진다. 공간에 의해 시간이 어떻게 오염된다는 문제가 전혀 아니라 공간에 미치는 활동들을 매개함으로써, 대번에 시간 경험의 한복판에서 수동성과 능동성의 연결 관계를 드러내는 것이다. 즉 우리가 시간적으로 움직이는 한, 우리는 시간적으로 촉발된다. 촉발된다는 것과 만들어낸다는 것은 단 하나의 현상을 이룬다. "그리하여 오성은 다양한 것의 이와 같은 결합을, 이미 기존의 것이라 할 수 있는 내적 감각에서 발견하는 것이 아니라, 내적 감각을 촉발함으로써 만들어내는 것이다"(B 155). 칸트가 자기 자신의 활동에 의한 주체의 이러한 자기 촉발을 "역설"이라 부른 것은 틀리지 않았다.[80]

---

80) 정신의 직관이라는 역할에서 점차 추락하여 자기에 의해 촉발된 존재의 단순한 매개체로 귀결되고 만 내적 감각의 운명에 관해서는 H. De Vleeschauwer, t. Ⅱ, pp. 552~94와 t. Ⅲ, pp. 85~140, 그리고 Jean Nabert의 탁월한 논문, "칸트에 있어서의 내적 경험 L'expérience interne chez Kant," *Revue de métaphysique et de morale*, Paris: Colin, 1924, p. 205~68을 참조할 수 있다. Nabert는 시간 경험의

시간을 그 자체로 드러나게 하려는 모든 시도에 대해 칸트가 궁극적으로는 경계하고 있다는 것은, 『비판』의 두번째 판에서 양상에 관한 이론의 두번째 공리(公理) ── 실재 réalité의 공리 ── 에 뒤이어 「관념론의 반박」(B 274~79)이라는 제목으로 덧붙여진 텍스트에서 읽을 수 있다. 이처럼 긴급하게 덧붙일 수밖에 없었던 논쟁적 이유가 무엇이든 간에,[81] 그 논증의 핵심은 명료하다. "데카르트에게는 의심의 여지가 없었던 우리의 내적 경험 그 자체도 오로지 외적 경험의 전제 아래서만 가능하다"(B 275). 칸트가 정리(定理) théorème에 이어 증명(證明) preuve이라는 형식으로 자신의 주장을 펼치고 있다는 점은 주목할 만하다. 정리는 이렇게 말하고 있다. "나 자신의 존재에 대한, 그러나 경험적으로 규정된 단순한 의식이 나 밖의 공간에서 대상이 존재한다는 것을 증명한다"(같은 책). 그 쟁점을 잘 살펴보자. 문제는 초월적 연역에서 주어진 것과는 반대로, 존재와 나의 존재 ── 이때 존

규정에서 공간의 매개 역할을 상당히 강조하고 있다. 그는 이렇게 질문한다. "자기 자신의 운동성의 근거를 거기에 두기 위해 우리의 내적 삶이 공간 속에서 움직이는 물체의 규칙적인 운동을 자기 바깥에서 찾을 수 없다 하더라도, 내적 삶이 여전히 그 자신의 흐름을 식별할 수 있을 것인가"(p. 226)? 대답은 이렇다. "내적 감각은 그 인식의 질료를 외적 직관에서 끌어온다"(p. 231). "연속성에 대한 의식을 공간 규정과 연결하는 긴밀한 유대"(p. 241)는 내적 직관 속에서는 그 어떤 형상도 찾을 수 없다는 사실에 기인한다. 선은 그때부터 보완해서 유추하는 것을 넘어선다. 즉 그것은 연속성의 의식을 구성한다. 연속성은 "공간 속에서의 어떤 규정을 내포하는 활동의 내적 양상"(p. 242)이다. Nabert는 사실상 이렇게 물러선다. "그러나 다른 한편으로, 그 통일성에서 오성의 도식론에 의해 일단 규정되지 않은 공간 직관은 없다. 이 점에서 시간은 자기 권리를 되찾는다. 시간은 사유가 전개될 수 있고, 시간 질서를 현상과 현상의 존재로 옮길 수 있는 수단을 제공한다. 그것이 바로 다음 대목에서 도식론이 증명하게 될 내용이다." Nabert를 따라 결론을 맺자. "그 이후의 사물들이 시간 속에서의 우리 자신의 존재를 규정하도록 우리를 돕는다면, 그 사물들은 우리가 빌려준 것을 되돌려줄 것이다"(p. 254). 또한 앞의 책, pp. 267~68 참조.

81) 이 점에 관해서는 H. De Vleeschauwer, 앞의 책, t. Ⅱ, pp. 579~94 참조.

재는 범주적 의미가 아니다—에 대한 의식이다. 그러나 초월적 연역에서는 "나는 생각한다"의 "나는 존재한다"에 규정되지 않은 경험적 존재라는 지위만이 허용되고 있는 데 비해(§24), 여기서 문제가 되는 것은 나 자신의 존재에 대해 경험적으로 규정된 의식이다. 바로 이 규정이 「분석론」의 나머지 부분과 마찬가지로, 우리로 하여금 「감성론」에서처럼 공간과 시간을 병치시키지 않을 수 없게 하며, 심지어는 도식의 명목론적 정의의 근거를 시간의 규정들에만 두려는 생각을 버리게 만든다. 하지만 그 규정은 시간 속의 규정과 공간 속의 규정을 긴밀하게 연결하도록 요구한다. 우리는 「경험의 유추」에서처럼 더 이상 표상의 층위가 아니라, 내가 되었건 사물이 되었건 (어쨌든 나름대로 관념론으로 남아 있는 초월철학에서 존재 의식이 뜻할 수 있는 것이 무엇이든 간에) "존재 의식"의 층위에서 그러한 작업을 할 것이다. 공간과 시간은 경험의 가장 깊숙한 곳, 즉 존재 의식의 층위에서 동시에 얽힌다. "증명"은 영속성에 관한 논증, 사물들의 단순한 재현 층위에 위치한 경험의 제1유추에서 행해졌던 논증을 보다 근본적인 그러한 층위에서 명백하게 다시 거론한다. 경험의 제1유추에서 사실상 우리가 배운 것은, 영속적인 것으로서의 시간 규정이란 변하는 것과 머물러 있는 것 사이에서 외적 표상을 통해 우리가 수행하는 관계에 기대고 있다는 것이다. 표상에 관한 이러한 논증을 존재로 옮겨놓는다면, 내 바깥의 다른 사물의 존재에 대한 의식이 갖는 직접성은 시간 속에 규정된 것으로서의 우리 존재에 대해 갖는 의식의 비-직접성을 통해 증명된다.

존재를 대상으로 하는 그 논증이 표상을 대상으로 하는 경험의 제1유추 논증과 구별되는 어떤 것을 말할 수 있다면, 이는 오로지 그 논증이 우리에 의한 촉발과 사물에 의한 촉발을 종속 관계에 위치시키는 한에서만 그럴 수 있을 것이다. 왜냐하면 촉발된 존재에 관한 성찰만이 우리 안과 우리 바깥의 존재 의식의 층위에 이를 수 있는 것처럼 보이기 때문이다.

아우구스티누스가 암묵적으로 받아들였고 후설이 주제로 설정했던, 내적 시간 의식의 직관적 현상학의 가능성이 문제가 되는 것은 바로 매우 우회적인 과정[82]을 통해서만 이를 수 있는 이러한 근본 층위에서다.

후설과 칸트를 대조함으로써 우리는 아우구스티누스와 아리스토텔레스를 대조함으로써 드러났던 것에 비길 만한 막다른 골목에 이르게 되었다. 현상학적 접근도 초월적 접근도 그 자체로는 충분하지 않다. 서로 주고받는 것이다. 하지만 이러한 주고받기는, 서로를 배제한다는 조건에서 서로 빌려온다는 역설적인 특성을 보여준다. 한편으로, 칸트의 문제를 배제함으로써 후설의 문제에 들어갈 수 있다. 그리고 그 주요 규정들로 보자면 칸트적 시간의 입장에 있는 객관적 시간에서 빌려온 것들의 도움을 받아야만 시간의 현상학은 유기적으로 구성된다. 다른 한편으로, 현상과 물 자체 chose en soi의 구분으로 인해 배제되었던 정신의 존재론 같은 것을 다시 끌어들이게 될 어떤 내적 감각에 전혀 도움을 청하지 않는다는 조건에서 칸트의 문제로 들어간다. 하지만 시간을 단순한 크기와 구별하게 하는 규정들은 암묵적인 어떤 현상학, 초월적 논증을 통해 매번 그 자리가 음각으로 드러나는 현상학에 의해서만 지탱된다. 그렇게 해서 현상학과 비판은 서로가 서로를 배제한다는 조건 아래서만 서로가 서로를 빌려오

---

82) "주석 1"에서 우리는 놀랄 만한 주장을 보게 된다. "외적 경험이 본래 직접적이며 그리고 오직 이 외적 경험을 통해서만, 우리 자신이 존재한다는 의식은 아니더라도, 그 존재에 대한 시간 속에서의 규정, 즉 내적 경험이 가능하다는 것이 여기서 증명되었다"(B 276~77). 칸트는 자신의 논지를 다음과 같은 주(註)를 달아 강조하는 것이 유용하다고 생각했다. "외적 사물의 존재에 대한 직접 의식은 전제되는 것이 아니라, 우리가 그러한 의식의 가능성을 고려할 수 있건 아니건 간에 현재의 정리(定理)를 통해 증명되는 것이다"(B 278).

게 된다. 동일한 동전의 앞면과 뒷면을 동일한 시선으로 감싸안을 수는 없는 것이다.

　끝으로 이 장의 결론과 앞장의 결론 사이의 관계에 관해 한 마디 덧붙이자. 후설적 의미의 현상학과 칸트적 의미의 비판 사이의 양극성은 ── 주체와 객체, 보다 정확히 말하자면 주관적인 것과 객관적인 것의 범주에 의해 지배되는 문제라는 층위에서 ── 정신의 시간과 세계의 시간 사이의 양극성을 ── 시간의 존재 혹은 비-존재에 대한 물음을 통해 제기된 문제라는 층위에서 ── 되풀이한다.
　아우구스티누스와 후설의 연관 관계는 아주 쉽게 알아차릴 수 있다. 후설 자신이 그러한 내용을 『강의』 첫머리에서부터 고백하고 요청하기도 했다. 여하튼 우리는 과거 지향의 현상학 그리고 일차적 기억과 이차적 기억의 현상학에서, 세 겹의 현재의 변증법과 정신의 긴장/이완의 변증법의 보다 세련된 형태, 게다가 아우구스티누스의 분석에 내재한 몇몇 역설들의 현상학적 해결책을 발견할 수 있다.
　칸트와 아리스토텔레스의 접근은 그보다 알아차리기가 힘들며, 받아들이기도 힘들다. 「감성론」에서 공간과 시간의 초월적 관념성을 주장함으로써 칸트는 아리스토텔레스보다는 아우구스티누스에 보다 가까운 것이 아닌가? 초월적 의식은, 아우구스티누스가 처음으로 길을 열었던 주관성의 철학의 정점을 나타내는 것이 아닌가? 여기서 칸트적 시간은 어떻게 우리를 아리스토텔레스적 시간으로 다시 데리고 올 수 있을 것인가? 그 모든 기능이 객관성의 조건을 수립하는 것으로 요약되는 칸트적 초월성의 의미를 잊어버리는 것이 그 방법이다. 칸트적인 주체는 객체가 존재하게끔 하는 데에 힘을 다 써버린다고 말할 수 있다. 「감성론」에서는 이미, 공간과 시간의 초월적 관념성의 이면에 그 경험적 실재가 있다는 사실이 강조되고 있다. 그런데 경험적 실재는 그와 관련이 있는 학문들을 통해 유기적으로 구성된다. 「선험적 감성론」이 표명하고 있는 사실, 시간과 공간이 근원적으로 주체에 내속되어 있다는 사실이 문제의 또 다른 측면을 덮어두거나 다음과 같은 질문 제기를 가로막을 수는 없을 것이다. 어떤 종류의 경험적 실재가 초월적 관념성에 대응하는가? 보다 근본적으로는, 어떤 종류의 대상이 비판의 범주 체제에 의해 정돈되는가?

그 대답은「원칙의 분석론」에 담겨 있다. 즉 초월적 주체가 보증하는 대상의 객관성은 자연 nature이며, 물리학은 그에 대한 경험과학이다.「경험의 유추」는 개념 체제를 넘겨주며, 그 연결 회로는 자연을 유기적으로 구성한다. 양태에 대한 이론은, 그 연결 회로 바깥으로 나가는 각각의 실체를 현실에서 제외하는 폐쇄 원칙을 덧붙인다. 그런데 시간의 표상은 그 간접적인 특성에 근거해서도 그 연결 회로에 의해 전체적으로 조건지어진다. 그 결과 시간은 그 주관적인 특성에도 불구하고 어떤 자연의 시간이며, 그 객관성은 전체적으로 정신의 범주 체제에 의해 정의된다.

칸트는 바로 이런 에움길을 거쳐 아리스토텔레스에게로, 물론 갈릴레이 이전의 물리학자로서가 아니라 시간을 자연 쪽에 놓은 철학자로서의 아리스토텔레스에게로 되돌아온다. 갈릴레이와 뉴턴 이후의 자연은 분명 그 이전의 자연과는 전혀 다르다. 하지만 시간은 정신 쪽이라기보다는 계속해서 자연 쪽에 있어왔다. 사실상 칸트와 더불어 정신 쪽은 더 이상 존재하지 않는다. 내적 감각의 죽음, 내적 현상을 객관적으로 알려줄 수 있는 조건과 외적 현상 그 자체가 따르는 조건의 동일시로 인해 하나의 자연밖에 알 수 없게 되었다.[83]

그렇다면 이제 우리는 아리스토텔레스적 시간이 물리학에 종속되

---

83) Gottfried Martin이 자기가 보기에는 뉴턴적 자연의 공리 체계에 불과한 『비판』의 개념적 연결 회로를 『자연의 존재 Das Sein der Natur』(앞의 책, pp. 78~113)라는 제목으로, 그리고 라이프니츠의 충족 이유 원칙의 영향권 안에 위치시킨 것은 전혀 모순이 아니다.

는 입장으로부터, 겉으로 보이는 것만큼 그렇게 멀리 떨어져 있는가? 여기서도 시간은 "운동의 어떤 것"이다. 셈하기 위해서는 정신이 물론 있어야 하지만, 셀 수 있는 것은 일단 운동 속에 있다.

이렇게 접근시킴으로써 칸트와 후설의 관계는 홀연 새로운 국면에 놓이게 된다. 즉 후설이 말하는 시간의 직관성과 칸트가 말하는 시간의 비가시성 사이의 대립은 단지 형식적인 것만이 아니다. 그것은 아우구스티누스가 말하는 '정신의 이완'처럼, 과거와 미래를 분리하고 결합할 수 있는 현재를 요구하는 시간과, 최종적으로는 자연의 시간에 지나지 않기 때문에 현재 속에 지표를 갖지 않는 시간 사이의 질료적 대립인 것이다. 한 번 더 말하지만, 그 두 학설에서 하나는 다른 하나를 은폐한다는 조건에서만 자기의 영역을 찾게 된다. 후설이 과거 지향과 이차적 기억을 발견함으로써 치른 대가는 자연의 망각이며, 연속성이라는 그 특성은 시간의 내적 의식에 대한 기술 자체를 통해 전제된 상태에 있다. 그러나 그에 대한 비판 역시, 후설이 제대로 보지 못하는 대가를 치른 것과 마찬가지로, 같은 대가를 치르지 않는가? 시간의 운명을 자연의 규정된 존재론과 연결함으로써, 칸트는 자신의 뉴턴적인 공리 체계가 요구하는 것과는 다른 시간성의 속성들, 즉 동시성(그리고 영속성)을 탐구할 가능성을 스스로 거부하고 있는 것은 아닌가? 과거와 미래가 실제 현재와 맺는 관계들에서 비롯되는 다른 속성들에 대한 접근로를 스스로 막고 있는 것은 아닌가?

3. 시간성, 역사성, 시간 내부성
— 하이데거와 "통속적" 시간 개념

『존재와 시간』[84]에 나오는 하이데거의 시간 해석에 접근할 때, 우선 『존재와 시간』을 이후의 작품들과 분리해서 읽으려는 시도들에 대한 반론은 제쳐두어야 한다. 하이데거의 대부분의 제자들이 보기에 이후 작품은 해석학적 열쇠인 동시에 자기 비판일 뿐만 아니라, 반증이기도 하다. 반론은 두 가지 점을 강조한다. 즉 현존재Dasein의 시간성을 존재 이해 —— 이것은 "전회(轉回) Kehre" 이후의 작품들에서만 진정으로 드러난다 —— 와 분리시키는 것은, 그 본래의 의도를 제대로 알지 못하고『존재와 시간』을 억지로 철학적 인류학으로 몰아간다는 것이다.『존재와 시간』을 미완으로 남기고, 또 현존재의 분석론에 이르는 길을 포기함으로써, 하이데거 스스로도 그러한 곡해가 어쩔 수 없는 것임을 깨닫고 있었을 것이다. 게다가 형이상학의 파괴라

---

84) Martin Heidegger,『존재와 시간 Sein und Zeit』, 제10판, Tübingen: Max Niemeyer Verlag, 1963. 초판은 1927년 후설이 펴낸『현상학 탐구 연보 Jahrbuch für phänomenologische Forschung』제8집(Halle: Niemeyer Verlag)의 특별 부록으로 출간되었다. 초판본에는 "제1부"라고 표시되어 있었는데, 제5판부터는 삭제되었다.『존재와 시간』은 그후로『전집 Gesamtausgabe』(Frankfurt: Klostermann) 제2권을 이루게 된다(이 "최종" 판본은 우리가 소장하고 있는 Niemeyer 판본에 매겨진 쪽 번호를 여백에 표시하고 있다). 내가 여기서 해석하는 것은「현존재와 시간성 Dasein und Zeitlichkeit」이라는 제목을 달고 있는 제2편인데, 그 부분은 프랑스어로 번역된 것이 없기 때문에 내 나름대로 번역을 해서 인용할 것이다. 제1편은 Rudolf Boehm과 Alphonse de Waelhens의 번역(Paris: Gallimard, 1964)을 인용한다. 오늘날『존재와 시간』을 완전하게 읽기 위해서는 1927년 여름 학기(그러니까『존재와 시간』이 출간된 직후) 동안 했던 마르부르크 대학에서의 강의록을 같이 읽어야 한다. 그 강의록은『현상학의 근본 문제들 Die Grundprobleme der Phänomenologie』(Frankfurt: Klostermann, 1975: 불역 J.-F. Courtine, Les Problèmes fondamentaux de la phénoménologie, Paris: Gallimard, 1985)이라는 제목으로『전집』제24권으로 출간되었다. 내가 그 책을 수시로 참조하고 있는 것은, 우선은『존재와 시간』제2편과 강의록이 많은 대조를 보이고 있다는 점을 이용하여, 그 부분의 프랑스어 번역본이 없다는 점을 보완하기 위해서다. 그 다음으로는 그 둘이 취한 전략이 각기 다르다는 이유 때문이다.『존재와 시간』과는 달리, 1927년 강의록은 통속적 시간에서 근원적 originaire 시간으로 되돌아감으로써, 그릇된 이해에서 진정한 이해로 나아가는 것이다. 여기서 우리가 상세한 설명 없이 언급된 아우구스티누스의 해석과 더불어 서구 철학 전체에서 참고 자료로 간주되는 아리스토텔레스의 시간론을 상세하게 부연 설명한 것은, 이처럼 거꾸로 가는 방식에서 비롯된다〔327〕(279).

는 주제, 『존재와 시간』에서부터 이미 존재 문제의 재정복을 뛰어넘는 주제를 놓치게 되면, 그러한 비판이 형이상학이 시각과 현전성présence에 부여하는 우위성에 대한 비판과 어떻게 연결되는지를 놓치게 됨으로써, 현재의 우위성에 대해 현상학 측면에서도 제기된 비판의 의미를 오해할 위험을 안게 된다.

나로서는, 이러한 경계 사항에 대해서 겁을 먹을 필요는 없다고 생각한다.

『존재와 시간』을 별개의 작품으로 다루는 것은 전적으로 타당하다. 독자들로 하여금 미완의 작품임을 존중하여 읽기를, 게다가 그 문제성을 강조하며 읽기를 권하면서, 그렇게 출간된 책이기 때문이다. 『존재와 시간』은 그 자체를 위해서 그리고 그에 대한 예우를 갖춰 그렇게 읽을 만한 가치가 있다.

그러한 읽기는 인류학적으로 해석이라는 오해를 받을 수밖에 없는가? 하지만 그에 접근하기 위해 요구되는 기준 자체를 설정하는 실존론적 분석론analytique existentiale이라는 길을 통해 존재 의미 물음에 대한 접근을 시도하는 것이 바로 이 『존재와 시간』의 존재 이유다. 현재와 현전성에 대한 그 현상학적 비판이 갖는 반-형이상학적 신랄함을 우리가 깨닫지 못할 위험이 있는가? 그러나 현재의 현상학에서 현전성의 형이상학을 서둘러 읽으려고 하지 않는다면, 반대로 이해 가능한 세계를 향해 돌려진 시선의 형이상학에서 비롯된 폐해를 반영하지 않는 현재의 특징들에 주의를 기울이게 된다.

나는 『존재와 시간』을 별개로 읽으려는, 아직은 지나치게 방어적인, 이러한 시도에 대한 변론에 내 고유의 연구 주제에 보다 직접적으로 알맞은 한 가지 논의를 덧붙이고 싶다. 하이데거의 이후 작품들이 『존재와 시간』의 목소리를 덮어버리지 않는다면, 바로 시간의 해석학적 현상학 측면에서 긴장과 불협화음들을 알아차릴 수 있는 기회를 갖게 될 것이다. 그런데 이 긴장과 불협화음들은 『존재와 시간』

을 미완으로 남게 한 원인만은 아니다. 그것은 존재론에 대한 실존론적 분석론의 포괄적 관계가 아니라 현존재 분석론 자체의 면밀하고도 유기적으로 잘 구성된 세부 사항과 관련되어 있는 것이다. 나중에 보겠지만 그러한 긴장과 불협화음들은 앞의 1절과 2절에서 우리를 이미 당혹스럽게 했던 것들과 다시 만남으로써 그것들을 새로운 빛으로 밝혀주며, 어쩌면 바로 『존재와 시간』에 의해 구사되고 있으며 그 저자가 작품에 부여했던 독자성이, 독서를 통해 복원시키는 우리의 해석학적 현상학 부류에 힘입어, 그 심오한 본질을 드러나게 할 것이다.

I. 해석학적 현상학

아우구스티누스의 사유와 후설의 사유는 시간에 대한 아포리아들을 안고 있는데, 『존재와 시간』은 그 아포리아들을 해결하거나 보다 정확히 말하자면 해체한다고 생각할 수 있다. 「서론」과 제1편에서부터 그 아포리아들이 만들어질 수 있었던 땅을 포기하고 새로운 물음을 제기하고 있는 것이다.

어떻게 아우구스티누스식의 정신의 시간과 원래 "운동의 어떤 것," 그러니까 물리학에 결부된 실체라 할 수 있는 아리스토텔레스식의 시간을 다시 대립시킬 수 있을까? 한편으로 실존론적 분석은 더 이상 정신이 아니라 현존재 l'être-là를 가리킨다. 다시 말해서 우리가 바로 그것인 존재자 l'étant, 하지만 "단지 그저 여러 다른 존재자들 가운데 하나로 주어지는 것이 아니며 [……] 그 존재함에서 바로 이 존재함과 관계된다는 사실을 통해 존재적으로 특징지어지는 어떤 존재자" [12](27)를 가리킨다. 현존재 Dasein의 존재 구성 틀에 속하는, "자기 존재와의 존재 관계"는 심리 영역과 물리 영역 사이의 단순한 존재적 구별과는 다른 식으로 설정된다. 다른 한편으로 실존론적 분석론에 있어서 자연은 정반대의 극점이 될 수 없으며, 현존재에 대한 성찰과는 이질적인 주제가 될 수는 더더욱 없다. "세계는 그 자체가 현존재

를 구성하는 계기"[52](73)이기 때문이다. 그 결과 제1부만 출판된
『존재와 시간』의 제2편에서 다루어지고 있는 시간의 문제는, 그 저서
의 주제별 구성 순서에서 볼 때 현존재의 근본 구성 틀을 드러내는
세계-내-존재 l'être-au-monde의 문제 다음에 올 수밖에 없다. 실존
(나의 실존) 개념과 연관된 규정, 그리고 나의 존재라는 개념 속에 담
겨 있는 본래성 authenticité과 비본래성 inauthenticité의 가능성과 관
련된 규정들은 "우리가 세계-내-존재라고 이름 붙이고 있는 존재 구
성 틀에 근거하여 선험적a priori으로 고찰되고 이해되어야 한다. 현
존재 분석론의 올바른 출발점은 이 구성 틀의 해명에 달려 있을 것이
다"[53](74).

　사실 대략 200쪽에 걸쳐 세계-내-존재, 세계 일반의 세계성
mondanéité이 다루어지고 있다. 먼저 주위 세계의 의미에 깊이 젖어
들어야만 "있는 그대로의 〔……〕 현존재" 구조들 ─ 상황, 이해, 해
명, 말 ─ 과 마주칠 수 있는 자격을 갖기라도 하는 것처럼 말이다.
『존재와 시간』에 부여된 이러한 주제별 구성 순서에서 세계-내-존재
의 공간성 문제가 시간성 문제 이전에 제기될 뿐만 아니라 "주위
ambiance," 그러니까 있는 그대로의 세계의 한 양상인 것처럼 제기
되고 있다는 사실은 중요성을 띤다.

　그렇다면 우주론적 버팀목을 빼앗긴 정신의 이완이라는 아우구스
티누스의 아포리아에 속하는 것이 있다면, 그것이 무엇이든, 어떻게
살아남을 수 있겠는가?

　물리학과 정신 현상에서 받아들인 개념들을 전복시키는 새로운 현
존재 문제는 이처럼 아우구스티누스와 아리스토텔레스의 대립을 뛰
어넘는 것처럼 보인다.

　후설의 내적 시간 의식의 아포리아와 마주해서도 똑같이 말해야
하지 않겠는가? 내적 시간 의식과 객관적 시간 사이에 모순의 흔적이
조금이라도 있다면, 그것이 어떻게 현존재의 분석론에서 남아 있을

수 있겠는가? 현존재의 구조는 정신과 자연의 문제와 마찬가지로 주체와 객체의 문제도 붕괴시키는 것이 아닌가?

게다가 시간을 그 자체로 드러나게 하려는 후설의 야심은 『존재와 시간』의 첫부분에서부터 존재의 망각에 대한 주장을 통해 맹렬한 공격을 받는다. "존재론이 현상학으로서만 가능하다"[35](53)는 것이 여전히 사실이라면, 현상학 그 자체는 해석학으로서만 가능할 것이다. 망각의 체제 아래서 은폐는 최종 제시를 위한 모든 시도의 최초 조건인 한에서 그렇다는 것이다.[85] 현상학은 직접적인 시각 vision에서 풀려나 은폐에 맞선 투쟁에 통합된다. "은닉되어 있음은 현상 개념의 보완 개념이다"[36](54). 시간의 가시성과 비가시성의 딜레마 너머로 해석학적 현상학의 길이 열린다. 거기서 본다는 것은 이해한다는 것에, 혹은 다른 표현을 빌리자면 무엇을 발견하는 해석에 길을 양보한다. 바로 우리인 존재 의미에 대한 기대에 이끌려 그 의미를 끌어내게 freilegen, 다시 말해서 그 의미를 망각과 은폐로부터 해방시키게끔 되어 있는 그런 해석 말이다.

나타남의 영역에서 시간 그 자체를 떠오르게 할 모든 지름길에 대한 이러한 불신은 시간 문제를 주제로 다룰 때 특징적으로 나타나는 지연 전략에서도 드러난다. 2편의 논제 「현존재와 시간성」에 접근하기 위해서는 먼저 기나긴 1편 — "예비적"(혹은 "준비적 vorbereitende")이라고 불리는 — 을 거쳐가야만 한다. 하지만 나중에 설명하겠지만 2편에서도, §65에 나오는 시간에 대한 최초의 정의 — "있어왔으며 있게 하는 어떤 다가옴이라는 이 통일적 현상을 우리는 시간성이라고 부른다"[326] — 를 확실히 밝히기 위해서는 먼저 다양한 단계를 거

---

85) 물음: "무엇이 도대체 그 본질상 명시적 제시의 주제가 되어야 하는가?" 대답: "분명히 우선 자기 자신을 내보이지 않고 있는 모든 것, 우선 자기 자신을 내보이고 있는 그것에 비추어볼 때 숨겨져 있는 모든 것이지만, 그럼에도 그것의 의미와 근거를 이루고 있기 때문에 우선 자기 자신을 내보이고 있는 그것에 동시에 본질적으로 속해 있는 그런 모든 것이다"[35](53).

쳐야만 한다. 이 점에 관해 우리는 하이데거에게서 시간 문제는 후퇴한다고 말할 수 있다.

그것은 직접적인 직관과 간접적인 전제의 딜레마를 피하기 위한 노력은 결국 기만적이라고 할 수 있는 일종의 난해성에 이를 수밖에 없다는 말인가? 이는 이후의 어떤 작품에 의해서도 빛이 바래지 않을 위대함을 『존재와 시간』에 부여하는 언어 작업 travail de langage을 무시하는 일이 될 것이다. 나는 언어 작업이라는 말을 우선, 존재론이 끌어온 해석학적 현상학을 적절하게 유기적으로 구성하려는 노력으로 이해한다. 구조라는 용어의 빈번한 사용이 이것을 증명한다. 그밖에도 나는 그 말을 구조화하려는 시도를 지탱할 수 있는 기본 개념들을 찾아내는 것으로 이해한다. 『존재와 시간』은 이 점에서 실존론적인 것 — 실존론적인 것과 현존재의 관계는 범주와 다른 존재자들의 관계와 같다 — 들이 형성되는 어마어마한 작업장이다.[86] 해석학적 현상학이 시간에 대한 직접적이지만 무언의 직관과, 간접적이지만 맹목적인 전제 사이에서 양자택일해야 하는 상황을 피할 수 있다고 한다면, 이는 바로 해석하는 것(auslegen, §32)과 이해하는 것의 차이를 만들어내는 언어 작업 덕분이다. 기실 해석한다는 것은 이해를 확장하고, 이러이러한 것으로서의als 어떤 현상의 구조를 해명하는 것이다. 현존재의 시간 구조에 대해 우리가 언제나 가지고 있는 이해는

---

86) 이 실존론적인 것들의 위상은 오해를 낳게 된 큰 근원이다. 그것들을 언어로 옮기기 위해서는, 아무에게도 이해되지 못할 위험을 무릅쓰고 새로운 낱말들을 만들어내거나, 일상적인 용법에서는 잊혀졌으나 독일어 보고(寶庫)에 간직된 의미론적 유사어(類似語)들을 이용하거나, 그 낱말들의 옛 뜻을 새롭게 바꾸거나, 게다가 그 낱말들에 어원학적 방법론을 적용해야 한다. 사실상 그러한 방법론은 이번에는 다른 언어로, 나아가서는 일상적인 독일어로도 번역 불가능하게 만든다는 위험을 감수하고 새로운 의미 작용을 만들어내는 것이다. 없는 낱말을 보완하려는 거의 절망적인 이러한 투쟁에 대한 풍성한 생각을 불러일으킬 것이다. 시간성에 관한 어휘, 즉 "앞으로 올avenir" "이미 지나간 passé" "현재 있는 présent" 등의 단순한 낱말들은 바로 이 힘겨운 언어 작업이 벌어지는 곳이다.

그렇게 해서 언어로, 그리고 그것을 통해 언표 Aussage(§33)로 옮겨진다.[87]

이러한 대담한 해석으로 인해 치러야 할 대가가 어디까지인지는 나중에 고백하는 한이 있더라도, 나는 아우구스티누스와 후설의 업적으로 돌려야 할 독창적인 생각들과 관련하여 그 해석학적 현상학이 시간 이해에서 이룩한 새로운 쾌거를 몇 페이지에 걸쳐 설명하려 한다.

우리는 하이데거에게 세 가지 경이적인 발견을 빚지고 있다. 첫번째 발견에 따르면 전체성 totalité으로서의 시간 문제는, 해명해야 할 여지를 남겨두는 식이긴 하지만, 마음 씀 Souci의 근본 구조 속에 감싸여 있다. 두번째로, 시간의 세 차원——미래, 과거, 현재——의 통일성은 어떤 탈자태(脫自態)적 ek-statique 통일성이며, 거기서 상호적 외재화 extériorisation는 그 연루 관계 자체에서 비롯된다. 끝으로 그러한 탈자태적 통일성의 전개는 이번에는 층상(層狀)이라고 할 수 있는 시간 체제, 별개의 명칭을 요구하는 어떤 계층화된 시간화 층위를 드러내는데, 시간성 temporalité, 역사성 historialité, 시간 내부성 intra-temporalité이 그것이다.[88] 이 세 가지 발견이 어떻게 서로 맞물려 있으며 첫번째 발견으로 야기된 난관들이 두번째와 세번째 발견에 의해 어떻게 다시 거론되고 증폭되는지는 나중에 보게 될 것이다.

---

87) 그 제목에 따르면, 『존재와 시간』의 제1부는——1부밖에 출판되지 않았지만——"현존재를 시간성으로 해석하고 시간을 존재 물음의 초월적 지평으로 해명" [41](59)하고자 한다.

88) 나는 Marianna Simon이 Otto Pöggeler의 저서 『마르틴 하이데거의 사유 *Der Denkweg Martin Heidegger*』(Pfüllingen: Neske, 1963, 불역 『마르틴 하이데거의 사유, 존재를 향한 모색 *La Pensée de Martin Heidegger, un cheminement vers l'être*』, Paris: Aubier-Montaigne, 1967, p. 83)를 프랑스어로 번역하면서 제안한 대로 Geschichtlichkeit를 "역사성"으로 번역한다.

II. 마음 씀과 시간성

시간의 본래 구조를 마음 씀Souci의 구조에 결부시키는 것, 그것은 시간 문제를 단번에 인식 이론에서 떼어내어 존재 양식의 층위로 옮기는 것이다. 그 존재 양식은 1) 존재 물음과 관련된 흉터를 간직하고 있으며, 2) 인지적 cognitif 양상, 의지적 volitif 양상 그리고 정동적 émotionnel 양상을 가지고 있으나, 그 어느 양상으로도 환원되지 않고, 또 그 세 가지 양상들이 제대로 구별되는 층위에 위치하지도 않는다. 3) 그것은 기획 투사함 projeter, 세상에 내던져져 있음 être jeté au monde, 퇴락되었음 être déchu 같은 주된 실존론적 요소들을 돌이켜 보고, 4) 대번에 "전체 존재 être-un-tout" 혹은 "통합 존재 être-intégral"(Ganzsein)에 대한 요청을 제기하는 구조적 통일성을 그 실존론적 요소들에 부여함으로써, 곧바로 시간성의 문제를 끌어들인다.

이어지는 내용 전체를 좌우하는 이 마지막 특징을 잠시 살펴보자.

왜 "가능한 전체 존재," 또는 같은 뜻으로 "통합 존재"의 물음을 통해 시간성의 문제로 들어가야 하는가? 언뜻 보기에 마음 씀이라는 개념은 그것을 요구하기는커녕, 오히려 내켜 하지 않는 것처럼 보인다. 사실 마음 씀 개념이 펼쳐놓은 첫번째 시간적 함축은 "자기 앞의 존재 l'être-en-avant-de-soi"(das Sichvorweg)라는 개념인데, 그것은 어떠한 폐쇄성도 포함하고 있지 않으며, 정반대로 어떤 것을 항상 유예(猶豫) 상태, 유보 상태로 남겨둔다. 그리고 현존재의 존재할 수 있음 pouvoir-être(Seinskönnen)에 의해, 언제나 불완전 상태에 머물러 있다. 하지만 "통합 존재"의 문제가 특권을 쥐고 있는 것은, 시간의 해석학적 현상학이 앞으로 올 것, 지나간 것, 현재의 것이라는 세 계기의 유기적 통일성을 내기로 걸고 있기 때문이다. 아우구스티누스는 이러한 시간의 통일성을 세 겹으로 이루어진 현재에서 떠오르게 했던 것이다.[89] 그런데 하이데거에 따르면 현재는 그러한 유기적 구성과 분산 dispersion 기능을 수행할 수 없다. 왜냐하면 현재는 근원적이고 신뢰성 있는 분석에는 가장 부적절한 시간 범주이기 때문이다. 그것은 퇴락한 실존의 형태들과의 유사성 때문에, 즉 눈앞에 있고 donné 손안에 있는maniable 존재들[이를 우리말로 용재자(用在者)로 번역하기도 한다: 옮긴이], 자기가 현재 마음 쓰고 있으며 사로잡혀 있는 대상인 존재들과 관련하여 현존재가 자기 스스로를 이해하려는 성향에서 비롯된 것이다. 이미 여기서도, 직접적인 어떤 현상학적 시각과 가장 가까운 것처럼 보이는 것은 가장 비본래적이며, 본래적인 것은 다른 무엇보다도 은폐되어 있음이 드러난다.

따라서 시간 문제는 우선 그 구조적 전체의 문제이며, 현재는 그처럼 전체성을 탐색하는 데 적합한 양태가 아니라는 사실을 받아들인다면, 우리는 마음 씀이 자기 자신보다 앞서나간다는 성격에서 그 고유의 완결성의 비밀을 찾을 수밖에 없다. 바로 그때 종말을 향한 존재 l'être-pour-la-fin(zum Ende sein)라는 관념은 그 고유의 내적 폐쇄성의 표시를 지니고 있는 실존론적인 것으로 제시된다. 종말을 향한 존재는, 현존재의 존재 능력pouvoir-être 속에서 여전히 유예되어 있고 유보되어 있는 것에 "속한다"[234]는 주목할 만한 특성을 가지고 있다. 그런데 "세계-내-존재의 '종말'은 죽음이다." 즉 "죽는다는 의미에서의 '끝난다'는 것은 현존재의 전체성을 구성한다"[240].[90]

---

89) 시간을 그 전체로 붙잡으려는 이러한 야심은 익히 알려진 시간의 통일성 문제를 실존론적으로 다시 다루는 것인데, 칸트는 시간의 통일성을 「감성론」의 주된 전제 가운데 하나로 간주한다. 즉 단 하나의 시간만이 있으며 모든 시간들은 그 부분이라는 것이다. 그러나 하이데거에 따르면 그러한 유일한 통일성은 연속적 시간의 층위에서 얻어지며, 그것은 시간 내부성, 다시 말해서 가장 덜 근원적이고 가장 덜 본래적인 시간적 형상화를 평준화한 결과라는 것을 나중에 알게 될 것이다. 따라서 전체성 물음은 다른 근본 층위에서 다시 거론해야 했다.

90) 일상 언어에서 우리가 사건들, 생물학적이거나 역사적인 과정들, 그리고 일반적으로 눈앞에 있고 손안에 있는 사물들이 종말을 고하는 모든 방식들에 부여하는 그런 종말과 종말을 향한 존재 être-pour-la-fin를 구별하기 위해 하이데거가 행한 놀랍도록 정교한 분석을 여기서 되풀이하지는 않을 것이다. 타인의 죽음을 고유의 죽음으로 옮길 수 없다는 특성, 그러니까 고유의 죽음("죽음은 본질적으로 언

전체 존재에 관한 물음, 그리고 전체 존재와 죽음을 향한 존재 사이에 내세워진 그러한 연관성에 관한 물음을 통해 이처럼 시간 문제로 들어가는 것은 우리 분석의 다른 두 국면에 영향을 미치게 될 첫 번째 난관을 제시한다. 그것은 현존재의 분석론 내부에서 **실존론적인 것** l'existential과 **실존적인 것** l'existentiel이 필연적으로 서로 충돌할 수밖에 없다는 사실에 있다.

그 문제에 관해 가장 일반적이고 가장 형식적인 측면에 대해 간략히 말해보자. 원칙적으로 "실존적인 existentiel"이라는 용어는 세계-내에-존재하는 어떤 방식의 구체적 선택, 다시 말해서 예외적인 인격체들, 교회 또는 다른 공동체들, 문화 전체가 받아들이는 윤리적 약속의 성격을 규정한다. 반면에 "실존론적인 existential"이라는 용어는 현존재를 다른 모든 존재자들과 구분하고, 현존재에서 그 존재 의미가 문제되는 한 그렇게 해서 우리가 그러한 존재자의 존재 의미에 대한 물음을 있는 그대로의 존재에 대한 물음에 결부시키는 구조들을 해명하려고 하는 분석 전체의 성격을 규정한다. 그러나 실존적인 것과 실존론적인 것의 구분은 본래성과 비본래성의 구분, 즉 그 자체가 근원적인ursprünglich 것의 탐구 속에 뒤얽혀 있는 구분과 충돌하면

제나 자신의 것이다")을 옮길 수 없다는 특성으로 결론을 내리는 분석도 마찬가지로 다시 다루지 않을 것이다. 죽음을 향한 존재를 특징짓는 가능성과, 일상 언어에서 쓰이거나 논리학 또는 인식론에서의 말하는 모든 형태의 가능성들을 구별하는 분석들도 다시 거론하지 않을 것이다. 부정 명제(§46~49. 죽음은 이것이 아니고, 저것도 아니고 [⋯⋯])에서 출발하여 "밑그림 ébauche"(Vorzeichnung, §50)을 그리다가 그 장(章)의 마지막에 가서야 "죽음을 향한 본래적 존재의 실존론적 기획 투사Entwurf"(§53의 제목)에 이르는 분석이 빚을 수 있는 오해를 막기 위해 되풀이되고 있는 엄청난 분량의 주의 사항들은 아무리 설명해도 부족할 것이다. 그 기획 투사에 따르면, 죽음을 향한 존재는 현존재의 어떤 가능성, 그 부류에서는 그 자체가 유일한 기대로 우리가 그를 향해 끌려가는, 정녕 비길 데 없는 가능성, 우리의 존재 능력에서 "가장 극단적"(äussertste[252])이고 "가장 고유하다"(eigenste[263])고 말할 수 있는 가능성을 구성한다.

서 애매해진다. 해석학적 현상학에서 사용할 수 있는 개념들이 흐려지고 어긋난 상태가 존재 물음이 처한 망각 상태를 반영하고 위에서 말한 언어 작업을 요구하게 되면, 그처럼 필연적으로 겹쳐질 수밖에 없는 것이다. 근본적이고 근원적인 개념들을 정복하는 작업은 따라서 그 자체가 실제로 일상성과 동일시되는 비본래성에 맞선 투쟁과 분리될 수 없다. 그런데 실존적인 것의 증언에 끊임없이 호소하지 않고는 본래성에 대한 탐구를 이어갈 수가 없다. 내가 보기에『존재와 시간』연구자들은 해석학적 현상학 전반에 걸쳐 있는 이 매듭을 충분히 강조하지 않은 것 같다. 해석학적 현상학은 그 실존론적 개념들을 실존적으로 증명해야 할 상황에 계속 놓여 있다.[91] 왜? 그것은 ── "기준" "확신" "확실성" "보장" 같은 말들에도 불구하고 ── 인문과학 여러 분야에서 제기하는 인식론적 반론에 대답하기 위해서가 아니다. 증명의 필요성은 실존을 이루고 있는 그 존재 가능태의 성격 자체에서 비롯된다. 사실상 실존은 본래적인 것이나 비본래적인 것, 혹은 차별화되지 않은 그 어떤 양태에 대해서도 자유롭다. 그런데 제1편의

---

91)「현존재와 시간성」이라고 이름 붙여진 제2편은, 마음 씀을 실존을 전체화하는 구조로 해석하는 것이 갖는 근원적 특성에 대한 의혹을 나타내는 것으로 시작된다. "우리는 현존재를 마음 씀이라고 존재론적으로 성격 규정한 것을 이 존재자에 대한 근원적인 해석이라고 간주해도 좋은가? 우리는 무엇을 기준으로 해서 현존재에 대한 실존론적 분석론의 근원성 또는 비근원성을 가늠해야 하는가? 이때 존재론적 해석의 근원성이란 일반적으로 무엇을 말하는가?"[231] 연구가 진척된 이 단계에서는 일견 놀라운 물음처럼 보인다. 그런데 이제는 해석을 주도하는 앞서 봄 Vorsicht이 주제가 되고 있는 존재자 전체에 대한 앞서 가짐 Vorhabe을 잘 인도했는지에 대한 확신 Sicherung을 우리가 아직 가지고 있지 않다고 말한다. 망설임은 따라서 마음 씀의 구조적 계기들의 통일성을 목표로 하는 시선의 자질에 걸려 있다. "그래야 비로소 전체 존재자의 존재 전체성 Seinsganzheit의 통일성의 의미에 대한 물음이 현상학적 확실성을 띠고 제기되며 대답될 수 있다"[232]. 그러나 그러한 근원성이 어떻게 보장될 gewährleistet 수 있는가? 바로 여기서 본래성 물음은 근원성에 대한 물음과 겹쳐지게 된다. "본래적인 존재 가능의 실존론적 구조가 실존 관념에 통합되지 않는 한, 실존론적 해석을 이끌고 있는 앞질러 봄에는 근원성이 결여되어 있는 셈이다"[233].

분석들은 평균적인 일상성에 계속 기대어왔으며, 따라서 구분되지 않을 뿐만 아니라 정말로 비본래적인 그러한 영역에 국한되었다. 새로운 요구가 제기될 수밖에 없는 것은 그 때문이다. "실존은 존재 가능태를 말한다. 하지만 거기에는 본래적인 어떤 존재 가능태도 포함되어 있다"[233]. 그러나 죽음의 가능성 앞에서 도피하는 태도가 입증하듯이, 비본래적인 존재는 통합적인 것에 미치지 못할 als unganzes 수 있기 때문에 "현존재에 대한 지금까지의 실존론적 분석은 근원성을 주장할 수 없다"(같은 책)는 것을 고백해야만 한다. 달리 말해서 본래성의 보장 없이는 근원성의 확신도 분석에서 결여되는 것이다.

실존론적 분석이 실존적 증언에 기대야 하는 필요성의 원인은 다른 것이 아니다. 우리는 애초에 현존재의 전체 존재와 죽음을 향한 존재 사이에 설정된 관계를 통해 그에 대한 괄목할 만한 예를 찾을 수 있으며, 이어서 앞질러 가보는 결단 résolution anticipante이 분석 전체에 가져다주는 증언을 통해 이를 실제로 확인할 수 있다.[92]

비본래성의 절대적 영향력은 실제로 본래성이라는 기준에 대한 물음을 끊임없이 다시 제기한다. 도덕 의식에 본래성을 증명하는 일이 그래서 요구되는 것이다.[93] 이것을 분석하고 있는 2장에는 「본래적 존재 가능의 현존재적인 증명 Bezeugung과 결단」[267]이라는 제목이 붙어 있다. 그 장(章)은, 시간성에 대한 결정적인 분석을 여전히 지연시키는 것처럼 보이지만 그 무엇과도 바꿀 수 없는 역할을 맡고 있다. 기실 일상 언어는 죽음에 관해 오래전부터 모든 것을 말해왔다.

---

92) 종말을 향한 존재는 실존론적인 것이며 죽음을 향한 존재는 매번, 그리고 각자에게 그 실존적인 것이다. "현존재의 특성으로서의 죽음은 오직 죽음을 향한 실존적인 존재 안에만 있다"[234].

93) "그러나 현존재는 또한 본래적으로도 전체로 실존할 수 있는가? 실존의 본래성이 도대체 본래적인 실존함을 고려하지 않고 어떻게 규정될 수 있는가? 그것을 위한 기준을 우리는 어디에서 취해야 하는가? 그런데 양심 Gewissen이 본래적인 존재 가능의 증명 Bezeugung을 제시하고 있다"[234].

사람은 홀로 죽는다, 죽음은 확실하지만 언제 닥칠지는 알 수 없다, 등이 그것이다. 그러므로 우리는 일상 언어를 오염시키는 뜻 없는 말, 비켜가는 말, 숨기는 말, 안심시키는 말에서 벗어날 수 없다. 죽음을 향한 존재를 그 가장 높은 단계의 본래성으로 끌어올리기 위해서는 양심, 그리고 자기 목소리로 자기가 자기 자신에게 건네는 부름을 증명하는 것이 반드시 필요하다.[94]

양심이 결단에 입증하는 것은 그때부터 실존을 전체화하는 것으로서의 시간 분석에 유기적인 방식으로 속하게 된다. 즉 근원적인 것에 본래성의 도장을 찍는 것이다. 하이데거가 마음 씀의 분석에서 곧바로 시간의 분석으로 나아가려 하지 않는 것은 바로 그 때문이다. 죽음을 향한 존재에 대한 분석을 통해 부분적으로 이를 수 있었던 근원적인 것과, 양심에 대한 분석을 통해 확립된 본래적인 것이 합류하는 지점에서만 시간성에 다가갈 수 있다. 후설은 객관적 시간을 배제하면서 그리고 계속 울려퍼지는 음과 같은 미세한 대상을 묘사하면서, 단축 전략을 택했다. 그러한 전략에 맞서 하이데거가 지연 전략을 택한 가장 결정적인 동기를 내세울 수 있는 것은 아마 이 지점이 될 것이다. 시간성의 주제에 다가가기 전에 하이데거는 그래서 시간을 두고 일련의 내용들을 유예시키고 있는데, 우선 세계-내-존재와 현존재의 "현 là"에 대한 분석을 다루고 있으며, 마음 씀에 대한 분석으로 끝을 맺는 "예비적"인 기나긴 논의(『존재와 시간』의 제1편 전체)가 그것

---

94) 현존재에 대한 분석이 끝날 무렵, 우리는 다음과 같은 기이한 고백을 읽게 된다. "현존재의 본래적인 전체 존재와 그 전체 존재의 실존론적 구성틀에 대해 아직까지는 유보되었던 schwebende 물음은 그것이 현존재 자신에 의해서 증명된 bezeugte, 그 존재의 가능한 본래성과 결부될 sich 〔……〕 halten 수 있을 때에야 비로소 견고한 probhaftig 현상적 지반 위에 자리잡게 될 것이다. 그러한 증명 Bezeugung과 거기에서 증명된 것을 현상학적으로 발견하는 일이 성공한다면, 새롭게 이런 물음이 제기될 것이다. 과연 지금까지 단지 그 존재론적인 가능성에서만 기획 투사된, 죽음에 대한 예상이 그처럼 증명된bezeugten 본래적인 존재 가능과 본질적인 연관 속에 놓이게 되는가"〔267〕.

이다. 다음에는 죽음을 향한 존재라는 주제와 결단이라는 주제를 앞질러 가보는 결단résolution anticipante이라는 복합 개념 속에 섞음으로써, 본래성이 근원성을 확실히 뒤덮게 만드는 짧은 논의(제2편의 1장과 2장)가 이어진다. 시간성을 주제로 삼는 분석 이후에는, 제2편의 서론을 대신하는 대목(§45)에서 예고된 반복répétition 전략이 그러한 지연retardement 전략에 대응할 것이다. 기실 그 시간적 농도를 시험하기 위해서 제1편의 모든 분석을 어떤 식으로든 되풀이하는 것이 4장의 임무가 될 것이다. 그러한 반복되는 내용은 다음과 같은 용어로서 예고된다. "실존론적-시간적 분석은 구체적인 확증Bewährung을 필요로 한다. 〔……〕 현존재에 대한 예비적 기초 분석을 이와 같이 반복함Wiederholung으로써 시간성의 현상 자체는 동시에 더 투명해진다durchsichtiger"〔234~35〕. 『존재와 시간』 제1편의 내용을 길게 "반복"(Wiederholung〔332〕)하고 있는 부분, 즉 제1편에서 살펴보았던 세계-내-존재의 모든 구성적 계기들을 시간적인 용어로 재해석함으로써 "그 구성적 능력 seiner konstitutiven Mächtigkeit을 광범위하게 확증"〔331〕하려는 뚜렷한 의도로, 엄밀한 의미에서의 시간성에 대한 분석(3장)과 역사성에 대한 분석(5장) 사이에 삽입된 부분은 보충적으로 유예된 것으로 간주할 수 있다. 이렇게 해서 세계-내-존재의 특성들을 이처럼 "시간적으로 해석"하는 데 바쳐진 4장은, 앞질러 가보는 결단을 다루고 있는 2장과 마찬가지로, 본래성 증명이라는 특징 아래 놓일 수 있다. 새로운 사실은, 1편의 모든 분석들을 그렇게 다시 다룸으로써 갖추어진 확증 같은 것이 근본적인 시간성의 파생 양태들에, 특히 「시간성과 일상성」이라는 이 삽입된 장(章)의 제목이 이미 가리키고 있듯이 시간 내부성을 향하고 있다는 것이다. "일상성 Alltäglichkeit"이라는 말은 "나날Tag," 다시 말해서 그 뜻하는 바는 『존재와 시간』의 마지막 장(章)에 가서야 밝혀지는 시간 구조를 말한다. 그렇기 때문에 시간 분석의 본래적 성격은 그러한 분석이 시간성의 파생 양태들을 설명하는 역량을 통해서만 증명된다. 파생은 증명할 가치가 있는 것이다.

그러나 그렇게도 두려워했고 그렇게도 기피해왔던, 실존적인 것과 실존론적인 것의 차이가 불분명해진다는 점을 이번에는 그 대가로 치러야 한다. 그처럼 차이가 불분명하다는 점은 두 가지 큰 부정적인 측면을 안고 있다.

우선 시간성에 대한 분석은 하이데거가 본래성을 이해하는 개인적 개념에 의한 것이 아닌가 생각해볼 수 있다. 그 견해가 다른 실존적 견해들, 아우구스티누스는 말할 것도 없고 파스칼과 키에르케고르 ─ 혹은 사르트르 ─ 의 견해들과 경합하게 되는 차원에서 그렇다. 죽음에 맞선 결단이 본래성을 최종적으로 시험하게 되는 것은 기실 상당수의 스토아주의자들이 매우 강조하고 있는, 윤리적인 형상화를 통해서가 아닌가? 보다 진지하게 말하자면, 죽음이 극단적인 가능성, 게다가 마음 씀의 본질적 구조에 내재해 있는 가장 고유한 능력으로 여겨지는 것은 바로 실존론적인 것에 대한 실존적인 것의 반발에서 매우 뚜렷하게 드러나는 어떤 범주적 catégorial 분석을 통해서가 아닌가? 내 입장에서는, 죽음을 가장 본래적인 그 가능성으로 규정하기보다는 오히려 우리의 존재 가능이 갑자기 중단되는 것으로 규정하고 있는 사르트르의 분석 또한 정당한 것으로 간주한다.

뿐만 아니라 우리는, 애초부터 시간성에 대한 분석 위에 놓여 있는, 매우 특이한 이 실존적 표식이 현존재와 시간에 대한 제2편의 마지막 2개 장(章)에서 시간화 temporalisation를 계층화하려는 시도에 매우 심각한 영향을 미치지 않는지를 생각해볼 수 있다. 즉 근본적인 시간성에서 역사성과 시간 내부성을 끌어오려는 의지에도 불구하고, 숙명적 시간 temps mortel(예비 분석에서 시간성은 바로 이 숙명적 시간으로 확인된다)과 역사적 시간 temps historique(역사성이 이 역사적 시간의 토대를 마련한다), 그리고 우주적 시간 temps cosmique(시간 내부성은 이 우주적 시간으로 귀착된다) 사이에 공통 분모가 없다는 점에서, 사실상 시간 개념의 새로운 분포도가 태어나게 될 것이다. 시간 개념의 파열에 대한 관점, 아우구스티누스와 후설이 부딪쳤던 아포리아들에 다시 활력을 줄 수 있을 이러한 관점은 세 가지 시간화 층위의 연관에 적용된 "파생 dérivation"이라는 개념 자체를 검토한 다음에야 명확해질 것이며, 그것을 검토함으로써 우리의 분석은 끝을 맺게 될 것이다.

그런데 시간성이 생각될 수 있는 근본 층위를 홀로 결정할 수 있는 역량을 숙명성에게서 박탈한다 하더라도, 시간성에 대한 탐구(3장)를 이끌어가는 문제 제기 양태는 약화되지 않는다. 오히려 정반대다. 현존재가 전체 존재가 될 수 있는 가능성 — 나는 통합 역량이라고 말하고 싶다 — 이 더 이상 종말을 향한 존재를 고려하는 것을 통해서만 좌우되지 않는다면, 전체 존재 가능은 다시금 시간을 통합하고 유기적으로 구성하며 분산시키는 힘으로 나타날 수 있을 것이다.[95] 그리고 죽음을 향한 존재의 양상이 오히려 가장 근원적인 층위에 대한 다른 두 층위들 — 역사성과 시간 내부성 — 의 반발에서 비롯된 것으로 보인다면, 마음 씀을 구성하는 존재 가능은 자기 앞의 존재 Sichvorweg처럼 완전히 순수한 상태로 드러날 수 있을 것이다. 결단을 내려 앞질러 가봄 anticipation résolue을 전체로 구성하는 다른 특징들 또한 약화되는 것이 아니라 죽음을 향한 존재에 주어진 특권을 거부함으로써 강화된다. 그렇게 해서 양심의 무언의 목소리를 통한 증명과 그 목소리에 자기의 실존적 힘을 부여하는 죄의식은 완전히 헐벗은 상태, 그리고 완전히 펼쳐진 상태의 존재 가능에 말을 건넨다. 마찬가지로, 던져진 존재는 죽어야만 하는 필연성으로 인해 드러

---

95) 본 연구(『시간과 이야기』 4부)의 제2장 4절에서는 역사적 시간의 세 가지 방향을 전체화하는 양태만을 탐구하게 될 것이다. 그것은 결코 헤겔로 되돌아가지 않지만, 분산 속에서 전체화해야 한다는 요구를 정당하게 평가하게 될 것이다.

나는 것과 똑같이 어느 날 어디선가 태어났다는 사실을 통해 드러난다. 쇠약함은 죽음을 앞에 두고 도피하는 태도에서뿐만 아니라 예전의 약속을 지키지 않는 데서도 입증된다. 독일어에서 'Schuld'라는 한 단어가 동시에 나타내는 부채와 책임은, 죽음에 대해 근심하지 않음으로써 마음 씀이 그 근원적인 상태로 도약하게 될 때, 각자가 가장 내밀한 자기의 가능성에 따라 선택하도록 그리고 세계 속에서 자신이 맡은 과업에 대해 자유로워지도록 강력하게 호소하는 것이다.[96]

따라서 시간성을 정의하는 공식이 갖는 그 실존론적 힘을 완전히 받아들이는 실존적인 방식은 더 이상 존재하지 않는다. "시간성은 현존재의 본래적인 전체 존재와 밀접하게 연관되어, 앞질러 가보는 결단의 현상을 통해 원래 현상적으로 경험된다"[304].[97]

Ⅲ. 시간화:
다가옴, 있었음, 있게 함

앞에서도 말했지만, 제2편의 2장 끝(§65~66)에 이르러서야 하이데거는 시간성이라는 주제를 마음 씀과의 관계 속에서 다루게 된다. 매우 압축되어 있다고 할 수 있는 이 부분에서 그는 세 겹의 현재에 대한 아우구스티누스의 분석을 넘어서고, 과거 지향-미래 지향에 대한 후설의 분석보다 더 멀리 가기를 갈망한다. 그런데 앞에서도 보았

---

96) 과거, 죽음, 잊혀진 희생자들에 대한 빚이라는 생각이 차지하고 있는 위치에 관해서는, 있었던 대로의 과거 passé tel qu'il fut라는 개념에 의미를 부여하려는 우리의 시도를 통해 보게 될 것이다(2편, 3장).

97) 하이데거는 성찰을 통해 서로 다른 개인적 경험에 따라 자기의 공식을 만날 수 있도록 하는 자유를 부여하는 것처럼 보인다. "시간성은 서로 다른 가능성 그리고 서로 다른 방식에 따라 시간화될 수 있다. 실존의 근본 가능성, 즉 현존재의 본래성과 비본래성의 가능성은 시간성의 가능한 시간화에 그 존재론적 근거를 두고 있다"[304]. 나는 여기서 하이데거가 과거·현재·미래와 연결된 차이가 아니라, 실존론적인 것과 실존적인 것을 연결하는 다양한 방식들과 연결된 차이를 염두에 두고 있다고 생각한다.

지만 아우구스티누스의 분석과 후설의 분석은 동일한 현상학적 위치를 차지하고 있다. 하이데거의 독창성은 미래, 과거, 현재로 된 시간의 다원화pluralisation 원리를 마음 씀Souci 그 자체에서 찾고 있다는 점이다. 이렇게 가장 근원적인 것으로 옮겨감으로써 미래는 이제까지 현재가 차지하고 있던 자리로 올라가게 되고, 시간 세 차원들 사이의 관계는 완전히 다시 방향을 잡게 된다. 바로 그 때문에 '미래' '과거' '현재'라는 용어들, 아우구스티누스가 대담하게 미래의 현재, 과거의 현재, 그리고 현재의 현재에 관해 말하면서도 일상 언어에 대한 존경 때문에 문제 제기할 생각을 하지 못했던 용어들마저도 버리지 않을 수 없게 될 것이다.

§65의 서두에, 우리가 찾는 것은 바로 마음 씀의 뜻Sinn이라는 말이 나온다. 그것은 통찰력vision이 아니라 이해와 해석의 문제다. "근본적으로 말해서 의미는 존재 이해에 대한 일차적 기획 투사의 방향을 잡아주는woraufhin 것을 뜻한다." "의미는 그에 따라 어떤 것이 그 가능성에서 현재 있는 그것으로 개념 파악될 수 있는 그런 일차적인 기획 투사의 방향woraufhin을 뜻한다"[324].[98]

따라서 우리는 마음 씀의 내적인 유기적 구성과 시간의 삼중성 사이에서 거의 칸트적이라 할 수 있는 조건성conditionnalité 관계를 발견하게 된다. 하지만 마음 씀 그 자체가 모든 인간적 경험을 가능하게 한다는 점에서 하이데거의 "가능하게 함rendre-possible"은 칸트

---

98) 『존재와 시간』의 애초 계획은, 「서론」에서도 분명히 밝히고 있듯이, 현존재의 분석론이 끝나는 부분에서 "존재 의미에 대한 물음"으로 데리고 가는 것이었다. 출판된 저서가 이 방대한 계획을 충족시키지는 못하고 있다 하더라도, 마음 씀의 해석학은 마음 씀에 내재한 기획 투사를 "존재 이해에 대한 일차적 기획 투사"[324]와 밀접하게 다시 연결시킴으로써 적어도 그 의도는 보존하고 있는 셈이다. 기실 인간의 기획 투사들은 오로지 그처럼 궁극적으로 뿌리박고 있음에 근거해서만 기획 투사인 것이다. "이러한 기획 투사들은 그 자체 안에, 이를테면 존재 이해가 품고 있는 어떤 방향ein Voraufhin을 담고 있다"(같은 책).

의 가능성 조건과는 다르다.

마음 씀 속에 새겨진 가능하게 하는 것에 이러한 성찰들은 시간의 유기적 구조를 거쳐가는 과정에서 미래가 차지하는 우위를 예고하고 있다. 추론을 이어주는 연결 고리는, 그 자체가 종말을 향한 존재와 죽음을 향한 존재에 대한 사색에서 비롯된, 결단을 내려 앞질러 가봄에 대한 이전의 분석이 제공한다. 그것은 미래가 차지하는 우위를 넘어서서, 일상 언어에서 빌려온 '미래'라는 용어를 해석학적 현상학에 적합한 관용어 속에 다시 포함시킨다. 실사(實辭)보다는 부사, 즉 '종말을 향한 존재 Sein-zum-Ende'와 '죽음을 향한 존재 Sein-zum-Tode'의 '향한 zu'이라는 말이 더 나은 길잡이가 된다. '다가-옴 Zu-Kunft'이라는 일상적인 표현에서 '다가 zu'라는 낱말에도 적용할 수 있다. 그와 동시에 "미래"라는 명사를 사용하지 않고, '오다 kommen'라는 동사를 부사와 연결함으로써('다가옴') 그 동사는 새로운 힘을 얻는다. 마음 씀을 통해 현존재는 자신의 가장 고유한 가능성들에 따라 자기 자신을 향해 다가오고자 한다. 향해 다가온다 Zukommen는 것은 미래의 뿌리다. "자기에게 다가오도록 한다는 것은 다가옴 Zukunft의 근원적인 현상이다 sich auf sich zukommen-lassen"[325]. 결단을 내려 앞질러 가봄 속에 담긴 가능성이란 그런 것이다. "앞질러 가봄 Vorlaufen이 현존재를 본래적으로 다가오는 것으로 만들며, 그 결과 언제나 있어왔던 존재자로서의 현존재는 자기 자신에 다가온다. 다시 말해서 다가올 그러한 것 zukünftig으로서의 자기 존재 속에 존재하는 것이다"[325].[99]

미래가 띠게 되는 새로운 의미 작용은, 시간의 세 차원들이 서로 내적으로 긴밀하게 연루되어 있다는, 이례적인 관계들을 구별하게 한다. 하이데거는 바로 미래가 과거를 함축하게 하는 것에서 시작하여,

---

99) '앞으로 vor'라는 접두어는 '다가옴 Zukunft'의 '다가 zu'와 같은 표현력을 가지고 있다. 자기에게로 옴과 동등하게, 가장 넓은 의미에서의 마음 씀을 정의하는 '자기 앞에서 Sich vorweg'라는 표현에서도 그 말을 찾을 수 있다.

그 양자의 관계를 이처럼 아우구스티누스와 후설의 분석 중심에 놓여 있던 현재로 미루게 된다.

있었음은 다가옴을 통해 부름을 받기 때문에, 그리고 어떤 의미에서는 그 안에 포함되어 있기 때문에, 미래에서 과거로의 이행은 더 이상 바깥 요인에 따라 이동하는 것이 아니다. 부채와 책임을 알아차리지 못하고서는 일반적으로 알아차림이 있을 수 없다. 바로 그 점에서 결단 자체는 우리가 잘못을 저지르려 하지 않는다는 사실과 자신이 내던져졌다 Geworfenheit는 계기를 함축하게 된다. 그런데 "내던져졌음을 떠맡는다는 것은 현존재가 그때마다 이미 있었던 상태 속에서 본래적으로 존재함 in dem, wie es je schon war을 뜻한다"〔325〕. 여기서 중요한 것은 존재하다라는 동사의 반과거("있었다 était")와 이를 강조하는 부사("이미 déjà")는 존재와 분리되는 것은 아니며, 그러나 "이미 있었던 그러한"이라는 말이 "나는 존재한다"의 표시를 지니고 있다는 사실이다. 독일어로 "나는 있었다 ich bin-gewesen"〔326〕라는 표현은 이를 가능하게 한다. 그러므로 요약해서 다음과 같이 말할 수 있다. "본래적으로 있었던 현존재는 본래적으로 다가오는 것이다"(같은 책). 이 말은 책임을 지는 모든 행위 안에 담겨 있는, 자기에게로 되돌아옴을 요약하는 말이기도 하다. 그러므로 있었음은 다가옴에서 비롯된다. 과거가 아니라 있었음이라는 말은, 주어진 현재, 그리고 손안에 있다는 측면에서 미래의 사실들의 열림과 대립시켜 지나간 사실들의 과거라는 뜻으로 이해해야 할 것이다. 과거는 결정되어 있으며 미래는 열려 있다는 것을 우리가 자명한 것으로 여기고 있는 것은 아닌가? 그러나 이러한 불균형은, 그 해석학적 맥락에서 떨어지게 되면, 미래에 대한 과거의 내재적인 관계를 뜻하지 못한다.[100]

---

100) 다가옴 속에 내재적으로 함축되어 있는 있었음과 미래와 외재적으로 구별되는 과거의 이러한 구분은 우리가 역사적 과거의 위상을 논할 때(2편 3장) 가장 중요한 뜻을 갖게 될 것이다.

현재로 말하자면, 그것은 아우구스티누스에게서 보듯이 확대되면
서 과거와 미래를 만들어내기는커녕, 그 본래성이 가장 감추어져 있
는 시간성의 양상이다. 눈앞에 있고 손안에 있는 사물들과 현재가 교
류하는 속에는 분명 일상성의 진리가 있다. 그런 뜻에서 현재는 바로
근심 걱정 préoccupation의 시간이다. 그러나 그것은 우리가 근심 걱
정하는 사실들에 대해 주어진 모델에 따라서가 아니라 마음 씀에 내
포되어 있는 것으로 이해되어야 한다. 결단에 매번 주어지는 상황을
통해서 우리는 현재를 실존론적 방식으로 다시 생각할 수 있는 것이
다. 그러므로 현재라기보다는 차라리 "있게 한다 rendre-présent"는
뜻에서 "현재화 présenter(gegenwärtigen)"라고 말해야 할 것이다.[101]
"'현재화'의 뜻으로 이해된 현재 Gegenwart로서만 결단은 본래의 결
단이 될 수 있다. 즉 본래의 결단이란, 그것이 행위를 통해서만 포착
하는 것을 엇갈리지 않고 만나게 하는 것이다"[326].
　자기에게로 되돌아옴이 결단을 있게 함으로써, 즉 결단을 현재화
함으로써 상황 속에 끼어들게 되면서부터, 다가옴과 자기에게로 되
돌아옴은 이처럼 결단과 합쳐진다.

　이제부터 시간성은 다가옴, 있었음, 그리고 현재화 ── 세 가지가
한꺼번에 전체로 생각된다 ── 가 유기적으로 구성된 통일성이다. "있
었음이라는 과정 속에서 있게 하는 다가옴과 흡사한 통일성을 제공
하는 현상을 우리는 시간성이라 부른다"[326].
　시간의 세 가지 양상들이 이처럼 하나가 다른 하나에서 추론하는
방식이 어떤 뜻에서 앞서 말한 가능화 개념에 대응하는지를 우리는
알고 있다. "시간성은 실존 existence, 현사실성 factualité 그리고 퇴락

---

101) 현전화 présentifier(Marianna Simon, 앞의 책, p. 82)라고 말할 수도 있겠지만, 그
　　용어는 후설의 문맥에서 제시보다는 재현에 더 가까운 Vergegenwärtigen이라는
　　말을 번역하기 위해서 이미 사용되었다.

déchéance의 통일을 가능하게 ermöglicht 한다"[328]. "있게 함"의 이 새로운 위상은 실시를 동사로 대신함으로써 표현된다. "시간성은 전혀 존재자가 '아니다.' 그것은 존재하는 것이 아니고 자신을 시간화한다"(같은 책).[102]

　시간의 비가시성이 그 전체로 보아 사유에 더 이상 장애가 되지 않는다 하더라도, 우리가 가능성을 가능화로, 그리고 시간성을 시간화로 생각하게 되면서, 아우구스티누스에게서 그랬던 만큼이나 하이데거에게서도 불투명한 상태로 남는 것은, 바로 그러한 구조적 통합성에 내재한 삼중성이다. 즉 부사적 표현들 — 다가옴의 "앞에 ad"와 있었음의 "이미 déjà," 근심 걱정의 "곁에 auprès de" — 은 통일적 구성을 그 안에서 파들어가는 분산을 언어 층위 자체에서 나타내고 있는 것이다. 세 겹의 현재에 대한 아우구스티누스적 문제는 단지 그 전체로 파악된 시간화로 옮겨졌을 따름이다. 우리는 이 난처한 현상을 뚫고 들어가, '엑스타티콘 ekstatikon'[자기 밖으로 벗어나는 것을 가리키며 탈자(脫自)로 번역된다: 옮긴이]이라는 그리스어를 사용해서 이렇게 선언할 수밖에 없다. "시간성은 그 자체에서 그리고 그 자체에 대해 근원적인 '탈자 Ausser-sich'이다"[329].[103] 이와 동시에 시간의 구조적 통일성에 대한 관념을 그 탈자태들의 차이의 통일성에 대한 관념으로 바꾸어야 한다. 시간화가 분산시킴으로써 모으는 과정인 한, 그러한 상이함은 시간화에 내적으로 함축되어 있다.[104] 미래에서 과거와 현

---

102) 시간성이 그처럼 시간화로 생각될 수 있다면, 시간과 존재의 궁극적 관계는 반대로 존재 관념이 명백하게 밝혀지지 않는 한 여전히 어정쩡한 상태로 남게 되며, 이러한 공백은 『존재와 시간』에서 메워지지 않는다. 하지만 이처럼 미완의 작품임에도 불구하고 우리는 하이데거가 시간 문제의 가장 큰 아포리아들 가운데 하나, 즉 통일적 전체성으로서의 시간의 비가시성이라는 아포리아에 해결책을 가져다주었다는 점을 공적으로 인정할 수 있다.

103) "시간성의 본질은 탈자태 ek-stase들의 통일성에서의 시간화다"[329].

104) 세 가지 탈자태의 "동일한 근원성 Gleichursprünglichkeit"[329]은 시간화 양태들 사이의 차이에서 비롯된다. "이러한 동일 근원성 내에서도 시간화의 양태들은

재로 넘어가는 것은 통합인 동시에 다양화다. 이렇게 해서 '정신의 이완'의 수수께끼가 단번에 다시 제시된다. 현재가 더 이상 그 버팀목이 아님에도 말이다. 그리고 비슷한 이유들로 아우구스티누스는 늘어날 수 있는 시간의 특성, 우리로 하여금 짧은 시간과 긴 시간에 대해 말하게 하는 특성을 설명하려고 고심했었음을 기억할 것이다. 하이데거 역시 마찬가지로 그가 통속적 이해라고 간주하고 있는 것, 즉 서로 무관한 일련의 "지금"은 일차적인 외재화 ─ 일련의 지금은 그것이 **평준화되었다**는 사실만을 나타낸다 ─ 에서 무언의 동조자를 얻는다. 평준화는 외재성이라는 그러한 특징의 평준화인 것이다. 평준화가 특히 영향을 미치는 것은 가장 멀리 파생된 양태, 즉 시간 내부성이라는 점에서, 우리는 시간성, 역사성, 시간 내부성이라는 계층을 이루는 시간화 층위들을 펼쳐 보이고 난 이후에야 여유 있게 그 평준화 문제를 논의할 수 있을 것이다. 그럼에도 불구하고 모든 궁극적인 외재화 형태들에 대한 원칙, 그리고 시간성에 영향을 미치는 평준화에 대한 원칙을 일차적 시간성의 탈자Aussersich에서 인식할 수는 있다. 이제 문제는, 가장 비본래적인 양태들의 파생이 분석 전체의 순환성을 감추는 것은 아닌지 알아보는 것이다. 파생된 시간은 근원적 시간성의 탈자에서 이미 예고되는 것은 아닌가?

IV. 역사성

하이데거의 해석학적 현상학이 궁극적으로 시간론에 기여한 바에 대해서 내가 얼마나 큰 빚을 지고 있는지는 다 헤아릴 수 없을 정도이다. 하이데거의 현상학에서는 가장 소중한 발견들이 가장 당혹스럽고 난처한 사태들을 빚어낸다. 시간성, 역사성 그리고 시간 내부성의 구분(마지막 5장과 6장을 차지하고 있으며, 그 부분에서 『존재와 시

서로 다르다. 그리고 이 상이함은 시간화가 상이한 탈자태에서부터 일차적으로 차이가 날 수 있다는 데에 있다"[329].

간』은 마무리되기보다는 중단된다)은 앞선 두 가지 발견, 즉 시간성을 "가능화"하는 것으로서의 마음 씀에 호소하는 것과 시간성의 세 가지 탈자태의 다원적 통일성이라는 발견을 완성하게 된다.

역사성에 대한 물음은 우리가 그동안 익히 보아온, 망설이는 듯한 표현으로 제기된다. "실제로 우리는 그 본래적인 전체 존재와 관련해서 현존재의 전체적 특성을 우선적으로 실존론적 분석의 의도에 따르게 했는가?"[372][105] 시간성이 통합적인 것으로 간주되기에는 한 가지 특징이 부족하다. 그것은 늘어남 Erstreckung, 즉 탄생과 죽음 사이에서 길게 늘어난다는 특징이다. 여태까지의 분석에서는 탄생, 그리고 그와 더불어 탄생과-죽음-사이 l'entre-naître-et-mourir를 무시해왔으면서도, 어떻게 그에 관해 말할 수 있을까? 그런데 그 "둘 사이"는 바로 현존재의 늘어남 étirement이다. 그에 대해 진작에 아무 말도 하지 않았던 것은, 눈앞에 있고 손안에 있는 현실들에 부여된 평범한 사유의 그물 속에 다시 떨어지지 않을까 하는 의구심 때문이었다. 기실 그러한 늘어남을 시작의 '지금'과 끝의 '지금' 사이에서 측정할 수 있는 어떤 간격으로 간주하는 것보다 더 유혹적인 것이 있을까? 그러나 그와 동시에 우리는 20세기 초의 몇몇 사상가들에게는 친숙한 한 가지 개념을 통해 인간 실존의 특성을 규정하는 데 소홀했던 것이 아

105) 본래적인 것에 의한 근원적인 것의 증명과 관련해서 하이데거가 그 분석들에서 무엇을 기대하고 있는지는 앞에서 말했다. 근본적 시간성을 다루고 있는 3장은 다음과 같은 말로 끝맺는다. "현존재의 시간성을 일상성과 역사성, 그리고 시간 내부성으로 설정 Ausarbeitung함으로써 현존재의 근원적인 존재론에서 뒤얽혀 있는 것 in die Verwirklichungen에 바로 접근할 수 있는 통로가 제공된다"[333]. 그런데 현사실적인 faktisch(같은 책) 현존재는 자기가 세계 속에서 만나는 존재자들 곁에, 그리고 그와 더불어 세계 속에 실존한다는 점에서, 그러한 시도는 복잡할 수밖에 없다. 시간성이 시간 내부성 구조와 더불어 (4장 「시간성과 일상성」이 이를 환기하듯이) 일상성에서 그 출발점을 다시 만날 때까지, 시간성을 이처럼 "설정"하고 복잡하게 구체화시키게끔 요구하는 것은 따라서 바로 제1편에서 기술된 세계-내-존재의 구조다. 그러나 해석학적 현상학에서는 가장 가까운 것이 사실상 가장 멀리 떨어진 것이다.

닌가? 그 가운데에서도 딜타이 Dilthey는 체험된 것 Erlebnisse들이
"시간 속에서" 정돈되어 펼쳐지는 것으로 생각되는, "삶의 응집
Zusammenhang des Lebens"이라는 개념을 제시한다. 여기서 그가 말
하는 것이 중요하긴 하지만, 그것은 시간의 통속적 표상을 강요하는
미흡한 범주화로 인해 변질되어 있음을 부인할 수 없다. 실제로 우리
는 바로 단순한 연속적 계기라는 틀 속에 응집과 펼쳐짐뿐만 아니라
변화와 항구성(이 모든 개념들은 서술 행위의 관점에서 매우 흥미롭다
는 점을 기억하자)도 집어넣는 것이다. 죽음이 아직 일어나지 않은 미
래의 사건이 되듯이, 탄생은 이제 더 이상 존재하지 않는 과거의 사
건이 되고, 삶의 응집은 그 나머지 시간으로 둘러싸인 어떤 시간 간
격이 된다. 늘어남, 불안정함 Bewegheit 그리고 자기 자신에게 한결
같음 Selbstständigkeit의 개념들, 시간의 평범한 표상이 눈앞에 있고
손안에 있는 사물들의 응집, 변화 그리고 항구성 위에 줄지어 세워놓
는 그 개념들의 존재론적 권위를 되찾을 수 있으려면 "삶의 응집"이
라는 개념 주위를 맴도는 이러한 정당한 탐구를 마음 씀의 문제에 결
부시키는 길밖에 없을 것이다. 마음 씀에 결부되면 삶과-죽음-사이
는 이제 더 이상 존재하지 않는 양극단을 갈라놓는 간격이 아니다.
그와는 반대로, 현존재는 어떤 시간 간격을 채우는 것이 아니라, 그
고유의 시작과 종말을 감싸고 그 둘 사이에 있는 삶에 뜻을 부여하는
바로 그러한 늘어남처럼, 스스로 늘어남으로써 그 진정한 존재를 구
성한다. 이러한 지적은 우리를 바로 아우구스티누스 곁으로 다시 이
끌어간다.

바로 근원적 시간화에 입각해서 현존재가 늘어나는 것에 대한 이
러한 파생을 드러내기 위해서 하이데거는 '생겨남 Geschehen'〔일어
남 또는 생기〔生起〕로도 번역한다: 옮긴이〕이라는 고어(古語)의 뜻을
다시 살려 그것을 삶과 죽음 사이의 존재론적 문제와 견주려 한다.
'생겨나다'라는 동사는 시간화하는 활동을 표시하는 '무르익게 하다

Zeitigen'〔시간에 맞추어 무르익는다는 뜻에서 시숙〔時熟〕이라고 번역하기도 한다: 옮긴이〕라는 동사와 대응한다는 점에서 그 낱말을 선택한 것은 매우 잘한 일이다.[106]

게다가 '생겨나다 geschehen'라는 동사는 'Geschichte' — "역사 histoire" — 라는 실사와 의미론적으로 가깝기 때문에 우리에게는 매우 중요한 인식론적 물음, 즉 우리가 역사적으로 생각하는 것이 역사를 기술하는 학문 탓인지 혹은 오히려 역사적 탐구가 의미를 갖게 되는 것은 현존재가 역사화되기 때문이 아닌지 하는 물음의 문턱으로 이끌어간다. 역사성의 존재론과 역사 기술의 인식론 사이의 이러한 논쟁에 대해서는 한참 후에 그에 걸맞게 모든 주의를 기울일 것이다. 지금으로서는 우리 문제가 더 중요하다. 그것은 바로 우리가 존재론적 측면에서 시간성에서 역사성으로 넘어가게 되는 "파생"의 본성을 따지는 문제인 것이다.

하이데거가 파생이 한쪽 방향으로만 진행되는 것으로 예고하는 것처럼 보이지만, 사실은 그렇게 일방적인 것은 아니다.

한편으로 역사성은 파생에서 그 존재론적 농도를 얻게 된다. 늘어남, 불안정함, 자기 자신에게 한결같음은 역사성에 대한 모든 문제점을 시간성의 문제로 돌림으로써만 그 변질된 표상에서 벗어날 수 있다.[107] 심지어 우리는 불안정함과 자기 자신에게 한결같음에 대해서,

---

106) Henri Corbin이 제안한 'historial'이라는 프랑스어 역어는 매우 만족스럽기는 하지만 실사에 대해 동사가 가지고 있는 우위를 설명하지 못한다. Marianna Simon은 이를 'être-historial'로 번역하고 있다(앞의 책, p. 83).『현상학의 근본 문제들』을 번역한 J.-F. Courtine은 'devenir-historial'〔본 역서에서는 이를 '생겨남'으로 옮긴다: 옮긴이〕이라는 역어를 제안하는데, 그 역어는 되다라는 동사의 전통적 개념과의 연관을 유지하면서 'Geschichtlichkeit'를 역사성으로 옮긴 번역과 잘 어우러진다는 이중의 이점을 가지고 있다.

107) "늘어나고 늘어짐의 특수한 불안정함 Bewegtheit이 우리가 현존재의 생겨남이라고 부르는 것이다. 현존재의 "응집"에 대한 물음은 그 생겨남의 존재론적 문제다. 생겨남의 구조 및 그 실존론적-시간적 가능 조건을 밝힌다는 것은 역사성의

146

우리가 그것을 변화와 항구성의 대립되는 범주 아래 생각하는 한, 그 둘 사이의 관계에 만족스런 의미를 부여할 수 없다.

다른 한편으로 역사성은 시간성에 새로운 — 본원적 originale이고 공동-근원적인 co-originaire — 차원을 덧붙이는데, 응집, 불안정함, 자기에게 한결같음 같은 평범한 표현들은 그 차원을 향해간다. 상식이 그에 대한 어떤 선개념(先槪念)을 가지고 있지 않다면, 이러한 표현들을 현존재의 존재론적 담론에 맞추어 조정하는 문제는 제기되지 않을 것이다. 만일 우리가 불안정함과 자기에게 한결같음에 대한 물음, 삶과 죽음 사이에서 현존재의 늘어남에 대한 물음과 이웃한 물음을 부적절한 범주라는 틀 속에서 이미 제기하지 않았다면, 현존재의 생겨남이라는 물음도 제기하지 않았을 것이다. 자기에게 한결같음에 대한 물음은, 특히 우리가 현존재의 "누구"에 대해 자문하게 되는 순간부터 숙고하지 않을 수 없다. 그런데 약속과 죄의식의 자기-지시 sui-référence를 동반하는 결단에 대한 물음과 함께 자기 soi에 대한 물음이 전면에 다시 등장하게 되면, 우리는 이 문제를 피할 수 없다.[108]

따라서 역사성 개념이 비록 파생된 것이기는 하지만, "늘어남" "불안정함" "자기에게 한결같음"이라는 낱말들이 뜻하는 특징들을 실존론적 차원에서 시간성 개념에 덧붙이고 있음은 틀림없는 사실이다. 어떤 뜻에서 역사성이 역사의 존재론적 토대가 되는지, 역으로 역사 기술의 인식론이 역사성의 존재론에 토대를 둔 분야인지 생각하게 될 때, 이처럼 파생 개념을 통해 근원적인 것이 풍요로워졌음을 잊어

존재론적 이해에 이른다는 것을 뜻한다"[375].

108) 독일어는 여기서 낱말들의 어원을 이용해서 자기에게 한결같음 Selbstständigkeit을, 사람이 자기 약속을 지킨다는 뜻에서의 자기를 지킴 tenue de soi 같은 것이라할 수 있는, 자기의 한결같음 Ständigkeit des Selbst으로 분해할 수 있다. 그런데 하이데거는 누구에 대한 물음을 자기에 대한 물음과 명백하게 연결시킨다. "우리가 현존재의 누구로 규정하는 자기에게 한결같음 [……]"[375](§64「마음 씀과 자기성 Sorge und Selbstheit」에서 이에 대한 내용을 참조할 것).

서는 안 될 것이다.[109]

  이제 바로 이러한 혁신적인 파생 —— 굳이 표현하자면 —— 으로부터 방법들을 모색해야 한다. 이 점에서 하이데거의 주된 관심은 역사적 사유 전체에 내재한 두 가지 경향에 저항하는 것이다. 첫번째는 역사를 대번에 하나의 공적(公的) public 현상으로 생각하는 것에 있다. 즉 역사는 모든 사람들의 역사가 아닌가 하는 생각이다. 두번째는 과거를 미래와의 관계에서 떼어내어 역사적 사유를 순전히 과거 지향 rétrospection으로 구성하려고 하는 것이다. 우리가 과거 지향, 뿐만 아니라 돌이켜 이야기 rétrodiction하는 식으로 사후에 그 뜻을 이해하고자 하는 것은 바로 공적인 역사에서이기 때문에, 그 두 가지 경향은 서로 밀접하게 연관되어 있다.

  첫번째 경향에 대해서 하이데거는, 헤겔적인 의미에서의 세계사에 무게를 두는 모든 연구와 관련하여 "현사실적인 de fait" 모든 현존재의 역사성이 우선한다는 사실을 대립시킨다. "현존재는 현사실적으로 매번 (나) 자신의 '역사'를 가지고 있으며 그러한 것을 가질 수 있는데, 그 까닭은 이 존재자의 존재가 역사성으로 구성되기 때문이다"[382]. "역사"라는 낱말의 이 첫번째 뜻이야말로 마음 씀을 실마리로 삼고 시간과 관련된 모든 본래적 태도에 대한 시금석을 죽음을 향한 존재 —— 고독하고 옮길 수 없는 —— 속에서 찾는 탐구가 권하는 것이다.[110]

---

109) "학문으로서의 역사 기술에 대한 실존론적 해석은 오로지 그 존재론적 발생을 현존재의 역사성에서 입증 Nachweis하는 것을 목표로 한다. 〔……〕 현존재의 역사성에 대한 분석은, 이 존재자가 '역사 안에 몸담고 있기'에 '시간적인' 것이 아니라, 오히려 그와는 반대로 오직 그가 그의 존재의 토대에서 시간적이기에, 역사적으로 실존하며 실존할 수 있다는 것을 보여주려고 한다"[376].

110) 역사 기술을 역사성 속에 정초하는 일이 이 첫번째 대답으로 쉬워지는 것은 아니다. 사실상 어떻게 개개인의 역사에서 언젠가 모두의 역사로 넘어갈 것인가? 현존재의 존재론은 이 점에서 본래 단자론적 monadique인 것이 아닌가? 나중에 우리는 새로운 전이, 즉 사적 운명(運命) Schicksal과 공적 역운(歷運) Geschick 사이의 전이가 어느 정도로까지 이 커다란 난제에 응답하는지를 보게 될 것이다.

두번째 경향에 대해서 하이데거는 세 가지 시간적 탈자태들의 상호적 발생에서 다가옴 avenir에 우위를 부여하는 앞서의 분석을 등에 업고 정면으로 맞선다. 하지만 그럼에도 불구하고 생겨남 historial(늘어남, 불안정함, 자기에게 한결같음)이 가져온 새로운 특징들을 고려해야 한다면, 그 분석을 같은 용어로 되풀이하는 것으로 만족할 수는 없다. 미래에 대해 과거가 다시 우위를 차지하는 것처럼 보이게 하는 전복을 설명할 수 있도록 있었음을 향한 다가옴의 움직임을 다시 생각해야 하는 것은 바로 그 때문이다. 그 논증의 결정적 계기는 다음과 같다. 미래를 향한 도약은 언제나 이미 세계 속에 던져졌다는 조건으로 돌아올 수밖에 없다. 그런데 이처럼 자기에게로 돌아온다는 것은, 임박한 우리의 선택들이 부딪치는 가장 우발적이고 가장 비본질적인 상황으로 되돌아오는 데 그치지 않는다. 그것은 행동의 우발적이고 비본질적인 경우를 구성하는 것처럼 보이는 것 속에 따로 보존되어 있는 가장 내밀하고 가장 지속적인 가능태를, 보다 본질적인 방식으로 다시 붙잡는 것이다. 앞질러 감 anticipation과 내던져져 있음 déréliction의 긴밀한 관계를 말하기 위해 하이데거는 위험을 무릅쓰고 유산(遺産) héritage, 이전(移轉) transfert, 전승(傳承) transmission과 같은 비슷한 개념들을 끌어들인다. "유산" — Erbe — 이라는 용어는 그것이 갖는 특별한 내포적 의미 때문에 선택되었다. 기실 각자에게 있어서 내던져졌음 — 던져진 존재 — 은, 선택되었거나 얽어매는 것이 아니지만 획득되고 전승되는 한 묶음의 가능태들이라는 독특한 형상을 제공한다. 게다가 그것은 받아들일 수 있고, 책임질 수 있으며, 떠맡을 수 있는 어떤 유산에 속한다. 불행히도 프랑스어에는 독일어에서처럼 동사와 접미사가 뒤얽혀, 획득되고 전승되며 떠맡게 된 유산이라는 관념을 의미론적으로 엮어낼 수가 없다.[111]

---

111) 독일어는 무엇보다도 '되돌아 zurück'와 '가로질러 über'라는 뜻을 갖는 두 개의 접두사를 '오다 kommen' '잡다 nehmen' '건네주다 liefern'라는 동사에 차례로

전해지고 떠맡은 유산이라는 이러한 핵심 개념은 분석의 축을 이룬다. 어떻게 해서 뒤로 되돌아간다는 것이 매번 본래 앞을 향하고 있는 결단에서 비롯되는지를 그 개념에서 알게 된다.

있었던 것으로서 나 자신인 가능태들을 전승하는 것과 영원히 고정된 경험을 우연히 이전하는 것을 구분함으로써, 이번에는 Schicksal, Geschick, Geschichte라는 세 개념들 사이의 유사성에 근거한 분석을 향한 길이 열린다. 독일어 의미론에서는 같은 영역에 놓이는 그 개념들을 우리는 프랑스어로 운명 destin, 역운(歷運) destinée, 역사 histoire로 번역한다.

첫번째 개념은, 적어도 그 시작에서는 분석의 단자론적 monadique 특성을 확실히 강화한다. 나는 바로 나에게서 나 자신으로 스스로를 전승하며, 나를 물려받은 가능태들로 받아들이는 것이다. 그것이 운명을 이루는 것이다. 사실 우리가 우리의 모든 기획 투사를 죽음을 향한 존재에 비추어보게 되면, 그때 우연적인 모든 것은 무너져버린다. 즉 남는 것이라곤 그 묶음, 죽을 수밖에 없는 헐벗은 상태 속에서 드러나는 우리 본래의 그러한 부분뿐이다. "이로써 우리는 본래적 결단 안에 놓여 있는 현존재의 근원적인 생겨남을 가리킨 셈이다. 현존재는 그 생겨남 안에서 죽음에 대하여 자유로우면서, 물려받았으나 또한 선택된 가능성에 따라 자신을 자신에게 전승한다 sich 〔……〕 Überliefert"〔384〕. 이 층위에서는 구속과 선택이, 운명이라는 다원결정된 개념 속에서 무능(無能)인 동시에 전능(全能)으로서 서로 뒤섞인다.

하지만 유산이 자기로부터 자기에게로 전승된다는 것이 정말일까?

갖다 붙이는 방식을 구사한다. 영어에서는 '되돌아옴 to come back' '유산을 넘겨받음 to take over an heritage' '누구에게 물려진 가능성들을 건네줌 to hand down possibilities that have come down to one' 같은 표현들이 보다 잘 연결되고 있다.

그것은 언제나 다른 사람에게서 받는 것이 아닌가? 그러나 죽음을 향한 존재는 어느 누구에게서 다른 누구에게로 넘길 수 있는 모든 것은 배제하는 것처럼 보인다. 양심은 자기가 자기 자신에게 건네는 무언의 목소리가 갖는 내면적인 음조를 무엇에 갖다 붙이는가? 개별적인 역사성에서 공동의 역사성으로 옮겨가는 일은 그로 인해 어려워진다. 그때 역운(歷運) ─ 공동의 운명 ─ 이라는 개념에 요구되는 것은 그러한 이행을 보장하고 도약하는 것이다. 어떻게?

개별적인 운명에서 공동의 운명으로의 돌연한 이행은, 『존재와 시간』에서는 매우 드문 일인데, '더불어 있음Mitsein'에 대한 실존론적 범주에 힘입어 이해할 수 있는 것이 된다. 내가 조금 전 매우 드문 일이라고 한 것은 '더불어 있음'을 다루고 있는 부분(§25~27)에서 주로 일상성의 퇴락한 형태들이 "우리on"라는 범주로 강조되고 있기 때문이다. 그리고 '자기'의 정복은 성인(聖人)의 통공communion이나 삼위일체라는 본래적 형태와는 무관하게 언제나 "우리"라는 밑바탕 위에서 이루어진다. '더불어 있음'에 호소하는 것은 적어도, 분석의 이 결정적인 지점에서, '더불어 생겨남Mitgeschehen'을 '생겨남Geschehen'과 이을 수 있게 한다. 공동의 운명을 정의하는 것은 바로 그것이다. 하이데거가 이 기회에 주체철학, 그러니까 마찬가지로 상호 주체성inter-subjectivité 철학에 맞서 논쟁을 이어가면서, 공동체와 민족Volk의 역사성은 개인적 운명에 입각해서 결집될 수 있다는 주장에 이의를 제기하고 있다는 점은 주목할 만하다. 그러한 전개 방법은 서로 함께 있음을 "여러 주체들이 함께 모여 있음Zusammenvorkommen"〔384〕으로 파악하고자 하는 것만큼이나 받아들이기 힘들다는 것이다. 모든 점으로 보아 하이데거는 여기서 공동체의 운명과 개인의 운명이 구조적으로 동일하다는 관념을 암시하고, 동일한 표기들 ─ 자산을 이루는 가능성이라는 유산, 결단 ─ 이한 측면에서 다른 측면으로 옮겨가는 것을 대략 설명하는 데에 그친다는 것을 알 수 있다. 투쟁, 군율에 대한 복종, 충성심 같은 공동 존재 l'être-en-commun에 보다 특수하게 적용되는 범주들의 위치가 은연중에 나타나게 되더라도 말이다.[112]

그 어려움들 —우리는 나중에 그에 관해 다시 언급할 것이다— 이 무엇이던 간에, 역사성에 대한 분석 전체를 주도하는 방향은 늘어남 Erstreckung의 개념에서 출발하여, 역사 Geschichte와 운명 Schicksal 그리고 공동 역운 Geschick이라는, 의미론적으로 연결되어 있는 이 세 개념의 연쇄 고리를 따라가다가 반복 répétition(또는 재연 récapitulation), Wiederholung이라는 개념에서 절정에 이른다.

최초 항인 늘어남과 최종 항인 반복의 이러한 대조야말로 내가 가장 강조하고 싶은 부분이다. 그것은 내가 자주 불협화음과 화음이라는 어휘로 옮겨 적었던, 이완과 긴장에 대한 아우구스티누스의 변증법과 정확히 일치한다.

『존재와 시간』을 지금까지 읽어온 우리에게 반복(또는 재연)은 낯선 개념이 아니다. 이미 보았듯이, 시간성에 대한 분석은 그 전체가

---

112) 조심스럽게 선택된 이 표현들(1927년에 텍스트가 출판되었음을 잊어서는 안 된다)이 나치의 프로파간다에 탄약을 제공했으며, 암울했던 시절의 정치적 사건들 앞에서 하이데거가 보여주었던 맹목성에 기여했음을 부인하는 것은 아니다. 그러나 이익 사회 Gesellschaft보다는 공동 사회 Gemeinschaft, 뿐만 아니라 투쟁 Kampf, 군율에 대한 복종 kämpfende Nachfolge, 충성심 Treue에 관해 말한 사람이 하이데거만은 아니라는 것도 지적해야 한다. 나로서는, 죽음을 향한 존재는 옮길 수 없다고 끊임없이 반복해서 주장하고 있음에도 불구하고, 죽음을 향한 존재라는 다른 무엇보다도 가장 근본적인 주제를 공동 사회의 영역에 조심성 없이 옮겼다는 점을 차라리 탓하고 싶다. 그렇게 옮김으로써 영웅적이고 비극적인 정치철학이 모든 점에서 악용될 수 있는 실마리를 제공했다는 데에 책임이 있는 것이다. 하이데거는 "세대 génération"라는 개념, 개별적인 운명과 집단의 역운 사이의 괴리를 메우기 위해 딜타이가 1875년부터 도입했던 그 개념이 제공할 수 있는 능력을 알고 있었던 것처럼 보인다. "현존재의 운명이 실린 역운은, 자기 '세대' 안에서 자기 세대와 더불어 현존재의 역사성을 충만하고 본래적으로 형성한다"[385]. 이러한 세대 개념에 대해서는 나중에 다시 논의할 것이다(이 책의 2장, 1절 참조).

제1편에서 이어져온 현존재의 분석론 전체의 반복이다. 게다가 시간성이라는 주된 범주는 제2편 4장에서, 현존재의 분석론을 이루는 각각의 계기들을 그대로 반복할 수 있는 그 역량을 통해 특히 견고해졌다. 이제 반복은, 역사성의 파생 층위에서 미래를 앞질러 감, 내던져짐을 다시 잡음, 그리고 "자기 시간son temps"에 맞추어진 힐끗 봄coup d'œil이 그 통일성을 다시 형성하는 과정에 주어진 이름이 된다. 어떤 의미에서 시간성의 세 가지 탈자태가 미래에 입각해서 서로를 만들어낸다는 것은 반복의 윤곽을 담고 있었다. 그러나 역사성과 함께 생겨남에서 비롯된 새로운 범주들이 왔다는 점에서, 특히 분석전체가 미래를 앞질러 감에서 과거를 다시 잡음으로 기울어졌다는 점에서, 세 가지 탈자태들의 결집(結集) rassemblement이라는 새로운 개념이 요청된다. 그 개념은 역사성, 즉 물려받았으나 선택된 가능성들의 전승이라는 명시적인 주제에 기대고 있다. "반복은 명확한 전승, 다시 말해서 거기에 있었던 현존재의 가능성으로 되돌아감이다"[385].[113]

반복의 핵심 기능은 전승된 유산이라는 관념 때문에 있었던 것 쪽으로 기울었던 저울을 다시 세우는 것이고, 파괴된 것, 지나간 것, "더 이상 [……] 아닌 것"의 와중에서 앞질러 가보는 결단의 우위성을 복원시키는 것이다. 반복은 이처럼 과거 속에서 보이지 않았던 가능태들, 무산되었거나 억압되었던 가능태들을 열어준다.[114] 그것은 다가옴의 방향으로 과거를 다시 열어준다. 전달trans-mission과 결단

113) 이러한 부자연스런 표현을 통해 하이데거는 존재 그 자체를 강렬하게 압축된 문장 ── 하지만 번역자에게는 절망적인 ── 속에 과거 시제로 변화시킨다(dagewesen).
114) "가능한 것의 반복은 '과거'를 복원시키는 것도, '현재'를 '불가항력적인 것'에 다시 붙들어매는 방식도 아니다"[385]. 반복은 이런 뜻에서, 상식 sens commun 이 증명하듯이, 다가옴과 내재적으로 연결되어 있는 있었음 l'avoir-été과, 눈앞에 있고 손안에 있는 사물들의 면에서 억눌려 외재적으로만 미래와 대립될 따름인 과거 사이의 의미의 괴리를 공고하게 한다. 결정되었고 완결되었으며 필연적이라는 과거의 특성과 결정되지 않았고, 열려 있으며 가능하다는 미래의 특성을, 상식은 비변증법적인 방식으로 대립시키는 것이다.

ré-solution의 관계를 최종적으로 확인함으로써, 반복 개념은 미래의 우위와 있었음으로의 이동을 동시에 보존하는 데에 성공한다. 물려받은 유산과 앞질러 가보는 결단으로 이처럼 은밀하게 양극화시킴으로써 반복은 또한 현재에 대한 과거의 영향력을 폐기 Widerruf하기에까지 이를 수 있는 대꾸 erwidern가 된다.[115] 반복은 그 이상의 일도 한다. 즉 유산, 전승, 다시 잡음 — 역사, 공동 역사, 운명과 역운 — 과 같은 역사성을 구성하는 개념들의 전체 연쇄 고리에 시간성의 낙인을 찍으며, 역사성을 그 근원적인 시간성으로 다시 데려온다.[116]

역사성의 주제로부터 이제 앞선 분석에서 끊임없이 예상되어온 시간 내부성의 주제로 넘어갈 때가 온 것 같다. 하지만 여기서 잠시 멈추고, 『존재와 시간』의 전반적 기획과 관련하여 결코 주변적이라 할 수 없는 논쟁을 우리 논의에 포함시켜야 한다. 그 논쟁은 역사성의 실존론적 분석과 관련하여 역사 기술, 보다 일반적으로는 정신과학 — 달리 말해서 인문과학 — 의 위상에 영향을 미친다. 우리는 주로 딜타이의 영향 아래, 그 논쟁이 독일 사상계에서 차지하던 위치를 알고 있다. 또한 그 문제가 『존재와 시간』을 집필하기 이전의 하이데거의 정신에 얼마나 영향을 미쳤는지도 알고 있다. 이런 뜻에서 자연과학과 동등한 자격으로 자율적 토대 위에 스스로를 구성한다는 인문과학의 주장에 대한 반박은 『존재와 시간』을 형성하는 핵에 속한다고

---

115) 하이데거는 여기서 반복 Wiederholung의 '되돌려 wieder'와 대꾸 erwidern와 폐기 Widerruf의 '거슬러 wider'가 거의 동음이의임을 이용한다.

116) "죽음을 향한 본래적인 존재, 달리 말해서 시간성의 유한성은 역사성의 숨겨진 토대다. 현존재는 반복에서 비로소 역사적이 되는 것이 아니라, 그가 시간적인 자로서 역사적이기에, 반복하면서 그의 역사 속에서 자신을 다시 붙잡을 수 있는 것이다. 이를 위해서 역사 기술이 필요한 것은 전혀 아니다"[386]. 『현상학의 근본 문제들』은 반복과 결단을 명시적으로 접근시킨다. 기실 결단은 이미 자기 자신에게로 반복해서 되돌아오는 것이다[407](345). 궁극적으로 그 둘 다, 단순한 "지금"과 구별되는 현재의 본래적 양태로 다루어질 수 있다.

말할 수 있을 것이다. 물론 시간화 층위들의 파생이라는 일반 문제 속에서 인문과학의 인식론이 실존론적 분석에 완전히 종속된다는 논제는 별도로 조금 끼어든 부분(§72, 75~77)에 지나지 않는다 하더라도 말이다.

간략히 말해서 과학의 단순한 인식론 — 딜타이는 그 가운데에서도 가장 주목할 만한 장인(匠人)이다 — 에 대한 질책은, 과거성 passéité이라는 정초되지 않은 개념을 다가옴, 그리고 있게 함과 맺는 관계를 통해 알 수 있게 되는 역사성의 있었음 속에 뿌리내리지 못한 채 사용한다는 것이다.[117]

해석학적 의미에서의 "생겨남 historial"을 이해하지 못하는 사람은 인문과학적 의미에서의 "역사적 historique"이라는 말을 이해하지 못한다.[118]

특히 더 이상 존재하지 않는 과거가 현재에 영향과 작용 Wirkung을 미친다는 것은 이해할 수 없는 수수께끼이다. 그렇게 나중에 — 뒤늦게 혹은 사후(事後)에 — 작용한다는 것이 놀라울 수도 있다. 보다 정확히 말해서 당혹스러움은 바로 과거의 잔해(殘骸)라는 개념에 집중될 것이다. 우리는 그리스 신전의 잔해에 대해서도 "과거의 파편"이

---

117) §73은 대담하게 「역사의 통속적 이해와 현존재의 생겨남 Das vulgäre Verständnis der Geschichte und das Geschehen des Daseins」이라는 제목을 달고 있다.

118) "역사성 문제의 장소lieu를 [……] 역사에 대한 학문으로서의 역사 기술(역사 Histoire)에서 찾아서는 안 된다"[375]. "학문으로서의 역사 기술에 대한 실존론적 해석은 오로지 그 존재론적인 발생을 현존재에서 입증하는 것만을 목표로 한다"[376]. 주목할 만한 사실은 하이데거가 자신의 주장을 미리 선언할 때부터, 인문 과학으로서의 역사학 형성 과정에서 바로 달력과 시계의 역할을 설명하기 위해서는 시간 내부성을 역사성과 결합할 필요성을 예견하고 있다는 것이다. "현사실적인faktisch 현존재는 역사 기술적 소양이 없어도 달력과 시계를 필요로 하고 그것들을 사용한다"[376]. 바로 그것이 우리가 역사성에서 시간 내부성으로 넘어갔다는 징표다. 그러나 그 둘 다 현존재의 시간성에서 유래하기 때문에, "역사성과 시간 내부성은 동일한 근원을 가지고 있음이 밝혀진다. 그러므로 역사의 시간적 성격에 대한 통속적 해석은 그 한계 안에서는 나름의 권한을 얻는 것이다"[377].

거기에 "아직 있다"고 말하지 않는가? 역사적 과거의 역설은 모두 거기에 있다. 즉 한편으로 역사적 과거는 더 이상 존재하지 않지만, 다른 한편 과거의 잔해는 그것을 아직도 손이 닿는 곳에 붙들고 있다는 것이다. "더 이상"과 "아직도"의 역설이 지극히 신랄하게 다시 나타난다.

현존재의 역사성에 의거하지 않는 인식론으로는 분명 "잔해, 폐허, 골동품, 옛날 도구"가 뜻하는 바를 이해할 수 없다. 과거의 특성은 훼손된 잔재의 표면 위에 씌어져 있지 않다. 반대로, 아무리 일시적인 것이라 해도 그 특성은 아직 사라지지 않았다. 이러한 역설은 생겨남의 감각을 이미 가지고 있는 존재자에게만 역사적 대상이 존재한다는 것을 입증한다. 따라서 우리는 다음과 같은 물음으로 되돌아온다. 우리가 거기서 붙잡고 있는, 훼손되었지만 아직 눈에 보이는 사물들이 예전에는 무엇이었는가?

단 한 가지 해결책이 있다. 더 이상 없는 것, 그것은 이 잔해가 속해 있던 세계다. 그러나 난점은 더 멀리 물러나는 것처럼 보일 뿐이다. 왜냐하면 세계의 입장에서, 더 이상 존재하지 않는다는 것은 무엇을 뜻하는가? "세계는 세계-내-존재로서 현사실적으로 존재하는, 실존하는 현존재의 방식으로서만 존재한다"〔380〕고 말하고 있지 않은가? 달리 말해서, 어떻게 세계-내-존재를 과거 시제로 변화시킬 수 있는가?

하이데거의 대답은 여전히 곤혹스럽다. 그에 따르면 이러한 역설은, 눈앞에 있고vorhanden 손안에 있다zuhanden는 범주에 들어가는 존재자들, 그리고 그에 대해 그것들이 어떻게 "지나갈" 수 있었는지를, 다시 말해서 이미 지나가버렸지만 아직 존재하고 있는지를 이해할 수 없는 존재자들만 덮친다는 것이다. 반면에 현존재와 관계되는 것에는 그 역설이 아무런 해를 끼치지 못하는데, 현존재는 오로지 과거만이 문제되는 범주화를 벗어나기 때문이다. "더 이상 존재하지 않는 현존재는, 지나간 vergangen이라는 낱말의 존재론적으로 엄밀한 의미에서, 지나간 것이 아니라 거기에 있었던 da-gewesen 것이다"〔380〕. 과거의 잔해는 도구로서 속해 있었기 때문에, 그리고 "거기에 있었던 세계—거기에 있었던 현존재의 세계"〔381〕에서 유래하기 때문에 과거의 잔해인 것이다. 이처럼 일단 '과거'와 '있었던 것'을 구별하고 나면, 그리고 일단 주어져 있고 사용 가능한 도구의 질서 속에 과거가 귀속되고 나면, 우리가 앞에서 설명한 그 유명한 역사성 분석을 향한 길이 활짝 열리게 된다.

그럼에도 불구하고 역사 기술이 역사성에서 그 토대를 발견했는지, 보다 정확히 말하자면 그 본래의 문제들이 소거되지 않았는지는 의문으로 남을 수 있다. 물론 하이데거가 이러한 난점을 알지 못했던 것은 아니다. 또한 그가 역사적 잔해에서 지나간 것은 그것이 속해 있던 세계라고 한 말은 옳다고 인정할 수 있다. 결과적으로 하이데거는 강세를 "세계"라는 용어로 옮겨야 했다. 바로 세계에 속한 현존재에 대해서 우리는 현존재가 있었다고 말하는 것이다. 이처럼 강세를 옮김으로써, 세계 속에서 마주치는 도구 자체는 파생적 의미에서 역사적이 된다.[119] 바로 이렇게 해서 하이데거는 현존재와는 다른 그런 존재자들, 마음 씀의 세계에 귀속됨으로써 생겨남의 의미에서의 "역사적"이라는 수식어를 갖게 되는 존재자들을 지칭하기 위해 세계-역사적 historial-mondain (weltgeschichlich)이라는 표현을 만들어내기에 이른다. 그렇게 해서 그는 딜타이 유의 인식론에서 주장하는 문제들을 해결했다고 생각한다. "세계-역사적인 것은, 이를테면 역사적인 객관화에 근거해서 역사적인 것이 아니라, 세계 내부적으로 만나면서 그 자체 안에서 역사적으로 있는 그런 존재자로서 역사적인 것이

---

119) "일차적으로 역사적인 것은 현존재라고 우리는 주장했다. 이차적으로 역사적인 것은 세계 내부적으로 innerweltlich 만나는 것, 가장 넓은 의미에서의 손안에 있는 도구뿐만 아니라 '역사의 지반'으로서 우리를 둘러싸고 있는 자연이다"〔381〕.

다"〔381〕.

내가 보기에 소거된 것은 바로 흔적trace의 문제이다. 즉, 실존적 의미에서 역사적인 것으로 성격을 규정하는 것은 바로 한 사물의 지속성, 눈앞에 있고 손안에 있으며, 물리적인 "표식"을 가지고 있고, 과거로 거슬러 올라가도록 이끌 수 있는 사물의 지속성에 기댄다는 것이다.[120] 오래됨을 역사의 기준으로 삼음으로써 시간 속에서 점점 더 멀어져가는 것은 역사의 독특한 특징이라는 통설에 대해서도, 흔적은 이의를 제기한다. 시간적 거리라는 개념도 원래의 뜻을 모두 잃어버렸기 때문에 배제된다. 모든 역사적 성격 규정은, 세계-내-존재의 세계 쪽을 강조하고 도구와의 만남이 현존재에 통합된다는 조건 아래서, 오로지 현존재의 시간화에 따라서만 진행된다.

내가 보기에 역사 기술에 대한 역사성의 존재론적 우선권을 정당화할 수 있는 유일한 방법은 전자가 어떻게 후자에서 유래하는지를 설득력 있게 보여주는 것이다. 그런데 우리는 여기서, 모든 파생적 시간성 형태들을 근원적 형태, 즉 마음 씀의 숙명적 시간성에 관련시키는 시간 사유가 안고 있는 큰 난관에 부딪히게 된다. 거기에 모든 역사적 사유를 가로막는 큰 장애가 놓여 있다. 우리는 각자가 물려받은, 세계 속에 자기가 원래 내던져졌다는 가능성들의 반복이 어떻게 역사적 과거의 규모에 비길 수 있는지를 알지 못한다. 생겨남을, 하이데거가 역운(歷運)이라고 부른 더불어 생겨남으로 확장함으로써, 있었음에는 분명 보다 넓은 토대가 주어진다. 그러나 과거에 대한 탐색의 길을 실제로 열어주는 것은 눈에 보이는 잔해라는 점에서, 있었음과 과거 사이의 괴리는 여전히 남아 있다. 흔적이 가리키는 그러한 과거를 어떤 공동체의 있었음에 통합하기 위해서는 모든 것을 다시

---

120) 흔적이라는 개념은, 시간의 현상학적 개념과 하이데거가 시간의 "통속적" 개념이라 부른 것 사이에서 하이데거에 의해 끊어진 다리를 다시 놓으려는 우리의 시도에서 각별한 자리를 차지할 것이다.

해야 한다. 하이데거는 파생적 형태들의 "유래 Herkunft"라는 관념에, 점차 의미를 잃는 것이 아니라 의미가 늘어난다는 가치를 부여함으로써, 단지 어려움을 완화시켰을 따름이다. 나중에 보겠지만, 그처럼 의미가 풍요로워진다는 생각은 시간성에 대한 분석 — 하지만 실존의 가장 내밀한 특징, 즉 원래의 숙명성을 기준으로 삼고 있다는 것이 지나칠 정도로 드러나는 분석 — 에서 빌려온 내용들, 세계-내-존재에서 세계라는 축이 강조되었던 『존재와 시간』 제1편의 분석들에 빚지고 있다. 작품의 끝 무렵에서 세계성이 이처럼 있는 힘을 다해 되돌아온다는 사실은 시간성의 분석론이 주는 놀라움에 비해 결코 작은 것이 아니다.

이어지는 부분에서 역사성에서 시간 내부성으로 넘어가면서 바로 그것을 검증한다.

마지막 대목들(「역사성 historialité」에 관한 장에서 딜타이에 반대하는 §75~77[121])은 있었음에서 역사적 과거로 이행한다는, 순서가 뒤바뀐 문제에 새로운 모종의 빛을 비추기 위해 역사 기술이 역사성에 종속된다는 사실을 강조하느라 고심한 것이 그대로 드러난다. 주로 강조되고 있는 것은, 우리가 마음 쓰는 대상과 관련하여 우리가 우리 스스로를 이해하게 하고 '우리 on'라는 어법으로 말하게끔 하는 배려 circonspection가 갖는 비본래적 성격이다. 하이데거에 따르면, 마음

---

121) 하이데거는 「역사성」 부분의 마지막 대목(§77)에서, 딜타이의 벗이자 그와 서한을 나누었던 요르크 백작을 끌어들여 딜타이와 직접 맞서고 있다. 하지만 독자의 기대와는 달리 역사 기술이 역사성에 종속된다는 주장을 전혀 보강하지 못하고 있다. 문제가 되는 것은 기실, 생겨남을 인문학의 토대에 위치시키는 해석학적 현상학에 대립될 수 있는 것으로 "삶"의 철학과 "심리학" 가운데 어느 것을 택하느냐 하는 것이다. 하이데거는 요르크 백작과의 서신에서, 인문과학의 방법론을 규제하는 것은 대상의 특수한 유형이 아니라 인간 자체의 존재론적 특성, 요르크 백작이 역사학적인 것 das Historische과 구별하기 위해 존재적인 것 das Ontische 이라고 불렀던 특성이라는 자신의 주장에 대한 원군(援軍)을 발견한다.

쏨의 해석학적 현상학은 그에 맞서서 "역사의 생겨남은 세계-내-존재의 생겨남이며"[388] "역사적인 세계-내-존재의 실존과 더불어 손안의 것과 눈앞의 것은 그때마다 이미 세계의 생겨남 속에 편입되어 있다"(같은 책)고 엄숙하고 끈질기게 응수해야 한다. 도구들의 역사화가 도구들을 자율적으로 만든다 할지라도, 도구들의 역사성을 포함하는 세계-내-존재의 역사성에 기대고 있지 않기에, 과거성과 과거의 불가사의는 그로 인해 더 두터워진다. 하지만 그 도구와 책, 유적 등과 관계되는 절차에 일종의 객관성을 부여하는 그러한 자율성은, "역사 기술적인 방식으로 파악되지 않아도"[389] 마음 씀으로부터 배려가 생성됨에 따라 현상학적으로 이해된다. 현존재의 분석론을 드러내는 전락 chute, 일상성, 익명성의 구조들은 우리로 하여금 사물에 어떤 역사를 부여하게 하는 그러한 오해를 설명하기에 충분하다고 하이데거는 평가한다. 그렇게 할 필요성에 대해 이의가 제기되는 것은 아니지만, 존재론에서 인식론으로 나아가려고 고심하기보다는 본래성에 호소하려 하는 것이다.[122]

그러나 "역사 기술의 실존론적 근원"[392]과 시간성 속으로의 뿌리내림을 연결하는 길을 양방향으로 오가지 않은 채로, 역사 기술의 실존론적 근원에 대해 생각하고 또 그것이 시간성 속에 뿌리박고 있다고 단언할 수 있을까?

---

122) §75 끝부분에는 이렇게 적혀 있다. "학문으로서의 역사 기술의 존재론적 발생에 대한 기획 투사는 현존재의 역사성을 토대로 감행될 수 있을 것이다. 이 기획 투사는 다음에 수행해야 할, 철학의 역사를 역사 기술적으로 해체하는 과제를 해명하는 데에 도움이 될 것이다"[392]. 그처럼 『존재와 시간』§6을 가리킴으로써 하이데거는, 이 대목이 『존재와 시간』에서 미완성으로 남겨두었던 진정한 과제, 즉 "존재론 역사의 해체라는 과제"[19](36)를 위한 인문과학의 해체를 나타낸다고 주장한다.

V. 시간 내부성

인문과학과 관련된 이 기나긴 논쟁은 다시 접어두고, 『존재와 시간』 제2편에서 가장 중요한 핵심이 되는 시간화 층위 문제의 기본 노선을 다시 따라가보자.

순수한 시간성 층위에서 역사성 층위로 넘어감으로써 시간의 현상학적 개념을 풍요롭게 만들었던 새로운 의미 작용들을 펼치면서, 우리는 분석 초기에는 결여되었던 충만한 구체성을 시간성 그 자체에 부여했는가?[123] 새로운 범주들을 만들어내면서 역사성이라는 관념에

---

123) 그 의미는 별도로 규정해야 하겠지만, 시간 내부성은 역사성에서 예견된다는 사실에 대해 하이데거는 역사성에 대한 연구를 시작할 때부터 암시했었다. 그 연구의 서두를 여는 §72의 마지막 대목에는 이렇게 씌어 있다. "그럼에도gleichwohl 현존재는 '시간 안'에 있다는 뜻에서도 여전히auch '시간적'이라고 일컬어져야 한다"[376]. "시간 내부성으로서의 시간 또한 마찬가지로 현존재의 시간성에서 '유래하는aus […] stammt' 한, 역사성과 시간 내부성은 동일한 근원을 가지고 있음이 밝혀진다. 그러므로daher 역사의 시간적 성격에 대한 통속적 해석은 그 한계 안에서는 나름의 권한을 얻는다"[377]라는 사실을 인정해야 한다. 더욱이 분석이 이처럼 새롭게 전개되리라는 것은 역사성에 대한 연구가 한참 진행 중일 때에도 예견되었다. "삶의 응집"이라는 용어로 현존재의 늘어남을 해석하면서, 역사성에 대한 분석은 일상성이 가르쳐주는 것을 거기에 포함시키지 않고는 그 결말에 이를 수 없으리라는 사실이 이미 암시되고 있었다. 그런데 일상성은 퇴락한 형상들을 만들어내는 데 그치는 것이 아니라, 이 모든 분석들을 그 안에서 이끌어가는 지평, 다시 말해서 세계 지평을 일깨우듯이 작용한다. 그런데 생철학(生哲學)들의 주관주의 ─ 또한 (덧붙이자면) 하이데거에게서도 그런 경향이 있지만, 죽음을 향한 존재에 초점을 맞춘 모든 분석들의 내면주의 경향 ─ 는 그 지평을 시야에서 놓칠 위험을 안고 있다. 주관주의와는 반대로 "역사의 생겨남은 세계-내-존재의 생겨남"[388]이라고 말해야 한다. 나아가 세계사 Weltgeschichte를 정신적인 형상들의 연속으로 이루어진 것으로 본 헤겔과는 전혀 다른 의미로 "세계사 Geschichte der Welt"에 대해 말해야 한다. "역사적인 세계-내-존재의 실존과 더불어 손안의 것과 눈앞의 것은 그때마다 이미 세계의 생겨남 속에 편입되어 있다"[388]. 하이데거가 이렇게 해서 '정신 Esprit'과 '자연 Nature'의 이원론을 극복하고자 했다는 사실에는 의심의 여지가 없다. 자연사(自然史)의 의미에서가 아니라, 세계가 우리를 맞이하는가 아닌가라는 의미에서 "자연 또한 역사적이다." 그것이 의미하는 것이 풍경이든, 정착지든, 개척지든, 전쟁터든, 문화 유적지든, 자연은 현존재를 세계 내부적인 어떤 존재자, "외적" 역사와 정신의 역사라 할 수 있는 "내적" 역사 사이의

이르는 파생이 없이는 시간성에 대한 분석이 여전히 불완전한 것으로 남을 수밖에 없는 것과 마찬가지로, 역사성 또한 이번에는 시간 내부성 — 역사성에서 파생됨에도 불구하고 — 이라는 관념에 의해 보완되지 않는 한 철저하게 사유되었다고 볼 수 없다.[124]

사실 「시간성과 통속적 시간 개념의 근원으로서의 시간 내부성」 [404]이라는 제목의 장(章)에서 시간성에 대한 실존론적 분석의 희미한 반향을 듣기는 어렵다. 그 글에서는 또한 하이데거가 궁지에 몰린 것을 볼 수 있다. 사실상 두 개의 서로 다른 물음이 제기된다. 즉 시간 내부성, 다시 말해서 시간을 "그 속에서" 사건들이 일어나는 것으로 부르게끔 하는 경험들의 총체는 근본적 시간성과 어떤 방식으로 여전히 결부되는가? 하는 것과, 그러한 파생은 어떤 방식으로 통속적 시간 개념의 근원을 구성하는가? 하는 것이다. 이 두 물음은, 비록 연결되어 있기는 하지만, 서로 구별되는 것이다. 첫번째 물음은 파생 문

그릇된 대립을 넘어 그 자체로 역사적인 존재자로 만드는 것이다. "우리는 이러한 존재자를 세계-역사적인 것 l'historial-mondain이라고 칭한다"[389]. 하이데거가 기꺼이 고백하고 있듯이, 그는 여기서 자기 주제의 경계를 넘어서려 하고 있지만, "생겨남 그 자체의 불안정성에 대한 존재론적 수수께끼"[389]의 문턱에 다가선 것이다.

124) 역사성에 대한 분석은 "모든 생겨남이 '시간 속에서' 전개된다는 사실 Tatsache 을 고려하지 않고"[404] 이루어졌다는 고백으로 시간 내부성에 대한 분석이 시작된다. 그런데 현존재의 일상적 이해, 즉 "현사실적 faktisch으로 모든 역사를 오직 '시간 속에서' 앞으로 다가오는 것으로만 알고 있는"[404] 이해가 포함되어야 한다면 그 분석은 불완전할 수밖에 없다. 여기서 문제가 되고 있는 것은 일상적이라는 용어(『존재와 시간』 제1부의 모든 분석들은 그 층위에서 시작된다)보다는, 아직 현상학의 영향권 안에 머물러 있는 분석과 이미 자연과학과 역사과학에 속하는 또 다른 분석 사이의 연결 지점을 나타내는 현사실적 faktisch, 그리고 현사실성 Faktizität이라는 용어다. "현존재의 실존론적 분석론이 현존재를 그의 현사실성에서 존재론적으로 투명하게 만들어야 한다면, 역사에 대한 현사실적 '존재-시간적' 해석에게도 분명하게 그 권리를 되돌려주어야 한다"[404]. 『현상학의 근본 문제들』에서 보듯이, 통속적 시간에서 근원적 시간으로 되돌아가는 도정에서 일상적 시간을 통해 이행한다는 사실에서 확인되는 것은, 『존재와 시간』에서 파생 과정의 마지막 단계인 시간 내부성도 여전히 근원적 시간에 속한다는 사실이다.

제를, 두번째 물음은 **평준화**nivellement 문제를 제기한다. 이 두 물음들에 공통된 관건은, 정신의 시간과 우주적 시간(이 책의 1장)의 이원성, 그리고 현상학적 시간과 객관적 시간의 이중성(이 책의 2장)이 현존재의 분석론에서 마침내 극복되었는지를 알아보는 것이다. 근본적 시간 이후로 그 유래provenance, Herkunft를 상기시키는 시간 내부성의 양상에 주의를 기울여보자. 그 유래의 의존성과 혁신성이라는 이중의 양상을 나타내기 위해 하이데거는 "시간을 고려한다(셈에 넣는다) Rechnen mit"는 표현을 축으로 삼는다. 그 표현은 두 가지 이점을 갖는데, 하나는 시간에 대한 통속적인 표상에서 계산이라는 관념이 우세하게끔 하는 평준화를 예고한다는 것이고, 다른 하나는 그 현상학적 근원의 흔적들, 여전히 실존론적 해석으로 풀 수 있는 흔적들을 담고 있다는 것이다.[125)]

역사성에서와 마찬가지로, 유래에 대한 설명은 이전의 분석에서 결여되었던 차원들을 동시에 밖으로 드러내는 것이다.[126)] 그 차원들

---

125) 『시간과 이야기』 1권 pp. 138~147(번역본)에서 시간 내부성에 대한 하이데거의 분석에서 빌려온 부분들은, 지금 우리가 다루고 있는 시간 내부성의 유래라는 문제와는 무관하게, 미메시스 I 층위에서 그 분석이 일상 언어에 닻을 내리고 있음을 나타내는 것만을 목표로 삼았었다. 우리에게는 연구를 열어주는 가치를 가지고 있었던 분석들은 바로 『존재와 시간』의 현상학이 갖는 해석학적 특성을 뚜렷하게 보여주는 파생을 기획하는 끝 무렵에 이르러서야 『존재와 시간』에서 제자리를 찾게 된다.

126) "현사실적 현존재는 시간성을 실존론적으로 이해하지 않고도 시간을 고려하고 있다. 시간을 고려한다는 기본적 태도는, 존재자가 '시간 속에' 있다는 것은 무엇을 말하는가라는 물음에 앞서 해명될 필요가 있다. 현존재의 모든 태도는 그의 존재에 입각해서, 즉 시간성에 입각해서 해석되어야 한다. 시간성으로서의 현존재가, 시간을 고려한다는 그러한 방식으로 시간에 대해 취하는 태도를 어떻게 시간화하는가를 제시하는 것이 중요하다. 따라서 이제까지의 시간성의 성격 규정은, 시간성의 현상의 모든 차원을 다 존중하지 않았다는 점에서 불완전할 뿐만 아니라, 원칙적으로 결함을 가지고 있다. 그 까닭은, 시간성 자체에는 세계에 관한 실존론적-시간적 개념이라는 엄밀한 의미에서의 세계 시간 같은 것이 속해 있기 때문이다. 어떻게 그것이 가능하고 왜 그것이 불가피한지가 이해되어야 한

을 밟아감으로써 그러한 시간화 양태들의 근원성이 차츰 부각될 것이며, 동시에 공통된 시간 표상 속에서의 시간 내부성의 평준화라는 주장을 위한 터가 마련될 것이다. 시간 내부성의 가장 근원적인 특징으로 보이는 것들은 단지 그 유래가 더욱더 감추어져 있는 특징들에 불과하다는 점에서 말이다.

첫번째 부류의 특징들은 그 유래를 되찾기가 한층 쉽다. 즉 시간을 고려한다는 것은 우선, 역사성의 경우에 이미 거론되었던 이 세계 시간을 부각시키는 것이다. 그런데 우리가 세계 "속에서" 마주치는 사물들의 존재 양태, 즉 눈앞에 있고vorhanden 손안에 있음zuhanden 으로 주안점을 돌리자마자 세계 시간이 전면으로 나오게 된다. 죽음을 향한 존재에 부여된 우선권으로 인해 내재성 쪽으로 기울 위험이 있었던 분석은, 그렇게 해서 세계-내-존재 구조의 한 측면 전체를 떠올리게 된다. 현존재가 눈앞에 있고 손안에 있는 존재 범주에 따라 스스로 그 자신을 이해하지 못한다면, 반대로 현존재는 사물들, 이번에는 그것들이 범주화된다는 것을 잊어서는 안 되는 사물들과 유지하는 거래를 통해서만 세계에 속한다는 것을 기억해야 할 때가 되었다. 현존재는, 타인과 더불어mit 존재하듯이, 세계 사물들 곁에bei 존재한다. 이러한 곁에 있음은 이번에는 모든 기획 투사의 이면을 이루는, 내던져져 있음이라는 조건을 떠올리게 하고, 모든 이해가 뚜렷이 드러나는 밑바탕이 되는 원초적 수동성을 돋보이게 한다. 모든 이해는 그렇게 해서 "상황 속에서의 이해"로 머물게 된다. 시간의 세 가지 탈자태에 대한 추론에서 충분히 보았듯이, 사실상 앞서의 분석들에서 영향받는 존재의 몫이 기획 투사하는 존재의 몫에 희생당한 적은 한 번도 없었다. 현재의 분석은 그 당위성을 강조하고 있다. 가

다. 그렇게 함으로써 존재자가 '그 안에서' 출현하는, 통속적으로 잘 알려져 있는 '시간'이 해명되고, 이와 함께 이 존재자의 시간 내부성도 해명될 것이다" [404~05].

운데-내던져져 있는 존재 l'être-jeté-parmi로 주안점을 이동함으로써 시간성의 세번째 탈자태, 즉 기획 투사의 시간, 그러니까 다가옴으로서의 시간 분석이 그 위에 일종의 의혹을 던졌던 탈자태가 부각되는 것은 당연한 결과다. 마음을 쓰는 사물들 곁에 있다는 것은 마음 씀을 근심 걱정 besorgen으로 체험하는 것이다. 그런데 근심 걱정과 더불어 현재의 탈자태, 더 정확하게는 있게 한다 gegenwärtigen는 뜻에서의 현재화의 탈자태가 우세해진다. 근심 걱정과 더불어 현재는 마침내 정당한 평가를 받게 된다. 그곳이 바로 아우구스티누스와 후설이 출발한 곳이고, 결과적으로 하이데거가 도달한 곳이다. 이 점에서 그들의 분석은 결과적으로 서로 만난다. 하이데거는 이 단계에서, 현재를 중심으로 시간의 세 가지 탈자태 사이의 관계를 다시 조정하는 것이 당연하다는 사실을 결코 부인하지 않는다. 계획을 세우는 것이든, 하지 못하게 하는 것이든, 대비하는 것이든, "오늘"이라고 말하는 사람만이 "그때 alors" 일어날 것에 대해, 그리고 "그전에 auparavant" 이루어져야 했던 것에 대해서도 말할 수 있다. 또한 그렇게 말하는 사람만이, 실패했거나 주의를 게을리했기에 "예전에 autrefois" 발생했고 "지금" 해내야만 하는 것에 관해서도 말할 수 있다.

아주 단순화시키자면, 근본적 시간성이 미래를 강조하고 역사성이 과거를 강조한 것과 마찬가지로 근심 걱정은 현재를 강조한다고 말할 수 있다. 그러나 탈자태들을 서로 추론하는 과정에서 이미 보았듯이, 현재는 실존론적으로 오로지 맨 마지막에 이해될 뿐이다. 그 이유는 이렇다. 세계-내부적으로 서로 마주 보고 있는 현존재에 그 정당한 권리를 회복시킴으로써 우리가 안게 되는 위험은, 눈앞에 있고 손안에 있는 존재 범주들, 하이데거에 따르면 형이상학이 정신적인 것과 물리적인 것의 구분까지도 그 안에 포함시키려고 끊임없이 시도해왔던 범주들의 멍에를 현존재의 이해에 다시 씌울 수도 있다는 것이다. 세계-내-존재의 "세계"에 강세를 돌림으로써 다른 한쪽을 기울게 하는 움직임으로 인해, 마음을 쓰는 존재보다는 우리가 마음을 쓰는 사물들의 무게가 더 나가면 나갈수록 그 위험은 더 커진다.

바로 거기서 나중에 논의될 평준화가 생겨난다.

첫번째 부류의 기술적(記述的) 특징들은 그 "유래"를 해독하기가 상대적으로 쉬운데, 그 중에도 통속적 이해가 평준화하게 되는 세 가지 특성의 부류로 분석이 넘어간다. 그 특성들은 따라서 유래에 관한 논제와 파생에 관한 논제의 전환점에서 분석의 관건이 된다(§80).

차후 우리가 논의하게 될 관점에서 보자면, 생산적 특성을 파생에 부여하는 의미 혁신에는 아무리 주의를 기울여도 지나치지 않을 것이다.

문제의 세 가지 특성에 붙여진 이름은 날짜 추정 가능성databilité, 확장 extension, 공공성 caractère public이다.

날짜 추정 가능성은 "시간을 고려하는" 것과 결부되는데, 우리는 이에 관해 그것이 실제 계산에 앞선다고 말한 바 있다. 마찬가지로 여기서, 날짜 추정 가능성은 날짜의 지정, 달리 말해서 실제로 달력의 날짜를 추정하는 것에 앞선다고 주장된다. 날짜 추정 가능성은, 미래를 지시하는 것의 우월성을 망각하면서 그것이 현재를 가리킬 때, 원초적 시간의 관계 구조에서 생긴다. 그래서 모든 사건은, 그것이 "지금"과 관련하여 시점이 정해지게 되는 그때부터 날짜 추정이 가능해진다. 때로는 "아직" 일어나지 않았고 "더 나중에" "그때" 일어날 것이라고, 때로는 "더 이상" 존재하지 않고 "예전에" 일어났다고 말할 것이다. 우리가 믿는 바와는 반대로, 그러한 관계 구조 ─ 세 겹의 현재에 대한 아우구스티누스의 분석과 미래 지향-과거 지향에 대한 후설의 분석의 토대가 되는 바로 그러한 관계 구조 ─ 는 그 자체로 이해되지는 않는다. 이러한 관계들의 유희가 갖는 현상학적 의미를 되찾기 위해서는, 어떤 의미에서는 절대적인 "지금"에서 "~할 때에"와 "~하던 때"에 의해 보완되는 "~하는 지금"으로 거슬러 올라가야 한다. 간단히 말해서 근심 걱정을 세계의 사물들에 갖다 붙이는 ~곁의-존재로 거슬러 올라가야 한다. 우리가 근원으로 간주된 어떤 시간 지점과 관련하여 정돈된 날짜 체계에 대해 말하듯이 시간에 대해 말하게 되면, 자기가 기대하는 모든 것, 그리고 자기가 간직하고 있는 모든 것과 긴밀하게 연결되어 있는 있게 함 le rendre-présent 으로부터 어느 하나의 "지금"으로 넘어갈 수 있도록 하는 해석 작업을 그냥 잊어버리는 셈이다. 날짜보다는 날짜 추정 가능성이라고 말함으로써 해석학적 현상학의 과제는, 날짜 체계로서의 시간 표상 속에 그 자체 숨겨져 있고 무효화되는 해석 작업을 다시 활성화하는 데에 있다.[127] 그 작업을 활성화함으로써 실존론적 분석은 "지금"의 탈자적 특성, 다시 말해서 지금이 다가옴과 있었음, 있게 함의 회로에 속한다는 특성과 그 지평 horizon으로서의 특성, 즉 "~하는 지금"은 근심 걱정 특유의 ~곁의 존재를 구성한다는 사실에 근거해서 세계 속에서 마주치는 실체들을 가리킨다는 특성을 동시에 복원한다. 날짜 추정은 "거기에"를 둘러싸고 있음 apérité에 근거해서 마주치는 존재자들에 준해 "항상" 이루어지는 것이다.

시간 내부성 본래의 두번째 특징은 시간 간격 laps de temps, "지금"과 "그때" 그리고 "예전에"의 관계를 통해 생겨나는 "~한 이후"와 "~할 때까지" 사이의 간격(이번에는 "~하는 동안"이라는, 두번째 단계의 날짜 추정 가능성을 불러일으키는 간격)을 고려한다는 것이다. 시간 간격 "동안" 사물들은 자기의 시간을 갖고, 자기의 시간을 만드는데, 그것이 우리가 일반적으로 "지속한다 durer"라고 부르는 것이다. 우리는 여기서 역사성을 특징짓는 늘어남, 하지만 근심 걱정이라는 관용어로 해석된 늘어남 Erstrecktheit을 다시 발견한다. 늘어남은 날

---

127) "기대하고 간직하는 있게 함 le rendre-présent은 그 자신을 해석한다. [……] 그 자신을 해석하는 있게 함, 달리 말해서 '지금'이라고 말해지면서 해석되는 바로 그것을 우리는 시간이라고 부른다"[408].

짜 추정 가능성과 연결됨으로써 시간 간격이 된다. 반대로 간격이라는 개념은 날짜라는 개념으로 옮겨져, 식사하는 동안(지금), 지난 봄(예전), 다음 가을(그때)이라고 우리가 말할 때처럼 모든 "지금," 모든 "그때," 모든 "예전"에 어떤 시간적 범위를 할당할 수 있다는 생각을 낳는다. 현재의 확장에 대한, 심리학자들에게는 매우 당혹스런 그 물음의 근원, 그리고 그 애매성의 근원이 여기서 발견된다.

퇴락해 없어지는 것은 시간이 아니라 우리의 걱정 근심 그 자체라는 것을 잊고서, 우리는 바로 시간 간격이라는 용어로 그토록 많은 시간을 "내주고," 우리의 하루를 이럭저럭 "사용하는" 것이다. 그런데 근심 걱정은 마음 쓰는 대상들 가운데에서 자취를 감춤으로써 자기의 시간도 잃어버린다. 오로지 앞질러 가보는 결단, 즉 항상 시간을 갖느냐, 아니면 시간을 갖지 않느냐 하는 결단만이 그 딜레마를 피할 수 있다. 오로지 그러한 결단만이 고립된 "지금"을 본래적인 어떤 순간instant, 놀이를 이어가려고 고집하는 것이 아니라 "붙잡는 Ständigkeit" 것으로 만족하는 힐끗 봄Augenblick으로 만든다. 미래, 과거 그리고 현재를 감싸안고, 마음을 씀으로써 써버리는 능동성을 세계 속에 던져진 존재 본래의 수동성과 뒤섞는, 자기에게 한결같음 Selbst-Ständigkeit은 바로 그러한 자세tenue로 이루어진다.[128]

마지막 특징은 근심 걱정의 시간이 공적인 어떤 시간이라는 것이다. 이번에도 역시 실제와 달리 분명해 보이는 것들이 당혹스럽다. 시간은 그 자체로 공적인 것은 아니다. 그 특징 뒤에는 **공동 존재의 일상적인** ─그리고 그 자체 평범한─이해가 은폐되어 있다. 공적인 시간은 따라서 그러한 일상적 이해, 일상적인 조건은 오로지 어느 익

---

128) "현사실적으로 내던져져 있는 현존재가 자기 시간을 '얻거나' 잃어버릴 수 있는 까닭은, 탈자적으로 늘어난 그 고유의 시간성에 근거해서, 그리고 이러한 시간성에 토대를 두고 있는 '거기에'의 드러남 덕분에 어떤 '시간'이 그에게 몫으로 주어져 있기 때문이다"[410].

명의 "지금"을 거치지 않고는 있게 함에 결코 이르지 못한다는 점에서, 어떻게 보자면 시간을 "공표하고," "공적인 것으로 만드는" 이해에 접목된 해석에서 비롯된다.

하이데거는 바로 시간 내부성의 그 세 가지 특징들의 토대 위에 시간이라고 불리는 것을 다시 연결시키려 노력하고, 통속적 시간 이해에서 실존론적 분석의 **평준화**에 관한 최종적 주장의 토대를 마련한다.[129] 그 시간이란 근심 걱정의 시간, 하지만 우리의 마음 씀이 우리를 그 곁에 머물게 하는 사물들에 따라 해석된 시간이다. 그래서 눈앞에 있고 손안에 있는 사물들에 유효한 계산과 측정은, 날짜를 추정할 수 있고 확장되어 있으며 공적인 그러한 시간에 잇대어진다. 천체와 달력의 시간에 대한 계산은 주위를 둘러싸고 있는 것의 출현에 입각한 날짜 추정에서 그렇게 생겨난다. 시간 내부성의 공적인 날짜 추정 가능성과 관련하여 그러한 계산이 가지는 것처럼 보이는 선행성은 마음 씀을 얼어붙게 만드는 내버려짐을 통해 다시 한 번 해명된다.[130]

---

129) 『현상학의 근본 문제들』에서, 통속적 시간은 "지금" 속에 포함된 본래적 시간
— 그것은 통속적 이해에서 그 자체에 더해져서 시간 전체를 구성하게 된다 —
에 대한 전이해를 이용해 근원적 시간을 가리킨다. "지금"들과 그 간격들을 셈
하는 일과 시간을 셈에 넣거나 고려하는 일 사이의 이행은 시계의 용법을 통해
확실해진다[362 이하] (308 이하). 『존재와 시간』이 시간 내부성 층위에 부여하
는 근원적 시간에 대한 이해를 떠오르게 하는 것은, 바로 그처럼 통속적 이해에
서 미리 이해된 것에 대한 자기 해명이다. 주목할 만한 것은, 『존재와 시간』에서
서로 다른 계기들에 부여된 여러 현상들 — 의미 작용 가능성(시계의 도구성과
연관된), 날짜 추정 가능성, 늘어남 Erstreckung에서 비롯된 벌림 Gespanntheit,
공공성 — 이 『현상학의 근본 문제들』에서는 다시 분류되고 있다는 사실이다
[369~74] (314~18). 일상적 이해의 차원에서 어떤 도구가 다른 모든 도구들을
가리키게 되는 "용도 Bedeutsamkeit"와 세계 시간 Weltzeit은 그렇게 유기적으로
연결된다.

130) 이런 시간 계산은 "우연히 발생하는 것이 아니라, 그 실존론적-존재론적 필연성
을 마음 씀으로서의 현존재의 존재 구성틀 속에 가지고 있다. 현존재는 본질적
으로 내던져진 자로서 퇴락한 상태로 실존하기 때문에, 자기의 시간을 시간 계

그러므로 천체와 달력의 시간은 우리가 영향을 받는 한에서 자율적이고 일차적인 것으로 보인다. 시간은 그래서 우리 존재자와는 다른 존재자들 쪽으로 기울게 되고, 우리는 고대인들처럼 시간은 있는가 묻거나, 아니면 현대인들처럼 시간은 주관적인가 혹은 객관적인가라고 묻기 시작한다.

마음 씀 자체와 비교하여 시간에 선행성을 부여하는 것처럼 보이는 뒤바뀜은 해석이자 또한 그릇된 해석 연쇄의 마지막 고리다. 다시 말해서, 우선 마음 씀 구조에서 근심 걱정이 우월하다는 것이며, 이어서 마음 씀이 그 곁에서 생겨나는 사물들에 준해 근심 걱정의 시간적 특징들을 해석한다는 것이고, 끝으로 시간의 척도가 눈앞에 있고 손안에 있는 그대로의 사물들에 속하는 것처럼 보이게 하는 그러한 해석 자체를 망각한다는 것이다. 그런데 시간의 계량화는 마음 씀의 시간성과는 무관한 것처럼 보인다. 우리가 그 "속"에 있는 시간은 눈앞에 있고 손안에 있는 사물들을 모아서 담아놓고 있는 것으로 이해된다. 첫번째 망각은 세계-내-존재 구조로서 내던져져 있다는 조건의 망각이다.

배려(근심 걱정의 다른 이름)와 가시성 visibilité, 그리고 가시성과 한낮의 빛이 유지하는 관계를 통해서, 이 첫번째 망각의 계기와 그로부터 비롯되는 뒤바뀜의 순간을 간파해낼 수 있다.[131] 그렇게 해서 태양

산의 방식으로 해석한다. 이 시간 계산 속에서 시간의 '본래적' 공적 특성이 시간화되며, 그래서 이렇게 말해야 하는 것이다. 현존재의 내던져져 있음은 시간이 공적으로 '주어져 있다'는 데에 대한 근거이다"[411].

131) "[현존재는] 그 내던져져 있음에서 낮과 밤의 바뀜에 내맡겨져 있다. 낮은 그 밝음으로 볼 수 있는 가능성을 주고 밤은 이를 거두어들인다"[412]. 그런데 낮이란 바로 태양이 나누어주는 것이 아니고 무엇이겠는가? "태양은 근심 걱정 속에서 해석된 시간을 날짜로 추정할 수 있게 한다. 그러한 날짜 추정에서 '가장 자연스러운' 시간 척도인 하루가 생겨난다. [⋯⋯] [현존재의] 생겨남은, 시간을 날짜로 추정함으로써 시간을 해석하는 그 방식, 거기 Da 속에 던져진 존재에 의해 미리 윤곽이 잡혀 있는 방식으로 말미암아, 매일매일 tagtäglich 이루어진다"[412~13].

과 마음 씀 사이에는 일종의 은밀한 계약, 하루에 의해 중개되는 계약이 맺어진다. 우리는 "날이 밝으면" "이틀 동안" "사흘 전부터" "나흘 안에"라고 말하는 것이다.

달력이 책력에 따라 일자를 계산하는 것이라면, 시계는 시각과 그 세분된 단위들을 계산하는 것이다. 그런데 우리의 근심 걱정, 그리고 그 너머로 우리의 내던져져 있음과 시각은 하루만큼 가시적으로 연결되지는 않는다. 기실 태양은 눈앞에 있는vorhanden 사물들의 지평에 속한다. 시각(時刻)의 파생은 그러므로 더 간접적이다. 하지만 우리가 마음 쓰는 것들이 어느 정도 손안에 있는 사물이라는 점을 기억 속에 간직하고 있다면 파생이 불가능한 것은 아니다. 그런데 "시계"는 정확하게 날짜를 추정하는 데 정밀한 척도를 추가적으로 제공하게 하는, 손안에 있는 사물이다. 뿐만 아니라 시간을 공적인 것으로 만드는 나무랄 데 없는 척도이기도 하다. 시간의 측정에서 그처럼 정확성을 기해야만 하는 필요성은, 손안에 있는 것 일반에 대하여 근심 걱정이 처해 있는 의존성 속에 포함되어 있다. 세계의 세계성을 다루고 있는 『존재와 시간』의 첫부분의 분석들은, 자연적인 시계에 입각해서 인위적인 시계를 확산시키기 위한 기초를 우리가 사용하는 도구들을 서로 연결시키고, 그 도구 전체를 우리의 근심 걱정과 연결시키는 의미 구조 속에서 찾도록 하는 길을 우리에게 마련해주었다. 그러므로 마음 씀을 구성하는 세계-내-존재의 근본 구조와 관련하여 시간의 척도가 겉보기에는 완벽한 자율성을 가지고 있다는 점이 확인될 때까지는, 과학적 시간과 근심 걱정의 시간 사이의 연결은 언제나 보다 미묘하고 은밀하게 이루어진다. 해석학적 현상학은 시간 측정의 역사가 갖는 인식론적 양상에 관해서는 할 말이 없다. 하지만 현존재를 그 축으로 하는, 시간화 과정과 그러한 척도를 잇는 끈들을 느슨하게 함으로써 시간 측정의 역사가 취했던 방향에 관해서 관심을 갖는다. 그처럼 자유롭게 풀어지게 되면, 마침내 시간의 흐름을 따라가는 것과 시계 눈금판 위에서 이동하는 바늘을 따라가는 것 사이에는 전혀 차이가 없게 된다. 점점 더 정밀해지는 시계의 "시각을 읽는 것"은 "지금이라고 말하는" 행위, 시간을 배려하는 현상 속에 뿌리박고 있는 행위와는 더 이상 아무런 관계도 없는 것처럼 보인다. 시간 측정의 역사는 있게 함이 가로지르는 모든 해석들의 망각의 역사다.

그러한 망각의 끝에서 시간 그 자체는 일련의 어떤 익명의 "지금"과 동일시된다.[132]

우리는 그렇게 해서 시간 내부성의 파생, 달리 말해서 그 유래를 밝히는 일을 계속 밀고 나가, 그 잇따른 해석 ― 이내 그릇된 해석으로 뒤바뀌게 된다 ― 이 세계의 초월성에 버금가는 초월성을 시간에 부여하는 지점에까지 이르게 되었다.[133]

시간 내부성에 대한 실존론적 해석이 통속적 시간 표상에 맞서 이끌어가는 논쟁에 들어가기 전에, 아우구스티누스와 후설의 현상학에 대해 하이데거의 해석학적 현상학이 가지는 이점을 말해보자.

어떻게 보면 주체와 객체의 대립을 극복했다는 뜻에서, 후설과 칸

---

132) "그러므로 시간이 측정될 때, 그것은 또한 공적인 것이 되며, 그러한 방식으로 각자 시간을 그때마다, 그리고 매번 '지금 그리고 지금 그리고 지금'으로서 만나게 되는 것이다. 시계를 통해 '보편적'으로 접근할 수 있는 이러한 시간은, 시간을 측정하는 행위가 시간 그 자체에 주제로 적용되지는 않는다 할지라도, 이를테면 우리가 눈앞에 있는 일종의 다양한 '지금'으로 만나게 되는 어떤 것이다"[417]. 역사 기술이 달력과 시계에 의존하고 있다는 점에서, 그것이 역사 기술에 미치는 결과는 상당하다. "잠정적으로는 시계의 사용과 자기 시간을 갖는 행위에 특징적인 시간성 사이의 '연관'을 제시하는 것으로 충분했다. 발달한 천문학적 시간 계산의 구체적 분석이 자연을 발견하는 행위의 실존론적-존재론적 해석에 속하듯이, 달력과 역사 기술에 연결된 '연대기'의 기초 또한 오직 역사적 인식을 실존론적으로 분석하는 과제의 범위 안에서만 밝혀질 수 있다"[418].
133) "세계의 현현(顯現)과 더불어 세계 시간은 공적인 것이 되며, 그래서 시간적으로 근심 걱정에 사로잡힌 모든 존재는 세계 내부적인 intra-mondain 어떤 존재자 곁에 서서, 그 존재자를 마치 '시간 속에서' 만나듯이 둘러보는 식으로 이해하기에 이른다"[419].

트의 논쟁은 넘어섰다. 한편으로 세계 시간은, 세계로서의 세계의 현현 révélation과 동시에 발생한다는 점에서 그 어떤 객체보다 더 "객관적"이다. 그것은 물리적인 존재자와 무관한 것과 마찬가지로 심리적인 존재자와도 무관하다. "세계 시간은 우선 하늘 속에서 모습을 드러낸다"[419]. 다른 한편 그것은 마음 씀 속에 뿌리내림으로써 그 어떤 주체보다도 더 "주관적"이다.

아우구스티누스와 아리스토텔레스의 논쟁은 역시 한층 더 넘어선 것처럼 보인다. 한편으로 아우구스티누스의 생각과 달리 정신의 시간은 바로 세계의 시간이며, 그의 해석은 우주론의 반박을 받을 게 전혀 없다. 다른 한편으로 아리스토텔레스의 생각과 달리, 두 개의 순간을 구별하고 그 간격을 셈할 수 있는 정신이 없어도 시간이 존재할 수 있을까라는 물음은 더 이상 당혹스러운 것이 아니다.

그러나 해석학적 현상학의 이러한 이점 자체에서 새로운 아포리아들이 태어난다.

그 아포리아들은 통속적 시간 개념과의 논쟁에서의 실패, 그 반동으로 해석학적 현상학의 모순성을 한 단계씩, 그리고 전체적으로 규명하는 데 일조를 하는 실패를 통해 드러난다.

VI. "통속적" 시간 개념

하이데거는 통속적 시간 개념에 대한 논쟁을 평준화라는 특징 아래 놓고 있다. 그런데 설사 유래를 망각함으로써 평준화가 초래된다 하더라도, 평준화는 유래와 같은 것이 아니다. 이 논쟁은, 하이데거 자신은 인문과학을 둘러싼 당시의 또 다른 논쟁에 몰두해 있었지만, 그가 생각했던 것보다 훨씬 더 위험한 분기점을 이룬다. 정작 하이데거는 별다른 거리낌 없이 과학적 개념과 자기가 비판하는 통속적 시간 개념을 동일한 것으로 간주하는 척할 수 있었다.

하이데거가 통속적 시간에 맞서 이끌어간 추론은 한 치의 양보도 없다. 그 추론은 바로 근본적 시간성에서 출발하여 과학 전반에서 사용되고 있는 시간 개념이 온전히 생겨나기를 갈망한다. 그러한 시간 개념의 발생은 평준화를 통한 발생이다. 그 출발점은 시간 내부성에 두고 있으나 훨씬 더 거슬러 올라간 기원은 시간성과 죽음을 향한 존재의 관계에 대한 그릇된 인식에 있다. 시간 내부성에서 출발한다는 것은, 통속적 시간 개념을 현상학적 시간의 해독 가능한 마지막 형상 가장 가까이에서 태어나게 한다는 명백한 이점을 가진다. 그런데 무엇보다도 그 통속적 개념을 지렛대가 되는 어떤 개념, 시간 내부성의 주된 특성과의 유사성이 한층 눈에 띄는 개념을 기초로 조직할 수 있다는 이점을 갖는다. 지렛대가 되는 그 개념은 바로 한 점에 국한된 "지금" le maintenant ponctuel이다. 통속적 시간은 결과적으로, 우리의 시계로 그 간격이 측정되는, 한 점에 국한된 일련의 "지금"으로 특징지을 수 있다. 시곗바늘이 돌아가듯이, 시간은 하나의 "지금"에서 다른 지금으로 흘러간다. 그렇게 정의된 시간은 "지금의 시간"이라고 불러 마땅하다. "그런 식으로 시계를 통해 '보여지는' 세계 시간을 지금 – 시간 Jetzt-Zeit이라고 부르도록 하자"〔421〕.

한 점에 국한된 "지금"의 유래는 명확하다. 즉 그것은 기대하고 간직하는 있게 함 le rendre-présent, 다시 말해서 근심 걱정을 통해 전면에 부각되는, 시간성의 세번째 탈자태가 변장한 것에 불과하다. 우리가 세심하게 배려하고 있는 사물들 가운데 하나인 측정 기구는 이러한 변장을 통해, 측정을 바람직한 것으로 만들었던 있게 함의 과정을 퇴색시켰다.

거기서부터 시간 내부성의 주된 특징들은 동일한 평준화에 따르게 된다. 날짜 추정 가능성은 이제 날짜 분배에 앞서는 것이 아니라 그 결과가 된다. 역사성을 특징짓는 늘어남에서 비롯된 시간 간격 자체도 이제 측정할 수 있는 간격에 앞서는 것이 아니라, 그에 맞추어 조정된다. 그리고 특히 죽을 수밖에 없는 인간들 사이에서 "더불어 있음"에 토대를 두고 있는 공공화(公共化)는 이른바 불가역적이라고 하는 시간의 그러한 특성, 즉 그 **보편성**에 밀려난다. 시간이 공적인 것으로 간주되는 것은, 그것이 보편적이라고 공표되기 때문이다. 간단히 말해서 시간이 날짜 체계로 정의되는 것은 단지 날짜 추정이 그어떤 "지금"이라는 기원에 입각해서 이루어지기 때문이다. 시간은 시간 간격 전체로 정의되며, 보편적 시간은 마침내 한 점에 국한된 어떤 "지금"의 연속 Folge(Jetztfolge)에 지나지 않게 된다.

그런데 통속적 개념이 갖는 다른 특징들의 유래는 가장 근원적인 시간성과 더불어 생겨나는 그릇된 이해로 거슬러 올라가야만 드러날 수 있다. 우리가 알고 있듯이 현상학이 해석학이 될 수밖에 없는 까닭은, 우리에게 가장 가까운 것은 가장 감추어져 있기 때문이다. 우리가 살펴보려고 하는 특징들은 **징후적 가치**를 가지고 있다는 공통점이 있는데, 그것에 대한 그릇된 인식이 동시에 드러나는 기원을 그 특징들이 내비치게 한다는 뜻에서 그렇다. 시간의 무한성을 보자. 우리가 시간을 무한한 것으로 간주하는 까닭은 바로 근원적인 유한성, 죽음을 향한 존재에 의해 다가올 시간에 새겨지는 유한성을 우리의 생각에서 지워버렸기 때문이다.[134] 이런 뜻에서 무한성은, 앞질러 가

---

134) "현존재는 현존재가 멈출 뿐인 그런 종말을 가지고 있는 것이 아니라 유한하게 실존한다"[329]. 무한성은 파생과 평준화에서 동시에 생겨나는 것이다. "어떻게 이 비본래적인 시간성이 비-본래적인 것으로서 유한한 시간성에서부터 aus 무-한한 시간을 시간화하는가? […] '파생된' 시간이 무-한한 것으로서 시간화될 수 있는 것은 오로지 근원적인 시간이 유한하기 때문이다. 우리가 이해의 양태로 사물을 파악하게 되는 질서에 따르면, 시간의 유한성이 완전히 눈에 드러나게 sichtbar 되는 것은 '끝없는 시간'이 새로 만들어져서 herausgestellt 유한성과 대립되어 놓일 때뿐이다"[331]. 『존재와 시간』에서는 시간의 무한성에 대한 주장을 죽음을 향한 존재와 연결된 유한성에 대한 그릇된 인식에서 이끌어내고 있지만, 『현상학의 근본 문제들』에서는 그 주장을 통속적 시간 개념에서 연속되는 '지금'의 '끝없음'에 바로 결부시킨다. 1927년 강의에서 현존재는 자기 고유의 본질적 유한성을 망각한다는 점이 언급되고 있는 것은 사실이지만, 곧이어 다음과 같이 덧붙인다. "시간의 유한성을 여기서 상세하게 검토하는 것은 불가능하

보는 결단을 통해 입증된 미래의 유한성이 퇴락한 것에 지나지 않는다. 무한성이란 죽지 않음이다. 그런데 죽지 않는 것은 "익명의 우리 on"다. "익명의 우리"가 갖는 이러한 불멸성 덕분에, 내던져진 우리 존재는 눈앞에 있고 손안에 있는 사물들 가운데로 전락하고, 우리 생애란 그 시간의 파편에 불과하다는 관념에 의해 변질된다.[135] 이것을 잘 드러내는 표시가 있는데, 우리가 시간에 대해서 시간이 "달아난다"고 말하는 것이다. 던져지고 퇴락한 존재와 근심 걱정의 관계를 더 이상 알아차리지 못할 때 우리가 빠지게 되는 상실 상태가 시간을 달아남으로 나타나게 하고 시간이 가버린다vergeht고 말하게 하는 까닭은, 우리가 죽음을 마주 보고 우리 스스로가 달아나기 때문이 아닌가? 그렇지 않다면 왜 시간이 피어난다고 하지 않고 달아난다고 말하겠는가? 억압된 것이 어떻게 되돌아와서, 죽음 앞에서의 우리의 달아남이 시간의 달아남으로 가장하는 그런 것과 관계된 문제가 아닌가? 그리고 왜 우리는 시간을 멈출 수 없다고 말하는가? 이는 죽음 앞에서의 우리의 달아남이, 우리의 기대를 그 가장 비본래적인 형태로 이해하기 쉽게 변질시킴으로써 시간의 흐름을 붙잡아두고 싶은 욕망을 불러일으키기 때문이 아닌가? "현존재는 달아나는 시간에 대한 앎을 죽음에 대한 도피적인 앎에서 이끌어낸다"[425]. 그리고 왜 우리는 시간을 비가역적인 것으로 간주하는가? 여기서도 근원적인

다. 왜냐하면 그것은 죽음이라는 어려운 문제에 종속되어 있으며, 지금의 맥락에서는 그 문제를 분석할 수가 없다"[387][329]. 그 말은 책에서보다 강의에서는 통합 존재 Ganzsein의 의미가 죽음을 향한 존재 l'être-pour-la-mort와 덜 밀접하다는 것인가? 이러한 의혹은 존재시성 Temporalität의 문제를 시간성 Zeitlichkeit의 문제에 덧붙이면서 — 이 점에 관해서는 결론 부분에서 다시 언급할 것이다 — 짙어진다. 『존재와 시간』과 관련하여 이러한 새로운 문제 제기는 존재론적 지평에 대한 물음, 이제는 시간의 탈자태적 성격 — 그것은 순전히 현존재의 분석론에 속한다 — 에 접목된 물음이 차지하는 우위를 드러낸다.

135) "평준화된 '지금'의 연속은, 그것이 일상적인 함께 있음과 결부된 개별 현존재 einzelner의 시간성에서 유래한다는 것을 전혀 모르고 있음을 반영한다"[425].

것의 어떤 양상이 평준화에도 불구하고 모습을 드러내게 된다. 그 어떤 "지금"이 중립적인 성격을 띤다면, 그 흐름을 되돌릴 수 있어야만 하지 않을까? "되돌릴 수 없는 이유는 공적인 시간이 시간성에서 유래하기 때문이다. 시간성의 시간화는 일차적으로 미래로 표시되어 탈자적으로 그 종말을 향해 '가며' 그래서 그 자체 이미 종말에 와 '있는' 것이다"[426].

하이데거는 그러한 통속적 표상이, 던져지고 퇴락한 존재의 시간성을 평준화함으로써 유래하다는 점에서 나름대로의 권리를 가지고 있다는 것을 결코 부인하지 않는다. 그 표상은 나름대로 현존재의 일상적인 양태, 그리고 거기에 속하는 이해의 지배를 받는다.[136] 단지 그것이 진정한 시간 개념으로 간주되기를 바라는 요구만은 받아들일 수 없다. 우리는 시간성으로부터 이 통속적 개념으로 이르는 해석과 오해의 과정을 다시 밟아갈 수 있다. 하지만 그 여정을 역으로 밟아가는 것은 불가능하다.

나의 의혹은 바로 이 지점에서 시작된다. 만일 내가 생각하는 대로, "지금"의 연속으로 이해된 시간 개념을 기초로 해서 인간의 시간성을 구성할 수 없는 것이라면, 역으로 시간성과 현존재로부터 우주적 시간으로 밟아가는 여정 또한, 앞선 논의에 따르면, 불가능하지 않은가?

앞서의 분석을 통틀어 하이데거는 한 가지 가정을 미리 배제했다. 그것은 시간성의 평준화 현상이라고 간주되는 절차는 그와 동시에 자율적인 시간 개념 — 우주적 시간 — 의 제거 dégagement라는 가정이

---

136) 이 경우에 "공적으로는 시간 내부적인 생겨남으로 이해되는"[426] 역사의 정당한 권리가 연상되기에, 우리에게는 그만큼 더 중요한 지적이다. 역사에 대한 이런 유의 우회적인 인식은 나중에 해석학적 현상학과 관련하여 역사의 위상을 논할 때 중요한 역할을 한다.

다. 그런데 해석학적 현상학에서 그러한 가정은 결코 사라지지 않고 논의의 자리를 제공해왔다.

이 가정을 하이데거가 애초부터 배제한 것은, 시간에 관한 논쟁에서 절대 당대의 과학과 겨루지 않았기 때문이며, 또한 과학은 플라톤에서 헤겔에 이르는 형이상학을 암묵적으로 빌려오지 않고는 독창적으로 말할 것이 아무것도 없음을 당연한 것으로 여겼기 때문이다. 통속적 시간 개념의 발생에 있어서 아리스토텔레스의 역할이 이를 잘 입증한다[421]. 아리스토텔레스는 앞에서 검토했던 『물리학』 IV, 11, 218 b 29~219 a 6의 정의를 통해, 이후 시간 문제에 관련된 모든 역사가 신뢰를 부여한 평준화의 첫번째 책임자라 할 것이다.[137] 순간이

---

137) 하이데거는 다음과 같이 번역한다. "시간이란 곧 이전과 이후의 지평에서 만나게 되는 운동에서 헤아려진 것이다Das nämlich ist die Zeit, des Gezählte an der im Horizont des Früher und Später begegnenden Bewegung." 프랑스어로는 다음과 같이 번역할 수 있을 것이다. "실제로 시간이란 가장 이른 것과 가장 뒤늦은 것의 지평에서 만나게 되는 운동과 관련하여 헤아려진 것이다Voici ce qu'est en effet le temps : le nombré quant au mouvement rencontré sous l'horizon du plus tôt et du plus tard." 이 프랑스어 번역은 시간에 대한 정의가 갖는 모호성을 암시하고 있는데, 이에 따르면 평준화가 이미 이루어지긴 했으나 평준화로서 여전히 식별 가능한 것으로 남아 있다는, 그래서 실존론적 해석에 접근할 수 있는 길이 열려 있게 될 것이다. 아리스토텔레스의 시간 이해에 대한 해석에 관해서는 결정적인 판단을 유보하려 한다. 하이데거는 『존재와 시간』 2부에서 고대 존재론의 존재 물음 Seinsfrage에 대한 논의에 이어 그 부분을 다시 다루려고 미루어두었다. 『현상학의 근본 문제들』은 그 빈틈을 메우고 있다[330~61][281~308]. 아리스토텔레스의 시간론에 대한 논의는 1927년 강의에 개진된 전략에서 아주 중요하다. 통속적 시간 개념이 근원적 시간 이해의 방향으로 되돌아오는 움직임의 출발점을 규정할 정도이다. 모든 것은 아리스토텔레스의 '지금 있는 것 to nun'의 해석에 좌우된다. 다른 한편으로 그리스어의 'phusis'가 갖는 문맥을 복원시키고 있는 아리스토텔레스의 『물리학』에 대한 하이데거의 텍스트들도 중요한데, 하이데거에 따르면 그리스 사상을 전공하는 철학자들과 역사가들은 그 말이 갖는 깊은 뜻을 잘못 알고 있다는 것이다. 「물리 physis란 무엇이고 어떻게 규정되는가」(아리스토텔레스, 『물리학』 I, 1). 이 논문은 1940년 세미나에서 발표된 것이며, F. Fédier가 『물음 II Question II』(Paris: Gallimard, 1968, pp. 165~276)에서 프랑스어로 번역했다. 독일어 원본은 1958년, G. Guzzoli의 이탈리아어 번역과 함께 Il Pensiero라는 잡지(2호와 3호, Milano, 1958)에 실렸다.

시간을 결정한다는 그의 주장은, 시간을 "지금" ── 그 어느 것이라도 상관없는 "지금"이라는 뜻에서 ── 의 연속으로 정의하는 길을 열어주게 될 것이다.

그런데 시간의 형이상학의 모든 것은 아리스토텔레스의 개념 속에 간결하게 담겨 있다는 가정, 논란의 여지가 많은 그 가정 속에서,[138] 우리가 아리스토텔레스의 『물리학』에 나오는 유명한 대목을 읽으면서 끌어낸 바 있는 교훈은 바로 이런 것이다. 즉, 그 어느 순간 instant quelconque과 살아 있는 현재 présent vif 사이를 양방향 모두 오가는 중간 단계는 생각할 수 없다는 것이다. 아리스토텔레스의 강점은 정확히 말해서 순간의 특성을 그 어느 순간으로 규정한 데에 있다. 그리고 순간이 그저 어느 한 순간인 것은, 엄밀히 말해서 국한된 범위를 갖는 운동의 연속성, 그리고 보다 일반적으로는 변화의 연속성 안에서 임의적으로 잘라내졌기 때문이며, 가능태의 현실태가 구성하는 이 불완전한 현실태가 각각의 운동에서 갖는 우발성 ── 현재의 가치를 갖지 않는다 ── 을 나타내기 때문이다. 그런데 우리가 보았듯이

---

138) "시간 개념에 대한 후세의 모든 논의 Erörterung는 근본적으로 아리스토텔레스의 정의와 결부되어 있다. 달리 말해서 주위를 고려하는 근심 걱정에서 드러나는 시간을 주제로 삼고 있다는 것이다"[421]. 여기서 그 유명한 각주(『존재와 시간』, p. 434, 각주 1)에 대해 논하지는 않겠다. 그 각주에 따르면 "평준화된 지금에 부여된 특권은 시간에 대한 헤겔의 개념 규정 역시 통속적 시간 이해의 성향을, 다시 말해서 전통적 시간 개념의 성향을 따르고 있다는 것을 명확하게 보여준다." 이 부분에 대한 프랑스어 번역과 해석은 J. Derrida, 「Ousia et Grammè. 『존재와 시간』의 각주에 대한 각주」, 『철학의 변경 Marges de la Philosophie』, Paris: Éd. de Minuit, 1972, pp. 31~78에 실려 있다. 또한 §82에서 "시간과 정신의 관계에 대한 헤겔의 견해에 맞서" 전개되고 있는 하이데거의 추론에 대한 Denise Souche-Dagues의 반론도 참조할 수 있을 것이다(「하이데거의 주석, 『존재와 시간』 §82에 따른 헤겔에서의 시간」, Revue de métaphysique et de morale, 1979 1~3월, pp. 101~19). 끝으로 하이데거의 아리스토텔레스 해석에 대한 Emmanuel Martineau의 논의(「시간의 통속적 이해와 아리스토텔레스적 이해. 『현상학의 근본 문제들』에 대한 주해」, Archives de philosophie, 1980 1~3월, pp. 99~120)도 참조할 것.

운동(변화)은 물리학의 원리들에 속하며, 그 원리들의 정의는 구분하고 헤아리는 정신과는 관련이 없다. 이제부터 본질적으로 중요한 것은 바로 이렇다. 즉, 우선 시간은 자연을 구성하는 원리와 결코 겨루지는 않지만, "운동의 어떤 것"이다. 이어서 시간의 연속성은 운동과 크기의 연속성에서 결코 완전히 벗어나지 못하고 그것을 "수반"한다. 그 결과, 정신으로 하여금 두 개의 순간을 구분하게 하는 의식 작용적noétique 식별 활동만으로도 시간과 운동을 구분할 수 있다 할지라도, 그러한 식별 활동은 바로 운동의 전개에 접목된다(이때 수로 헤아릴 수 있다는 그 특성은 시간과 관계된 구분에 앞선다). 시간과 관련하여 아리스토텔레스가 운동에 부여한 논리적이고 존재론적인 선행성은, 평준화를 통해 이른바 통속적이라고 하는 시간을 근심 걱정의 시간에서부터 파생시키려는 모든 시도와는 양립할 수 없는 것처럼 보인다. 내가 보기에 운동의 어떤 것이라는 사실과 마음 씀의 어떤 것이라는 사실은 원리상 서로 화해할 수 없는 두 가지 규정을 이루고 있다. "세계-역사historial-monde"는 현재와 순간 사이에 파여 있는 깊은 골을 감출 따름이다. 우리의 세계-내-존재의 세계라는 극(極)이 우리의 마음 씀의 시간과 그 정반대 극에서 대립하는 어떤 시간을 전개시키지 않는다면, 그리고 시간에 대한 두 가지 관점, 즉 하나는 세계의 세계성에, 다른 하나는 우리의 세계-내-존재 방식의 "현là"에 뿌리박고 있는 두 가지 관점들이 시간에 대한 물음의 궁극적 아포리아를 생각 속에 불러일으키지 않는다면, 우리가 마음 쓰는 사물들의 역사성이 어떻게, 그리고 무엇 때문에 마음 씀 그 자체의 역사성에서 벗어날 수 있는지를 이해할 수가 없다.

철학자들이 아리스토텔레스의 뒤를 이어(혹은 그렇지 않을 수도 있다) 시간에 대해 말할 수 있었던 것에 머물지 않고, 우리가 현대에 이르러 시간론이 진전된 내용에 주의를 쏟는 과학자들이나 인식론자들이 말하는 것에 귀를 기울인다면, 통속적 시간과 현상학적 시간은 서

180

로 대립되는 가운데에서도 그 무엇보다도 동등한 권리를 가지고 있음이 입증될 것이다.[139] 시간의 방향 설정, 연속성, 측정 가능성을 통해 과학에 제기된 광범위한 문제들에 비추어보자면, "통속적 시간"이라는 표현마저도 비꼬는 것처럼 보인다.[140] 우리는 언제나 보다 더 큰 전문성을 띤 그러한 작업들에 의거해서 단일한 과학적 시간 개념을, 아우구스티누스와 후설, 그리고 하이데거에게서 받아들인, 그 자체 다양한 현상학적 분석들과 대립시킬 수 있는지를 묻게 되는 것이다.

우선 툴민 Stephen Toulmin과 굿필드 June Goodfield[141]를 따라 자연계의 "역사적" 차원의 발견이 따르고 있는 질서에 준해 그 과학들을 논하는 데 그칠 때, 우리는 다음과 같은 사실을 알게 된다. 즉 자연과학 덕분으로 우리가 고려하지 않을 수 없었던 것은, 고갈되어버린 유대 기독교 전통이 부여하고 있는 6천 년이라는 장벽 너머로 시간의 사다리를 점진적으로 확장할 뿐만 아니라, 언제나 보다 여러 층으로 이루어진 자연사를 향해 열려 있는, 각각의 과학 영역을 특징짓는 시간적 속성들의 차이를 점차 넓혀간다는 것이다. 시간의 사다리가 6천 년에서 60억 년으로 확장된다는 그 첫번째 특징은, 그것을 인정함으로써 극복해야 했던 엄청난 저항을 고려한다면, 분명 간과할 수 없는 특징이다. 시간 장벽의 붕괴가 그처럼 상처가 되었던 것은,

---

139) Hans Reichenbach, *Philosophie der Raum-Zeit-Lehre*, Berlin, 1928 : Adolf Grünbaum, 『공간과 시간의 철학적 문제 *Philosophical Problem of Space and Time*』, Dordrecht, Boston : D. Reidel, 1973, 2판, 1974 : Olivier Costa de Beauregard, 『시간 개념, 공간과의 등가성 *La Notion de temps, équivalence avec l'espace*』, Paris : Hermann, 1953 : 「시간의 방향에 대한 두 개의 강의」, *Synthèse*, n° 35, 1977.

140) 참고 삼아 나는 여기서 Hervé Barreau가 『시간 개념의 구성 *La Construction de la notion de temps*』(Strasbourg : Atelier d'impression du département de Physique, ULP, 1985, 3권)에서 취한 구분을 따르고 있다.

141) Stephen Toulmin et June Goodfield, 『시간의 발견 *The Discovery of Time*』, Chicago, London : The University of Chicago Press, 1965, 1977, 1982.

그것이 인간의 시간과 자연의 시간 사이의 불균형, 공통의 척도가 없어서 측정할 수 없다는 말로 쉽게 옮길 수 있는 불균형을 드러냈기 때문이다.[142] 우선 17세기 후반 몇십 년 동안에 이루어진 유기체 화석의 발견으로 말미암아, 정지 상태의 지각(地殼) 개념에 맞서 지질학적 변동에 대한 역학 이론을 받아들이지 않을 수 없게 되었으며, 그 변화의 연대기는 시간 장벽을 극적으로 후퇴시키게 되었다. 지질학적 변동을 인정하고 그 변동의 시간적 배열을 설명함으로써, "지구는 역사를 얻게 된다." 이제부터는 화석, 지층, 단층 등 물질적 흔적들을 기초로 해서, "자연의 시기들 époques de la nature" — 뷔퐁Buffon의 책제목을 빌리자면 — 의 연속을 추론하는 것이 가능해진다. 19세기 초에 만들어진 지층학(地層學)은 사물들의 증언을 담보로 한 추론을 기초로 해서 지질학을 결정적으로 "역사"과학으로 변모시킨다. 지질학에서의 "역사적" 혁명은 이번에는 고생물학을 중개로, 1859년 다윈의 역저 『종의 기원』이 동물학에서 이룩했던 것과 유사한 변모를 향한 길을 열게 된다. 종(種)적인 변이의 획득이든 유전이든 또는 축적이든 간에, 이론 자체가 얼마나 개연성이 있는가의 문제는 접어두고라도, 종(種)의 진화라는 그 가설 하나가 얼마나 많은 통념들을 변화시켰는지 쉽게 상상이 되지 않는다. 우리의 논의에서 중요한 것은, 다윈과 더불어 "생명은 어떤 계보를 획득한다"[143]는 사실이다. 다윈주의 혹은 신-다윈주의 생물학자들에게 시간은, 유리한 변이의 출현으로 마디가 끊어지고 자연의 선택에 의해 최종적으로 결정되는 대물림 과정, 바로 그것과 뒤섞인다. 근대의 유전학은 바로 생명의 역사라는 대전제에 들어가 있다. 게다가 자연사라는 관념은 열역학이 이룩한 발견들, 그리고 무엇보다도 존재들의 거대 연쇄 반대편에 있

---

142) Toulmin과 Goodfield는 "모습이 일그러진 세계의 균형"을 한탄하고 있는 John Donne의 시를 인용하고 있다(앞의 책, p. 77).
143) 『시간의 발견』, pp. 197~229.

는 아원자적 subatomique ── 주로 양자역학적 quantique ── 과정들의 발견으로 풍요롭게 되었다. 그러한 현상들은 또한 천체 형성의 원인이 된다는 점에서 "별의 진화"[144]에 관해서 말할 수 있으며, 그래서 각각의 별과 성운(星雲)에 부여된 삶의 주기를 설명하게 된다. 본래적인 시간 차원이 그때부터 천문학에 도입되고, 광년(光年)으로 계산된 우주의 나이에 관해서 말할 수 있게 된다.

그러나 수천 년 동안 용인되어온 시간 장벽이 붕괴되고 시간 사다리가 어마어마할 정도로 확장되었다는 이 첫번째 특징이 아무리 크다 해도, 두번째 특징이 가려지지는 않는다. 보다 광범위한 철학적 영향을 미치게 되는 또 하나의 특징은, 우리가 조금 전에 훑어보았던 자연 영역에서 그리고 그에 상응하는 과학에서 "시간"이라는 단어와 결부된 의미 작용의 다양화이다. 이 현상이 앞의 현상으로 인해 가려져 있는 것은, 시간의 사다리라는 개념이 공통의 척도로 측정할 수 있는 가능성이라는 추상적 요인, 앞에서 검토한 과정들을 비교한 연대기적 시간만을 고려하는 요인을 끌어들이기 때문이다. 이처럼 단일한 시간의 사다리에 늘어서 있다는 것이 궁극적으로 눈속임이라는 것은, 사람의 수명은 우주가 지속되는 시간의 폭에 비하면 무의미하게 보일지 모르나 모든 의미 물음이 생겨나는 곳이라는 역설에서 확인된다.[145] 이 역설만으로도 시간의 유일한 사다리 위에 던져진 지속 시간들이 동질적인 것으로 추정된다는 주장에 의문을 제기할 수 있다. 그렇게 해서 문제가 되는 것은 바로 자연의 "역사"라는 개념이 갖는 권리다(이러한 맥락에서 우리는 역사라는 단어를 계속 인용 부호 안에 집어넣어 사용했다). 역사 개념이 감염 contamination 현상으로 인해 인간의 영역에서 자연의 영역으로 확대 적용되었던 것 같고, 또

---

144) 같은 책, p. 251.

145) 행동의 미메시스로 이해된 이야기가 그러한 의미성의 규준으로 간주될 때에만, 그 역설이 미치는 영향은 완전히 펼쳐져서 드러나게 된다.

한 진화의 개념을 통해 동물학 측면에서 명확하게 드러나는 변화라는 개념이 인간의 역사를 그 의미 구역에 포함시킨 것이다. 그런데 이 모든 존재론적 논증에 앞서, 변화(혹은 진화)와 역사라는 개념이 이처럼 서로를 침해한다는 생각을 거부해야만 하는 인식론적 이유가 있다. 그 기준은 우리가 본 연구의 2부에서 분명하게 개진했던 기준, 즉 서술적 기준이다. 모든 이야기는 궁극적으로 행동의 미메시스이므로 그 기준 자체는 프락시스praxis의 기준에 따라 조정된다. 이 점에 관해 나는, 한편으로는 변화와 진화 개념, 다른 한편으로 역사 개념 사이에 선을 긋고 있는 콜링우드Collingwood의 주장을 전폭적으로 지지한다.[146] 이 점에서 사물들의 "증언"이라는 개념, 화석들의 해석을 통해 야기된 커다란 논쟁을 계기로 앞서 언급했던 개념을 착각해서는 안 된다. 과거의 사건들에 대한 사람의 증언과 지질학적인 과거 흔적의 증언의 유사성은 증거라는 양태, 즉 돌이켜 이야기하는 형태로 추론하는 방식을 넘어서지 않는다. 서술적 맥락은 "증언"을 문서에 토대를 둔 증거로 간주하면서 행동의 흐름을 설명적으로 이해하는데, 증언 개념을 그 서술적 맥락에서 떼어내는 순간부터 남용이 시작된다. 무엇보다도 행동과 이야기 개념은 인간 영역에서 자연 영역으로 옮길 수 없는 것이다.

이러한 인식론적 간극은 우리가 여기서 관심을 갖고 있는 층위, 즉 앞에서 검토한 현상들의 시간 층위에서의 불연속성을 드러내는 징후에 불과하다. 현상학적 시간에 준해 자연의 시간을 만들어내는 것이 불가능하게 보이는 것만큼이나, 이제 그 반대 방향으로 나아가서 현상학적 시간을 자연의 시간 속에 —— 그와 관계되는 것이 양자역학적 시간이든, 열역학의 시간이든, 은하계의 변형의 시간이든, 혹은 종의 진화의 시간이든 —— 포함시키는 것 역시 불가능해 보인다. 앞에서 검

---

146) Collingwood, 『역사 관념 *The Idea of History*』, Oxford: Oxford University Press, 1946, pp. 17~23.

토한 인식론적 영역들의 다양성에 적합한 시간성들의 다원성에 대해서 판단을 내리지 않더라도, 우리에게는 단 하나의, 매우 부정적인 구별, 즉 현재가 없는 시간과 현재가 있는 시간이라는 구별만으로도 충분하다. 현재가 없는 시간이라는 개념이 감추고 있는 긍정적 다양성이 무엇이든, 현상학적 시간에 대한 우리의 논의에서 중요한 것은 단 하나의 불연속성, 하이데거가 시간의 사다리라는 중립적인 개념 아래 먼저 늘어선 모든 시간적 변이들을 "통속적 시간"이라는 이름으로 끌어모음으로써 극복하려고 했던 불연속성이다. 현재가 있는 시간과 현재가 없는 시간의 상호 충돌이 어떤 것이든, 그 충돌은 그 어떤 순간과 그것을 반성적으로 가리키는 담론 실현 행위 instance de discours로 규정되는 현재가 원칙적으로 구별된다는 것을 전제한다. 그 어떤 순간과 자기-지시적인 현재 사이의 이러한 원칙상의 구별은 이전/이후의 짝, 그리고 과거/미래의 짝의 구별을 끌어들이는데, 과거/미래는 현재를 실현하는 행위로 표시된다는 한에서 이전/이후 관계를 가리키게 된다.[147]

---

147) 물리적 과정의 비가역성과 개연성의 시간적 논리 사이의 관계와 관련된 C. F. Von Weizsäcker의 주장에 따르면, 현재가 없는 시간과 현재가 있는 시간 사이의 불연속성이 서로 화해할 수 없는 것으로 보이지는 않는다. 저자에 따르면, 양자물리학은 시간의 방향을 폐쇄된 체계의 엔트로피와 연결시키는 열역학 제2법칙을 확률론적인 용어로 재해석하지 않을 수 없게 한다. 이제 어떤 상태의 엔트로피는 그러한 상태가 일어나는 개연성의 잣대로 이해되어야 한다. 즉 보다 개연성이 덜한 이전 상태는 보다 개연적인 이후의 상태로 변형된다. 시간의 방향과 시간의 화살이라는 은유에 내포된 이전과 이후라는 용어가 무엇을 의미하는가 하는 물음에 대해 저명한 물리학자인 저자는 이렇게 대답한다. 우리 문화에 속하는 사람이라면, 그러니까 모두가 물리학자로서, 우리는 과거와 미래의 차이를 암묵적으로 이해하고 있다. 즉 과거는 사실fait의 질서에 속하고, 이제부터 변경될 수 없는 것인 반면, 미래는 가능성에 근거를 두고 있다. 그러므로 개연성이란 가능성을 양적으로, 수학적으로 파악하는 것이다. 장래 devenir의 개연성 — 물리학에서 그 말이 갖는 직접적인 의미로 — 은 언제나 미래의 몫이 될 것이다. 과거와 미래 사이의 양적인 차이는 열역학 제2법칙의 결과가 아니다. 우리가 그처럼 물리학에 우리를 내맡기는 것은 단지 우리가 그에 대해 이해

이러한 논의의 결과, (아리스토텔레스와 칸트가 말한 어휘의 뜻을 여전히 고수한다면) 운동의 시간의 자율성은 시간의 현상학에서 궁극적인 아포리아, 현상학의 해석학적 전향만이 송두리째 완전히 드러낼 수 있었던 아포리아를 형성하게 된다. 기실 이 아포리아가 외적 한계를 발견하게 되는 것은, 시간의 현상학이 시간성의 양상들, 우리에게 가장 가까울수록 그만큼 더 감추어져 있는 양상들에 접근할 때이다.

천문학, 물리학, 생물학 그리고 끝으로 인문과학의 보편적 시간을 통속적 시간이라고 지칭하면서, 그리고 현상학적 시간의 강세를 평준화함으로써 이른바 이 통속적 시간이 유래한다고 생각하면서, 하이데거가 열어놓은 논쟁에만 매달리는 그러한 독자에게라면, 『존재와 시간』은 실패로 끝난 것처럼 보인다. 통속적 시간 개념의 유래를 밝히는 데 실패한 것이다. 나는 그와 다른 결론을 내리려고 한다. 그

하고 있기 때문이다. 이 명제를 일반화하면, 그러한 구별이 경험이라는 근본적 개념을 구성하는 것이라고 말할 수 있다. 즉 경험은 미래와 관계된 과거의 가르침을 끌어내는 것이다. 그렇게 사실과 가능성 사이의 양적인 차이라는 의미에서, 시간은 경험의 가능성 조건이다. 그러므로 경험이 시간을 전제한다면, 우리가 경험의 명제를 기술하게 되는 논리는 시간적 언표 논리, 보다 정확히 말해서 미래 양상들의 논리가 되어야 할 것이다(「시간, 물리학, 형이상학」, in Christian Link(éd), 『시간 경험. Georg Picht의 사후 기념 논문집 Die Erfahrung der Zeit Gedenkenschrift für Georg Picht』, Stuttgart: Klett-Cotta, 1984, pp. 22~24). 이러한 추론에서 그 어떤 순간과 현재의 구별을 문제삼는 것은 아무것도 없다. 과거와 미래 사이의 양적인 차이는 후설과 하이데거적인 의미에서의 현상학적인 차이다. 그러나 "과거는 사실에 근거를 두고 있으며, 미래는 가능성에 근거를 두고 있다"는 명제는 그 이상을 말한다. 즉 그 명제는 과거와 미래의 구별이 의미를 갖게 되는 살아 있는 경험을 함께 구성하며, 사건들의 흐름 개념은 이전 상태와 이후 상태 개념을 수락하게 된다. 이때 해결되지 않고 남아 있는 것은 두 가지 비가역성들 사이의 합치에 관한 문제인데, 하나는 현상학적 측면에서 과거/미래 관계의 비가역성이며, 다른 하나는 보다 개연성이 덜한 것으로 간주되는 첫째 상태와 보다 개연적인 것으로 간주되는 두번째 상태의 측면에서 이전/이후 관계의 비가역성이다.

"실패"는 시간성의 모순성을 그 극한으로 몰고 간다는 것이 내 생각이다. 시간에 관한 우리의 모든 사유, 그리고 무엇보다도 과학의 현상학이 겪은 실패가 그 안에 요약되어 있다. 그런데 그것이 헛된 실패가 아님을 앞으로 이 책의 나머지 부분에서 입증하는 데 전념할 것이다. 그러한 실패는 또한 우리가 나름의 사색을 재개하기도 전에 이미 그 풍요로움 속에 내포되어 있는 어떤 것을 드러낸다. 내가 실존론적 분석의 내부에서 영향을 미치는 아포리아의 작업이라고 부르고자 하는 것과 관련하여 그 실패가 계시적인 역할을 하고 있는 것이다.

아포리아의 작업에 관해 지적하고 싶은 내용들을 네 개의 축을 중심으로 다시 분류한다.

1. 우선 이 "통속적" 시간 개념이야말로 처음부터 실존론적 분석에 대해서 당기고 밀어내는 일종의 인력(引力)-척력(斥力)을 행사한다. 통속적 시간 개념 때문에 실존론적 분석은 펼쳐지고 느슨해지고, 늘어나다가 점점 근사치에 접근해서, 마침내 그 분석에서는 생길 수 없는 자기의 타자와 겨루지 않을 수 없게 되는 것이다. 이런 뜻에서, 시간에 관한 관점들의 상이함으로 인해 시간 개념 속에서 입을 벌리고 있는, 어떻게 보면 외부적인 아포리아는, 실존론적 분석 바로 한가운데에서 내부적으로 다양화하도록 가장 많이 노력하게끔 부추기는 것이다. 우리가 시간성, 역사성 그리고 시간 내부성을 구별하게 된 것은 바로 그러한 노력 덕분이다. 과학적 개념은, 그러한 다양화의 근원은 되지 못하지만, 어떤 점에서는 그 촉매가 된다. 그 경우 역사성과 시간 내부성에 대한 훌륭한 분석은, 일단은 죽음을 향한 존재에 초점이 맞추어져 있는 마음 씀의 시간성을 점점 더 세계와 관계된 특징들로 풍요롭게 하기 위한 거의 절망적인 노력으로 나타난다. 그렇게 해서 실존론적 해석의 한계 내에서 시간-연속과 비슷하게 대등한 어떤 것이 제공되는 것이다.

2. 통속적 시간 개념이 바깥에서 실존론적 분석에 미치는 제약 외

에도, 하나의 담론 양태가 다른 양태를 서로 잠식하는 것에 대해서도 말할 수 있다. 이러한 경계상의 교환은 의미 충돌이 빚을 수 있는 모든 지적이고 정서적인 일련의 뉘앙스를 고려한, 감염 contamination과 대립 contrariété이라는 두 가지 극단적인 형태를 띤다.

감염은 특히 시간 내부성 층위에서 일어나는 잠식의 특성을 규정한다. 사람들로 하여금 단지 평준화만으로 경계를 넘어갔다는 생각에 신뢰를 부여하게 만든 것은 바로 이 감염 현상이다. 우리는 이미 날짜 추정 가능성, 시간 간격, 공공성이라는 세 가지 주요한 현상들과 실제의 날짜 추정, 정해진 지속 시간 단위들을 통한 시간 간격의 측정, 그리고 공동-역사성 co-historialité 전체의 기준으로 사용되는 동시성에 대한 세 가지 개념적 특징들 사이의 관계를 논할 때부터, 이 문제를 예견했다.[148] 모든 경우에서 실존적인 것과 경험적인 것 서로가 서로를 덮고 있다고 말할 수 있을 것이다.[149] 시간에 대한 우리의 근본적 수동성을 구성하고 있는 내던져지고 퇴락한 존재와, 모든 것을 주관하는 그 회전 운동으로 우리의 통제를 벗어나는 천체의 관조 사이에는, 느낌으로는 두 가지 접근 방법을 서로 구별할 수 없을 정도로 밀접한 어떤 공모 관계가 설정된다. 세계-의-시간 temps-du-monde과 시간-속의-존재 être-dans-le temps라는, 시간에 관한 두 가지 담론이 갖는 힘을 겸비하고 있는 표현들이 그것을 잘 입증한다.

반면에 두 가지 양태의 사유가 서로 충돌함으로써 생기는 대립 효과는 시간성이 갖는 폭의 또 다른 극단에서, 즉 숙명적 시간의 유한

---

148) 역사에 대한 사유를 통해 우주적 시간과 현상학적 시간 사이에 자리잡게 되는 이음쇠 connecteur들에 대한 연구를 배경으로 우리는 날짜 추정의 문제를 다시 자세히 다룰 것이다.

149) 아마도 그것은 하이데거에게 있어서 현사실적인 faktisch이라는 매우 혼란스런 표현에 부여해야 할 의미라 할 것이다. 그 표현은 세계성에 표한 억양을 덧붙이는 동시에, 시간에 관한 두 가지 담론 체제 사이의 감염 현상을 이용하여 세계성에 가담한다.

성과 우주적 시간의 무한성 사이에서 더 잘 볼 수 있다. 사실상 가장 먼 옛날의 지혜는 바로 그러한 효과에 관심을 기울였던 것이다. 인간 조건의 애가(哀歌)는, 한탄과 체념 사이에서 음조를 고르면서, 머무는 시간과 흘러가는 우리의 대조된 모습을 끊임없이 노래해왔다. 바로 "우리"가 죽지 않는 것이 아닌가? 시간이 무한하다고 여기는 것은 바로 우리가 우리의 유한성을 우리 스스로에게 숨기고 있기 때문인가? 시간이 달아난다고 말하는 것은 바로 우리가 종말을 향한 존재라는 생각에서 달아나기 때문인가? 그것은 또한 우리가 사물들의 흐름 속에서, 이를테면 우리가 죽어야 한다는 것을 잊어야 한다는 결단마저도 잊을 정도로 우리의 통제를 벗어난다는 뜻에서, 우리에게서 달아나는 어떤 지나감을 보기 때문이 아닌가? 인생의 짧음이 무한한 시간을 배경으로 떠오르지 않는다면 인생이 짧다고 말할 수 있겠는가? 이처럼 대조를 이루는 모습은 벗어나려는 이중의 움직임이 취할 수 있는 가장 감동적인 형태다. 그 이중의 움직임을 통해, 한편으로는 마음 씀의 시간이 세계의 무심한 시간의 매혹에서 빠져나오게 되고, 다른 한편으로는 천체와 달력의 시간이 직접적인 근심 걱정이 주는 자극과 죽음에 대한 생각마저도 벗어나게 된다. 손안에 있는 것과 근심 걱정의 관계를 잊음으로써, 그리고 죽음을 잊음으로써 ,우리는 하늘을 바라보고, 달력과 시계를 만든다. 그리고 갑자기, 벽시계의 눈금들 가운데 어느 하나에서 슬픔이 가득한 죽음의 기억memento mori [산 자에게 죽음을 떠올리게 하기 위해 상아로 만든 해골: 옮긴이]이 떠오르는 것이다. 망각은 또 다른 망각을 지운다. 그리고 죽음에 대한 불안은, 무한한 우주의 영원한 침묵에 짓눌려 다시 시작된다. 이처럼 우리는 두 가지 느낌을 오간다. 즉, 세계 속에 내던져졌다는 느낌이 바로 시간이 모습을 드러내는 하늘의 장관과 유사하다는 것을 발견하면서 느낄 수 있는 위안, 그리고 삶의 연약함과 그저 파괴하는 시간의 위력을 대비시킴으로써 끊임없이 생겨나는 번민 사이를 오가는 것이다.

3. 시간에 관한 두 가지 관점이 경계를 이루고 교류하는 두 가지 극단적인 형태들 사이의 이러한 차이는, 이번에는 해석학적 현상학으로 개척된 영역의 내부에서도 극성(極性), 긴장, 나아가서 단절들에도 주의를 기울이게 만든다. 우리에게 평준화에 의한 통속적 시간 개념의 파생이 문제가 있는 것으로 보인다면, 시간성의 세 가지 형상들을 서로 이어주는, 유래를 통한 파생에 대해서도 의문을 제기해야 마땅하다. 한 단계에서 다른 단계로 옮겨갈 때마다 우리는 이 "유래" 관계, 본래성이 점진적으로 상실되는 것에 그치는 것은 아닌 그 관계의 복합성을 잊지 않고 강조해왔다. 근본적 시간이 충분히 근원적인 것이 되고, 시간성이 그 전체성 Ganzheit에 도달할 수 있도록 하기 위해, 역사성과 시간 내부성은 의미를 보충함으로써 근본적 시간성에 의미상 결여되어 있는 것을 덧붙인다. 각각의 층위가 어떤 해석, 대번에 그릇된 해석, "유래"의 망각이 되고 마는 해석을 이용해서 선행하는 것에서 발생하는 것이라면, 이는 그러한 "유래"가 환원에 있는 것이 아니라 의미 생산에 있기 때문이다. 해석학적 현상학은 세계의 시간을 통해 천문학과 물리학에 이웃하게 되는데, 그러한 시간은 바로 최종적인 의미의 넘침으로 드러난다. 이러한 창조적인 유래가 갖는 개념 양식은 『존재와 시간』에서 시간을 다루고 있는 부분의 모순적인 특성을 부각시키는 몇 가지 결과를 이끌어낸다.

첫번째 결과. 이처럼 의미를 승격시키는 두 개의 극단, 즉 죽음을 향한 존재와 세계의 시간을 강조하게 되면, 모든 은폐에 맞서 진행되는 해석학적 과정을 거치면서 역설적으로 은폐되어 있는 어떤 대립, 한쪽에는 숙명적 시간과 다른 쪽에는 우주적 시간이라는 양극으로 이루어진 대립을 발견하게 된다. 물론 분석 전체를 가로지르는 이러한 균열이 분석에 대한 반박의 논거를 구성하는 것은 아니다. 단지 그 균열로 인해 분석은 그 자체에 대한 확신이 줄어들게 되며, 보다 애매해질 따름이다. 한마디로 보다 모순적인 성격을 지니게 된다.

두번째 결과. 하나의 시간적 형상에서 다른 형상으로 넘어가면서 본래성이 상실되고 동시에 근원성이 증가한다면, 세 가지 형상들이 거치게 되는 순서는 뒤바뀔 수도 있지 않겠는가? 사실상 시간 내부성은 언제나 역사성을 통해 미리 상정되어 있다. 날짜 추정 가능성, 시간 간격, 공적인 나타남이라는 개념들이 없다면, 역사성이 어떤 시작과 종말 사이에서 펼쳐지고, 그 둘 사이에서 늘어나며, 어떤 공동 역운의 더불어 생겨남이 된다고 말할 수 없을 것이다. 달력과 시계는 이것을 입증한다. 그리고 역사성에서 근원적 시간성으로 거슬러 올라간다면, 어떻게 역사성 historialté의 공적인 성격이 나름대로 가장 깊은 시간성보다 나름대로 앞서지 않을 수 있겠는가? 그러한 시간성에 대한 해석은 언제나, 옮길 수 없다고 여겨지는 죽음을 향한 존재의 형태들을 앞서는 언어에 속하는데 말이다. 더 근본적으로, 근원적 시간성의 "탈-자Ausser-sich"는 역사성을 특징짓는 늘어남을 중개로 세계 시간의 구조들이 근원적 시간성의 구조에 미치는 반작용을 나타내지 않는가?[150]

마지막 결과. 『존재와 시간』에서 시간에 관한 부분 전체에 걸쳐 의미가 발생하는 과정 사이사이를 떼어놓는 불연속성들에 주의를 기울인다면, 해석학적 현상학은 시간성의 형상들이 내적으로 분산되도록 부추기는 것이 아닌가 하는 의문을 제기할 수 있다. 숙명적 시간과 역사적 시간, 그리고 우주적 시간의 분열은, 인식론적 입장에서는, 한편으로 현상학적 시간과 다른 한편으로 천문학적·물리학적·생물

---

150) 모든 분석들의 가역성(可逆性)에서 우리가 쉽게 이끌어낼 수 있는 순환 논리라는 반론은, 1부에서 미메시스 Ⅲ 단계를 소개하면서 그러한 논증을 우리 입장에 반하는 것으로 돌렸을 때 그것이 우리에게는 치명적이지 않았던 것과 마찬가지로, 여기서도 그렇지 않다. 순환 논리는 모든 해석학적 분석에서 건강함을 보여주는 신호다. 순환 논리라는 의혹은 적어도 시간 물음의 근본적 모순성 쪽으로 돌려야 할 것이다.

학적 시간 사이의 균열에 덧붙여지면서, 예기치 않게 해석학적 현상학의 다원적 소명, 혹은 보다 정확히 말해서 다원화하는 소명을 입증한다. 하이데거는 시간의 세 가지 탈자태에 적용했던 표현을 의도적으로 재사용해서, 시간화의 세 가지 층위가 동일한 근원을 가지고 있다고 천명함으로써, 이러한 의문을 향한 길을 튼다. 그런데 시간의 세 층위가 동일한 근원을 가지고 있다고 해서, 미래가 반드시 마음씀에 대한 실존론적 분석이 부여하는 우선권을 갖는 것은 아니다. 여하튼 미래, 과거, 현재는 우리가 하나의 층위에서 다른 층위로 넘어갈 때 차례대로 우위를 차지한다. 이런 의미에서 현재에서 출발하는 아우구스티누스와 미래에서 출발하는 하이데거의 논쟁은 그 예리함이 상당히 상실된다. 뿐만 아니라 현재의 경험이 담당하는 기능들의 다원성은 우리로 하여금 현재에 대한 지나치게 일의적인 개념일지라도 자의적으로 추방하지 않도록 경계하게 한다. 하이데거가 제안하고 있는 것처럼 미래에서 과거를 향한, 그리고 미래에서 현재를 향한 파생 관계가 일방적임에도 불구하고, 또한 가장 덜 본래적인 시간성의 형상들의 유래를 조정하는 순서가 일방적으로 내려오는 것처럼 보임에도 불구하고, 시간을 다루고 있는 끝부분에서 시간화 과정은 분석 초기에서보다는 더 근본적으로 분화되어 나타난다. 기실 시간화의 세 가지 형상들의 분화야말로 미래, 과거 그리고 현재를 시간의 **탈자태**라고 부를 수 있게 하는 은밀한 분화를 보여주고 명시하는 것이다.

4. 『존재와 시간』에서 시간성을 다루는 부분에 활력을 불어넣는 아포리아들에 이처럼 관심을 기울임으로써 시간의 해석학적 현상학에서 역사성의 상황에 마지막으로 눈길을 던질 수 있게 된다.

역사성에 관한 장(章)이 근본적 시간성에 관한 장과 시간 내부성에 관한 장 사이에 위치하고 있다는 사실은, 학술적인 설명의 편의를 훨씬 넘어서는 어떤 매개적 기능을 가장 뚜렷하게 보여주는 지표다. 그러한 매개적 기능의 광범위한 폭은 시간의 해석학적 현상학에 의해 열린 아포리아 영역의 그것에 버금간다. 조금 전에 제기된 문제들을 순서대로 따라가다 보면, 우리는 우선 역사란 그 자체가 현상학적 시간과 천문학적 · 물리학적 · 생물학적 시간의 단층 위에 세워져 있는 것이 아닌가, 간단히 말해서 역사는 바로 단층 지역이 아닌가 하는 의문을 제기할 수 있다. 그러나 우리 역시 암시했듯이, 의미의 잠식이 이러한 인식론적 단절을 보상해준다면, 역사는 두 가지 사유 체계가 감염과 대립을 통해 서로 잠식되는 현상이 명백하게 나타나는 장소가 아니겠는가? 한편으로, 시간 내부성의 측면에서, 실존론적 분석을 통해 추출되는 날짜 추정 가능성, 시간 간격 그리고 공공성이라는 현상들과, 달력과 시계의 제조를 주도했던 천문학적 고려, 이 둘 사이에는 감염을 통한 교환이 지배적인 것처럼 보인다. 그런데 이러한 감염은 역사성의 특징들과 시간 내부성의 특징들을 겸하고 있다는 점에서 역사에 영향을 미치지 않을 수 없다. 다른 한편으로 대립에 따른 교환은, 죽음을 향한 존재가 우리를 둘러싼 시간과 잔혹한 대조를 이루게 되면서부터, 근원적 시간성의 차원에서, 압도적인 것으로 나타난다. 역사는 여기서도 간접적으로 관련된다. 죽은 자들에 대한 기록과 죽음보다 강한 체제들, 구조들, 변형들에 대한 탐구가 역사 안에서 서로 대립하기 때문이다.

그러나 시간성과 시간 내부성의 중간에 있는 역사적인 것 historial의 위치는, 현상학과 우주론의 경계에서 벌어지는 갈등에서 해석학적 현상학 자체에 내재한 불협화음으로 넘어갈 때, 보다 직접적으로 문제가 된다. 종국적으로 숙명적 시간과 우주적 시간 사이에서 역사적 시간의 위치는 어떻게 되겠는가? 사실상 실존론적 분석의 연속성에 의문을 제기하는 바로 그때, 역사성은 기획 전체를 판가름하는 지점이 된다. 시간화의 양극 사이에서 컴퍼스 바늘을 벌릴수록, 역사성의 자리와 역할은 애매해진다. 시간화의 세 가지 주요 형상들만이 아니라 시간의 세 가지 탈자태를 분산시키는 분화에 의문을 제기할수록, 역사성의 지형 또한 더 수상쩍은 것이 되고 만다. 이러한 당혹스러움에서 한 가지 가설이 생겨난다. 시간 내부성이 우리의 수동성과 사물들의 질서가 접촉하는 지점이라면, 역사성은 현상학적 영역 내부에서, 죽음을 향한 존재와 세계 시간 사이에 던져진 다리가 아니겠는가? 역사 기술, 서술학 그리고 현상학 사이의 삼자 대화를 재개하면서 그 매개적 기능을 확실히 밝히는 것은 이어지는 절(節)들의 몫이 될 것이다.

*

이처럼 아리스토텔레스 대 아우구스티누스, 칸트 대 후설, 그리고 통속적 시간 개념과 하이데거라는 세 차례의 대조를 거치고 나서, 나는 두 가지 결론을 이끌어내고자 한다. 첫번째 결론은 여러 차례에 걸쳐 예견할 수 있는 것이지만, 두번째 결론은 독자들이 알아차리지 못하고 지나쳤을 수도 있다.

우선 시간의 현상학이 이제 역사 기술과 문학서술학 사이에서 전개될 삼자 대화에서 특권적 지위를 누릴 수 있다면, 이는 시간의 현상학에 힘입어 발견된 것들뿐만 아니라 그로 인해 생겨나는 아포리아들, 그리고 그것이 앞으로 나아감에 따라 늘어나는 아포리아들 때문이라는 것을 말해두자.

이어서 아리스토텔레스와 아우구스티누스, 칸트와 후설, 그리고 통속적 시간 개념과 결부된 모든 지식과 하이데거를 대립시키면서 우리가 심리한 소송은 더 이상 어쩌면 독자들이 이 책에서 읽고 싶어질, 현상학이 내건 소송이 아니라, 시간이란 무엇인가라는 물음에 적절한 답을 찾으려 하는 반성적이고 사변적인 철학 전체가 내건 소송이다. 그 아포리아의 진술에서 강조되고 있는 것이 시간의 현상학이

라면, 이 절의 끝에서 도출되는 것은 보다 광범위하고 보다 균형이
잡혀 있다. 즉 현상학적 시간(현재)을 은밀하게 다시 데려오지 않고
는 우주론적 시간(순간)을 생각할 수 없으며, 그 역(逆)도 마찬가지
라는 것이다. 아포리아의 진술이 현상학을 넘어선다면, 아포리아는
바로 그로 말미암아 현상학을 반성적이고 사변적인 철학의 큰 흐름
속에 다시 자리잡게 하는 장점을 가진다. 우리가 1장의 제목을 시간
의 현상학의 아포리아라고 하지 않고, 시간성의 모순이라고 이름 붙
인 것은 바로 그 때문이다.

제2장
이야기의 시학
── 역사, 허구, 시간

　이제 이 4부의 주된 가설, 즉 재형상화 문제의 열쇠는, 현상학이 드러낸 시간의 아포리아들에 대해서 역사와 허구가 함께 어우러져 이야기의 시학이라는 대응책을 제공하는 방식에 있다는 가설을 검증할 때가 되었다.

　미메시스 Ⅲ[1]을 방패로 삼고 있는 문제들을 개략적으로 설명하면서, 우리는 재형상화 문제를 역사와 허구가 서로 교차하는 대상 지시의 문제와 같은 것으로 보았다. 그리고 인간의 시간 temps humain은 행동하고 감내하는 상황 속에서 그처럼 역사와 허구가 교차하는 데에서 발생한다는 사실을 받아들였다.

　역사와 허구가 각기 겨냥하는 것 사이의 불균형을 존중하기 위해서, 우리는 그 두 가지가 확연하게 나누어진다는 것을 파악하는 데에서 다시 출발할 것이다. 그러니까 제2장의 첫 두 절(節)에서는 바로 역사 이야기의 대상 지시의 특수성, 이어서 허구 이야기의 대상 지시의 특수성을 평가할 것이다. 시간을 재형상화하는 작업에서 역사와 허구의 결합이 그 역설적인 면모를 끝까지 유지하기 위해서 그렇게 나아가야 할 필요가 있는 것이다. 여기서 내가 주장하려는 것은, 시

---

1) 『시간과 이야기』 1권, pp. 159 이하(번역본).

간의 현상학이 드러내는 아포리아들에 역사가 대응하는 독특한 방식은 어떤 제3의 시간 tiers-temps — 본래의 역사적 시간 —, 체험된 시간과 우주적 시간을 중개하는 시간을 만들어내는 데에 있다는 것이다. 그 주장을 입증하기 위해 우리는 역사가의 작업에서 빌려온 결합 connexion 방식들, 즉 달력, 세대들의 연속, 사료, 문서, 흔적 등 체험된 시간을 우주적 시간 속에 다시 집어넣게끔 하는 방식들의 도움을 구할 것이다. 이러한 방식들은 역사가의 작업에서는 문젯거리가 아니다. 단지 시간의 아포리아와 관계를 맺을 때 그 방식들은, 역사에 대한 사유에서, 궁지에 빠진 사변과 관련하여 역사가 갖는 시적(詩的) 특성을 나타내준다.

역사에서 체험된 시간을 우주적 시간 속에 다시 집어넣는 것에 대해서, 허구에서는 시간의 현상학이 안고 있는 바로 그 아포리아들에 대한 상반된 해결책, 즉 허구가 그 현상학의 주된 테마들을 가지고 만들어내는 상상의 변주 variation imaginative들이 대응한다. 그렇게 해서 1절과 2절에서 역사와 허구의 관계는, 그 각각의 재형상화 능력으로 보자면, 여전히 대립의 흔적을 갖게 될 것이다. 하지만 그런 대립 속에서도 시간의 현상학은 여전히 공통의 척도 — 이 척도가 없다면 허구와 역사의 관계도 규정할 수 없다 — 가 될 것이다.

이어서 3절과 4절에서 우리는 역사적 또는 허구적인 이야기와 실재 réalité의 관계에 대한 고전적인 문제를 시금석으로 삼아, 역사와 허구 사이의 상호 보완 관계를 향해 한 걸음 내디딜 것이다. 그 문제를 다시 설정하고 해결함으로써 우리가 어느 순간부터 대상 지시라는 말보다는 재형상화라는 말을 선호할 수밖에 없었던 용어상의 변화가 정당화될 것이다. 역사 쪽에서 보자면, 대상 지시에 대한 고전적인 문제는 사실상 역사 이야기가 실제로 과거에 발생했던 사건들과 관계된다고 천명할 때 그 말이 무엇을 뜻하는지를 알아보는 것이다. 여기서 나는 바로 과거에 적용된 "실재 réalité"라는 낱말에 부여된 뜻

signification을 새롭게 하려고 한다. 즉 실재라는 말의 조건을 제3의 역사적 시간의 창안(창조와 발견이라는 이중의 뜻에서)과 연결함으로써 새로운 의미를 부여하는 작업을, 적어도 함축적으로 시작하게 될 것이다. 그러나 체험된 시간을 우주적 시간 속에 다시 집어넣음으로써 생겨날 수 있을 안도감 같은 것은, 지금은 사라졌지만 있었던 — "실재적"이었던 과거라는 관념과 결부된 역설에 직면하는 순간부터 자취를 감추고 만다. 역사의 지향성 intentionalité historique[2]에 대한 우리의 연구는 방법론적 기교를 이용해서 그러한 역설로부터 조심스럽게 일정한 거리를 유지해왔다. 즉 사건이라는 개념과 마주해서 우리는 역사적 설명과 줄거리 구성을 통한 형상화 사이의 관계를 다루는 탐구라는 테두리 안에 머물러 있기 위해서, 사건의 인식론적 기준들을 그 존재론적 기준들과 분리시키는 방법을 택했던 것이다. "실재적" 과거라는 개념과 더불어 전면에 다시 등장하는 것은 바로 이 존재론적 기준들이다. 실재적 과거라는 개념에는 기실 암묵적인 어떤 존재론이 깔려 있으며, 역사가가 구성한 것들은 그에 근거해서 언젠가 "실재"였던 것을 다소 비슷하게 재구성한 것들이 되고자 하는 소망을 품는다. 역사가는 자신이 예전의 사람들에 대해, 죽은 이들에 대해 어떤 빚으로 맺어져 있다고 알고 있는 것 같다. 대부분의 인식론적 역사가들 가운데 가장 강경한 "구성주의 constructivisme"를 표방하는 이들도 소멸시키지는 못했던 이 암묵적인 "실재론 réalisme"의 전제를 뚜렷이 밝히는 것은 철학적 반성의 과제다. 우리는 역사가 재구성한 것들과 그것들이 마주 보고 있는 것, 즉 완전히 소멸된 동시에 그 흔적들 속에 보존되어 있는 어떤 과거 사이의 관계에 재현성 représentation(혹은 대리성 lieutenance)이라는 이름을 붙일 것이다. 재현성(혹은 대리성)이라는 개념과 결부된 역설이 나에게 암시했던 바

---

2) 같은 책, p. 348(번역본).

는 플라톤의 『궤변론자 *Sophiste*』를 읽으면서 떠올랐던 몇몇 "대범주들," 즉 동일자 le Même, 타자 l'Autre, 유사자 l'Analogue라는 범주들을 가지고 "실재적" 과거라는 소박한 개념을 시험해본다는 것이다. "실재적" 과거라는 개념에 타격을 주는 역설에 대해서 이러한 재현성의 변증법이 해결책을 마련하리라고 기대하는 것은 아니다. 우리는 단지 재현성의 변증법이 바로 과거에 적용된 "실재"라는 개념 자체를 문제삼기를 기대한다. 재현성 관계에 상응한다고 말할 수 있는 "실재적"과의 관계가 허구 쪽에도 존재하는가? 서술적 허구에 의해 투사된 등장인물, 사건, 줄거리들이 "비-실재적 irréel"이라는 점에서 일견 재현성 관계에 비할 만한 것은 없어야만 할 듯하다. "실재적" 과거와 "비-실재적" 허구 사이에 가로놓인 심연은 뛰어넘을 수 없는 것처럼 보인다. 하지만 보다 세밀하게 탐구하려면 "실재적"과 "비-실재적" 사이의 그러한 초보적인 이분법에서 멈추어서는 안 될 것이다. 3절에서 우리는 "실재적" 과거라는 관념이 어떤 어려움을 겪으면서 보존되는지를, 그리고 그 관념이 어떻게 변증법적으로 다루어져야 하는지를 보게 될 것이다. 그와 대칭을 이루어 허구적 개체 entité들의 "비-실재성 irréalité"의 경우도 마찬가지다. 우리는 흔히 그 개체들이 "비-실재적"이라고 말하면서 그 특성을 부정적인 용어로 규정한다. 그런데 허구에는 삶과 풍습을 드러내고 변형시키는 긍정적인 기능을 나타낸다는 효과가 있다. 따라서 우리의 연구는 이제 효과 이론 쪽으로 방향을 잡아야 한다. 텍스트 세계라는 개념을 『시간과 이야기』 2권에서, 우리가 살 수 있고 우리에게 가장 적합한 잠재 능력을 펼칠 수 있는 세계라는 뜻으로 도입했을 때, 우리는 그러한 방향 쪽으로 절반쯤 들어선 것이다.[3] 하지만 그때의 텍스트 세계는 내재성 속의 초월성만을 구성할 뿐이다. 텍스트는 그것이 다가 아니다. 나머지 반의 길은

---

3) 『시간과 이야기』 2권, 4장.

바로 텍스트의 허구적 세계와 독자의 실제 세계 사이를 독서가 중개하는 것으로 이루어진다. 허구의 효과, 즉 드러내고 변형시키는 효과는 본질적으로 독서의 효과다.[4] 문학은 바로 독서를 거쳐서 삶으로, 다시 말해서 존재의 실천적이고 정동(情動)적 pathique인 영역으로 되돌아오는 것이다. 따라서 독서 이론이라는 길을 따라가면서 우리는 허구 영역에서 재현성 관계와 동등한 가치를 갖는 적용application 관계를 규정하려고 한다.

허구와 역사의 교차에 대한 탐구의 마지막 단계는 시간을 재형상화하는 역사의 힘과 허구의 힘 사이의 단순한 이분법이나 수렴 관계를 넘어서는 곳으로 우리를 안내할 것이다. 다시 말해서 1권에서 역사와 허구가 교차하는 대상 지시라는 용어로 지칭했던 문제의 핵심에 다가가는 것이다.[5] 이미 여러 번 언급했던 이유들로 인해, 우리는 이제 인간의 능동적인 행위와 수동적인 행위의 측면에서 역사와 허구가 결합해서 일으키는 효과들을 겹쳐진 재형상화refiguration croisée라고 말하고 싶다. 이 최종적인 문제에 다가가기 위해서는 문학은 물론 역사 기술을 포함한 모든 서술 방식으로 독서 공간을 확장시켜야 한다. 바로 거기에서 효과에 대한 일반 이론이 비롯된다. 그 이론은 가장 넓은 의미에서 이야기를 통한 실천praxis의 재형상화 작업이 최종적으로 구체화되는 단계에 이를 때까지 그 작업을 따라가게끔 해준다. 그러면 문제는 두 가지 서술 양태가 각기 서로에게서 빌려오는 것들을 이용해서 역사와 허구를 통한 시간의 재형상화가 어떻게 구체화되는지를 보여주는 것이다. 여기서 서로 빌려온다는 것은 이렇다. 즉 역사의 지향성은 서술적 상상 세계와 관련된 허구화 능력을 자기가 겨냥하는 바에 통합함으로써만 수행될 수 있으며, 반면에 허구 이야기의 지향성은 실제 과거의 재구성이라는 시도가 그것에 제공하

---

4) 『시간과 이야기』 1권, pp. 116~17(번역본).
5) 같은 책, pp. 117~24(번역본).

는 역사화 능력을 받아들임으로써만 능동적 행위와 수동적 행위를 찾아내고 변형시키는 그 효과들을 만들어내는 것이다. 허구 이야기의 역사화와 역사 이야기의 허구화가 이처럼 서로 긴밀하게 주고받는 데에서 인간의 시간이라고 불리는 것이 태어나며, 그것이 바로 다름아닌 바로 이야기된 시간temps raconté이다. 서로 교차하는 이 두 가지 움직임의 상호 내재성을 부각시키기 위해 우리는 하나의 절(節) — 2장의 5절 — 을 따로 할애하여 그 문제를 다룰 것이다.

그러고 나면 이야기를 통해 재형상화된 시간을 여전히 단수 집합명사singulier collectif로 지칭하게끔 하는 전체화 과정의 성격에 관해 생각해보는 일이 남게 된다. 그것은 「이야기된 시간」의 마지막 두 절(節)의 목적이 될 것이다.

문제는 역사 이야기, 그리고 허구 이야기에 있어서 시간의 단일성이라는 전제에 상응하는 것이 무엇인지를 알아보는 것이다. 그 단계에서 바로 '역사'라는 낱말의 새로운 뜻이 드러날 것이다. 그 새로운 뜻은 역사 기술과 허구의 구별을 넘어서고, 역사 의식과 역사적 조건이라는 용어를 최상의 동의어로 받아들이게 될 것이다. 가장 넓은 의미로 이해된 서술적 기능은, 서사시에서 근대 소설 그리고 전설에서 역사 기술에 이르는 전개 과정을 포괄하면서, 궁극적으로는 역사적 조건을 다시 그려보고, 그렇게 해서 그것을 역사 의식의 지위로 끌어올리려는 야심으로 정의된다. 우리 탐구의 끝에서 '역사'라는 용어에 다시 부여될 이 새로운 뜻은 사실 그 낱말 자체의 의미를 통해서도 입증된다. 역사라는 낱말은 적어도 2세기 전부터 대부분의 언어권에서 시간들의 흐름 전체와 그 흐름과 결부된 이야기들 전체를 동시에 가리키는 것이다. '역사'라는 낱말이 갖는 두 가지 뜻[프랑스어의 'histoire'는 영어의 'history'와 'story'를 모두 의미한다: 옮긴이]은 언어의 어쩔 수 없는 애매성에서 비롯된 것이 아니다. 그것은 우리의 역사적 조건에서 우리가 취하는 포괄적 의식에 깔려 있는 또 다른 전제를 입증하는 것이다. 다시 말해서 '시간'이라는 낱말과 마찬가지로 '역사'라는 용어 또한, 이야기된 역사의 층위 및 실제 역사의 층위에서 진행되는 두 가지 전체화 과정을 감싸는 어떤 단수 집합명사를 가리키는 것이다. 통일적인 역사 의식, 그리고 또한 불가분의 역사적 조건 사이의 이러한 상호 관계는 그래서 이야기를 통한 시간의 재형상화에 대한 우리 탐구의 마지막 목적이 된다.

이런 식으로 구성된 문제를 다루면서 독자들은 헤겔의 흔적을 쉽게 알아차릴 수 있을 것이다. 우리가 헤겔을 거쳐가지 않을 수 없게 만드는 이유들, 나아가서는 그럼에도 불구하고 헤겔을 포기해야 하는 이유들을 검토해야만 하는 의무에서 벗어날 수 있다고 생각하지 않았던 것은 바로 그 때문이다. 그것은 6절의 목표가 될 것이다.

그런데 실제 우리가 믿고 있는 것처럼 역사적 조건과 의식을 하나의 전체화 과정으로 생각해야 한다면, 미래, 과거 그리고 현재 사이에서 어떤 종류의 불완전한 중개가 헤겔이 말한 전체적 중개를 대신할 수 있는지에 대해 말해야 할 것이다. 그러한 물음은 역사 의식의 해석학, 다시 말해서 역사 이야기와 허구 이야기가 함께 어우러져 우리 각자가 능동적 행위자와 수동적 행위자의 자격으로 실제 역사에 귀속됨appartenance과 유지하는 관계에 대한 해석에 속한다. 그 해석학은 시간에 대한 현상학과 개인적 경험과는 달리, 시간의 세 가지 큰 탈자태들을 공동 역사의 층위에서 직접 유기적으로 연결하려는 야심을 갖는다. 즉 미래는 기대 지평이라는 특징 아래, 과거는 전통이라는 특징 아래, 현재는 불시에 일어나는 것 l'intempestif이라는 특징 아래, 세 가지를 연결하는 것이다. 헤겔이 추진했던 전체화 과정은, 완결된 전체성이라는 유혹에 더 이상 굴복하지 않고도 유지될 수 있을 것이다. 기대, 전통 그리고 현재가 불시에 떠오름 사이에서 서로 주고받는 이러한 놀이와 더불어 이야기를 통한 시간의 재형상화 작업이

완수될 것이다.

결론이 되는 마지막 절에서 우리는, 역사 기술과 허구 이야기 각각의 대상 지시가 겨냥하는 것들이 교차한다는 관점에서 이야기를 고려할 때와 마찬가지로, 시간의 단일성이라는 전제에 맞서 이야기를 그 전체화 기능을 통해 고려할 때도 이야기와 시간의 상호 관계가 적절한지를 살펴볼 것이다. 그러한 물음은 이야기의 시학을 통해 시간의 아포리아에 답한다는 우리의 야심이 만나게 되는 한계들에 대한 비판적 성찰이 될 것이다.

1. 체험된 시간과 보편적 시간 사이에서
—— 역사적 시간

역사철학에 관한 작금의 논의에서 보면, 헤겔식의 보편적 역사에 관한 사변, 그리고 프랑스 역사 기술 혹은 영어권의 분석적 역사철학하는 식으로 역사에 관한 글쓰기의 인식론, 이 둘 사이에서 한 가지를 선택해야 한다는 것이 무리 없이 받아들여진다. 여기에서 시간의 현상학이 제기하는 아포리아들을 반추함으로써 열리게 되는 세번째 선택의 길은 현상학적 시간과 현상학이 구성하지 못하는 시간, 우리가 세계의 시간, 객관적 시간 또는 통속적 시간이라고 부르는 시간 사이에 있는 역사적 시간의 위치에 대해 성찰하는 데에 있다.

역사는 달력, 세대들의 연속이라는 관념, 그와 관련하여 동시대인, 선조, 후손들의 삼중의 절대적 영향력이라는 관념과 같은 사유 도구들을 만들어내고 사용함으로써, 그리고 끝으로 무엇보다도 사료, 문서와 흔적들에 도움을 청함으로써, 시간을 재형상화하는 창조적 역량을 처음으로 드러낸다. 그러한 사유 도구들은 체험된 시간과 보편적 시간 사이의 이음쇠 connecteur 역할을 한다는 점에서 주목할 만하다. 그러한 자격으로 이 도구들은 역사가 갖는 시적poétique 기능을 입증하고, 시간의 아포리아들을 해결하려고 애쓴다.

하지만 그것들이 역사 의식의 해석학에 기여하는 바는 반성적 작업의 끝에 가서야 나타나며, 그러한 작업은 이미 더 이상 역사적 앎의 인식론에 속하지 않는다. 조금 전에 말했듯이, 역사가에게 그 이음쇠들은 단순한 사유 도구일 뿐이다. 역사가는 그 가능 조건들, 보다 정확히 말해서 의미성signifiance 조건들을 따지지 않고 사용한다. 그 조건들은 우리가 그것을 (역사가라면 왈가왈부할 필요가 없는) 시간의 아포리아에 관련시킬 때 비로소 드러나는 것이다.

체험된 시간과 보편적 시간을 연결하는 이러한 이음쇠들은 기실 우리가 2부에서 설명했던 서술 구조들을 다시 세계로 옮겨싣는다는 공통점을 가진다. 그렇게 해서 역사적 시간의 재형상화에 기여하는 것이다.

I. 달력의 시간

달력의 시간은 체험된 시간과 우주적 시간 사이에, 역사가의 실천적 경험을 통해 놓이는 첫번째 다리다. 달력의 시간은 시간에 관한 두 가지 관점 가운데 어느 한 가지에 전적으로 속하지 않는 것을 창조한다. 다시 말해서 달력의 시간은 두 가지 모두의 성질을 지니며, 달력의 시간을 제정하는 것은 바로 제3의 시간을 창안하는 것이 된다.

사실상 여러 점에서 이 제3의 시간은 훨씬 더 중요한 실체 — 이것을 '체제'라고 부를 수는 없으며 '창안'이라고는 더더욱 부를 수 없다 —가 역사가의 실천적 경험 측면에 드리우는 그림자에 지나지 않는다. 그 실체는 대략 거칠게 신화적 시간이라는 용어로 지칭할 수밖에 없다. 여기에서 우리는, 서사시를 그리고 역사 기술을 이야기 탐구의 출발점으로 삼는 순간, 지금까지 들어가지 않으려 했던 영역에 접하게 된다. 두 가지 서술 양태 사이의 단층은 이미 우리가 분석을 시작할 때부터 주어진 것이었다. 그런데 신화적 시간은 우리를 그러한 단층 아래쪽의 한 지점 — 시간의 문제에 있어서 우리가 세계라고 부르기도 하고 인간 존재라고 부르기도 하는 것 전체가 아직 시간에 감싸여 있는 지점 — 으로 데려간다. 신화적 시간은 플라톤의 『티마이오스』 그리고 아리스토텔레스의 『물리학』을 구성하는 개념 작업에서 함축적으로 이미 윤곽이 그려졌고, 우리는 아낙시만드로스의 유명한 경구를 통해 그 흔적을 짚어보았다.[6] 그런데 달력을 만들 때 결코 벗어날 수 없는 제약들의 근원에서 우리는 바로 신화적 시간을 발견하게 된다. 따라서 아리스토텔레스가 『물리학』[7]에서 고수하고 있는 말에 따르면, 신화와 더불어 모든 실재를 감싸고 있는 어떤 "거대한 시간grand temps"을 그려내기 위해서는 숙명적 시간, 역사적 시간, 우주적 시간이 나뉘기 이전으로 — 우리의 성찰은 이미 이 시간들이 나뉜 곳에서 출발했었다 — 거슬러 올라가야 한다. 이 "거대한 시간"의 주된 기능은 우주적 시간에 맞추어 사회들, 그리고 사회에서 살고 있는 사람들의 시간을 조정하는 것이다. 기실 신화적 시간은 모든 것이 어슴푸레한 안개 속으로 생각을 던져넣는 것이 아니다. 오히려 서로 다르게 지속되는 주기(週期)들, 천체의 거대한 주기들, 생물학적으로 되풀이되는 현상들과 사회적 삶의 리듬들을 서로 관련지어 정돈함으로써, 시간을 통일적이고 포괄적으로 **구획짓도록** 하는 것이다. 신화적 표상들은 바로 그렇게 해서 달력의 시간 체제를 구성하는 데 가세하게 된다.[8] 하지만 신화적 표상에 대해 말하면서 **신화와 제의(祭儀)**

---

6) 이 책의 p. 36 참조.

7) 아리스토텔레스, 『물리학』 IV, 12, 220 b 1~222 a 9.

8) 우리가 앞으로 보여줄 분석은, 달력 체제의 보편적 양상과 결부된다는 점에서 선험적이라고 부를 수 있을 것이다. 그 분석은 일상적으로 통용되는 개념들, 그 가운데에서도 시간 개념의 사회적 기원을 배경으로 달력의 문제를 다루었던 20세기 초의 프랑스 사회학파가 구사했던 발생론적 접근법과, 물론 그것을 배제하는 것은 아니지만, 구별된다. 플로티누스의 정신 Noûs처럼 어떤 집단적 의식을 모든 개념의 근

의 결합을 간과해서는 안 된다.[9] 사실 신화적 시간이 세계의 시간과 인간의 시간에 공통된 뿌리임은 바로 제의를 매개로 해서 드러나게 된다. 제의는 그 주기성을 통해 일상 행동의 리듬보다는 더 광대한 리듬을 나타낸다. 그처럼 행동을 구획지음으로써 제의는 일상 시간, 그리고 각각의 짧은 인생을 광범위한 시간 속에 끼워넣는다.[10]

원으로 삼는 것은 위험한 일이다. 그러한 위험은, 사회적 기원과 종교적 기원이 뒤섞이는 경향을 보이는 『종교적 삶의 기본적 형태 Formes élémentaires de la vie religieuse』(Paris: PUF, 1968 재판)의 저자 뒤르켐 Durkheim에게서 가장 심각하다. Maurice Halbwachs의 『기억과 사회 Mémoire et Société』(앞의 책, 『집단적 기억』[앞의 책]이라는 제목으로 재출간)에서는 조금 덜하다. 집단적 기억이 전체 사회보다는 가까운 집단에 속하는 것이 되어서, 개념들의 발생 전체를 다루려는 기획이 보다 신중한 균형을 되찾고 있기 때문이다. 하지만 기원 문제를 계기로 구조 문제들이 탁월한 표현으로 제기되고 있다. 뒤르켐은 이렇게 말한다. "시간 이해에 내재한 서로 다른 순간들의 구별은 흘러간 우리의 삶을 단지 부분적이거나 집단적으로 기념하는 데에만 있는 것이 아니다. 그것은 우리의 개인적 실존만이 아니라 인류의 실존을 감싸고 있는 추상적이고 비개인적인 배경이다. 그것은 정신의 시선 아래 길게 펼쳐져 있고, 일어날 수 있는 사건들은 고정되어 있고 정해진 표준점들과 관련하여 그 위치가 결정될 수 있는 어떤 그림과도 같다. [……] 이미 그것만으로도 그러한 조직체가 집단적일 것이라는 점을 대략 짐작할 수 있다"(『종교적 삶의 기본적 형태』, 「서론」, pp. 14~15). 달력은 이러한 집단적 기억에 적합한 도구다. "달력은 집단적 활동의 리듬을 표현하는 동시에, 그 규칙성을 보장하는 기능을 갖는다"(같은 책). 이렇게 해서 발생론적 사회학은 역사에서 사용되는 이음쇠들 — 우리는 그 기원보다는 의미를 만들어내는 힘을 추출하려고 한다 — 을 설명하는 데 결정적으로 기여한다. 우리가 쓰고 있는 율리우스-그레고리력처럼 오늘날에도 여전히 받아들여지고 있는 달력 체제의 역사를 다루는 연구들도 마찬가지다 [P. Couderc, 『달력 Le Calendrier』, Paris: PUF, 《Que sais-je?》 문고, 1961.

9) René Hubert는 "종교와 마법에서의 시간 표상에 대한 간략한 연구 Étude sommaire de la représentation du temps dans la religion et la magie"(『종교사 논문집 Mélanges d'histoire des religions』[Paris: Alcan, 1909])에서 축제라는 개념에 상당한 중요성을 부여하고, 그 점에 관해서 축제들의 주기적 성격을 정돈할 필요성과 연결된 "중대한 날짜들 dates critiques"이라는 개념을 만들어낸다. 이에 못지않게 중요한 사실은, 중대한 날짜들 사이의 간격이 축제의 광휘에 의해 규정되고 그 날짜들이 회귀함으로써 동등해진다는 것이다. 예외라 할 수 있다면, 마법과 종교에서 달력이 갖는 기능은 시간을 측정하는 것이라기보다는 그것에 리듬을 주고, 길한 날과 불길한 날, 호의적인 시절과 그렇지 않은 시절의 연속을 보장한다는 점이다.

군이 신화와 제의를 대립시켜야 한다면, 신화가 일상의 시간(공간과 마찬가지로)을 넓히는 반면, 제의는 신화적 시간을 삶과 행동의 세속적 영역에 다가가게 한다고 말할 수 있을 것이다.

보다시피 달력의 시간이 갖는 매개 기능에 대한 우리의 분석은 종교사회학과 종교사로부터 도움을 얻는다. 동시에 우리는 의미 이해를 위해 두 가지 접근 방법을 뒤섞거나 발생론적인 설명을 택하지는 않을 것이다(그것은 두 방법 모두를 훼손시킨다). 신화적 시간은 제한적인 조건 아래서만 우리 문제와 관계를 맺을 뿐이다. 신화적 시간이 갖는 기능들, 어쩌면 서로 이질적일지도 모를 그 모든 기능들 가운데, 우리는 세계의 질서에 영향을 미치는 사변적 기능만을 고려할 것이다. 제의와 축제가 행하는 매개에 대해서는, 실천적 차원에서 제의와 축제가 세계의 질서와 일상 행동의 질서 사이에 설정하는 상응 관계만을 고려할 것이다. 간단히 말해서 우리가 고려하는 것은, 신화와 제의가 행동하고 고통받는 개인들의 체험에 초점을 둔 일상 시간을 통합하는 데 어떻게 기여하는가, 눈에 보이는 하늘에 그려진 세계 시간에 어떻게 기여하는가 하는 것뿐이다. 이때 달력 체제의 보편적 조건들을 파악하는 것이 종교사회학과 비교종교사 쪽에서 받아들인 정보들에 대한 선별 작업을 이끌어주며, 그 대신 이 학문들은 달력의

10) 「시간과 신화」(『철학 연구 Recherches philosophiques』[Paris: Bovin, 1935~1936])라는 탁월한 논문에서 조르주 뒤메질 Georges Dumézil은, 신화와 제의의 관계에 영향을 미치는 그 어떤 차이에도 불구하고, 무엇보다도 신화적 시간의 "규모"를 강조한다. 신화가 그 자체 주기적인 사건들의 이야기를 만들어낼 때마다, 제의는 신화적 주기성과 제의적 주기성 사이의 화음을 보증한다. 신화가 독특한 사건들을 이야기할 때마다, 초석이 되는 그러한 사건들의 효율성은 행동의 시간보다 더 광대한 어떤 시간 위로 퍼져나간다. 여기서도 제의는 거대한 규모의 그러한 광휘와 신화적 사건 사이의 화음을 보증한다. 과거의 사건과 관계된다면 기념하고 모방함으로써, 미래의 사건과 관계된다면 미리 그려보고 준비함으로써 그렇게 하는 것이다. 역사 의식의 해석학에서 기념하고 현실화하며 미리 그려보는 것은, 과거를 전통으로, 현재를 실행성으로, 미래를 기대 지평과 종말론으로 크게 구획지음을 강조하는 세 가지 기능이다(이 책의 2장, 4절 참조).

시간 구성이 어렴풋이 파악한 것에 경험적 확증을 가져다준다.

그러한 보편적 구성을 통해 달력의 시간은 심리적 psychique 시간과 우주적 시간 사이의 제3의 시간이 된다. 그 구성의 규칙을 추출하기 위해서 나는 벤베니스트가 "언어와 인간의 경험"[11]에서 언급한 내용들을 길잡이로 삼을 것이다. 이 위대한 언어학자의 눈에 달력의 시간의 발명은 매우 독창적인 것으로 보였던지, 벤베니스트는 달력의 시간에 "연대기적 시간 temps chronique"이라는 특별한 명칭을 부여한다. 벤베니스트는 이 "연대기적 시간"이란 말을 거의 감춤 없이 되풀이함으로써 "우리의 개인적 실존에서와 마찬가지로 세계에 대한 우리의 전망에서도 단 하나의 시간, 그 시간만이 있을 따름이다"(『언어의 제 문제』, 앞의 책, p. 5)는 것을 보여주려고 한다. (세계와 개인적 실존을 이중으로 지시하고 있음을 주목할 수 있을 것이다.) 발생론적 탐구와 구별하기 위해서 선험적이라고 말할 수 있을 그러한 성찰에서 중요한 것은, "모든 형태의 인간 문화에서, 그리고 모든 시대에서, 우리는 연대기적 시간을 객관화하기 위한 노력을 어떤 식으로든 확인한다"는 것이다. "그것은 사회의 삶과 사회에서의 개인의 삶의 필요조건이다. 사회화된 그러한 시간이 달력의 시간이다"(p. 6).

모든 달력에는 다음과 같은 세 가지 특징들이 공통적으로 나타나서, 연대기적 시간을 책력에 따라 계산 comput하거나 분할한다.

— 신기원을 연다고 간주되는, 초석이 되는 사건(그리스도나 붓다의 탄생, 헤지라 Hégire, 어떤 군주의 출현 등)은 그에 따라 모든 사건들의 날짜를 산정하는 축이 되는 계기 moment axial를 결정한다. 그것은 책력 계산의 영점(零點)이다.

— 대상 지시 축과 관련해서 시간을 두 방향으로, 즉 과거에서 현재로, 그리고 현재에서 과거로 밟아가는 것이 가능하다. 우리 자신의

---

11) É. Benveniste, "언어와 인간의 경험 Le langage et l'expérience humaine," 『언어의 제 문제 Problèmes du langage』(Paris: Gallimard, 《Diogène》 총서, 1966).

삶은 우리의 관점이 아래로 내려가거나 위로 거슬러 올라가는 그 사건들의 일부가 된다. 그렇게 해서 모든 사건들의 날짜는 추정될 수 있다.

― 끝으로 우리는 "되풀이되는 우주적 현상들 사이에 변함없는 간격들이 이름을 붙이는 데 쓰이는 측정 단위들의 목록"(p. 6)을 설정한다. 천문학은 그 변함없는 간격들을 명명하는 것이 아니라, 그것들을 결정하는 데 도움을 준다. 즉 하루는 일출과 일몰 사이의 간격에 대한 측정을 토대로, 일년은 태양과 사계절이 한 번 회전함에 따라, 한 달은 해와 달이 서로 회합하는 간격으로 결정되는 것이다.

달력의 시간이 갖는 이 세 가지 변별적인 특징들 속에서 우리는 고대인들에게 잘 알려진 물리적 시간과의 뚜렷한 유사성을 알 수 있으며, 그와 동시에 플로티누스와 아우구스티누스 이전에는 잘 다루어지지 않았던 체험된 시간에서 암묵적으로 빌려온 것들을 알아차릴 수 있다.

물리적 시간과 달력의 시간의 유사성을 알아보기란 어렵지 않다. 달력의 시간이 물리적 시간에서 빌려오는 것은 바로 아리스토텔레스와 칸트가 파악한 물리적 시간의 속성들, 즉 벤베니스트에 따르면 "균일하고, 무한하며, 선조적이고, 임의로 분할할 수 있는 어떤 연속체"(같은 책)다. 아리스토텔레스의 『물리학』과 마찬가지로 칸트가 말하는 「경험의 유추 Analogies de l'expérience」에 기대어 나는 이렇게 덧붙일 것이다. 임의로 분할될 수 있는 것으로서의 물리적 시간은 현재의 의미 작용이 결핍된 순간들의 근원이다. 운동과 인과성에 연결된 것으로서의 그것은 이전과 이후의 관계 속에서 어떤 방향을 포함하고 있지만, 과거와 미래의 대립은 모른다. 관찰자의 시선이 두 방향으로 그것을 따라가도록 하는 것은 바로 그러한 방향성이다. 이런 뜻에서 시선이 따라가는 양면성은 사물들의 흐름의 일방성을 전제한다. 끝으로 선조적인 연속체로서 물리적 시간은 측정 가능성, 다시 말해서 시간의 동일한 간격 — 그 자체가 자연 현상의 반복과 관계를 맺는 간격 — 에 수를 대응시킬 수 있는 가능성을 포함한다. 천문학은 천체의 운행, 특히 해와 달의 운행의 주기성과 규칙성에 대한 보다 더 정확한 관찰을 통해 그러한 반복의 법칙들을 제공하는 학문이다.

그러나, 달력 시간의 책력 계산이 물리적 시간이라는 개념에 의미를 부여하는 천문학적 현상에 의해 뒷받침[12]되고 있다 할지라도, 달력의 시간의 분할 원리는 물리학과 천문학을 벗어난다. 모든 달력에 공통된 특징들은 책력 계산의 영점을 결정하는 데에서 "비롯된다"는 벤베니스트의 말은 올바른 지적이다.

여기서 우리는 균일하고, 무한하며, 선조적인 연속체에 따른 분할 가능성에서 파생된 순간과는 구별되는 것으로서의 현재라는 현상학적 개념을 빌려오게 된다. 내일과 어제를 있게 하는 오늘과 같이, 현재에 대한 현상학적 개념을 가지지 않는다면, 이전의 시대와 단절하고 앞선 모든 것과는 다른 흐름의 시작을 알리는 새로운 사건이라는 생각에 아무런 의미도 부여할 수 없을 것이다. 양방향의 고려 역시 마찬가지다. 우리가 과거 지향과 미래 지향의 생생한 경험을 가지고 있지 않다면, 일련의 완결된 사건들을 밟아간다는 생각도 할 수 없을 것이다. 나아가 우리가 준-현재 quasi-présent라는 관념 — 다시 기억된 모든 순간은 그 고유의 과거 지향과 미래 지향이 주어진 현재로 규정되며, 그래서 후설이 단순한 과거 지향이나 무의식적 기억과는 구분했던 회상은 과거 지향의 과거 지향이 되며, 어떤 준현재의 미래 지향은 생생한 현재의 과거 지향과 다시 엇갈린다 — 을 가지고 있지 않다면, 벤베니스트가 아주 잘 표현하고 있듯이 "과거에서 현재로 혹은 현재에서 과거로"(p. 6) 두 방향으로 밟아간다는 개념도 가질 수 없을 것이다. 그런데 어떤 순간이 "지금"으로, 오늘로, 그러니까 현

---

12) 뒷받침 étayage이라는 개념은 Jean Granier의 『세계의 말 *Discours du monde*』 (Paris: Seuil, 1977), pp. 218 이하에서 빌려온 것이다.

재로 결정되지 않는 한, 물리적 시간에서는 현재도 없으며, 따라서 과거나 미래도 없다. 측정으로 말할 것 같으면, 그것은 아우구스티누스가 기다림의 늘어남과 기억의 늘어남으로 적절하게 설명했던 경험, 그리고 가까운 것과 먼 것의 질적 차이를 말하고 있는, 사라지다, 흘러가다, 달아나다 등과 같은 은유의 도움을 빌려 후설이 다시 설명하고 있는 경험에 접목된다.

그러나 물리적 시간과 심리적 시간은 연대기적 시간에 대한 두 겹의 받침대를 제공할 따름이다. 연대기적 시간은 그 두 가지 가능성을 넘어서는 진정한 창조다. 축이 되는 계기 — 나머지 다른 것들을 파생시키는 특징 — 는, 어떤 순간과 현재 둘 다를 포함하기는 하지만, 그 어느 것도 아니다. 벤베니스트가 지적하고 있듯이, 그것은 "사물에 새로운 흐름을 부여한다고 간주될 정도로 중요한 사건"이다. 축이 되는 계기에서부터 시간의 우주적이고 심리적인 양상들은 각기 새로운 의미 작용을 받아들인다. 한편으로 모든 사건들은 축이 되는 계기와의 거리 — 햇수, 달수, 날수로 측정되는 거리 —, 혹은 축이 되는 계기와의 거리가 알려진 다른 모든 사건과의 거리로 규정되는 시간적 위치를 얻게 된다(바스티유 점거 후 30년……). 다른 한편으로 우리 자신의 삶에서 일어나는 사건들은 날짜가 추정된 사건들과 관련하여 상황을 받아들인다. "그 사건들은, 우리가 역사의 광대함 속에 놓여 있다는 본래의 의미에서, 이제까지 살아왔던 사람들 그리고 일어났던 일들이 무한히 이어지는 가운데 우리의 자리가 어떤 것인가를 우리에게 말해준다"(p. 7). 그렇게 해서 우리는 사람들 사이의 삶에서 일어나는 사건들을 서로 관련시켜 위치시킬 수 있다. 물리적 동시성은, 같은 시대의 달력의 시간에서는 동시에, 다시 말해서 같은 날에 일어난다고 말할 수 있는 모든 회합, 협력, 갈등의 참조점이 된다. 종교적이거나 세속적인 성격을 띤 모임들도 바로 날짜에 따라 미리 소집될 수 있는 것이다.

축이 되는 계기가 달력의 시간에 부여하는 근원성으로 말미암아 달력의 시간은 체험된 시간에 대해서 그렇듯이 물리적 시간에 대해서도 "외부적"이라고 주장할 수 있게 된다. 한편으로, 모든 순간들은 축이 되는 계기의 역할을 할 수 있는 동등한 후보가 된다. 다른 한편으로, 달력의 어느 하루 그 자체만 가지고는 그것이 과거인지 현재인지 또는 미래인지는 전혀 알 수가 없다. 똑같은 날이 계약 조항에서처럼 미래의 사건을 가리킬 수도 있으며, 연대기에서처럼 과거의 사건을 가리킬 수도 있다. 우리가 벤베니스트에게서 배운 또 다른 하나는, 현재를 갖기 위해서는 누군가 말해야 한다는 것이다. 현재는 그러니까 어떤 사건과 그 사건을 말하는 담론이 동시에 일어남으로써 표시된다. 따라서 연대기적 시간에서부터 체험된 시간을 다시 만나기 위해서는 담론과 관련된 언어적 시간 temps linguistique을 거쳐야만 한다. 완전하고 확실한 어떤 날짜라 할지라도, 이를 말하는 발언의 날짜를 모른다면 그것이 미래나 과거라고 말할 수 없는 것은 바로 그 때문이다.

물리적 상황과 관련하여 또 체험된 사건과 관련하여 달력이 갖게 되는 외부성은 연대기적 시간의 특수성과 역할, 즉 시간에 대한 두 가지 관점 사이를 중개하는 역할을 어휘 측면에서 나타낸다. 그것은 체험된 시간을 우주화하고, 우주적 시간을 인간화하는 것이다. 바로 그런 방식으로 달력의 시간은 이야기의 시간을 세계의 시간 속에 다시 집어넣는다.

이것이 바로 우리가 알고 있는 모든 달력들이 만족시키는 "필요조건"들이다. 이를 규명하는 작업은 선험적 성찰에 속한다. 하지만 달력이 수행하는 사회적 기능에 대한 역사적이고 사회학적인 연구를 배제해야 한다는 것은 아니다. 게다가 일종의 선험적 실증주의로 발생론적 경험주의를 대체하지 않기 위해서, 우리는 그 보편적 제약들을 시간에 관한 이질적인 두 가지 관점들을 중개하는 기능을 수행하는 창조물로 해석하고자 한다. 이렇게 해서 우리의 시간성 해석은 달력의 시간에 대한 선험적 성찰을 받아들이게 된다.

II. 세대의 연속: 동시대인, 선조 그리고 후손

역사가의 실천적 경험이 제안하는 두번째 매개는 세대의 연속이다. 이 매개를 통해서, 역사적인 제3의 시간에 대한 천문학적인 뒷받침에 이어 생물학적인 뒷받침이 주어진다. 반면 세대의 연속이라는 관념은, 내가 슈츠Alfred Schutz[13]에게서 빌려온 탁월한 표현에 따르면, 동시대인들과 선조 그리고 후손들 사이의 익명의 관계 속에 사회학적으로 투영된다. 세대의 연속이라는 관념이 동시대인, 선조, 그리고 후손들의 회로라는 관념을 통해 재형성됨으로써만 역사의 장(場)에 들어가는 것이라면, 거꾸로 세대의 연속이라는 관념은 그러한 개인들 사이의 그러한 익명의 관계를 시간적 차원에서 지탱하는 받침돌을 제공한다. 우리가 바라는 것은 그러한 복합적 관념에서 새로운 시간적 중개자opérateur를, 즉 시간성의 주된 아포리아와의 관계에서 그 의미성 signifiance을 끌어내어 달력의 시간과는 다른 층위에서 그 아포리아에 답을 주는 중개자를 이끌어내는 것이다. 하이데거의 현존재 분석론은 우리에게 그러한 아포리아를 숙명적 시간과 공적인 시간 사이의 모순이라는 용어로 표현할 수 있는 기회를 주었다.[14] 세대의

---

13) 우리가 참고한 문헌은 Alfred Schutz, 『사회적 세계의 현상학 *The Phenomenology of the Social World*』(George Walsh와 Frederick Lehnert의 영역본, Evanston: Northwestern University Press, 1967)에서 4장, 「사회적 세계의 구조 ── 직접 경험된 사회적 실재의 영역, 동시대인들의 영역, 그리고 후손들의 영역」(pp. 139~214)이다.

14) 『존재와 시간』에서 숙명적 시간성에서 공적인 역사성으로, 이어서 세계적인 시간 내부성으로 넘어감으로써 제기되는 문제에 대한 논의를 참조할 것(이 책의 1장, 3절, p. 136). 주목할 만한 것은 논의가 개인의 운명 Schicksal이라는 개념에서 공동 역운 Geschick이라는 개념으로 넘어가는 바로 그때 하이데거는 "세대"라는 개념

연속이라는 개념은 역사적 행동 주체들의 고리를, 죽은 자들의 자리를 차지하러 오는 산 자들로 지칭함으로써 그에 대한 답을 제공한다. 바로 그러한 교체야말로 세대의 연속이라는 개념을 특징짓는 제3의 시간을 구성하는 것이다.

철학에서는 오래전부터 세대라는 관념을 사용했다. 칸트는 「세계주의적인 관점에서의 보편적 역사라는 관념 Idée d'une histoire universelle au point de vue cosmopolitique」에서 서슴없이 이를 사용한 바 있다. 세대라는 개념은 엄밀히 말해서 인간에게 사회성을 갖추어주는 자연의 목적론과 인간에게 시민 사회를 설립할 것을 요구하는 윤리적 과제, 그 둘 사이의 굴절점에서 나타난다. "세번째 명제"를 설명하면서 칸트는 이렇게 말한다. "여기서 기이한 점은, 언제나 이전 세대는 오로지 나중에 오는 세대의 이익만을 위해 전력을 다해 수고함으로써 그들에게 새로운 발판을 마련해주고, 그러면 후세대는 그 발판을 딛고 자연이 만들어놓은 건축물을 보다 높이 세울 수 있게 되는 것처럼 보인다는 것이다. 그 결과 맨 마지막 세대만이 길게 이어져온 선인(先人)들——자기들이 마련했던 행복을 직접 누리지는 못하는 선인들——이 지은 건축물에서 사는 행복을 누릴 것이다."[15] 세대라는 관념이 담당하는 이러한 역할에는 하등의 놀랄 것이 없다. 그것은 윤리적이고 정치적인 과제가 자연에 닻을 내리고 있음을 나타내며, 칸트가 별 무리 없이 받아들인 인류라는 개념을 인간의 역사라는 개념과 연결해준다.

——뒤에 말하겠지만 딜타이에게서 그러한 개념을 만나게 된다——에 대해 간략하게 암시하고 있다는 사실이다. "그 '세대' 속에서 그리고 그와 더불어 현존재의 운명으로 가득한 역운은 현존재의 역사성을 충만하게 그리고 본래적으로 구성한다" [385]. 나중에 언급할 딜타이의 시론에 대한 각주를 참조할 것.

15) Kant, 『역사철학 La Philosophie de l'histoire』, 소책자, 서론, S. Piobetta 불역(Paris: Aubier, 1947), pp. 63~64.

따라서 세대 개념이 실제 역사에 가져온 풍요함은 짐작할 수 있는 것보다 훨씬 크다. 기실 세대의 교체는 어쨌든 전통과 혁신의 리듬을 갖는 역사의 연속성을 전제하고 있다. 죽음을, 삶을 통해 **지속적으로** 보상함으로써 교체가 이루어지는 것이 아니라 어떤 세대가 다른 세대를 단 한 번에 교체하는 사회, 혹은 어떤 세대가 영원하기 때문에 결코 교체되지 않는 사회, 이런 사회가 어떤 것일지 흄과 콩트는 재미 삼아 상상해보았었다. 이 양면적인 사유 경험은 세대의 연속이라는 현상이 갖는 중요성을 올바로 평가하는 데 있어서 암묵적이든 명시적이든 언제나 길잡이로 쓰였다.[16)]

　　그러나 이러한 현상은 어떻게 역사와 역사적 시간에 영향을 미치는가? 실증적, 아니면 실증주의적 관점에서 보자면 세대라는 개념은, 출생, 노화, 죽음과 같은 가공되지 않은 인간생물학적 사실들을 나타낸다. 그로부터 자식을 낳아 다음 세대를 만드는 평균 연령 — 약 30년 — 이라는, 그 또한 가공되지 않은 사실이 비롯되며, 그것은 이번에는 반대로 산 자들이 죽은 자들을 대신할 수 있도록 보장한다. 그런데 그러한 평균 수명의 측정은 통상 햇수, 달수, 날수와 같은 달력의 단위를 사용하여 표현된다. 세대 개념의 양적인 측면에만 묶여 있는 실증적 관점은, 전체적으로 사회적 시간의 **질적인** 양상에 일반적으로 관심을 기울이는 딜타이, 만하임 같은 **포괄적 사회학**을 지지하는 학자들에게는 불충분한 것으로 보인다.[17)] 그들이 숙고했던 것은,

---

16) 이러한 내용은 나중에 언급할 Karl Mannheim의 논문에서 빌려온 것이다.

17) 딜타이는 "정신적 그리고 정치적인 과학의 역사"에 바쳐진 연구("역사학, 인간학, 사회학 그리고 정치학 연구에 대하여 Über das Studium der Geschichte, der Wissenschaften vom Menschen, der Gesellschaft und dem Staat"(1875, Ges: Schriften, V, pp. 31~73)에서 이 문제와 마주쳤다. 그 시론에서 단지 몇몇 페이지만이 우리의 논의와 관련된다. 그러한 역사의 보조 개념들 가운데 딜타이는 "정신적 운동의 흐름 Verlauf"의 "골격 Gerüst"(p. 36)을 이루는 것에 천착한다. 세대 개념은 그 가운데 하나이다. 딜타이는 유명한 저서 『슐라이어마허의 삶 Vie de Schleiermacher』에서 그 개념을 사용했는데, 그에 대한 이론을 만들거나 그것이

불가피한 생물학적 사실에 무엇을 덧붙여야 세대 현상을 인문과학에 통합시킬 수 있는가 하는 것이었다. 마치 젊은 세대는 원래 진보적이고 늙은 세대는 보수적이라든가, 30년으로 잡고 있는 세대 교체가 선조적인 시간 속에서 진보의 템포를 자동적으로 조절한다든가, 역사의 리듬과 관계된 일반 법칙을 그처럼 생물학적 사실에서 사실상 직접 이끌어낼 수는 없다. 그런 뜻에서 양적으로 표현된 단순한 세대 교체(우리는 탈레스의 시대와 딜타이가 글을 쓴 시대 사이에 84세대가 흘렀다고 산정할 수 있다)는 우리가 세대의 연속Folge이라고 부르는 것과 마찬가지가 아니다.

딜타이는 처음으로 세대 개념을, 달력의 "외부적" 시간과 정신적인 삶의 "내부적" 시간 사이를 매개하는 현상으로 만드는 특성들에 관심을 기울였다.[18] 그는 세대라는 용어의 두 가지 용법, 즉 "같은" 세대에 속함과 세대의 "연속"이라는 용법을 구별한다. 이때 후자는 평균 수명이라는 개념에서 파생된 순전히 양적인 현상으로 귀착되지 않으려면, 전자와 관련하여 재해석되어야 하는 현상이다.

딜타이의 생각에 따르면, 동일한 영향에 노출되었고, 동일한 사건과 동일한 변화의 흔적을 갖는 동시대인들은 "같은 세대"에 속한다. 그처럼 윤곽이 그려진 집단은 우리라는 집단보다는 더 크지만 익명

안고 있는 어려움을 알아차린 것은 아니다. 만하임의 시론, "세대의 문제 Das Problem der Generationen"(*Kölner Vierteljahrshefte für Soziologie*[München und Leipzig: Verlag von Duncker et Humblot, 1928], Ⅶ, p. 157~85, 309~30, 1928년 까지 그 문제에 대한 참고 문헌 수록)는 훨씬 더 내용이 풍부하다.
18) 동일한 연령대에 속하지만 서로 같은 시대를 사는 개인들이 얼마나 적은지, 그리고 반대로 서로 다른 나이지만 동일한 이념을 나눌 수 있는 개인들이 얼마나 많은지에 대해 지적한 학자들도 많이 있다. 만하임은 예술사가인 Pinter에게서 동시적인 것의 비동시성 non-simultanéité(Ungleichzeitigkeit des Gleichzeitigen)이라는 개념을 만나게 된다. 운명 Geschick이라는 하이데거의 개념과의 유사성을 숨길 수는 없다. 만하임은 우리가 앞에서 언급했던『존재와 시간』의 유명한 대목(p. 213, 각주 14)을 즐겨 인용한다.

적인 동시대성 contemporanéité의 집단보다는 크지 않다. 그러한 귀속성은 획득된 경험과 공통의 방향 설정이 서로 조합을 이루는 하나의 "전체"를 구성한다. 받아들인 영향과 행사된 영향의 그러한 조합을 다시 시간 속에 놓게 되면, 무엇이 세대의 "연속"이라는 개념을 특수한 것으로 만드는지를 알 수 있다. 그것은 획득된 경험 acquis의 전승과 새로운 가능성의 열림이 서로 교차하는 데서 생기는 "연쇄 관계 enchaînement"이다.

만하임은 성향에 따른 사회학적 기준, 즉 어떤 식으로 행동하고 느끼고 생각하는가 하는 경향과 저해 요소를 고려하는 기준을 생물학적 기준에 덧붙임으로써, 같은 세대에 속함이라는 개념을 다듬는 데 노력을 기울인다. 기실 모든 동시대인들이 동일한 영향을 받고, 동일한 영향을 행사하는 것은 아니다.[19] 이런 뜻에서 세대 개념이 우리에게 요구하는 것은, 어떤 "사회" 집단으로의 단순한 귀속과 "위치 지정에 따른 연합 verwandte Lagerung"을 구분함으로써, 그러한 공통점이 의도적이고 적극적으로 찾아낸 것이라기보다는 받아들일 수밖에 없는 것임을 나타낸다. 그리고 "세대 관계 Generationszusammenhang"를 방향을 설정하는 의도와 인정된 창조적 경향에 실제로 참여하는 것, 또한 공동 역운(歷運)을 미리 생각해서 참여하는 것으로 규정하는 일이다.

같은 세대에 속한다는 개념을 정확하게 규정함으로써, 우리의 진정한 관심 대상인 세대의 연속이라는 개념은 더욱 힘을 얻는다. 딜타이에게 있어서도 이미 그러한 개념은, 시간의 물리적 외부성과 심리적인 내부성 사이를 매개하는 구조를 구성하며, 역사를 "연속성으로 연결된 전체"(앞의 책, p. 38)로 만들고 있다. 그렇게 해서 우리는 딜

---

19) 연령이 앞선다는 개념의 생물학적 · 심리적 · 문화적 그리고 정신적 양상에 관해서는 Michel Philibert, 『연령 계층 L'Échelle des âges』(Paris: Seuil, 1968)을 참조할 수 있다.

타이의 포괄적 심리학의 주된 개념인 연쇄 관계 Zusammenhang ──
동기(動機)의 결합이라는 뜻으로 이해된다 ── 에 역사적으로 상응하
는 것을, 매개 기능을 하는 세대의 연속에 따라 찾게 된다.[20]

만하임의 경우를 보면, 그는 사회적 역학이 사회적 공간에서 "위치
지정"의 잠재적 층위로 이해된 세대들의 연쇄 관계에 얼마만큼 의존
하는지를 알고 있었다. 그러한 연속적 연쇄 관계의 몇 가지 근본적
특징이 그의 주목을 끌었다. 우선 새로운 문화 전달자들이 끊임없이
도착하고 다른 문화 전달자들이 계속 출발한다는 두 가지 특징은 전
체적으로 젊어짐과 늙어감 사이의 균형을 맞추는 조건을 만들어낸
다. 그 다음 특징은 연령별 집단을 어떤 동일한 순간에 계층화한다는
것인데, 젊어짐과 늙어감 사이의 균형 맞추기는 지속 기간에 따른 각
각의 횡단면에서 살아 있는 자들의 평균 수명으로 이루어진다. (연속
적) 교체와 (동시적) 계층화 사이의 이러한 조합으로부터 세대라는
지속적인 새로운 개념이 생겨난다. 바로 거기에서 만하임이 "변증법
적"이라고 부른, 세대라는 용어가 포괄하는 현상들의 특성이 비롯된
다. 즉 획득된 문화적 경험을 전승하는 과정에서 나타나는 물려받은
것과 혁신 사이의 대면뿐만 아니라, 예전 사람들이 젊었을 때 경험적
으로 획득한 확신에 대해 젊은 세대가 문제를 제기함으로써 생기는
반발도 있는 것이다. 그러한 교류가 낳게 되는 모든 단계의 갈등과
더불어, 세대 변화의 연속성은 결국 바로 그 "반작용에 따른 균형 맞
추기" ── 상호 행동이라는 주목할 만한 경우 ── 에 근거한다.

---

20) 딜타이에게 이러한 연속성은 경직된 개념이 아니다. 연속성은 어떤 한 문화가 끊
어지고, 뒤로 되돌아가며, 나중에 다시 나타나고, 한 문화에서 다른 문화로 옮겨
가는 것을 받아들이는 것이다. 가장 중요한 점은 옛것과 새것의 관계가 완전한 불
연속성을 겪는 것은 아니라는 사실이다. 나중에(4절) 우리는 역사에서의 연속성
문제를 다시 논의할 것이다.

슈츠가 도입한 "동시대인, 선조, 후손들의 세계"라는 관념은, 이미 말했듯이 세대의 연속이라는 관념을 사회학적으로 보완하게 되는데, 그 대신 후자는 전자에 생물학적 뒷받침을 제공한다. 우리가 보기에 관건은, 이 중간 층위에서 구성되는 익명적 시간의 의미성을 현상학적 시간과 우주적 시간이 결합하는 지점에서 분간하는 것이다.

슈츠의 가장 큰 장점은 후설[21]과 베버[22]의 저서를 동시에 성찰하고, 거기서 익명 차원에서의 사회적 존재에 대한 독창적인 사회학을 이끌어냈다는 데 있다.

사회적 존재의 현상학이 관심을 기울이는 주된 문제는 우리의 직접 경험에서 사회적인 일상 세계를 특징짓는 익명성으로 가는 이행 과정을 탐구하는 것이다. 이 점에서 슈츠는, 후설에게서는 잘 연결되지 않은 채로 있었던 발생론적 현상학과 상호 주관성 intersubjectivité의 현상학을 서로 교차시킨다. 아주 넓은 의미로 보자면, 슈츠에게 현상학적 사회학은 무엇을 설정하는 상호 주관성에 준해 설정된 익

---

21) 슈츠가 영감을 얻은 근원이 된 것은 후설의 『데카르트의 제5성찰 Cinquième Méditation cartésienne』인데, 그 책에서 후설은 짝짓기 Paarung 현상이 유추를 만들어 보여준다는 특성에 근거해서, 자기 자신에 대한 성찰과 마찬가지로 남을 안다는 것에도 직관적 위상을 부여한다. 하지만 후설과는 달리 슈츠는 자아론적 égologique 의식 속에서 그리고 그에 준해서 남의 경험을 구성하려는 시도를 절망적이고 쓸모없으며 어쩌면 귀찮은 것으로 간주한다. 그에게 남의 경험은 자신에 대한 경험만큼이나 기본적으로, 그리고 덧붙이자면 직접적으로 주어진 것이다. 그러한 직접성은 인지 활동의 직접성이라기보다는 실천적 믿음의 직접성이다. 우리는 남에게 영향을 미치고 남과 더불어 행동하기 때문에, 남의 행동에 영향을 받기 때문에 남의 존재를 믿는 것이다(앞의 책, p. 139). 그런 점에서 슈츠는 칸트의 『순수이성비판』의 위대한 진리와 다시 만난다. 우리는 남을 알지 못하지만, (마치 인격체처럼 혹은 사물처럼) 남을 다룬다. 어떤 식으로든 우리가 남에 대해서 처신한다는 사실만으로도 남의 존재는 암묵적으로 인정된다.

22) 막스 베버에게서 "남을 향한 방향 설정"은 "사회적 행동"의 구조다(『경제와 사회 Wirtschaft und Gesellschaft』(Tübingen: J.C.B. Mohr, 1972), §1과 §2). 불역 J. Freund 외, 『경제와 사회 Économie et Société』(Paris: Plon, 1971). 그 또한 우리가 남에게 영향을 주고 영향을 받는 것은 실천적으로 이루어진다고 본다.

명성을 발생론적으로 구성하는 것이다. 다시 말해서 바로 직접 경험된 우리에서부터 우리의 감시를 쉽사리 벗어나는 익명으로 넘어가는 것이다. 그런데 사람들 사이의 관계 영역을 점차 넓히는 것은 과거, 현재 그리고 미래 사이의 모든 시간 관계에 영향을 미친다. 실제로 나와 너 그리고 우리의 직접적 관계는 즉각 시간적으로 구조화된다. 능동적이고 수동적인 행동 주체로서 우리의 방향은 회상된 과거, 체험된 현재 그리고 남의 행위를 예견하는 미래를 향해 설정된다. 시간 영역에 적용될 때, 익명성의 의미 형성은 곧 사람들 사이의 직접적 관계를 특징짓는 현재, 과거, 미래의 삼단 구성에서 동시대인들의 세계, 선조들의 세계, 후손들의 세계라는 삼단 구성을 파생시키는 것이 될 것이다. 우리가 사적인 시간과 공적인 시간 사이에서 찾고 있는 매개를 제공하는 것은 바로 세 가지로 이루어진 이러한 세계의 익명성이다.

익명의 시간의 첫번째 모습, 즉 동시대인들의 세계와 관련해서 근원적인 현상은 바로 여러 가지 시간적 흐름이 동시에 전개되는 현상이다. "타자의 자기 의식과 나의 그것과의 동시성 혹은 준–동시성"(p. 143)은 역사 영역의 의미 형성을 위한 가장 기본적인 전제다. 슈츠는 여기서 "같이 나이를 먹는다" "같이 늙어간다" 같은 지극히 적절한 표현을 제안한다. 동시성은 순전히 즉석에서 이루어지는 어떤 것이 아니다. 그것은 두 가지 지속 시간 durée(스피노자가 『윤리학』 II, 정의 5에서 말한 것처럼 지속 시간을 "존재의 막연한 계속"으로 이해한다면)의 전개를 관련짓는다. 하나의 흐름은, 그것들이 같이 지속되는 한 다른 흐름을 동반한다. 공유된 세계 경험은 공간과 마찬가지로 그처럼 시간 공동체에 토대를 둔다.

얼굴을 마주 보면서 확인하게 되는 상호 인격적인 관계의 장(場)을 훨씬 넘어서 펼쳐지는 동시대성은, 서로 구별되는 그러한 두 의식의 흐름들의 동시성을 기초로 세워진다. 슈츠의 현상학적 혜안은 바로

"같이 늙어가는 것"에서 익명의 동시대성으로 이어지는 전개 과정을 따라가는 데에 있다. "우리"의 직접적인 관계에서는 상징적 매개가 거의 주제로 다루어지지 않는 데 반해, 익명의 동시대성으로의 이행은 직접성이 줄어들고 역으로 상징적 매개가 늘어나는 것을 나타낸다.[23] 해석은 그래서 점점 사라져가는 직접성에 대한 치유책으로 나타난다. 단지 "줄어드는 활력의 폭을 따라가면서 우리는 직접적인 사회적 경험에서 간접적인 경험으로 이행한다"(p. 179). 베버가 말하는 이상형 types-idéaux은 그러한 매개에 속한다. "내가 그들 Eux을 향해 있을 때, 나는 유형 types을 상대하는 것이다"(p. 185). 실제로 우리는 제도를 통해 할당된 유형화된 역할을 통해서만 우리의 동시대인들에게 다가가게 된다. 선조들의 세계와 마찬가지로 동시대인들의 세계는 인격체가 아닌, 결코 인격체가 될 수 없는 인물들의 진열장으로 이루어진다. 우체국의 직원은 잘해야 어떤 "유형," 그가 우편물을 제대로 배달해주기를 기대하면서 내가 상대하는 어떤 역할로 축소된다. 동시대성은 경험을 공유한다는 특성을 잃어버렸다. 서로 맞물려 있다는 경험은 상상력이 전적으로 대신한다. 추론이 직접성을 대체한다. 동시대인은 술어에 앞서는 anté-prédicatif 방식으로 주어지지 않는다.[24]

---

23) 이는 슈츠가 직접적인 것으로 간주하고 있는 관계들 속에서 상상력이 아무런 역할도 하지 못한다는 것이 아니다. 내 나름의 동기 motif만 해도 이를 분명하게 밝히고자 할 때에는 상상 속에서 나름대로 다시 실행할 필요가 있다. 나를 상대하는 사람들의 동기도 마찬가지다. 내가 당신에게 어떤 물음을 던질 때, 나는 당신이 나에게 대답할 내용을 전미래 시제로 상상한다. 그런 뜻에서 직접적이라고 여겨지는 사회적 관계는 이미 상징적으로 매개되어 있다. 의식 흐름들 사이의 공시적 관계는 미래를 예상하는 어느 하나의 동기가 이를 설명하는 다른 하나의 동기에 상응함으로써 확실해진다.

24) "모든 동시대적 경험은 본질상 술어적 prédicatif이다. 그것은 사회적 세계에 대한 나의 지식 전체를, 하지만 다양한 정확도에 따라, 문제삼는 해석적 판단에 근거하고 있다"(p. 183). 슈츠가 그러한 해석적 판단들의 "순수한 종합" ─ 헤겔의 그것과는 구별되는 뜻으로 ─ 이라는 명목으로 인식 현상을 이처럼 추상적 층위에 귀

우리 연구의 결론은 다음과 같다. 단순한 동시대성 관계는 동시대성, 익명성 그리고 이상형적인 이해 사이에 성립하는 방정식에 근거해서, 개인적 운명의 사적인 시간과 역사의 공적인 시간을 매개하는 구조다. "나의 동시대인에 불과한 사람이란 나와 더불어 시간 속에 그가 존재한다는 것을 내가 알고 있는 어떤 사람, 하지만 그에 대해 내가 어떤 직접적 경험도 갖고 있지 않는 사람이다"(p. 181).[25]

유감스럽게도 알프레드 슈츠는 선조들의 세계에 대해서는 동시대인들의 세계에 대해서만큼 배려를 기울이지 않았다.[26] 하지만 몇 가

속시키고 있다는 점은 상당히 주목할 만하다(p. 184). "종합적 인식synthèse de reconnaissance"이라는 표현은 거기서 비롯된다.

25) 내가 슈츠의 분석에서 빌려온 것은, 우리 nous와 그들 eux 사이의 포괄적 구별, 직접적 방향 설정과 유형화를 통한 익명적 방향 설정 사이의 구별뿐이다. 슈츠는 동시대인들의 세계에서 익명성의 정도에 대한 뛰어나고 정교한 연구를 통해 그러한 집단적 대립을 완화시키려고 무척 세심한 배려를 한다. 그의 주제는 완전한 익명성을 향해 나아가게끔 보장하는 형상들을 계열화하는 것이다. 그렇게 해서 "행정자문위원회," 국가, 국민, 민족, 계급과 같은 몇몇 "집단"들은 우리가 유추를 통해 그 행동에 책임을 물을 수 있을 정도로 제법 우리와 가깝다. 반면에 인위적인 대상들(예컨대 도서관)은 익명성의 축에 더 가깝다.

26) 슈츠가 후손들의 세계에 대해서는 거의 언급하지 않고 있다는 것은 더 이상하다. 아마도 사회적 현상은 이미 만들어진 현상으로 간주되기 때문일지도 모른다. 시간도 지금까지만 다루고 있다. 그러나 무엇보다도 그는 결정되고 완성된 과거의 특성을 지나치게 강조하고 있다(과거는 그것이 우리에게 갖는 의미 작용 속에서 끊임없이 재해석된다는 점에서 논란의 여지가 있는 태도이다). 그렇게 되면 미래는 절대로 결정되지 않은 것이고 결정될 수 없는 것일 수밖에 없다(p. 214) (기다림, 두려움, 희망, 예견, 계획을 통해 미래는 부분적으로 우리의 행동에 따른다는 점에서 이 또한 논란의 여지가 있다). 후손들의 세계가 본래 역사적이 아니라는 것은 자명한 사실이다. 또 그것이 절대적으로 자유로운 그러한 척도 속에 있다는 것은 반박의 여지가 없는 논리적 귀결이다. 동시대인들의 세계, 선조들의 세계 그리고 후손들의 세계에 대한 보다 완전하고 균형 잡힌 생각을 다듬기 위해서는 기대 지평에 대한 코젤렉 R. Koselleck의 성찰(4장)을 기다려야 할 것이다. 우리 문제에 슈츠가 가장 크게 기여한 바는, 상호 주관성에 대한 후설식의 현상학에서 출발하여 사적인 시간과 공적인 시간 사이에서 익명성이 수행하는 전이 역할을 간파했다는 점이다.

지 지적은 앞에서 논의한 세대의 연속이라는 개념을 보강할 수 있게 해준다. 사실 개인적 기억과 역사적 과거라는 기억 이전의 과거 사이의 경계는 처음 생각한 것만큼 분명하지는 않다. 절대적인 기준으로 말하자면, 나의 후손이란 그의 어떤 체험도 내가 체험한 것과 같은 시대에 속할 수 없는 그런 사람을 말한다. 그런 뜻에서 선조들의 세계는 나의 출생 이전에 존재했고, 공통의 현재 속에서 이루어지는 그어떤 상호 작용에 의해서도 내가 영향을 미칠 수 없는 세계다. 하지만 기억과 역사적 과거 사이에는 익명의 시간, 사적인 시간과 공적인 시간의 중간에 있는 시간을 구성하는 데 기여하는 부분적 덮개가 존재한다. 이에 대한 전형적 예로는 조상들의 입에서 얻어들은 이야기가 있다. 내가 어렸을 때 나의 할아버지는 내가 알 수 없었던 사람들과 관계된 사건들을 이야기했을 수 있다. (생존자들의 증언을 그 장본인으로부터 떨어져나간 문서들의 흔적과 뒤섞는 최근의 역사 ── 다른 무엇보다도 까다로운 장르다! ── 에서 보듯이) 역사적 과거를 개인적 기억과 분리하는 경계에는 이처럼 틈이 생겨난다.[27] 조상의 기억은 그자손들의 기억과 부분적으로 교차하며, 그러한 교차는 우리의 친밀함에서부터 현장 보도의 익명성에 이르기까지, 모든 단계를 보여줄수 있는 공통의 현재 속에서 일어난다. 죽은 자들의 시간, 그리고 내가 태어나기 전의 시간으로 이해된 역사적 과거의 방향으로 기억을 중계하는 것처럼 작용하는 조상들의 이야기를 통해, 역사적 과거와 기억 사이에 다리가 놓여지는 것이다. 그러한 기억들의 고리를 거슬러 올라가면, 역사는 인류 최초의 날에서 현재에 이르기까지 연속적으로 펼쳐짐으로써 우리로 표현되는 어떤 관계를 지향하게 된다. 과

---

27) 생존자들의 증언을 비판하기가 가장 어려운 까닭은, 사건 당시에 체험되었던 대로 회상된 준-현재와, 기억이 관심을 가지고 ── 그리고 심지어는 무관심하게 ── 선택하는 데에 따른 변형을 고려하지 않고 다만 문서에 토대를 둔 재구성 사이에서 뒤얽힌 혼란이 생기기 때문이다.

거 지향의 과거 지향이 개인적 기억이라는 사다리를 타고 올라가는 것과 마찬가지로, 그러한 기억의 고리는 선조들의 세계의 사다리를 타고 올라간다. 그러나 역으로, 동시대인들의 세계가 매개체들의 익명성을 통해 우리와 구별되는 것과 똑같이, 선조의 이야기는 이미 기호의 매개를 받아들이고 문서와 유적의 무언의 매개 쪽으로 쏠림으로써, 역사적 과거에 대한 지식을 확장된 기억과는 전혀 다른 것으로 만든다고 말해야 한다.[28] 그러한 특징으로 말미암아 "역사의 흐름은 익명의 사건들로 이루어진다"(p. 213)고 결론지을 수 있다.

나는 이제 동시대인, 선조, 그리고 후손들로 이어지는 회로 개념으로 완성되는 세대의 연속 개념이 현상학적 시간과 우주적 시간 사이에서 수행하는 이음쇠 역할에 대해 두 가지 결과를 이끌어냄으로써 결론을 삼으려고 한다.

첫번째 결과는 역사 기술에서 죽음의 위치에 관련된다. 역사에서 죽음은, 죽을 수밖에 없는 운명에 대한 모든 인간의 내면성을 가리키는 대상 지시와, 산 자들이 죽은 자들을 대체한다는 공적인 성격을 가리키는 대상 지시가 뒤섞인 매우 애매모호한 의미 작용을 갖게 된다. 그 두 가지 대상 지시가 합류하는 지점에 바로 익명의 죽음이 있다. "누가 죽는다"라는 기치 아래, 역사가의 담론은 각 개인의 은밀한 지평으로서의 죽음을 겨냥하긴 하지만, 그것은 이내 죽음을 넘어설 뿐이다.

역사가들의 담론은 죽음을 비스듬히 겨냥하는 것이다. 세대 교체란 결국 우리 모두를 산 자, 살아남은 자가 되게 하면서 산 자들이 죽은 자들의 자리를 차지한다는 것을 뜻하는 완곡 어법이라는 점에서

---

28) "선조들의 세계에 대한 나의 지식은 기호를 통해 오기 때문에, 그 기호들이 내게 뜻하는 것은 익명적이며 모든 의식의 흐름과는 떨어져 있다"(앞의 책, p. 209).

그렇다. 그처럼 비스듬하게 겨냥됨으로써 세대라는 관념이 끈질기게 환기시키는 것은, 역사는 죽음을 면할 수 없는 인간들의 역사라는 사실이다. 하지만 단숨에 그 죽음을 넘어서게 된다. 기실 역사의 입장에서는 이전에 잊혀진 채로 남아 있는 역할들, 하지만 매번 새로운 배우들에게 부여되는 역할들만이 존재할 따름이다. 역사에서 각 개별적 삶들의 종말로서의 죽음은, 시체(屍體)들을 뛰어넘어 지속하는 실체들 — 민족, 국민, 국가, 계급, 문화 — 을 위하여, 그저 암시적으로 다루어질 뿐이다. 하지만 역사가 역사로서의 성질을 잃지 않기 위해서는, 역사가는 죽음에 관심을 가져야만 한다.[29] 그렇게 해서 익

---

29) 독자는 브로델의 역작, 『필립 2세 시대의 지중해와 지중해 세계』에 대한 우리의 논의를 기억하기 바란다. 지중해는 여러 세력의 대립이 무대를 바꾸면서 끝나는 어떤 시대의 진정한 주인공이라고 말한 바 있다. 그러나 거기서 죽는 것은 누구인가? 그 대답은, 단지 죽음을 면할 수 없는 사람들이라는, 동어 반복이 될 수밖에 없다. 그런데 우리는 그 사람들을 산과 평야에서, 유목 생활과 이동 목축의 언저리에서 만나게 했다. 우리는 그들이 액체성의 평야 위에서 항해를 하고, 견디기 힘든 섬에서 불안정한 삶을 영위하며, 육로와 해로를 달려가는 것을 보았다. 고백컨대, 브로델의 대작을 읽으면서 나는 그 어디에서도 1부(「환경의 몫 la part du milieu」라는 부제가 달린)에서만큼 인간들의 고통을 강렬하게 느낀 적은 없었다. 왜냐하면 바로 거기서 사람들은 삶과 죽음을 가장 가까이에서 보고 놀라기 때문이다. 그리고 폭력, 전쟁, 박해가 독자들로 하여금 거대한 역사를 만드는 집단적 운명에서 매번 고통받고 죽어가는 개인적 운명으로 끊임없이 되돌아가게 한다면, 브로델은 2부를 "집단적 운명과 전체 움직임"이라고 부를 수도 있지 않았을까? 증인이 되는 몇몇 민족들 — 모르인과 유대인 — 의 순교록은 집단적 운명과 개인적 운명 사이의 관계를 견고한 것으로 만든다. 바로 그 때문에 브로델은 자신의 저작이 갖는 의미에 관해 숙고하면서, 사건들과 개인의 역할을 과소평가함으로써 자신이 인간의 자유를 왜곡한 것은 아닌지 되묻고 있으며(II, p. 519), 역사란 죽은 자들에 대한 기억일진대, 역사가 왜곡하는 것은 오히려 죽음이 아닌지 되묻게 된다. 죽음은 미시 역사, 전체적인 역사적 재구성을 통해 거기에서 벗어나고자 하는 미시 역사의 하한선을 나타낸다는 점에서 달리 방법이 없다. 그렇지만 브로델로 하여금 자신의 "구조주의"를 "같은 이름으로 다른 인문과학들을 괴롭히는 문제"와 뒤섞지 않도록 막아주고, 다음과 같은 말로 책의 결론을 맺도록 하는 것은 바로 죽음의 웅얼거림이 아닌가? 〔역사가의 구조주의는〕 기능으로 표현되는 관계들의 수학적 추상화로 역사가를 이끌어가는 것이 아니라, 삶이 가지고 있는 보

명의 죽음이라는 모호하고 뒤섞인 개념이 나온다. 받아들이기 힘든 개념일까? "일반적인 사람들 on"의 비본래성을 한탄하는 사람에게는 그렇다. 하지만 죽음의 익명성 속에서, 숙명적 시간과 공적인 시간 사이의 첨예한 충돌이 아니라 익명성의 상징을, 역사적 시간이 가정하고 나아가 새로 만들어내는 익명성의 상징을 알아보는 사람에게는 그렇지 않다. 익명성은 동시대인, 선조, 후손들이라는 개념, 그리고 그 개념들을 배경으로 세대의 연속이라는 개념이 속하게 되는 개념 그물 전체를 잇는 마디와도 같다.

보다 주목할 만한 두번째 결과는, 흔적에 대한 차후의 분석을 통해 중계됨으로써 그 온전한 의미를 갖게 될 것이다. 그것은 세대의 연속이라는 관념의 생물학적 측면보다는 동시대인, 선조 그리고 후손들의 세계라는 함께 결합된 관념의 상징적 측면과 관련이 있다. 조상과 후손들은 불투명한 상징성으로 가득한 타인들이며, 그 형상은 어떤 타자 Autre, 죽음을 면할 수 없는 인간들과는 전혀 다른 타자의 자리를 차지하러 온다.[30] 한편으로는 죽은 자들을 단지 역사에 존재하지 않을 뿐만 아니라 그들의 그림자로 역사적 현재를 짓누르는 존재로서 재현함으로써, 다른 한편으로는 여러 계몽주의 사상가들에게서 보듯이 인류의 미래를 불멸의 것으로 재현함으로써 이것을 증명하게 된다. 그렇기 때문에「세계주의적인 관점에서의 보편적 역사라는 관념」이라는 (앞에서 부분적으로 인용했던[31]) 칸트의 소논문에서, "세번째 명제"에 대한 주석은 다음과 같이 "인정할" 것을 요구하는 주장으로 끝맺게 된다. "이성을 지닌 동물의 종(種)이 존재할 것이며, 그 누구

다 구체적이고 보다 일상적이며, 보다 견고하고, 보다 익명으로 인간적인 것을 통해 삶의 근원 자체로 이끌어가는 것이 아닌가?"(Ⅱ, p. 520)

30) F. Wahl, "조상들은 재현되지 않는다 Les ancêtres, ça ne se représente pas,"『재현의 금기 L'Interdit de la représentation』(colloque de Montpellier, 1981, Paris: Seuil, 1984), pp. 31~62 참조.

31) 이 책의 p. 214, 각주 15 참조.

를 가리지 않고 모두 죽을 수밖에 없지만, 그 종류는 영원히 사라지지 않는 이성적인 존재 집단으로서 그것은 한편 자신의 자질을 충분히 계발하기에 이를 것이다." 칸트가 여기서 공리의 지위로 끌어올리고 있는 불멸의 인류라는 그러한 표상은, 보다 심오한 상징적 기능 작용을 알려주는 징후이며, 그것에 근거해서 우리는 보다 인간적인 어떤 타자, 아득한 옛날의 도상 icône인 조상들의 형상과 희망의 도상인 후손들의 형상을 통해 우리가 그 빈틈을 메우게 되는 타자를 겨냥한다. 흔적이라는 개념이 밝혀주게 될 것은 바로 그러한 상징적 기능 작용이다.

III. 사료, 문서, 흔적

흔적 trace이라는 개념은 사변철학이 현상학, 주로 하이데거 현상학의 자극을 받아 분리시킨 시간관들 사이에 새로운 이음쇠를 구성한다. 새로운 이음쇠라고 하지만 어쩌면 최종적인 이음쇠라고도 할 수 있다. 흔적이라는 개념을 생각할 수 있는 것은, 오직 우리가 그곳에서 역사가의 작업에 따른 모든 산물들, 시간의 아포리아에 사색을 위한 실마리를 제공하는 모든 산물들의 필요조건을 식별할 수 있을 때이다.

흔적이 역사가의 실천적 작업에서 필요조건이 된다는 것을 보여주기 위해서는, 사료(史料) 개념에서 출발하여 문서 개념(그리고 문서들 가운데서도 증언 문서)과 만나고, 거기에서 최종적인 인식론적 전제, 정확히 말해서 흔적으로 거슬러 올라가는 사유 과정을 따라가는 것으로 충분하다. 역사 의식에 대한 성찰은 바로 이러한 필요조건에서부터 2단계 탐구를 향해 다시 출발할 것이다.

사료 archives란 무엇을 말하는가?

위니베르살리스 Universalis 백과사전과 브리태니커 백과사전에서 사료라는 낱말을 찾아보자. 위니베르살리스에는 "사료는 어떤 제도

혹은 물리적이고 도덕적인 인격체의 활동에서 비롯되는 문서 전체로 구성된다"고 적혀 있다. 그리고 브리태니커에는 이렇게 씌어 있다. "사료라는 용어는 공공 단체, 사회 단체, 제도상의 기업 혹은 사적인 실체가 그 업무를 처리하면서 만들어내거나 받아들이는 기록들의 조직체, 그 원래의 의미를 그러한 자료들을 위한 보관소로 넓힘으로써 그러한 실체나 그 계승자 혹은 공인된 보관소에 의해 보존되는 기록들의 조직체를 가리킨다."

두 백과사전에 제시된 정의와 부연 설명을 통해 우리는 세 가지 특징을 추출할 수 있다. 우선 문서 document(혹은 기록 record)라는 개념을 참조하고 있다는 점인데, 사료는 문서와 기록들이 조직화된 전체, 총체가 된다. 이어서 제도 institution와의 관계를 들 수 있는데, 사료는 어떤 경우에는 제도적인 또는 직업적인 활동에서 비롯되며, 어떤 경우에는 이른바 그에 대한 문서들이 사료가 되는 실체에 의해 만들어지고 받아들여진다고 말하고 있다. 끝으로 사료로 만드는 목적은 관련 제도(혹은 그에 상응하는 법적 제도)를 통해 생산된 문서들을 보존하고 유지한다는 것이다. 위니베르살리스는 이에 관해, 단지 문서가 유용성이 있다고 추정되는 바에 따라서, 그러니까 그 문서들의 유래가 되는 활동에 따라서 문서를 선별하게 된다 할지라도 문서를 선별하는 작업이 불가피하다고 지적함으로써(무엇을 보존할 것인가? 무엇을 파기할 것인가?), 그러한 구별을 없애는 위험을 무릅쓰고, 사료란 수집된 문서들로 이루어진 도서관과는 달리 "보존된 문서들에 불과하다"고 명시하고 있다. 브리태니커도 이와 유사한 뜻으로, 보존이란 사료를 관련 제도의 목적을 보완하는 조항들에 따라 "허가된 보관소 dépôt autorisé"로 만드는 것이라고 규정하고 있다.

사료의 제도적 특성은 따라서 세 번에 걸쳐 확인되고 있다. 즉 사료는 어떤 제도의 문서적 자산을 구성한다. 사료들을 만들어내고, 받아들이며, 보존하는 것은 그 제도의 특별한 활동이다. 그렇게 세워진

보관소는 곧 어떤 실체를 제도화하는 조항에 부속된 조항에 따라 허가된 보관소다(사료는 바로 그 실체의 자산이다).

필요하다면 사회학적 입장에서는 당연히 그러한 제도적 특성에 접근해서, 문서 보관에서 전혀 의도적이지 않은 것처럼 보이는 선별 작업을 사실상 주관하는 이데올로기적 성격을, 그러한 선별 작업이 감추고 있는 진짜 목적을 드러내는 이데올로기적 성격을 비난할 수도 있다.

우리는 이 연구에서 그런 방향으로 나아가지는 않을 것이다. 이 연구는 사료의 맨 처음 정의에 내포된 문서(혹은 기록) 개념으로, 보관소의 개념에 함축적으로 담겨 있는 흔적 개념으로 우리를 끌어갈 것이다.

오늘날 문서 개념에서 부각되는 것은, 그 낱말의 어원이 강조하고 있는 교육 기능이 아니라(교육에서 정보로 옮겨가는 것이 아무리 쉽다 할지라도), 역사, 이야기, 토론에 제시되는 근거, 보증 기능이다. 그러한 보증 기능은 사건의 흐름으로 이루어진 관계에 대한 물증(영어에서 이것을 "증거 evidence"라고 부른다)을 구성한다. 역사가 진실한 이야기라면, 문서는 최종적인 증거 방법이 되며, 그 방법이야말로 사실에 토대를 두고 있다는 역사의 주장을 보장한다.[32]

문서 개념에 대한 비판은 여러 층위에서 깊이 있게 다루어질 수 있다. 초보적인 인식론적 층위에서는 이제는 진부하게 되어버린 사실을 지적할 수 있다. 즉, 과거가 남긴 그 어떤 흔적이라도 역사가가 그 자취를 검토하고 문제삼을 수 있게 되는 순간부터 역사가에게 문서가 된다는 것이다. 이 점에서 우리의 정보를 위해 마련된 게 아닌 것들이 가장 소중하다. 역사가의 질문을 인도하는 것은 연구를 위해 역사가가 선택한 주제 자체다. 문서 개념에 대한 이 첫번째 접근법은

---

32) Stephen Toulmin, 『논증의 효용 *The Uses of Arguments*』(Cambridge: Cambridge University Press, 1958), pp. 94~145.

우리에게 친숙한 것이다. 이미 2부[『시간과 이야기』 1권 2부를 가리킨다: 옮긴이]에서 말했듯이, 문서를 추적하는 것은 이미 설정된 사료 자산과 연결된 문서 종류, 다시 말해서 유용하다고 추정되는 바에 따라서 보존된 문서 종류에서 점점 더 멀어지는 정보 지대들을 계속해서 합병하는 것이다. 이치를 따져 질문을 선택함으로써 조사의 방향을 설정하는 연구자에게 정보를 제공할 수 있는 모든 것은 문서의 가치를 갖는다. 이러한 첫번째 층위의 비판은 자발적이지 않은 증언이라는 개념, 마르크 블로흐 Marc Bloch가 말한 "본의 아닌 증인 témoins malgré eux" 개념과 잘 맞물린다. 그것은 문서의 인식론적 위상에 문제를 제기하는 것이 아니라 그 영역을 확장시킨다.[33]

문서에 대한 두번째 단계의 비판은 우리가 앞서 말한 계량적 역사와 같은 시대에 제기된다. 문서와 기념물 monument 사이의 관계는 그러한 비판을 위한 시금석으로 사용되었다. 르 고프 Le Goff가 에나우디 Einaudi 백과사전에 실린 항목[34]에서 예리하게 지적했듯이, 사료 편찬 작업은 오랫동안 기념물이라는 용어로 지칭되었다(『게르만의 역사적 기념물 Monumenta Germaniae historica』도 1826년에 나온 것이다). 19세기 말과 20세기 초 실증주의 역사학의 발달은 기념물에 대한 문서의 승리를 나타낸다. 대부분의 경우 기념물들은 본래의 장소에서 발견된 것이지만, 그럼에도 불구하고 기념물이 내거는 목적, 즉 권력자들에 의해서 집단적 기억에 통합될 가치가 있다고 판단된 사건들을 기념한다는 사실 때문에 의혹을 받게 된 것이다. 반면에 문서는 수집된 것이고 과거로부터 직접 물려받은 것은 아님에도 불구하

---

33) 사료의 구성에 관해서는 T. R. Schellenberg, 『근대 사료, 원리와 기술 Modern Archives: Principles and Technics』(University of Chicago Press, 1975); 『사료의 관리 Management of Archives』(New-York: Columbia University Press, 1965)를 참조할 것.

34) J. Le Goff, 「문서 Documento/기념물 monumento」, Enciclopedia Einaudi, Torino: G. Einaudi, vol. V, pp. 38~48.

고, 원래의 교훈을 준다는, 기념물의 의도성과는 반대되는 객관성을 가지고 있는 것처럼 보였다. 따라서 사료의 성격을 띤 글들은 기념물보다는 문서로 간주되었다. 그런데 앞서 사료의 제도에 관해 언급했던 비판의 연장선상에 있는 이데올로기적 비판의 입장에서 보자면, 문서 역시 권위와 권력을 위해서 기념물만큼이나 제도화되었고 축조된 것이다. 그렇게 해서 문서 뒤에 숨어 있는 기념물을 발견하는 것을 과제로 삼는 비판, 기념물에 대한 문서의 승리를 보장했던 정통적 비판보다 더 급진적인 비판이 태어나게 된다. 그것은 역사적 생산 조건과 은폐된 혹은 무의식적인 그 의도를 공격한다. 그렇다면 르 고프의 말대로, 일단 겉으로 드러난 의미 작용이 탈신비화되고 나면 "문서는 기념물이다"라고 해야 한다.

그렇지만 현대의 역사 기술이 자료 은행, 정보 처리, 그리고 계열적 역사의 모델에 따른 계열체 구성을 통해 집단적 기억의 확장을 보여준다고 생각할 수는 없는 것일까?[35] 그것은 과거의 흔적과 증언이

---

35) 앞서 인용한 르 고프의 항목이 결론에서 암시하는 것 역시 바로 이런 식으로 벗어나는 것이다. 계량적 역사가 가능하고 적합한 것임이 밝혀짐에 따라 변형된 "전통적 텍스트를 벗어나 자료로 확장된 새로운 문서는 문서/기념물로 취급되어야 한다. 그로부터 그 문서/기념물을 기억의 차원에서 역사과학의 차원으로 이전시킬 수 있는 새로운 학설을 시급히 정립해야 할 필요성이 생긴다"(앞의 백과사전, p. 47). 여기서 그 밑에 깔려 있는 것은, 푸코 Michel Foucault가 『지식의 고고학 L'Archéologie du savoir』(Paris: Gallimard, 1969)에서 도입한, 기억의 연속성과 문서의 새로운 역사 사이의 대립이다("문서는 그 자체로서 그리고 당연히 기억이라 할 수 있는 어떤 역사의 행복한 도구가 아니다. 한 사회의 입장에서 보자면, 역사란 그와 분리될 수 없는 일군의 문서에 위상을 부여하고 만들어내는 방식이다." 앞의 백과사전, p. 14; 르 고프, 앞의 백과사전, p. 45에서 재인용). 사실상 르 고프는, 연속적이라고 상정되는 기억과 불연속적인 것이 된 역사 사이의 대립을 완전히 자기 식으로 받아들임으로써, 역사의 불연속성은 결코 기억과 결별하는 것이 아니라 기억을 비판함으로써 이를 풍요롭게 하는 데 기여한다는 사실을 배제하는 것 같지 않다. "문서의 혁명은 새로운 정보 단위를 장려하는 경향이 있다. [……] 사건과 선조적인 역사, 점진적인 기억으로 이끄는 사실 fatto 대신에, 계열과 불연속적 역사로 이끄는 자료 dato 쪽으로 특권은 넘어간다. 집단적 기억은 가치를 부여받고,

라는 개념과의 단절을 의미할 것이다. 집단적 기억 개념이 원래의 모든 명증성을 잃어버린 까다로운 개념으로 간주되어야 하는 만큼, 그 개념을 거부하는 것은 궁극적으로 역사의 자살을 예고할 것이다. 사실상 집단적 기억을 새로운 역사과학으로 대체하는 것은 문서의 환상, 근본적으로는 그것이 물리치고자 하는 실증주의적 환상과 다르지 않을 그런 환상에 근거를 두고 있다고 볼 수 있다. 자료 은행의 자료들은 갑자기 실증주의적 비판을 통해 제거된 문서와 동일한 권위의 후광으로 둘러싸이게 된다. 환상은 한층 더 위험하다. 죽은 자들에 대한 빛, 실제로 과거에 일어났던 어떤 일을 겪은 사람에 대한 빚이라는 관념이 더 이상 문서 연구에 그 최초의 목적을 부여하지 않게 되면, 역사는 그 뜻을 잃게 된다. 실증주의는 그 인식론적 순진함 속에 적어도 문서의 의미성 signifiance, 다시 말해서 과거에 의해 남겨진 흔적으로 작용한다는 의미성은 지니고 있었다. 그러한 의미성이 없어지면 자료는 엄밀히 말해서 무의미한 것이 되고 만다. 컴퓨터를 통해 축적되고 처리된 자료의 과학적 사용은 분명 새로운 종류의 과학 활동을 낳게 된다. 그러나 그러한 활동은 권력자와 성직자들이 행사하는 말에 대한 독점에 맞서 집단적 기억을 확장시키도록 되어 있는 방대한 방법론적 우회로에 지나지 않는다. 역사는 끊임없이 사회의 이야기를 비판해왔으며, 그런 뜻에서 공통의 기억을 수정해왔다. 모든 문서 혁명은 같은 궤도 위에 놓여 있다.

문화적 유산으로 조직화된다. 새로운 문서가 자료 은행 속에서 축적되고 처리된다. 새로운 과학이 태동하고 있는데, 그것은 아직 걸음마 단계에 있으나, 집단적 기억에 미치는 끊임없이 증대되는 그 영향력에 대한 비판과 예측 요구에 동시대의 용어로 응답할 것이다"(앞의 백과사전, p. 42). 푸코가 기억의 연속성과 사상사의 불연속성 사이에 설정한 대립은, 불연속성에 대한 논의가 차지하고 있는 자리로 인해, 전통 개념을 다루는 분석을 배경으로 논의될 것이다(이 책의 2장, 6절 참조).

문서 혁명이나 문서/기념물에 대한 이데올로기적 비판 그 어느 것
도 문서가 가진 기능, 즉 과거에 관한 정보를 제공하고 집단적 기억
의 토대를 확장한다는 기능의 깊은 곳에까지 이르지 못하는 것이라
면, 따라서 그러한 기억의 도구로서의 문서에 부여된 권위의 원천은
바로 흔적과 결부된 의미성이다. 사료는 제도화된 것이고, 문서는 수
집되고 보존된 것이라 할 수 있다면, 과거는 바로 이러한 전제하에서
과거를 증거로 삼아 기념물과 문서를 통해 세워지는 흔적을 남긴 것
이다. 하지만 흔적을 남긴다는 것은 무엇을 뜻하는가?
　　여기서 역사가는 상식에 대해 믿음을 가지게 되며, 그것이 그른 일
이 아님을 뒤에 보게 될 것이다.[36] 리트레 Littré 사전은 흔적이란 낱말
의 첫번째 뜻을, "어떤 인간이나 동물이 자기가 지나온 곳에 남긴 자
취"라고 설명한다. 이어서 보다 일반적인 용법으로는 "어떤 사물이
남긴 모든 자국"이라고 정의한다. 두번째 정의로 오면서 '자취'가 일
반화되어 '자국'이 되었고, 그와 동시에 흔적의 기원이 사람이나 동
물에서 사물로 확장되었다. 반면에 지나갔다는 관념은 사라져버렸
다. 흔적이 남겨진다는 말만이 유일하게 살아남은 것이다. 바로 거기
에 역설의 매듭이 있다. 한편으로 흔적은, 마치 자취나 자국처럼, 지
금 여기 눈앞에 보인다. 다른 한편으로 예전에 어떤 사람이나 동물이
지나갔기에 흔적이 있다. 어떤 것이 작용했다. 언어의 용법 자체로
보자면 자취나 자국은, 무엇이 거기를 지나갔는지 보여주지도 않고 나
타나게 하지도 않으면서, 지나감의 과거, 긁힌 자국의 선행성, 파낸
자리를 가리킨다. 우리는 어떤 장소를 지나갔다는 뜻에서의 "지나갔

---

36) 블로흐의 『역사를 위한 변론 *Le Plaidoyer pour l'histoire*』은 동의어로 여겨지는 용어
　　들 — "증언" "잔해" "자취" "잔재" 그리고 끝으로 "흔적" — 로 장식되어 있다. "문
　　서란 말이 뜻하는 것은 흔적, 즉 그 자체로는 파악하기가 불가능한 현상이 남긴,
　　감각으로 느낄 수 있는 자국이 아니고 무엇이겠는가?"(앞의 책, p. 56). 모든 것
　　을 다 말하고 있으나, 모든 것은 수수께끼다.

다"와 시간이 지나갔다는 뜻에서의 "지나갔다"가 같은 말이지만 다행스럽게도 다른 뜻으로 쓰이고 있음에 주목할 수 있을 것이다. 이는 새삼스런 일이 아니다. 아우구스티누스의 『고백록』을 통해 우리는 시간을 지나가는 것으로 보는 은유, 즉 현재를 능동적인 이동transit actif과 수동적인 이행transition passive으로 보는 것에 친숙해졌다. 일단 지나가고 나면 과거는 뒤로 묻힌다. 다시 말해서 과거는 거기를 거쳐 지나갔다. 그리고 우리는 시간 그 자체가 지나간다고 말한다. 그렇다면 어디에 역설이 있는가? 지나감은 더 이상 없으나, 흔적은 남아 있다는 점에 있다. 자취를 정신 속에 머물러 있는manet 어떤 것으로 보는 생각과 더불어 아우구스티누스가 느낀 당혹스러움을 기억할 것이다.

역사가는 오스틴J.-L. Austin이 가장 적절한 표현의 보고를 발견했던 일상 언어에 친숙한 그러한 전-이해pré-compréhension를 넘어서지 않는다.[37] 보다 엄밀히 말해서 역사가는 흔적에 대한 처음 정의와 사물로 확장하는 길 중간에 서 있다. 자취를 남긴 것은 과거의 사람들이다. 하지만 자국을 남긴 것은 또한 그들의 행동의 산물, 그들의 작품, 그러니까 하이데거라면 눈앞에 있고 손안에 있는 것이라 말할 사물들(도구, 주거, 사원, 묘지, 기록)이다. 그런 뜻에서 거기를 지나갔다는 것과 흔적을 남겼다는 것은 마찬가지 뜻이다. 지나감은 흔적의 동역학dynamique을 더 잘 말해주고, 자국을 남기는 작업은 그 정역학statique을 더 잘 말해준다.

첫번째 함의를 따라가보자(역사에는 이 뜻이 더 낫다). 즉 누군가 거기를 거쳐 지나갔으며, 흔적은 가능하다면 거기를 거쳐 지나갔던 사람과 동물에게까지 그것을 따라가고 거슬러 올라가도록 이끈다.

---

37) J.-L. Austin, 『말로 어떻게 행동할 것인가 *How to Do Things with Words*』(Harvard University Press, 1962); 불역 Gilles Lane, 『말할 때, 그것은 행동하는 것이다 *Quand dire, c'est faire*』(Paris: Seuil, 1970).

흔적은 잃어버릴 수도 있고, 또 그 자체가 없어져 아무 곳에도 이르지 못할 수도 있다. 또한 흔적은 흐려질 수 있다. 흔적은 아주 약한 것이고 또 온전하게 보존해야만 하는 것이다. 그렇지 않다면 지나간 적은 분명 있으나, 그것은 단지 흘러가버린 것에 그친다. 우리는 다른 표시들을 통해 사람과 동물들이 어디선가 존재했다는 것을 알 수도 있다. 하지만 그 어떤 흔적도 우리를 그들에게 이르게 하지 않는다면, 그들은 영원히 알려지지 않은 채 남아 있을 것이다. 그렇게 해서 흔적은 결국 현재 속에서는 지금, 그리고 공간 속에서는 여기서, 살아 있는 것들이 과거에 지나갔음을 가리킨다. 흔적은 추적, 탐색, 탐사, 연구의 방향을 잡아준다. 그런데 역사란 바로 그 모든 것이다. 역사가 흔적을 통한 지식이라고 말하는 것은, 지나갔음에도 불구하고 그 자취 속에 보존되어 남아 있는 과거의 의미성에 최종적으로 호소하는 것이기 때문이다.

보다 넓은 함의, 즉 자국을 남기는 작업이 시사하는 바 역시 그에 못지않게 풍부하다. 그것은 우선 인간의 일시적인 행위보다는 더 견고하고 지속적인 받침대라는 관념을 암시한다. 사람들이 만들어놓은 작품이 그들의 작업보다 오래 살아남는 것은, 무엇보다도 그들이 일을 했고, 자신들의 작업을 돌에, 뼈에, 구운 점토판에, 파피루스에, 종이에, 자기(磁氣) 테이프에, 컴퓨터의 메모리에 맡겼기 때문이다. 사람들은 지나가지만 그들의 작품은 남아 있다. 그러나 그것들은 다른 사물과 다름없는 사물로 남아 있다. 그런데 이 사물성은, 자국을 내는 사물과 자국이 난 사물 사이의 원인 결과 관계를 도입한다는 점에서, 우리의 연구에 중요하다. 흔적은 그처럼 지나간 자취라는 관념에서 더 잘 분간할 수 있는 의미성 관계와, 자국의 사물성에 포함된 인과causalité 관계를 결합한다. 흔적은 효과-기호effet-signe인 것이다. 두 가지 관계 체계는 서로 교차한다. 한편으로 흔적을 따라간다는 것은, 거기를 거쳐 지나간다는 행동을 구성하는 활동의 고리를 따라가면서 인과 관계를 따져보는 것이다. 다른 한편으로 자국에서 자국을 내는 사물로 거슬러 올라간다는 것은, 가능한 모든 인과 관계의 고리들 가운데, 나아가 자취와 지나감의 관계 본래의 의미성을 담고 있는 고리들을 분리시키는 것이다.

흔적이 이렇게 양쪽으로 소속된다고 해서 모호성을 띠는 것은 전혀 아니다. 그것은 오히려 흔적을 두 가지 사유 체제 ─ 그리고 함축적으로 시간에 관한 두 가지 관점 ─ 사이의 이음쇠가 되게 한다. 흔적이 탐색 대상의 지나간 자국을 공간 속에 표시하는 한, 흔적은 바로 달력의 시간 속에, 그리고 그 너머 천체의 시간 속에 지나간 자국을 표시한다. 결코 남겨진 것이 아니라 보존된 흔적이 날짜로 추정되는 문서가 되는 것은 바로 그러한 조건하에서이다.

흔적과 날짜 추정 datation을 연결함으로써 우리는 하이데거가 풀지 못했던 문제, 즉 마음 씀의 근본적 시간, 다시 말해서 미래와 죽음을 향해 기울어져 있는 시간성과, 순간들의 연속으로 이해된 "통속적" 시간의 관계에 대한 문제를 다시 다룰 수 있게 된다.

나는 현상학이 오로지 마음 씀의 시간성에 준해 이해하고 해석하려 했지만 실패했던 그 관계를 바로 이 흔적이 수행한다는 것을 보여주려고 한다.

물론 이미 보았듯이, 하이데거가 그것을 몰랐던 것은 아니다. 오히려 그 반대다. 인문과학에 자율적인 인식론적 위상, 역사성의 존재론적 구조에 토대를 두고 있지 않은 위상을 부여하려는 딜타이의 주장에 대한 하이데거의 비판은, 정확히 말해서 과거성을 그 자체로 설명할 수 없다는 역사 기술의 무력함에서 출발한다.[38] 더 나아가 흔적 현

---

38) 앞에서 인용했던 대목을 환기하자면 다음과 같다. "일차적으로 역사적인 것은 현존재라고 주장했다. 이차적으로 역사적인 것은 세계 내부적 innerweltlich으로 만나는 것, 가장 넓은 의미에서의 손안에 있는 도구뿐만 아니라 '역사의 지반'으로서 우리를 둘러싸고 있는 자연이다"[381].

상은 명백히 과거성의 수수께끼에 대한 시금석으로 간주된다. 그러나 하이데거가 제시한 대답은 수수께끼를 해결하기보다는 오히려 더 꼬이게 한다. 더 이상 존재하지 않는 것은 그 "잔재"들이 도구의 방식으로 속했던 세계라고 주장할 때, 그의 말은 분명 옳다. 하이데거는 이렇게 말한다. "세계는 더 이상 존재하지 않는다. 그러나 그 세계가 가지고 있던 이전의 세계 내부적 특성은 여전히 눈앞에 주어져 있다 vorhanden. [······] 그 '과거성'에도 불구하고 여전히 지금 남아 있는 것은, 세계에 속하는 도구로서 그 적합성을 보존하고 있다"[380]. 이 대목은 우리가 말하는 "과거의 잔재," 달리 말해서 흔적의 의미를 상당히 정확하게 정의하고 있다. 그러나 현존재에게는 "지나간 passé, vergangen"이라는 술어를 쓰지 않고, 남아 있고 손안에 있는 것으로 규정된 존재자에게로 옮김으로써, 그리고 이전의 현존재에 대해 "거기에 있었던 ayant été là, da-gewesen"이라는 술어를 씀으로써 무엇을 얻을 수 있을까? 우리는 하이데거가 이에 관해 명확하게 진술한 부분을 기억하고 있다. "더 이상 존재하지 않는 현존재는, '지나간'이라는 낱말의 존재론적으로 엄밀한 의미에서, 지나간 것이 아니라 거기에 있었던 것이다"[380]. 그런데 이전에 거기에 있었던 "현존재"란 말을 어떻게 이해해야 할까? '지나간'이라는 형용사를 존재자인 우리에게 귀속시키는 것은 엄밀히 말해서 과거의 "잔재"를 토대로 하는 것이 아닌가? 하이데거는 그러한 상호적 관계에서 어떤 것을 알아차리고 있으며, 그래서 '거기에 있었던'과 '지나간' 사이의 명백한 분리를 완화시키는, 중요한 내용을 덧붙이고 있다. 기실 그 두 용어를 구분하는 것으로는 충분치 않고, 첫번째에 준해 두번째 의미 발생의 윤곽을 그려야 한다. 현존재의 역사적 성격은 어떻게 보자면, 남아 있고 손안에 있는 어떤 것들이 흔적으로서의 가치를 갖도록 그것들에게로 이전된다고 말해야 한다. 과거의 잔재와 결부되어 있는 도구성은 그때 부차적으로, 역사적 historique 또는 생기적(生起的) historial이라고 하는 것이다.[39] 그 자체로 "지나간"다고 할 수 있는 어떤 것이라는 관념을 만들어내기 위해서는, 역사적인 것에 대한 두번째 의미와의 파생 관계를 잊어버리는 것으로 충분하다. 일차적으로 역사적인 것에는 미래와 현재의 관계가 보존되어 있다. 이차적으로 역사적인 것에서는 시간성의 그러한 근본적 구조가 사라지고, 우리는 "과거" 그 자체와 관련된 풀 수 없는 문제가 제기된다. 반면에 그러한 의미 파생 관계를 복원함으로써 하이데거가 세계-역사적 weltgeschichtlich이라고 부르는 것을 설명할 수 있게 된다. 과거의 잔재들은 그 도구성과 더불어 세계-역사적인 것의 전범을 구성한다. "지나간"이란 말의 의미 작용을 담고 있는 것처럼 보이는 것은 기실 바로 잔재 그 자체이다.

하지만 역사성 문제의 한복판에서 시간 내부성 문제를 예상하지 않고서, 그러한 파생된 역사성을 설명할 수 있을까? 『존재와 시간』에 대한 연구에서 암시했듯이, 파생된 시간성 형태들의 "유래"에 대한 관념에 의미가 줄어드는 것이 아니라 늘어난다는 가치를 부여할 수 있을 때에만, 그러한 예상은 흔적 현상의 해석에 진전을 나타낼 것이다. 세계 역사라는 개념을 도입하는 것은 역사성 분석의 한복판에서 바로 이것을 함축하고 있는 듯하다.

흔적 현상——잔해, 잔재, 문서 현상과 마찬가지로——은 그렇게 해서 역사적인 것에서 시간 내부적인 것으로 옮겨간다.

시간 내부성이 역사성에 가져온 의미 증가를 고려할 때, 흔적은 보다 잘 설명될 수 있을까? 날짜로 추정할 수 있으며, 공적이고, 외연적인 시간이라는 개념이 과거의 "흔적"을 해독하는 데 필수적이라는 데에는 의심의 여지가 없다. 흔적을 따라가고, 이를 거슬러 올라가는 것은 시간 내부성의 특징들 각각을 어떤 식으로든 적용하는 바이다. 그러한 작업을 하이데거는 분명 바로 이 단계에 위치시키고자 할 것

---

39) 이 책의 p. 156 참조.

이다. 하지만 단지 시간 내부성의 평준화로 여겨지는 "통속적 시간"에서 그밖에 무엇을 빌려오지 않고서 성공할 수 있으리라고는 생각하지 않는다. 실제로, 통속적 시간을 시간 내부성과 연결시키지 않고 흔적의 의미성을 설명할 수 있을 것 같지는 않다. 내가 보기에, 흔적의 시간은 달력의 시간과 동질적이다.

하이데거도 "잔재, 기념물, 증언들은 있었던 현존재를 드러낼 수 있는 '자료'다"[394]라고 말하면서 거의 비슷하게 이를 파악하고 있다. 그러나 세계 역사성만이 그러한 자료에 대해 역사학적 기능을 행사할 수 있다는 반복된 주장 외에는, 그 "자료"의 위상에 대해서 아무런 언급이 없다. 기념물과 문서에 관련된, 역사가의 실천적 작업 본래의 활동이 거기 있었던 현존재의 개념을 형성하는 데 어떻게 기여하는가를 보여주지 않고서는, 흔적에 대한 분석은 진전될 수가 없다. 그런데 흔적을 따라가거나 거슬러 올라가는 행위로 모두 환원시킬 수 있는 역사 기술적 절차들과 순전히 현상학적인 개념을 그처럼 수렴시키는 작업은 역사적 시간을 배경으로 할 때에만 가능한 것이다. 그러한 역사적 시간은 천체의 시간의 파편도 아니고, 개인적 기억의 시간을 공동체적 차원으로 확장하는 것도 아니다. 그것은 시간에 관한 두 가지 관점, 즉 하이데거의 용어로 보자면 현상학적 관점과 통속적 시간의 관점이 합류함으로써 생기는 절충적인 hybride 시간이다.

그러나 마음 씀의 시간과 우주적 시간에 동등한 권리를 부여한다면, 시간성의 가장 비본래적인 형태들의 "평준화"를 후자에서 찾는 일은 단념해야 한다.

궁극적으로는 흔적의 의미성의 그러한 혼합적 구성으로 말미암아 역사의 범주들과 관련된 하이데거의 판단을 덜 부정적인 것으로 반전시킬 수 있다. 하이데거가 역사 기술을 역사성에 종속시킬 수 있다는 자신의 주장을 역사 기술이 역사성의 "자료"를 제공하게 되는 절차들에 대한 역방향의 분석을 통해 보완하려 하지 않았던 것은, 그의 입장에서 결국 역사 기술이란 시간 내부성과 통속적 시간이 단층을 이루는 선 위에 놓여 있기 때문이다. 물론 하이데거는 "통속적 표상은 그 당연한 권리를 가지고 있으며"[426], 해석학적 현상학이 그 위에 새기는 퇴락의 자국은 지워지지 않는 것이라고 양보할 수도 있다.[40] 그런 의미에서 역사 기술은, 그에게는 토대가 잘못된 것일 수밖에 없다.

만일 역사 기술이 사용하는 조작 개념들 —— 그것이 달력이든 흔적이든 —— 이 시간에 관한 현상학적 관점과 우주적 관점의 교차, 즉 사변적 차원에서는 조화시킬 수 없는 두 관점들의 교차에서 비롯된 진정한 창조물로 다루어진다면, 사정은 달라질 것이다.

그런데 역사 기술의 작업이 불러일으킨 이음쇠라는 관념은, 우리가 하이데거의 시간 이해에 대한 연구의 끝부분에서 지적했듯이, 단지 두 가지 관점들이 서로 밀고 당기는 관계를 확인하는 것에 그치지 않고, 더 멀리 나아갈 수 있게 한다. 그 이음쇠들은 서로 겹친다는 관념뿐만 아니라 경계를 사이에 둔 상호 교환이라는 관념, 역사의 토대가 되는 단층선을 봉합선으로 만드는 관념들을 덧붙이는 것이다. 경계를 사이에 둔 그러한 상호 교환은 협의된 충돌 혹은 규제된 감염이라는 두 가지 극단적 형태를 띤다. 달력이 첫번째 형태를 보여준다면, 흔적은 두번째 형태에 속한다. 달력으로 돌아가보자. 달력을 만드는 데 필요한 엄청난 노력을 빼고 생각한다면, 시간에 관한 두 가지 관점의 이질성에서 생기는 충돌 말고는 주목할 것이 없다. 고대의 지혜는 바로 그러한 충돌에 주의를 기울였다. 인간 조건의 애가(哀歌)는,

---

40) 이어지는 대목은 역사적 시간의 범주로서의 흔적에 대한 우리의 논의와 직접 관련된다. "[시간의 통속적 표상은] 현존재의 일상적 존재 방식과 우선 첫째로 받아들여지는 존재 이해의 영역에 속한다. 그렇게 해서 역사는 우선 첫째로, 그리고 가장 빈번하게 공적으로는 시간 내부적인 생겨남으로 이해된다"[426].

한탄과 체념에 번갈아 가락을 붙이면서, 머물러 있는 시간과 지나가는 우리 사이의 대조를 끊임없이 노래해온 것이다. 인생의 짧음이 무한한 시간의 화폭 위에 뚜렷이 드러나지 않는다면, 그 짧음을 한탄할 수 있겠는가? 그러한 대조는 서로 벗어나려는 움직임이 받아들일 수 있는 가장 감동적인 형태다. 그 움직임 덕분에, 한편으로 마음 씀의 시간은 죽을 수밖에 없는 우리의 숙명을 알지 못하는 시간의 매혹에서 빠져나오며, 다른 한편으로 천체의 시간은 직접적인 근심 걱정의 아픔에서, 나아가 죽음에 대한 생각에서 벗어난다. 여기서 달력의 제작은 시계의 제작으로 완성된다. 시계는 우리가 공동으로 마음을 씀으로써 만들어지는 모든 약속을, 우리에게 마음을 쓰지 않는 어떤 시간의 척도에 따라 통제한다. 그럼에도 불구하고 우리가 가지고 있는 벽시계들 가운데 어느 하나의 눈금 위에서, 때때로 슬픔이 가득한 죽음의 기억memento mori이 떠오른다. 그러한 경고와 예고를 통해, 시간의 어떤 형상에 대한 망각은 다른 형상에 대한 망각을 쫓아낸다.

흔적은 시간의 두 형상 사이의 경계에서 이루어지는 교환의 역전된 형태, 즉 서로 감염되는 형태를 보여준다. 시간 내부성의 세 가지 주된 특징 ── 날짜 추정 가능성, 시간 간격, 공공성 ── 을 논하면서 우리는 그러한 현상을 예감했고, 어떤 점에서 실존론적인 것과 경험적인 것이 겹쳐진다는 생각을 제시했었다.[41] 흔적은 그러한 겹침으로 이루어진다.

우선 흔적을 따라가는 것은 시간을 셈에 넣는 방식이다. 지나감과 우리에게 주어진 흔적 사이에서 흘러간 시간에 대한 예측이 없다면, 공간 속에 남겨진 흔적이 어떻게 탐색의 대상이 지나갔다는 것을 가리킬 수 있겠는가? "지금" "그때" "이전에" 등 흔적의 날짜 추정 가능성이 대번에 끼어든다. 그러나 그 어떤 사냥꾼과 탐정도 이러한 애

---

41) 『존재와 시간』에 실린 여러 분석에서 '현사실적인faktisch'이라는 용어의 용법을 명확히 규정하기가 힘들다는 사실이 이를 증명한다.

매한 지시 사항에 만족하지는 않을 것이다. 날짜 없는 날짜 추정 가능성은 흥미를 끌지 못한다. 손목시계를 차고 흔적을 따라가는 것은, 주머니에 달력을 넣고서 흔적을 거슬러 올라가는 것이다. 이어서, 흔적을 따라가고 거슬러 올라가는 것은, 공간 속에서 길게 늘어난 시간을 알아내는 것이다. 그러나 시간 간격을 곧바로 계산하고 측정하지 않고서 어떻게 그것을 알아낼 것인가? 지나감의 도정(道程)은 흔적의 노선처럼 엄격하게 직선으로 이어진다. 흔적의 의미성이 순전한 연속에 담겨 있지 않더라도, 바로 연속적 시간 속에서 그 의미성을 재구성해야 한다. 끝으로 누구나 눈으로 볼 수 있는 것으로서의 흔적은, 비록 궁극적으로는 몇몇 사람들만이 알아낼 수 있다 할지라도, 모든 사적인 지속 시간을 같은 단위로 측정할 수 있게 하는 **공적인 시간** 속에 우리의 근심 걱정 — 주로 추적, 탐색, 조사가 그것을 예증한다 — 을 투영한다. 여기서 배려라는 용어가 잘 표현하고 있는 근심 걱정의 진지함은 퇴락의 징후를, 던져진 우리 존재가 언제나 우리에게 강요하고 있는 버려진 상태를 한층 더 심화시키게 될 퇴락의 징후를 전혀 드러내지 않는다. 반대로 우리 자신이 흔적에 이끌리도록 내버려두고자 한다면, 자기 자신에 대한 근심이 타자의 흔적 앞에서 지워질 수 있도록 헌신하고 포기할 수 있어야 한다. 그러나 언제나 그 반대의 길을 따라갈 수 있어야 한다. 흔적의 의미성이 통속적 시간 속에 등재되는 계산 — 흔적 그 자체가 측량기사의 공간 속에 등재되듯이 — 에 기대고 있다 하더라도, 그러한 의미성은 연속적 시간의 관계 속에서 완전히 규명되지는 않는다. 앞에서 말했듯이, 그러한 의미성은 지나감의 자취로 돌려보냄에, 지금 여기 남겨진 자국과 지나가버린 사건의 종합을 요구하는 돌려보냄에 있다.

반대로 나는 그러한 의미성이 하이데거의 통속적 시간 비판에 이의를 제기한다는 것을 기꺼이 인정한다. 흔적의 의미성이라는 표현

자체는 하이데거가 아니라 레비나스에게서, 흔적에 관한 그의 탁월한 논문[42]에서 빌려온 것이기에 더욱 그렇다. 그러나 나는 레비나스를 간접적으로 빌려올 수밖에 없으며, 레비나스의 눈에 나는 돌려서 말하는 것으로 보이리라. 레비나스는 얼굴이 성스럽게 나타난다는 문맥에서 흔적에 대해 말하고 있다. 그의 질문은 그때부터 역사가의 과거가 아니라, 이를테면 인간성 탐구자moraliste의 과거를 겨냥한다. 역사 이전의 과거, 그것을 들춰내는 것도 드러내는 것도 그림으로 나타내는 것도 없는 타자의 과거는 어떤 것인가? 하고 그는 묻는다. 흔적, 흔적의 의미성은 드러내지 않고 '들어오고' '찾아올 수 있도록' 보장하는 것이다. 그러한 의미성은 들춰내거나 감추는 것 사이의 양자택일, 보여줌과 감춤의 변증법을 벗어난다. 왜냐하면 흔적은 나타나게 하지 않으면서 의미하기 때문이다. 그것은 강요하지만 들춰내는 않는다. 따라서 여기서 나는 완전히 다른 관점에서 흔적에 관심을 갖는 것이다. 하지만······

하지만 역사의 대상 지시의 문제에서 흔적의 역할에 대한 나의 탐구가 레비나스의 탁월한 사색에 얼마나 빚지고 있는가는 말로 표현할 수 없을 것이다. 무엇보다도 흔적은 어떤 "질서"를 흐트러뜨린다는 점에서, 체계적으로 조직된 다른 모든 기호들과는 구별된다는 생각을 그에 빚지고 있다. 흔적은 "자기를 드러내는 흐트러짐이다"(p. 63)라고 레비나스는 말한다. 그렇다. 어떤 사냥감이 남긴 흔적은 숲의 초목 질서를 흐트러뜨린다. "뜻signifié과 뜻함signification의 관계는, 흔적에서는 상관 관계가 아니라 어긋남irrectitude 자체다"(p. 59). 나는 레비나스가 그 말을 하면서 기억 그 어디에도 없는 것을 빼내서 이를 아득한 과거로 정하고 있음을 모르지 않는다. 그러나 그의 사색이 우리의 분석에 미친 반향은, 흔적이 가리키는 것은 있을 수 있는

42) Emmanuel Lévinas, 「흔적La trace」, 『다른 인간의 휴머니즘 Humanisme de l'autre homme』(Montpellier: Fata Morgana, 1972), pp. 57~63.

현전성이 아니라 언제나 지나감이라는 점에서, "다른 것과 같은 기호가 아닌"(p. 60) 흔적의 낯섬을 강조한 점이다. 그러한 지적은 역사가의 흔적-기호에도 해당된다. "그처럼 하나의 기호로 간주된 흔적은 다른 기호들에 비해 예외적인 특성을 더 가지고 있다. 즉 그것은 기호화하려는 모든 의도의 바깥에서 그리고 그것을 목표로 하려는 모든 계획의 바깥에서 의미한다"(p. 60)는 것이다. 그것이 블로흐가 "본의 아닌 증인"이라는 용어로 가리켰던 것이 아니겠는가?

그러나 "완전히 흘러가버린 과거," "여전히 영원성의 모습이 그려지는 '타자'의 과거를 향한 나의 시간 속에 놓여 있는 그 어떤 과거와 미래보다도 더 멀리 떨어져 있는 과거, 모든 시간들을 모아 하나로 만드는 절대적 과거"(p. 63)에 전적으로 바쳐진 흔적에 대한 사색을 역사적 내재성의 측면으로 몰아가고 싶지는 않다. 내가 따로 떼어내서 간직하고 싶은 것은 차라리 어떤 점에서는 회상된 과거가 아득한 과거로부터 의미를 가지는 경우에만 결국 상대적인 '타자,' 역사적 '타자'가 있다는 열린 가능성이라는 것이다. "시간에 대한 이야기 fable"가 어떤 영원성을 향해 솟아오를 때, 문학이 열어두고 있는 것은 아마도 그러한 가능성일 것이다.[43] 어떤 물밑 흐름이 영원성을 절대적 '타자,' 레비나스에 따르면 타인의 얼굴이 그 흔적을 담고 있는 절대적 타자의 무한성에 묶는지를 누가 알겠는가? 어쨌든 나의 분석과 레비나스의 사색을 잇는, 가늘지만 강한 끈은 핵심이 되는 다음 문장으로 요약된다. 흔적은 나타나게 하지 않으면서 의미한다(p. 60).

흔적은 그처럼 역사 이야기가 시간을 "다시 그리게 refigurer" 하는 가장 불가사의한 도구들 가운데 하나다. 역사 이야기는 흔적의 의미성 속에서 실존론적인 것과 경험적인 것을 겹치게 하는 접합부를 구

---

43) 3부의 마지막을 장식했던 세 개의 연구──『댈러웨이 부인』『마의 산』『잃어버린 시간을 찾아서』──는 각기 이 경우에 해당된다.

성함으로써 시간을 다시 그린다. 물론 역사가는 흔적으로 된 기호들을 구성하면서 자기가 무엇을 하는지 알지 못한다. 역사가는 그 기호들에 대해 사용하는 관계에 머물러 있는 것이다. 역사가는 사료를 찾아다니면서, 문서를 찾아보면서, 있었던 그대로의 과거의 흔적에 다가간다. 그러나 흔적이 의미하는 것은 역사가-학자의 문제가 아니라 역사가-철학자의 문제다.

2. 허구와 시간에 관한 상상의 변주

이제 우리의 과제는 역사적 세계와의 대위법적 관계를 통해서, 그리고 현상학을 통해 밝혀진 시간성의 아포리아들의 해결책과의 관계에 따라서, 허구의 세계를, 보다 정확히 말해서 허구의 세계들을 생각해보는 것이다.

우리는 각기 『댈러웨이 부인』 『마의 산』 『잃어버린 시간을 찾아서』를 다룬 논문에 투사된 허구적 시간 경험들을 서로 관련지어 규정하기 위해서 상상의 변주 variation imaginative라는 개념을 도입한 적이 있는데, 바로 그 개념이 이번 절(節)에서 분석의 실마리가 될 것이다. 이전에 우리는 이 개념을 분석하지는 못한 채 사용하기만 했다. 두 가지 이유 때문이다. 우선 시간에 관한 허구적 경험들이, 단지 서로의 관계에서만이 아니라 허구 그 자체로서 상상의 변주가 되게끔 해주는 비교의 불변항이 없었기 때문이다. 그런데 현상학적 시간을 우주적 시간 속에 다시 집어넣음으로써 역사적 시간의 구성을 분석하는 막바지에 이르러 그 불변항을 찾아냈다. 현상학적 시간을 우주적 시간 속에 다시 집어넣는 현상은 불변항이며, 시간에 관한 이야기들은 그에 대한 상상의 변주인 것이다. 게다가 이전에는 그러한 대조를 드러나게 하는 배경, 즉 이 3권 앞에 열려 있는 시간의 모순성이라는 배경이 결여되어 있었다. 나는 이러한 삼자 대화에서 세번째 상대자의 역할에 역점을 둔다. 사실 시간에 관한 상상의 변주들을 정해진 역사적 시간 체제에 일대일로 대립시키는 것으로는 충분하지 않으며, 허구적 시간의 가변적 체제와 역사적 시간의 불변 체제가 **공통의 아포리아**에 대해서 서로 다른 대답을 가져오는가 하는 것도 말할 수 있어야 한다. 시간성의 아포리아들에 공통된 그러한 대상 지시 없이는, 시간에 관한 이야기가 만들어내는 상상의 변주와 역사적 시간은 서로 무관한 것으로, 원칙적으로 비교할 수 없는 것이 될 뿐이다.

I. 역사적 시간의 중립화

허구적 시간과 역사적 시간의 대립에서 가장 눈에 띄는, 하지만 반드시 가장 중요하다고 할 수는 없는 특징은, 역사가에게 부과되는 주된 의무 사항 — 체험된 시간을 우주적 시간 속에 다시 집어넣는 것 특유의 이음쇠에 복종해야 한다 — 에 대하여 화자(저자와 혼동해서는 안 된다)로부터 **자유롭다**는 점이다. 하지만 이 말은 허구를 만들어내는 사람이 누리는 자유, 그리고 그와 관련하여 허구적 시간 경험이 갖는 비현실적 위상의 부정적 특성을 규정할 뿐이다. 그것은 비현실적 인물들이 시간의 비현실적 경험을 한다는 사실을 의미한다. 허구적 경험의 시간적 표지들은 연대기적 시간을 구성하는 유일한 시 · 공간적 회로에 반드시 연결되어야 하는 것은 아니라는 뜻에서 비현실적이다. 같은 이유로 그 표지들은, 지도들의 끝을 맞추면 서로 연결되는 것처럼 그렇게 이어지는 것도 아니다. 어떤 주인공의 시간 경험이 달력을 증서로 하는 유일한 날짜 추정 체계와 가능한 모든 날짜들의 유일한 도표와 관련되어야 할 필요는 없다. 그 점에서, 서사시에서 고대와 근대의 비극과 희극을 거쳐 소설에 이르기까지, 허구 이야기의 시간은 그것을 우주의 시간에 옮겨넣기를 요구하는 제약 사항들로부터 벗어나 있다. 현상학적 시간과 우주론적 시간 사이의 이음쇠들 — 달력 체제, 동시대인, 선조 그리고 후손들의 시간, 세대의 연속, 문서와 흔적들 — 에 대한 연구는, 적어도 처음 접근할 때에는 그처럼 모든 존재 이유를 잃어버리는 것처럼 보인다. 모든 허구적 시간 경험은 각기 자기의 세계를 펼치며, 그 세계들은 제각기 독특하고 비교할 수 없으며, 유일한 것이다. 줄거리만 그런 것이 아니라, 그 줄거리가 펼치는 경험 세계 역시 하나의 상상 세계의 경계를 — 칸트에 따르면 연속적인 유일한 시간의 단편들로서 — 한정하는 것이 아니다. 허구적 시간 경험은 전체화할 수 없는 것이다.

그러나 허구를 만들어내는 사람이 누리는 자유를 이렇게 부정적으로 규정하는 것이 결정적으로 중요하지는 않다. 역사 이야기는 역사의 시간을 우주적 시간 속에 다시 집어넣는 방식으로 그 두 가지 시간들을 항상 연결해야 한다는 부담을 갖고 있기 때문에, 역사 이야기에서 현상학적 시간의 가능성은 미개척 분야로, 억제된 채로 남아 있다. 그런데 허구는, 우주론적 시간의 제약을 해소하는 대가로, 그러한 가능성을 독자적으로 탐사할 수 있다는 긍정적 특성을 얻게 된다. 이야기의 두 가지 양식을 연결해주는 은밀한 끈은 바로 현상학적 시간의 숨겨져 있던 그러한 가능성, 그리고 이것을 찾아냄으로써 생기는 아포리아들이다. 허구는 현상학적 시간의 중심 주제, 그리고 그 아포리아들에 적용되는 상상의 변주를 저장하고 있는 곳이라고 말하고 싶다. 이것을 보여주기 위해서 우리는 2권 끝부분에서 다루었던 시간에 관한 몇 가지 이야기들에 대한 분석과 시간의 현상학에 대한 우리 논의의 일차적 결과들을 짝짓고자 한다.[44]

---

44) 몇몇 드문 예외를 제외하고는, 이어지는 분석에서는 3부 끝에서 분석된 문학 작품들과 4부 첫부분에서 논의된 현상학 이론들을 다시금 인용하지 않고 참조할 것이다.

II. 체험된 시간과 세계의 시간 사이의 균열에 관한 변주

허구를 통해 생산된 상상의 변주, 그리고 역사 차원에서 세계의 시간 속에 체험된 시간을 다시 집어넣음으로써 구성된 고정된 시간, 이 둘 사이의 대응과 대조를 강조하기 위해서 우리는 현상학을 통해 드러나고 어느 정도까지는 만들어졌다고 할 수 있는 주요한 아포리아, 즉 반성적 사유를 통해 현상학적 시간과 우주적 시간 사이에서 틈을 벌리고 있는 균열로 곧바로 들어갈 것이다. 그러한 균열에 대응하는 방식 속에서 역사와 허구의 차이가 시작되는 것이다.[45]

허구적 시간 경험이 체험된 시간성 temporalité vécue과 세계의 한 차원으로 받아들여진 시간을 연결한다[46]는 데 대한 기본적 상황 증거를 다음과 같은 사실에서 찾을 수 있다. 즉 서사시나 드라마 혹은 소

---

45) 상관 관계를 따지는 이러한 방법이 함축하고 있는 것은, 고려되고 있는 문학 작품의 근원에 미친 철학적 영향을 분간하려는 모든 시도들 — 그것들이 아무리 정당하다 할지라도 — 과는 반대로, 허구 그 자체에 빚지고 있는 발견들과 그 철학적 가르침에 우리가 전적으로 주의를 기울여야 한다는 것이다. 이 점에 관해서는 여러 번 우리 입장을 밝혔다. 『시간과 이야기』 2권, 3부, 4장, p. 234. 각주 23과 pp. 274~77 참조.

46) 역사가 시간의 아포리아에 가져온 해결책과의 비교를 통해 우리는, 시간의 모순성을 만나게 되었던 것과는 역순으로 그러한 아포리아들을 밟아가게 된다. 그래서 우리는 현상학이 만들어낸 아포리아에서 현상학이 찾아낸 아포리아로 거슬러 올라간다. 그러나 여기서 택한 전략의 학술적 이점은 무시할 수 없다. 우선 이렇게 해서 허구와 역사의 불균형으로 직접 들어갈 수 있다. 이어서 마치 시간에 관한 경쟁적 관점들 사이의 대립에서 허구의 기능은 갈등 영역 밖으로 물러나는 것에 그친다는 듯이, 허구를 시간의 내적 의식 탐사에 가두어놓으려는 함정을 피하게 된다. 반면에 그러한 대립 자체를 특유의 변주에 따르게 함으로써 이를 나름대로 탐사하는 것은 허구의 몫이다. 끝으로 현상학적 시간을 구성하는 아포리아들을 허구가 다루는 방식은, 현상학적 시간과 우주적 시간이 허구의 한복판에서 대면할 때 그 배경에 놓인다는 점이 새로이 부각될 것이다. 그때 우리 앞에 펼쳐지는 것은 시간의 비선조적 양상이 걸쳐 있는 영역 전체가 될 것이다.

설은 역사적 인물들, 날짜를 추정하거나 추정할 수 있는 사건들, 그리고 이미 알려진 지리적 장소들을 만들어낸 인물과 사건, 그리고 장소와 끊임없이 뒤섞고 있다.

그렇게 해서 『댈러웨이 부인』의 줄거리는 제1차 세계 대전 직후, 정확히 말해서 1923년으로 설정되며, 아직은 대영제국의 수도였던 곳을 기념비적 monumental 배경으로 해서 전개된다. 마찬가지로『마의 산』에서 한스 카스토르프의 모험은 분명하게 제1차 세계 대전 이전의 시기에 속하며, 1914년의 대재앙에 이르게 된다. 『잃어버린 시간을 찾아서』의 에피소드들은 제1차 세계 대전 이전과 이후로 나누어진다. 드레퓌스 사건의 전개는 쉽게 확인할 수 있는 연대기적 지표를 제공하며, 전쟁 중의 파리의 묘사는 명백하게 날짜가 추정되는 시간 속에서 그 안에 삽입된다.

그렇지만 날짜를 추정하거나 추정할 수 있는 사건들이 허구의 시간을 역사적 시간의 중력 공간 안으로 끌어들인다고 결론을 내리는 것은 잘못된 생각이다. 실제로는 정반대다. 화자와 그 주인공들이 허구적이라는 사실만으로도, 실제 역사적 사건들에 대한 모든 대상 지시는 역사적 과거에 대한 그 재현 기능을 상실하고, 다른 사건들의 비현실적 위상에 맞추어 늘어서게 되는 것이다. 보다 정확히 말해서, 과거에 대한 대상 지시와 재현 기능 그 자체는 보존되고 있으나, 그것은 중립화된 양식으로, 후설이 상상적인 것의 특징으로 규정했던 것과 유사한 양식으로 보존된 것이다.[47] 혹은 분석철학에서 빌려온 어휘를 사용하자면, 역사적 사건들은 외시(外示)되는 것이 아니라 단지 언급될 뿐이다. 그래서 우리가 분석한 세 개의 소설 속에서 매번 이야기된 사건들의 지표로 쓰이는 제1차 세계 대전은 공통의 대상 지시라는 위상을 상실하고, 서로 겹칠 수 없고 의사소통이 불가능한 시

---

47) Husserl, 『순수현상학과 순수현상학적 철학을 위한 주도 이념 *Idées directrices pour une phénoménologie et une philosophie phénoménologique pures*』, I, §111.

간 세계의 내부와 동일한 인용citation이라는 위상으로 환원된다. 동시에 역사적 사건으로서의 제1차 세계 대전은, 소설 속에 포함된 모든 역사적 등장인물과 마찬가지로, 매번 다른 방식으로 허구화된다고 말해야 한다. 그것들은 이제부터 이질적인 시간 영역들 속으로 끌려들어간다. 달력의 시간만이 아니라 세대의 연속, 사료, 문서와 흔적 같은, 역사를 통해 위치가 정해진 특유의 이음쇠들도 마찬가지로 중립화되고 단지 언급될 뿐이다. 재현성 관계를 나타내는 도구 영역 전체가 그처럼 허구화될 수 있고 상상적인 것의 계정으로 옮겨질 수 있다.

이제부터 문제는 일말의 세계적 사건들이 어떤 방식으로 허구의 인물들의 시간 경험에 합쳐지는가 하는 것이다. 허구는 현상학의 주요한 아포리아에 답하는 상상의 변주들을 폭넓게 펼치면서 바로 그러한 질문에 답하는 것이다.

그리하여 버지니아 울프의 『댈러웨이 부인』의 역동성은 우리가 앞에서 말한 숙명적 시간과 기념비적 시간이라고 불렀던 것 사이의 대립에서 파생될 수 있었다. 그러나 그 소설이 단순한 사변적 이율배반에 대한 진술을 훨씬 넘어서는 풍요로움을 갖게 되는 것은, 화자가 결코 두 개의 실체, 두 가지 범주—그것이 하이데거적 의미에서의 실존론적인 것이라 할지라도—가 아니라 두 가지 한계-경험을 대조하고 있기 때문이다. 소설이 선택하여 등장시킨 다양한 개인적 경험들은 그 두 한계-경험 사이에서 배분된다. 그 한계-경험들 가운데 하나인 셉티머스 워린 스미스의 경험은 당연히 빅벤이 치는 시간과 불운한 주인공의 인격적 온전함이라는 표현할 수 없는 꿈이 서로 절대 화해할 수 없다는 것을 뜻한다. 그러나 셉티머스의 자살은 실존론적인 죽음을 향한 존재가 개인적인 어떤 실존적 경험 속에 구현되고 있음을 나타낸다. 그러한 경험은, 예컨대 하이데거가 죽음을 향한 존재의 근원적 특성에 근거하여 가장 본래적인 증언으로 여기고 있는 '결단을 내려 앞질러 가봄'보다는, 가브리엘 마르셀이 세계의 광경을 통해 분비될 수밖에 없다고 본 절망으로의 초대와 더 가까운 경험이다. 우주적 시간의 경우도 마찬가지다. 소설에서 그것은 단지 기념비적 성격을 띤 장중한 것들로 꾸며져 있고, 기존 질서의 공범인 권위, "균형" 그리고 아집의 형상들 속에 구현된 것으로만 나타날 따름이다. 그러한 이중적인 구체화의 결과로 빅벤에서 울려퍼지는 종소리 자체는 결코 공동의 중립적 시간을 말해주는 것이 아니라, 등장인물들 — 이들의 경험은 소설을 통해 열린 공간의 경계를 긋는 두 가지 극한 사이에서 찢겨져 있다 — 각자에게 매번 다른 의미 작용을 띠게 된다. 공동의 시간은 모으는 것이 아니라 나눈다. 두 극단 사이에 놓인 클라리사의 특별한 경험 또한, 사변적 혼합물이라는 의미에서의 매개를 이루는 것이 아니라, 셉티머스의 "분신"이라는 자신의 은밀한 역할과 "완벽한 여주인"이라는 공적인 역할 사이에서 찢어진 모습으로 나타나는 독특한 변주를 이룬다. 여주인공을 다시 야회(夜會)로 이끄는 도전의 몸짓 — 그녀는 사람들을 모아야 한다 — 그 자체는 죽음에 맞선 결단의 독특한 실존적 양태, 즉 숙명적 시간과 기념비적 시간 사이의 깨지기 쉬운, 그리고 아마도 진정하지 못한 타협(하지만 진정성을 설교하는 것은 소설의 몫이 아니다)이라는 양태를 표현한다.

『마의 산』은 이와 전혀 다른 용어들을 사용하여 체험된 시간과 우주적 시간의 대결 문제를 제기한다. 우선 두 개의 축 주위를 선회하는 수많은 구체적 등장인물들은 같은 사람들이 아니다. "낮은 곳"에 있는 사람들은 그 어떤 기념비적 특혜도 누리지 못한다. 그들은 평범한 사람들이다. 그들의 속죄양 가운데 단지 몇 사람만이 『댈러웨이 부인』의 권위의 형상들을 환기시키지만, 그들은 통속적 시간의 대변자일 뿐이다. "높은 곳"에 있는 사람들로 말하자면, 그들은 『댈러웨이 부인』의 내면적 지속 시간의 주인공과는 근본적으로 다르다. 그들의 시간은 전반적으로, 그리고 끊임없이 병적이고 퇴폐적인 시간, 관능성마저도 부패의 흉터로 얼룩져 나타나는 시간이다. 베르크호프에는 시계의 시간의 엄격함을 견디지 못하고 자살하는 셉티머스 같은 인물이 없는 것은 그 때문이다. 그곳에는 시간의 척도를 상실했기에 천천히 죽어가는 난민들이 있을 뿐이다. 이 점에서 페페르코른 씨의 자살은 셉티머스의 자살과 근본적으로 다르다. 그것은 "낮은 곳"에 있는 사람들을 향한 도전이 아니라 그를 "높은 곳"에 있는 사람들과 하나가 되게 하는 타협이다. 이 문제가 갖는 그야말로 독창적인 위치에서 역시 그 무엇과도 비교할 수 없는 해결책이 나온다. 극단들 사이의 타협을 추구하고 있는 클라리사 댈러웨이와는 달리, 한스 카스토르프는 그 극단들 가운데 하나를 소멸시킴으로써 대립을 해소하려고 하는 것이다. 그는 완전히 연대기적 시간을 지우고 시간의 척도를 소멸시키는 데까지 갈 것이다. 그때부터 관건이 되는 것은, 이처럼 크기와 등급을 만들어내는, 그 자체가 절단된 시간과의 실험에서 결과적으로 어떤 것을 배우고 어떻게 고양 Steigerung되는가 하는 점이다. 이 물음에 대한 답은 시간의 현상학과 시간에 관한 이야기들 사이의 상관 관계가 갖는 또 다른 측면을 보여줄 것이다. 우선은 이것만 지적하자. 즉, 『마의 산』은 체험된 시간을 우주적 시간 속에 다시 집어넣는 것에 대해서, 특히 비뚤어진 상상의 변주를 제안하고 있다. 왜냐하면 환자들에게 눈금 없는 체온계를 내미는 교활한 의사가 그렇듯이, 우주적 시간의 흔적을 삭제하려는 시도 또한 우주적 시간과 관계 맺는 하나의 방식이기 때문이다. 통속적 시간은 또한 "무언(無言)의 뮤즈 sœur muette"〔그리스 신화에서 음악과 예술을 담당하는 아홉 뮤즈 가운데 늘 입술에 손가락을 대고 다니는 무언극 담당의 폴림니아를 가리킨다: 옮긴이〕로서 주인공의 정신적 모험에 동행한다.

『잃어버린 시간을 찾아서』가 제안하고 있는 것은 의식의 시간과 세계의 시간 사이의 양극성에 대한 매우 특이한 또 다른 이본(異本)이다. 세계의 시간이 띠는 형상은, 질 들뢰즈의 표현에 따라 우리가 기호의 체득apprentissage — 사교 생활의 기호, 사랑의 기호, 감성적 기호, 예술의 기호 — 이라고 불렸던 것이 이루어지는 다양한 영역들의 형상이다. 그러나 이 네 가지 영역이 그 기호들을 통하지 않고서는 결코 재현되지 않는다는 사실로 말미암아, 기호의 체득은 곧바로 세계와 의식을 체득하는 것이다. 그로부터 잃어버린 시간을 되찾은 시간과 대립시키는 또 다른 균열이 비롯된다. 잃어버린 것은 우선, 사물들의 전체적 퇴락에 휩싸인, 흘러가버린 시간이다. 이 점에서 『잃어버린 시간을 찾아서』는 흔적의 소멸, 망각에 대한 힘겨운 투쟁이다. 사물들의 전체적 마모에 관해 깊이 생각하는 화자의 사색을 통해서 시간이 어떻게 다시 신화화되는지에 관해서는 후에 언급할 것이다. 잃어버린 것은 또한 아직 기호로 식별되지 않은 기호들, 돌이켜보는 위대한 작업 속에 다시 합쳐지기로 되어 있는 기호들 사이로 사라진 시간이다. 잃어버린 것은 끝으로, 공간 속의 장소가 그렇듯이, 메제글리즈와 게르망트 두 "쪽"이 상징하고 있는 흩어진dispersé 시간이다. 이에 대해 우리는 심장이 불규칙하게 뛴다고 할 때처럼, 불규칙하게 뛰는 시간이라고 말할 수 있을 것이다. 사실상 "잃어버린 시간"이라는 표현의 뜻은, 그것이 되찾아야 할 바로 그것이 되지 않는 한 허공에 떠 있다. 탐색Quête과 갑작스런 영감 Illumination, 체득 Apprentissage, 영감의 도래 Visitation가 결합되는 지점에 이르기 전까지는, 『잃어버린 시간을 찾아서』는 어디로 갈지 알지 못하는 것이다. 『잃어버린 시간을 찾아서』는 이러한 방향 상실과 환멸을 부르며, 이 방향 상실과 환멸은, 예술 작품을 만든다는 위대한 계획의 자성(磁性)이 소설을 끌어당기기 전까지는, 시간을 잃어버린 것으로 규정하게 한다. 그러나 이러한 기호의 체득과 자기를 벗어나는 시련의 결합에서 시간의 현상학이 받아들일 수 있는 것은, 우리가 막 거쳐온 처음의 아포리아, 역사적 시간이 대답을 가져다주는 아포리아와는 더 이상 관련이 없는 것이다.

『댈러웨이 부인』에서 『마의 산』을 거쳐 『잃어버린 시간을 찾아서』에 이르는 길을 다시 밟아가면서, 우리는 허구가 하나의 동일한 아포리아에 다양한 대답을 제시하는 것을, 하지만 당혹감을 불러일으켰던 최초의 장소를 옮길 정도로 문제의 위치 자체를 변화시키는 것을 보았다. 그렇게 해서 허구는 시간의 모순성이 매우 조심스럽게 분리시켰던 문제들의 벽을 허무는 것이다. 그 시작은 현상학을 통해 시간의 내적 체제에 속하는 것으로 인지되었던 수수께끼들과 현상학의 문을 여는 몸짓, 즉 우주적·객관적·통속적 시간의 환원이라는 몸짓을 통해 생겨난 수수께끼들을 구분하는 것이다. 그러한 구분은 이제 실체적이라기보다는 학문적이다. 우리가 어떤 점에서는 주변적이라 할 수 있는 아포리아에서 시간의 현상학의 핵심적인 아포리아로 다시 이끌려가는 것은 바로 문제 자체를 그렇게 이동시킨 덕분이다. 시간에 관한 이야기들이 만들어낸 상상의 변주들과 역사를 통해 세계의 시간 속에 체험된 시간을 다시 집어넣는다는 고정항이 대립하는 중에서 허구가 철학에 가장 크게 기여한 바는, 세계의 시간과 체험된 시간 사이의 불협화음에 대해서 허구가 제안하는 모든 다양한 해결책들에 있는 것이 아니다. 그것은 바로 역사적 시간이 우주의 엄청난 연대기 속에 끼워짐으로써 은폐되는 현상학적 시간의 비선조적인 특징들을 탐사하는 데에 있는 것이다.

III. 현상학의 내적 아포리아들에 관한 변주

이제 우리가 밟아갈 것은 현상학적 시간이 역사적 시간의 제약 밖으로 벗어나게 되는 단계들이다. 우리는 다음과 같은 문제들을 차례로 살펴볼 것이다. a) 시간의 흐름을 통합하는 문제, 즉 후설이 시간의 수평적 구성에서 "겹침"이라는 현상으로부터 도출했고, 하이데거가 시간화 층위들의 계층적 구성에서 "반복"의 현상에서 이끌어냈던 문제. b) 시간성의 극단적인 응집이라는 어떤 한계-경험 속에서 영원성에 대한 아우구스티누스적 주제를 되살리는 문제. c) 끝으로, 더 이상 현상학에 속하지 않지만, 허구만이 그려낼 그 말의 가장 강력한 뜻에서——능력을 갖는 시간의 재신화화 양상들의 문제.

a) 우리의 관심을 끌었던 시간에 관한 세 가지 이야기들을 다시 새롭게 살펴보는 작업은, 후설로 하여금 세 겹의 현재——과거의 현재, 미래의 현재, 현재의 현재——에 대한 아우구스티누스의 역설을 해결했다고 생각하게 만들었던 분석에서 출발한다. 후설의 해결책은 두 국면으로 해체된다. 그는 우선 현재 속에서 파악된 최근의 과거와, 현재의 과거 지향 지대와 상반되는 미래 지향 지대를 구성하는 곧 다가올 미래를 생생한 현재와 결부시킴으로써 생생한 현재에 두터움을 부여하며, 바로 그것이 한 점에 국한된 순간과 생생한 현재를 구별하게 한다. 그러나 그처럼 현재를 확장함으로써, 생생한 현재 속에 나름대로 **포함**된 과거 지향(혹은 일차적 기억)과 생생한 현재에서 배제된 회상(혹은 이차적 기억)의 단절이라는 대가를 치러야 한다. 그렇게 해서 후설은 현재의 "혜성 꼬리"를 이루는 과거 지향들(그리고 과거 지향의 과거 지향들)과, 그 속에서 내가 상상력을 통해 자유롭게 옮겨다니고 각기 그 과거 지향과 미래 지향 체계를 펼치는 일련의 준-현재들이 서로 끊임없이 겹쳐지는 현상을 통해 흐름의 통일성이 이루어진다고 보았다. 어떤 현재의 과거 지향은 또 다른 현재의 미래 지향과 겹쳐지기 때문에, 시간적 흐름의 통일은 그러므로 생생한 현재와 그 어떤 준-현재를 통해 퍼져나오는 과거 지향과 미래 지향 체계들이 서로 겹쳐 맞물림으로써 비롯되는, 일종의 기와 얹기 tuilage로 이루어진다.

그와 동일한 겹침 과정이 하이데거의 해석학적 현상학에서는 다른 형태와 이름으로 나타난다. 그런데 하이데거는 단일한 시간적 흐름의 연속성보다는 시간화 층위의 내적인 계층화에 더 주의를 기울였다. 그렇게 해서 "반복"은 시간성에 대한 모든 분석의 매듭이 되는 지점으로 나타난다. 역사성 측면에서 있었음 l'avoir-été, 다가옴 l'à-venir, 그리고 있게 함 le rendre-présent을 모음으로써, 반복은 본래적 시간성의 심층 단계와 세계의 세계성이 현존재의 숙명성을 압도하는 시간 내부성의 표층 단계를 그 중간에서 만나게 한다. 그런데 허구와 관련되는 상상의 변주를 통해 바로 이 동일한 시간의 기와 얽기를 그려내고, 또 여러 가지 방식으로 실행한다.

그래서 우리가 보기에 버지니아 울프의 소설은, 클라리사가 주최하는 야회에 대한 기다림으로 앞으로 끌려가는 동시에, 각각의 주역들의 과거 속으로 산책함으로써 뒤로 되돌아가고 그처럼 뿜어져나오는 기억은 돌발하는 행동 속에 끊임없이 새겨지게 된다. 여기서 버지니아 울프의 기법은 현재, 즉 곧 다가오고 이제 막 지나간 그 시간대를 회상된 과거와 얽히게 함으로써, 시간을 늦추면서 나아가게 하는 것이다. 게다가 주요 등장인물들 각자가 가지고 있는 시간 의식은 곧 다가오는 다음 미래 쪽으로 기울어진 생생한 현재와 각자에게 독특한 발산력을 감추고 있는 다채로운 준-현재 사이에서 끊임없이 양극화된다. 피터 월시가 그렇고, 가장 좁게는 클라리사의 경우 부어턴에서의 삶의 행복했던 시절에 좌절된 사랑, 거부된 결혼이 그렇다. 셉티머스는 정신착란 속에 끊임없이 출몰하는 죽은 전우의 유령 때문에 현재를 살아가기 힘들 정도로, 전쟁의 추억으로 인해 생생한 현재에서 떨어져나간다. 레치아의 경우는 밀라노에서 평범한 모자 디자이너이던 과거는 엉뚱한 결혼 생활이 표류하면서 결국 후회의 뿌리가 된다. 그처럼 각각의 인물은 지나가버린 과거에 속하는 준-현재에서 비롯된 미래 지향들과 생생한 현재의 과거 지향의 과거 지향들을 서로 "겹치게" 함으로써 자기 고유의 지속을 만들어내야 하는 과제를 안고 있다. 또한 각기 개별적 지속들이 그 사적(私的)인 "동굴"들과 뒤엉키면서 소설의 시간이 만들어진 것이라면, 소설의 시간을 만들어내는 기와 얹기를 통한 겹침은 하나의 의식 흐름에서 다른 의식 흐름으로 이어진다. 한 인물의 미래 지향은 다른 인물의 과거 지향으로 선회하면서, 제각기 타인의 과거를 되씹으면서 계산을 하는 것이다. 우리가 3부에서 연구했던 서술 기법들, 특히 화자가 다양한 의식 흐름들 사이에서 가교(架橋) 역할을 하는 기법들을 배치하는 것은 바로 이러한 의미 효과를 위해서다.

『마의 산』에서는 『댈러웨이 부인』에 비해 "겹침"에 따른 지속의 구성에 관하여 가르쳐주는 것이 많지 않다고 할 수 있다. 나중에 말하겠지만 이 소설의 무게는 다른 곳에 실려 있다. 그렇지만 『마의 산』에서 적어도 두 가지의 특징은 지금 우리가 행하는 분석과 관련된다. 우선 2장에서 구사된 회상 기법은 현재의 경험에 깊이를 잴 수 없는 과거의 두터움을 부여한다. 조부의 죽음, 그리고 특히 프리비슬라프에게서 빌렸다가 돌려주는 연필의 일화와 같은 몇몇 상징적 추억들은 그러한 과거로부터 기억 속에 살아남는다. 연속적 시간, 그 척도가 단계적으로 지워지는 시간 아래 엄청난 밀도를 지닌 시간, 거의 움직이지 않지만 그 분출되는 생기가 의학적 시간의 표면을 꿰뚫는 시간이 끈질기게 지속된다. 그렇게 해서 생생한 현재 속에 침입하는 회상은 클라브디아 소샤라는 등장인물에게 불안스런 이질감을 부여하는데, 처음에는 「꿈꾸는 듯한 간주곡」의 비몽사몽에서, 이어서 특히 「발푸르기스의 밤」의 유명한 일화에서 그것을 볼 수 있다. 클라브디아가 빌려주고 돌려받는 것은 바로 프리비슬라프의 연필이다. 클라브디아는 프리비슬라프다. 불협화음을 내포한 화음은 동일화에 이를 정도로 겹침으로써 극복된다. 그러한 마술적 불분명함의 이면에는, 그것이 순간에 부여하는 영원성은 결국 꿈속의 영원성, 사육제적 영원성에 지나지 않는다는 사실이 있다.

『잃어버린 시간을 찾아서』와 더불어 겹침이라는 후설의 용어는 반복이라는 하이데거의 용어로 넘어간다. 다시 말하지만, 허구는 이미 있는 현상학적 주제를 입증하는 것이 아니라 독특한 형상을 통해 그 ,
보편적 의미를 실행한다.

사실 기호의 체득을 통해 불확실한 미래로 나아가는 주인공의 관점과, 그 어느 것도 잊어버리지 않고서 모험의 포괄적 의미를 예견하는 화자, 이 둘 사이의 유희를 규정하기 위해 겹침이라는 용어를 여전히 사용할 수 있다. 화자는 주인공의 무의식적인 추억을 앞으로 나아가는 탐구의 흐름에 통합하고, 그렇게 해서 "과거 속의 미래" 형태를 이야기에 부여함으로써, 이를테면 바로 지속의 기와 엮기 작업에 착수하는 것이다. 그러나 서술적 목소리의 유희는 또 다른 깊은 곳에 이른다. 기호의 체득으로 구성된 탐색과 행복한 순간들 ── 게르망트 공작의 서재에서 구원을 가져다주는 예술에 관해서 깊은 사색에 빠지고 그 절정에 이르는 순간들 ── 속에 그려진 영감의 도래를 관련지을 때, 화자는 본래적인 반복을 수행하는 것이다. 프루스트에게 있어 반복의 공식은 바로 잃어버린 시간을 되찾는 것이다. 우리는 이것에 상당하는 세 가지 요소, 즉 은유의 형상으로 문체론적 요소, 식별의 모습으로 광학적 요소, 끝으로 되찾은 인상이라는 용어로 정신적 요소를 제시한 바 있다. 서로 다른 이름으로 불리는 반복과 기억의 소생 réviviscence은 전혀 다른 것임이 확인된다. 게다가 행복한 순간들에 흡사한 두 가지 감각이 즉각적으로 직접 연결되는 것을 예술 작품에 대한 긴 사색이 대신할 때, 바로 그때 반복은 충만한 의미 작용 ── 가로질러간 거리라는 기막힌 표현을 통해 우리에게 압축되어 나타난다 ── 을 띠게 된다. 행복한 순간들에 흡사한 두 찰나가 기적적으로 서로 다가간다. 덧없는 기적은 예술에 대한 사색을 통해 지속적인 작품 속에 고정된다. 잃어버린 시간은 되찾은 시간과 나란히 어깨를 겨룬다.

b) 이와 같이 후설적인 겹침의 문제에서 하이데거적인 반복의 문

제로 넘어가는 움직임을 따라감으로써, 허구는 아우구스티누스 이래 끊임없이 드나들었던 영역 속으로 현상학을 끌어들인다. 우리가 살펴본 시간에 관한 세 가지 이야기들은 실제 다음과 같은 주목할 만한 점을 갖는다. 즉 우리가 알고 있는 형상화 능력, 그리고 1권에서 우리가 시간성을 계층화하는 과정의 상한선이라 불렀던 것을 과감히 탐사한다는 것이다. 아우구스티누스에게서 그러한 상한선은 영원성이다. 그리고 신플라톤주의의 가르침을 받아들였던 기독교 전통의 흐름에서 시간을 통한 영원성의 근사치는 휴식하고 있는 영혼의 안정성에 있다. 그런데 후설의 현상학도 하이데거의 현존재의 해석학도 그러한 사유의 맥락을 잇지는 못했다. 시간의 내적 의식에 관한 후설의 『강의』는, 그 논쟁이 가로 방향의 지향성(의식 대상의 통일성을 향해 간다)에서 세로 방향의 지향성(시간적 흐름의 통일성을 향해 간다)으로 지나가면서 정해진다는 점에서, 그 점에 관해서는 침묵을 지킨다. 『존재와 시간』으로 말하자면, 그 유한성의 철학은 영원성에 관한 명상을 죽음을 향한 존재의 사유로 대체하는 것처럼 보인다. 그런데 우리는 이전에 이런 물음을 제기했었다. "가장 늘어난 지속을 가장 긴장된 지속으로 인도하는 방식들, 타협할 수 없는 두 가지 방식들이 있는 것인가? 아니면 양립할 수 없는 두 방식 중 어느 한 가지를 선택한 것처럼 보이는 데 지나지 않는 것일까?"(같은 책, p. 129).

이 물음에 대한 답은 여러 층위에서 찾을 수 있다. 엄밀하게 신학적인 층위에서 보자면, 영원성의 개념이 휴식의 관념 속에 요약되어 있는지는 확실하지 않다. 여기서 우리는 영원성과 휴식의 방정식이라는 기독교적 대안을 언급하지는 않을 것이다. 철학적 인류학이라는 형식적 층위 ─ 『존재와 시간』을 쓸 무렵의 하이데거가 여전히 천착하고 있는 층위 ─ 에서는, 죽음을 향한 존재와 죽음에 맞서 결단을 내려 앞질러 가봄이 이루고 있는 짝 속에서 실존론적 구성 요소와 실존적 구성 요소를 구분하는 것이 불가능하지는 않다. 실존론적인 죽음을 향한 존재에 비해 죽음에 맞서 결단을 내려 앞질러 가봄에 부여된 입증 기능 덕분에, 그 같은 실존론적인 보편적 숙명성은 광범위한 영역에 걸친 실존적 대답, 그 가운데에서도 『존재와 시간』의 저자가 확인하고 있는 거의 스토아적인 해결책을 열어놓고 있다고 생각할 수 있다. 우리는 숙명성을 인간 조건의 보편적 특징으로 서슴없이 받아들였다. 또한 서슴없이 그 숙명적 시간을 공적인 시간과 우주적 시간에 대립시켰다. 그러나 죽음을 향한 존재의 실존론적 구성 요소, 그리고 어쩌면 결단을 내려 앞질러 가봄의 구성 요소는 하이데거가 결단에 부여한 스토아적인 음조와는 다른 실존적 양태들, 그리고 그 가운데에서도 어쨌든 부활에 대한 믿음에서 나온 기독교적 희망의 양태가 들어설 자리를 남겨놓지 않았는가 하는 물음은 미루어두었다. 영원과 죽음에 대한 사색은 바로 실존론적인 것과 실존적인 것 사이의 틈새에 삽입될 수 있다.

우리가 살펴본 시간에 관한 세 가지 이야기는 그러한 사색에 나름대로 기여한다. 그리고 그러한 기여는 여전히 상상의 변주들의 기여이며, 이는 영원성이 아리스토텔레스가 말하는 존재처럼 다양한 방식으로 말해진다는 것을 입증한다.

『댈러웨이 부인』에도 그러한 주제가 없는 것이 아니다. 셉티머스의 자살은, 아주 애매하기는 하지만, 시간은 우리가 우주적 통일성에 대한 완벽한 전망을 얻는 데 있어서 절대적인 장애물이라는 사실을 이해하게 해준다. 우리는 더 이상 시간이 숙명적인 것이 아니라, 영원성이 죽음을 가져오는 것이라고 말했었다. 셉티머스란 인물에는 예언과 광기가 뒤섞여 있고, 하지만 한편으로 그의 자살이 클라리사에게 거의 속죄에 가까운 것으로 작용하여 삶의 갈등에 맞설 용기를 준다는 점에서, 그 메시지는 계산된 애매성을 띠고 있다.

『마의 산』은 분명 영원과 죽음이라는 주제에 대한 변주가 가장 풍성한 허구이다. 이 소설에서는 작품의 메시지를 해독하기 어렵게 만드는 것이 『댈러웨이 부인』에서와 같은 애매성이 아니라, 바로 주인공의 정신적 경험에 울려퍼지는 화자의 아이러니다. 게다가 소설이 펼치는 변이(變異)들도 다양하다. 「영원의 수프」에 나오는 동일성의 영원성과, 꿈속의 영원성, 「발푸르기스의 밤」의 사육제적 영원성은 모두 다르다. 천체 운행의 부동의 영원성은 또 다르며, 끝으로 「눈」의 일화에 나오는 환희에 찬 영원성도 다르다. 이렇게 잡다한 영원성들 사이에서 찾아낼 수 있는 유사성은 "마의 산"의 불길한 매력에서 나오는 것이 아니라고 단언할 수는 없다. 이 경우 영원성은 가장 긴장되고 응집되어 있는 시간성을 둘러싸고 있는 것이 아니라, 가장 이완되고 해체되어 있는 시간성의 찌꺼기 위에 세워지게 될 것이며, 결국 환상의 올가미에 지나지 않을 것이다. 그렇지 않다면 왜 베르크호프의 닫힌 세계 속에 불쑥 침입하는 역사적 사건이 "청천벽력"처럼 보이겠는가?

『마의 산』과 『잃어버린 시간을 찾아서』에 나타난 영원성의 변주들을 비교해보는 것은 매력적인 일이다. 『잃어버린 시간을 찾아서』에서 "되찾은 시간"의 심오한 사색을 통해 미적 본질의 "초시간적인" 왕국에 접근하는 것은, "예술 작품을 만든다"는 결정이 찰나적 영감을 붙잡아두고 이어서 잃어버린 시간을 다시 정복하도록 하지 않는다면, 『마의 산』의 「눈」 일화에서 한스 카스토르프의 황홀경과 마찬가지로 환멸과 환상이 될 것이다. 그때 스토리의 전개가 영원성의 헛된 경험을 중단시킬 필요는 없다. 즉 영원성은, 작가의 소명을 확인함으로써 마법에서 선물로 바뀐다. 영원성은 "옛날을 되찾는" 힘을 선사한다. 그렇다고 영원성과 죽음의 관계가 사라지는 것은 아니다. 숭고한 계시에 뒤이은 만찬에서 게르망트 공작의 식탁을 둘러싼 빈사 상태의 사람들의 광경이 말해주는 '죽음의 기억'은, 글을 쓰겠다는 결정의 바로 한가운데에 그 음산한 메아리를 이어지게 한다. 또 다른 단절이 영원성의 경험을 위협한다. 그것은 『마의 산』에서처럼 역사적 사건이 침입하는 것이 아니라, 작가의 죽음이 침입한다. 그처럼 영원성과 죽음의 전투는 다른 방식으로 계속된다. 예술의 은총으로 되찾은 시간은 그저 일시적인 휴전일 뿐이다.

c) 마지막으로 허구가 갖는 능력이 또 있다. 허구는 그 상상의 변주를 통해 처음에는 시간적 흐름의 수평적 구성과 연결된 불협화음을 내포한 화음의 양상들을, 이어서 시간화 층위들의 계층화와 연결된 불협화음을 내포한 화음의 변주들을 탐사했고, 끝으로 시간과 영원성의 경계를 따라 늘어선 한계-경험들을 탐사했다. 허구는 이에 그치지 않고 또 다른 경계, 즉 이야기와 신화를 가르는 경계를 탐사하는 힘을 가지고 있다. 그런데 이 주제에 대해서 우리의 현상학은 시간과 영원성이라는 앞의 주제와 달리 아무 말도 하지 않는다. 이러한 절제를 비난할 수는 없다. 오직 허구만이, 허구가 아무리 경험을 투사하고 묘사한다 할지라도 여전히 허구이기에, 약간의 취기(醉氣)를 가질 수 있는 것이다.

그렇게 해서 『댈러웨이 부인』에서 빅벤이 치는 종소리는 물리적이고 심리적이고 사회적인 것을 넘어서는 울림을 갖게 된다. 그것은 거의 신비적인 메아리다. 화자의 목소리는 "납으로 된 시계추 소리의 여운이 대기 속에 녹아내렸다"고 여러 번 되풀이해서 말한다. 마찬가지로 셰익스피어의 『심벨린 Cymbeline』의 후렴 ── "더 이상 두려워 말라, 태양의 열기를/또한 광포한 겨울의 분노도" ── 은 한 쌍을 이루는 셉티머스와 클라리사의 운명을 은밀하게 하나로 이어준다. 그러나 셉티머스만이 삶의 소음 너머로, "시간에 부치는 불후의 송가"에 귀를 기울일 수 있다. 그리고 그는 죽음 속으로 "시간에 부치는 자신의 송가"를 가지고 간다.

『마의 산』에는 아이러니의 어조에도 불구하고 시간을 허구가 그려내는 분명한 경험의 내용의 위치에 올려놓는 것에 불가피하게 연결되어 어느 정도 시간의 신화화가 있다. 사변적인 유예의 순간들, 즉 화자가 주인공을 서슴없이 끌어갈 뿐만 아니라 주인공이 머뭇거릴 때 그를 인도하고 있는 순간들에서는 이러한 시간의 재신화화를 찾을 수 없다. 이 점에서 가장 의미심장한 순간은 아마도, 연대기적 제약에서 벗어난 내적 시간이 조화에 도취된 우주적 시간과 충돌하게 되는 순간일 것이다. 척도가 사라짐으로써, 측정할 수 없는 시간은 공통의 척도를 가지고 있지 않은 어떤 시간과 경계를 사이에 두고 접하게 된다. 아득한 옛날은, 천체 운행의 말 없는 광경 속은 아니라 하더라도, 시간에도 영원에도 속하지 않는 그 어떤 경험 속에도 더 이상 새겨져 있지 않다. 게다가 작품 전체는 앞서의 그 모든 분석들을 벗어나는, 은밀하게 신비적인 차원을 전개한다. 소설 끝부분에 언급된, 강신술(降神術) 협의가 짙은 경험들은 나머지 시간에는 보호되고 있던 그러한 도취의 고삐를 한순간 늦춘다.

우리가 논의한 세 작품들 가운데 시간을 재신화화하는 움직임을 가장 멀리까지 끌고 가는 것은 분명 『잃어버린 시간을 찾아서』다. 가장 기이한 것은, 시간의 상반된 두 얼굴을 보여준다는 점에서 신화는 시간과 영원성에 관한 허구의 상상의 변주들을 자기 식으로 중복시키고 있다는 점이다. 파괴적인 시간이 있는가 하면, "예술가, 시간"도 있다. 두 시간 모두 작용을 하는데, 하나는 서둘러 움직이고, 다른 하나는 "매우 느리게 일한다." 그러나 그 두 가지 모습에서 시간이 밖으로 나타나고 눈에 보이려면 매번 육체를 필요로 한다. 파괴적 시간에서 그것은 죽음의 만찬의 "인형들"이다. "예술가, 시간"에서 그것은 질베르트와 로베르 생-루의 딸이며, 그녀를 통해 메제글리즈와 게르망트 두 쪽은 화해하게 된다. 마치 허구가, 고대의 활유법[48]에서

---

48) 베르낭 J.-P. Vernant, 『그리스인들의 신화와 사유 Mythe et Pensée chez les Grecs』 (Paris: Maspero, 1965), t. I, pp. 98~102를 참조할 것. 허구는 바로 시간을 의인화하는 단계에서 신화와 다시 만난다.

제2장 이야기의 시학 263

시간을 의인화하는 것과 흡사하게 구체화하는 대가로 시간에 가시성 visibilité을, 현상학이 시간에서 결코 식별할 수 없는 가시성을 부여하는 것 같다. 시간이 "그들에게 그 마법의 램프를 비추기 위해"(마의 산처럼 마법적인? 혹은 또 다른 의미에서?) 육체를 지니는 것과 동시에 그 구현된 모습은 상징적인 존재라는 환상적 차원을 갖는다.[49]

우리의 연구 영역에서 배제하려고 했던 신화는 이처럼 본의 아니게 두 번에 걸쳐 되돌아온다. 첫번째는 달력의 시간과 관련하여 역사적 시간을 탐사하는 언저리에서 돌아왔고, 두번째는 허구의 시간을 탐사하고 나가려는 지금이다. 우리보다 훨씬 앞서 아리스토텔레스도, 실패하긴 했지만, 이 불청객을 자기 담론의 경계 밖으로 쫓아내려고 시도했었다. 신화적 말의 웅얼거림은 철학의 로고스 아래 계속해서 울려퍼진다. 허구는 신화가 보다 울림이 강한 메아리를 갖도록 한다.

IV. 상상의 변주와 이상형

각기 역사와 허구에 속하는 시간의 재형상화 양상들을 대조하는 첫번째 단계에서 우리는 두 가지 커다란 서술 양태들 사이의 불균형을 다루었다. 그러한 불균형은 본질적으로 그 각각이 시간의 아포리아에 대해 제시한 해결책들 사이의 불균형에 기인한다.

중요한 오해의 소지를 없애기 위해, 우리가 앞에서 아포리아라고 불렀던 것과 지금 해결책이라고 부르고 있는 것의 관계를 성찰함으로써 이 절의 결론을 맺고자 한다. 역사적 시간을 다루었던 절에서는 이러한 성찰을 제쳐둘 수 있었는데, 그것은 역사적 시간이 그러한 아

---

49) 프루스트의 상징적 표현에 관해서는 야우스H.-R. Jauss의 앞의 책을 참조할 것. 『잃어버린 시간을 찾아서』의 시작과 끝에서 그 변치 않는 규모로 똑같이 우뚝 서 있는 콩브레의 기념비적 성당을 그러한 상징들과 결합시켜야 한다. 『시간과 이야기』 2권, p. 285, 각주 72(번역본).

포리아에 가져온 해결책은 종국적으로 편안하게 하는 화해, 아포리아의 날카로움을 없앨 뿐만 아니라 비적합성과 무의미성 속으로 아포리아를 사라지게 하는 경향이 있는 그런 화해였기 때문이다. 시간에 관한 이야기들에서는 사정이 다르다. 시간에 관한 이야기들은 아포리아를 되살리고, 심지어 그 날카로움을 더하게 한다는 큰 힘을 갖는다. 아포리아를 시학적으로 해결한다는 것은, 그것을 해소한다기보다는, 그 마비시키는 영향력을 없애고 생산적으로 만드는 것이라고 여러 번 말하게 된 것도 그 때문이다.

앞선 분석들의 도움을 받아 시학적 해결책의 의미를 보다 정확하게 밝혀보자.

두 가지 회로, 즉 생생한 현재의 과거 지향과 미래 지향의 회로와 회상이 옮겨가는 다양한 준-현재들과 인접한 과거 지향과 미래 지향의 회로가 겹쳐지면서 단일한 시간 영역이 구성된다는 후설의 주제를 다시 살펴보자. 겹침을 통한 이러한 단일한 시간 영역의 구성에 적용된 상상의 변주들은 현상학이 명시적으로 드러내지 않은 것을 드러낸다. 우리는 현상학이 진전시키고 찾아낸 것들의 대가는 바로 끊임없이 보다 깊숙한 곳을 파고들어가는 아포리아라고 여러 번 주장했었는데, 그때 우리는 바로 이렇게 명시적으로 드러나지 않는 것을 의심했다. 그런데 현상학이 찾아낸 그것들은 어떤 위상을 갖고, 그것과 아포리아는 어떤 관계를 갖는가? 이에 대한 답은 상상의 변주들이 가져다준다. 상상의 변주는 현상학이 동일한 명칭으로 아포리아와 그 이상적인 해결책을 가리킨다는 것을 드러내준다. 나는 대담하게 그 해결책의 이상형 — 베버가 사용한 이 용어의 뜻으로 — 이라고 말할 것이다. 실제로 하나의 의식 영역은 겹침을 통해 그 통일성을 이룬다고 주장할 때, 그것은 다음과 같은 뜻이 아니겠는가? 즉 겹침은 본질 eidos이며, 현상학적 성찰은 바로 그 본질 아래에, 나름대로 정돈되어 이리저리 흩어져 있는 회상들 사이의 융합의 이상형에 관계된 상상적 변주를 위치시키며, 또한 혜성처럼 사라지는 생생한 현재의 꼬리에서 과거 지향의 과거 지향을 통해 완전한 과거를 모으려는 기억의 노력을 위치시키는 것이다. 우리의 가설은 후설의 엄격한 원리를 따른다. 즉 그 본질은 바로 상상의 변주를 통해 불변항으로 나타나는 것이다. 시간에서 그 역설은, 아포리아를 드러내는 바로 그 분석이 또한 해결책의 이상형 아래 그 아포리아의 특성을 은폐한다는 것이다. 이러한 특성은 분석을 지배하는 본질로서, 아포리아의 주제 자체에 관한 상상의 변주를 통해서만 밝혀질 수 있다.

우리는 과거 지향과 미래 지향의 역선(力線)에 따른 생생한 현재의 팽창과, 상상력이 생생한 현재의 뒤로 투사하는 다양한 준–현재들 주위로 흩어져 있는 기억들의 집중이 서로 겹쳐짐으로써 구성되는 시간 흐름의 통일성의 경우를 본보기로 간주할 수 있다. 그러한 구성은 우리가 연구하면서 마주쳤던, 불협화음을 내포한 화음들의 모델이다. 이렇게 해서 우리는 위로는 아우구스티누스를 향해 거슬러 올라가고, 아래로는 하이데거를 향해 내려갈 수 있다.

실제로 긴장/이완의 변증법이 뜻하는 것은 바로 시 낭송, 그리고 삶 전체의 차원, 나아가서 보편적인 역사의 차원으로 확장된 보다 광대한 이야기를 해석하기 위한 규칙이 아니겠는가? 불협화음을 내포한 화음은 해결해야 할 문제의 이름인 동시에 이미 그 이상적인 해결책의 이름이었다. 이것이 바로 조금 전에 우리가 동일한 분석이 아포리아를 찾아내고 그것을 그 해결책의 이상형 아래 감춘다고 말하면서 뜻하고자 했던 것이다. 아포리아가 그 해결책의 이상형과 맺는 이러한 관계를 명료하게 밝히는 것은 상상의 변주들의 유희에 대한 검토의 몫이다. 그런데 긴장과 이완이 서로 싸우고 조화를 이루는 수많은 방식들을 우리는 바로 허구적인 문학 속에서 탐색할 수 있다. 그 점에서 문학은 삶의 응집력이 구성하는 불협화음을 내포한 화음을 탐사하는 데 그 무엇과도 바꿀 수 없는 도구다.

아포리아와 그 해결책의 이상형 사이의 이러한 관계는, 『존재와 시간』을 읽으면서 시간 영역의 수평적 구성이 아니라 시간성, 역사성, 시간 내부성이라고 이름 붙여진 세 가지 층위의 시간화 사이의 계층화에 따른 수직적 구성을 설명하면서 마주쳤던 난관에도 그대로 적용될 수 있다. 이러한 파생 관계, 즉 가장 근원적이고 본래적이라고 여겨지는 양태에서 파생된 양태들의 "유래"를 존중하는 동시에 새로운 의미 작용의 출현 — 이것은 근본적인 시간성 한가운데에서 역사성과 시간 내부성이 파생되는 과정에 의해서 드러나게 된다 — 을 설명하는 것을 목표로 하는 파생 관계는 바로 아우구스티누스의 긴장/이완보다, 그리고 후설의 겹침보다 더 섬세한 새로운 종류의, 불협화음을 내포한 화음인 것이다.

이러한 유사성은 하이데거가 어떤 방식으로 매 장(章)마다 『존재와 시간』 제2편을 끌어가는 골치 아픈 물음 — 통합 존재 Ganzsein, 보다 정확히 말하자면 존재 가능의 통합성에 대한 물음 — 으로 집요하게 되돌아오는지를 보면 더욱 확실해진다. 그런데 시간성의 탈자적 구조가 표현하는 분산력은 이러한 통합성의 요청을 위협한다. 본래적인 통합, 정말 근원적인 전체화의 조건들이 결코 충족될 수 없는 것은 바로 그 때문이다. 여하튼 가장 가까운 것은 언제나 가장 감추어져 있다는 점에서, 해석학적 현상학은 후설식의 직관적 현상학과는 구별된다. 그렇다면 전체화의 조건들을 은폐된 곳으로부터 끌어내는 것은 허구의 기능이 아닌가? 게다가 그러한 조건들은 선험적 가능성보다는 실존적 가능화에 속한다고 말하지 않았던가? 허구적 경험의 상상의 변주를 구사하는 담론 양태보다 그러한 가능화를 말하는 데 더 적절한 담론 양태가 있겠는가?

그런데 『존재와 시간』이 설명하고 있는 것처럼 전체화, 다양화, 계층화의 복합적 절차가 갖는 그러한 이중적 특성, 즉 아포리아와 이상형이라는 특성은 상상의 변주에서 가장 명확하게 드러난다. 시간에 관한 이야기들은 숙명성의 의미, 공적으로 노출시키게 하는 사회적 역할의 유지, 그리고 모든 것들을 감싸는 이러한 무한한 시간의 감춰진 존재 사이에서 찢긴 실존의 혼들림에 그러한 변주를 적용한다.

내가 보기에 시간 체제에서 하이데거가 반복에 부여한 역할은, 한편으로 현상학이 본래성을 탐색하고 또 한편으로 그러한 본래성을 가능하게 만드는 길을 허구가 탐사하는, 그 사이의 상호 교환들에 대한 이러한 관점을 강화한다. 해석학적 현상학에서 반복은 아우구스티누스에서의 긴장/이완, 그리고 후설에서의 겹침이 차지하는 것과 전적으로 동일한 전략적 위치를 갖는다. 하이데거에게서 반복은, 아우구스티누스에게서 긴장이 이완에 응수하듯이, 그리고 후설에게서 겹침이 과거 지향과 회상 사이의 어긋남에 응수하듯이, 현존재의 늘어남에 응수한다. 게다가 반복이 맡은 일은 내던져짐에 대해서 앞질러 가보는 결단의 우위를 회복하고, 그렇게 해서 과거를 다가옴의 방향으로 다시 열어주는 것이다. 바로 유산(遺産), 전승 그리고 되풀이 사이에 조인된 계약에 대해서 우리는 그것이 해결해야 할 아포리아인 동시에 그 해결책의 이상형이라고 말할 수 있는 것이다. 우리의 가장 고유한 가능성을 투사할 때의 바로 유산——우리는 우리 자신에 대해 그렇다——을 본래적으로 되풀이하려는 요청이 열어놓는 의미 공간을 탐사하는 데 있어서, 시간에 관한 이야기보다 더 적합한 것은 없다. 시간에 관한 이야기들을 통해 나중에 밝혀졌듯이, 하이데거의 반복은 불협화음을 내포한 화음의 가장 은폐된 형상, 즉 숙명적 시간과 공적인 시간, 그리고 세계의 시간을 가장 있을 법하지 않은 방식으로 함께 붙잡게 하는 형상의 상징적 표현이다. 그러한 궁극적인 형상은 아우구스티누스 이래 시간의 현상학을 통해 축적된 모든 양상의 불협화음을 내포한 화음들을 집약하고 있다. 그것이 또한 "삶의 응집 la cohésion de la vie"[50]을 최종적인 쟁점으로 삼는 허구적 시간 경험들의 해석에서 길잡이로 쓰이는 데 가장 알맞은 것으로 드러남은 바로 그 때문이다.

　우리의 분석에서 비롯되는 마지막 결과는 우리를 하이데거에서 아우구스티누스로 돌아가게 한다. 허구는 현상학의 주제들을 구체적으로 입증하거나 모순적인 설명 아래 감추어진 해결책의 이상형을 드러내는 데 그치는 것이 아니다. 허구는 또한 현상학의 한계, 즉 그 본질 직관적 eidétique 양식의 한계를 보여준다. 시간에 관한 세 편의 이야기에서 영원성에 대한 주제가 다시 살아난 것은, 이 점에서 볼 때, 제한적이지만 모범적인 시험이 된다. 시간에 관한 이야기들이 유일한 영원성 모델을 제공하기 때문에 그런 것은 아니다. 반대로 그 이야기들은 광대한 영역에 걸친 영원화의 가능성들 ── 그 단 하나의 공통된 특징은 죽음과 짝을 이룬다는 것이다 ── 을 상상력에 제공한다. 시간에 관한 이야기들은 죽음을 향한 존재에 대한 하이데거의 분석이 갖는 정당한 권리에 관해 이전에 우리가 표명했던 의혹에 어느 정도 신뢰를 부여한다. 우리는 그때 죽음을 향한 존재와 죽음 앞에서 결단을 내려 앞질러 가봄에서 실존적인 구성 요소와 실존론적 구성 요소를 구분할 것을 제안한 바 있다. 죽음을 향한 존재를 본래적으로 만들 수 있는 실존적 양태들의 장(場)을 다시 여는 것은 바로 시간에 관한 이야기들을 통해 펼쳐지는 상상의 변주들의 몫이다. 허구의 왕국 속에서 영원성을 죽음과 대면시키는 한계-경험들은 동시에 현상학의 한계들, 환원이라는 그 방법론으로 말미암아 외재적 초월성만이 아니라 상위의 초월성에 대해서도 주관적 내재성에 특권을 부여할 수밖에 없다는 한계들을 드러내는 지표로 사용된다.

---

50) 딜타이(『삶의 맥락 Zusammenhang des Lebens』)에게서 빌려온 이 표현에 관해서는 이 책의 p. 217을 참조할 것. 우리는 이 책의 마지막 대목에서 그와 동일한 문제를 새로운 용어, 즉 이야기 정체성이라는 용어로 다시 거론할 것이다. 그 개념은 시간의 현상학의 후원 아래 역사와 허구의 결합을 완성할 것이다.

3. 역사적 과거의 실재성

　교차하는 대상 지시를 통한 시간의 재형상화에 적용된 우리의 연구는 이 절에서 새로운 단계에 접어든다. 첫번째 단계에서는 각각의 서술 양태가 본래 겨냥하는 것 사이의 이분법, 즉 체험된 시간을 세계의 시간 속에 다시 집어넣는 것과 역사를 허구와 다시 연결하는 방식에 영향을 미치는 상상의 변주들 사이의 이분법이 강조되었다. 이제 새로운 단계는, 한편으로 이 책 2장의 서론에서 "실재 réel" 과거에 대해 역사 인식이 수행하는 재현성 représentance 기능과, 다른 한편으로 독서가 텍스트의 세계와 독자의 세계를 연결할 때 허구 이야기가 갖게 되는 의미 생성 signifiance 기능이라고 이름 붙였던 것 사이의 수렴을 나타낸다. 이어지는 두 개 절의 쟁점이 되는 두번째 규정은 교차하는 대상 지시에 대한 첫번째 규정에서 추출된다는 것은 말할 나위도 없다.

　역사 인식을 통한 "실재" 과거의 재현성에 대한 물음은 다음과 같은 단순한 물음에서 비롯된다. 역사적 과거에 적용된 "실재"라는 용어는 무엇을 뜻하는가? 어떤 일이 "실제적으로" 일어났다고 말할 때 우리가 말할 수 있는 것은 무엇인가?

　그러한 물음은 역사 기술이 역사에 대한 사유에 제기할 수 있는 물음들 가운데 가장 곤혹스러운 것이다. 하지만 우리는 아무리 답이 곤란하다 해도 이 물음을 피해갈 수 없다. 그것은 역사와 허구의 두번째 차이를 만들어내는 물음이다. 여기서 역사와 허구의 상호 간섭은, 근본적인 차이점에 접목되어 있는 것이 아니라면, 문제가 되지 않을 것이다.

　문서의 수집과 보존, 참조의 선별적 특성에 대해서, 그리고 역사가

270

가 문서에 제기하는 질문과 문서의 관계에 대해서, 나아가 이 모든 조작들의 이데올로기적 함의에 대해서 사람들이 무어라 말하든 간에, 어쨌든 문서에 의존한다는 것은 역사와 허구를 가르는 선이 된다는 게 역사가들이 갖고 있는 불굴의 믿음이다. 역사가가 구성한 것들은 소설과 달리 과거를 재구성한 것이 되고자 한다. 문서를 거쳐서, 그리고 문서에 따른 증거를 사용함으로써, 역사가는 언젠가 있었던 것에 굴복한다. 그는 과거에 대해 빚을 지고 있고, 죽은 자들에 대해 신세를 지고 있으며, 그로 인해 그는 변제 불능의 채무자가 된다.

빚이라는 이름으로 아직은 그저 느낌에 불과한 것을 이제 개념적으로 명확하게 밝혀야 한다.

이를 위해 앞서의 분석이 다다른 도착점이었던 것, 즉 흔적이라는 개념을 이제 출발점으로 삼자. 그리고 그 재현적 기능을, 달리 말해서 1권의 미메시스 III에서 우리가 제안했던 분석에 따르면 그 재형상화 기능을 구성할 수 있는 것을 끌어내도록 하자.

나는 카를 호이시 Karl Heussi의 주장을 따라 과거는 역사 인식이 그에 "적절한 방식으로 대응하고자" 노력하는 "맞대면 Gegenüber"[51]이라고 말할 것이다. 이어서 어떤 것을 대신한다 vertreten는 뜻에서의 재현하다 représenter와, 눈앞에 없는 외부의 사물에 대한 이미지를 머릿속에서 그려본다 sich vorstellen는 뜻에서의 표상하다 se représenter를 구분해서 사용할 것이다.[52] 기실 흔적은, 과거를 통해

---

51) Karl Heussi, 『역사주의의 위기 Die Krisis des Historismus』(Tübingen: J. B. C. Mohr, 1932). "과거에 있었던 것과의 '맞대면'에 대한 적절한 대응 eine zutreffende Entsprechung des im 'Gegenüber' Gewesenen"(p. 48).

52) "역사적 개념들은, 엄청나게 더 복잡하며 무궁무진한 설명거리를 제공하는 양태로 예전에 존재했던 것을 was [……] einst war 의미하려는 bedeuten 대리자 Vertretungen들이다"(p. 48). 역사만이 무의미한 것 sinnlos에 어떤 의미를 부여한다고 생각하는 Theodor Lessing과는 반대로, 역사 연구의 방향을 정하고 수정하도록 하며 선별하고 조직화하는 역사가의 작업이 동의하고 있는 것처럼 보이는 임의성에서 벗어나도록 하는 것은 바로 '맞대면'이다. 그렇지 않다면 어떻게 어떤

남겨졌다는 점에서, 과거와 관계가 있다. 흔적은 과거에 대해 대리, 재현성 Vertretung[53]의 기능을 수행하는 것이다. 이러한 기능은 흔적을 통한 인식 고유의 간접적인 대상 지시를 특징짓고, 과거와 관련해서 역사의 대상 지시적 양태를 다른 모든 것과 구별한다. 물론 그 대상 지시적 양태를 형상화 작업 자체와 분리할 수 없다. 실제로 우리는 오직 우리가 형상화한 것들을 끊임없이 수정함으로써 과거의 무궁무진한 잠재적 가능성에 대한 관념을 형성할 수 있다.

　과거와 관계된 역사의 대리 혹은 재현성이라는 이러한 문제 설정은 역사 인식이라기보다는 차라리 역사에 관한 사유와 관련된다. 실제로 후자에서 흔적이라는 관념은 사료에서 문서로, 그리고 문서에서 흔적으로 이끄는 연속된 참조 과정에서 일종의 **종착점**이 된다. 그러나 그것은 일반적으로 역사적 대상 지시의 수수께끼, 본질적으로 간접적인 그 특성에 머물지는 않는다. 흔적이라는 관념에서, 단순히 그 속에 내포된 존재론적 물음은 즉시 문서의 인식론적 물음을 통해, 즉 과거를 설명하는 과정에서 보증하고 근거를 제공하고 입증한다는 문서의 가치로 가려져버린다.[54]

역사가의 연구 결과가 다른 이의 그것을 수정할 수 있으며, 그것보다 더 잘 정곡을 찌른다고 treffen 주장할 수 있겠는가? Karl Heussi 또한 재현성을 역사 인식 본래의 수수께끼로 만드는 맞대면의 특징들을 간파했다. 다시 말해서 한편으로 Troeltsch에 따르면, 과거를 무의미한 것 쪽으로 기울게 하는 맞대면이 몰려들고, 다른 한편으로 과거를 의미 있는 것 쪽으로 이끌고 가는 다의적인 구조들이 있는데, 전체적으로 과거는 "역사적 형상화가 가능하도록 선동하는 것들의 충일함 die Fülle der möglichen Anreize zu historischer Gestaltung"으로 이루어진다" (p. 49).

53) 재현성이라는 용어는 François Wahl의 『구조주의란 무엇인가?』(Paris: Seuil, 1968), p. 11에도 나온다.

54) 『역사 또는 역사가라는 직업을 위한 변론 Apologie pour l'histoire ou Métier d'historien』에 나타난 Marc Bloch의 예는 이 점에서 시사적이다. 그는 흔적의 문제점을 잘 알고 있는데, 그것은 문서의 문제로 그에게 제기되었다("실제로 문서란 어떤 흔적, 다시 말해서 그 자체로는 붙잡을 수 없는 현상이 남겨놓은 감각을 통해 알 수 있는 자국이 아니고 무엇이겠는가?"(p. 56)). 그러나 예컨대 물리학

맞대면, 대리 혹은 재현성이라는 개념은 단지 부여된 이름들일 뿐이며, 흔적의 재현적 가치의 문제, 그리고 더 나아가서 과거에 대해 빚졌다는 느낌에 대해 해결책을 제시한 것은 결코 아니다.

이 수수께끼에 대해 내가 제안하는 지적인 연결 작업은 플라톤이 『궤변론자 *Sophiste*』(254 b~259 d)에서 만들어낸 "대(大)범주들 grands genres" 간의 변증법을 치환한 것이다. 앞으로 생각을 풀어나가면서 분명하게 드러날 여러 가지 이유들로 말미암아, 나는 동일자 le Même, 타자 l'Autre, 유사자 l'Analogue의 세 가지 "대범주"를 택했다. 과거라는 관념이 바로 그 세 가지 "대범주"의 연쇄를 통해 구성된다고 주장하는 것은 아니다. 내가 주장하는 바는 단지 동일자, 타자, 유사자라는 특징으로 과거를 잇달아 생각함으로써 우리는 과거에 관해 의미 있는 어떤 것을 이야기한다는 것이다. 이에 대해서 있을 수 있는 반론, 그러니까 인위적이지 않은가 하는 반론에 대해서, 나는 역사철학에서 가장 높이 평가되는 어떤 시도 또는 몇몇 시도들이 이 세 가지 계기들을 각각 대변하고 있음을 보여줄 것이다. 우리가 그

자, 지리학자는 다른 사람을 통해 이루어진 관찰에 기대고 있다는 점에서, 흔적의 불가사의한 대상 지시는 곧바로 경험과학에는 친숙한 간접적인 관찰이라는 개념에 종속된다(같은 책). 물론 물리학자와는 달리 역사가는 흔적이 나타나도록 유도할 수는 없다. 하지만 역사적 관찰의 그러한 취약함은 두 가지 방식으로 보상된다. 즉 역사가는 증인들의 관계를 늘리고 이를 대조할 수 있는 것이다. 블로흐는 그런 뜻에서 "상반된 유형의 증언들의 조작"(p. 65)에 대해 말한다. 특히 역사가는 "본의 아닌 증인," 다시 말해서 동시대인들에게 정보를 제공하고 가르치도록 정해져 있지 않은 문서, 하물며 미래의 역사가들에게는 더더욱 그렇지 않은 문서에 특권을 부여할 수 있다(p. 62). 단지, 흔적 개념의 존재론적 영향에 묶여 있는 철학적 탐구에서는, 흔적을 통한 인식이 관찰의 영역에 속한다는 것을 나타내려고 고심한 나머지 과거의 흔적이라는 개념이 갖는 불가사의한 특성을 은폐하는 경향이 있다. 진정한 것으로 확인된 증언은 위임을 받은 시각적 관찰인 것처럼 기능한다. 즉 나는 남의 눈으로 보는 것이다. 동시대성이라는 환상이 그렇게 해서 만들어지고, 그것은 흔적을 통한 인식을 간접적인 관찰이라는 환상 위에 늘어서도록 한다. 하지만 블로흐가 역사를 "시간 속에서의 인간들"(p. 36)에 대한 과학이라고 정의할 때, 그는 역사와 시간의 관계를 그 누구보다도 훌륭하게 지적한 것이다.

철학적 입장들을 옮겨다니는 것은 각기 하나만으로는 재현성의 수수께끼를 일방적으로 완벽하게 풀어낼 수 없기 때문이다.

I. 동일자의 특징 아래 — 현재 속에서 과거의 "재실행"

과거의 과거성 passéité을 생각하는 첫번째 방식은 시간적 거리라는 날카로운 침을 뽑아버리는 것이다. 그렇게 되면 역사적 작업은 거리를 없애는 것 dé-distanciation, 예전에 존재했던 것과 동일화하는 것 identification으로 나타난다. 역사가의 작업에는 이러한 개념들이 기댈 곳이 없지 않다. 있는 그대로의 흔적이란 그 자체가 현재의 것이 아닌가? 흔적을 거슬러 올라간다는 것은, 흔적을 통해 이르게 되는 과거의 사건들을 그 본래의 흔적과 같은 시대의 것으로 만드는 것이 아닌가? 우리는, 역사의 독자로서, 과거의 사건들의 연쇄를 생생하게 재구성함으로써 바로 그 사건들과 같은 시대에 속하게 되는 것이 아닌가? 간단히 말해서 과거를 현재 속에 지속되는 것으로서가 아닌 다른 어떤 것으로 이해할 수 있겠는가?

이러한 암시적 제안을 이론의 지위로 끌어올리고 과거에 대한 사유에서 전적으로 동일한 것으로 간주하는 개념을 구성하기 위해서는, 다음 두 가지가 필요하다. a) 사건이라는 개념을 근본적으로 수정해야 한다. 다시 말해서 우리가 사유라고 부를 수 있는 "내적인" 모습을 그 "외적인" 모습, 즉 신체에 영향을 미치는 물리적 변화들과 분리시켜야 한다. b) 이어서 일련의 사건들을 재구성하는 역사가의 사유를 이전에 생각되었던 것을 다시 생각하는 방식으로 간주해야 한다. c) 끝으로 그처럼 다시 생각함은 처음의 생각함과는 수치상으로 동일한 것으로 이해해야 한다.

동일한 것으로 간주하는 이러한 생각은, 콜링우드가 『역사 관념 The Idea of History』[55]에서 표현한 바에 따르면, 역사를 과거의 "재실행 réeffectuation"(reenactment)으로 이해함으로써 확연하게 드러난다.

앞에서 말한, 과거의 과거성을 동일성으로 간주하는 관념의 세 가지 구성 요소들에 대하여 역사적 사유에 대한 콜링우드의 분석이 밟아가는 세 국면을 대응시킬 수 있다. 즉 a) 역사적 사유의 문서적 특성, b) 문서로 주어진 것을 해석하는 과정에서 상상력의 작용, c) 상상력이 구성한 것들은 과거를 "재실행"하려는 야망이라는 세 국면이다. 이 재실행의 주제는, 뚜렷한 방법론을 가리키는 것이 아니고 문서에 따른 해석과 상상력을 통해 구성된 것들이 겨냥하는 결과를 지칭한다는 것을 분명히 나타내기 위해서, 세번째 위치에 있어야 한다.[56]

a) "명증성"이라는 제목으로 연구의 첫머리에 자리잡고 있는 문서 증거라는 개념은 단번에 생물학에서의 진화 연구를 포함하는 자연의 변화에 대한 연구와 인간사(人間事)의 역사 사이의 근본적인 차이를 보여준다.[57] 오로지 역사적 사건만이 "생각 pensée"이라고 불러야 하

---

55) 『역사 관념 *The Idea of History*』(Clarendon Press, Oxford University Press, 1956)은 콜링우드가 철학과 형이상학부 석좌교수로 임명된 뒤, 1936년 옥스퍼드 강연 원고, 그리고 1940년까지 저자가 부분적으로 수정한 그 원고를 토대로 T. M. Knox가 1946년 유작(遺作)으로 출판한 책이다. 편집자는 「에필레고메나Épilegomena」라는 제목이 붙은 5부에서 콜링우드의 미완의 작품을 조직적으로 구성하고 있는 부분들을 다시 분류했다.

56) 『역사 관념』의 편집자가 채택한 구상을 보면, 그는 의도적으로 "과거의 경험의 재실행으로서의 역사"(282~302)에 관한 대목이 "역사적 상상력"(231~49)(이것은 옥스퍼드 강연의 취임 연설이었다)에 관한 대목, 그리고 "문서에 따른 증거"에 관한 대목에 이어지게 한다. 거기서 인간 역사라는 개념은 인간 본성이라는 개념과 대립되며, 인간 역사라는 개념은 상상력에 대한 성찰을 거치지 않고 곧바로 재실행 reenactment으로 취급된다. 이런 식의 전개 순서는, 재실행이 역사를 특징짓는 방법론적 절차를 구성하는 것이 아니라 역사의 목적, 그리고 동시에 지식에서 역사가 차지하는 자리를 규정할 때, 이해할 수 있는 것이 된다. 나는 재실행의 관념이 인식론적이라기보다는 철학적이라는 특성을 명확하게 나타내기 위해 문서에 따른 증거, 역사적 상상력, 과거의 경험의 재실행으로서의 역사 순으로 따라갈 것이다.

는 사건들의 "내적인" 면과 자연의 변화에 속하는 "외적인" 면을 분리시킬 수 있다.[58] 이러한 근본적인 전개 과정이 설득력을 갖게 하기 위해서 콜링우드는 두 가지 세부 사항을 덧붙인다. 우선 외적인 면은 결코 비본질적이 아니라는 것이다. 기실 행동이란 어떤 사건의 외적이고 내적인 통일성인 것이다. 게다가 "생각"이라는 용어는 합리적 생각보다는 더 확장된 뜻으로 받아들여야 한다. 그것은 의도와 동기의 모든 영역을 포괄하는 것이다. 나중에 앤스컴 E. Anscombe이 그 특성을 바람직함 désirabilité[59]이라고 불러야 했던 것에 근거해서, 욕망은 따라서 생각이다. 바람직함이라는 특성은 가설(假說)로 말해질 수 있으며, 욕망을 진술하는 언표가 실천적 삼단논법의 대전제 속에

---

57) 콜링우드에게 문제는 역사학이 자연과학과 어떻게 구별되는가 하는 것이라기보다는, 인간에 대해 역사적 인식과 다른 인식이 있을 수 있는가 하는 것이다. 이러한 물음에 대해 그는, 인간의 역사라는 개념은 로크와 흄이 인간 본성에 할애한 자리를 차지하게 된다는 매우 단순한 이유를 들어 명확하게 부정적인 대답을 제시한다. "정신을 개척하는 진정한 수단은 역사적 방법을 거치는 데에 있다"(p. 209). "역사학은 자연과학이 이전에 공언했던 역할을 하고 있다"(같은 책). "정신에 대한 모든 인식은 역사적이다"(p. 219). "인간 정신에 대한 과학은 역사 속에서 해결된다"(p. 220). 우리가 여기서 문서에 따른 증거라 번역하고 있는 것을 콜링우드는 "증거의 해석 interpretation of evidence"(p. 9~10)이라고 부른다는 것을 짚고 넘어가자. 그러나 영어의 증거 evidence라는 용어가, 특히 법률 분야 — 역사 이론은 법률 분야에서 이 그 용어를 빌려왔다 — 에서 프랑스어로 'évidence'〔이 용어는 프랑스어에서 주로 확실성, 명증성의 뜻을 갖는다. 증거는 'preuve'를 사용한다: 옮긴이〕라고 번역되는 경우는 드물다. 여기서 그는 이렇게 말한다. "증거란 그 하나하나로 보자면 문서라고 부르는 것들을 집합적으로 가리키는 낱말이며, 문서란 지금 그리고 여기 존재하는 것으로서 역사가가 자신의 생각을 거기에 적용하면서, 과거의 사건들에 대해 자신이 제기한 질문에 대한 답을 얻게 되는 그러한 것이다"(p. 1).
58) 콜링우드가 직접 그런 표현을 사용하지는 않았지만, 이 문제가 기호학적 성격을 띠고 있음은 명백하다. 외적인 변화는 역사가가 고려하고 있는 것이 아니라, 거기에 있는 생각을 분간하기 위해 그것을 통해 바라보는 것이다(p. 214). 외부와 내부의 그러한 관계는 딜타이가 표현 Ausdruck이라고 지칭하는 것에 상응한다.
59) E. Anscombe, 『의도 Intention』(Oxford: Basil Blackwell, 1957), p. 72.

276

나타날 수 있게 해준다.

b) 과거의 과거성을 동일성으로 간주하는 관념의 두번째 구성 요소도 이와 다르지 않다. 우리는 "생각"으로 이해된 사건의 내면이라는 개념에서 부득이한 경우 곧바로 재실행이라는 개념, 즉 처음에 생각했던 것을 다시 생각하는 행위로 이해되는 개념으로 옮겨갈 수 있는데, "행동 속에 생각으로 자리를 잡고, 생각을 그 행동 주체와 분간하는"(p. 213)[60] 일은 물리학자와 생물학자가 아닌 역사가만의 몫이다. 콜링우드는 다시 한 번 "모든 역사는 과거의 생각을 역사가 특유의 정신 속에서 다시 실행하는 것"(같은 책)이라고 단언한다. 하지만 이렇게 성급하게 재실행에 다가가게 되면, 재실행이 방법론적 가치를 가지고 있다고 생각하게 만들 수 있다는 문제가 생긴다. 성급하게 재실행을 도입하게 되면 직관적 방식으로 이해될 위험이 있는 것이다. 그런데 다시 생각한다는 것은 다시 사는 게 아니다. 다시 생각한다는 것은 이미 우리로 하여금 역사적 상상력의 우회로를 거치지 않을 수 없게 하는 결정적 계기를 포함하고 있다.[61]

실제로 문서는 역사적 사유가 있는 그대로의 과거와 맺는 관계에 대해서 물음을 제기한다. 그러나 물음을 제기할 뿐이다. 대답은 지각

---

60) "철학은 반성적이다. [……] 그것은 생각에 대해 생각한다!"(p. 1) 역사의 층위에서 증거는 바로 "공간과 시간 속에서 닥쳐오는 개별적인 사건들로 이루어져 있으며 더 이상 일어나지 않는 과거"(p. 5)와 마주하고 있다. 혹은 "과거에 이루어졌던 인간의 행동"(p. 9)과 마주한다. 그는 이렇게 묻는다. "그 행동에 관해 무엇이 역사가들로 하여금 그것을 알 수 있게 하는가"(같은 책). 과거라는 특성이 강조됨으로써 그 물음은 이중으로 규정된 사람들, 즉 직업적 경험을 가진 역사가로서, 그리고 그 경험에 대해 반성할 수 있는 철학자로서의 사람들만이 다룰 수 있는 것이 된다.

61) "생각하는 행위는 곧 비판하는 행위다. 과거의 생각을 다시 실행하는 생각은 그것을 다시 실현함으로써 결과적으로 그것을 비판한다"(p. 216). 실제로 사건 그 자체의 내부가 원인이라면, 기나긴 해석 작업만이 상황 속에서 스스로를 바라보게끔, 과거의 행동 주체가 그렇게 하는 것이 적절하다고 판단했던 것을 자기 자신을 위해 생각하게끔 한다.

(知覺) 유형에 속하는, 현재의 여건에 대한 관찰과 관련하여 역사의 특수성을 나타내는 역사적 상상력의 역할에 있다.[62] "역사적 상상력"을 다룬 부분은 놀라울 정도로 대담하다. 역사가는 글로 씌어진 원전의 권위 앞에서 "자기 스스로의 원전, 자기 스스로의 권위"(p. 236)로 간주되는 것이다. 역사가의 자율성은 사유 활동의 선택적 특성, "역사적 구성"의 대담함, 그리고 베이컨의 표현에 따르면 "자연을 심문하는" 사람의 의심 많은 집요함을 함께 엮는다. 역사가는 자기의 원전을 판단하는 사람이지 그 반대는 아니라는 것을 뜻하기 위해 콜링우드는 서슴지 않고 "선험적 상상력"이라고 말하기도 한다. 역사가의 판단 기준은 바로 일관된 구성인 것이다.[63]

이렇게 해서 재실행이라는 개념을 방법론적 차원에 위치시키려는 모든 직관주의적 해석은 배제된다. 이른바 직관에 부여된 자리는 상상력이 차지한다.[64]

---

62) 문서 증거(역사적 명증성 historical evidence)와 상상력의 관계로 말미암아 역사 탐구 전체는 물음과 대답의 논리 속에 자리잡는다. 그 논리는 콜링우드의 『자서전 *An Autobiography*』(Oxford University Press, 1939)에 제시되어 있다. 가다머는 이 논리가 헤겔의 실패 이후 플라톤의 변증법적 방법론에 상응하는 것임을 주장하면서 감동적인 경의를 표한다. 콜링우드는 그 점에서 선각자다. "역사에서 물음과 증거는 짝을 이룬다. 당신의 물음, 당신이 지금 제기하는 물음에 답할 수 있도록 하는 모든 것은 증거의 가치를 갖는다"(p. 281).

63) 콜링우드는 상상력에 관한 칸트의 말, "역사 구성의 작업 전체를 만들어내는" "필요 불가결한 이 맹목적 능력"(p. 241)이라는 말을 과감하게 내세운다. 역사적 상상력만이 "과거를 상상한다"(p. 242). 이렇게 해서 우리는 인정받은 원전을 통해 전달되는 시각적 증거라는 관념의 맞은편에 서게 된다. "엄밀히 말하자면 가공되지 않은 자료는 없다"(p. 249). 선험적 상상력에 대한 주장 속에 담긴 관념성은 그것을 다루고 있는 대목의 결론 부분에서 확연히 드러난다. "역사적 상상력에 대한 관념은 스스로에게만 의존하며, 스스로 결정하고, 스스로 자신을 정당화하는 사유 형태"(p. 249)로 간주해야 한다. 그러므로 나아가서 역사가의 작업을 소설가의 작업과 거의 동일시해야 한다. "소설과 역사는 둘 다 그 자체로 설명되고 정당화된다. 두 가지 모두 자율적 활동의 산물이며, 그 자율적 활동은 바로 그 활동 자체에서 권위를 끌어낸다. 두 가지 경우에서 이러한 활동은 바로 선험적 상상력이다"(p. 246).

c) 이제 결정적인 걸음을 내딛는 일이, 즉 최초의 생각과 수치상으로 동일하게 다시 실행한다는 것을 밝히는 일이 남아 있다. 콜링우드는 선험적 상상력의 산물인 역사 구성이 진리를 주장하는 때 이러한 대담한 작업을 수행한다. 재실행의 맥락에서 떨어져나온 역사가의 상상력은 소설가의 상상력과 혼동될 수도 있다. 그런데 소설가와는 달리 역사가는 이중의 과제를 안고 있다. 즉 의미를 담고 있는 일관된 이미지를 구성하고, "있었던 그대로의 사물의 이미지와 실제로 일어났던 대로의 사건들을 구성해야"(p. 246) 하는 것이다. 역사가의 작업을 소설가의 작업과 구별하게 하는 "방법적 규칙"에 만족한다면 이 두번째 과제는 완전히 충족될 수 없다. 이때 방법적 규칙이란 모든 역사 이야기의 위치를 동일한 공간과 동일한 시간 속에 정해주고, 모든 역사 이야기를 단일한 역사적 세계와 결부시킬 수 있고, 과거의 묘사를 알려진 상태 혹은 역사가가 발견한 상태의 문서와 일치하게 하는 것을 말한다.

여기에 그친다면, 상상 속에서 구성된 것들의 진리 주장은 충족되지 않을 것이다. "과거의 상상적 묘사"(p. 248)는 과거와는 다르게 남을 것이다. 그것이 같기 위해서는 과거와 수적으로 동일해야만 한다. 다시 생각한다는 것은 시간적 거리를 없애는 방식이 되어야 한다. 그처럼 거리를 없앤다는 것이 재실행의 철학적 의미 작용 ― 초(超)인식론적인 hyper-épistémologique ― 을 구성한다.

그러한 주장은 처음으로 「에필레고메나」("인간의 본성과 인간의 역사 Human Nature and Human History")의 첫 대목에서 일반적인 용어

---

64) 이 점에서 마틴 Rex Martin이 『역사적 설명, 재실행과 실천적 추론 Historical Explanation, Reenactment and Pratical Inference』(Ithaca and London: Cornell University Press, 1977)에서 제시한, 재실행과 추론의 비교는 콜링우드를 A. Danto, W. Walsh 그리고 von Wright의 역사철학과 접근시키려는 가장 유익한 시도다. 상상력, 실천적 추론 그리고 재실행은 다같이 생각해야 한다.

로, 하지만 분명하게 표명되었다. 생각이란 어떤 의미에서는 시간 속에서 일어나는 사건이라고 되어 있다. 하지만 다른 의미에서 보자면, 다시 생각하는 행위에 매달려 있는 사람에게 생각이란 전혀 시간 속에 있는 것이 아니다(p. 217).[65] 그 주장이 인간의 본성과 인간의 역사라는 관념들을 서로 비교하면서 개진된 것은 쉽게 이해될 수 있다. 바로 본연의 상태 속에서 과거는 현재와 분리된다. "과거는, 자연적 과정에서는 뒤져 있고 죽어버린 과거다"(p. 225). 자연에서 순간들은 죽고 다른 순간들에 의해 대체된다. 반면에 역사적으로 알려진 똑같은 사건은 "현재에도 살아남는다"(p. 225).[66]

그렇다면 살아남는다는 것은 무슨 뜻인가? 그것은 바로 다시 실행하는 행위이다. 과거의 활동을 지금 소유하고 있다는 것만이 결국 의미를 갖는다. 과거는 흔적을 남김으로써 살아남아야 했고, 우리가 과거의 생각을 다시 실행할 수 있기 위해서는 그 상속자가 되어야 한 것이 아닌가? 살아남음, 물려받음은 자연적 절차들이다. 역사 인식은 우리가 그 절차들을 소유하게 되면서 시작된다. 역설적으로 어떤 흔적은, 사건을 그 생각된 내부에서 다시 생각하는 초시간적 행위를 통해 그 과거성이 사라지는 순간에만 과거의 흔적이 된다고 말할 수 있다. 이렇게 이해된 재실행은 흔적의 역설에 동일성의 해결책을 제공

---

65) 로마법, 혹은 아우구스투스가 수정한 로마법을 다시 한 번 생각한다면, 그것은 영원한 대상이라기보다는 화이트헤드가 말한 삼각형이다. "그것을 역사적인 것으로 만드는 특징은 시간 속에서 일어나기 때문이 아니라, 우리가 검토하고 있는 상황을 만들었던 똑같은 생각을 우리가 다시 생각하고, 그렇게 해서 우리가 그러한 상황을 이해하게 된다는 사실로 인해 우리의 인식에 다가오기 때문이다"(p. 218).

66) "그처럼 역사적 과정은 인간이 자기 고유의 생각을 통해 물려받은 과거를 다시 창조함으로써 스스로를 위해 인간 본성에 대한 이런저런 관념을 창조하는 과정이다"(p. 226). "과거를 다시 실행한다는 것은, 역사가에게는 자기 고유의 정신 속에서 그것을 다시 창조하는 것이다"(p. 286). 그처럼 재실행이라는 관념은, 증인 그리고 그가 증언하는 것의 타자성을 유지하는 힘을 갖고 있는 증언이라는 관념을 대신하는 경향이 있다.

한다. 자국과 각인 현상, 그리고 그것이 연속되는 현상은 순전히 자연적 인식에 연결되는 것이기 때문이다. 재실행이라는 관념은 정신을 그 자체에 의해 자가-생산한다는 관념론적 주장, 선험적 상상력이라는 개념에서 이미 보여지고 있는 주장을 완성할 뿐이다.[67]

극단적으로 동일성을 설정하는 이런 해석은 여러 반론을 불러일으키며, 그러한 반론들은 점차 동일성의 주장 그 자체를 문제삼게 된다.
사실 그러한 분석의 끝에 이르면, 역사가는 과거는 전혀 모르고 단지 과거에 대한 자기 나름의 생각만을 알 따름이라고 말하기에 이른다. 하지만 역사는 역사가가 자기 것이 아닌 어떤 행위를 다시 실행한다는 것을 알고 있는 경우에만 의미를 갖는다. 물론 콜링우드는 자기 자신으로부터 거리를 둘 수 있는 능력을 바로 생각 속으로 끌어들일 수 있다. 하지만 그와 같은 자기로부터의 거리 두기는 결코 자기 자신과 타자 사이의 거리 두기와 같을 수 없다. 콜링우드의 시도는 결국 지탱할 수 없다. 내 것으로서의 과거에 대한 생각에서 남의 것으로서의 과거에 대한 생각으로 넘어갈 수 없기 때문이다. 반성의 동일성은 반복의 타자성을 설명할 수 없다.
동일성 주장의 세번째 구성 요소에서 두번째 구성 요소로 거슬러 올라가면서, 과거를 다시 실행한다는 것은 과거를 다시 생각하는 게 아닌가 하는 물음을 던질 수 있다. 어떤 의식도 스스로에게는 투명하

---

67) 『역사 관념』은 이와 동등한 여러 표현들을 제시한다. "역사가 다루는 자료"는 발생한 대로의 개인적 행위가 아니라, "서로 다른 시대에 그리고 서로 다른 사람들에게서 살아남고 되살아나는 사유 행위 그 자체다"(p. 303). 이 말이 내포하는 것은 "자기의 활동"을 "자기 고유의 행위들의 다양성을 거쳐 존속하는 유일한 활동"으로 본다는 것이다. 그리고 또 "대상은 역사가의 정신 속에서 그 자신을 되살릴 수 있을 것이며, 역사가의 정신은 그러한 되살림에 피난처를 제공할 것이다"(p. 304). "역사 인식은 그때 사유를, 우리가 생각하는 사물이 아니라 생각하는 행위 자체를 그 본래의 대상으로 갖게 된다"(p. 305).

지 않다는 사실을 고려한다면, 재실행은 현재의 반성적 행위는 물론 과거의 원래 행위도 포함하는 불투명한 부분에까지 나아간다고 생각할 수 있을까? 다시 실행하는 행위의 사건적 특성 자체가 사라진다면, 절차, 획득, 통합, 발전 그리고 비판이라는 개념들은 어떻게 될 것인가? 원래의 창조에 비해 자기 본래의 차이를 없애는 행위를 어떻게 여전히 재-창조라고 부를 수 있는가? 재실행이라는 용어의 '재'는 시간적 거리를 없애려는 작업에 여러 가지 방식으로 저항한다.

우리가 계속해서 역으로 나아가려면, 물리적 운동일 뿐인 외부와 오직 생각일 뿐인 내부, 이 둘로 행동을 분해하는 것 자체에도 문제를 제기해야 한다. 행동을 그처럼 분해하게 되면 역사적 시간이라는 개념 자체도 바로 그 개념을 부정하는 두 가지 개념으로 해체되어버리는 것이다. 즉 한편으로 어떤 상황이 다른 상황을 대신하게 되는 변화라는 개념, 다른 한편으로 생각하는 행위 자체가 갖는 초시간성 intemporalité이라는 개념이다. 역사적 시간을 혼합물로 삼는 매개물들, 즉 흔적을 가능하게 하는 과거의 살아남음, 우리를 상속자로 삼는 전통, 새로운 소유를 허용하는 보존 등의 매개물마저도 소거된다.

그러한 매개물들은 동일자 le Même의 "대범주" 아래 놓일 수 없다.

II. 타자의 특징 아래──과거의 부정적 존재론?

과거를 동일자의 대범주 아래 생각하는 것이 불가능하다면, 이제 변증법적으로 뒤집어서 과거를 타자의 대범주 아래 생각할 수 있을까?

우리는 역사가들 중 철학적 문제 제기를 향해 열려 있는 사람들에게서 몇 가지 제안들을 찾아볼 수 있다. 그 제안들은 그 다양함에도 불구하고 과거의 부정적 존재론이라고 부를 수 있는 것 쪽으로 향하고 있다.

콜링우드와 정반대의 입장을 취하고 있는 몇몇 현대 역사가들은,

역사를 타자성의 고백, 시간적 거리의 복원, 나아가서 일종의 시간적 이국 정서에까지 이르는 차이의 옹호로 본다. 그러나 역사의 사유에서 그러한 타자의 우위에 대해서 이론적으로 설명하는 험난한 길을 택한 사람은 거의 없었다.

나는 이러한 경향을 공유하는 시도들을 그 급진성이 점차 더해가는 정도에 따라 간략하게 정리해서 살펴보았다.

시간적 거리의 의미를 복원하려는 노력은, 탐구라는 관념에서 유혹 혹은 "공감적 emphatique" 시도가 아니라 거리 취하기에 강세가 놓이게 되면서, 재실행의 이상에 역행하게 된다. 그렇게 되면 전통을 받아들이는 것보다 문제를 제기하는 것이 우세해지고, 체험된 것을 단순히 그 본래의 언어로 옮기는 것보다 개념을 설정하는 것이 우세해진다. 그때 역사는 과거를 현재에서 대거 멀어지게 하려고 하게 된다. 우리가 나중에 다시 거론할 헤이든 화이트의 용어를 빌리면, 역사는 친숙하지 않은 것을 다시 친숙하게 하려는 소망과 반대로 이질감 étrangeté의 효과를 만들어내려는 확고한 목표를 가질 수도 있다. 그리고 이질감의 효과가 낯설음 dépaysement의 효과에까지 이르지 못할 이유가 있겠는가? 역사가가 지나간 시대의 민족학자 역할을 하기만 하면 그렇게 될 수 있다. 그러한 거리 두기 전략은 전통적인 역사에서 서구적 민족 중심주의를 버리려고 고심하는 역사가들이 수행하는 정신적 **탈중심화** 노력에 활용된다.[68]

---

68) 거리를 두려고 고심하는 이러한 경향은 프랑스 역사가들에게서 매우 뚜렷하게 나타난다. 퓌레 François Furet는 『프랑스 혁명을 생각함 *Penser la Révolution*』의 서두에서, 지적인 호기심이 추도 혹은 증오의 정신과 관계를 끊기를 요구한다. 르 고프 J. Le Goff의 책 제목을 빌리자면 『또 다른 중세 *Un autre Moyen Âge*』란 다른 중세다. 폴 베인 Paul Veyne은 『차이들의 목록 *Inventaire des différences*』에서 이렇게 말한다. "로마인들은 〔……〕 예를 들어 티베트인들이나 남비크와라 부족과 마찬가지로, 더도 덜도 아닌 똑같이 이국적이고 일상적인 방식으로 존재했다. 따라서

그러한 거리 취하기를 어떤 범주로 생각할 것인가?

독일 전통의 이해 Verstehen에 영향을 받은 저자들에게 가장 친숙한 것부터 시작하는 편이 좋을 것이다. 특히 이러한 전통의 입장에서 남autrui 이해는 역사 이해와 가장 유사하다. 딜타이는 처음으로 역사를 포함한 모든 정신과학의 토대를, 남의 내적인 경험을 "표현하는" ── 즉 바깥으로 향하는 ── 기호를 바탕으로, 낯선 정신적 삶 속으로 옮겨갈 수 있는 정신의 역량 위에 구축하려고 시도했다. 그에 따라 과거의 초월성은 "의미 있는" 행동을 통해 바깥으로 향하는 낯선 정신적 삶을 최초 모델로 삼게 된다. 그렇게 해서 양방향으로 다리가 놓인다. 한편으로 표현은 내부와 외부의 간격을 건너뛴다. 다른 한편으로 상상 속에서 낯선 삶 속으로 옮겨감으로써 자기와 자기의 타자 사이의 간격을 건너뛴다. 이처럼 이중으로 외면화됨으로써 사적인 삶은, 가장 결정적인 객관화 ── 영구적인 기호들(글쓰기가 그 첫번째이다) 속에 표현을 새겨넣음에서 비롯되는 객관화 ── 가 바깥을 향한 움직임에 접목되기에 앞서, 낯선 삶을 향해 열리게 되는 것이다.[69]

───────────────

　　이제는 더 이상 그들을 일종의 민족-가치 peuple-valeur로 고려할 수 없게 된다"
　　(p. 8).

69) 이 모델은 아롱 R. Aron과 마루 H. Marrou에게도 상당한 영감을 주었다. 아롱의 『역사철학 입문 Introduction à la philosophie de l'histoire』의 1부는 자기 인식에서 남 인식으로, 그리고 남 인식에서 역사 인식으로 나아간다. 하지만 세부적인 측면에서 논증은 계획이 제시하고 있는 표면적 진행을 와해시키는 경향이 있는 것도 사실이다. 즉 자기 자신과의 일치란 불가능하기 때문에(p. 59) 남은 자기와 자기 자신 사이의 진정한 중개자를 구성하며, 반대로 남 인식은 결코 의식들의 융합에 이르지 못하기 때문에 언제나 기호의 중개를 요구한다. 끝으로 의식에서 생겨나는 역사 인식 또한 남 인식과 자기 자신에 대한 인식만큼이나 근원적인 것임이 드러난다. 그 결과 아롱의 경우, "부활의 이상은 〔……〕 역사에 다가갈 수 없다기보다는 이질적이다"(p. 81). 마루의 경우 『역사 인식에 대해 De la Connaissance historique』에서 남 이해가 역사 인식의 강력한 모델로 남아 있는 것은, 역사 인식에서 인식론과 윤리학이 결합되어 있기 때문이다. 오늘날의 남 이해와 과거의 인간 이해는 동일한 변증법, 도덕적 본질을 지닌 동일자와 타자의 변증법을 공유한

284

남 모델은 타자성을 끌어들일 뿐만 아니라 동일자를 타자와 이어 준다는 점에서 분명 아주 강력하다. 하지만 그것은 지금의 남과 예전의 남의 차이를 소거함으로써 시간적 거리의 문제를 없애고 현재 속에 살아남아 있는 과거와 결부된 특수한 난점, 남 인식과 과거 인식의 차이를 만드는 난점을 피한다는 역설을 낳는다.[70]

현재와 관련하여 역사적 과거의 타자성과 논리적으로 동등한 가치를 갖는 또 다른 것은 차이différence라는 개념 쪽에서 탐구되었다. 차이 개념은 다양한 해석을 허용한다. 동일자même-타자autre의 짝에서 같은 것identique-다른 것différent의 짝으로, 문맥 변화 외에 다른 의미 변화는 감지되지 않으면서 넘어간다. 하지만 차이 개념은 아주 다른 여러 가지로 사용될 수 있다. 나는 근본적인 성찰에 주의를 기울이는 직업적 역사가들에게서 빌려온 두 가지 용법을 살펴볼 것이다.

차이 개념을 역사적 문맥에서 사용하는 첫번째 방식은 그 개념을

다. 한편으로 본질적으로 우리는 우리와 닮은 것을 안다. 다른 한편으로 남 이해는, 타자를 타자로 이해하기 위해서 우리가 선호하는 것들에 대해 판단을 중지épokhè할 것을 요구한다. 우리로 하여금 나와 지금의 남, 나와 예전의 남 사이를 오가는 우호 관계의 동일성을 식별하지 못하게 가로막는 것은 실증주의적 역사 기술의 의심 많은 기질이다(p. 118). 그 관계는 기실 거리를 두고 타자를 거부하는 호기심보다 더 본질적이다.

70) 분석철학에서는 종종 남 인식과 과거 인식을 비슷한 것으로 간주했다. 경험적 인식, 그러니까 현재의 관찰을 진리 검증의 최종적 기준으로 삼는 철학을 위해서, 이 두 가지 인식이 비슷한 역설을 야기했기 때문이다. 남에 관한 단정과 과거에 관한 단정은 경험적으로 검증할 수도 반박할 수도 없다는 공통점을 가진다. 역사가 과거에 합치고자 하는 것은 주로 우리와 같은 인간들의 행동이라는 점에서, 그리고 거꾸로 자기 자신에 대한 이해보다 남 인식에서 겪은 경험과 과거 회상 사이의 괴리가 더 크다는 점에서, 어느 정도까지는 그것들을 서로 맞바꿀 수 있다는 공통점을 갖는다. 그러나 그러한 이유로 인해 문제가 양쪽에서 모두 같아지는 것은 아니다.

개별성 individualité, 혹은 더 좋은 표현으로는 개별화 individualisation 개념과 짝짓는 것이다. 역사가는 개별화 개념을 그 대립항이 되는 역사적 "개념화 conceptualisation" 개념과 관계하여 필연적으로 만나게 된다. 개념화가 포괄적인 추상화(전쟁, 혁명, 위기 등)를 향해 나아가는 것과 마찬가지로, 개별화는 실제 고유명사(사람, 장소, 특이한 사건들의 이름)를 향해 나아간다.[71] 폴 베인 Paul Veyne이 『차이들의 목록 Inventaire des différences』에서 부각시키고 있는 것은 바로 개별성이라는 용어와 연관된 이러한 차이라는 용어의 용법이다. 개별성이 차이로 나타나기 위해서는 역사적 개념화 그 자체를 불변항들의 탐구와 위치로 받아들여야 하는데, 여기서 불변항이라는 용어는 그 고유의 변형을 만들어낼 수 있는 소수 변수들 사이의 안정된 상관 관계를 뜻한다. 역사적 사실은 그때 그러한 불변항들의 개별화를 통해 생겨나는 가변항으로 모습을 드러내게 될 것이다.[72]

그러나 논리적 차이가 시간적 차이를 만들어내는가? 시간적으로 멀리 있는 것을 탐구하는 대신에 그 개별성에 의해서 시간적으로 가

---

71) 폴 베인 Paul Veyne, 「개념화하는 역사 L'histoire conceptualisante」, dans Le Goff et Nora(éd), 『역사학 하기 Faire de l'histoire』(Paris: Gallimard, 1974), t. I, pp. 62~92. 이상형에 대한 베버의 방법론은 이러한 사유 흐름을 예견하고 있었다. 그러나 역사적 개념화와 연결된 거리 두기 효과를 강조했던 것은 바로 프랑스 역사 기술이다. 개념화한다는 것은 과거의 사람들이 가지고 있던 관점, 무지와 환상, 그리고 언어 전체와 관계를 끊는 것이다. 그것은 이미 시간 속에서 그들을 우리에게 멀어지게 하는 것이다. 개념화한다는 것은 단순히 호기심에 찬 민족학자의 시선 — 그것이 곤충학자의 시선이 아니라면 〔……〕 — 을 택하는 것이다.

72) 폴 베인은 『차이들의 목록』(Paris: Seuil)에서 이렇게 주장한다. "불변항은 그 내적인 복합성에 입각해서 그 고유의 역사적 변형들을 설명한다. 또한 그와 같은 복합성에 입각해서 고유의 우연적 소멸도 설명한다"(p. 24). 따라서 로마 제국주의는 정치 권력의 입장에서 안정을 추구한다는 불변항의 두 개의 커다란 가변항들 가운데 하나다. 그리스식 가변항에서처럼 다른 세력들과의 균형을 통해 안정을 추구하는 대신, 로마 제국주의는 "모든 것이 정복되고 나서 마침내 세상에 홀로 남을 수 있도록, 그 극한에까지, 바다 또는 이방인 Barbares들에 이르기까지"(p. 17) 인간의 모든 지평을 정복하는 방식으로 그것을 추구한다.

능한 한 덜 특징지어지는 사건을 탐구한다는 점에서, 베인은 일단 그러한 사실을 인정하는 것처럼 보인다.[73] 따라서 개체의 인식론은 과거의 존재론을 퇴색시키는 것으로 나타날 수 있다. 불변항으로 설명하는 것이 이야기하는 것의 반대가 되는 것은, 사건들이 더 이상 가깝지도 멀지도 않을 정도로 탈시간화되었기 때문이다.[74]

실제로 한 가지 불변항의 변주를 통한 개별화 individualisation와 시간을 통한 개체화 individuation는 전혀 다른 것이다. 개별화는 선택된 불변항들을 명시하는 단계에 관계되는 것이다. 이 점에서 논리적으로, 역사에 있어서 개별성 개념이 사실상 궁극적 의미에서의 개체 개념과는 일치하는 경우는 드물다. 예를 들어 루이 16세 치하의 농민계층의 결혼은 선택된 문제에 관계된 개별성이지, 농민들의 삶 하나하나를 이야기하는 것은 아니다. 시간을 통한 개체화는 그와 다른 문제다. 바로 이 시간을 통한 개체화로 인해서, 차이들의 목록은 시간을 벗어난 분류가 아니게 되며, 이야기 속에 자리를 잡는 것이다.

이렇게 해서 우리는 시간적 거리의 수수께끼, 현재와 관련하여 과거의 타자성이 현재 속에 살아남아 있는 과거를 물리칠 정도로 우리에게 지나간 시대의 관습을 낯선 것으로 보이게 하는 가치론적인 간격에 의해 다원적으로 결정된 수수께끼로 되돌아온다. 호기심이 공감을 누를 때, 이질적인 것은 낯설어진다. 떼어내는 차이가 이어주는 차이를 대신한다. 그와 동시에 차이라는 개념은 다원 결정에 따른,

---

73) "그처럼 어떤 불변항의 개념화는 사건들을 설명하게 해준다. 변수들을 활용함으로써 우리는 불변항에 준해 역사적 변형의 다양성을 다시 만들어낼 수 있다"(pp. 18~19). 그는 한층 더 강력하게 다음과 같이 말한다. "불변항만이 개별화한다"(p. 19).

74) 그래서 "역사적 사실들은 시-공간적인 복합체 속에서 그들의 자리로 되돌아오지 않고도 개별화될 수 있다"(p. 48)고까지 말해야 한다. 그리고 또, "역사는 시간 속의 인간을 연구하는 것이 아니라, 개념 아래 포섭된 인간의 자료를 연구한다"(p. 50). 그렇게 해서 역사는 "차이, 개별성의 과학"(p. 52)으로 정의될 수 있다.

"대범주"라는 그 초월적 순수성을 상실한다. 시간적 거리는 친근함의 윤리가 우세한가(앙리 마루), 아니면 떨어짐의 시정(詩情)이 우세한가 (폴 베인)에 따라 상반되는 방향으로 가치가 부여될 수 있다는 점에서, 그것은 그 초월적 순수성과 더불어 일의성(一意性)도 상실한다.

나는 이처럼 타자성의 형상들을 재검토하면서 드 세르토Michel de Certeau가 기여한 바를 지적함으로써 결론을 내리고자 한다. 드 세르토는 과거의 부정적 존재론이라는 방향으로 가장 멀리 나아간 것으로 보인다.[75] 여전히 차이를 옹호하지만, 앞서와는 거의 정반대 방향으로 차이를 끌어내는 사유의 맥락에서 그렇다. 그것은 "역사 기술의 사회학"이라는 맥락인데, 거기서 문제되는 것은 역사의 대상이나 방법론이 아니라 자기 작업과 관련된 역사가 자신이다. 역사학을 한다는 것은 어떤 것을 만들어내는 일이다. 그때 역사 작업의 사회적 장소에 대한 물음이 제기된다.[76]

그런데 드 세르토에 따르면 그러한 자리, 그러한 현장은 바로 역사 기술이 명시적으로 말하지 않는 것이다. 기실 역사는 과학적임을 내세우며 그 어디로부터도 만들어지지 않는다고 생각 — 혹은 주장 — 한다. 이러한 논거는 비판 학파와 마찬가지로 실증주의 학파에 대해서도 똑같이 유효하다는 점에 유의하자. 그렇다면 실제로 역사적 판단의 법정은 어디에 자리잡고 있는가?

바로 이러한 맥락에서 사건을 차이로 해석하는 새로운 경향이 드러난다. 어떻게? 일종의 사회-문화적 무중력 상태에서 역사를 만들어낸다는 역사가의 그릇된 주장의 가면이 벗겨지고 나면, 과학적이라고 주장하는 모든 역사는 역사가를 의미의 중재자로 내세우는 지배 욕구로 인해 오염된다는 의혹이 생겨난다. 그러한 지배 욕구는 역

---

75) 「역사 작업」, 『역사학 하기 Faire de l'histoire』, 앞의 책, t. I, pp. 3~41.
76) "역사를 작업으로 생각하는 것은 〔……〕 역사를 자리(취업, 환경, 직업)와 분석 절차들(학습)의 관계로 이해하려고 하는 것이리라"(p. 4).

288

사의 암묵적 이데올로기를 구성한다.[77]

　이데올로기적 비판이라는 그러한 변이체는 어떤 길을 거쳐 사건을 차이로 보는 이론에 이르게 되는가? 지배하려는 꿈이 과학적 역사 기술 속에 담겨 있는 것이 사실이라면, 모델을 구성하고 불변 요소를 찾는 것, 그리고 그와 관련하여 차이를 어떤 불변 요소가 개별화된 변수로 생각하는 것 역시 동일한 이데올로기적 비판의 영역에 속한다. 그렇다면 덜 이데올로기적인 역사는 어떤 위상을 갖는가 하는 물음이 제기된다. 그러한 역사는 모델을 구성하는 데서가 아니라, 그 모델과 관련하여 편차écart를 보이는 차이를 의미하는 데서 멈추는 역사일 것이다. 여기에서 구조주의 언어학과 기호학(페르디낭 드 소쉬르에서 롤랑 바르트에 이르는) 그리고 뒤를 잇는 몇몇 현대 철학자들(질 들뢰즈에서 자크 데리다에 이르는)에게서 비롯된 편차라는 개념과 차이를 동일시함으로써, 차이에 대한 새로운 해석이 생긴다. 그러나 편차들을 측정할 수 있게 하는 것은 모델 구성의 발전 그 자체라는 점에서, 드 세르토에게 편차로 이해된 차이는 역사의 현대적 인식론에 깊이 닻을 내리고 있다. 베인의 변이체와 마찬가지로 편차들은 "모델과 상관적"(p. 25)이다. 불변 요소들에 대해서 변이체로 이해된 차이는 동질적이지만, 그에 반해 차이-편차는 이질적이다. 일관성은

---

77) 계몽의 합리주의 속에서 작용하고 있는 동일한 지배 의지를 보여주었던 호르크하이머와 아도르노 — 이들은 프랑크푸르트 학파의 거장들이다 — 의 글을 읽어본 독자라면 이러한 논증에 놀라지 않을 것이다. 도구적 이성이 역사적-해석학적 과학과 병합되려고 주장한 것을 비난하고 있는 하버마스의 초기 저작들에서도 비슷한 형태를 찾아볼 수 있다. 드 세르토의 몇몇 어구는 고전적 마르크스주의의 방향으로 훨씬 더 멀리 나아가서 역사적 생산과 사회적 조직화 사이의 관계를 암시한다(내 생각에는 지나치게 일률적이고 기계적인 관계이다). "문서의 수집에서 책의 집필에 이르기까지, 역사의 작업은 그 전체가 사회의 구조와 상관 관계를 맺고 있다"(p. 13). "이쪽에서 저쪽까지, 역사는 그것이 만들어지는 체계를 통해 형상화되어 있다"(p. 16). 반면에 문서의 생산과 그와 연루된 "공간의 재분배"에 대해서 말하고 있는 부분은 매우 탁월하다.

원래의 것이다. "차이는 한계들 위에서 움직인다"(p. 27).[78]

차이 개념을 이처럼 편차로 해석함으로써 있었던 것으로서의 사건에 가장 가까이 다가갈 수 있는가? 어느 정도까지는 그렇다. 드 세르토가 한계에 대한 작업이라고 부르는 것은 사건 그 자체를 역사 담론과 관련하여 편차를 보이는 곳에 위치시킨다. 차이-편차가 과거의 부정적 존재론에 기여한다는 것은 이런 뜻이다. 차이-편차라는 관념에 충실한 역사철학의 입장에서 보자면, 과거는 부족한 것 —— "관여적인 부재" —— 이다.

그렇다면 우리는 왜 이렇게 과거 사건을 규정하는 데서 멈추지 않는가? 두 가지 이유 때문이다. 우선 불변 요소의 변형에 못지않게 편차 또한 체계화하려는 시도와 상관 관계를 맺고 있다. 물론 변형이 모델의 주변부에 포함되는 것과 달리 편차는 모델에서 배제된다. 하지만 내세워진 모델과 편차가 상관 관계를 맺고 있는 한, 편차 개념은 변형 개념만큼이나 시간을 벗어나 있다. 뿐만 아니라 차이-편차가 차이-변이체보다 과거의 있었음을 뜻하는 데 더 적합한지도 알 수 없다. 과거의 실재는 여전히 수수께끼로 남아 있으며, 한계에 대한 작업의 결실인 차이-편차 개념은 그에 대해 일종의 부정적인 것, 게다가 그 본래의 시간적 목표마저도 상실한 것을 제공할 따름이다.

물론 실체적 과거를 몰아내고 더 나아가 현전성을 정신적으로 반복한다는 의미에서의 재현이라는 관념을 포기하는 것과 연결되어, 역사를 전체화하려는 목표에 대한 비판은 끊임없이 되풀이해야 하는 청소 작업들의 일부다. 그 작업을 주재하는 데 차이-편차 개념은 적

---

78) 이어지는 대목은 상당히 웅변적이다. "그 말의 새로운 변천 과정과는 더 이상 일치하지 않는 옛말을 빌리자면, 그것[탐구]은 '회귀한 것'(과거의 잔재)에서 출발해서 종합(현재의 이해)에 이르는 것이 아니라, 형식화(현재의 체계)에서 출발해서 '잔재'(한계들의 징조 그리고 그렇게 해서 노동의 산물인 '과거'의 징조)를 불러일으킨다"(p. 27)고 말할 수 있다.

시에 찾아온 길잡이다. 그러나 그것은 선결해야 할 전략일 따름이다. 결국 차이 개념은 현재 속에 남아 있는 과거에 존재하는 것처럼 보이는 긍정성을 제대로 평가하지 못한다. 이처럼 닦아내는 작업의 끝에 이르러 역설적으로 시간적 거리의 수수께끼가 더 불투명하게 보이는 것은 바로 그 때문이다. 언제나 추상적 체계와 상관 관계를 맺고 있으며 그 자체 또한 가능한 한 탈시간화된 차이가, 오늘날에는 없고 죽었지만 예전에는 실재했고 살아 있었던 것을 어떻게 대신할 수 있겠는가?

III. 유사자의 특징 아래 — 비유적인 접근?

위에서 검토한 두 부류의 시도들은 그 일방적인 성격에도 불구하고 전적으로 무용한 것은 아니다.

그 시도들이 각기 역사의 최종적 대상 지시에 대한 물음에 기여한 바를 "살려내는" 한 가지 방식은 바로 그러한 노력들을 하나의 "대범주," 동일자와 타자를 연합하는 장르의 특징 아래 결집시키는 것이다. 닮은 것 le Semblable은 그러한 대범주다. 더 나은 표현으로 유사자 l'Analogue라고 할 수 있는 그것은, 단순히 용어들의 닮음이라기보다는 관계들의 닮음이다.

"동일자, 타자, 유사자" 계열의 변증법적인 힘 혹은 단지 교육적인 힘, 그 하나 때문에 우리가 제기된 문제에 대한 해결책을 이제 탐사하려고 하는 방향에서 찾게 된 것은 아니다. 우선 나에게 주의를 환기시켰던 것은, "대로 tel que"(그것이 있었던 대로)라는 형태의 표현들이 끊임없이 나타났던 앞의 분석들에서 대리성 혹은 재현성 관계의 그러한 범주화가 모호하게 예견하고 있는 것들이다. 이 점에서 모든 회고록에는 랑케 Léopold Ranke의 문구 — 원래 있었던 대로 wie es eigentlich war — 가 있다.[79] 우리가 허구와 역사의 차이를 나타내려고 하는 이상, 이야기와 실제로 일어났던 것 사이의 대응 관계라는 관념을 내세우지 않을 수 없다. 동시에 우리는 이러한 재구성은 진술된 사건들의 흐름과는 다른 구성이라는 것을 잘 알고 있다. 바로 그 때문에 여러 저자들은 우리가 현실에 대해 갖는 이미지를 통해 결국 현실을 그대로 반복한다는 신화로 얼룩져 있는 것처럼 보이는 재현이라는 용어를 거부한다. 그러나 어휘를 바꾼다고 해서 과거와의 대응 관계 문제가 사라지는 것은 아니다. 역사가 구성이라면, 역사가는 본능적으로 그 구성이 재구성이기를 바랄 것이다. 실제로 구성하면서 재구성하려는 그러한 의도는 훌륭한 역사가의 계약 조건 명세서에 속한다. 역사가가 자기의 구상을 친근감의 특징 아래 두든, 아니면 호기심의 특징 아래 두든, 역사가는 과거를 정당하게 평가하려는 소망에 따라 움직인다. 역사와 과거의 관계는 우선 지불되지 않은 빚 dette의 관계이며, 그 점에서 역사가는 자기 작품의 독자들인 우리 모두를 대표한다. 처음에는 낯설어 보이는 이러한 빚이라는 관념은, 화가와 역사가에게 공통된 표현 배경으로 드러나는 것처럼 보인다. 즉 역사가와 화가는 각기 어떤 풍경, 어떤 사건의 흐름을 "되돌려주

79) 이러한 문구를 통해 랑케는 역사의 객관성이라는 이상을 정의했다. "역사는 다가올 세대를 위해 과거를 판단하고 현재를 가르치는 과제를 맡았다. 현재의 연구는 그처럼 고귀한 책무를 감당하는 것은 아니고, 사건들이 실제로 어떻게 일어났는지(Wie es eigentlich gewesen)를 보여주는 것에 국한된다." 「라틴과 게르만 민족 이야기의 전통(1494년에서 1514년까지)Geschichten der romanischen und germanischen Völker von 1494~1514」, in 『영주와 민족 Fürsten und Völker』 (Wiesbaden: Éd. Willy Andreas, 1957), p. 4. 랑케의 이 유명한 원칙은 해석적 매개 없이 과거 그 자체에 도달하려는 야심을 그다지 잘 보여주지는 못하는데, 역사가의 소망은 『새로운 역사 시대에 대하여 Über die Epochen der neueren Geschichte』(Éd. Hans Herzfeld, Schloss Laupheim, s.d., p. 19)에서 말한 것처럼, 자기의 개인적 취향에서 벗어나 "자기 본래의 자아에 도달하고, 어떻게 보면 사건들을 말하게 내버려두고 과거 수세기 동안 드러났던 강력한 세력들을 나타나게 한다"(Leonard Krieger, 『랑케, 역사의 의미 Ranke, The meaning of History』 [Chicago and London: The University of Chicago Press, 1977], pp. 4~5에서 인용)는 것이다.

려고 rendre" 하는 것이다. "되돌려준다"라는 용어에서 나는 존재하는 것과 존재했던 것에 "자기가 진 빚을 되돌려주려는" 의도를 읽는다.

바로 이러한 의도가 이어지는 탐구, 때로 난해한 그 탐구에 혼을 불어넣는다.

나의 분석의 방향을 설정해준 두번째 동기는 이렇다. 설령 유사자가 플라톤의 "대범주들" 목록 그 어디에도 없는 것이 사실이라 하더라도, 반면 아리스토텔레스의 『수사학』에는 정확히 말해서 아날로기아 analogia라 불리는 "비례의 은유 métaphore proportionnelle"의 이름으로 자리를 잡고 있다. 이때 앞서의 두 가지 분석을 통해 우리가 이르게 된 결정적인 순간에 비유에 대한 이론, 즉 비유법이 재현성의 개념적인 결합을 대체할 수 있지 않을까 하는 물음이 떠오르게 된다. 바로 그러한 성찰의 단계에서 나는 『메타 역사 Metahistory』와 『담론의 회귀선 Tropics of Discourse』[80]에서 화이트 Hayden White가 시도했던 것, 즉 "비유"(은유, 환유, 제유, 아이러니) 이론을 통해 "줄거리 구성" 이론을 완성하려는 시도를 만나게 된다. 이처럼 비유법에 호소하게 된 것은 단순한 허구와 대조를 이루는 역사 담론의 특이한 구조 때문이다. 역사 담론은 실제 이중의 소속을 요구하는 것처럼 보인다. 즉 한편으로 특정의 줄거리 유형과 결부된 제약에 적을 두어야 하고,

---

80) 『메타 역사. 19세기 유럽의 역사적 상상력 Metahistory. The Historical Imagination in XIXth Century Europe』(Baltimore and London: The Johns Hopkins University Press, 1973), pp. 31~38. 『담론의 회귀선』(Baltimore and London: The Johns Hopkins University Press, 1978)은 1966년과 1976년 사이에 발표된 논문들을 모은 책 제목이다. 나는 『메타 역사』이후의 다음과 같은 논문들을 주로 참조할 것이다. "문학적 가공물로서의 역사 텍스트 The Historical Text as Literary Artifact," Clio 3, n° 3, 1974. "역사주의, 역사 그리고 구상적 상상력 Historicism, History and Figurative Imagination," 『역사와 이론 History and Theory』, 14, n° 4, 1975. "사실에 입각한 재현의 허구들 The Fictions of Factual Representation," in Angus Fletcher(éd), 『사실의 문학 The Literature of Fact』(New-York: Columbia University Press, 1976)(Clio의 논문은 Canary et Kozecki[éd], 『역사 기술 The Writing of History』[University of Wisconsin Press, 1978]에 재수록되었다).

다른 한편으로 주어진 어떤 순간에 다가갈 수 있는 문서 정보를 거쳐 과거 그 자체에 적을 두어야 하는 것이다. 역사가의 작업은 그때 서술 구조를 하나의 "모델," 과거를 "표상할"[81] 수 있는 과거의 "도상 icône"으로 삼는 것이다.

비유법은 두번째 도전에 어떻게 대응하는가? 답은 이렇다. "어떤 영역이 해석될 수 있으려면, 그전에 우선 식별할 수 있는 형상들이 뿌리를 내릴 수 있는 토양과 같은 방식으로 영역이 구성되어야 한다" (『메타 역사』, p. 30). 과거에 "실제로 일어난 것"을 그리기 위해서 역사가는 우선 문서 속에 진술된 사건들 전체를 미리 그려야 préfigurer 한다(같은 책). 이러한 시적(詩的) 활동의 기능은 가능한 여정을 "역사적 영역" 속에 그려내고, 그렇게 해서 인식할 수 있는 대상들에 최초의 윤곽을 부여하는 것이다. 물론 목표는 과거에 실제로 일어났던 것을 향하고 있다. 하지만 모든 이야기에 앞서는 그것을 우리는 미리 그림으로써만 나타낼 수 있다는 것이 바로 역설이다.[82]

---

81) "나는 역사 작품을 가장 뚜렷한 방식으로 존재하는 대로, 다시 말해서 과거의 구조들과 과정들을 재현함으로써 과거에 있었던 대로의 그것들을 설명하기 위해 그 모델, 도상이 되고자 하는 산문체 서술 담론의 형태로 된 언어적 구조로 간주할 것이다"(『메타 역사』, p. 2). 더 나아가 "역사적 설명들은 역사적 과정의 몇몇 단편들의 언어적 모델이나 도상이 되고자 한다"(같은 책, p. 30). 『메타 역사』 이후의 논문들에서도 비슷한 표현들을 읽을 수 있다. 예컨대 알려진 사실에 "가장 알맞은 종류의 역사"를 구성하려는 야심(『역사 기술』, p. 48)이라고 말한다. 역사가의 섬세한 기교는 "어떤 의미 작용을 띠기를 바라는 사건들 특유의 줄거리 구조와 짝짓는 데 있다"(같은 책). 생동감이 넘치는 그 두 가지 표현과 더불어, 재-현의 모든 문제는 줄거리 구성 활동과 연결되어 제시된다.

82) "개념에 앞선 그러한 언어적 규약은 이번에는, 본질적으로 **전형상화한다**는 그 특성에 근거해서, 그것이 만들어지게 된 지배적 비유 양식에 따라 규정될 수 있을 것이다"(같은 책, p. 30). 여기서 **전형상화한다**는 것은 우리가 말하는 의미에서, 즉 역사 이야기 또는 허구 이야기를 통해 형상화하는 작업에 앞선 인간의 실천적 행위의 구조로서 그렇다는 것이 아니라, 아직은 구분되지 않는 문서 더미 층위에서 펼쳐지는 언어적 활동의 의미에서 그렇게 부르는 것이다. "지배적 담론 양식(또는 양식들)을 확인함으로써 우리는 경험 세계가 분석되기 이전에 구성되는 의

고전수사학의 네 가지 기본적 비유는 이러한 전형상화 작업을 위해 다채로운 담론 형상을 제공하고, 그렇게 해서 각각의 비유 본래의 모호성과 활용할 수 있는 형상들의 다양성을 통해 역사적 대상의 의미가 갖는 풍요함을 보존한다는 이점을 갖는다.[83]

사실상 네 가지 비유 — 은유, 환유, 제유 그리고 아이러니 — 는 처음으로 뚜렷하게 재현적 소명을 가지게 된다. 화이트는 그러나 은유 외의 나머지 비유들은 은유와 구분되기는 하지만 결국 은유의 변이체들이며,[84] 분명하게 드러난 닮음(나의 사랑, 장미)을 적합한 것으로 간주하게끔 이끌어가는 은유의 소박함을 교정하는 기능을 가진다는 것을 말하고 싶었던 것 같다. 그래서 환유는 부분과 전체를 서로 환원함으로써 어떤 역사적 요인을 다른 요인의 단순한 표시로 삼는 경향을 띠게 될 것이다. 제유는 두 종류의 현상들의 외재적 관계를 공유된 자질들 사이의 내재적 관계를 통해 상쇄함으로써 환원 없는 통합을 나타내게 될 것이다. 어떤 것을 마치 "또 다른 생각second thought"인 것처럼 미리 그려보는 그러한 작업에 부정적인 음색, 모

식 층위에 다가간다"(같은 책, p. 33).

83) 언어학과 구조인류학에서 유행하던 이원론에 맞서 화이트가 라무스Ramus와 비코Vico의 네 가지 비유로 되돌아오는 것은 그 때문이다. 1975년의 논문, 「역사주의, 역사와 구상적 상상력」은 야콥슨의 이원론을 논증적으로 비판하고 있다. 『담론의 회귀선』에 비코의 논리적 시학을 직접적 또는 간접적으로 다루고 있는 여러 시론들이 실려 있다는 것은 놀라운 일이 아니다. 비코는 바로 화이트의 진정한 스승임을 볼 수 있으며, 다시 버크Kenneth Burke와 그의 『동기의 문법 Grammar of Motives』이 화이트의 뒤를 잇는다. 지배적 비유master tropes라는 표현은 버크에서 비롯된다.

84) 처음에는 당혹스러웠던 다음과 같은 주장을 나는 그렇게 해서 이해하게 된다. "아이러니, 환유 그리고 제유는 은유의 종류들kinds이지만, 그것들이 그 의미 작용의 문학적 층위에서 수행하는 종류의 환원 또는 통합을 통해, 그것들이 구상적 층위에서 목표로 하는 종류의 계시를 통해, 서로 차이를 보인다. 은유는 본질적으로 재현하고, 환유는 환원하고, 제유는 통합하며 그리고 아이러니는 부인(否認)한다"(같은 책, p. 34).

종의 "지속적인 긴장감suspens"을 끌어들이는 것은 아이러니의 몫이될 것이다. 아이러니는 비유의 막을 열고 어떤 뜻에서는 비유적인 영역을 결집시키는 은유와 대조를 이루며, 구상적 언어의 가능한 오용에 대한 의식을 불러일으키고 언어 전체의 문제적인 성격을 끊임없이 일깨운다는 점에서, 화이트는 그것을 "메타 비유적métatropique"이라고 부른다. 구조화하려는 그러한 구상들 가운데 그 어느 것도 논리적 제약을 표현하고 있지는 않으며 구상화 작업은 첫 단계, 즉 은유적인 특성 규정 단계에서 그칠 수도 있다. 그러나 가장 소박한 이해(은유)에서 가장 반성적인 이해(아이러니)를 전부 밟아가야만이 의식의 비유법적 구조에 관해 말할 수 있다.[85] 결론적으로 비유 이론은 단연 언어학적인 그 특성으로 말미암아 본래의 설명적 양태들과 통합되지 않고서도 역사적 상상력 양상들의 도표와 통합될 수 있다. 바로 이러한 점에서 비유 이론은 역사적 상상력의 심층 구조를 형성하게 된다.[86]

---

85) 이 문제는 「사실에 입각한 재현의 허구들」(같은 책, pp. 122~44)에서도 다시 다루고 있다. 은유는 닮음에, 환유는 연속성에, 그러니까 기계적인 연쇄들 속에서의 분산dispersion(분산의 특성이 "환원"으로 규정되는 것은 버크 K. Burke로 인해서이다)에 특권을 부여한다. 그리고 제유는 부분/전체의 관계, 그러니까 통합, 즉 전체론적이고 유기체론적인 해석에 특권을 부여한다. 아이러니와 서스펜스는 모든 특성 규정이 적합하지 않음을 강조함으로써 모순, 아포리아에 특권을 부여한다. 『메타 역사』에서와 마찬가지로 특정의 비유와 특정의 줄거리 구성 양식 사이에는 모종의 친화력이 있다는 사실도 언급되고 있다. 예컨대 은유와 소설적인 것, 환유와 비극적인 것 사이의 친화력 등이 그렇다.

86) 『담론의 회귀선』의 서론, "비유법, 담론과 인간 의식의 양태"(p. 1~26)는 "그것이 사실주의 장르에 속하든, 아니면 보다 상상력이 풍부한 장르에 속하든 간에 모든 담론에 존재하는 그러한 비유적 요소"에 『메타 역사』가 그것에 할애한 것보다 더 야심찬 기능을 부여한다. 즉 비유법은 이제 "사물들이 달리 표현될 수 있는 가능성을 그처럼 온전하게 평가함으로써" 하나의 의미 작용을 또 다른 의미 작용으로 이끄는 모든 일탈을 망라한다. 그 영역은 이제 더 이상 역사 영역의 전형상화에 국한되는 것이 아니라, 모든 유형의 전(前)-해석으로 확장된다. 비유법은 논리학에 맞서 그처럼 수사학의 색조를 띠는데, 그 어디에서나 이해는 논리적 증거로

역사의 재현적 의도와 관련하여, 의식의 그러한 비유적인 헌장에서 기대되는 이득은 엄청나다. 논리학이 설명적 가치를 갖는 추론을 다스리듯이, 수사학은 역사적 영역의 기술(記述)을 다스린다. "왜냐하면 역사가는 바로 구상화를 통해 담론의 주체를 잠재적으로 구성하기 때문이다.[87] 그런 뜻에서 줄거리 유형을 확인하는 것은 논리학에 속하지만, 기호들의 체계로서의 역사가 기술하려는 전체 사건들이 겨냥하는 목표는 비유법과 관계된다. 줄거리 구성을 통한 설명이 유(類)적인 것으로 간주된다는 점에서 비유적 전형상화는 종(種)적인 것임이 드러난다.[88]

따라서 과거의 표상이 갖는 도상적 가치는, 지도와 같은 축척을 갖는 모델이라는 의미로 쓰인 모델과는 다르다. 모델과 비교할 수 있도록 주어진 원본이 없기 때문이다. 문서가 보여주는 대로의 원본의 낯설음이 바로 역사로 하여금 그 양식 style을 미리 그릴 수 있도록 노력

환원할 수 없는 길을 통해 친숙하지 않은 것을 친숙하게 만들기 위해 노력한다. 그 역할은, 의식이 그 문화적 실천을 통해 자기 환경과 논쟁에 들어가는 모든 영역에 대해 수사학적 표현법을 사용한 문화 비평에 점차 견줄 수 있을 만큼 넓고 근본적이다. 모든 새로운 코드 만들기 encodage는 심층적인 어떤 층위에서는 구상적이다.

87) 「역사주의, 역사와 상상력」, 『담론의 회귀선』, p. 106.
88) "역사 담론의 이러한 개념으로 인해 우리는 유(類)적인 역사를 역사가 이야기하는 사건들의 이미지로 간주할 수 있게 된다. 그리고 종(種)적인 역사 유형은 개념적 모델 ── 사건들은 이 개념적 모델과 동일시됨으로써 어떤 구조의 요소들로 코드화될 수 있다 ── 로 사용된다"(p. 110). 비유의 수사학과 설명 양태의 논리학 사이의 배분은 사실(정보)과 해석(설명) 사이의 아주 초보적인 구분을 대신한다. 거꾸로 그것들을 뒤로 끌어당겨 뒤섞으면 『야생의 사고 La Pensée sauvage』에서 레비-스트로스가 제기한 역설에 답할 수 있다. 그 역설에 따르면, 사건들이 물리-화학적 자극의 집합체 속에 녹아드는 미시-층위와 이전 문명들의 상승과 하강에 리듬을 주는 거대한 우주론들 속에 역사가 사라져버리는 거시-층위 사이에서 역사는 찢겨질 것이라는 얘기다. 그런데 지나친 정보는 이해를 무너뜨리고 지나친 이해는 정보를 빈약하게 한다는 그 역설에 대한 수사학적 해결책이 있을 수 있다(『담론의 회귀선』 p. 102). 구상화 작업이 사실과 설명을 서로 맞추는 한, 역사는 레비-스트로스가 역설했던 두 극단의 가운데 자리를 지킬 수 있다.

하게 만드는 것이다.[89] 바로 그 때문에 이야기와 사건들의 흐름 사이에 존재하는 것은 복사, 반복, 등가성의 관계가 아니라, 은유적인 관계다. 독자는 역사에서 이야기된 사건들을 우리 문화를 통해서 친숙해진 어떤 서술 형태와 비슷한 것으로 만드는 문채figure의 범주를 향하게 된다.

이제 화이트의 섬세하면서도 때로 애매한 분석들과 관련하여, 나의 입장을 간략하게 이야기할 것이다. 화이트의 분석들은 역사 이야기와 "실재" 과거의 관계를 표현하기 위해 내가 원용한 대리성 혹은 재현성 관념의 세번째 변증법적 계기를 탐사하는 데 결정적인 기여를 했다고 서슴없이 말할 수 있다. 특정의 줄거리와 특정의 사건 흐름을 짝짓는matching up 데 비유법의 수단을 제공함으로써 그 분석들은 우리의 제안 — 과거의 실재성에 대한 관계는 동일자, 타자 그리고 유사자의 격자를 차례로 거쳐야 한다 — 에 그 무엇과도 바꿀 수 없는 신빙성을 부여한다. 비유법적 분석은 유사자의 범주를 찾아서 명확하게 하는 것이다. 그것이 말하는 것은 단 한 가지, 즉 바로 여기 있는 이야기 속해 말해진 것처럼 일들이 일어났다는 것뿐이다. 비유법의 격자 덕분에 지나간 사건의 "처럼 존재하다"가 언어로 옮겨지는 것이다.

다른 두 개의 대범주, 즉 동일자와 타자의 맥락에서 떨어져나와서, 그리고 특히 지나간 사건의 있었음을 이루는 맞대면Gegenüber이 담론에 가하는 제약에서 벗어나서 비유법에 호소하게 된다면, 허구와 역사의 경계를 없앨 위험이 있다는 것 역시 나는 기꺼이 인정한다.[90]

---

89) 그러한 전형상화로 말미암아 우리들의 역사는 "이러저러한 사건이나 과정들, 그리고 우리의 삶에서 일어나는 사건들에 문화적으로 승인된 의미 작용을 부여하기 위해 우리가 관례적으로 따르는 역사 유형들 사이의 유사 관계를 암시하는 은유적 언표"(『담론의 회귀선』, p. 88)에 그칠 수밖에 없다.

거의 전적으로 수사학적 절차만을 강조하게 되면 과거의 사건들의 방향으로 "담론의 회귀선"을 가로지르는 지향성을 은폐할 위험이 있다. 만일 대상 지시적 목표의 우선권을 회복하지 못한다면, 화이트처럼 "형상화들 사이의 경쟁은 동시에 바로 과거를 구성할 수 있었던 것에 대한, 서로 겨루는 시학적 형상화들 사이의 경쟁"(p. 60)이라고 말할 수 없을 것이다. 나는 다음과 같은 문구를 좋아한다. "우리는 상상할 수 있는 것과 대조하고 비교함으로써만 실제의 것을 알 수 있다"(p. 61). 이 말이 온전한 영향력을 유지하려면, "문학적 상상력을 통해 역사를 그 기원으로 데려오려는"(같은 책) 배려 때문에, 다시 기술하도록 과거 그 자체에서 솟아올라 부추기는 것에 부여하는 것보다 더 많은 가치를 그러한 재기술에 투자된 언어적 힘에 부여해서는 안 된다. 달리 말해서 어떤 비유적 자의성으로 인해서 과거의 사건이 알려진 문서를 통해 역사 담론에 가하는 제약[91]── 과거 사건은 역사 담론으로 하여금 끝없는 수정본이 되기를 요구한다 ──을 잊어서는 안 된다. 허구와 역사의 관계는 우리가 이야기할 수 있는 것보다 분명 더 복합적이다. 역사가의 언어가 완전히 투명해져서 사실 그 자체가 말하게 만들 수 있으리라는 편견을 버려야 한다. 그것은 산문의 장

---

90) 화이트 자신도 그러한 위험을 몰랐던 것은 아니다. 그 때문에 화이트는 "이른바 세계의 사실적인 모든 표상 속에 있는 허구적인 것과 명백히 허구적인 모든 표상들 속에 있는 사실적인 것을 이해하도록"(『역사 기술』, p. 52) 권유한다. 같은 뜻에서 "높은 수준의 허구 작품들에서 우리가 작가와 더불어 살고 있는 이 세계를 밝힐 수 있는 힘을 발견하는 것과 똑같은 이유로, 우리는 설명으로서의 역사의 허구화를 시금석에 놓는다. 그 두 가지 경우에 우리는 의식이 머물고자 하는 세계를 받아들일 수 있는 방식으로 구성하고 차지하게 되는 형태를 식별한다"(p. 61). 그렇다면 화이트는 우리가 허구와 역사가 교차하는 대상 지시라는 말로 이해했던 것에서 멀리 떨어져 있지 않다. 그러나 허구 전체에서 어떤 것이 사실적인 것인지를 우리에게 거의 보여주고 있지 않기 때문에, 이른바 사실적인 세계의 표상의 허구적 측면만이 부각되고 있다.

91) "그것이 함축하는 바는 역사가들은 자신들이 기술하려고 애쓰는 언어에 근거해서 주체를 마치 서술적으로 재현할 수 있는 대상처럼 구성한다는 것이다"(p. 57).

식 요소를 제거하면 시의 문채figure를 해결할 수 있다고 생각하는 것과 같다. 하지만 이런 편견을 물리치기 위해서는 또 다른 편견을 물리치는 것이 필요하다. 즉, 상상력 문학은 끊임없이 허구를 사용하기 때문에 현실에 대한 입장을 표명해서는 안 된다는 것이다. 이 두 가지 편견은 동시에 물리쳐야 한다.[92]

재현성이라는 개념의 내적인 연관 속에서 비유법에 주어진 그러한 역할을 규명하기 위해서는 우리를 끊임없이 부추겼던 랑케의 표현에 담긴 "처럼comme"으로, 즉 실제로 일어났던 대로의 사실로 되돌아와야 하는 것처럼 보인다. 대리성 또는 재현성 관계의 유추적 해석에서 "실제로"는 "~대로"를 통해서만 뜻을 갖게 된다. 어떻게 그것이 가능한가? 내가 보기에 문제의 열쇠는, 내가 『살아 있는 은유』 7장과 8장에서 분석했던 대로의 "처럼"의 기능 작용, 수사학적일 뿐만 아니라 존재론적인 그 기능 작용에 있다. 그 자체 어떤 존재론적 주장을 매개하는 대상 지시적 효력을 은유에 부여하는 것은 바로 처럼-보다와 상관 관계를 맺고 있는 처럼-존재하다의 목표라는 것이 내 입장이다. 바로 그것이 언어 측면에서 은유의 작업을 요약한다.

달리 말해 언어학적 측면에서 은유의 살아 있는 특성, 즉 우리가 사용하는 낱말이 가진 최초의 다의성을 증가시키는 그 힘과 모순되지 않는 존재론적 기능을 은유에 부여할 수 있어야 한다면, 존재 자체는 처럼-존재하다의 유형으로 은유화되어야 한다. 처럼-보다voir-

---

92) 화이트도 이것을 기꺼이 인정한다. 소설과 역사는 단지 언어적인 가공물로서뿐만 아니라, 둘 다 서로 현실의 언어적 이미지를 제공하기를 바란다는 점에서도 구분이 되지 않는 것이다. 하나는 일관성이라는 사명을, 다른 하나는 상응이라는 사명을 가지고 있지 않다. 그러나 둘 다 서로 다른 길을 통해 일관성과 상응을 목표로 한다. "바로 이처럼 한 쌍을 이루는 두 가지 의미에서, 글로 씌어진 모든 담론은 그 목적으로 볼 때 인지적이고 그 방법으로 볼 때 재현적이다"("사실에 입각한 재현의 허구," 『담론의 회귀선』, p. 122). 그리고 또 "소설이 역사적인 어떤 재현 형태인 것처럼 역사도 역시 어떤 허구적인 형태다"(같은 책).

comme와 처럼-존재하다 être-comme의 상응은 그러한 요구 조건을 충족시킨다.

우리는 바로 이러한 힘 —— 이전에 나는 이것을 재기술 redescription 이라고 불렀다 —— 에 근거해서, 비유법이 "지배적 비유"의 수사학을 통해서 "대범주들"의 변증법을 이어가야 한다고 합법적으로 요구할 수 있다. 여하튼 은유적 재기술이라는 개념을 물려받은, 이야기를 통한 시간의 재형상화라는 우리의 개념은 비유법의 핵인 문채 figure 개념을 암시한다.

그러나 무엇보다도 먼저 서정시가 보여주는 시적 언어를 설명하기 위해 우리가 은유의 수사학적이고 존재론적인 기능 작용에 완전한 자율성을 부여할 수 있었던 만큼, 본질적으로 시간화하는 재현성의 기능을 설명하기 위해서는 유사자를 동일자와 타자의 복합적인 유희와 결부시킬 필요가 있다. 있었던 것을 추적하는 과정에서 유사성은 따로 활동하는 것이 아니라, 동일성과 타자성과 연계하여 활동한다. 물론 과거는 우선 동일성의 양태로 다시 실행되어야 하는 것이다. 그러나 그것은 또한 우리가 구성한 모든 것에서 부재하는 한에서만 그렇다. 처럼-존재한다는 것은 존재하면서 존재하지 않는 것이라는 점에서, 유사자는 엄밀히 말해서 그 자체 안에 재실행하고 거리를 두는 힘을 보유하고 있다.

이 절(節)에서 유사자는 단지 동일자와 타자만이 아니라, 앞절 그리고 이어지는 절들의 문제 제기와도 관계를 맺어야 한다.

우리는 시선을 뒤로 돌려 흔적 문제와 재현성 문제의 밀접한 관계를 드러내야 한다. 재현성의 분석은 바로 유사성의 "처럼"의 중개로 흔적의 분석을' 이어간다. 앞절에서 흔적은 우주적 시간에 현상학적 시간을 다시 집어넣는다는 관점에서 해석되었다. 흔적은 물리적 측면에서는 인과 관계의 결합을, 기호학적 측면에서는 의미성 관계의 결합을 보여주었다. 그래서 우리는 그것을 효과-기호 effet-signe라고 부를 수 있었다. 그렇다고 해서 우리가 흔적의 현상을 남김없이 규명할 수 있다고 생각한 적은 없었다. 우리는 레비나스의 텍스트를 빌려 의도적으로 수수께끼처럼 모호한 지적을 통해 사색의 결론을 맺었었다. 즉, 흔적은 나타나게 하지 않으면서 뜻한다고 말했었다. 바로 이 지점에서 재현성의 분석이 임무를 넘겨받는다. 과거에 "적용되는" 것으로서의 흔적의 아포리아는 "처럼-보다"에서 부분적인 출구를 발견한다. 그러한 연관 관계는 동일자, 타자, 유사자라는 세 가지 계기 속에서 포괄적으로 이해된 재현성의 분석이 현상학적 시간을 우주적 시간에 다시 집어넣는 문제에 시간적 거리의 분석을 덧붙인다는 데에서 비롯된다. 하지만 최종적으로 시간적 거리는 흔적이 펼치고, 밟아가고, 가로질러가는 것이기 때문에, 바깥에서 덧붙이는 것은 아니다. 재현성 관계는 흔적을 통해 그처럼 시간을 가로지르는 현상을 명백하게 밝힐 따름이다. 보다 정확히 말해 그것은 사이 두기espacement를 매개로 변환시키는 가로지름의 변증법적 구조를 명백하게 밝힌다.

끝으로 이어지는 분석에서 다루게 될 전체화 과정으로 시선을 돌리면, 우리의 탐사가 왜 미완에 그칠 수밖에 없는지를 짐작할 수 있다. 추상적이기에 미완에 그칠 수밖에 없는 것이다. 현상학, 그리고 특히 하이데거의 현상학에서 배웠듯이 미래, 과거 그리고 현재의 변증법과 분리된 과거는 추상 개념으로 남는다. 있는 그대로의 과거의 과거성 안에 수수께끼로 남아 있는 것을 더 잘 사유하려고 시도한 것만으로 이 절을 마감하는 것은 바로 그 때문이다. 그것을 차례로 동일자, 타자 그리고 유사자의 범주 아래 위치시킴으로써 우리는 또한 적어도 빚dette, 줄거리의 대가(大家)를 옛사람들에 대한 기억의 머슴으로 삼는 빚의 불가사의한 특성을 보존한 것이다.[93]

---

93) 역사적 과거와의 관계에 적용된 빚이라는 나의 개념이 드 세르토M. de Certeau의
　　작품 전체에 흐르는, 그리고 『역사의 글쓰기 L'Écriture de l'histoire』(Paris :
　　Gallimard, 1975, pp. 312~58)를 끝맺는 시론에서, 응축된 표현을 얻게 되는 개념

4. 텍스트의 세계와 독자의 세계

　허구에서의 어떤 것이 역사에서 "실재" 과거로 주어질 수 있는 것의 대응항이 될 수 있는지를 질문하면서, 우리는 새로 허구의 시간과 역사의 시간이 다시 교차하는 지점으로 한 걸음 내딛게 될 것이다. 만일 이 질문이 대상 지시라는 전통적 용어들로 제기되었다면, 풀 수 없고 또 말도 안 되는 문제일 것이다. 사실 역사가만이 엄밀히 말해서 "실재적인" 어떤 것에 의거하고 있다고 말할 수 있다. 역사가가 기술하는 경험 또한 "비실재적"이다. "과거의 실재성"과 "허구의 비실재성"은 전혀 대칭항이 아니다.

과 유사한 점이 없는 것은 아니다. 논의는 제한된 것처럼 보이는데, 문제가 되는 것은 프로이트와 그의 민족, 즉 『모세와 일신론 *Moïse et le Monothéisme*』을 통해 나타나는 것과 같은 유대 민족과의 관계다. 그러나 그 책에서 프로이트는 역사가들에게는 낯선 지역, 그렇게 해서 자기의 "이집트"가 되는 지역에 뛰어든다는 점에서, 바로 역사 기술의 운명 전체가 드러난다. 그처럼 "이집트의 모세"가 됨으로써 프로이트는 자신의 역사 "소설"에서 이의 제기와 귀속, 떠남과 빚이라는, 이제부터는 유대 민족을 특징짓는 이중의 관계를 되풀이한다. 드 세르토가 주로 강조하고 있는 것이 박탈, 고향의 상실, 이국 땅으로의 유배라면, 그러한 상실과 유배를 변증법적으로 발전시키고, 슬픔에 찬 노동으로 변형시키며, 원래 장소의 불가능성을 통해 글쓰기와 책의 시작이 되는 것은 바로 빚의 의무다. "빚과 떠남"(p. 328)은 그처럼 "어쩔 수 없는 죽음에 대한 면소(免訴)"(p. 329)가 된다. 그처럼 빚을 상실에 연결함으로써 드 세르토는 "죽음이라는 전통"(p. 331)을 나보다 더 부각시키고 있지만, 있어왔던 삶의 긍정적 특성──그에 근거해서 삶은 또한 살아 있는 잠재성의 유산이기도 하다──을 내가 바라는 만큼 그렇게 강조하고 있는 것은 아니다. 그럼에도 불구하고 내가 타자성을 빚 그 자체에 포함시킬 때에는 드 세르토의 입장과 다 만난다. 상실은 분명히 타자성의 형상인 것이다. 역사의 글쓰기는 죽음을 따돌릴 뿐만 아니라 나아가서 빚 갚음과 억압된 것의 회귀──그 용어의 정신분석적 의미에서──를 접근시킨다는 사실은 이미 그것을 짐작케 한다. 역사가 죽음을 기리는 자들이 바로 산 자였다는 사실은 아무리 말해도 지나침이 없다. 전통에 관해 성찰할 기회가 오면, 빚이 상실을 변증법적으로 발전시키는 것과 똑같이, 미래를 향한 기대와 불시에 다가오는 현재에 의한 모든 역사적인 것의 지위 박탈이 어떻게 빚을 변증법적으로 발전시키는가를 보여줄 것이다.

우리는 과거에 적용된 "실재성"이라는 개념에 대해 문제를 제기함으로써 이러한 입장과 일단 결별했다. 역사가가 이야기하는 사건을 과거의 증인들이 지켜볼 수 있었다고 말하는 것은 아무런 해결책이 되지 못한다. 이야기된 사건으로부터 사건을 이야기하는 증언으로 과거성의 수수께끼가 옮겨갔을 뿐이다. 있었음 l'avoir-été은, 그것이 사건의 있었음이건 증언의 있었음이건, 관찰될 수 없다는 바로 그 점에서 문제가 되는 것이다. 과거에 이루어진 관찰의 과거성 그 자체는 관찰할 수 없으며 기억할 수 있을 뿐이다. 우리는 역사의 구성물들은 맞대면의 요청에 응하는 재구성물이 되려는 강력한 의도를 가지고 있음을 의미하는, 재현성 représentance 혹은 대리성 lieutenance이라는 개념을 만들어서 바로 그 수수께끼를 풀어내려 한다. 게다가 재현성이라는 기능과 그 상관물인 맞대면 사이에서 우리는 빚 dette의 관계, 즉 현대 사람들 앞에 과거 사람들 — 죽은 이들 — 에게 빚진 것을 갚아야 한다는 과제를 던져놓은 관계를 파악했다. 빚을 졌다는 느낌을 통해 강화되는 재현성이나 대리성이라는 그러한 범주가, 관찰 언어와 외연논리학에서 기능하는 것처럼 대상 지시라는 범주로 환원될 수 없다는 사실은, 재현성 범주가 갖는 근본적으로 변증법적인 구조로 확인된다. 우리가 말했듯이 재현성은 차례로 동일자로 환원하고, 타자성을 식별하며, 유사한 것으로 이해하는 것이다.

과거의 과거성에 적용되는 "실재성"이라는 소박한 개념에 대한 이러한 비판은 허구가 투사하는 것들에 적용되는 "비실재성"이라는, 역시 그에 못지않게 소박한 개념과 대칭을 이루는 비판을 불러온다. 허구의 기능에서도 재현성이나 대리성이라는 기능과 평행을 이루는 것이 있는데, 우리는 이것을 일상적인 실천적 행위에 대해 드러내고 변형시키는 기능이라고 뭉뚱그려 말할 수 있다. 숨겨져 있지만 우리의 실천적인 경험의 한가운데 이미 그려져 있는 특징들을 밝혀준다는 뜻에서 드러내는 것이며, 그처럼 돌이켜본 삶은 변화된 삶, 다른 삶이라는 뜻에서 변형시키는 것이다. 우리는 여기서 발견하는 것과 만들어내는 것이 구분되지 않는 지점, 그러니까 재현성이라는 개념도, 어쩌면 재기술이라는 개념도 더 이상 기능을 발휘하지 못하는 지점에 이르게 된다. 이제 칸트가 말한 생산적 상상력이라는 의미대로의 생산적 대상 지시로 어떤 것을 의미하기 위해서는, 재형상화의 문제는 결정적으로 대상 지시라는 용어를 벗어나야만 한다.

과거의 인식에 대한 재현성 기능과 허구에서 그와 평행을 이루는 기능 사이의 유사성은, 과거의 실재성이라는 개념만큼이나 강력한 비실재성이라는 개념을 수정하는 대가를 치러야만 그렇게 비밀을 드러낼 수 있다.

우리는 대상 지시라는 용어를 버리고, 해석학적 전통에서 계승되었고 가다머 Gadamer가 『진리와 방법』에서 복권시킨 적용 application 이라는 어휘를 받아들인다. 가다머로부터 우리가 배운 것은 적용이란 이해 compréhension와 설명 explication에 부가된 우발적인 부속물이 아니라, 해석학적 기획 전체를 유기적으로 구성하는 부분이라는 것이다.[94] 적용 — 나는 다른 책에서 이것을 전유 appropriation[95]라고 불렀다 — 의 문제는 절대 단순한 문제가 아니다. 과거의 재현성 문제와 마찬가지로 허구 영역에서 그 대응항이 되는 적용의 문제 또한 직접적으로는 해결할 수 없다. 나름의 변증법, 재현성 관계의 맞대면의 변증법과는 똑같진 않지만 그에 비할 만큼 당혹스러운 문제를 낳

---

94) 가다머는 경건주의 시대의 성서 해석학에서 물려받은, 세 가지 "기교 subtilité," 즉 이해의 기교, 설명의 기교, 적용의 기교의 구분을 기꺼이 참조한다. 그 세 가지 기교 전체가 해석 작업을 이룬다. 내가 다른 곳에서 해석학적 아치 arc herméneutique, 즉 삶에서 솟아올라 문학 작품을 가로질러 삶으로 되돌아가는 아치에 대해 말하는 것도 비슷한 뜻에서다. 적용은 그러한 통합적 아치의 마지막 부분을 이룬다.

95) 시론, "전유 Appropriation," in Paul Ricœur, 『해석학과 인문과학 Hermeneutics and Human Sciences』(éd. par John V. Thompson, Cambridge University Press, Éditions de la Maison des sciences de l'homme, 1981)을 참조할 것.

는 변증법이 있는 것이다. 기실 문학 작품은 오로지 독서의 매개를 통해서만 완전한 의미성 — 그것과 허구의 관계는 재현성과 역사의 관계와 같다고 할 것이다 — 을 획득하는 것이다.

왜 그처럼 독서의 매개인가? 3부의 끝에서 모든 허구적 경험에 함축되어 있는 텍스트 세계라는 개념을 도입하면서, 우리는 적용으로 가는 길의 반밖에 오지 않았던 것이다. 물론『살아 있는 은유』에서와 마찬가지로, 문학 작품은 어떤 세계라는 방향으로 스스로를 초월한다는 명제를 택함으로써, 우리는 문학 작품을 내재적 구조의 분석이 요구하는 — 이것은 정당한 요구이다 — 폐쇄성으로부터 벗어나게 했다. 그 경우 우리는, 텍스트 세계가 텍스트의 "내적" 구조와 관련하여 완전히 독창적인 지향적 목표를 이루고 있다는 점에서, 텍스트 세계는 그 "바깥," 그 "타자"를 향한 텍스트의 열림을 나타낸다고 말할 수 있었다. 그러나 독서를 별도로 하면 텍스트 세계는 내재성 속의 초월성으로 남아 있다고 고백해야 한다. 그 존재론적 위상은 어정쩡한 상태이다. 즉 구조와 관련해서는 넘치며, 독서를 기다리고 있는 것이다. 형상화의 역동성이 그 여정을 끝마치는 것은 오직 독서를 통해서다. 그리고 텍스트의 형상화가 재형상화로 변모하는 것은 독서를 넘어서, 받아들인 작품으로 인해 알게 된 실제적인 행동을 통해서다.[96] 이렇게 해서 우리는 1권에서 미메시스 Ⅲ을 정의하는 공식과 다시 만나게 된다. 미메시스 Ⅲ은 텍스트 세계와 청자 또는 독자 세계의 교차점, 그러니까 시를 통해 형상화되는 세계와 그 한복판에서 실제적인 행동이 펼쳐지고 그 특유의 시간성을 펼치는 세계 사이의 교차점을 나타낸다고 말했었다.[97] 허구 작품의 의미성은 그러한 교차점에서 발생하는 것이다.

이와 같이 독서의 매개라는 개념의 사용이 바로 이 책과『살아 있

---

96) 독서를 "통해서"와 "넘어서"의 구분에 관해서는 결론에서 다시 언급할 것이다.
97)『시간과 이야기』1권, p. 159(번역본).

는 은유』의 가장 민감한 차이가 될 것이다. 『살아 있는 은유』에서 나는 일상 경험에 대한 생생한 시적 작업의 재기술로 특징지어지는 대상 지시의 용어를 보존할 수 있다고 믿었을 뿐만 아니라, 은유적 언표의 특징인 ~처럼-보다와 그 존재론적 상관물인 ~처럼-존재하다 사이에서 일어나는 일종의 단락(短絡)을 이용해서 삶을 변화시키는 힘을 시(詩) 그 자체에 부여했다. 그리고 허구 이야기는 마땅히 시적 담론의 개별적인 사례로 간주될 수 있으므로, 서술성 측면에서도 ~처럼-보다와 ~처럼-존재하다 사이에 똑같은 단락을 일으킬 수 있는 듯했다. 허구에서 대상 지시라는 해묵은 문제에 대한 그러한 단순한 해결책은, 미메시스 I이라는 최초 층위에서 행동을 유기적으로 구성하는 상징적 매개들에 근거해서 행동은 이미 어떤 일차적 가독성을 가지고 있다는 사실로 말미암아, 힘을 얻는 것처럼 보인다. 그때부터 미메시스 I이라는 전-의미 작용과 미메시스 III이라는 상위-의미 작용 사이에서 요구되는 유일한 매개는 서술적 형상화가 단지 그 내적인 역동성에 근거해서 수행하는 매개라고 생각할 수 있다. 그럼에도 불구하고 텍스트 세계라는 개념을 보다 자세하게 성찰하고 내재성 속의 초월성이라는 그 위상의 특성을 보다 정확하게 규정함으로써 나는 형상화에서 재형상화로 넘어가려면 두 세계, 텍스트의 허구적 세계와 독자의 실재 세계를 대조하지 않을 수 없다는 사실을 납득하게 되었다. 동시에 독서 현상은 재형상화에 필수적인 중개자가 되었다.

이렇게 독서 현상이 재형상화 작업에서 차지하는 전략적 역할을 알게 된 후, 중요한 것은 바로 그 독서 현상에서 변증법적 구조를 추출하는 것이다. 역사 이야기가 "실재적" 과거에 대해 수행하는 재현성 기능에 대해서 고칠 것은 고치면서 답하는 구조 말이다.

독서 이론은 어떤 연구 분야에 속하는가? 시학에 속하는가? 작품 구성이 독서를 규제하는 한 그렇다. 하지만 그 출발점을 저자에 두고 작품을 가로질러 그 도착 지점을 독자에게서 발견하는 의사 전달 종류에 속하는 다른 요인들이 개입한다는 점에서, 그렇지 않다. 독자를 과녁으로 삼는 설득 전략은 사실상 저자에서 출발한다. 형상화를 따라가면서, 그리고 텍스트 세계라는 명제를 자기 것으로 만들면서, 독자는 바로 그러한 설득 전략에 화답하는 것이다.

이제 유사하지만 구분되는 세 가지 연구 분야에 상응하는 세 가지 계기를 고려해야 한다. 1) 저자를 통해 촉발되고 독자를 향하고 있는 것으로서의 전략, 2) 그러한 전략을 문학적 형상화에 포함시키는 작업, 3) 그 스스로가 책을 읽는 주체로 또는 수용하는 대중으로 간주되는 독자의 반응.

이러한 도식을 통해 우리는 몇 가지 독서 이론들을 빠르게 살펴볼 수 있을 것이다. 우리는 이 이론들을 의도적으로 저자의 축에서 출발하여 형상화와 재형상화 사이를 궁극적으로 중개하는 독자의 축을 향해 나아가도록 정리했다.

I. 시학에서 수사학으로

그러므로 우리 여정의 첫번째 단계에서는 전략을 그것을 이끌어가는 저자의 관점에서 고려한다. 수사학은 연설자가 청중을 설득하는 것을 목표로 하는 기술을 다룬다는 점에서, 독서 이론은 수사학의 영역에 들어간다. 보다 정확히 말해서, 우리 입장에서는 아리스토텔레스 이후로 알고 있는 바와 같이, 허구의 수사학 — 웨인 부드가 자신의 고전적 저작에서 부여한 뜻으로 — 의 영역에 들어간다.[98] 그러나

---

98) 웨인 부드Wayne Booth, 『허구의 수사학 The Rhetoric of Fiction』(University of Chicago Press, 1961). 중요한 후기를 추가한 증보판(2판)이 1983년 같은 출판사에서 출간되었다. 서문을 보면 이 책의 목적은 "독자를 지배하기 위해서 저자가 구사하는 수단"이라고 되어 있다. 그리고 더 뒤에는, "독자와 의사소통하는 기술이라는 각도에서 허구를 보았기 때문에, 나의 연구는 비전문적인 허구의 기법을 대상으로 한다. 간단히 말해서 그것은 서사시, 로망, 소설의 저자가 의식적이든 무의식적이든 자신의 허구적 세계를 독자에게 강요하려고 애쓸 때, 그가 구사하

문학 이론 영역에 저자를 재도입함으로써 텍스트의 의미론적 자율성이라는 주장을 거부하는 것이 아닌가, 이제 한물간 심리 기술로 되돌아가는 것이 아닌가, 하는 반론이 곧바로 제기된다. 전혀 그렇지 않다. 우선 텍스트의 의미론적 자율성이라는 주장은 순수 시학에 속하는 활동을 가로지르는 설득 전략에 괄호를 쳐두는 구조 분석에서만 유효하다. 그 괄호를 벗기게 되면 설득 전략을 선동하는 사람, 즉 저자를 반드시 고려하지 않을 수 없다. 이어서 수사학은 이른바 창작 방식이 아니라 어떤 작품의 뜻이 전달될 수 있게끔 하는 기법을 강조한다는 점에서, "의도의 오류"로 다시 떨어진다는 반론, 보다 일반적으로 말해서 저자의 심리와 혼동한다는 반론을 피하게 된다. 그런데 그 기법들은 바로 작품 자체에서 식별된다. 결국 우리가 그 권위를 고려해야 할 유일한 저자 유형은 전기(傳記)적 대상인 실제 저자가 아니라 바로 내포된 저자auteur impliqué다. 바로 이 내포된 저자가 글쓰기와 독서의 관계의 기초가 되는 힘싸움의 주도권을 잡고 있는 것이다.

이제 본격적인 논의에 들어서기 전에, 2권의 "시간과의 유희"에 바쳐진 분석의 끝부분에서 시점 point de vue과 서술적 목소리 voix

는 수사학적 수단들을 대상으로 한다"(같은 책). 그렇다고 해서 심리 기술 psychographie이 갖는 모든 권리가 박탈되는 것은 아니다. 심리 기술은 여전히, 실제 저자가 왜, 그리고 어떻게 이런저런 변장을 하고, 이런저런 가면을 쓰며, 간단히 말해서 실제 저자를 "내포된 저자"로 만드는 "제2의 자아"를 받아들이게 하는가를 이해하려는, 창조의 심리학에 속하는 현실적인 문제로 남아 있다. 실제 저자와 그가 제시하는 그 자신의 서로 다른 공식적 해석본들 사이의 복합적 관계들의 문제는 온전하게 남아 있는 것이다(같은 책, p. 71). 『허구의 수사학』과 같은 시기에 쓰여진 부드의 시론(원래는 『창작 시론 Essays in Creation』 XI, 1961에 수록되었다)의 프랑스어 번역은, 앞에서 인용한 『이야기의 시학』에 "거리와 시점"(앞의 책, pp. 85~112)이라는 제목으로 실려 있으며, 『시학』 4호(1970)에 재수록되었다. "내포된 저자 implied author"는 거기서 "암묵적 저자 auteur implicite"로 번역되어 있는데, 나는 (작품 속에 그리고 작품을 통해) "내포된 저자 auteur impliqué"라는 표현이 더 낫다고 보았다.

narrative라는 개념을 도입하면서 사용했던 용어 규약을 상기시키려 한다. 그 개념들은, 작품의 의사소통에 미치는 영향을 제외하고, 있는 그대로의 서술적 구성을 이해하는 데 기여하는 한에서만 고려의 대상이 되었다. 그런데 내포된 저자라는 개념은, 설득의 수사학과 긴밀하게 연결되어 있다는 점에서, 의사소통의 문제에 속하는 것이다. 이것이 추상적인 구분임을 의식했기에, 나는 필요한 경우 서술적 목소리 개념이 수행하는 중간 단계 역할을 강조했다. 바로 서술적 목소리가 텍스트를 읽으라고 주는 것이라고 말했었다. 그렇다면 누구에게 주는가? 바로 작품의 잠재적 독자가 아니겠는가? 시점과 서술적 목소리에 관해 이야기할 때는 내포된 저자 개념을 무시했고, 이제 분명 내포된 저자 개념과 분리될 수 없는 시점과 서술적 목소리를 암시하지 않은 채 허구의 수사학에 속하는 설득 전략과의 관계를 강조하는 것은, 모두 이유가 있다.

내포된 저자라는 범주를 그것이 속한 의사소통의 배경 아래 다시 위치시키게 되면, 허구의 수사학이란 말의 주된 의미 작용을 가려버리는 불필요한 논쟁들을 피할 수 있다는 큰 장점이 있다. 따라서 무턱대고 이야기 속에 끼어드는 경향이 있는 선배들과는 달리, 마치 소설이 갑자기 저자가 없는 것이 되어버린 양 스스로를 눈에 보이지 않게 하려는 현대 소설가들의 엄청난 노력에 대해서 터무니없는 독창성을 부여하지 않아도 될 것이다. 저자의 소멸은 여러 수사학적 기법들 가운데 하나이며, 실제 저자가 내포된 저자로 변하기 위해서 사용하는 가장복과 가면 세트의 일부이다.[99] 이른바 현실의 삶에서는 엄청난 애를 써야만 추리할 수 있는 영혼들의 내면을 기술하는, 저자 스스로가 부여한 권리에 대해서도 똑같이 말할 수 있다. 그러한 권리

---

99) "저자는 어느 정도 자신의 가장복을 고를 수는 있지만, 완전히 사라지기로 택할 수는 절대로 없다"(p. 20).

는 나중에 이야기할 신뢰 규약pacte de confiance에 속한다.[100] 그와 동시에, 저자가 어떤 시점vision을 택하든[101] 결국 그것은 독자가 저자에게 양보하는 엄청난 권리와 연관시켜야 하는 인위적 기교 연습인 것이다. 또한 "일러주고 가르치기"보다는 "보여주려고" 노력한다고 해서 소설가가 사라지는 것이 아니다. 앞에서 사실주의 소설, 그리고 나아가서 자연주의 소설에서 사실임직함vraisemblable의 추구에 관해 말했듯이,[102] 서술 활동 본래의 기교는 소멸되지 않는다. 오히려 글쓰기를 통해 실제 존재하는 것처럼 보이게 하려는 작업을 통해 늘어나는 것이다. 실제 존재하는 것처럼 보이게 하는 그러한 시능은 화자의 전지성omniscience과 대립되면서, 수사학적 기법을 구사하고 있다는 것을 드러내지 않는다. 이른바 삶에 대한 충실성은 조작의 섬세함 ── 이를 통해 작품은 헨리 제임스가 바랐던 "강렬한 환상"을 저자 쪽에 주문하게 된다 ── 을 은폐할 따름이다. 은폐의 수사학, 허구의 수사학의 그 정점이 독자를 속일 수는 있으나 비평가를 속일 수는 없다. 은폐의 절정은 허구가 전혀 씌어진 적이 없었던 것처럼 보이는 것이리라.[103] 엄밀히 말해서 저자가 자신의 존재를 포기하게

---

100) 주관적 사실주의는 겉으로만 자연주의적 사실주의와 대립되는 것처럼 보인다. 사실주의로서 그것은, 저자가 겉으로 사라지게 하려는 그 반대편과 동일한 수사학에 속한다.

101) Jean Pouillon, 『시간과 소설 *Temps et Roman*』(Paris: Gallimard, 1946).

102) 이 점에서 사르트르와 모리악의 논쟁은 쓸모없는 것처럼 보인다. 있는 그대로의 주관성의 사실주의를 격찬함으로써 소설가는 전지적 화자에 못지않게 자신을 신으로 여긴다. 사르트르는 자신이 쓰려고 하는 것을 알 권리를 소설가에게 부여하는 암묵적 계약을 지나치게 과소평가한다. 소설가가 아무것도 모르거나, 다른 사람이 그에 대해 가지고 있는 관점을 통해서만 등장인물의 정신을 알 수 있는 권리를 갖게 되는 것도 그러한 계약 조항들 가운데 하나가 될 수 있다. 그러나 이른바 "실제" 삶에서 남을 알 수 있는 가능성에 비해볼 때, 어떤 시점에서 다른 시점으로 건너뛴다는 것은 여전히 상당한 특권이다.

103) "비인칭적impersonnel 소설가가 유일한 화자나 관찰자 뒤로, 또는 『율리시스 *Ulysse*』나 『내가 죽어가고 있을 때 *As I Lay Dying*』의 다중 시점 뒤로, 또는 『서투

되는 수사학적 방식은, 완전히 홀로 이야기되고 삶이 말하도록 내버려두는 것처럼 보이는 스토리의 진실성, 그렇게 해서 사회적 현실, 개인적인 태도나 의식의 흐름이라 불리는 진실성을 수단으로 기교를 은폐하는 데에 있다.[104]

내포된 저자라는 범주를 통해 해소시킬 수 있는 오해들을 간략하게 논의함으로써, 그 범주가 포괄적인 독서 이론에서 차지하는 정당한 권리가 부각된다. 독자는 직관적으로 작품을 어떤 통합된 전체성으로 이해한다는 점에서 그 역할을 예감한다.

독자는 본능적으로 그러한 통합을 구성 규칙뿐만이 아니라, 텍스트를 바로 어떤 발언자énonciateur의 작품, 그러니까 자연이 아니라 사람이 생산하는 작품으로 만드는 선택과 규준에 결부시킨다.

나는 독자가 내포된 저자에게 본능적으로 부여하는 통합 역할을, 그랑제가 『양식의 철학에 대한 시론 Essai d'une philosophie du style』에서 제안하고 있는 양식이라는 개념과 비교해볼 것이다. 만일 하나의 작품을 한 가지 문제 — 과학과 예술 영역에서의 이전의 성공에서 생겨난 문제 — 의 해결책으로 간주한다면, 작품이라는 해결책의 유일성과, 사상가나 예술가가 이해했던 것과 같은 위기 상황의 유일성,

---

른 시절 The Awkward Age』이나 『컴프턴-버넷의 부모와 아이들 Compton-Burnett's Parents and Children』의 객관적 표면 아래로 자신을 숨기든 간에, 저자의 목소리는 결코 침묵으로 귀착되지 않는다. 사실상 우리가 소설을 읽는 것은 부분적으로 그 때문이다"(p. 60).

104) 여기서도 마찬가지로, 그러한 생각들이 저자의 심리로 되돌아가는 것은 아니다. 독자가 텍스트의 표지들 속에서 분간하는 것은 내포된 저자다. "우리는 그를 실제 개인의 이상적이고 문학적이며 꾸며진 이본(異本)이라는 명목으로 추린다. 그 자기 자신이 선택한 것들의 합으로 귀결된다"(p. 75). 이 "제2의 자아"는 작품이 창조한 것이다. 저자는 자기 자신의 이미지를 만들어내고, 마찬가지로 그 독자는 나 자신의 이미지를 만들어낸다. 이와 관련하여 프랑스어에는 "자아 self"를 번역하는 정확한 용어가 없다는 것을 지적한다. 독자는 두 가지 "자아," 즉 저자와 독자를 만들어낸다는 부드의 그러한 설명을 어떻게 옮길 것인가(p. 138)?

그 둘의 합치를 바로 양식이라고 부를 것이다. 문제의 유일성에 대응하는 그러한 해결책의 유일성은 하나의 고유명사, 저자의 고유명사를 받아들일 수 있다. 그래서 우리는 세잔의 그림에 대해서 말하듯이 불 Boole[영국의 논리학자, 수학자(1815~1864)로서 현대 상징논리학의 창시자: 옮긴이]의 정리(定理)에 대해서 말할 수 있다. 작품을 그 저자의 이름으로 부른다는 것은 발명이나 발견의 심리와 관련된 그 어떤 추측, 그러니까 발명자의 추정된 의도와 관계된 그 어떤 단언이 아니라 문제의 해결책의 유일성을 함축한다. 그러한 비교는 허구의 수사학에 나타나는 내포된 저자의 범주의 권리를 강화한다.

이제 우리가 다루게 될, 내포된 저자에 결부된 신빙성 있는 화자 또는 신빙성 없는 화자라는 개념은 결코 부차적인 개념이 아니다.[105] 그 개념은 모든 설득 전략에 감추어져 있는 폭력을 완화하는 신빙성 있는 음조를 독서 규약 속에 끌어들인다. "신빙성" 문제와 허구 이야기의 관계는 문서에 따른 증거와 역사 기술의 관계와 같다. 소설가가 자신이 이야기하거나 보여주는 것을 알고 있을 뿐만 아니라 자기의 주된 등장인물들을 판단하고 평가하며 추정하는 권리를 자기에게 부여해줄 것을 독자에게 요구하는 것은, 정확히 말해서 소설가는 물질적 증거를 제시할 수 없기 때문이다. 또한 그와 비슷한 판단으로 말미암아 아리스토텔레스는 비극과 희극을 우리보다 "낫거나" "못한" 성격에 따라 분류하고, 특히 비극적 과오는 평범하거나 사악한 또는 타락한 개인이 아니라 우월한 인물들의 과오여야 한다는 점에서, 주인공의 끔찍한 과오 hamartia에 그 모든 정서적 힘을 부여하는 것이

---

105) 『허구의 수사학』 첫부분에서부터, 부드는 "문제의 인물의 정신과 마음에 대한 신빙성 있는 관점에 다가가기 위해"(p. 3) 행동의 표면 아래로 미끄러져 들어가는 것은 허구의 가장 뚜렷한 인위적 방식들 가운데 하나라고 말하고 있다. 그 범주는 다음과 같이 정의된다. "작품의 규범의 동의하에 말하거나 행동하는 화자를 나는 신빙성 있는 화자라고 불렀다"(p. 159).

아니겠는가?

그러한 범주를 어째서 내포된 저자보다 화자에 적용해야 하는가? 화자의 목소리는 다양한 형태를 취하며, 화자가 화자 스스로를 위해 부풀려질 때 내포된 저자와 구별된다. 그래서 욥Job이 "의로운" 사람이라고 말하는 이는 미지의 현자(賢者)이며, 두려움과 연민의 우아한 대사를 발하는 것은 비극의 합창단이다. 그리고 저자가 아주 천하다고 생각하는 것을 말하는 이는 광인(狂人)이며, 자기 스스로의 이야기에 대한 화자의 시점 등을 이해하도록 하는 것은 증인이 되는 인물, 경우에 따라서는 장난꾸러기나 개구쟁이다. 이야기는 누군가에 의해 이야기되기 때문에 내포된 저자는 언제나 있지만, 뚜렷하게 구분되는 화자가 언제나 있는 것은 아니다. 그러나 그 경우에 화자는, 언제나 전지적이지는 않지만 내부에서 남에 대한 인식에 다가갈 수 있는 힘을 항상 가지고 있는 내포된 저자의 특권을 공유한다. 그러한 특권은 저자와 독자 사이의 암묵적 규약에 근거해서 내포된 저자에게 부여된 수사학적 능력에 속한다. 화자의 신빙성 정도는 그러한 독서 규약의 조항들 가운데 하나다. 독자의 책임으로 말하자면, 그것은 그 같은 규약의 또 다른 조항이다. 기실 신빙성이 있든 없든, 부풀려진 화자를 창조함으로써 내포된 저자와 그 등장인물들 사이의 거리를 다양하게 변화시킬 수 있다는 점에서, 독자에게도 동시에 어느 정도의 복합성이 초래된다. 그러한 복합성은 허구가 그 저자로부터 받아들이는 권위에 맞선 독자의 자유의 근원이다.

신빙성 없는 화자의 경우는 자유에 대한 요청, 그리고 독자의 책임의 관점에서 특별히 흥미롭다. 이 점에서 그 역할은 부드가 설명하는 것보다는 덜 도착적이라 할 수 있다.[106] 신빙성 있는 화자는 이야기된

---

106) 웨인 부드에 따르면, 내포된 저자의 목소리가 더 이상 분간이 안 되고, 시점이 끊임없이 이동하고, 신빙성 있는 화자를 확인하기가 불가능해지는 그러한 이야기는 독자를 혼란 속으로 빠뜨리는 혼란스런 관점을 만들어낸다. 부드는 자신의

사실뿐만 아니라 등장인물들에 대한 명시적 혹은 암묵적 평가에서 독자들이 헛된 희망과 쓸데없는 두려움을 느끼며 독서 여행을 하게 되지 않을 것이라고 안심시킨다면, 그와 달리 신빙성 없는 화자는 이제 막 어디에 이르려 하는지를 알게 되는 그 순간 독자를 불확실성 속에 버려둠으로써 기대를 흐트러뜨린다. 따라서 화자가 의심스러워

독자를 애매한 점이 없는 어떤 계시, 저자와 화자 그리고 독자가 지적으로 만나는 계시 쪽으로 방향을 설정해주었다는 점에서 프루스트를 칭찬하고, 그 다음 카뮈가 『전락 La Chute』에서 사용한 전략에 대해서는 망설임을 감추지 않는다. 그가 보기에 화자는 여기서 독자를 클라망스의 정신적 붕괴 속으로 끌어들이고 있다는 것이다. 신빙성 있는 화자의 조언이 결여된 서술 행위는 점점 더 무거워지는 대가를 치러야 한다는 것을 강조한다는 점에서 부드의 지적은 분명 옳다. 혼란 속에 빠져 "어찌할 바를 모를 정도로" 바보가 되고, 조롱당한 독자는 아우어바흐 Erich Auerbach가 말한 서술 행위의 과제, 즉 우리의 삶에 의미와 질서를 부여한다는 과제(앞의 책, p. 371에서 인용)를 은밀하게 포기할까 봐 두려워한다는 것은 일리가 있을 수 있다. 실제로 위험스러운 것은 설득이 도착의 매혹에 자리를 양보한다는 것이다. 그것은 현대 문학의 상당 부분의 화자가 그렇다고 할 수 있는 "매혹적인 망나니들 canailles séduisantes"이 야기한 문제다. 무엇보다도 이른바 중립적인 모든 미학에 맞서, 부드가 독자에게 전달되고 강요되는 인물들의 관점은 단지 심리적이고 미학적인 양상만이 아니라 사회적이고 도덕적인 양상을 가지고 있다는 점을 지적한 것은 옳다. 신빙성 없는 화자에 초점을 맞춘 모든 논쟁은 불편부당성, 무감동의 수사학이 독자를 매혹하고, 예컨대 명백하게 자기 스스로를 파멸시키도록 정해진 인물의 운명에 대해 아이러니컬한 흥미를 공유할 수 있게 하는 은밀한 계약을 감추고 있다는 점을 훌륭하게 보여준다. 그러므로 설득의 수사학이 보다 은폐된 전략에 호소할수록 그만큼 더 효과적인 도덕적 타락의 시도 속에서 현대 문학의 대부분이 헤매고 있는 것이 아닌가 하고 걱정할 수도 있다. 하지만 궁극적으로 무엇이 유해한가에 대한 판단을 누가 내릴 수 있는가에 의문을 제기할 수 있다. 『보바리 부인』의 전개 과정의 우스꽝스러움과 추악함이 최소한의 미학적 합의, 그것이 없다면 어떠한 공동체도 살아남을 수 없을 합의에 대한 그 어떤 모욕도 대립된 추론에 의해 정당화하지 못하는 것이 사실이라면, 매혹하려는 가장 유해하고 가장 도착적인 시도(예컨대 여성에 대한 비하, 잔혹함과 고문, 인종차별을 존중할 만한 것으로 만드는 시도, 뿐만 아니라 이탈, 조롱, 간단히 말해서 가치를 강화하려는 모든 것과 마찬가지로 가치를 전환하려는 모든 것을 배제하고 윤리적 투자 중단을 권하는 시도)마저도 상상적인 것의 측면에서는 어떤 윤리적 기능, 즉 거리 두기의 기능을 가질 수 있다는 것도 사실이다.

지고 저자가 지워질수록 — 이 두 가지 은폐의 수사학적 수단은 서로를 강화한다 —, 현대 소설은 관습적 도덕을 비판하고 경우에 따라서는 선동하고 모욕하는 기능을 더욱 잘 발휘한다. 그 점에서 나는 부드가 현대 문학이 관심을 쏟고 있는 모호한 화자에 대해서 보인 엄격한 입장에는 동의하지 않는다. 민첩하게 중간에 끼어들어 직접 독자를 이끄는 18세기의 소설가가 그렇듯이, 전적으로 신빙성 있는 화자는 독자로 하여금 등장인물과 그들의 모험에 대한 그 어떤 정서적 거리도 두지 못하게 하는 것이 아닌가? 반대로, 아이러니컬한 화자로 인해 길을 잃은 『마의 산』의 독자처럼, 방향을 상실한 독자는 더 많이 반성하게 되지 않겠는가? 헨리 제임스Henry James가 『소설의 기법 The Art of Novel』(p. 153~54)에서 "마찬가지로 모호한 관찰자의 시점 속에 반영된" 등장인물의 "모호한 시점"이라고 불렀던 것을 변호할 수 있지 않을까? 비개인적인 서술 행위는 다른 서술 행위보다 더 교활하다는 추론으로 말미암아 그러한 서술 행위는 바로 "신빙성 없음" 그 자체를 능동적으로 해독하게끔 한다는 결론으로 나아갈 수 있지 않을까?

현대 문학이 위험하다는 데에는 이론의 여지가 없다. 현대 문학이 불러일으키는 비평에 걸맞는 유일한 대답 — 부드를 가장 훌륭한 대표자 중 하나로 꼽을 수 있다 — 은 그러한 유독성의 문학이 새로운 유형의 독자, 즉 응답하는 독자를 요구한다는 것이다.[107]

---

107) 혼란을 만들어내는 저자들에 대해 부드가 불신을 가질 수밖에 없는 것은 그 때문이다. 그는 명료할 뿐만 아니라 보편적으로 존중할 수 있는 가치의 창조자들에게만 존경을 표한다. 『허구의 수사학』 제2판의 후기 "허구에서의 수사학과 수사학으로서의 허구 — 21년 뒤"(401~57)에서 우리는 자신의 비판에 대한 부드의 대답을 볼 수 있다. 또 다른 시론, "'나는 어떻게 조지 엘리엇George Eliot을 사랑했나.' 무심코 지나쳤던 은유로서의 책과의 우정"(Kenyon Review, Ⅱ, 2, 1980, pp. 4~27)에서 부드는 아리스토텔레스의 윤리학에서 찾아낸 우정의 모델을 텍스트와 독자 사이의 대화 관계 속에 도입한다. 그렇게 해서 그는 역사가와

바로 이 점에서 저자에 초점을 맞춘 허구의 수사학은 한계를 드러 낸다. 그것은 단 하나의 주도권, 즉 세상일에 대한 자신의 관점을 전 달하고자 갈망하는 저자의 주도권만을 알고 있는 것이다.[108] 그 점에 서 저자가 독자를 만들어낸다는 주장[109]에 대한 변증법적인 상대항이 결여되어 있는 것처럼 보인다. 새로운 종류의 독자, 그 자신이 수상쩍 은 독자를 나타나게 하는 데 기여하는 것이야말로 가장 신랄한 문학 의 기능이라 할 수 있다. 독서는 이제 더 이상 신빙성 있는 화자와 함 께하는 믿음직한 여행이 아니라, 내포된 저자와의 싸움, 독자를 다시 자기 자신으로 이끌어가는 싸움이 되었기 때문이다.

II. 텍스트와 독자 사이의 수사학

우리는 신빙성 없는 화자와 독자의 싸움이라는 이미지와 함께 앞 의 논의를 마무리지었는데, 이러한 이미지는 독서가 마치 없어도 되 는 보완물처럼 텍스트에 덧붙여진다고 믿게 만들 수도 있을 것이다. 어쨌든 도서관은 읽혀지지 않은 책들로, 즉 잘 형상화되어 있지만 아 무것도 재형상화하지 못하는 책들로 가득하다. 앞서 우리의 분석은 그러한 환상을 깨기에 충분할 것이다. 즉 텍스트를 따라가는 독자가

───

과거의 사람들과의 관계에 대해 말하고 있는 마루 Henri Marrou와 만나게 된다. 부드에 따르면 독서 행위 역시 고대인들이 그토록 칭송하는 덕을 그처럼 새롭게 함으로써 풍요로워질 수 있다는 것이다.

108) "작가가 걱정해야 할 점은 자신의 화자들이 사실적인가를 아는 것이라기보다는 그가 자기 자신에 대해 만들어낸 이미지, 그 내포된 저자가 과연 가장 똑똑하고 분 별력 있는 독자들이 존경할 수 있는 사람인가를 아는 것이다"(p. 395). "인간의 행동이 예술 작품으로 승격되었을 때, 받아들인 형태는 인간적인 의미 작용은 물론 인간이 행동하는 그 순간부터 함축되어 있는 도덕적 판단과 분리될 수 없 다"(p. 397).

109) "저자는 자신의 독자를 만든다. 〔……〕 잘 만든다면, 다시 말해서 독자로 하여금 이전에는 본 적이 없었던 것을 보게 함으로써 새로운 지각과 경험 질서 속으로 독자를 끌어들인다면, 저자는 자신이 만들었던 동료에게서 보상을 얻게 되는 것 이다"(p. 398).

없다면 텍스트 속에서 실현되는 형상화 행위도 있을 수 없으며, 텍스트를 자기 것으로 삼는 독자가 없다면 텍스트 앞에서 펼쳐지는 세계도 없다. 하지만 끊임없이 텍스트는 그 자체로, 그리고 그 자체에 의해서 구조화되며 독서는 비본질적이고 우발적인 사건처럼 텍스트에 들이닥친다는 환상이 다시 태어난다. 그러한 집요한 암시를 깨뜨리기 위해서는 나름의 독서를 이론화하는 몇몇 본보기가 되는 텍스트로 방향을 돌려보는 것도 좋은 전략이 될 수 있다. 미셸 샤를Michel Charles은 『독서의 수사학』에서 바로 그러한 길을 택하고 있다.[110]

이 책이 고른 제목은 의미심장하다. 즉 문제는 이제 내포된 저자가 구사하는 허구의 수사학이 아니라 텍스트와 그 독자 사이를 오가는 독서의 수사학인 것이다. 그것은 전략을 이루는 요소들이 텍스트 속에 포함되어 있고 독자 스스로가 어떻게 보면 텍스트 속에, 그리고 텍스트에 의해 구성된다는 점에서, 여전히 수사학이다.

미셸 샤를의 책이 『말도로르의 노래 Chants de Maldoror』 첫번째 연을 해석하는 것으로 시작된다는 점은 흥미롭다. 저자 자신이 독자 앞에 제시하는 선택들 — 뒤로 물러나거나 책을 독파하거나, 읽으면

---

110) Michel Charles, 『독서의 수사학 Rhétorique de la lecture』(Paris: Seuil, 1977). "문제는 우리가 하는, 혹은 할 수 있는 독서를 텍스트가 어떻게 진술하고 나아가서 명시적이든 아니든 이론화하는가, 어떻게 우리를 자유롭게 하거나(자유롭게 만들거나) 구속하는가를 살펴보는 것이다"(p. 9). 샤를은 "덩어리가 크고 엄청나며 보편적으로 존재하는 대상"이라 보고 있는 독서에 대한 자신의 분석이 갖는 "단편적인"(p. 10) 특성을 유지하려고 매우 애쓰고 있으며, 나는 그의 저서에서 어떤 완벽한 이론을 끌어내고자 하지는 않는다. 그 나름의 독서를 규정하고, 궁극적으로는 그 나름의 영역에 포함시키고 있는 텍스트들은 어떤 규칙이라기보다는 차라리 예외를 이룬다. 그러나 그 텍스트들 가운데에는 절대적으로 신빙성 없는 화자에 대해 앞서 부드가 제시한 극단적인 경우 같은 것도 있다. 그러한 극단적인 경우는 그 자체가 궁극적으로는 예외적인 경우에 대한 본보기가 되는 분석을 이끌어내는 성찰이라고 부를 수 있는 어떤 성찰을 불러온다. "독서는 텍스트의 일부를 이루고 있으며, 텍스트 속에 포함되어 있다는 본질적인 사실"(p. 9)인 것처럼 규정하면서, 저자는 바로 그러한 확대 적용을 합법적으로 수행하는 것이다.

서 길을 잃거나 아니거나, 텍스트에 잡아먹히거나 텍스트를 음미하거나 — 은 그 자체가 텍스트에 의해 규정된다. 독자는 자유롭게 될지 몰라도, 독서 선택은 이미 약호화되어 있는 것이다.[111] 로트레아몽 Lautréamont의 폭력은 독자의 입장에서 읽는다는 데에 있다. 게다가 어떤 특수한 독서 상황, 읽는 것과 읽히는 것의 구분이 없어진다는 것이 "읽을 수 없는"(p. 13) 것을 규정하는 것과 마찬가지가 되는 상황이 설정된다.

두번째로 선택된 텍스트, 『가르강튀아 *Gargantua*』의 「서문」은 이번에는 "의미를 만들어내는 장치"(p. 33)로 취급된다.[112] 그로써 샤를은 텍스트가 "독자의 자유뿐만 아니라 한계를 '구성'하게"(p. 33) 하는 논리 범주를 말하고자 한다. 기실 「서문」에서 주목할 만한 점은, 책과 독자의 관계는 작가와 책과의 관계와 동일한 은유적 회로 위에 구성된다는 것이다. "그 속에 담긴 약재," 소크라테스의 대화에서 가져온 "실렌 Silène의 뚜껑"〔실렌은 원래 그리스 신화에서 디오니소스의 친구이자 지혜로운 스승으로 나오는 인물인데, 온갖 약재가 담긴 작은 상자를 뜻하기도 한다. 라블레는 「서문」에서 자신의 작품을 현실의 보편

---

111) 독서와 독자 사이를 오가는 것에 대해서는 pp. 24~25(*Remarque III*)를 참조할 것. "독서 이론은 독서가 그 독자를 변모시킨다고 가정하고 있다는 점에서, 그리고 독서는 그러한 변모를 규제하고 있다는 점에서"(p. 25) 수사학을 벗어나지 못한다. 수사학은 그러한 맥락에서 이미 더 이상 텍스트의 수사학이 아니라 비판적 행위의 수사학이다.

112) 독서와 독자 사이의 경계에는 허술한 곳이 많다. "현시점에서 독자는 우리에게 설명된 그러한 학술적인 독서에 책임을 지고 있다. 그 결과 이제는 작가의 가벼움과 독서의 무거움이 대립하게 된다"(p. 48). 다음과 같은 설명은 이를 보완하고 있다. "독자와 저자의 연대는 당연히 텍스트의 영향 effet이다. 책은 사실상 그 모든 부분들에 의해 구성되는 묵계를 전제한다"(p. 53). 그러나 좀더 뒤로 가면 텍스트의 부름에 관해 이렇게 말하고 있다. "그 끝에 이르러서는 어쩔 수 없이 독자(완벽한 독자)가 책의 저자가 되는 어떤 과정이 끼어든다"(p. 57). 좀더 뒤에는, "서문은 우리, 서문을 읽는 우리, 서문을 읽느라 골몰한 우리에게 설명하고 있다"(p. 58).

적 상징, 온갖 지혜가 담긴 상자로 비유하고 있다: 옮긴이], 책이 숨기고 있고 드러나게 하며 음미하게 하는 "뼈와 골수" 등의 표현이 그렇다. 똑같은 "은유적 광시곡 rhapsodie métaphorique"(pp. 33 이하)이 그 자체에 대한 텍스트의 대상 지시와 독자와 텍스트의 관계를 지배하는데, 우리는 거기서 작가가 동일한 성서의 다양한 의미에 대한 중세 이론을 재연하고 플라톤의 비유, 에라스무스의 우화, 교부철학의 은유를 반복하고 있음을 알 수 있다. 라블레의 텍스트는 그처럼 스스로가 그 본래의 대상 지시를 해석하려고 애쓴다. 그럼에도 불구하고 「서문」에서 꾸며지는 해석학은 너무 광시곡풍이라서 저자의 의도는 헤아릴 수 없게 되고, 독자의 책임이 짓누를 만큼 무거워진다.

샤를이 선택한 두 가지 예에서 우리가 말할 수 있는 것은, 텍스트에 담긴 독서 규정들이 독자로 하여금 방향을 잃게 해서 해방시켜버릴 정도로 모호하다는 점이다. 샤를도 그 점에는 동의하는데, 모습을 바꾸는 유희를 통해 텍스트의 미완결성을 드러내는 일이 바로 독서의 몫이라는 것이다.[113] 그때부터 텍스트의 효력은 텍스트의 취약성과 다르지 않다(p. 91). 그리고 야콥슨 Roman Jakobson의 정의에 따르면 메시지 자체를 향한 방향 설정을 강조하는 시학과, 효율적인 담론의 수사학, 그러니까 수신자를 향하고 있는 수사학 사이에는 부조화가 전혀 없다. "그 자체로서 본래의 목적성인 메시지가 언제나 물음을 던지는 한"(p. 78) 그렇다는 것이다. 열린 작품의 시학이라는 이미지 앞에서, 독서의 수사학은 규범적인 체계를 자처하기를 포기하고 "가능한 물음들의 체계"가 된다(*Remarque* I, p. 118).[114]

---

113) "작품의 미완결성 혹은 그 완결성이라는 전제는 '읽을 텍스트'를 구성하는 규제된 변형 과정을 은폐한다. 완결된 작품은 읽혀진 작품이며, 그와 동시에 모든 효력과 힘을 잃게 된다"(p. 61).

114) 그렇게 말하면서도 샤를은 텍스트에 포함된 독서에 대한 주장에서 벗어나지는 않는다. "결정이 자유롭다면, 그것은 (여전히) 텍스트의 영향이다"(p. 118). 영

샤를이 택한 마지막 텍스트들은 새로운 전망을 열어준다. "텍스트 안에서의 독서"(『독서의 수사학』 3부의 제목이다)를 추구함으로써 우리가 발견하는 것은, 오로지 독서가 드러내는 해석들과 관련해서 해석될 수밖에 없는 글쓰기다. 그와 동시에 미래의 독서는 그에 대한 글쓰기가 예상되는 미지의 독서다.[115] 극단적으로 구조는 독서의 영향effet에 지나지 않는다. 결국 구조 분석 자체가 독서 활동에서 비롯된 것이 아닌가? 하지만 "독서는 텍스트의 일부를 이루고 있으며, 그 안에 포함되어 있다"(p. 9)는 최초의 공식은 새로운 의미를 띠게 된다. 독서는 더 이상 텍스트가 규정하는 것이 아니라, 해석을 통해 구

___

향이라는 개념은 우리를 텍스트에서 나오게 하지만, 텍스트 속으로 나오게 한다. 나는 바로 거기서 샤를의 기획이 갖는 한계를 본다. 그의 독서 이론은 글쓰기 이론에서, 2부에서 뚜렷하게 나타나듯이 솔직하게 돌아가지 않을 때에도, 결코 벗어나지 못한다. 2부에서 Genette, Paulhan, Dumarsais와 Fontanier, Bernard Lamy, Claude Fleury, Cordomoy는 쓰고 말하고 논증하는 기술에 전적으로 연루되어 있는 읽는 기술을 가르치고 있지만, 거기서 설득하려는 의도를 간파할 수 있다는 조건에서만 그렇다. "텍스트, 글쓰기가 수사학을 통해 '회복되도록' 노력하는 것이 아니라, 텍스트, 글쓰기의 경험에 준해 수사학을 다시 읽는 것이 가능함을 보여주는 것이 문제다"(p. 211). 물론 수신자를 겨냥하는 것은 수사학적 관점을 정의하고, 수신자가 시학적 관점 속에 남겨져서 용해되지 않도록 하기에 충분하다. 그러나 수신자를 겨냥하는 것은 텍스트 속에 포함되어 있으며, 텍스트가 겨냥하는 것이라는 점에서 수신자가 하는 일은 여기서 고려되지 않는다. "『아돌프 Adolphe』의 구조를 분석한다는 것은 따라서 텍스트와 그에 대한 해석의 관계를 분석하는 것이다. 그 두 가지 요소들 가운데 어느 것도 따로 떼어낼 수 없기 때문이다. 구조는 [……] 텍스트 속에 미리 존재하는 질서 원리가 아니라, 독서에 대한 텍스트의 '대답'을 가리킨다"(p. 215). 텍스트 수용의 역사는 새로운 수용에 포함되며, 그렇게 해서 현재의 그 의미 작용에 기여한다는 점에서 여기서 샤를의 『독서의 수사학』은 나중에 보게 될 야우스의 『수용미학 Esthétique de la réception』과 만난다.

115) 사실상 샤를이 고전수사학을 다시 읽는 데 그렇게 관심을 기울이는 것은, 오로지 영향을 통제하려는 규범적 수사학의 한계를 지적하기 위해서다. "수사학이 그러한 한계를 스스로 인정하지 않는다면, 가능한 해석들에 따라 담론을 검토하고 그것을 어떤 미지의 것, 즉 미래의 독서에 대해 예상함으로써, '읽는 기술'로 분명히 돌아서게 될 것이다"(p. 211).

조를 확실하게 드러내는 것이다.[116]

뱅자맹 콩스탕 Benjamin Constant의 소설 『아돌프』에 대한 분석은, 저자가 우연히 발견된 수고본의 독자에 지나지 않는 것처럼 꾸며져 있고, 게다가 작품 내적인 해석들은 모두가 잠재적인 독서를 이루고 있다는 점에서, 그러한 사실을 예증하기에 특히 적합하다. 그때 이야기, 해석 그리고 독서는 서로 겹치는 경향을 보인다. 여기서 샤를의 명제는 뒤집어지는 바로 그 순간 온전한 힘을 발휘하게 된다. 즉 독서는 텍스트 속에 있으나, 텍스트의 글쓰기는 미래의 독서를 예견한다는 것이다. 그와 동시에 독서를 규정한다고 간주되는 텍스트는 미래의 독서와 동일한 불확정성과 불확실성의 타격을 입게 된다.

보들레르의 『산문시 Petits Poèmes en prose』 가운데 하나인 「개와 플라스크 Le chien et le flacon」에 대한 연구에서도 비슷한 역설이 생긴다. 한편으로 텍스트는 직접적 수신자인 개를 통해 간접적 수신자인 독자를 담고 있다. 독자는 본래 텍스트 속에 있으며, 이 점에서 "그 텍스트는 반박의 여지가 없다"(p. 251). 그러나 텍스트가 테러리스트적인 몸짓으로 독자를 움켜쥐는 것처럼 보이는 바로 그 순간 수신자는 이중화됨으로써 유희 공간, 다시 읽음으로써 자유로운 공간으로 바뀔 수 있는 유희 공간이 열리게 된다. 그러한 "독서의 반성성" —— 여기서 나는 야우스의 의견에 따라 후에 내가 반성적인 독서라고 부르게 될 것의 메아리를 듣는다 —— 덕분에 독서 행위는 텍스트 속에 포함된 독서에서 벗어나 텍스트에 응답할 수 있게 된다.[117]

샤를이 선택한 마지막 텍스트 —— 라블레의 『제4서 Quart Livre』 ——

---

116) *Remarque* IV는 공식을 다시 언급하고 있다. "어떤 텍스트의 독서는 그 텍스트 속에 표시된다." 그러나 이어서 이렇게 고친다. "독서는 텍스트 안에 있다. 하지만 그 안에 씌어 있는 것은 아니다. 독서는 텍스트의 미래다"(p. 247).

117) "라블레의 작품을 하나의 텍스트로 만드는 무한한 독서"를 언급하면서 샤를은 이렇게 단언한다. "담론의 유형학은 독서의 유형학과, 장르의 역사는 독서의 역사와 겹쳐져야 한다"(p. 287). 그것이 바로 우리가 이 부분에 이어 다룰 내용이다.

는 역설을 심화시킨다. 다시 한 번, 저자가 텍스트와 관련하여 입장을 취하고, 그렇게 함으로써 해석의 가변성을 설정한다는 것이다. "라블레의 텍스트는 그 뒤를 잇는 장황한 주석과 해설, 그리고 해석을 마치 모두 예견했던 것처럼 보인다"(p. 287). 하지만 그 장황한 행렬은, 반작용으로, 텍스트를 "해석에 도전하는 기계"(p. 287)로 만들어버린다.

『독서의 수사학』은 바로 이러한 역설의 정점에 이르는 것처럼 보인다. 한편으로 저자가 여러 번 요구하는 대로 "텍스트 속의 독서"라는 명제를 엄밀한 의미로 받아들이게 되면, 부드가 말한 신빙성 없는 화자에 의해 낌에 빠지고 변질된 독자가 그렇게 보였던 것과 같은 조작된 독자가 아니라, 그 나름의 독서에 대해 미리 운명짓고 있는 법령으로 말미암아 공포에 떠는 독자라는 이미지가 생겨난다. 다른 한편으로 무한한 독서라는 관점은 그것을 규정하는 텍스트 자체를 끝없이 구조화함으로써 독서에 불안스런 불확정성을 되돌려준다. 샤를이 왜 자신의 저서 첫 대목에서부터 제약과 자유에 동등한 기회를 주었는가를 우리는 나중에서야 이해하게 된다.

독서 이론들의 영역에서 그 역설은 『독서의 수사학』을 중간적인 위치, 설득 전략의 근원지, 다시 말해서 내포된 저자를 주목하게 만드는 분석과 독서 행위를 독서의 최종 심급으로 설정하는 분석, 둘 사이의 중간에 자리잡게 한다. 이제 독서 이론은 더 이상 수사학에 속하지 않고, 해석학으로 옮아가게 될 것이다.[118]

---

118) 샤를은 그렇게 나아가도록 하는 동시에 이를 금지한다. "그처럼 보들레르의 텍스트에는 그 수사학적 위상이 가변적인 요소들이 있다. 그러한 가변성은 독서의 역학을 만들어낸다"(p. 254). 여기서 샤를의 관심을 끄는 것은 그러한 독서의 역학만이 아니라 해석들의 놀이가 결국 텍스트, "독서의 잔해 위에서 재구성되는 반성적인 텍스트"(p. 254)를 구성하는 것이라는 사실이다. 텍스트의 반성성은 텍스트로 되돌아간다. 독서 행위에 대한 관심이 결국은 언제나 독서에서 비롯된 구조에 대한 관심으로 인해 소멸되는 것은 그 때문이다. 그런 의미에서 독서 이

Ⅲ. 독서의 현상학과 미학

순전히 수사학적인 관점에서 보자면 독자는, 내포된 전략이 무엇보다도 은폐되어 있다는 점에서, 궁극적으로 내포된 저자가 선동하는 전략의 제물이자 희생양이다. 여기서 독자의 반응, 내포된 저자의 전략 요소에 대한 반응을 강조하는 또 다른 독서 이론이 요구된다. 미학이란 용어에 그리스어 '아이스테시스 aisthèsis'〔감각으로 느낄 수 있는 능력을 지칭한다: 옮긴이〕가 부여하는 폭넓은 의미를 복원시키고자 한다면, 그리고 작품이 독자에 대해 무언가 작용을 함으로써 영향을 미치는 다양한 방식을 탐구하는 것을 주제로 삼고자 한다면, 시학을 풍성하게 하는 새로운 구성 요소는 이제 "수사학"보다는 오히려 "미학"에 속하게 된다. 그와 같이 영향을 받은 독자가 특별한 것은 바로 특별한 유형에 속하는 경험을 통해, 텍스트를 읽는 **행동** 자체가 텍스트의 수용을 가리키게끔 하는 수동성과 능동성을 결합한다는 것이다.

『시간과 이야기』 1부에서 예고했던 것처럼[119] 시학을 보완하는 이러한 미학은, 이저 W. Iser가 말한 것처럼 개별적인 독자에게 미치는 영향과 독서 과정에서 독자의 반응[120]을 강조하는가, 아니면 야우스

론은 여전히 글쓰기 이론의 변이체다.

119) 『시간과 이야기』 1권, p. 171(번역본).

120) Wolfgang Iser, 『내포된 저자, 버니언에서 베케트까지 허구 소설에서의 의사소통 유형 *The Implied Reader, Patterns of Communication in Prose Fiction from Bunyan to Beckett*』(Baltimore and London: The Johns Hopkins University Press, 1975), 11장: 「독서 과정 ― 현상학적 접근」, 『독서 행위, 미학적 영향에 대한 이론 *Der Akt des Lesens, Theorie Ästhetischer Wirkung*』(München: Wilhelm Fink, 1976): 영역본, *The Act of Reading: a Theory of Aesthetic Response*, Baltimore and London: The Johns Hopkins University Press, 1978. 불역, Evelyne Sznycer, *L'Acte de lecture, Théorie de l'effet esthétique*, Bruxelles: P. Mardaga, 1985. 이저가 이전에 쓴 논문에는 『텍스트의 호소 구조. 문학적 산문의 효과 조건으로서의 불

가 말한 대로 집단적 기대의 층위에서의 대중(大衆)의 반응을 강조하는가에 따라 두 가지 형태를 띤다. 그 두 미학은, 하나는 현상학적 심리학을 다른 하나는 문학사를 개혁하려고 한다는 점에서, 서로 상반되는 것처럼 보일 수도 있다. 하지만 사실상 그 둘은 각기 또 다른 하나를 전제하며, 텍스트는 바로 개별적인 독서 절차를 거쳐 그 "호소 구조structure d'appel"를 드러내는 것이다. 다른 한편으로 독자가 잠재적 독자로 구성되는 것은 바로 대중 속에 침전되어 있는 기대에 참여한다는 점에서 그렇다. 독서 행위는 그처럼 대중에 의한 작품 수용의 역사를 이루는 고리가 된다. 수용미학에 의해 새롭게 만들어진 문학사는 그러므로 독서 행위의 현상학을 포함한다고 주장할 수 있다.

이러한 독서 행위의 현상학에서 논의를 시작하는 것이 합당하다. 왜냐하면 설득의 수사학은 바로 그러한 현상학에서 맨 처음 반론에 마주침으로써 그 첫번째 한계를 알게 되기 때문이다. 설득의 수사학이 당연히 작품이 아니라 내포된 저자의 전략──드러나기도 하고 감추어져 있기도 하다──의 일관성에 기대고 있다면, 현상학은 문학 텍스트의 완결되지 않은 양상에서 출발한다. 로만 잉가르텐Roman Ingarden은 두 편의 역작(力作)을 통해 처음으로 이러한 점을 부각시켰다.[121]

확정성 Die Appelstruktur der Text. Unbestimmtheit als Wirkungsbedingung literarischer Prosa』(1966)이라는 제목이 붙어 있다. 그 논문의 영역본 제목은 「허구소설에서 독자의 반응으로서의 불확정성」(in J. Hillis-Miller〔éd〕, 『이야기의 양상Aspects of Narrative』〔New-York and London: Columbia University Press, 1971〕)이다.

121) 로만 잉가르텐Roman Ingarden, 『문학 예술 작품 Das literarische Kunstwerk』, 초판(Halle: Niemeyer, 1931); 2판(Tübingen: Niemeyer, 1961); 영역본, George G. Grabowicz, The Literary Work of Art (Northwestern University Press, 1974). 『문학 예술 작품의 인식 A Cognition of the Literary Work of Art』(Northwestern

잉가르덴에게 텍스트는, 독자가 구체화해야 하는 서로 다른 "개략적 시야들vues schématiques"을 제공한다는 뜻에서 일차적으로 완결되지 않은 것이다. 여기서 구체화란 이미지로 그려보는 활동으로 이해해야 한다. 바로 그 활동을 통해서 독자는 텍스트에 의해 진술된 인물들과 사건들을 그려보려고 애쓰는 것이다. 이렇게 이미지를 통해 구체적으로 그려보는 작업과 관련해서, 작품은 빈틈과 "확정되지 않은 곳"을 보여준다. 구체화 작업의 대상인 "개략적 시야들"이 아무리 유기적으로 구성되어 있다 하더라도, 텍스트는 매번 다르게 연주할 수 있는 악보와도 같은 것이다.

두번째로, 텍스트가 제안하는 세계가 일련의 문장들 — 어떤 세계를 겨냥하기 위해서는 하나의 전체로 만들어야 하는 문장들 — 의 지향적 상관 요소intentionale Satzkorrelate로 정의된다는 점에서, 텍스트는 완결되지 않은 것이다. 잉가르덴은 후설의 시간 이론을 활용하여 이것을 텍스트 속에서의 문장들의 연속적인 연쇄 관계에 적용함으로써, 각각의 문장이 어떻게 그 자체 너머로 솟아오르고, 해야 할 어떤 것을 가리키며, 전망을 열어주는가를 보여준다. 문장들이 이어짐에 따라 그처럼 시퀀스를 예상하는 행위에서 우리는 후설의 미래 지향을 볼 수 있다. 그런데 그러한 과거 지향과 미래 지향의 유희는 오직 나름의 기대 유희 속에서 그것을 받아들이는 독자가 책임을 지는 경우에만 텍스트 속에서 기능을 발휘한다. 그러나 지각된 대상과는 달리, 문학적 대상은 그러한 기대를 직관적으로 "채우지" 못하고, 다만 수정할 따름이다. 기대를 수정하는 그러한 유동적인 과정이 앞에서 말한 이미지로 구체화하는 활동을 이룬다. 그것은 텍스트를 따라 여행을 하며, 실제로 수정된 모든 내용을 요약함으로써 기억 속에 "빠지게" 만들고, 새롭게 수정할 목적으로 새로운 기대에 자신을 열

University Press, 1974).

어두는 것으로 이루어진다. 오로지 그러한 과정만이 텍스트를 하나의 작품으로 만드는 것이다. 작품은 텍스트와 독자의 상호 작용에서 생긴다고 말할 수 있을 것이다.

이저는 잉가르덴을 거쳐 받아들인 이러한 후설의 지적들을 손질하여 독서 행위의 현상학에 괄목할 만한 진전을 가져온다.[122] 그에게서 가장 독창적인 것은 "옮겨다니는 시점 point de vue voyageur" (p. 377)이라는 개념이다. 이 개념이 표현하고 있는 것은, 텍스트의 모든 것이 동시에 지각될 수는 없으며, 문학 텍스트의 내부에 자리잡고 있는 우리 자신은 독서가 진행됨에 따라 텍스트와 함께 옮겨다니는 것이라는 이중의 사실이다. 대상을 파악하는 이러한 방식은 "허구 텍스트의 미적 객관성을 포착하는 데 적합" (p. 178)하다. 옮겨다니는 시점이라는 개념은 과거 지향과 미래 지향의 유희에 대한 후설의 설명과 완벽하게 일치한다. 독서 과정 전체에 걸쳐 수정된 기대와 변형된 기억들을 바꾸는 놀이가 이어지는 것이다(p. 181). 뿐만 아니라 이 개념은 문장 차원의 과거 지향과 미래 지향들의 놀이라고 부를 수 있는 것을 통해 텍스트가 문장에서 문장으로 구성되게끔 하는 종합적 과정을 독서의 현상학에 통합한다. 경험적 세계의 기술(記述)에서 빌려

---

122) 『독서 행위 L'Acte de lecture』, 3부, 「독서의 현상학」, pp. 195~286(불역, pp. 245~86). 이저는 체계적인 저서의 한 장(章)을 전부 할애하여 "수동적 종합"이라는 후설의 개념을 독서 이론에 따라 재해석한다. 수동적 종합은 명시적인 판단에까지는 미치지 못하는, 상상 세계의 차원에서 이루어진다. 인물, 줄거리 구성, 서술적 목소리, 끝으로 독자에게 지정된 연속적인 위치를 강조하고 있는가에 따라 수동적 종합은 텍스트 속에 산재한 기호들의 목록과 "텍스트적 관점"의 변주를 자료로 갖게 된다. 그러한 관점들의 놀이에 옮겨다니는 시점의 유동성이 덧붙여진다. 그렇게 해서 수동적 종합 작업은 독서 의식에서 수월하게 벗어난다. 그러한 분석들은 『상상력 Imagination』에서 사르트르의 분석, 『미적 경험의 현상학 Phénoménologie de l'expérience esthétique』에서 뒤프렌 Mikel Dufrenne의 분석과 완전히 일치한다. 이미지로 그려보는 의식의 현상학 전체는 그처럼 독서의 현상학에 통합된다. 문학적 대상은 기실 상상 속의 대상이다. 텍스트가 제공하는 것은 독자의 상상 세계를 안내하기 위한 도식이다.

온 대상들을 실제적 용도에서 떼어낸다 dépragmatisation는 개념도 중요하다. "그처럼 실제적 용도에서 떼어냄으로써 이제는 대상을 밖으로 나타내는 Bezeichnung 것이 아니라 나타난 것을 변형시키는 것이 중요하다는 사실이 드러난다"(p. 178).

이러한 독서의 현상학이 가지고 있는 풍성함은 제쳐두고, 나는 설득의 수사학에 대한 독자의 반응[123]뿐만 아니라 맞대응을 표시하는 특징들의 풍성함에 주의를 기울일 것이다. 그 특징들은 독서 행위의 변증법적 특성을 부각시키고, 마치 꿈 활동에 대해 말하듯이 독서 활동에 대해 말하게 하는 특징들이다. 독서는 그러한 변증법적 특성에 힘입어 텍스트를 움직인다.

우선 현대 소설의 등장과 함께 독서 행위는 기만 déception 전략 —— 조이스의 『율리시스 Ulysse』가 잘 보여주는 전략이다 —— 에 대한 맞대응이 되는 경향이 있다. 즉 즉각적으로 읽을 수 있는 형상화에 대한 기대를 어긋나게 하고, 작품을 형상화하는 짐을 독자의 어깨 위에 얹어놓는 전략에 대한 대응인 것이다. 그것은 독자가 형상화를 기대하고 있으며, 독서는 일관성을 탐색하는 것이라는 전제를 깔고 있다(이러한 전제가 없다면 그러한 전략의 근거도 사라질 것이다). 나는 여기서 바로 독서 그 자체가 불협화음을 내포한 화음의 드라마가 된다고 말할 것이다. 잉가르덴의 표현을 빌리자면 "미확정의 자리

---

123) 독일어의 'Wirkung'은 영향과 반응이라는 이중의 뜻으로 쓰인다. 이저는 자신의 구상을 야우스의 구상과 구별하기 위해서 수용 이론 Rezeptionstheorie이라는 표현보다는 "영향 이론 Wirkungstheorie"이라는 표현을 선호한다("머리말"[X], 13). 그러나 이른바 텍스트와 독자 사이의 상호 작용은, 그러한 상호 작용의 변증법적 양상들이 보여주듯이, 텍스트의 일방적인 효율성 이상의 것을 내포하고 있다. 게다가 수용 이론은 문학적이라기보다는 사회학적이라는 주장("영향 이론은 텍스트 속에, 수용 이론은 독자의 역사적 판단 속에 닻을 내리고 있다"[p. 15])에 대해 우리는 문학적 영향에 대한 이론은 오히려 [……] 문학적이라기보다는 심리학적인 것이 될 위험이 있다고 반박할 수 있다.

Unbestimmtheitsstellen"는 이제 이미지를 통한 구체화에 대해서 텍스트가 보여주는 빈틈을 가리킬 뿐만 아니라, 그 본래의 수사학적 층위에서 텍스트 자체에 통합된, 어긋나게 하기 전략에서 비롯되는 것이기 때문이다. 따라서 그것은 작품을 생각해 그려보는 일과는 전혀 다른 것으로, 바로 작품에 형태를 부여하는 것이다. 지나치게 가르치려 드는 작품, 그 지침이 어떠한 창조적 활동의 여지도 남겨두지 않는 작품이 주는 권태에 위협받는 독자와는 반대로, 현대의 독자는 저자가 주도하는 가독성의 결핍을 보충하지 않을 수 없게 됨으로써 그 불가능한 과제가 만든 무거운 짐에 짓눌려버릴 위험이 있는 것이다. 독서는 결국 저자가 말을 가져오고 독자는 의미 작용을 가져오는, 그러한 소풍놀이가 된다.

독서를 전투와 다름없는 것이 되게 하는 이러한 첫번째 변증법은 두번째 변증법을 불러온다. 그것은 독서 활동이 드러내는 것은 확정성의 결핍만이 아니라 의미의 과잉이기도 하다는 것이다. 모든 텍스트는, 아무리 체계적으로 불완전하다 할지라도, 마치 독서가 불가피하게 선택적인 그 특성으로 인해 텍스트 안에 씌어 있지 않은 측면을 드러내듯이, 무궁무진하게 읽을 수 있음이 드러난다. 독서가 다른 무엇보다도 그려보고자 애쓰는 것은 바로 그러한 측면이다. 독서와 관련하여 텍스트는 그처럼 번갈아 결핍과 과잉의 상태로 나타난다.

이러한 일관성의 탐색이라는 지평 위에 세번째 변증법이 모습을 드러낸다. 탐색이 너무 성공하면 친숙하지 않은 것이 친숙해지고, 독자는 자신이 작품에 의기투합하여 그것을 믿고, 결국 그 속에 빠져버린다. 그러므로 구체화는 본다고 믿는다는 뜻에서의 환상이 된다.[124]

---

124) 곰브리치 E. H. Gombrich는 다음과 같이 즐겨 말한다. "일관성 있는 독서가
〔……〕 하려고 할 때마다, 환상이 우세해진다." 『예술과 환상 Art and Illusion』
(London, 1962), p. 204(『내포된 독자』, 앞의 책, p. 284에서 재인용. 불역.
Guy Durand, 『예술과 환상, 회화적 재현의 심리학 L'Art et l'Illusion, Psychologie

반대로 탐색이 실패하면 낯선 것은 낯설게 남아 있고, 독자는 여전히 작품의 문 앞에 남게 된다. "좋은" 독서란 따라서 어느 정도의 환상 —— 콜리지 Coleridge가 권유한 "불신의 자발적 유예"의 다른 이름이 다 —— 을 허용하는 동시에, 의미의 과잉과 작품의 다의미성을 통해 텍스트와 그 지침을 따르려는 독자의 모든 노력에 타격을 입히는 반증을 받아들이는 독서다. 독자의 입장에서 낯설게 하기는 텍스트와 그 내포된 저자의 입장에서는 실제적 용도에서 떼어내기에 상응한다. 작품에 대한 "좋은" 거리란 환상을 잇달아 거부할 수도 없고 견딜 수도 없게 만드는 거리다. 그러한 두 가지 충동 사이의 균형은 결코 이루어진 적이 없다.

이 세 가지 변증법을 고려함으로써 독서는 살아 있는 경험이 된다.

바로 여기서 "미학" 이론은 설득의 수사학적 입장에서 독서를 해석하는 것과는 현저하게 다른 해석을 가능하게 한다. 가장 싼값으로 독자의 요구를 충족시키는 저자가 독자를 가장 존중하는 저자는 아니다. 조금 전에 우리가 말한, 대조를 이루는 놀이를 펼치기 위해 가장 넓은 여지를 남겨두는 저자가 가장 독자를 존중하는 저자다. 한편으로 문학 장르, 주제, 사회적일 뿐만 아니라 역사적인 맥락과 관련하여 친숙한 것의 목록을 독자와 공유함으로써, 그리고 다른 한편으로는 독서를 통해 쉽사리 알아차릴 수 있고 받아들일 수 있다고 생각되는 모든 규범과 관련하여 낯설게 하는 전략을 실천함으로써, 저자는 자신의 독자에게 충격을 줄 수 있다. 이 점에서 우리는 "신빙성 없는" 화자에 대해 부드보다는 좀더 과감한 판단을 내릴 수 있는데, 즉 화자는 환상 만들기에 대한 해독제로 요구되는 단절 전략의 일부가 되는 것이다. 이러한 전략은 능동적인 독서, 하나를 잃으면 하나를 얻게 되는 그러한 놀이에서 어떤 일이 일어난다고 말할 수 있게 하는 독서

de la représentation picturale』(Paris: Gallimard, 1971).

를 촉발하는 데 가장 적합한 전략들 가운데 하나다.[125] 독자의 입장에
서는 얻은 것과 잃은 것의 무게를 달아볼 수 있는 저울을 알 수가 없
다. 그 때문에 독자는 그에 관해 말하고 표명할 필요가 있는 것이다.
비평가는 그처럼 갈피를 못 잡는 상황 속에 감추어져 잘 드러나지 않
는 잠재적 가능성을 밖으로 이끌어낼 수 있도록 독자를 도와줄 수 있
는 사람이다.

기실 갈피를 잡지 못하는 정지 상태로부터 다시 방향이 설정되는
역학이 만들어졌는지는 독서가 끝난 다음에야 결정할 수 있다.

이러한 영향-반응 이론의 이점은 뚜렷하다. 즉 텍스트에 의해 제공
되는 표지들과 종합적 독서 활동 사이의 균형을 찾게 되는 것이다.
그러한 균형은 역동성의 불안정한 영향인데, 그로써 구조라는 용어로
표현되는 텍스트의 형상화는 경험이라는 용어로 표현되는 독자의 재
형상화 활동과 어깨를 겨루게 된다. 그러한 살아 있는 경험은 이번에
는 그 속에 내포된 부정성, 즉 실제적인 용도에서 떼어내는 것과 낯
설게 하기, 주어진 것을 상상하는 의식으로 역전시키는 것, 환상의
단절과 같은 부정성에 근거한, 진정한 변증법으로 구성되어 있다.[126]

바로 그 점에서 "내포된 독자"라는 범주를 허구의 수사학이 제시하
는 "내포된 저자"라는 범주와 꼭 들어맞는 상대방으로 삼을 수 있는

---

125) 이저는 버나드 쇼의 『바바라 소령 *Major Barbara*』에 나오는 말을 인용한다. "당
  신에게 언제나 어떤 것을 잃어버렸다는 인상을 주는 어떤 것을 당신은 알게 되
  었소"(『내포된 독자』, 앞의 책, p. 291에서 인용).
126) 나는 이저가 제시하고 있는 독서 활동을 이처럼 간략하게 검토하면서, 그가 문
  학 작품에 대상 지시적 기능을 부여하는 것에 대해 제기하고 있는 비판에 대해
  서는 언급하지 않을 것이다. 그의 견해에 따르면 그것은, 기존 규범들의 목록과
  같은 이미 만들어져 있고 미리 주어진 의미 작용에 작품을 굴복시킨다는 것이
  다. 우리와 같은 해석학적 입장, 즉 작품 뒤에서 아무것도 찾지 않고, 반대로 탐
  색하고 변형시키는 그 능력에 주목하는 입장에서는, 일상 담론과 과학적 담론의
  진술에서 볼 수 있는 것처럼 대상 지시적 기능을 외연적 기능과 동일시한다는
  것은 독서라는 실제적 행동이 전개되는 측면 자체에서 허구의 실효성을 정당하게
  평가하지 못하게 한다.

자격이 독서의 현상학에 주어진 것이 아닌가?

  일견 내포된 저자와 내포된 독자가 각기 텍스트 속에 그 표지를 갖고 있기 때문에 그 사이에는 대칭성이 성립되는 것처럼 보인다. 따라서 내포된 독자라는 말은 텍스트의 지침에 따라 독자에게 부여되는 역할을 뜻하는 것으로 이해해야 한다. 내포된 저자와 내포된 독자는 그처럼 텍스트의 의미론적 자율성과 양립할 수 있는 문학적 범주가 된다. 그 둘은 텍스트 속에 구성된 존재로서 실재 존재의 허구화된 상관물이다. 내포된 저자는 작품의 독특한 양식과 동일시되며, 내포된 독자는 작품의 발신자가 말을 건네는 수신자와 동일시된다. 하지만 대칭성은 결국 속임수임이 드러난다. 한편으로 내포된 저자는 실제 저자가 변장한 것이며, 실제 저자는 작품에 내재한 화자 — 서술적 목소리 — 가 되면서 사라지는 것이다. 반면 실제 독자는 화자의 설득 전략이 겨냥하는 내포된 독자가 구체화된 것이다. 그에 비해 내포된 독자는 현실화되지 않는 한 잠재적인 것에 머물러 있다.[127] 따라서 실제 저자가 내포된 저자 속에 사라진다면, 내포된 독자는 실제 독자 속에서 구체화된다. 작품의 의미 작용이 생겨나게 되는 상호 작용에서 텍스트의 반대 축은 바로 그러한 실제 독자다. 즉 독서 행위의 현상학에서 문제가 되는 것은 바로 실제 독자인 것이다. 겨냥된 독자와 이상적 독자, 유능한 독자, 작품과 동시대의 독자, 오늘의 독자 등 이런저런 독자를 구분함으로써 야기되는 아포리아에서 벗어났다는 점에서, 나는 이저에게 경의를 표하고 싶다. 그러한 구분들이 근거가 없다는 것이 아니라, 독자의 그 다양한 모습들은 내포된 독자가 여전히 어떤 변수로 남아 있는 텍스트 구조 밖으로 한 걸음도 나

---

127) 주네트도 『이야기의 새로운 담론』(Paris: Seuil, 1983)에서 비슷한 신중함을 보인다. "독자의 머리 속에서는 실제 저자에 대한 관념인 내포된 저자와는 반대로, 실제 저자의 머리 속에서 내포된 독자는 가능한 독자에 대한 관념이다. [……] 따라서 어쩌면 내포된 독자를 요컨대 잠재적 독자라고 다시 이름 붙여야 할 것이다"(p. 103).

가지 못하게 한다는 것이다. 반면에 독서 행위의 현상학이 상호 작용의 주제를 제대로 펼치기 위해서는 텍스트 속에서 그리고 텍스트를 통해 미리 구조화된 독자의 역할을 실행함으로써 텍스트를 변형시키는, 뼈와 살을 가진 독자를 필요로 한다.[128]

앞에서 말했듯이 수용미학은 두 가지 의미로 해석될 수 있다. 하나는 이저가 주장하듯이, "미학적인 영향-반응" 이론에서 독서라는 개인적 행위의 현상학이라는 뜻으로, 다른 하나는 야우스의 『수용미학』에서 보듯이 작품의 공적인 수용에 대한 해석학이라는 뜻으로 말이다. 그러나 우리가 말했듯이 그 두 가지 접근 방법은 어디에선가, 정확히 말해서 '아이스테시스aisthèsis'에서 서로 만난다.

수용미학이 그러한 교차 지점에 이르게 되는 움직임을 따라가보자.

야우스의 『수용미학』이 애초에 표명한 목표[129]는 독서 행위의 현상학적 이론을 보완하는 것이 아니라, "언제나 더 커져만 가는, 그리고

---

128) 내포된 독자와 실제 독자 사이의 관계에 대해서는 『독서 행위』[50~67](60~76)를 참조할 것. 내포된 독자라는 범주는 주관주의, 심리주의, 정신주의, "감정적인 궤변"이라는, 독서의 현상학에 가해진 비난을 반박하는 데 주로 사용된다. 이저에게서도 내포된 독자는 실제의 모든 독자와 뚜렷하게 구별된다. "내포된 독자는 그 어떤 경험적 실체에 닿을 내리고 있는 것이 아니라, 텍스트 자체에 들어 있다"[60](70). "요약하자면, 내포된 독자라는 개념은 허구 텍스트가 어떻게 영향을 낳고 의미를 얻게 되는지를 설명하게끔 하는 선험적 모델이다"[66](75). 사실상 서로 교정함으로써 새로운 것을 발견하는 개념으로 간주되는, 독자라는 문학적 범주들의 확산에 직면해서 독서 행위의 현상학은, 텍스트와 실제 독자 사이의 역동적인 상호 작용에 바쳐진 『독서 행위』 3부에서 볼 수 있듯이, 그처럼 새로운 것을 발견하는 개념들의 순환을 벗어나 뛰어오르게 한다.

129) Hans Robert Jauss, 『도전으로서의 문학사 Literaturgeschichte als Provokation』(Frankfurt: Suhrkamp, 1974). 이 긴 시론은 "문학 이론에 대한 도전으로서의 문학사"라는 제목으로 1967년 콘스탄체 대학교에서 가졌던 취임 강연에서 비롯된다. 프랑스어로는 "문학사 — 문학 이론에 대한 도전"이라는 제목으로 번역되어 『수용미학을 위하여 Pour une esthétique de la réception』(Paris: Gallimard, 1978, pp. 21~80)에 실려 있으며, 스타로뱅스키Jean Starobinski의 뛰어난 서문도 읽을 수 있다.

결코 부당하다고는 할 수 없는 불신 속에 빠져버렸다"(불역, p. 21)[130]
고 대뜸 말해지고 있는 문학사를 쇄신시키는 것이었다. 몇몇 중요한
명제들이 『수용미학』을 구성하고 있다.

나머지 명제들이 파생되는 중심 명제는 문학 작품의 의미 작용의
기초를 작품과 그 시대의 독자 사이에서 설정되는 대화적dialogisch[131]
관계에 둔다. 역사란 역사가의 정신 속에서 과거를 다시 실행하는 것
에 불과하다는 콜링우드의 명제와 유사한 그 명제는, 작품에 의해 만
들어진 영향, 달리 말해서 독자가 그에 부여하는 의미를 결국 작품이
둘러싸고 있는 영역 속에 포함시키게 한다. 책의 제목에서 예고된 도
전이란 실제의 의미 작용과 수용 사이의 그러한 방정식으로 이루어
진다. 그런데 현재의 영향만이 아니라, 가다머의 철학적 해석학 고유
의 표현을 빌리자면 "영향사histoire des effets"도 고려되어야 한다.
그러므로 고려된 문학 작품의 기대 지평,[132] 즉 장르만이 아니라 주
제, 일차적 발신자에게서 존재하는 시적 언어와 일상적인 실천적 언
어 사이의 대립 정도(나중에 우리는 그러한 중요한 대립에 대해 다시
언급할 것이다)와 관련하여 이전의 전통에 의해 만들어진 대상 지시

---

130) 야우스는 일련의 불행들, 수용 이론은 독서 심리학과 유사한 취미의 사회학으로
귀착될 수도 있으며, 독서 행위의 현상학 측면에서도 그리로 되돌아갈 수도 있
다는 상존하는 위험은 말할 것도 없고, 예컨대 심리-전기로 빠져들던가, 마르크
스주의적인 독단론에 의해 문학의 사회적 영향을 사회경제적 하부 구조의 단순
한 반영으로 환원시킨다든가, 구조주의 시대에 자기 충족적인 실체로서 설정된
텍스트 바깥을 고려하는 모든 시도에 대해 문학 이론 그 자체가 갖는 적의가 겹
쳐 문학사가 잃게 되었던 위엄과 전문성을 회복시키기를 꿈꾼다.

131) 독일어 'dialogisch'를 반드시 프랑스어로 'dialectique'으로 번역해야 하는 것은
아니다. 바흐친Bakhtine의 작업과 프랑시스 자크Francis Jacques의 작업은 "대화
적dialogique"이라는 용어에 반박할 수 없는 권리를 부여하고 있다. 수용의 대화
적 개념을 가에탕 피콩Gaëtan Picon의 『문예미학에 대한 서론 Introduction à
une esthétique de la littérature』(Paris: Gallimard, 1953)과 앙드레 말로의 『침묵의
길』과 결부시킨 점은 야우스의 공로로 돌려야 한다.

132) 이 개념은 후설에게서 빌려온 것이다. 『이념들 I』, §27, §82.

체계를 복원하지 않을 수 없다.[133] 그래서 『돈 키호테』에 나타난 패러디의 의미를 이해하려면 기사도 소설에 대한 그 당시 독자들의 친밀한 느낌, 그리고 그 결과 독자의 기대를 충족시키는 것처럼 한 뒤에 이를 정면으로 거스르는 작품이 낳는 충격을 재구성할 수 있어야 한다. 이 점에서 새로운 작품들의 경우는 그 주된 영향을 구성하는 지평의 변화를 분간하는 데 가장 유리하다. 그러므로 문학사를 세우는 데 결정적인 요소는 이미 존재하는 기대 지평과 작품 수용의 경계를 표시하는 새로운 작품 사이의 연속적인 미학적 괴리를 확인하는 것이다. 그러한 괴리는 수용의 부정적 계기를 구성한다. 그러나 아직 알려지지 않은 경험에 대한 기대 지평을 재구성한다는 것은, 작품이 그에 대해 대답하고 질문하는 놀이를 알아채는 것이 아니고 무엇이겠는가? 따라서 다시 한 번 콜링우드와 가다머의 의견을 따르자면, 영향, 영향사, 기대 지평이라는 관념에 질문과 대답의 논리, 그에 따르면 작품이 무엇에 대답하는지를 이해해야 그 작품을 이해할 수 있다는 논리를 덧붙여야 할 것이다.[134] 반대로 질문과 대답의 논리는, 역사가 괴리들의 역사, 그러니까 부정성의 역사에 불과하다는 관념을 수정하게 한다. 대답으로서의 작품의 수용은 과거와 현재, 혹은 과거의 기대 지평과 현재의 기대 지평 사이에서 어느 정도 중개 역할을 수행한다. 문학사의 주제는 바로 그러한 "역사적 중개 역할"에 있다.

이 지점에 이르러 우리는, 그러한 중개에서 비롯되는 지평들의 융

---

133) 야우스의 기획과 이저의 기획을 구별하려면 텍스트에 대한 모든 개인적 이해의 기초가 되는 기대 지평의 상호 주관적 특성과 그것이 만들어내는 영향에 주의를 기울이는 것이 중요하다(p. 51). 야우스는 그러한 기대 지평이 객관적으로 재구성될 수 있다는 점을 의심하지 않는다(p. 51~52).

134) 여기서 그랑제Granger가 『양식의 철학에 대한 시론 *Essai d'une philosophie du style*』에서 말한 양식이라는 개념과도 대조해보아야 한다. 어떤 작품을 독특한 것으로 만드는 것은, 그 자체가 해결해야만 하는 독특한 문제로 파악되는 상황에 대해 제시되는 특이한 해결책이다.

합이 작품에 초(超)역사적인 권위를 부여할 정도로까지 작품의 의미 작용을 지속적인 방식으로 안정시킬 수 있지 않은가 생각해볼 수 있다. "고전"[135]과 관련된 가다머의 명제와는 반대로, 야우스는 위대한 작품들의 영속성에서 수용의 역학이 잠정적으로 안정되어 있다는 것 외에는 인정하려 하지 않는다. 그에 따르면, 우리가 식별할 수 있도록 주어진 원형 prototype이라는 플라톤식 본질은 그 어떤 것이라도 질문과 대답의 법칙을 위반하게 될 것이다. 여하튼 우리 입장에서 고전적인 것도 처음에는 시간을 벗어난 것이 아니라 새로운 지평을 여는 것으로 받아들여졌다. 작품의 인지적 가치가 다가올 경험을 미리 그려보는 능력에 있다는 것에 동의한다면, 대화적 관계를 초시간적인 진리에 묶어두어서는 안 될 것이다. 영향사의 그러한 개방적 특성으로 말미암아 모든 작품은 이전의 질문에 대한 대답일 뿐만 아니라, 이번에는 새로운 질문의 원천이라고 말하게 된다. 야우스가 즐겨 인용한 블루멘베르크 H. Blumenberg에 따르면 "모든 작품은 '해결책'을 제시함과 아울러, 그 다음에 가능하게 될 해결책을 마치 주위를 둘러싸고 있는 지평처럼 그 뒤에 남겨둔다."[136] 그러한 새로운 질문들은 작품 앞으로 열려 있을 뿐만 아니라, 뒤로도 열려 있다. 그렇게 해서 바로크 시(詩)에서 그때까지는 깨닫지 못하고 있었던 잠재적 의미 작용이 후에 말라르메의 서정적인 신비성의 반작용을 통해서 풀려나는 것이다. 하지만 작품은 통시적인 측면에서 앞뒤만이 아니라 문학적 진화의 국면에서 행해지는 공시적 단면이 보여주듯이, 현재 속에서도 괴리를 만들어낸다. 여기서 우리는 어떤 주어진 순간에 "동시적인

---

135) 헤겔에 따르면, "고전적이라는 것은 '스스로에게 나름대로 자기의 의미를 만들어내고 Bedeutende, 그로써 나름대로 자기를 해석하는 것 Deutende'이다. [······] '고전적'이라 부르는 것은 우선 역사적 거리를 물리칠 필요가 없다. 일정한 중개를 통해 그 스스로가 그러한 승리를 거두기 때문이다"(『진리와 방법』 [274](129)).

136) 『시학과 해석학』 Ⅲ, p. 692. 앞의 책, p. 66에서 인용.

것과 동시적이지 않은 것의 순수한 공존"[137]을 선언할 정도로 문화의 전적인 이질성을 강조하는 이해 방식과, 질문하고 답하는 놀이를 통해 지평들을 재분배함으로써 생겨나는 전체화 효과를 강조하는 이해 방식 사이에서 주저할 수도 있다. 그렇게 해서 우리는 통시적인 측면에서 "고전"이 제기했던 것에 비할 만한 문제를 공시적인 측면에서 만나게 된다. 문학사는 그와 같은 역설들 가운데에서 그리고 그와 같은 극단들 사이에서 자신의 길을 헤쳐가야 하는 것이다.[138] 사실상 주어진 어떤 순간에 어떤 작품이 동시적이지 않고, 비현실적이며, 시기적으로 너무 이르거나 뒤떨어진(니체 Nietzsche라면 시의적절하지 않다 intempestif라고 말할 것이다) 것으로 받아들여질 수 있었던 것과 마찬가지로, 수용의 역사를 이용해서 작품들의 다원성은 독자가 자기 시대의 산물로 받아들이는 전체적인 그림을 그려보려 한다는 사실도 인정해야 한다. 통시적인 면에서 상대적으로 오래 지속되고 공시적인 면에서 강력한 통합력을 갖는, 지표가 되는 몇몇 위대한 작품들이 없다면 문학사는 불가능할 것이다.[139]

---

137) Siegfried Kracauer는 『증언. 아도르노 탄생 60주년 *Zeugnisse. Theodor W. Adorno zum 60, Geburtstag*』(Frankfurt, 1963), pp. 50~60, 야우스, 앞의 책, p. 69에 실린 「시간과 역사」에서 서로 다른 문화적 현상들이 그리는 시간 곡선들은 그 어떤 방식의 통합도 거부하는, 그만큼 "모양을 가진 시간 shaped times"을 이룬다. 그렇다면 어떻게 야우스가 말한 대로 그처럼 "수용의 각도에서 바라본 문학적 현상들의 다원성은 그럼에도 불구하고 그것을 자기 시대의 산물로 받아들이고, 기대와 추억과 예상으로 이루어진 공동 지평의 통일성 속에서 그 다양한 작품들 사이의 관계를 확립하고 작품들의 의미 작용 범위를 한정하는 독자의 입장에서는 여전히 재구성된다"(p. 71)고 단언할 수 있을까? 그 어떤 목적론도 개입하지 않는 것이 사실이라 할지라도, 작품의 역사적 영향이 그러한 전체화에 동참해야 한다는 것은 지나친 요구라 할 것이다. 플라톤이나 헤겔의 잔재가 보이는 가다머의 "고전" 개념에 대한 상당히 활발한 비판에도 불구하고, 야우스 또한 어떤 표준 규칙, 그것이 없다면 문학사는 아마도 방향을 잃게 될 규칙이 떠오르기를 숨어서 기다리는 것이다.

138) 야우스는 이와 관련하여 세르반테스의 『돈 키호테』에서의 패러디와 디드로의 『운명론자 자크』에서의 도발의 의미를 거론하고 있다(같은 책 p. 51).

예술 작품의 사회적 영향이라는 해묵은 문제에 비추어보면 이러한 명제들이 얼마나 풍요로운지를 알 수 있다. "텍스트에서 나오지" 못하게 하는 한정된 구조주의의 명제와 '자연의 모방에' 대한 진부한 주제를 사회적 차원으로 바꿔놓은 것에 불과한 독단적인 마르크스주의 명제 또한 마찬가지로 강력하게 거부해야 한다. 작품은 바로 수용자의 기대 지평 층위에서 야우스가 "예술 작품의 창조적 기능"[140]이라 부르고 있는 것을 실천한다. 그런데 문학 고유의 기대 지평은 일상적인 삶의 기대 지평과 일치하지 않는다. 어떤 새로운 작품이 미학적 괴리를 창조할 수 있는 것은 문학적 삶의 총체와 일상적인 실천 사이에 이미 괴리가 있기 때문이다. 기대 지평 그 자체가 보다 근본적인 비-동시성의 표현, 즉 주어진 문화에서 "시적 언어와 실천적인 언어, 상상 세계와 사회적 현실"(43)[141] 사이의 대립이라 할지라도, 새로운

---

139) 그러한 이율배반은 앞서 통시적 연구가 야기했던 것과 평행을 이룬다. 야우스는 여기서도 이질적인 다원성과 체계적인 통일의 양극단 사이에서 힘겨운 길을 개척한다. 그에 따르면, "독특한 작품들의 이질적인 다원성을 유기적으로 결합하고 그렇게 해서 어떤 순간의 문학사에서 전체화하는 체계를 발견하는 것이 가능할 것이다"(p. 68). 그러나 플라톤식의 모든 원형과 마찬가지로 헤겔식의 모든 목적론을 거부한다면, 어떻게 혁신과 수용의 연쇄를 특징짓는 역사성이 순전한 다원성 속에 용해되지 않도록 할 수 있겠는가? 최종적인 독자(그러한 독자는 종착점이기는 하지만 진행 과정의 목표는 아니라고 야우스는 말하고 있다. 앞의 책, p. 66) 바깥에서 또 다른 통합이 가능할까? "문학사의 유기적 결합"에 관해 말하면서 야우스는 이렇게 주장한다. "이를 결정하는 것은 작품들의 역사적 영향, 그 수용의 역사다. 그것은 '사건의 결과'이고 현재 관찰자의 견지에서 과거 문학의 유기적인 연속성을 구성하는 것이며, 거기서 오늘날의 모습이 비롯된다"(p. 72). 개념적으로 생각해서 수집할 수가 없기 때문에, 아마도 그러한 유기적 연속성의 원리는 정하기 힘들다고 해야 할 것이다.

140) 발견하는 동시에 변형시킨다는 미메시스에 대한 나의 생각은, 문학의 사회적 기능에 대한 명제를 옹호하는 사람이나 반대하는 사람들이 상정하고 있는 재현의 미학에 대한 야우스의 비판과 완전히 일치한다.

141) 『마담 보바리』 같은 작품이, 공공연하게 교화시키거나 비난하는, 보다 참여적인 문인들이 가치 있는 것으로 생각하는 개입보다 그 형식적인 혁신, 특히 자신의 여주인공에 대한 "불편부당한" 관찰자라는 화자의 도입을 통해 관습에 더 영향

수용은 그러한 기대 지평의 근본적인 특징 위에서 뚜렷이 드러난다. 조금 전에 문학의 사회적 창조 기능이라고 불렸던 것은 예술과 문학을 향한 기대와 일상 경험을 구성하는 기대가 유기적으로 결합되는 바로 그 지점에서 발휘된다.[142]

　문학이 가장 높은 생산성에 도달하는 순간은 아마도 독자가 답을 받아들여야만 하는 상황에, 그러니까 작품이 제기하는 미학적이고 도덕적인 문제를 구성하는 물음들을 독자 나름대로 찾아야만 하게끔 만드는 답을 받아들이는 상황에 처하는 때일 것이다.

　우리가 지금까지 그 명제들을 요약한 『수용미학』이 독서 행위의 현상학과 합류하여 그것을 보완할 수 있었던 것은, 문학사를 고쳐 쓴다는 최초의 논의를 확장해서 보다 야심적인 기획, 즉 **문학해석학**을 구성한다는 기획 속에 포함시킴으로써 가능해진다.[143] 이러한 해석학에

　　을 줄 수 있었다는 사실은 그러한 일차적 괴리를 통해 설명된다. 어느 시대의 도
　　덕적 딜레마에 대한 대답이 결핍되어 있다는 것은 관습에 영향을 미치고 실천을
　　변화시키기 위해 문학이 구사하는 가장 효과적인 무기가 될 수 있을 것이다. 플
　　로베르에서 브레히트에 이르는 계보는 바로 연결되어 있다. 문학은 어떻게 보면
　　이차적 괴리, 상상 세계와 일상 현실 사이의 일차적 괴리에 비하면 이차적인 괴
　　리를 만들어냄으로써 간접적으로만 관습에 영향을 미친다.

142) 마지막 장은 교양 있는 독자의 기대 지평 층위에서의 문학의 이러한 작용이
　　어떻게 기대 지평과 경험 공간 사이의 보다 포괄적인 변증법 — 그것은 코젤렉
　　R. Koselleck의 뒤를 이어 우리가 역사 의식 일반의 특성을 규정하는 데 쓰일 것
　　이다 — 에 포함되는지를 보여줄 것이다. 역사와 허구의 교차는 문학적 변증법
　　을 포괄적인 역사 변증법 속에 그처럼 포함시키는 데에 특별한 도구가 될 것이
　　다. 어쨌든 개별적인 역사로서의 문학사가 일반 역사에 통합되는 것은 바로 사
　　회적 창조 기능을 통해서다(앞의 책, pp. 72~80).

143) 「문학해석학의 한계와 과제에 대한 성찰」, 『시학과 해석학』(München: W. Fink,
　　1980), IX; 불역, 「문학해석학의 한계와 과제」, Diogène, n° 109, 1~3월, 1980.
　　『미적 경험과 문학해석학Aesthetische Erfahrung und literarische Hermeneutik』
　　(Frankfurt: Suhrkamp, 1982); 3판, 1984, pp. 31~243. 그 일부는 "미적 즐거움,
　　포이에시스poièsis와 아이스테시스aisthèsis 그리고 카타르시스catharsis의 근본
　　적 경험"이라는 제목으로 『시학 Poétique』(39호, 9월, 1979)에 번역 수록되었으

주어진 과제는, 가다머의 철학적 해석학과 유사한 해석학의 후원을 받아 다른 두 가지 국지적인 해석학, 즉 신학적 그리고 법학적인 해석학에 필적하게 하는 것이다. 그런데 야우스가 고백하고 있듯이 문학해석학은 해석학의 가난한 친척으로 머물러 있다. 이름에 걸맞기 위해서는 앞에서 말한 세 가지 과제, 즉 이해하고subtilitas intelligendi 설명하며subtilitas interpretandi 적용한다subtilitas applicandi는 과제를 떠맡아야 한다. 독서는, 피상적인 견해와는 반대로, 적용 영역에 갇혀 있어서는 안 된다. 적용이 해석학적 과정의 목적성을 드러낸다 할지라도 이 세 단계를 거쳐야 하는 것이다. 문학해석학은 그렇게 해서 다음과 같은 세 가지 물음에 대답하게 될 것이다. 어떤 뜻에서 이해의 일차적 전개 과정에 문학해석학의 대상을 미적이라고 규정지을 수 있는 자격이 부여되는가? 반성적인 주석은 이해에 무엇을 덧붙이는가? 성서 주석에서의 설교, 법률 주석에서의 판결과 동등한 어떤 것을 문학은 적용 차원에 제공하는가? 이러한 삼원론적 구조에서 절차 전체의 목적론적 방향을 설정하는 것은 적용이지만, 그 안에 미리 담겨 있는 기대 지평에 근거하여 어떤 단계에서 다른 단계로 이행하는 절차를 규제하는 것은 일차적 이해다. 문학해석학은 그처럼 적용을 향해 그리고 이해에 의해 동시에 방향을 잡아간다. 그리고 설명의 전개 방법을 보장하는 것은 바로 질문과 대답의 논리다.

가다머의 철학적 해석학과 달리 문학해석학은 질문과 대답의 논리에서 곧바로 태어나지 않는데, 이해에 부여된 우선권이 그 이유를 설명한다. 텍스트가 답을 제시하는 질문을 찾아내고, 텍스트의 최초의 수신자들의 기대를 재구성하고, 그렇게 해서 텍스트 최초의 타자성을 복원한다는 것은 이미 다시 독서하는 과정, 즉 텍스트 고유의 기대

며, 또 다른 부분이 『반성의 시대 Le Temps de la réflexion』(1980, I, pp. 185~
212) 속에 "포이에시스 ── 생산 활동(만들기 그리고 알기)으로서의 미적 경험"
이라는 제목으로 수록되었다.

가 전개되게끔 내버려두는 일차적 이해에 비해 이차적인 과정이다.

이해에 부여된 그러한 우선권은 문학해석학의 미학적 특성을 보장하는, 앎과 즐거움Genuss 사이의 매우 근원적인 관계를 통해 설명된다. 그 관계는 삶 전체를 끌어들임으로써 신학적 이해의 특성을 규정하는, 부름과 약속 사이의 관계와 흡사하다. 그런데 문학적 이해를 즐거움으로 규정하는 것이 그토록 간과되었던 이유는, 텍스트 밖으로 나가서 그 안에 숨겨져 있는 독서 지침을 벗어나는 것을 금하는 구조주의 시학과,[144] 즐거움에서 노동의 금욕 생활에 대한 "부르주아적인" 보상 효과만을 보려고 함으로써 즐거움에 불신을 던지고 있는 아도르노의 부정적 미학이 기이하게 수렴하고 있기 때문이다.[145]

쾌락은 아무것도 모르고 말이 없다는 일반적인 관념과는 반대로, 야우스는 바로 쾌락에서 후에 질문과 대답의 논리가 펼쳐지게 될 의미 공간을 여는 힘을 알아차린다. 쾌락은 이해를 불러일으킨다. 그것은 텍스트라는 악보의 규정에 주의를 기울이며 지각하는 수용이며, 모든 지각이 갖고 있다고 후설이 말한 지평성에 근거해서 개방하는

---

144) 리파테르Michael Riffaterre는 야콥슨과 레비-스트로스와의 논쟁을 통해 구조 분석의 한계, 그리고 일반적으로 텍스트에 대한 단순한 묘사가 갖는 한계를 보여준 선구자들 가운데 한 사람이다. 야우스는 그에 대해 "문학 텍스트의 구조적 묘사에서 그 수용에 대한 분석으로 넘어가는 길을 열어준"(p. 120)(물론 그가 "독자-수용자의 미적 행위보다는 수용의 여건 및 현실화 규칙들에 더 관심을 보이고 있다"(같은 책)고 덧붙이기는 하지만) 사람으로 정당하게 평가하고 있다. Riffaterre, "이야기에 대한 독자의 지각The Reader's Perception of Narrative," 『이야기 해석 Interpretation of Narrative』, Toronto, 1978을 참조할 것. 『구조 문체론에 관한 시론 Essais de stylistique structure』, Paris: Flammarion, 1971, pp. 307 이하에 재수록.

145) 미적 즐거움을 복권시키는 것에 관해서는 야우스Jauss, 「미적 경험을 위한 변론」([Constance: Verlaganstalt, 1972]. 불역, 『수용미학을 위하여』, pp. 123~58)을 참조할 것. 야우스는 여기서 『필레보스 Philèbe』에 나타난 플라톤의 쾌락론, 그리고 미적 쾌락은 이해 관계를 벗어난다는, 보편적으로 전달할 수 있는 그 특성에 대한 칸트의 이론과 다시 만난다.

수용이다. 바로 그 점에서 미적 지각은 일상적 지각과 구별되며, 앞에서 말한 문학사의 쇄신에 대한 주장에서 강조되었던 보통의 경험과의 괴리를 만들어낸다. 텍스트가 독자에게 요구하는 것은 우선, 지각하는 이해와 암시된 의미를 신뢰하라는 것이다. 두번째 독서는 그러한 것들을 주제로 삼음으로써 지평을 갖게 될 것이다.

첫번째 독서, 순진무구한 독서 —— 만일 그런 독서가 있다면 —— 에서 두번째 독서, 거리를 두는 독서로 넘어가는 과정은 앞에서 말했듯이 직접적인 이해의 지평 구조에 의해 규제된다. 기실 독서 당시의 지배적 취향과 이전 작품들에 대한 독자의 친숙함에서 비롯되는 기대들만이 그러한 직접적 이해의 경계를 따라 늘어서 있는 것은 아니다. 그러한 이해는 이번에는 충족되지 않은 의미에 대한 기대, 독서가 질문과 대답의 논리 속에 다시 집어넣는 기대를 불러일으킨다. 독서와 재독서는 그처럼 각각의 이점과 약점을 안고 있다. 독서는 풍요와 동시에 불투명함을 담고 있으며, 재독서는 명료하게 하지만 선택한다. 후자는 텍스트를 일차적으로 거친 다음 열려 있는 질문들에 기대고 있지만, 많은 해석들 가운데 하나만을 제시할 따름이다. 기대와 질문의 변증법은 그처럼 독서와 재독서의 관계를 규제한다. 기대는 열려 있으나 그만큼 불확정적이다. 그리고 질문은 확정되어 있으나 그만큼 닫혀 있다. 문학 비평은 불가피하게 편파성에 대한 그러한 해석학적 전제 조건을 받아들여야 한다.

바로 이러한 편파성을 규명하기 위해서 세번째 독서가 필요하다. 어떠한 역사적 지평이 작품의 유래와 영향을 조건짓고 있으며, 그 반면 지금 독자의 해석을 제한하는가? 하는 물음에서 세번째 독서가 태어난다. 문학해석학은 그렇게 해서, 구조주의 이전 시대에 지배적이었고, 다음에 구조주의 시대에는 권좌를 빼앗기게 되는 역사─문헌학적 방법들의 합법적 공간의 경계를 지정한다. 그 정당한 위치는, 역사적으로 재구성하는 독서에 종속되어 어떤 뜻에서는 독서를 직접적이고 반성적인 것으로까지 만드는 그 통제 기능에 따라 규정된다. 그에 대한 반발로, 통제하는 독서는 단순한 만족이 주는 미적 즐거움을 작품의 과거 지평과 독서의 현재 지평의 차이에 대한 지각과 연결시킴으로써, 그러한 즐거움을 동시대의 선입견과 이해 관계에서 벗어나게 하는 데 기여한다. 그렇게 해서 멀어져간다는 기이한 느낌이 현재의 즐거움 한가운데 슬그머니 끼어든다. 세번째 독서는 두번째 독서를 규제했던 질문과 대답의 논리를 중복함으로써 그러한 효과를 얻는다. 세번째 독서는, 작품이 그 답이 되었던 질문들은 어떤 것이었던가? 하고 묻는다. 하지만 "역사적인" 세번째 독서는 첫번째 독서의 기대와 두번째 독서의 질문에 여전히 이끌려간다. 단순히 역사화하는 질문 — 텍스트는 무엇을 말하는가? — 은 여전히 본래의 해석학적 질문 — 텍스트는 나에게 무엇을 말하고 나는 텍스트에 무엇이라고 말하는가 — 의 통제 아래 남아 있는 것이다.[146]

그 도식에서 적용은 어떻게 되는가? 일견 해석학 고유의 적용은 신학적 해석학에서의 설교나 법학적 해석학에서의 판결에 비할 만한 그 어떤 효과도 창출하지 못하는 것처럼 보인다. 학술적인 독서에서 텍스트의 타자성을 식별한다는 것은 문학미학의 최종적인 결론으로 보인다. 우리는 그러한 망설임을 이해할 수 있다. 아이스테시스와 즐거움이 즉각적인 이해 층위에 국한되지 않고 해석학적 "기교 sub-tilité"의 모든 단계를 거쳐간다면, 쾌락이 거쳐가는 세 가지 해석학적 단계에 수반되는 미학적 차원을 문학해석학의 최종적 기준으로 간주하고 싶어지는 것이다. 그때부터 적용은 정말 다른 것과 뚜렷이 구별되는 단계를 이루는 것이 아니다. 아이스테시스 그 자체는 이미 무엇을 드러내고 변형시키는 것이다. 미적 경험은 일상 경험과 더불어 곧

---

146) 독자에게 요구되는 것은 "자기 고유의 경험이 갖는 지평을 가늠하고 그것을 타자의 경험 — 그에 대한 귀중한 증언은 텍스트의 타자성 속에서 드러난다 — 과 대조함으로써 그 지평을 넓히는 것"(p. 131)이다.

바로 밝혀지는 그러한 대조의 힘을 지니고 있다. 왜냐하면 그 자체와 다른 모든 것에는 "저항적인" 미적 경험은, 일상적인 것을 변모시키고 그 기존 규범을 위반할 수 있음이 드러나기 때문이다. 그 모든 반성적 거리 두기에 앞서 미적 이해는 그 자체로서 당연히 적용인 것처럼 보인다. 대중 문학이 헌신하는 매혹과 환상에서부터 고통의 진정과 과거 경험의 미적 표현을 거쳐 현대의 여러 작품들에 특징적인 전복과 유토피아에 이르기까지, 그것이 펼치는 다양한 영역의 효과들이 이를 증명한다. 그러한 다양한 효과를 통해 미적 경험은 독서에 투입되고, 에라스무스가 말한 "독서는 윤리로 변화한다lectio transit in mores"라는 경구를 곧바로 입증한다.

그럼에도 불구하고, 야우스가 물론 그 두 계열 사이에서 일대일 대응 관계를 설정하고 있지는 않지만, 세 가지 "기교"의 삼단 구성과 교차시키고 있는 또 다른 삼단 구성, 즉 포이에시스, 아이스테시스, 카타르시스의 끝에 적용을 다시 위치시킨다면 그 윤곽을 보다 뚜렷하게 알아 볼 수 있다.[147] 카타르시스에 다른 복합 효과들이 결부된다. 카타르시스는 우선 작품에서 미학적이라기보다는 도덕적인 효과를 가리킨다. 작품은 새로운 평가와 참신한 규범을 제안하고, 그것들은 기존의 "관습"에 맞서고 뒤흔드는 것이다.[148] 그러한 첫번째 효과

---

147) 여기서는 포이에시스에 관해서 전혀 언급을 하지 않지만, 그래도 포이에시스 역시 작품을 새로 만들어냈던 시적 행위에 상응하는 창조적 행위라는 점에서 독서 이론의 관심을 끈다. Hans Blumenberg(「자연의 모방! 창조적 인간의 이전 역사에 대하여 Nachahmung der Natur! Zur Vorgeschichte des schöpferischen Menschen」, *Studium Generale*, nº 10, 1957), 그리고 Jürgen Mittelstrass(『현대와 계몽, 현대 과학과 철학의 기원에 관한 연구 Neuzeit und Aukflärung, Studium zur Entstehung der neuzeitlichen Wissenschaft und Philosophie』, Berlin, New-York, 1970)에 뒤이어 야우스는 고대 헤브라이즘과 헬레니즘에서부터 계몽주의를 거쳐 오늘에 이르기까지, 모든 모델에서 벗어난 그러한 창조적 힘의 정복 과정을 다시 추적한다.
148) 아리스토텔레스의 『시학』에서 성격 caractère은 우리보다 "낮거나" "못하거나"

는 주인공과 자신을 동일시하고, 신빙성이 있거나 없는 화자가 자신을 이끌어가도록 내버려두는 독자의 경향과 특히 연결되어 있다. 그러나 카타르시스가 그러한 도덕적 효과를 갖게 되는 것은 우선 우리 본래의 정서에 대해 거리를 두는 것을 이용하여 작품이 구사하는 힘, 즉 해명하고, 검토하며, 가르친다는 힘을 카타르시스가 보여주기 때문이다.[149] 그러한 뜻에서부터 우리는 야우스가 가장 강조하고 있는 뜻, 즉 작품의 소통 가능성 communicabilité이라는 힘으로 손쉽게 넘어간다. 기실 무엇을 규명한다는 것은 근본적으로 소통적인 것이다. 작품은 바로 그것을 통해 "가르치는" 것이다.[150] 우리는 여기서 아리스토텔레스의 주석만이 아니라, 미(美)의 보편성은 오로지 그 선험적인 소통 가능성에 있을 뿐이라는 칸트 미학의 중요한 특징도 만나게 된다. 그처럼 카타르시스는 순수한 수용성, 다시 말해서 지각하는 이해의 소통 가능 계기로 이해되는 아이스테시스와는 구별되는 계기를 구성한다. 아이스테시스는 독자를 일상적인 것에서 해방시키며, 카타르시스는 재독서를 통해 형태를 갖추게 될, 현실에 대한 새로운 평가를 위해 독자를 자유롭게 한다. 보다 미묘한 효과가 다시 카타르시스와 관련된다. 카타르시스는 해명한다는 그 힘을 이용해서 정서적일 뿐만 아니라 인지적인 치환 과정에 착수하는데, 그 과정은 역사가 기독교와 고대 그리스·로마의 주석으로 거슬러 올라가는 우의법 allégorèse과 비교될 수 있다. "어떤 텍스트의 의미를 그 최초의 문맥에서 다른 문맥으로 번역하려고, 다시 말해서 그 본래의 문맥에 나타난 텍스트의 지향성에 의해 경계가 정해진 의미 지평을 넘어서는 새

"비슷한" 범주로 분류된다는 것을 기억할 것이다. 또한 허구의 수사학에 대한 논의에서, 웨인 부드와 같은 이로 하여금 가장 신중한 태도를 보이게 했던 것은 바로 현대 소설의 설득 전략이 갖는 도덕적 효과라는 사실을 기억할 것이다.

149) 카타르시스를 "해명" "규명" "정화"로 번역하는 것에 관해서는 『시간과 이야기』 1권에서 아리스토텔레스의 『시학』에 관한 장(pp. 120~24)(번역본)을 참조할 것.

150) 같은 책, p. 119(번역본).

로운 의미 작용을 텍스트에 부여하려고"[151] 시도하는 순간부터, 우의적 해석이 있다. 문학적 적용은 결국 카타르시스와 연결된 바로 그러한 우의적 해석 능력으로 말미암아 맞대면과 빛의 변증법을 통해 과거를 유추적으로 파악하는 것에 가장 접근한다.

지각하는 이해와 즐기는 태도의 지평에서 결코 벗어나지 않으면서도 적용이 불러일으키는 문제점은 바로 그러한 것이다.

지금까지 우리가 설정한 재형상화의 문제에 어떻게 기여하는가에 따라 선택된 독서 이론을 밟아온 끝에, 몇 가지 중요한 특징들이 뚜렷하게 드러난다. 그 특징들은 각기 나름의 방식대로 재형상화 작업의 변증법 구조를 부각시킨다.

과거에 대한 재현성 관계에 따라다니는 것처럼 보였던 빛의 느낌과, 앞절에서 설명했던 것과 같은 시간의 아포리아에 대한 주제에 허구가 구사하는 상상의 변주들이 누리는 자유 사이에서 소홀히 할 수 없었던 비교에서, 첫번째 변증법적 긴장이 떠오른다. 독서 현상에 대한 조금 전의 분석들은 지나치게 단순한 그러한 대립에 미묘한 차이를 부여하게 한다. 우선 허구적 세계를 투사한다는 것은 복합적인 하나의 창조적 과정으로 이루어져 있으며, 그것은 역사가의 재구성 작업 못지않게 부채 의식에 의해 진행된다. 창조적 자유의 문제는 단순하지 않다. 역사의 제약 ── 문서에 따른 증거로 요약되는 제약 ── 에 대한 허구의 해방은 허구의 자유와 관련하여 결정적인 것이 될 수 없다. 그것은 상상의 왕국에서의 자유로운 선택이라는 데카르트적 계기를 구성할 따름이다. 그러나 내포된 저자가 독자에게 전달하려는 세계관의 도움은 허구의 입장에서는 자유에 대한 스피노자적인 계기를 표현하는 보다 미묘한 제약, 즉 내적인 필요성이라는 계기를 낳게

---

151) 「문학해석학의 한계와 과제」, 앞의 책, p. 124.

된다. 허구는 문서에 따른 증거라는 외적인 제약으로부터 자유롭지만, 그 자체 밖으로 투사한다는 바로 그 사실로 인해 내적으로 연결되어 있다. 예술가는 ~로부터 자유롭지만, ~을 위해서도 자유로워야 한다. 그렇지 않다면 반 고흐나 세잔 같은 예술가들의 서한과 일기가 보여주는 예술적 창조의 고뇌와 고통을 어떻게 설명할 것인가? 그러므로 예술가에게 생기를 불어넣는 세계관을 가장 완벽한 방식으로 되돌려준다는 창조의 가혹한 법칙은 죽은 자들에 대한 역사가와 그 독자의 빚에 정확하게 상응한다.[152] 내포된 저자에게서 비롯된 설득 전략이 독자에게 강요하려고 하는 것은 정확히 말해서 화자의 세계관을 지탱하는 확신의 힘, 담론 행위 이론의 어휘를 빌리자면 언표 내적 힘 force illocutionnaire이다. 여기서 역설적인 것은 상상의 변주가 누리는 자유는 세계관이 가지는 제약적 위력을 가질 때에만 소통된다는 사실이다. 그렇게 해서 창조적 과정에 내재한 자유와 제약 사이의 변증법은, 앞에서 야우스가 포이에시스, 아이스테시스, 카타르시스로 그 특징을 규정했던 해석학적 과정으로 전달된다. 삼단 구성의 마지막 항은 바로 제약된 자유, 제약에서 풀려난 자유라는 역설이 정점에 이르게 되는 항이다. 해명하고 정화하는 계기를 통해서 독자는 자기 뜻과 상관없이 자유로워진다. 텍스트 세계와 독자 세계의 대면을 싸움, 텍스트의 기대 지평과 독자의 기대 지평의 융합은 단지 일시적인 평화만을 가져올 따름인 싸움이 되게 하는 것은 바로 이러한 역설이다.

두번째 변증법적 긴장은 독서 활동 자체의 구조에서 비롯된다. 사실상 이러한 현상을 단순히 설명한다는 것은 불가능해 보인다. 처음에는 내포된 저자와 설득 전략의 축에서 출발해야 했고, 독자를 제약하는 동시에 자유롭게 하는 독서 규정이라는 모호한 지대를 건너, 마

---

152) 다음 절에서 우리는 『시간과 이야기』 2권 3부 3장 §4에서 도입했던 서술적 목소리라는 개념에 기대어 그러한 유사성을 다시 검토하고 보강할 것이다.

지막으로 작품과 독자를 일종의 공조 관계에 위치시키는 수용미학에 이르게 되었다. 이러한 변증법은 과거의 과거성에 대한 수수께끼가 불러일으키는 재현성 관계를 특징짓는 것처럼 보였던 변증법과 비교해볼 만한 가치가 있다. 물론 문제는 재현성 이론의 계기들과 독서 이론의 그것들을 일대일로 대응시켜 유사성을 찾는 것이 아니다. 그럼에도 불구하고 독서의 변증법적 체제는 동일자, 타자 그리고 유사자의 변증법에 낯설지 않다.[153] 그처럼 허구의 수사학은, 매혹시키는 술책을 통해 독자를 자기 자신과 동일하게 만들려고 하는 내포된 저자를 무대에 내세운다. 그러나 자기 자리가 텍스트에 의해 규정되어 있음을 발견하고, 매혹된 것이 아니라 유린당했다고 느끼게 되면, 일상성에 몸 바치고 있는 개인으로서, 그리고 어떤 독서 전통으로 형성된 교양 있는 독자의 일원으로서 그[독자]에게 남아 있는 유일한 수단은 텍스트에서 거리를 두고, 텍스트가 펼치는 기대와 자기 고유의 기대 사이의 괴리를 가장 생생하게 의식하는 것뿐이다. 동일자와 타자 사이에서의 이러한 흔들림은 가다머와 야우스가 지평들의 융합으로 규정지은, 그리고 이상적 유형의 독서로 간주될 수 있는 활동을 통해서만 극복된다. 혼동과 소외의 양자택일을 넘어선, 글쓰기와 독서의 수렴은 텍스트가 창조하는 기대와 독서가 가져오는 기대 사이에서 어떤 유추적 관계를 설정하며, 이것은 역사적 과거의 재현성 관계가 정점에 이르게 되는 관계를 일깨운다.

독서 현상에서 역시 변증법을 만들어내는 주목할 만한 또 다른 속성은 재형상화 활동에서 소통 가능성과 대상 지시성 référentialité(이 용어를 나름대로 신중하게 계속 사용하는 것이 허락된다면)의 관계와 관

---

153) 나는 다른 곳에서 그에 비할 만한, 전유와 거리 두기의 변증법을 설명한 적이 있다. 「해석학의 과제」, in F. Bovon et G. Rouiller(éd), 『주석 — 방법론적 문제와 독서 연습*Exegesis: Problèmes de méthode et exercices de lecture*』(Neuchâtel : Delachaux et Niestlé, 1975), pp. 179~200을 참조할 것.

련된다. 우리는 이 두 극단 가운데 하나를 통해 그 문제에 들어갈 수 있다. 그래서 우리는 1권의 미메시스 Ⅲ에 대한 개략적 설명에서 그랬던 것처럼, 수용미학은 대상 지시 문제를 끌어들이지 않고는 의사소통 문제를 끌어들일 수 없다고 말할 것이다. 소통되는 것은 최종적으로는 작품의 의미를 넘어, 작품이 투사하고 그 지평을 구성하는 세계라는 점에서 그렇다.[154] 하지만 그 반대로 작품을 수용하고 가다머가 텍스트의 "것 chose"이라 즐겨 부르는 것을 영접하는 게 독서 행위의 순수한 주관성에서 벗어나려면, 그러한 수용과 영접 행위에 역사적 차원을 부여하는 연쇄적인 독서 속에 포함되어야 한다는 조건이 주어져야만 한다. 독서 행위는 그렇게 해서 하나의 독서 공동체, 우리가 위대한 작품에서 알아차리게 되는 부류의 규율성과 규범성, 즉 온갖 다양한 문화적 상황 속에서 끊임없이 탈문맥화되고 재문맥화되는 그러한 특성들을 어떤 유리한 조건에서 발전시키는 공동체 속에 포함된다. 우리는 이처럼 간접적인 방식으로 칸트 미학의 핵심 주제, 즉 소통 가능성은 취미 판단의 내재적 구성 요소를 이룬다는 주제와 만나게 된다. 물론 우리가 여기서 칸트가 선험적이기를 바랐던 그러한 종류의 보편성을 지지하는 것은 반성적 판단을 위해서가 아니라, 텍스트 속에서 우리를 부르는 "것 자체"를 위해서다. 그러나 볼프강 이저식으로 말하자면 그러한 "호소 구조"와 공동으로-읽는-행위에 특징적인 소통 가능성 사이에는, 허구 작품들에 결부된 재형상화 능력을 내재적으로 구성하는 관계가 성립된다.

마지막 변증법은 5절의 문턱으로 우리를 이끈다. 그것은 독서가 담

---

154) 『시간과 이야기』 1권, p. 171(번역본). Francis Jacques는 소통 가능성과 대상 지시성 사이의 뗄 수 없는 관계를 그 일반성이라는 측면에서 누구보다도 탁월하게 규명했다. 『대화에 관한 논리적 탐구 *Recherches logiques sur le dialogue*』(Paris: PUF, 1979)와 『대화론 Ⅱ, 대담의 논리적 공간 *Dialogiques Ⅱ, l'Espace logique de l'interlocution*』(Paris: PUF, 1985)을 참조할 것.

당하는, 대립적이지는 않다 하더라도 적어도 서로 갈라지는 두 가지 역할과 관련된다. 독서는 번갈아 행동의 흐름을 끊거나 행동을 재개하는 것으로 나타난다. 독서에 관한 이 두 가지 관점들은 텍스트의 상상 세계와 독자의 실제 세계를 대립시키고 연결시키는 기능의 직접적 결과로 생긴다. 독자가 자신의 기대를 텍스트가 전개하는 기대에 따르게 하는 한, 그것은 자신이 이주하는 허구 세계의 비-실재성에 맞추어 자기 자신을 비-실재화하는 것이다. 독서는 그때 반성이 잠시 휴식을 취하는 그 자체 비-실재적인 장소가 된다. 반면에 독자가 독서에서 배운 것을 자신의 세계관에 집어넣음으로써 — 의식적이든 무의식적이든 그것은 중요하지 않다 — 그 먼저의 가독성을 높이려고 하는 한, 그에게 독서는 자신이 멈추는 장소 lieu와는 다른 것이 된다. 그것은 자신이 거쳐가는 가운데 milieu인 것이다.

독서의 그러한 이중적 위상으로 말미암아, 텍스트 세계와 독자 세계 사이의 대면은 정지 stase인 동시에 보냄 envoi이 된다.[155] 텍스트의 기대 지평과 독자의 기대 지평을 혼동하지 않고 혼합하는 것으로 그려지는 이상적인 유형의 독서는 재형상화의 이러한 두 가지 계기를 정지와 보냄의 취약한 통일성 속에 묶는다. 그 취약한 통일성은 다음과 같은 역설로 표현될 수 있다. 독자가 독서를 통해 자신을 비-실재화할수록, 사회적 현실에 미치는 작품의 영향은 깊어지고 더 멀리 간다. 그것은 가장 덜 구상적이지만, 우리의 세계관을 바꿀 수 있는 기회를 가장 많이 갖는 그림이 아니겠는가?

---

155) 정지로서의 독서와 보냄으로서의 독서의 이러한 구별을 통해 야우스가 문학해석학에서의 적용의 역할을 평가하면서 오락가락했던 이유를 설명할 수 있다. 정지로서의 적용은 미적 이해와 동일시되는 경향이 있으며, 보냄으로서의 적용은 재독서를 통해 거기서 떨어져나와 그 카타르시스 효과를 펼친다. 따라서 그것은 "상황의 압력 그리고 직접적인 행동을 위해 취해야 할 결정을 강요하는 제약에 굴복하고 있는 다른 적용들에 대한 중화제 correctif"("문학해석학의 한계와 과제," 앞의 책, p. 133) 역할을 수행한다.

그러한 마지막 변증법에서 다음과 같은 결과가 생긴다. 즉 이야기를 통한 시간의 재형상화 문제가 이야기 속에서 매듭이 묶인다se nouer 하더라도, 거기서 그 매듭의 끝dénouement을 찾지는 못한다는 것이다.

5. 역사와 허구의 교차

이 절에서는 우리는 본 연구의 진행을 이끌어온 목표, 즉 역사와 허구의 교차를 통해 시간을 실제로 재형상화한다 — 이렇게 해서 시간은 인간의 시간이 된다 — 는 목표에 도달하게 된다.[156] 1단계에서는 현상학적 시간의 아포리아에 대해 역사와 허구가 각기 제시한 대답의 이질성, 다시 말해서 허구가 펼치는 상상의 변주와 역사로 규정되는, 현상학적 시간을 우주적 시간에 다시 집어넣기 사이의 대립이 부각되었다. 2단계에서는 역사적 과거의 재현성과 텍스트의 허구적 세계를 독자의 실제 세계로 옮기기 사이의 대응 관계가 드러났다. 이제 우리가 고려할 것은 각기 역사와 허구를 다루는 분석들, 나아가 두 가지 재형상화 절차가 서로 감싸고 있음을 다루는 두 가지 계열의 분석이 합류하는 지점이다.

사실 의도적으로 지향하는 바의 이질성이 우세한 단계에서 상호작용이 지배적인 단계로의 이러한 이행은 앞서의 분석들을 통해 오래전부터 준비된 것이다.

우선 현상학은 허구의 시간과 역사적 시간 사이에서 공통의 척도

---

156) '엇갈린 대상 지시 référence croisée'라는 표현보다 '공동의 재형상화 refiguration conjointe' 또는 '교차 entrecroisement'라는 표현을 내가 더 선호하는 이유는 앞에서 밝혔고, 여기서 다시 언급하지 않겠다. 하지만 여전히 『시간과 이야기』 1권에서 밝혔던 것과 동일한 문제 내용과 관련된다. pp. 171~80(번역본) 참조.

로 측정할 수 있는 어떤 가능성을 마련해주었다. 현상학은, 그것이 아무리 아포리아로 찢겨져 있다 할지라도, 두 가지 커다란 서술 양태에 공동의 주제를 제공한다. 첫번째 단계의 끝에 이르러 우리가 적어도 확인할 수 있었던 것은, 역사와 허구가 동일한 난제에 처해 있다는 것이다. 물론 현상학은 이 난제들을 해결하지는 못했지만, 적어도 그것을 간파하고 언어로 표현한 것이다. 이어서 독서 이론은 역사와 허구의 교류를 위한 공통의 공간을 만들어냈다. 물론 그때는 우리가 독서가 문학 텍스트의 수용에만 관심이 있다고 보였을 테지만, 우리는 소설의 독자인 동시에 역사의 독자이기도 하다. 역사 기술을 포함하여 모든 기술(記述)은 확장된 독서 이론과 관계되는 것이다. 그 결과 조금 전에 말했던 서로 감싸는 활동은 독서 속에 자리를 잡는다. 그런 뜻에서 우리가 이제 설명할 역사와 허구의 교차는, 독서 행위가 그 현상학적 계기가 되는 확장된 수용 이론에 속한다. 바로 그러한 확장된 독서 이론을 통해서 역사 이야기와 허구 이야기 사이의 관계는 대립에서 수렴으로 역전된다.

이제 수렴에서 교차를 향해 한 걸음 내디뎌야 한다.

역사와 허구의 교차란 인식론적이며 동시에 존재론적인 근본 구조를 뜻하는데, 그에 따르면 역사와 허구는 상대방의 지향성을 빌려와야만 비로소 지향성을 구체화하게 된다. 이러한 구체화는 서술 이론에서 "~처럼 보다"의 현상에 상응한다(『살아 있는 은유』에서 우리는 은유적 대상 지시의 특성을 바로 이 "~처럼 보다"로 규정했었다). 우리는 이러한 구체화 문제에 최소한 두 번 다가갔었다. 첫번째는 헤이든 화이트를 따라서, 있는 그대로의 과거에 대한 역사 의식의 재현성 관계를 유추적 파악이라는 개념으로 해명하려고 할 때였다. 그리고 두번째는 잉가르덴과 비슷한 관점에서, 독서를 연주해야 하는 악보로 간주된 텍스트의 실행으로 설명하면서였다. 역사는 시간을 재형상화하기 위해 어떤 식으로든 허구를 사용하며, 허구 역시 동일한 목적으로 역사를 사용해야만 그러한 구체화에 이를 수 있다는 것을 우리는 보여줄 것이다. 이러한 상호적인 구체화는 ~라고 그려본다 se figurer que는 형태를 띠는 형상 figure이라는 개념의 승리를 나타낸다.

I. 역사의 허구화

논제의 전반부는 아주 쉽게 증명된다. 하지만 그것이 미치는 범위를 잘못 생각해서는 안 된다. 한편에서 볼 때, 형상화 측면에서 역사 이야기에서 상상력이 갖는 기능에 대해 1권에서 말했던 것을 단순히 되풀이하는 것이 아니라면, 중요한 것은 존재했던 대로의 과거가 겨냥하는 것에서 상상적인 것 l'imaginaire의 역할이다. 다른 한편으로 "실재" 과거와 "비실재적" 세계 사이에 아무런 대칭 관계가 없다는 것을 결코 부정하는 것이 아니라면, 문제는 바로 상상적인 것이 어떤 방식으로, 그 장르에서는 유일하게, 그 "사실주의적" 목표를 약화시키지 않으면서 있었던 것의 목표에 통합되는지를 보여주어야 한다.

있었던 것 l'avoir-été이 갖는 관찰할 수 없음의 특성 자체로부터, 음각으로 존재하는 상상적인 것의 위치가 드러난다. 이 점을 확인하기 위해서는, 우리가 원래 그대로의 있었던 것에 대해서 제시했던, 연속적인 세 가지 근사치 추정을 다시 밟아가는 것만으로 충분하다. 그래서 근사치 추정이 엄정할수록 상상적인 것의 몫은 더 늘어난다는 것을 지적할 수 있다. 역사적 과거에 대한 가장 사실주의적인 논제, 즉 시간의 아포리아에 대한 역사 의식의 대답을 가늠하기 위해 우리의 출발점이 되었던 논제를 살펴보자. 그에 따르면 역사는 이야기의 시간을 우주의 시간 속에 다시 집어넣는다. 역사는 자신의 연대기를 단일한 시간 층위, 우리가 지구의 "역사," 생물체의 "역사," 태양계와 은하계의 "역사"라고 부르는 것에 공통되는 시간 층위에 따르게 한다는 점에서, "사실주의적인" 논제다. 이야기의 시간을 어떤 단일한 층위에 따라 우주의 시간 속에 그처럼 다시 집어넣는 것은 역사 기술의 대상 지시적 양태의 특수성으로 남아 있다.

그런데 '상상적인 것'이 '있었던 것'의 목표에 처음으로 끼어드는 것은 바로 가장 "사실주의적"인 논제의 경우이다.

우리는 오직 역사적 시간을 생각할 수 있고 조작할 수 있는 것으로 만드는 특수한 몇몇 이음쇠들을 구성함으로써 세계의 시간과 체험된 시간 사이의 심연을 넘어설 수 있음을 기억한다. 그러한 이음쇠들의 선두에 자리잡고 있는 달력은, 고대 해시계gnomon의 제작에서 이미 구사된 것을 볼 수 있는 창의적 재능과 관계된다. 프레이저가 시간에 관한 저서에서 지적하고 있듯이,[157] 해시계라는 명칭 자체에 이미 조언하고 검사하고 감정한다는 그 고대적 의미 작용이 보존되어 있다. 지극히 단순한 이 장치의 제작을 규제하는 해석 활동이 작용하고 있기 때문이다. 해석자가 어떤 언어를 다른 언어로 번역할 때 모종의 변형 원칙의 동의하에 두 언어 세계를 연결하는 것과 마찬가지로, 해시계는 세계에 대한 가설들의 동의하에 두 가지 과정을 연결한다. 그 하나는 태양의 운동이며, 또 다른 과정은 해시계를 참조하는 사람의 삶이다. 여기서 가설은 해시계 문자판의 제작과 기능에 내포된 원칙들을 포함한다(같은 책, p. 3). 여기에서 달력의 특징을 규정짓는 것으로 보였던 이중의 계열 관계가 이미 드러난다. 한편으로 해시계 문자판은 인간의 세계에 속한다. 하지만 그것은 또한 천문학적 세계의 일부다. 그림자의 운동은 인간의 의지와는 무관하기 때문이다. 그러나 비친 그림자의 운동에서 시간과 관련된 신호들을 끌어올 수 있다는 확신이 없다면, 두 세계는 서로 관계를 맺을 수 없을 것이다. 이러한 믿음 덕분에 인간은 그림자가 자기의 필요와 욕구의 리듬에 따라오는 것을 기대하지는 않으면서 바로 자기의 삶을 그림자의 운동에

---

157) J. T. Fraser, 『시간의 발생과 진화. 물리학에서 해석의 비판 *The Genesis and Evolution of Time. A critic of Interpretation in Physics*』(Amherst: The University of Massachusetts Press, 1982).

맞출 수 있다(같은 책, p. 4). 조금 전에 말했던 확신은, 두 가지 종류의 정보를 제공할 수 있는 기구의 제작을 통해 구현될 때에만 뚜렷해질 것이다. 하나는 해시계 문자판에 비친 그림자의 방향 설정으로 제공되는 시간에 대한 정보이며, 다른 하나는 정오 때의 그림자의 길이로 제공되는 사계절에 관한 정보다. 시간을 나누지 않고, 동심원을 그리는 곡선이 없다면, 해시계를 읽을 수 없을 것이다. 두 가지 이질적인 사건 흐름들을 대응시키고, 그 전반적인 성격에 관한 보편적인 가설을 세우며, 적절한 기구를 제작하는 그러한 것들이 가장 주된 창의적 작업이며, 그 작업은 해시계 문자판을 읽는 데에 통합됨으로써 해시계 문자판을 (프레이저의 용어를 빌리자면) 기호 읽기, 번역, 그리고 해석이 되게 한다. 반대로 그러한 기호 읽기는 시간에 관한 두 가지 관점을 다함께 생각하는 토대가 되는, 도식화하는 활동으로 여겨질 수 있다. 우리가 앞에서 달력에 대해 말한 모든 것이 비슷한 용어로 설명될 수 있을 것이다. 달력의 경우 지적인 작업은 분명 유달리 복합적이며, 달력에 내포된 서로 다른 주기성들을 공통의 척도로 측정할 목적으로 적용되고 있는 수적인 계산의 경우는 특히 더 그렇다. 게다가 달력의 제정이 갖는 제도적이고 궁극적으로는 정치적인 특성은 달력의 천문학적 양상과 특히 사회적인 양상의 결합으로 인한 종합적 특성을 두드러지게 한다. 시계와 달력 사이에서 우리가 찾아낼 수 있는 그 모든 차이에도 불구하고 달력을 읽는다는 것은 여전히 해시계 문자판과 시계를 읽는 것과 비견할 만한 기호 해석이다. 주기적인 날짜 체계를 토대로 하는 항구적인 달력 덕분에, 현재의 표시 그리고 그에 따라 당연히 과거와 미래의 표시를 지니고 있는 사건들에 날짜를, 다시 말해서 가능한 모든 날짜들의 체계 속에 어느 자리를 할당할 수 있게 된다. 이처럼 어떤 사건의 날짜를 추정한다는 것은 실제 현재가 어느 순간과 동일한 것이 되게 하는 종합적 특성을 보여준다. 나아가 날짜 추정 원칙이란 살아 있는 현재를 어느 순간에 할당하는 것이라면, 그러한 실천은 현재의 "마치 ~처럼"을 후설이 말한 회상의 공식에 따라 어느 순간에 할당하는 것으로 이루어진다. 날짜는 잠재적인 현재, 상상된 현재에 할당되는 것이다. 따라서 집단적 기억을 통해 누적된 모든 추억들은, 이것을 달력의 시간 속에 다시 집어넣음으로써 날짜로 추정되는 사건이 될 수 있다.

서술적 시간과 우주적 시간을 연결하는 다른 이음쇠들에도 비슷한 추론을 무리 없이 적용할 수 있을 것이다. 세대의 연속은 생물학적으로 주어진 것인 동시에, 후설의 의미에서 회상을 인공적으로 대체하는 것이다. 선조들의 기억의 연쇄 고리를 통해 우리는 언제나 기억을 확장할 수 있으며, 상상력을 통해 그러한 역행을 연장함으로써 시간을 거슬러 올라갈 수 있다. 마찬가지로 누구나 다소 불가피하게 달력의 시간에 힘입어 자기 고유의 시간성을 세대의 연속 안에 위치시킬 수 있다. 그런 의미에서 동시대인, 선조, 후손의 회로는 세대가 연속된다는 생물학적인 현상, 그리고 동시대인, 선조, 후손의 세계를 재구성한다는 지적인 현상, 이 두 현상의 관계를 칸트적인 의미에서 도식화한다. 그러한 세 겹의 세계가 갖는 혼합적 특성은 그 상상적 특성을 강조한다.

역사적 시간의 설정을 나타내는 이음쇠들의 상상적 특성이 절정에 이르는 것은 물론 흔적의 현상을 통해서다. 효과-기호로서의 흔적 자체의 혼합 구조는 그러한 상상적 매개를 전제한다. 그 혼합 구조는 한 가지 종합적 활동 —— 남겨진 자국으로서의 흔적에 적용된 인과적 유형의 추론, 그리고 과거의 것과 관련된 현재의 것으로서의 흔적의 의미성이라는 특성과 연결된 해석 활동, 이 두 가지가 이 활동을 구성한다 —— 을 요약해서 보여준다. 되새기다 retracer라는 동사가 잘 표현하고 있는 이 종합적 활동은 이번에는 해시계와 달력 제작의 동인이 되는 작업만큼이나 복합적인 작업을 단적으로 보여준다. 순전히 연속적인 시간(현재가 없는 시간) 속에 체험된 시간(현재가 있는 시간)을 다시 집어넣는 작업의 최종 전제로 삼기 위해 이를테면 흔적을 중개하고 도식화하는 것은, 바로 사료와 문서를 보존, 선택, 수집, 참고하여 마지막으로는 읽어내는 활동인 것이다. 흔적이 문서나 사료보다 더 근본적인 현상이라면, 반면에 사료와 문서를 처리함으로써 흔적은 역사적 시간의 실제적인 중개자가 된다. 흔적을 중개하고 도식화하는 활동의 상상적 특성은 잔해, 화석, 폐허, 진귀한 물건, 유적 같은 것을 해석하는 작업에 수반되는 사유 활동을 통해 확인된다. 이것들이 흔적으로서의 가치, 다시 말해서 효과—기호 가치가 부여되기 위해서는, 생활 배경, 사회적·문화적 환경, 즉 앞에서 말했던 하이데거의 설명에 따르면 유물 주위에 지금은 없다고 할 수 있는 세계를 그려보는 것이 꼭 필요하다. 하지만 우리는 여기서, 그려본다는 표현과 함께, 상상적인 것의 활동에 다가가게 된다. 이어지는 분석에서 그 윤곽이 보다 쉽게 드러난다.

상상적인 것은 우리가 체험된 시간을 우주적 시간에 다시 집어넣는다는 주제(1절)에서 과거의 과거성 passéité이라는 주제(2절)로 넘어갈 때 더욱 역할이 커진다. 한편으로 역사가의 본능적인 "사실주의"는, 우리가 재현 représentation 개념과 분명하게 구별한 바 있는 재현성 représentance이라는 어려운 개념에서 결정적으로 표현되었다. 재현성 개념을 통해 우리가 나타내고자 했던 것은, 그것이 겨냥하는 역사적 담론에 대해 지금은 지나간 맞대면의 요청, 모든 역사적 구성은 재—구성이고자 한다는 점에서 그와 관련하여 부추기고 고치는 그 힘이다. 나는 있었던 대로의 과거가 갖는 그러한 권리를 죽은 자들에 대한 우리의 빚이라는 관념에 대응시킴으로써, 그 권리를 부각시켰다. 다른 한편으로 그 맞대면의 회피적인, 하지만 강압적인 특성으로 말미암아 우리는 어떤 논리적 유희, 즉 동일자, 타자, 유사자의 범주가 수수께끼를 구조화하지만 이를 해결하지는 못하는 그런 유희에 끌려들어가게 되었다. 그런데 바로 그러한 논리적 유희의 각 단계에서 상상적인 것은 재현성에 봉사하지 않을 수 없는 것으로 인정되며, ~라고 그려봄으로 이루어져 있는 작업과 다시금 어깨를 나란히 하게 된다. 동일자의 대변인이라 할 수 있는 콜링우드의 경우, 우리는 역사적 상상력과 재실행 사이의 은밀한 연대를 기억한다. 재실행은 역사적 상상력의 목적 télos이자 목표이며 완성이다. 반면에 역사적 상상력은 재실행의 기초적 도구 organon다. 과거의 재현성 속에 포함된 지나간 것의 계기를 표현하기 위해 동일자의 범주에서 타자의 범주로 넘어갔을 때, 타자성이 말할 수 없는 것 l'indicible 속으로 사라지지 못하게 하는 것도 역시 상상적인 것이다. 낯선 타자가 나에게 다가오는 것은, 공감과 상상력을 통해 언제나 동일자가 어떤 식으로든 타자로 옮아가기 때문이다. 바로 여기서 『데카르트의 제5성찰Cinquième Méditation cartésienne』에서 후설이 짝짓기 appariement, Paarung 작업과 이를 지탱하는 유추적 추론을 다루고 있는 분석은 온전히 그 힘을 발휘한다. 더욱이 그 분석에는 딜타이의 포괄적 사회학의 핵심 주제, 즉 모든 역사적 이해력은 낯선 정신적 삶 속으로 옮겨갈 수 있는 주체의 능력에 뿌리박고 있다는 주제가 담겨 있다. 이에 대해 가다머는 정신은 정신을 이해한다고 설명한다. 후설과 딜타이의 두 주제를 하나로 묶자면, 그러한 유추적 전이야말로 유사자로의 이행을 정당화하고, 헤이든 화이트가 그랬듯이 비유법에 도움을 청함으로써, 실제로 일어났던 대로의 wie es eigentlich gewesen 과거를 안다는 랑케의 표현에 우리가 받아들일 수 있는 의미(그 어떤 실증주의와도 거리를 두고 있는 의미)를 부여하게 된다. 역설적으로 '실제로'와 균형을 이루고 있는 "~대로"는 그때 차례로 은유, 환유, 제유, 아이러니로 해석되는 "~와 같은tel que"의 비유적 가치를 갖는다. 헤이든 화이트가 역사적 상상력의 "재현적" 기능이라고 부르고 있는 것은 ~라고 그려본다는 행위, 상상력을 혜안(慧眼)이 되게 하는 행위와 다시 한 번 어깨를 나란히 한다. 과거란 내가 거기에 있었다면 보았을 것이고, 목격자가 될 수도 있었던 것이며, 마찬가지로 사물의 다른 면이란 당신이 그것을 쳐다보는 곳에서 내가 바라본다면 볼 수 있는 것이다. 따라서 비유는 재현성의 상상 세계가 된다.

이제 남은 일은 날짜로 추정되는 과거(1절)와 재구성된 과거(3절)에서 다시 형상화된 과거로 넘어가, 그러한 형상성 figurativité의 요구에 부응하는 상상적인 것의 양태를 정확하게 규정하는 것이다. 이 점에서 볼 때, 우리가 지금까지 한 일은 재형상화 작업에서 음각으로 존재하는 상상적인 것의 위치를 나타낸 것일 뿐이다.

오로지 허구 이야기를 통해서만 밝혀지는 상상적인 것의 특징들이 어떻게 해서 상상적 매개를 풍요롭게 하며, 그로써 허구와 역사가 어떻게 시간을 재형상화하는 과정에서 정말로 교차하는가를 이제 설명해야 한다.

내가 "~라고 그려본다"라는 표현을 끌어들이면서 암시했던 것은 바로 그러한 특징들이다. 그 특징들은 과거가 겨냥하는 것을 거의 직관적으로 충전시킨다는 공통점을 지니고 있다. 첫번째 양태는 "처럼 보다"의 은유적 기능에서 직접 빌려와서 구성된다. 우리는 오래전부터, 역사에 의해 시간을 재형상화하는 데에 은유의 비스듬한 brisé 대상 지시가 가져다주는 그러한 도움을 받아들이기 위해 준비해왔다. 역사의 글쓰기는 외부로부터 역사 지식에 덧붙여지는 것이 아님을, 역사의 글쓰기와 역사 지식은 한 가지임을 인정하게 되면, 역사의 글쓰기가 문학적 전통에서 받아들인 줄거리 구성 유형들을 모방한다는 것을 인정하지 못할 이유는 없다. 그렇게 해서 헤이든 화이트는 노드롭 프라이에게서 비극성, 희극성, 소설성, 아이러니 등의 범주를 빌려와 그러한 문학 장르들을 수사학적 전통의 비유법들과 짝짓게 되었던 것이다. 그런데 역사가 문학에서 빌려온 그러한 것들이 구성의 측면, 그러니까 형상화의 계기에 국한될 수만은 없을 것이다. 빌려온다는 것은 역사적 상상력의 재현적 기능과도 관련된다. 즉 우리는 사건의 어떠한 연쇄를 비극적이거나 희극적인 것 등으로 보는 법을 배우게 된다. 자료의 발전으로 순전히 과학적인 측면에서의 신뢰성이 잠식되기는 했지만, 그래도 위대한 역사서들이 영속적이 될 수 있는 것은, 그 작품들의 시학적·수사학적 기법이 바로 과거를 보는 방법에 맞춰진 것이라는 특성이다. 그래서 하나의 작품이 위대한 역사서이면서 동시에 뛰어난 소설이 될 수 있는 것이다. 놀라운 사실은 그처럼 허구를 역사와 얽히게 한다고 해서 역사의 재현성이라는 구상 자체가 약화되는 것이 아니며, 오히려 그 구상을 완성하는 데 도움이 된다는 점이다.

허구 효과effet de fiction라고 말할 수 있을 이것은 우리가 독서 이론들을 재검토하면서 언급했던 다양한 수사학적 전략들을 통해 증폭된다. 우리는 역사책을 소설처럼 읽을 수도 있다. 그럼으로써 서술적 목소리와 내포된 독자 사이의 공모 관계를 설정하는 독서 계약을 맺게 된다. 그러한 계약에 근거해서 독자는 경계의 끈을 늦춘다. 독자는 기꺼이 자신의 불신을 미루어두는 것이다. 독자는 신뢰한다. 정신을 이해한다는 과도한 권리를 역사가에게 양보할 준비가 되어 있는 것이다. 그러한 권리의 이름으로 고대의 역사가들은 스스럼없이 자신의 주인공들로 하여금 지어낸 말들, 문서가 보증하는 것이 아니라 단지 그럴듯한 것으로 만드는 말들을 입에 올리게 한다. 현대의 역사가들은 그 말의 본래 뜻에서 허황된fantaisiste 그러한 침입을 용인하지 않는다. 그럼에도 불구하고 어떤 계산적인 목적과 수단을 재실행하려고, 즉 다시 생각하려고 애쓰게 되면, 물론 보다 섬세한 형태를 띠긴 하지만 역시 소설적 재능에 도움을 청하는 것이다. 그렇게 해서 역사가는 거리낌 없이 상황을 "묘사하고," 사유의 흐름을 "되돌려주고," 그 흐름에 내적인 담론의 "생기"를 부여하는 것이다. 우리는 이렇게 해서 아리스토텔레스가 렉시스lexis〔고전수사학에서 적절한 단어의 선택과 관련된 기법: 옮긴이〕 이론에서 강조했던 담론 효과와 우회적으로 다시 만나게 된다. 『수사학』에 따른 "표현술 élocution"과 "화술 diction"은 "눈앞에 놓고" 그처럼 "보게 한다"는 장점을 가지고 있다.[158] 그렇게 해서 단순한 "처럼 보다"를 한 걸음 넘어서서, 동화시키는 은유와 거리를 두는 아이러니를 결합할 수 있게 된다. 우리는 엄밀한 의미에서 "처럼 보다"를 "본다고 믿는다"와 뒤섞는 환상의 영역에 들어간다. 여기서 믿음을 규정하는 "진실로 간주함"은 존재한다는 환각에 굴복한다.

매우 특이한 이러한 허구 효과와 화술 효과는 분명, 역사가가 다른 관점에서 자신과 관련해서 실행하고 자신의 독자에게 전달하고자 하는 비판적 경계와 갈등을 일으킨다. 하지만 그러한 경계와 의심의 자발적 유예 사이에는 때로 기이한 공모 관계가 이루어지는데, 바로 거기서 미학적 영역에서의 환상이 생긴다. 이러한 행복한 결합, 예를 들어 프랑스 혁명에 대한 미슐레의 묘사를 역사에서 허구가 아니라 허구에서 역사로 이동하는 톨스토이의 『전쟁과 평화』에 버금갈 만한 문학 작품으로 만드는 결합의 특성을, 나는 통제된 환상이라고 말하고 싶다.

나는 여기서 역사를 허구화하는 마지막 양태를 제시할 것인데, 그것은 재현성이라는 목표를 소멸시키기는커녕 그 목표에 결여된 것 ── 이는 바로 이제 설명하고자 하는 상황에서 역사의 허구화로부터 진정 기대된다 ── 을 충전시킨다. 즉, 한 역사적 공동체가 바로 거기서 기원이나 원천을 보기 때문에 특기할 만한 것으로 간주하는 사건들이다. 영어로 "획기적인 epoch-making"이라고 말하는 사건들이 갖는 특수한 의미 작용은, 그러한 공동체와 구성원들의 정체성 의식, 즉 서술적 정체성의 토대를 마련하거나 강화하는 힘에서 비롯된다. 이러한 사건들은 열렬한 추도의 영역이든 증오, 분노, 애도, 연민 나

---

158) 『살아 있는 은유』, 1장.

아가서 용서를 구하는 영역이든, 주목할 만한 윤리적 강렬함을 띠는 감정들을 낳는다. 말 그대로의 역사가는 자기 감정들을 자제한다고 여겨진다. 이 점에서 추도와 증오의 감정이 프랑스 혁명을 설명하고 해석하는 유익한 논의를 가로막는 장애가 되었다는 프랑수아 퓌레 François Furet의 비판은 여전히 유효하다.[159] 물론 더 잘 이해하고 설명하기 위해 거리를 두는 것이 중요한 어떤 과거의 역사의 진전에는 알맞을지 몰라도, 아우슈비츠와 같은 우리 시대와 보다 가까운 사건들의 경우 윤리적 중립은 가능하지도 않고 바람직하지도 않다. 여기서 성서 ─ 보다 자세히는 「신명기(申命記)」─ 에 나오는 기억하라 Zakhor라는 낱말을 거론하지 않을 수 없는데, 「신명기」의 이 말은 역사 기술의 호소와 꼭 일치하지는 않는다.[160]

나는 우선, 절제의 규칙은 분노나 애도에 적용될 때보다는 격식을 갖춘 추도에 적용될 때 보다 우리의 존경을 받을 자격이 있다는 것을 인정한다. 우리가 헤겔이 역사적 위인이라고 불렀던 사람들의 위대한 업적에 대해서 보다 기꺼이 기념하고 싶은 애착을 가지며, 또한 우리의 그런 성향은 지배를 정당화하는 이데올로기의 기능에 속한다는 점에서 말이다. 그러한 추도에서 찬탄과 존경, 그리고 사의(謝意)를 지운다는 것은 불가능하며 바람직하지도 않다는 것이 내 생각이지만, 그럼에도 불구하고 그것은 승리자의 역사와 가깝다는 사실 때문에 의혹의 대상이 된다. 오토의 말대로 성스러움 le sacré의 정서적 핵심이 '매력적인 전율 tremendum fascinosum'이라 하더라도, 성스러

---

159) 『시간과 이야기』 1권, p. 433(번역본) 참조.
160) Yosef Hayim Yeruschalmi는 『기억하라, 유대의 역사와 유대의 기억 Zakhor, Jewish History and Jewish Memory』(Seattle and London: University of Washington Press, 1982)에서 유대인들은 「신명기」의 "기억하라"를 믿고 따랐기 때문에 오랜 세월 동안 학술적인 역사 기술을 무시할 수 있었으며, 그들이 근대에 역사 연구에 접근하게 된 것은 대체로 귀족 문화에 동화된 결과였다는 사실을 보여준다.

움의 의미는 여전히 역사적 의미 차원에 머무는 것이다.

그런데 전율은 '두려운 전율tremendum horrendum'이라는 또 다른 얼굴을 가지고 있다. 그 이유에 대해 변호할 만한 가치가 있는데, 우리는 그러한 변론에서 허구가 어떤 유리한 도움을 주는가를 보게 될 것이다. 증오가 존경의 부정적 측면이듯이, 공포는 찬탄의 부정적 측면이다. 공포는 결코 잊어서는 안 될 사건들과 결부된다. 그것은 희생자의 역사에 대한 궁극적인 윤리적 동기를 이룬다(나는 패배자의 역사보다는 희생자의 역사라고 말하고 싶은데, 패배자는 어떤 점에서는 지배하기를 원했으나 실패한 후보이기 때문이다). 아우슈비츠의 희생자들은 그 무엇보다도 역사의 모든 희생자들에 대한 우리의 기억을 대변하고 있는 사람들이다. 희생자를 만든다는 것은 그 어떤 이성의 간계도 정당화할 수 없고 오히려 경악스런 역사의 변신론(辯神論)을 분명하게 보여주는, 역사의 이면이다.

두려운 것 l'horrible에 대한 기억에서 허구의 역할은 공포가 갖는 힘, 그러니까 찬탄이 그렇듯이 그 뚜렷한 유일성으로 인해 중요성을 갖는 사건들을 향한다는 그 힘의 필연적 결과다. 찬탄과 마찬가지로 공포는 우리의 역사 의식에 특수한 개별화 기능을 행사한다고 말할 수 있을 것이다. 개별화는 세분화의 논리에도, 폴 베인이 파리엔테 Pariente와 공유하고 있는 것과 같은 개별성의 논리에도, 그냥 통합되는 것은 아니다.[161] 그러한 논리적 개별화, 그리고 나아가 앞에서 말한 시간을 통한 개별화와 관련하여 나는 기꺼이 유일하게 유일한 사건들이라고 말하고 싶다. 다른 모든 개별화 형태는 연결해주는 설명 작업을 보완하는 것이다. 그러나 공포는 비할 수 없는, 비할 수 없을 정도로 유일한, 유일하게 유일한 것으로 만듦으로써 고립시킨다. 내가 공포를 이렇게 찬탄과 연결시키려고 하는 이유는, 우리로 하여금

---

161) 『시간과 이야기』 1권, pp. 337 이하(번역본) 참조.

창조를 주도하는 것으로 보이는 모든 것을 마주할 수 있게 해주는 감정을 그것이 역전시키기 때문이다. 공포는 역전된 경탄인 것이다. 홀로코스트 Holocauste의 공포를 부정적인 계시, 반(反)-시나이 anti-Sinaï라고 말할 수 있었던 것은 바로 그런 뜻에서다. 연결해주는 설명과 고립시키는 공포 사이의 갈등이 여기서 그 정점에 이른다. 하지만 그러한 잠재적 갈등이 사건을 설명 속에 용해시킬 수도 있는 역사와, 생각할 수 없는 것을 생각하지 않을 수도 있게 하는 순전히 정서적인 반응을 완전히 갈라놓는 이분법에 이르러서는 안 될 것이다. 중요한 것은 오히려 역사적 설명을 통해 서로를 부각시키고 공포를 통해 개별화를 돋보이게 하는 것이다. 역사적으로 설명할수록 우리는 더 분개한다. 공포에 사로잡힐수록 우리는 더 이해하려고 노력한다. 이러한 변증법은 후일담에서 단일한 인과적 함축 관계를 만들어내는 역사적 설명의 성격 자체에 그 최종적인 근거를 두고 있다. 여기에서 우리가 표명하는 확신, 즉 찬탄이나 경탄과 마찬가지로 공포를 통한 사건의 개별화와 역사적 설명은 서로 모순되지 않을 수도 있다는 확신은 본래 역사적인 설명의 단일성에 토대를 두고 있다.

그렇다면 어떤 점에서 허구가 찬탄과 마찬가지로 공포를 통한 개별화의 필연적 결과가 되는가?

여기서 우리는 존재한다는 환상, 하지만 비판적 거리 두기를 통해 통제되는 환상을 불러일으킬 수 있는 허구의 힘과 다시 만나게 된다. 이번에도 역시 "눈앞에 놓음"으로써 "묘사하는" 것은 재현성의 상상 세계에 속한다. 새로운 사실은 통제된 환상의 목적이 즐겁게 하는 것도 심심풀이도 아니라는 사실이다. 그것은 찬탄과 마찬가지로 공포에 의해 실행되는 개별화를 돕기 위해 존재한다. 우리가 특히 더 주의를 기울였던 공포에 의한 개별화는, 허구의 직관성 같은 것이 없다면 감정으로서 아무리 고상하고 깊이가 있다 해도 맹목적일 수밖에 없을 것이다. 허구는 공포에 질린 화자에게 눈을 준다. 보고 눈물을 홀릴 수 있는 눈을 말이다. 홀로코스트 문학의 작금의 경향은 이것을 충분히 증명한다. 시신들의 숫자와 희생자들에 대한 풍설. 그 둘 사이에 어떤 역사적 설명이, 글로 쓰기 어렵고(불가능하지는 않더라도) 단일한 원인 전가의 규칙에 부합하는 설명이 삽입된다.

그처럼 역사와 합쳐지면서 허구는 역사를 서사시에 나타나는 공통의 기원으로 되돌아가게 한다. 보다 정확히 말해서 희생자들의 풍설은, 서사시가 찬탄의 차원에서 했던 일을 공포의 차원에서 행하는 것이다. 서사시와 시작 단계의 역사가 영웅들의 덧없는 영광을 지속적인 명성으로 바꾸었듯이, 어떤 의미로는 부정적인 그 서사시는 고통의 기억을 간직하고 있다. 그 두 경우 모두, 허구는 잊을 수 없는 것 l'inoubliable에 봉사한다.[162] 허구 덕분에 역사 기술은 기억과 어깨를 겨눌 수 있게 된다. 역사 기술이 오로지 호기심만으로 살아 움직일 경우에는 기억이 없을 수도 있기 때문이다. 역사 기술은 그때 이국 취향으로 돌아서는데, 폴 베인이 로마사(史)를 가르치며 그런 권리를 요구했듯이, 이는 전혀 비난할 만한 것이 못 된다. 하지만 잊어서는 안 되는 범죄들이 있고, 고통의 대가로 복수보다는 이야기되기를 호소하는 희생자들도 있을 것이다. 오로지 잊지 않으려는 의지만이 그러한 범죄가 더 이상 일어나지 않도록 할 것이다.

---

162) 다시 한 번 나는 이야기와 행동의 관계에 대한 한나 아렌트의 탁월한 분석과 의견을 같이한다. 인간사의 취약성에 직면하여 이야기는 행동의 "누구"를 드러내고, 공적 영역의 출현 공간에 그를 내보이며, 그에게 이야기될 만한 일관성을 부여하고, 최종적으로는 그에게 명성의 불멸을 보장한다(『인간의 조건 The Human Condition』, 불역 pp. 50, 97, 173~74, 181 이하). 한나 아렌트가 역사에 고통받는 사람들을 역사를 만드는 사람들과 결코 분리시키지 않았으며, 시인 아이작 디네센 Isak Dinesen의 다음 구절을, 행동을 탁월하게 다루고 있는 장의 제사(題辭)로 놓기로 했다는 것은 그리 놀라운 일이 아니다. "모든 슬픔은, 말로 옮겨 이야기로 만들거나 그에 관해 이야기를 한다면, 참을 수 있다"(같은 책, p. 175).

지금까지 말한 특성들을 통해 역사가 과거의 재현성이라는 목표를 위해 허구화를 촉구하듯이, 허구 쪽에서도 역사화에 유리하게 작용하는 특징들을 제공하는가?

여기서 나는 허구 이야기가 어떤 식으로든 역사 이야기를 모방한다는 가설을 검토할 것이다. 허구 이야기가 무언가를 이야기한다는 사실은, 마치 그것이 일어난 듯이 이야기하는 것이라고 할 수 있다. 일어난 듯이라는 말은 의미 작용 – 이야기에 어느 정도까지 본질적인가?

일어난 듯이가 우리가 모든 이야기에 결부시키는 의미의 일부를 이루고 있다는 첫번째 지표는 엄밀하게 문법적인 영역에 속한다. 이야기는 과거 시제로 이야기된다. "옛날 옛적에 il était une fois"라는 표현은 동화에서 이야기가 시작됨을 나타낸다. 하랄트 바인리히 Harald Weinrich가 『시제 Tempus』에서 그러한 기준에 이의를 제기했다는 것도 나는 물론 알고 있다. 바인리히에 따르면 동사 시제의 조직적 구성은, 과거, 현재, 미래로 나누는 시간 구분에 관련된 결정 요소들과 분리시켜야만 이해될 수 있다. 시제는 시간과 아무런 관련이 없다. 동사 시제는 화자가 청자에게 건네는 기호일 뿐이며, 청자로 하여금 언어적 메시지를 어떤 방식으로든 받아들이고 해독하게 한다는 것이다. 우리는 의사 전달이라는 표현으로 동사 시제에 대한 그러한 해석을 검토했었다.[163] 여기서 우리의 관심을 끄는 것은, 첫번째 구별을 주관하는 "발화 상황"인데, 바인리히에 따르면 그것이 이야기하기 erzählen와 해설하기 besprechen 사이의 대립을 주도하기 때문이다. 이야기하기를 주도하는 시제들(프랑스어에서는 단순과거, 반과거, 대과거, 조건법)은 엄밀히 말해 그 어떤 시간적 기능도 갖지 않는다. 그 시제들은 독자에게, 이것은 이야기다라는 사실을 알려주는 데 사용

---

163) 『시간과 이야기』 2권, 3장, 1절.

될 뿐이다. 해설에 들어가면서 긴장하고 참여하는 것과는 대조적으로, 이야기에 상응하는 태도는 단지 이완과 이탈인 것이다. 단순과거와 반과거는, 이야기가 실재거나 허구적인 과거의 사건들과 결부되어 있기 때문이 아니라, 그러한 시제들이 이완이라는 태도를 향하고 있기 때문에 이야기의 시제가 된다. 의사 전달의 두번째 축인 "발화 관점"의 축에 따른 회상과 예상을 나타내는 표지, 그리고 세번째 축에 따른 "강조하기"의 표지도 마찬가지임을 기억할 것이다. 그때 나는 허구에서의 시제 이론은 바인리히의 저서에 빚지고 있다고 말했었다. 『시제』가 보여주는 것은, 동사 시제가 시간의 선조적 재현보다 훨씬 더 복합적인 체계를 이루고 있다는 사실이다(바인리히는 현재, 과거 그리고 미래라는 용어로 표현된 시간적 체험을 너무 성급하게 그와 결부시킨다). 그런데 시간 경험의 현상학에 힘입어 우리는 비선조적인 시간의 여러 양상들, 그리고 비선조적인 그러한 양상들에 속하는 과거 개념의 의미 작용들과 친숙해졌다. 시제는 그러므로 선조성과는 다른 시간화 양태에 따라 시간과 결부될 수 있다. 일상적인 체험이 평준화하거나 지워버리는 그러한 시간적 의미 작용에서 어떤 것들을 캐묻고 파들어가는 것이야말로 바로 허구의 기능 중 하나다. 아울러 과거 시제 prétérit가 그 어떤 의미 작용도 갖지 않고 단지 이야기의 시작을 알리는 것에 지나지 않는다고 말하는 것은 거의 설득력이 없다. 나로서는 이야기가 허구적인 과거로서 어떤 것과 관계를 맺고 있다는 생각이 보다 풍요로워 보인다. 이야기가 초연한 듯한 태도를 불러일으키는 이유는, 이야기의 과거 시제가 시간적인 준-과거 quasi-passé이기 때문인 것이 아닌가?

그런데 준-과거란 무엇을 뜻하는가? 나는 이 책의 3부[『시간과 이야기』 2권을 가리킨다: 옮긴이], "시간과의 유희"에 대한 분석의 끝 무렵에 한 가지 가설을 과감하게 제시했었는데, 이제 그 가설이 정당화될 수 있는 것으로 보인다. 즉 그것은 허구 이야기에서 이야기된 사건들은, 우리가 여기서 내포된 화자, 다시 말해서 실제 저자의 허구적 변장과 동일한 것으로 간주하는 서술적 목소리로 보자면, 과거의 사실들이라는 가설이다. 어떤 목소리가 이야기할 때, 자기로서는 일어났던 일을 이야기하는 것이다. 독서를 시작한다는 것은, 서술적 목소리를 통해 진술되는 사건들이 그 목소리의 과거에 속한다는 믿음을 독자와 저자 사이의 계약에 포함시키는 것이다.[164]

이러한 가설이 타당하다면, 역사가 거의 허구적인 것과 마찬가지로 허구 또한 역사적이라고 말할 수 있다. 살아 움직이는 이야기를 통해 독자의 "눈앞에" 펼쳐지는 사건들의 준-현재가 그 직관성 덕분에 과거의 과거성이 갖는 도피적 특성, 재현성의 역설들이 보여주는 특성에 그 생동감을 더한다는 점에서, 역사는 거의 허구적이다. 이야기되는 비실재적 사건들이, 독자에게 말을 건네는 서술적 목소리로서는 지나간 일들이라는 점에서 허구 이야기는 거의 역사적이다. 바로 그렇게 해서 그 이야기들은 사건들과 닮게 되며, 허구는 역사와 닮게 된다.

게다가 그 관계는 순환적이다. 허구는 바로 준-역사적인 것으로서, 위대한 역사책을 문학적 걸작으로 만드는 그러한 살아 움직이는 듯한 생동감을 과거에 부여한다고 말할 수 있다.

"일어난 듯이"를 서술적 허구에 본질적인 것으로 간주하는 두번째 동기는, 우리가 아리스토텔레스를 읽으면서 알게 되었던 줄거리 구성의 황금률, 즉 줄거리 구성은 개연적이거나 필연적이어야 한다는 규칙과 관련된다. 물론 아리스토텔레스는 개연적인 것에 시간적이거나 준-시간적인 의미 작용을 결부시키지는 않는다. 일어날 수 있는 것과 일어났던 것을 대립시키는 데 그치는 것이다(『시학』, 1451 b 4~5). 역사는 실제로 일어난 과거를 챙기고, 시(詩)는 가능한 것을

---

164) 서술적 목소리 개념에 관해서는 『시간과 이야기』 2권, pp. 182~206(번역본)을 참조할 것.

떠맡는다. 그러나 그러한 반론 또한 바인리히의 반론과 마찬가지로 구속력이 없다. 기실 아리스토텔레스는 과거와 현재의 차이에는 전혀 관심을 갖지 않았다. 그는 일어났던 일은 개별적인 것으로, 일어날 수 있는 일은 보편적인 것으로, 그 특성을 규정한다. "보편적인 것이란 어떤 유형의 인간이 사실임직하거나 필연적으로 하거나 말하는 것들의 유형이다"(1451 b 6).

여기서 문제가 되는 것은 보편적인 것의 사실임직함vraisemblance 이다. 그런데 바로 아리스토텔레스에게도 그 사실임직함은 우리가 조금 전에 준-과거라 불렀던 것과 관계가 없지 않다. 시와 역사를 대립시키고 있는 같은 페이지에서, 비극적인 것은 "실제로 확인할 수 있는 사람들의 이름"에 만족하고 있다는 점에서 칭송을 받는다. "그 이유는 다음과 같다. 가능한 것은 설득력이 있다는 것인데, 우리는 일어나지 않았던 일은 가능하다고 생각하지 않는다. 반면에 일어났던 일이 가능하다는 것은 자명하다"(1451 b 15~18). 아리스토텔레스는 여기서, 개연적인 것이 설득력을 갖기 위해서는 있었던 것과 진실임직한vérisimilitude 관계를 가져야 한다는 사실을 암시하고 있다. 아리스토텔레스는 사실상 율리시스, 아가멤논, 오이디푸스가 과거에 실제로 있었던 인물인가에 대해서는 신경을 쓰지 않는다. 그러나 비극은, 기억과 역사를 선조들 세계의 오래된 층과 다시 이어주는 것을 그 첫번째 기능으로 삼는 전설 속에 빠져들어가는 척해야 한다.

불행히도, 그처럼 허구를 통한 과거 꾸미기는 후에 사실주의 소설이 불러일으킨 미학적 논의들로 말미암아 모호해지게 된다. 진실임직함은 그래서 실재와의 닮음이라는 양태, 허구도 역사의 측면에 위치시키는 양태와 혼동되어버린다. 이 점에서 19세기의 위대한 소설가들을 보충 역사가 혹은 설익은 사회학자로 볼 수 있다는 것은 사실이다. 즉 여기서 소설은 인문과학의 제국에서 아직 비어 있는 자리를 차지하고 있는 듯 보인다. 그러나 그러한 사례는 결론적으로 무엇보다도 착각을 불러일으키는 것이다. 진실임직함과 관련하여 소설이 가장 흥미로운 문제를 제기하는 때는, 그것이 (미적 기능과 뒤섞인) 직접적인 역사적 혹은 사회적 기능을 행사할 때가 아니다. 행동의 진정한 미메시스는 그 시대를 반영하는 데 가장 신경을 덜 쓰는 예술 작품들에서 찾아야 한다. 가장 통속적인 의미에서의 모방은, 여기서 그 무엇보다도 미메시스의 적이다. 예술 작품이 진정한 재현적 기능을 펼치는 때는 바로 그러한 종류의 사실임직함과 관계를 끊을 때다. 그럴 때 서술적 목소리의 준-과거는 역사 의식의 과거와 완전히 구분된다. 반면에 그것은 일어날 수 있는 것이라는 뜻에서의 개연성과 일치한다. 사실임직함이다라고 강력히 주장하는 가운데, 역사적 과거와의 모든 반영 관계 바깥으로 울려퍼지는 "회고적 passéiste" 음조는 그러한 것이다.

허구의 "준-역사적" 특성에 대해 내가 여기서 제안하고 있는 해석은 역사적 과거의 "준-허구적" 특성에 대한 해석과 뚜렷하게 일치한다. 역사와 뒤섞인 허구의 기능들 가운데 하나가 역사적 과거에서 이루어지지 않았던 가능성들을 뒤돌아보는 식으로 해방시키는 것이 사실이라면, 이는 준-역사적인 그 특성, 즉 허구 그 자체는 일이 지난 다음에 그 해방 기능을 행사한다는 특성 덕분이다. 허구의 준-과거는 그렇게 해서 실제 과거 속에 묻혀 있던 가능성들을 탐색하는 것이 된다. "일어날 수 있었던" 것 — 아리스토텔레스가 말하는 사실임직함 — 은 "실재" 과거의 잠재성과 순수한 허구의 "비실재적" 가능성을 동시에 포괄한다.

순수한 허구의 사실임직함과 역사적 과거에서 이루어지지 않은 잠재성 사이의 이러한 심층적인 유사성은 이번에는, 문서에 따른 증거로 요약되는 역사의 제약들에 대해 허구가 누리는 자유가, 앞에서 말했듯이(pp. 185~86), 허구의 자유와 관련하여 결정적인 것이 되지 못하는 이유를 설명할 수도 있다. 문서에 따른 증거의 외적 제약으로부터 자유로운 허구는, 사실임직함의 제약의 또 다른 이름인 준-과거를 섬김으로써 내적으로 연결되는 것이 아닌가? 예술가는 ~로부터 자유롭지만 ~을 위해 더 자유로워야 한다. 그렇지 않다면 예술적 창조의 고뇌와 고통을 어떻게 설명할 것인가? 서술적 목소리의 준-과거는, 문서에 따른 사실의 외적 제약과 혼동되지 않을수록 그만큼 더 강압적인 내적 제약을 소설 창조에 부과하는 것이 아닌가? 그리고 서술적 목소리에 생동감을 부여하는 세계관을 가장 완벽한 방식으로 "되돌려준다"는 창조의 준엄한 법칙은 역사가 예전 사람, 죽은 이들에 대해 지고 있는 빚과 구분이 되지 않을 정도로까지 이를 흉내내고 있는 것이 아닌가? 역사가와 소설가 가운데 어느 쪽이 빚을 갚을 능력이 더 부족한가?

결론적으로 시간의 재형상화에서 역사와 허구의 교차는 최종적인 분석에서, 역사의 거의 허구적인 순간과 자리를 바꾸는 허구의 거의 역사적인 순간이라는 상호 맞물림에 근거를 두고 있다. 이러한 교차, 상호 맞물림, 자리 바꿈에서 바로 인간의 시간 le temps humain이라고 부름직한 것이 나온다. 거기서 역사를 통한 과거의 재현성과 허구의 상상의 변주는 시간의 현상학의 아포리아를 배경으로 결합한다.[165)]

이야기를 통한 재형상화에서 비롯된 이러한 시간이, 조금 전에 우리가 설명한 그 모든 교차 방식들을 포괄하는 단수 집합명사 singulier

---

165) 여기서 끝을 맺는 다섯 개 절의 분석을 자기 의식 conscience de soi의 측면에서 완결하는 서술적 정체성이라는 개념에 대한 검토는 결론으로 미루어둔다. 독자는 물론 지금부터 서술적 정체성 개념을 참조할 수 있을 것이다. 나로서는 역사의 시간의 아포리아에 이르는 길을 열어두기 위해서 인간의 시간 그 자체를 구성하는 데 만족하고자 했다.

collectif로 겨냥될 수 있어야 한다면 어떤 식으로 전체화하는 것이 알맞겠는가?

이것이 바로 우리가 더 검토해야 할 부분이다.

6. 헤겔을 포기함

앞의 5개 절이 도달한 결론이 제기하는 문제로 인해서, 지금 우리가 시작하려고 하는 헤겔과의 대면은 꼭 필요한 작업이 된다. 2장 서론 부분에서 대강의 윤곽을 그려보았던 이 문제는 시간, 그리고 시간의 단일성을 탐구한 위대한 철학들이 되풀이해왔던 전제에서 비롯된다. 즉, 시간은 언제나 하나의 단수 집합명사로 표상되는 것이다. 그런데 앞에서 말한 시간의 현상학이 이 전제를 다루는 데는 상당한 어려움이 따른다. 우리는 마지막으로 결론에서 그것을 살펴볼 것이다. 지금 여기서 제기되는 문제는, 역사 이야기와 허구 이야기의 대상 지시 목표의 교차에서 역사 의식, 즉 시간의 단일성이라는 가정(假定)에 버금갈 수 있고 그로써 아포리아에 좋은 결과를 낳을 수 있는 역사 의식이 생길 수 있는지를 알아보는 것이다.

나는 여기서, 이러한 최종적 질문의 정당성을 입증하기 위해, 근대에 "역사"라는 용어의 의미론에서 끌어냈던 논증들을 되풀이하지는 않을 것이다. 그 논증들은 다음 절 앞부분에서 다시 다루게 될 것이다. 역사 의식의 총체화라는 물음을 위해서는 차라리 우리가 있는 그대로의 과거의 실재성을 다루던 절에서 마주쳤던 난관들 속에서 닻을 내릴 수 있는 지점을 찾을 것이다.[166] 그때 우리가 고백했던 대로, 있는 그대로의 과거에 대한 사유들이 모두 상대적으로 실패한 원인

---

166) 이 책의 1장, 3절 참조.

이 과거를 추상화했기 때문에, 그리고 과거가 현재, 미래와 맺는 연결이 단절되었기 때문이라면, 시간의 아포리아에 대한 진정한 대응은 과거, 현재 그리고 미래를 하나의 **전체**로 감쌀 수 있는 사유 방식에서 찾아야 하는 것이 아닐까? 있는 그대로의 과거의 표상을 유기적으로 구성하는 "대범주들"의 상이성(재실행, 타자성과 차이의 위치, 은유적 동화)에서 우리는 바로 영원한 현재 속에서의 시간을 총체화로서의 역사를 파악하는 데까지 이르지 못하는 사유의 징후를 해독해야 하는 것이 아닐까?

이러한 물음에서 헤겔의 유혹이 생겨난다.

I. 헤겔의 유혹

헤겔 철학[167]이 주제로 삼은 역사는 더 이상 역사가가 말하는 역사가 아니다. 그것은 철학자가 말하는 역사다. 헤겔은 "보편적인 역사"가 아니라 "세계사"라고 말한다. 왜? 그것은 역사에 통일성을 부여할 수 있는 이념 ─ 자유 이념 ─ 은『철학의 백과사전』에서의 정신 Esprit의 철학을 전부 거쳐온 사람, 다시 말해서 정신의 자기 실현 과정에서 자유를 합리적인 동시에 현실적인 것으로 만드는 조건들을 통합적으로 사유하는 사람만이 이해할 수 있기 때문이다. 그런 뜻에서 오로지 철학자만이 그러한 역사를 쓸 수 있다.[168]

---

167) 여기서 우리가 사용하는 텍스트는『세계사 철학 강의 *Vorlesungen über die Philosophie der Weltgeschichte*』1권을 Johannes Hoffmeister가 비평을 달아 편집한『역사에서의 이성 *Die Vernunft in der Geschichte*』(Hamburg: Felix Meiner, 1955)이다. 불역본은 Kostas Pappaioannou,『역사에서의 이성, 역사철학 입문 *La Raison dans l'histoire, Introduction à la philosophie de l'histoire*』, Paris: Plon, 1965(또한 Union Générale d'Éditions, coll.《Le monde en 10/18》). 우리는 그 번역본을 여러 군데에서 임의로 수정해서 사용했다.

168)『역사철학 강의 *Leçons sur la philosophie de l'histoire*』서론의 "1차 초고"를 구성하는 "역사 기술 유형"에 대한 연구는 오직 독자를 가르치기 위한 것이다. 즉 자유를 이치에 맞는 동시에 현실적인 어떤 역사의 동인(動因)으로 간주하는 체계

따라서 역사에 대한 "관념적 pensant 고찰"에 진정한 입문 단계는 없다. 그러한 고찰은 체계와 불가분의 관계에 있는 철학적 신앙 고백을 토대로, 중간 매개 없이 이루어진다. "철학이 제시하는 유일한 이념은 이성에 대한 단순한 이념, 이성이 세계를 지배하고 그 결과 세계

를 통해 설정된 철학적 이성에 익숙지 않은 대중들을 위해서 그 고유의 철학적 구조를 통해서만 지탱되는 철학적 세계라는 관념 쪽으로 조금씩 이끌어가는 대중적 서론을 제시할 필요가 있었다. "본래의 역사 histoire originale"에서 "반성적 역사 histoire réfléchissante"로, 이어서 "철학적 역사 histoire philosophique"로의 움직임은 '표상 Vorstellung' — 달리 말해서 비유적 사유 — 에서 오성과 판단을 거쳐 '개념 Concept'에 이르는 움직임을 되풀이한다. "본래의 역사"의 저자들은 자신들이 직접 보고 그 정신을 공유하는 사건과 제도들을 다룬다고 말할 수 있다. 국민의 정신은 정치와 글쓰기를 창안함으로써 이미 그 문턱을 넘었기 때문에, 이제 이들과 더불어 전설, 그리고 이야기로 전해진 전통 너머에 있는 첫번째 문턱을 넘었다고 할 수 있다. 역사는 이러한 실제적 진전을 내재화함으로써 그것을 이끌어가는 것이다. "반성적 역사"는 거쳐온 형태들을 하나씩 제시하는데, 그 차례는 표상에서 개념에 이르는 단계를 되풀이한다. 그중에서 "보편적 역사"가, 추상적인 요약들과 체험의 환상을 주는 회화적 묘사들의 편집을 지배하는 주도 이념의 부재로 말미암아, 가장 낮은 단계를 구성한다는 사실은 주목할 만하다. ("세계의 철학사"는 따라서 마치 지도(地圖)에서처럼 가장자리가 맞닿은 민족사들을 개괄적으로 조망한다는 의미에서의 보편적 역사는 아닐 것이다.) 이어 헤겔은 "실제적인 pragmatique 역사"를 거부한다. 과거와 현재가 서로 의미를 갖도록 애쓰고 있지만, 그를 위해선 역사를 개별 역사가의 신념에 내맡기는 교훈적 경향이라는 대가를 치러야 하기 때문이다(나중에 R. Koselleck을 다루면서 '역사는 삶의 교사 historia magistra vitae'라는 중요한 물음에 대해 다시 언급할 것이다). "반성적 역사"의 핵심인 "비판적 역사"에 대한 헤겔의 공격적 태도는 더더욱 놀라운 것이다. 원전에 대한 비판적 태도에도 불구하고, 비판적 역사는 오로지 비판적이기만 한 모든 사유 — 이것이 바로 사변적 사유에 대한 모든 저항들이 모이는 지점이다 — 가 갖는 결점들을 그대로 갖고 있다. 즉 가능성 조건의 물음에 갇혀버리고 사물 자체와의 접촉을 상실한다. 따라서 헤겔이 "특수한 역사"(예술사, 과학사, 종교사 등)를 한층 선호하는 것이 놀라운 일이 아니다. 특수한 역사는 적어도 어떤 민족의 정신을 개별화하는 정신의 힘에 준해서 정신적 활동을 이해한다는 미덕을 갖고 있기 때문이다. 바로 이 점에서 헤겔은 "특수한 역사"를 "반성적 역사"의 양태들의 정점에 두는 것이다. 그럼에도 불구하고 "철학적 세계사"로의 이행은 여러 역사 기술 유형들을 밟아가는 과정에서 질적인 도약을 이룬다.

사 또한 이성적으로 전개되었다는 이념이다"[28](47).[169] 역사가에게
는 이러한 확신이 가설이나 "전제," 그러니까 사실에 부과된 선험적
관념에 그칠 것이다. 하지만 사변적 철학자에게 이 신념은 체계 전체
의 "자기-제시 Selbstdarstellung"라는 권위를 지닌다. 그것은 진리다.
즉 이성은 무력한 이상(理想)이 아니라 힘 puissance이라는 진리인 것
이다. 그것은 단순한 추상적 개념이나 당위가 아니라 무한한 힘, 유한
한 힘과는 달리 그 자체를 실현하는 상황을 만들어내는 힘이다. 이러
한 철학적 신조는 『백과사전』뿐만 아니라 『정신현상학』을 잘 압축하
고 있으며, 관념의 형식론과 사실의 경험론의 분열에 대한 집요한 반
론을 다시 다루고 있다. 존재하는 것은 이치에 맞는 것이며, 이치에
맞는 것은 존재한다. 헤겔의 역사철학을 주도하는 이러한 신념은, 바
로 헤겔의 철학 체계 전체를 통해서 증명되는 것이기 때문에, 다소
생경한 방식으로밖에는 제시될 수가 없다.[170]

169) 이 전제는 『정신현상학』 6장 끝에서 행동 주체가 자신의 의도와 동시에 자신의
　　 행동과 더불어 하나가 될 때, 자기 확신과 결부되는 "신념 Überzeugung"과 동등
　　 한 인식론적 위상을 가지고 있다.
170) 헤겔의 시도에 앞선 몇몇 연구를 거론할 수는 있지만, 그 연구들의 불충분함을
　　 드러내는 논거 자체는 전례가 없는 완벽한 학설에서 빌려온 것이다. 아낙사고라
　　 스의 정신 Noûs? 하지만 플라톤은, 실제적인 인과성은 정신의 영역 바깥에 있다
　　 는 철학적 입장을 이미 거부한 바 있다. 섭리에 대한 학설? 그러나 기독교인들은
　　 임의적인 개입으로 파편화된 것으로서만 섭리를 이해했으며, 그것을 세계사의
　　 흐름 전체에 적용하지는 않았다. 게다가 주님의 길은 감추어져 있다고 주장함으
　　 로써 하나님을 인식한다는 과제 앞에서 도피했다. 라이프니츠의 신정론(神正
　　 論)? 그러나 역사적 실재가 어떻게 하나님의 구도에 통합되는가를 역사적으로
　　 ── "형이상학적"이 아니라 ── 보여줄 수가 없어서 그 범주들은 "추상적"이고
　　 "불확실한"[4](68) 것으로 남아 있다. 악을 설명하는 데 실패했다는 것이 이 점
　　 을 입증한다. "도덕적 악을 포함한 세계의 악은 이해되어야 하며, 사유하는 정신
　　 은 그러한 부정성과 화해해야 한다"(같은 책). 악이 세계의 거대한 구도(構圖)에
　　 통합되지 않는 한, 정신과 섭리 그리고 신적인 구도에 대한 믿음은 불확실한 상
　　 태에 놓여 있다. 바로 헤겔 자신의 종교철학 역시 충분한 도움을 주지 못한다.
　　 물론 하나님은 스스로 모습을 드러낸다고 강력하게 주장하고 있지만, 그것은 동
　　 일한 문제를 제기한다. 오로지 신앙의 대상인 것을 어떻게 끝까지 사유할 수 있

하지만 역사철학은 우리가 조금 전에 설명한 주장을 되풀이하는 데 그치는 것이 아니다. 혹은, 설사 최종적으로 역사철학이 거대한 동어 반복으로 드러난다 할지라도, 그것은 자체로 증명할 가치가 있는 여정을 거친 다음의 일이다. 나는 그러한 여정이 유기적으로 연결되는 부분에 중점을 둘 것이다. 그것은 바로 서술 행위의 '지양 Aufhebung'을 완성하기 때문이다. 헤겔은 문제의 여정이 유기적으로 연결되는 지점들을 '이성'의 "규정 Bestimmnug"이라는 간략한 용어 아래 위치시킨다. 『역사철학 강의』는 상대적으로 대중적인 저작이기에 헤겔은 철학적 논리학에서 빌려와 『철학의 백과사전』에 사용되었던 증명 체제를 그대로 사용할 수 없었고, 결국 『역사철학 강의』는 목적론이라는 통속적 개념(그럼에도 불구하고 외적인 목적성으로 되돌아가는 것은 아니다)에 친근한 계기들 ― 목표, 수단, 재료, 실행성 ― 을 토대로 구성된, 보다 대중적인 논증으로 만족한다. 이와 같이 네 단계를 거친 논증은 한 가지 이점이 있다. 즉 수단과 목적의 관계에 국한해서 본다면 보다 간략한 성찰로도 손쉽게 구성할 수 있을 것 같은, 합리적인 것 le rationnel과 현실적인 것 le réel의 방정식이 실상 쉽게 성립하지 않는다는 것을 분명하게 보여주는 셈이다. 잠시 후에 드러나겠지만, 궁극적인 일치에서 이처럼 한 발 물러선다는 것은 우리가 문제삼고 있는 완전한 매개와 관련하여 의미가 있는 일이다.

첫번째 단계의 사유 과정은 역사의 궁극적 목표를 설정하는 것이다. "이성 그 자체를 세계와의 관계에서 규정하는 데 대한 물음은 세계의 궁극적 목적 Endzweck에 대한 물음과 뒤섞인다"[50](70). 역사철학이 체계 전체를 상정하고 있다는 것을 떠올린다면, 실상 이러한 생경한 주장은 놀라울 것이 없다. 오로지 체계 전체만이 이러한 궁극적 목표가 자유의 자기-실현이라고 주장할 수 있게 하는 것이다. 그

는가? 하나님을 어떻게 합리적으로 인식할 수 있는가? 그러한 물음은 사변철학 전체를 규정하는 조건들에 연결된다.

출발점은, "역사에 대한 관념적 고찰"이라고 일컬어지는 철학적 세계사와 대번에 구별된다. 그 결과 철학적 역사를 구상한다는 것은 무엇보다도 정치적인 것인 역사를, 철학을 통해서만 완전히 정당화될 수 있는 관념의 인도하에 읽는 게 될 것이다. 철학은 바로 물음의 위치로 오게 된다고 말할 수 있다.

그럼에도 불구하고 수단, 재료 그리고 실행성의 물음이라는 짐을 떠맡지 않는 사색이라면, 역사적 "증거"와는 동떨어진 "정신의 추상적 규정"[54](74) 차원을 벗어날 수 없을 것이다. 사실상 증거를 통하지 않고 다른 방식으로 정신을 규정하려 한다면, 정신은 자연과 대립되어 지칭될 수밖에 없을 것이다[55](75). 자유 그 자체는, 외부적인 물질적 규정과 대립되는 한, 추상적이다. 즉 "자기 옆에 auprès de soi, bei sich" 머무는 정신의 힘의 반대편에는 물질의 "자기 바깥 hors de soi"이 있는 것이다. 양적으로 확장되어온 자유의 역사를 간략하게 "제시하는 것 Darstellung"(동양에서는 오로지 한 사람만이 자유롭고, 그리스인들은 몇몇 사람들이 자유로우며, 게르만 기독교에서만 인간은 그 자체로 자유롭다)[62](83), 그러니까 자유를 그 역사 속에서 보여주는 것마저도, 우리가 그 수단에 대해 알지 못하는 한, 여전히 추상적이다. 물론 우리는 정신의 발전과 세계사의 "분할 Einteilung" 도식을 알고 있다. 정신의 유일한 목표는 자유를 실행성이 있는 것으로 만드는 것이라는 멋진 주장에는 바로 실행 Verwirklichung과 실행성 Wirklichkeit이 결여되어 있는 것이다[64~78](85~101). 정신은 "그 본래의 결과"[58](79)로 자기 자신을 생산한다는 주장에 대한 "구체적인" 평가는 정신을 민족 정신 Volksgeist과 동일화한다는 것이다. "근원적인" 역사에서 표상에 이르는 것은 바로 어떤 민족의 정신과 그 실체, 그리고 그 의식이다. 일반적으로 민족 정신과 함께 역사의 문턱은 넘어서고, 개인의 국한된 전망은 그 뒤에 남겨두는 것이다. 그럼에도 불구하고 유일한 세계 정신 Weltgeist을 어떤 민족의 다양한 정신과 병치시키고, 그렇게 해서 정신들의 다신론(多神論)과 정신의 일신론(一神論)을 나란히 두는 데에 그치는 한, 아무리 실제로 구체적인 것을 향해 그렇게 나아간다 해도 "추상적 규정"의 한계를 뛰어넘을 수 없다. 그와 같이 민족 정신을 세계 정신에 끼워넣는 원동력을 보여주지 못하는 한, "세계 역사는 정신의 영역에서 펼쳐진다는" 주장의 추상성을 극복할 수 없을 것이다. 개별적으로 이해된 민족 정신들이 쇠퇴하고 하나의 정신이 다른 정신으로 계승된다는 것이 어떻게 세계 정신의 불멸, 정신 그 자체의 불멸을 입증하는가? 정신이 이러저러한 역사적 형상화에 연속적으로 관여하고 있다는 것은, 정신은 그 다양한 특수화를 통해 하나라는 주장 — 여전히 추상적인 — 의 필연적 귀결일 따름이다. 이와 같이 하나의 민족 정신에서 다른 민족 정신으로의 이행의 의미에 다가가는 것, 그것이 바로 철학적 역사 이해의 정점이다.

바로 이러한 비판적 단계에서, 자유가 역사 속에서 실현되기 위한 수단들에 관한 물음이 제기된다. 이성의 간계ruse de la Raison라는 너무도 유명한 명제가 개입하는 것 역시 이 지점이다. 하지만 여기서 지적하지 않을 수 없는 것은, 이 단계는 역사를 통한 이성이 충만하게 실행되는 길의 한 단계에 지나지 않는다는 사실이다. 게다가 논증은, 마치 예견된 충격을 완화시키려는 것처럼, 조심스럽게 다루어진 여러 단계를 포함하고 있다[78~110](101~134).

우선 수단들에 대한 문제의 해결책은 바로 행동 이론의 영역에서 찾아야 한다는 것을 받아들여야 한다. 자유를 구상하는 최초의 실행은 사실상 자유를 관심intérêt 속에 투하하는 것이다. "자기의 활동과 일에서 만족을 얻는다는 것은 주체의 무한한 권리다"[82](105). 이렇게 해서 이른바 관심의 이기주의에 대한 모든 도덕적인 비난을 빗겨갈 수 있다. 또한 행동 이론이라는 동일한 차원에서 관심은 그 에너지를 정열에서 끌어온다고 주장할 수 있다. 우리는 이런 말을 알고 있다. "이 세상에서 정열 없이 이루어진 위대한 일은 아무것도 없다"
[85](108~09). 달리 말해서 도덕적 "신념"이란, 정열이 생기를 불어
넣는 이념을 위해 온몸을 바치지 않는다면, 아무것도 아니다. 그런데
이 말에서 문제가 되는 것은, 『정신현상학』에서 판단을 내리는 의식
이 악le mal이라 부르는 것, 즉 오로지 자아의 만족에 영향을 미치는
모든 힘들이 물러나 다시 중심을 잡는 것이다.

하나의 민족 정신에 담겨 있는 세계 정신이 어떻게 그러한 신념을,
그러니까 관심 속에 구현되고 또 도덕론자들이 악과 동일시하는 정
열로 움직이는 신념을 실행 "수단"으로 가질 수 있는가? 헤겔의 사색
은 여기서 새로운 세 가지 과정을 포함한다.

정열에 대한 앞의 분석에 첫번째 중요한 특징이 추가된다. 그것은
정열이라는 의도에는 두 가지 목적이 숨어 있는데, 하나는 개인이 아
는 것이고 다른 하나는 개인이 모르고 있는 목적이라는 것이다. 즉,
한편으로 개인은 정해지고 한정된 목표를 향해 나아가고, 또 한편으
로는 자기도 모르게 스스로를 넘어서는 이해 관계에 봉사한다. 누구
나 어떤 일을 하게 되면 원하지 않던 결과, 즉 자신의 행위가 의도를
벗어나 그 고유의 논리를 전개시키게끔 하는 결과들을 낳게 되는 것
이다. 정리하자면, "직접적인 행동은 의지와 행동 주체의 의식에 나
타나는 것보다 더 큰 어떤 것을 또한 내포할 수 있다"[89](112).[171]

---

171) Hermann Lübbe의 시론, 「우리의 행동을 스토리로 변형시키는 것은 무엇인
가? Was aus Handlungen Geschichten macht?」을 언급하면서 내가 자주 거론했
듯이, 이중의 지향성이라는 이러한 관념의 반향은 현대 사상에서도 볼 수 있다.
Lübbe는 예상하거나 원하는 대로 일이 일어나는 한 이야기할 것은 아무것도 없
다고 말한다. 계획이 단순하게 실행되지 못하게 만들고, 어긋나게 하며, 나아가
알아볼 수도 없게 만드는 것, 오직 그것을 이야기할 수 있는 것이다. 이 점에서
상반된 시도가 끼어들면서 계획이 무너지는 것이 전형적이다. 야기된 결과가 그
에 가담한 그 누구의 행동 동기와도 일치하지 않을 때(제3제국 건설의 수장[首
長]이 뉘른베르크 경기장의 낙성식을 위해 마련한 날이 사실상 연합국이 승리한
날이었다), 더 나아가서 그러한 결과가 그 어떤 제3의 의지에도 귀속될 수 없을

헤겔은 부차적이고 숨겨져 있는 이러한 의도를 끌어들임으로써 우연을 추방한다는 목적에 다가갈 수 있다고 생각한다. 기실 "근원적" 역사와 "반성적 역사"의 입장에서 보자면, 목표했던 것과는 다르게라는 말은 결정적인 것이다.[172] 엄밀히 말해서 이성의 "간계"는 바로, 이러한 ～와는 다르게를 세계 정신의 구도 속에서 되찾는 것이다.

어떻게? 두번째 단계로 나아감으로써, 이기주의적인 관심의 영역을 벗어나 개인이 목표하지 않았던 결과들이 민족과 국가의 관심의 영역 속에 새겨지는 것을 보자. 따라서 "수단"의 이론 속에서, 이치에 맞는 역사의 "재료"에 대한 이론을 예상해야 한다. 국가는 이념과 그 이념의 실현이 만나는 장소이자 역사적 형상화이다. 국가를 벗어나서는 자유의 실행을 목표로 하는 정신과, 관심의 지평 속에서 그들의 만족을 정열적으로 추구하는 개인들의 화해가 있을 수 없다. 자유를 위한 의지라는 즉자 en soi와 정열이라는 대자 pour soi 사이의 심연이 그대로 남는 것이다. 헤겔은 이러한 모순에 대해 그 어떤 손쉬운 화해의 해결책도 제시하지 않는다. 행복과 불행 사이의 반대 명제 영역에 추론이 머무는 한, 여전히 첨예한 모순이 존재한다. 그런데 "세계사는 행복의 장이 아니다"[92](116)라고 고백해야 한다. 역설적으로 행복한 민족들의 행복에 관한 대목들은 백지로 남아 있다. 화해에 다가가기 위해서는 위안을 포기해야 한다. 이때 우리는 두번째 단계를 첫번째 단계와 연결시킬 수 있다. 개인의 관점에서 보자면 알렉산드로스나 카이사르 같은 사람의(또한 어쩌면 나폴레옹 같은 사람의)

———————————

때, 그 어느 누가 목표로 삼을 수 있었던 모든 것과는 다르게, 일이 어떤 식으로 일어났는가를 이야기해야 한다. 헤겔은 H. Lübbe가 멈추는 그 시점에서 말을 넘겨받는다. 즉 역사의 논리에서 우연 ─ Cournot가 말한 의미에서의 ─ 이 차지하는 자리를 중립적으로(혹은 아이러니컬하게, 혹은 유감스럽게) 확인하는 것이다.

172) Cournot의 연장선상에서 Raymond Aron은, "역사적 사실은 본질상 질서로 환원될 수가 없다. 우연은 역사의 토대다"라고 해설한다.

비통한 운명은 무너진 계획의 역사인 것이다(그리고 그 역사는 행동, 하지만 그 의도를 배반하는 행동과 마찬가지의 주관적인 테두리 속에 갇혀 있다). 그들의 실패는 바로 자유에 대한 보다 고차적인 관심과 국가 속에서의 그 진전이라는 관점에서 의미를 갖게 된다.

이제 마지막 단계가 남는데, 그것은 앞의 예에서 예견될 수 있다. 추론을 이어가려면, 자유에 대한 보다 고차적인 관심 — 그것은 또한 정신의 관심이다 — 과 개인의 이기주의적 관심이 일치할 수 있는 "토양Boden," 즉 국가 이외에도 그 자체가 보통을 뛰어넘는 운명들, 목표하지 않았던 행동의 결과가 자유의 체제들의 발전에 협력하게 되는 운명들을 짊어질 능력이 있는, 독보적인 행동 주체agent hors pair들이 필요하다. 그러한 역사의 주체들에게서는 정열과 이념이 서로 겹쳐지는데, 헤겔은 이들을 가리켜 "역사적 위인die grossen welthistorischen Individuen"〔97〕(120)이라고 지칭한다. 이들은 갈등과 대립이 민족 정신의 생명력을 보여줄 때, 그리고 "생산적인 이념"이 길을 개척하려고 할 때 돌연 나타난다. 어느 누구도 그러한 생산적 이념을 알지 못한다. 그것은 바로 위인들 속에, 그들 스스로도 알지 못한 채 자리잡고 있는 것이다. 이들의 정열은 스스로를 추구하는 이념으로 완전히 지배된다. 다른 말로 하면, 그들은 한 시대의 '유리한 기회kairos'를 구현한다고 말할 수 있을 것이다. 정열적인 인간인 그들은 불행한 인간이다. 정열은 그들을 살게 하고, 운명은 그들을 죽인다. 이러한 악과 불행이 바로 "정신의 실행"이다. 도덕론자의 고상한 어조만이 아니라 질투에 싸인 자의 비열함도 뒤섞여 있다. 『정신현상학』이 괴테에게서 빌려온 말, "하인에게 영웅은 없다〔아무리 영웅이라도 하인처럼 가까이서 보면 더 이상 영웅이 아니라는 뜻이다: 옮긴이〕"〔103〕(107)라는 말에 머뭇거릴 필요는 없다. 두 부류의 이 까다로운 사람들, 흔히 그 가운데 하나에 불과한 사람들과는 반대로, 이렇게 고백해야 한다. "그렇게 위대한 인물이라면 수많은 순결한 꽃들을 짓밟을 수밖에 없으며, 자신이 지나가는 길 위의 수많은 꽃들을 파괴할 수밖에 없다"[105](129).

헤겔은 이성의 간계 List der Vernunft[105](78)라는 말을 바로 그때 ── 오로지 그때 ──, 그러니까 악과 불행의 이중의 표지로 매우 정확하게 규정되는 맥락에서 사용한다. 이것은 우선 위대한 정열을 통해 생기를 얻는 개별적인 관심은 자기도 모르게 자유 자체의 생산에 이바지한다는 조건, 이어서 보편적인 것이 온전하려면 개별적인 것은 파괴되어야 한다는 조건하에서이다. 간계란 이성이 "자기 자신을 위해 정열이 움직이도록 내버려둔다"(같은 책)는 바로 그 점에 있다. 그 바깥으로는 모든 것을 황폐하게 하고, 그 자체로는 스스로 죽음을 택하는 것처럼 보이지만, 정열은 보다 고차적인 목적을 지닌 운명을 싣고 간다. 그처럼 이성의 간계라는 명제는, 신정론(神正論)이 악은 헛된 것이 아니라고 반박하면서 악에 부여하는 바로 그 자리를 차지하게 된다. 그러나 정신의 철학은 신정론이 여태까지 실패했던 바로 그곳에서 성공을 거둔다고 헤겔은 생각한다. 어떻게 이성이 정열을 움직이게 하고, 그 숨겨진 의도성을 드러내며, 그 이차적인 목표를 국가들의 정치적 운명 속에 통합하고, 정신의 그러한 모험에 선택된 자들을 역사상의 위인들 속에서 찾아내는가 하는 것은 오로지 정신의 철학만이 보여주기 때문이다. 정신의 택함을 받은 자들은 바로 그들의 개별적 목표를 충족시킴으로써 그들을 넘어서는 목적을 완성한다는 점에서, 그리고 그 대가인 개별성의 희생은 그 희생이 수행하는 이성의 역할로 정당화된다는 점에서, 궁극적인 목적은 마침내 자기 바깥에 있지 않은 자신의 "수단"을 발견하게 된다.

그럼으로써 결정적인 지점이 나타난다. 위안 없는 화해 속에서, 자기 자신도 모르는 이유로 고통받는 개별성의 그러한 몫은 만족을 얻지 못하는 것이다. 실러 Schiller는 이렇게 슬픔을 토로한다. "우리가 [……] 보편적 이성은 세계 속에서 자신을 실현한다고 말한다면, 결코 경험을 통해 아는 이런저런 개인에 의거하지는 않을 것이다" [76](99).

하지만 『강의』의 서론은 끝나지 않고 계속 이어진다. 정신의 실행성이 역사의 최종적인 목적과 동등해지기 위해서는 항상 무엇인가가 부족한 것이다.

이렇게 해서 자유 이성 libre Raison의 "재료" ── das Material[110 이하](134 이하) ── 를 다루는 부분이 상세하게 전개된다. 그 재료는, 자유를 실행하는 과정 전체가 뿌리박고 있는 "토양"에 대해 말할 때 역할이 예상되었던 국가와 다르지 않다. 그 극(極) 주위를, 민족의 정신에 육체를 부여하는 힘(종교, 과학 그리고 예술)이 선회한다. 우리는 이에 대해 지금은 아무 언급도 하지 않을 것이다.

보다 놀라운 사실은 그 대목이 지난 후에도, 마치 따라잡기 위해 뛰어가듯이, 정신을 실행하려는 계획이 결코 완성된 적이 없다는 것을 암시하는 듯 보인다는 것이다. "실행성"[138 이하](165 이하)이라는 제목이 붙은 네번째 단계의 특징은 구성 이념의 토대 위에 법률상의 국가를 창설한다는 것이며, 이어서 "세계사의 흐름 Verlauf"[149~ 183](117~215)을 상세하게 다루고 있는 대목이 연결된다. 거기서 "발전 원칙"은 이번에는 일련의 "단계들 Stufengang"[155](143)을 통해 유기적으로 연결되며, 세계사의 "흐름" 자체도 그 안에서 구현된다. 그 "흐름"이 있어야만 철학적 세계사 개념이 완전해진다. 보다 정확히 말해서 우리는 그 흐름을 통해서 철학적 개념을 이해할 수 있는 모든 준비를 갖추게 되는 것이다. 남은 일은 이제 "구세계Ancien Monde의 철학사," "우리가 고려하는 대상이 펼쳐지는 극장, 다시 말해서 세계사"[210](243)를 구성하는 것뿐이다. 또 그러한 "흐름"을 적절한 "분배 원칙 die Einteilung der Weltgeschichte"[242](279)에 따라 조직화해야 한다. 이번에도 역시 일의 실행이 바로 증거를 구성하기 때문이다.[173]

이러한 실행 과정에서 역사적 시간은 어떻게 되는가? 일차적으로 접근해보자면, 이성은 그 결과와 동등하다는 점에서 역사철학은 이성 그 자체의 불가피한 시간적 특성을 인정하는 것처럼 보인다. 실행 과정의 특성은 "발전 Entwicklung"으로 규정된다. 그러나 이러한 역사의 시간화는, 다음 절에서 살펴볼 코젤렉 Koselleck의 표현을 빌리자면, 역사에서 비롯된 것으로 보이는 이성의 역사화 속에서 완전히 규명되지는 않는다. 중요한 것은 시간화가 어떤 방식으로 이루어지느냐이기 때문이다.

좀더 가까이 접근해보면 시간화 과정은 정신과 그 개념의 "자기 회귀 Rückkehr in sich selber"[181](212)라는 관념으로 승화되는 것으로 나타나며, 그렇게 해서 실행성 effectivité과 현전성 présence이 필적하게 된다. "철학은 현전하는 것, 즉 실행성이 있는 것과 관계를 맺어야 한다"[183](215). 실행성과 현전성 사이의 이러한 방정식은 역사에 대한 관념적 고찰에서 서술성이 폐기됨을 나타낸다. 바로 이것이 "근원적" 역사와 "반성적" 역사로부터 "철학적" 역사로의 이행의 마지막 의미다.[174]

여기서 헤겔이 문제의 방정식을 얻는 방식은 주목할 만하다. 물론 제일 앞에서 발전을 계몽주의 철학의 영향권 안에 자리잡게 하는 "완

---

173) 내가 거대한 동어 반복이라 부르는 것, 즉 단계를 거쳐 끝에까지 이른 계획을 통해 이루어지는 동어 반복이 간략한 동어 반복과 겹쳐지면서 다음과 같은 유명한 주장이 나오게 된다. "철학을 통해 얻게 되는 유일한 생각은 이성에 대한 소박한 관념, 보편적 역사 또한 합리적으로 발전되었다는 관념이다." 의미를 그 자체로 인정하는 것은 굳건한 철학적 신조로 남아 있으며, 우리는 이를 Hoffmeister 판본에 나오는 멋진 대목에서 볼 수 있다. "이성은 의식 속에서 세계에 대한 이성의 믿음과 전능성으로 존재한다. 그 증거는 세계사 자체의 연구를 통해 얻어질 것이다. 왜냐하면 세계사는 이성의 이미지요 행위에 불과하기 때문이다"[36](56).

174) 앞에서 말했듯이 이 대목은 특수한 역사에서 예견되었는데, 거기서 우리는 이미 이념을 추상화하면서 이야기를 폐기하는 것을 알아보았다.

384

벽을 향한 충동Trieb der Perfektibilität"〔149〕(177)을 주장하고 있지만, 그렇다 해도 진보라는 관념을 개량하여 문제의 방정식을 얻은 것은 절대 아니다. 그가 계몽주의자들의 엉성한 개념과 진부한 낙관론을 비난하는 어조는 놀라울 정도로 신랄하다. 발전에 대한 비극적 해석, 그리고 비극적인 것과 논리적인 것을 겹치게 하려는 노력이 바로 역사의 시간화를 다루면서 헤겔이 보여준 독창적 의지라는 점은 의심의 여지가 없다. 정신과 자연의 대립은 개념적 돌파구를 열기 위한 학술적인 도구다. "발전이란, 유기적 생명체가 보여주는 것과 같은, 노력과 투쟁이 없는 단순한 개화(開花) Hervorgehen가 아니라, 마지못해, 스스로 원하지 않아도 하게 되는 힘겨운 노동이다"〔152〕(180). 『정신현상학』의 장황한 서문에 익숙한 독자라면 이러한 부정 명제의 역할 ─ 부정적인 것 le négatif의 노동 ─ 이 놀라울 것이 없다. 새로운 점은 역사적 시간과 부정적인 것의 활동이 겹친다는 사실이다. "역사의 발전이 시간 속에서 생긴다는 것은 정신의 개념에 부합한다. 시간은 부정성의 규정을 내포한다"〔153〕(181). 보다 정확히 말해서, "무(無)와의 그러한 관계가 시간이며, 그 관계는 우리가 생각할 수 있을 뿐만 아니라 감각적인 직관으로 포착할 수 있는 것이다"(같은 책). 어떻게? 그리고 어디서? 생물학적 시간과 역사적 시간의 단절을 나타냄으로써, 일시적인 것이 영원한 것 속으로 "회귀"함을 나타내는, "원칙의 일련의 발전 단계들"을 통해 그리고 그 안에서 가능하다.

발전 단계라는 개념은 사실상 이성의 간계에 시간적으로 상응하는 개념이다. 그것은 이성의 간계의 시간이다. 여기서 가장 주목할 만한 것은, 그 단계가 거대한 연쇄 상승의 보다 높은 고도에서 유기적 생명체의 주요한 특징을 반복하며, 하지만 그것과 결별한다는 점이다. 여기서 말하는 특징은, 동일자의 반복을 보장하고 변화를 주기적인 흐름으로 만드는, 종(種)들의 영속성permanence이다. "단지 표면에서가 아니라 개념 속에서 변화가 이루어진다"〔153〕(182)는 점에서 역사적 시간은 유기적 시간과 단절된다. "자연 속에서 종은 전혀 진보하지 않지만, 정신 속에서 각각의 변화는 진보다"(같은 책)(진보라는 개념에 영향을 미치는 의미 변화를 조건으로). 어떤 정신적인 형상이 또 다른 형상으로 변모하는 과정 속에 앞선 형상의 변형 Verklärung이 이루어진다. "정신적인 형상들의 출현이 시간 속으로 떨어지는 것은 바로 그 때문이다"〔154〕(182). 따라서 "이념이 공간 속에서 자연으로 드러나는 것과 마찬가지로," 세계사는 본질적으로 정신을 시간 속에서 설명 die Auslegung"〔154〕(183)하는 것이다. 그러나 정신과 자연 사이의 유추 관계는 이러한 단순한 대립을 변증법적으로 발전시키게 된다. 정신적인 형상들은 종들의 영속성과 유사한 항구성 pérennité을 갖게 된다. 일견 영속성은 부정적인 것의 활동을 무시하는 것처럼 보인다. "무(無)가 어떤 것 속에 침입하는 바로 그곳에서 우리는 그것이 지속한다고 말한다"〔153〕(181). 하지만 실제 항구성은 역사적 변화의 누가(累加)적인 특성에 힘입어 부정적인 것의 활동을 통합한다. 그런 의미에서 세계사의 "단계들"은, 역사 측면으로 보자면, 자연의 종들의 영속성과 유사한 것이다. 하지만 민족들은 스쳐 지나가는 반면 그들이 창조한 것은 "끈질기게 남아 있다fortbestehen"〔154〕(183)는 점에서 그 시간 구조는 다르다. 여기서는 계속되는 형상들이 영원성으로 상승할 수 있다. 왜냐하면 삶의 근심 걱정에도 불구하고(덕분에), 각각의 지층이 도달한 항구성은 정신의 현재의 깊이라는 보다 높은 단계의 항구성 속에 수렴되기 때문이다. 연대기적 시간의 양적인 특성과는 대조적으로, 이러한 항구성의 질적인 특성은 아무리 강조해도 지나치지 않을 것이다〔155〕(184). 『강의』 초고에는 이런 간략한 명제가 있다. "세계사는 자유에 대한 의식을 그 내용으로 담고 있는 원칙의 발전 단계들Stufengang을 나타낸다 darstellt"〔155〕(184). 매우 충격적인 이 공식은 자연의 흐름과 세계사의 흐름의 차이와 유추 관계를 요약한다. 단계란 연대기적인 연속이 아니라, 전개인 동시에 나

선형으로 감싸는 것이고, 해명(解明)이며, 자기 자신으로의 복귀이다. 해명과 자기 자신에게로의 복귀의 동일성이 영원한 현재다. 오직 연속된 역사적 지층들을 순전히 계량적으로 해석할 때, 그 과정은 무한하고 또 진보는 영원히 멀리 떨어진 종말과 절대로 만날 수 없는 것처럼 보인다. 하지만 지층들의 항구성과 그 흐름들을 질적으로 해석하게 되면, 자신에게로의 복귀는 끝없는 진보의 고약한 무한(無限) 속으로 흩어지지 않게 된다.

호프마이스터 Hoffmeister 판본의 『역사에서의 이성 *La Raison dans l'histoire*』 마지막 대목은 이런 생각으로 읽어야 한다. "정신은 지금 그러한 것과 마찬가지로, 과거에도 그러했다. 〔……〕 정신은 지나간 진화의 모든 단계를 그 안에 지니고 있으며, 역사 속에서의 정신의 삶은, 한편으로는 지금 존재하며 다른 한편으로는 과거의 형태로 존재했던 주기적인 단계들로 이루어진다. 〔……〕 정신은, 그 뒤에 남겨진 것처럼 보이는 계기들을 언제나 현재의 그 깊이 속에 소유한다. 정신이 역사에서 그 계기들을 거쳐갔던 것과 마찬가지로, 정신은 현재 속에서 — 그 고유의 개념 속에서 — 그것들을 밟아갈 것이다" 〔183〕(215).

더 이상 존재하지 않는 것으로서의 과거와 열려 있는 것으로서의 미래의 대립이 중요하지 않은 것은 바로 이 때문이다. 차이는 죽어버린 과거와 살아 있는 과거 사이에 있으며, 여기에서 중요한 것은 살아 있는 과거이다. 역사가로서의 관심으로 인해서 우리가 지나가버린 과거와 과도기적인 현재를 향해 나아가는 것이라면, 철학자로서의 관심으로 인해 우리는 과거도 미래도 아닌 것, 현재 있는 것, 영원히 존재할 어떤 것을 향해 나아간다. 헤겔이 철학자 아닌 역사가로서 오직 과거에만 한정하여 모든 예측과 모든 예언을 거부하는 것은, 『시 *Poème*』에서의 파르메니데스와 『티마이오스』에서의 플라톤이 그러했던 것처럼, 철학적 "있음 est" 속의 언어적 시간을 배제하기 때문이다. 자유를 그 자신을 통해 실현한다는 것은 "발전"을 요구하기에, 역사가의 관심거리인 "있었음"과 "있음"을 무시할 수 없다. 하지만 이는 철학적인 있음의 표지들을 분간하기 위해서다. 바로 이 점에서, 그리고 이러한 조건하에서, 철학적 역사는 과거를 돌이켜 이야기한다는 특징들을 띠게 된다. 물론 법철학에서와 마찬가지로 역사철학에서도 철학은 너무 늦게 온다. 그러나 철학자에게 과거에서 중요한 것은 바로, 본질적인 것을 밝힐 수 있는 충분한 빛을 발하는, 성숙의 표지들이다. 헤겔이 걸었던 내기는, 우리가 세계의 최종 목적을, 그것이 실행될 수 있도록 해주는 수단과 재료들과 함께 해독할 수 있을 만큼 충분히 의미가 축적되었다는 것이다.

역사적 시간에 대한 헤겔의 명제를 비판적으로 검토하기 전에, 앞의 절(節)들에서의 분석에 비추어 논의의 목적을 가늠해보자.

헤겔의 시간철학은 우선 흔적의 의미성을 정당하게 평가하는 것으로 보인다. 단계 Stufengang는 역사에서의 이성의 흔적이 아닌가? 그런데 최종적으로는 그렇지 않다. 역사적 시간은 영원한 현재 속으로 승천함으로써 오히려 흔적의 의미성이 갖는 넘을 수 없다는 특성을 반박하는 것이다. 기억하고 있겠지만 그 의미성이란, 흔적은 나타나게 하지 않으면서 의미하는 것이었다. 헤겔과 더불어 그러한 제한이 사라진다. 현재 속에 끈질기게 지속된다는 것은 과거로 보자면 남아 있는 것이다. 그리고 남아 있다는 것은 사변적 사유의 영원한 현재 속에 다시 가져다두는 것이다.

과거의 과거성이 제기한 문제 역시 마찬가지다. 헤겔 철학은 있는 그대로의 과거라는 개념의 추상화를 비난한다는 점에서 충분히 정당화될 수 있을 것이다. 하지만 그것은 역사적 과거와 현재의 관계라는 문제를 해결한다기보다는 해소해버린다. 결국엔 가장 가능한 타자를 보존하면서 동일자의 최종적 승리를 인정하자는 것이 아닌가? 그렇게 되면 유사자의 "대범주"에 호소할 이유가 전혀 없게 된다. 왜냐하면 재현성 관계 자체가 그에 부속된 흔적 개념과 마찬가지로 존재 근거를 상실했기 때문이다.

II. 불가능한 총체적인 매개

우리는 이제 고백해야 한다. "철학이 제시하는 유일한 이념은 이성이라는 단순한 이념, 이성이 세계를 지배하고 그 결과 세계사 또한 이성적으로 전개되었다는 이념이다"라는 헤겔의 주된 명제를 우리는 신뢰할 수 없으며, 사실 헤겔에 대한 비판들은 모두 이러한 불신을 드러낸 것이라고 말이다. 이성의 간계는 그러한 철학적 신조를 옹호하는 이중 렌즈에 지나지 않으며, 단계는 그것을 시간적으로 투사하는 것이다. 그렇다. 우리의 지적 정직성은 이렇게 고백하기를 요구한다. 헤겔의 역사철학에 대한 신뢰를 잃어버린다는 것은 사상적 사건 événement de pensée이라는 의미 작용을 지니고 있다고 말이다. 그것은 우리가 만들었다고 할 수 없고, 또한 그저 우리에게 일어났을 뿐이라고도 할 수 없으며, 그것이 우리에게 끝없이 상처를 주는 재앙을 나타내는지, 아니면 우리가 감히 자랑할 수 없는 해방을 나타내는지 알 수 없는, 그런 사건이다. 헤겔주의를 벗어나는 출구 — 키에르케고르를 거쳐가든, 포이어바흐와 마르크스이든, 혹은 독일 역사학파를 거쳐가든 말이다. 다음 절에서 거론할 니체는 말할 것도 없다 — 는 결국 일종의 기원 origine으로 나타난다. 내가 하고 싶은 말은 바로, 헤겔주의로부터의 탈출은 우리가 질문하는 방식 안에 너무도 밀접하게 연루되어 있어서, 우리가 스스로의 그림자 위로 뛰어넘을 수 없는 것과 마찬가지로, 역사 속의 이성 Raison dans l'histoire이라는 제목을 붙이는 이유보다 더 고상한 어떤 이유를 통해서도 정당화될 수 없다는 것이다.

사상사의 입장에서 보자면, 지배적 사유로서의 헤겔주의가 믿을 수 없을 정도로 급속하게 붕괴된 것은 지진이 일어날 때처럼 불시에 닥쳐왔다. 물론 그런 식으로 일어났다는 것이 헤겔주의에 대한 불신의 이유를 말해주는 증거가 되는 것은 아니다. 헤겔을 반대하는 자들이 내세웠던 이유, 즉 실제 헤겔 철학을 극복했던 이유들이 사실은, 오늘날 헤겔의 텍스트를 보다 신중하게 해설하는 입장에서 보자면, 상당한 몰이해와 악의를 담고 있기 때문에 더욱 그렇다. 여기에서 역설은, 헤겔을 제거하는 데 도움을 주었던 의미 규정들을 비난함으로써만 우리가 헤겔 철학에 대한 신뢰성 상실이라는 사상적 사건의 특이한 성격을 알 수 있게 된다는 것이다.[175]

---

175) 헤겔이 억압적인 국가의 옹호자, 나아가서 전체주의의 전령의 면모를 지니고 있다고 비난하는 정치적 논의들은 잊어버리자. 에릭 베일 Éric Weil은 헤겔과 현대 국가들의 관계와 관련하여 그러한 논의들을 반박한 바 있다. "왕정복고기의 프랑스나 1832년 개혁 이전의 영국, 메테르니히의 오스트리아에 비해 프러시아는 선진 국가다"(『헤겔과 국가 Hegel et l'État』, Paris: J.Vrin, 1950, p. 19). 보다 깊이 들어가서 "물리학자가 뇌우(雷雨)를 증명하듯이 헤겔은 주권을 가진 민족국가를 증명했다"(같은 책, p. 78). 역사는 헤겔 철학을 통해 완전히 이해됨으로써 그 종말에 이르렀다고 헤겔이 생각했을 수도 있다는 끈질긴 선입견에 대해서도 더 이상 시간을 낭비하지 말자. 우리가 그러한 어리석은 믿음을 더 이상 가지지 않을 정도로, 국가의 역사가 완성되지 않았음을 보여주는 지표들은 헤겔 그 자신에게서도 상당히 많고 또 분명하다. 헤겔이 그 싹에서만 그리고 그 최초의 형태들을 통해서만 읽어내었던 의미에 완전히 도달한 현실의 국가란 없다. 그처럼 『법철학의 원리』 §330~40에서 역사철학은 바로 법률 없는 법 droit sans loi의 영역, 『영구 평화론 Projet de paix perpétuelle』(§333)에서의 칸트의 언어로밖에는 말할 수 없는 영역을 소유하고 있다. 민족 정신의 단계는, 실제 법의 영역에서는 아직 성숙 단계에 이르지 못한 국제법을 대신한다. 그런 뜻에서 역사철학은 법의 발전으로 말미암아 비어버린 자리를 차지한다. 반면에 법철학은 역사철학이 지적의 대상으로 삼았던 그 미완성을 자기 고유의 영역에서 완성할 수 있을 것이며, 역사철학의 핵심적인 지점을 수정할 수 있을 것이다. 기실 국가들 사이의 법이 수립될 시대가 여전히 역사적 위인들의 시대, 적어도 전쟁시와 마찬가지로 평화시의 국가적 영웅들의 시대가 될지는 확실하지 않다(Éric Weil, 앞의 책, pp. 81~84). 앞으로 법이 어떻게 발전하든, 미래의 국가는 안으로는 모든 사람의 국가, 밖으로는 세계 국가가 되어야 한다는 것은 확실하다. 관념적 역사는 과거를 가두지 않는다. 그것은 이미 지나가버린 것, 지나간 과거만을 이해한다(『법철학

헤겔에 대한 비판이 과연 합당한 것인지를 판단하려면 다음과 같은 핵심적인 주장에 비추어보아야 한다. 즉 철학은 알려진 과거를 개괄함으로써 예상되는 미래의 싹을 담고 있는 현재에 다가갈 뿐만 아니라, 지나간 과거와 삶의 표시들 — 이미 낡아버렸기에 우리가 이해하는 삶의 표시들을 통해 이미 예고되는 표시들 — 의 심층적인 통일성을 확실하게 하는 영원한 현재에 다가갈 수 있다는 것이다.

그런데 헤겔의 후계자들 중 하나의 전체로 파악되는 헤겔의 작품에 대해 이미 거리를 두고 있었던 사람들에게는 바로 이러한 이행 — 이러한 걸음 —, 그러니까 지나간 과거를 각각의 시대의 현재 속에 붙잡아두게 하고 정신의 영원한 현재와 맞먹게 하는 이행이 불가능한 것으로 보였다. 민족 정신과 세계 정신을 함께 지탱해주는 정신 Esprit이란 도대체 무엇인가? 그것은 종교철학에서 구상적(具象的) 사유를 보여주는 이야기와 상징들이 요구하고 비난하는 정신과 동일한 정신인가?[176] 헤겔은 자기 철학을 말하자면 세속의 신학으로 만들려 했을 텐데, 역사의 장(場)으로 옮겨진 간교한 이성의 정신이 수치스런 신학의 정신 아닌 다른 것으로 나타날 수 있었겠는가? 사실인즉 1830년대경부터 19세기의 정신은, 그것이 사람을 말하는지 신을 말하는지는 알지 못한 채, 헤겔의 정신 대신 인간, 인류, 인간 정신, 인류 문화

의 원리』, §343). 그런 뜻에서 『법철학의 원리』의 서문에 나오는 유명한 대목이 말하고 있는 완성이란 Éric Weil이 거기서 읽었던 것, 즉 "삶의 한 형태가 낡아버렸다"(『헤겔과 국가』, p. 104)라는 것을 의미하지는 않는다. 그러니까 또 다른 형태가 지평 위로 떠오를 수 있다. 지나간 모든 과거가 그 속에 가라앉아 있는 현재는 기억과 기대 속에 끝없이 펼쳐질 수 있을 만큼 충분히 효력을 가지고 있다.

176) Paul Ricœur, "헤겔의 종교철학에서의 표상 Vorstellung의 지위," 『신(神)이란 무엇인가? 철학/신학, 집슨 신부에게 경의를 표하며 Qu'est-ce que Dieu? Philosophie/Théologie, Hommage à l'abbé Daniel Coppieters de Gibson』 (Bruxelles: Publications des facultés universitaires Saint-Louis, 1985), pp. 185~206.

라는 말을 도처에서 사용했다.

　헤겔의 모호함을 비난하려면 아마도 그만한 규모의 모호함을 대가로 치러야 했을 것이다. 인간 정신이 그 상상력의 도가니에서 신들을 끌어낼 수 있었다고 주장하려면 정신의 모든 속성들을 내세워야만 하는 것이 아닌가? 포이어바흐Feuerbach의 휴머니즘과 그 "유(類)적 존재 Gattungswesen"에서 신학은 더 비굴하고 수치스러운 것이 아닌가? 이러한 물음들이 입증하는 것은 우리가 헤겔주의자가 아니라는 이유를 그를 능가하는 이유 속에서 언제나 찾을 수 있는 것은 아니라는 사실이다.

　헤겔이 말하는 정신을 인간적인 입장으로 개종시킴으로써 일어나는 역사 의식의 변모, 역사 의식이 그 나름의 이유를 가지고 인간의 위대함을 맞이할 때 일어나는 변모에 대해서 무어라 말할 수 있겠는가? 랑케보다 더 이전에서 비롯된, 그리고 헤겔이 그에 맞섰으나 수포로 돌아갔던 독일 역사 기술의 확산 움직임은, 자유의 관념에서 발전 단계의 관념에 이르기까지 "사변적" 역사를 주도하는 모든 개념들을, 마치 역사 연구 영역에 선험적인 것이 임의적으로 끼어드는 것으로 보고 거부할 수밖에 없었다는 것은 분명한 사실이다. 역사가의 전제는 철학자의 진리에 해당한다는 추론은 더 이상 받아들여지지도 이해되지도 않았다. 역사가 경험적이 될수록 사변적 역사의 신뢰성은 떨어진다. 그런데 사변으로부터 안전하게 벗어나 있다고 믿는 역사 기술도 얼마나 "관념"으로 가득 차 있었는지를 오늘날 모르는 사람이 있겠는가? 민족 정신, 문화, 시대 등의 개념들을 필두로 해서, 오늘날 우리는 얼마나 많은 "관념"들 속에서 헤겔의 은밀한 스펙트럼의 이중 렌즈doublet를 볼 수 있는가?[177]

---

177) 가장 놀라운 것은 랑케가 반-헤겔적인 비판의 두 조류와 만난다는 점이다. 한편으로 이성의 간계는 "신과 인류에 지극히 어울리지 않는 표상 eine höchst un-würdige Vorstellung von Gott und Menschheit"으로 비난받고 있으며, 이것은

반(反)헤겔적인 논의들이 더 이상 우리에게 아무것도 말해주지 않는다면, 헤겔 철학의 신조에 대한 신뢰 상실이 만들어낸 사상적 사건은 도대체 무엇으로 이루어지겠는가? 우리는 헤겔의 텍스트를 다시 읽으면서 위험을 무릅쓰고라도 그 문제를 우리 자신에게 제기할 필요가 있으며, 그 과정에서 전개되는 모든 것은 균열로, 그리고 겹치게 하는 모든 것들은 은폐로 다시 읽히게 된다.

거꾸로 읽어가며 끝에서 처음으로 거슬러 올라가면서, 우리의 의혹이 첫번째로 닻을 내리는 곳은 발전 단계와 영원한 현재 사이의 최종 방정식이다. 우리가 더 이상 나아갈 수 없는 지점은, 알려진 과거를 붙잡고 과거의 경향 속에서 그려진 미래를 예상하는 지금 이 순간의 현재가 갖는 능력을 영원한 현재와 버금가게 하는 지점이다. 실행성이 있는 것과 버금가게 된 현재가 과거와의 차이를 소멸시키게 되면, 역사라는 개념 자체도 철학으로 인해 소멸된다. 왜냐하면 역사 인식의 자기 이해는 엄밀하게 말해서 그러한 차이가 불가피하다는 성격에서 태어나기 때문이다.[178] 서로 겹쳐져 있는 세 가지 용어, 즉 다함께 발전 단계라는 개념을 구성하고 있는 즉자적 정신, 발전, 차이라는 용어가 산산조각 난 것이다.

그러나 발전과 현재의 방정식이 지탱하지 못한다면 다른 모든 방정식들도 연쇄적으로 무너진다. 어떻게 민족들의 정신을 유일한 세계

"각각의 시대는 직접적으로 신과 연결되어 있다"고 말하는 철학 없는 역사신학의 입장에서는 가장 큰 도움이 된다. 다른 한편으로 역사가는 사실만을 알고자 하며 일어났던 그대로의 과거에 이르고자 하는데, 이 또한 철학 없는 역사 기술에는 가장 큰 도움이 된다.

178) 우리에게 믿어지지 않는 것은 다음과 같은 주장 속에 담겨 있다. "현재의 세계, 정신의 현재 형태, 그 자기 의식은 역사에서 이전 단계들의 형태로 나타났던 모든 것을 자기 속에 포함한다begreift. 그 단계들은 물론 연속적으로 그리고 독자적인 방식으로, 연속적인 형태로 발전되었다. 그러나 정신의 지금의 모습은 즉자적으로 언제나 그러했고 차이는 오로지 그러한 즉자의 발전에서 비롯된다" 〔182〕(214).

정신 속에 총체화시킬 수 있을 것인가?[179] 사실상 민족 정신 Volksgeist
을 생각하면 할수록 세계 정신 Weltgeist은 덜 생각하게 된다. 그것은
민족 정신이라는 헤겔의 개념으로부터 차이에 대한 강력한 지지를 끌
어내면서 낭만주의가 끊임없이 파들어갔던 심연이다.

또한 정신 실행의 "재료," 즉 국가 —— 세계 층위에서 국가의 부재
는 법철학에서 역사철학으로 넘어가는 동기를 부여했다 —— 를 다루
는 엄청난 규모의 분석에 맞서, 민족 정신과 세계 정신이 봉합된 채
버틸 수 있겠는가? 현대 역사는 법철학의 빈틈을 메우기는커녕 반대
로 그것을 강조했다. 20세기에 우리는 세계사를 총체화하려는 유럽
의 바람이 무너지는 것을 보았다. 나아가서 우리는 유럽이 단일한 주
도적 이념 아래 통합하려고 했던 유산들이 해체되는 것도 지켜보았
다. 제1차 세계 대전 중의 유럽의 정치적 자살과 더불어, 10월 혁명으
로 생긴 이념적 분열과 더불어, 그리고 산업화된 국가들을 나머지 국
가들과 대립시키는 불평등한 —— 그리고 어쩌면 경쟁적인 —— 발전과
탈식민지화로 말미암은 세계 무대에서의 유럽의 퇴조와 더불어, 유
럽 중심주의는 죽어버렸다. 지금 우리가 보기에 헤겔은 우리의 시야
와 경험에서 빠져나갔던 유리한 기회 —— kairos —— 를 포착함으로써,
유럽의 정신사와 그 지리적이고 역사적인 주변 환경에서 단지 눈에
띄는 몇 가지 양상들, 그때부터 해체되었던 양상만을 총체화했던 것
이다. 헤겔이 개념화하려고 했던 바로 그 실체는 해체되었다. 그리고
단계로 이해된 발전에 맞서 차이가 반기를 들었다.

이러한 연쇄적 반작용으로 인해 이어서 희생되는 것은 바로 헤겔
이 정신의 실행이라는 명목으로 위치시켰던 개념적 집단이다. 여기서
도 해체 작업은 이루어진다. 한편으로 개인들의 관심은, 그들을 벗어
나는 이차적 목표를 고려에 넣지 않는다면, 더 이상 충족되지 않는

---

179) 이미 헤겔의 텍스트에서도 이러한 연결 고리가 지극히 취약하다[59~60]
[80~81].

것처럼 보인다. 그토록 많은 희생과 고통 앞에서, 그로 인해 빚어진 위안과 화해의 분리는 우리에게 견딜 수 없는 것이 되어버렸다. 다른 한편으로 역사적 위인들의 정열은 그것만으로는 더 이상 '의미'의 무게를 아틀라스처럼 떠받칠 수 없는 것으로 보인다. 정치사의 퇴조에 힘입어 우리의 주의를 끌고 매료시키고 불안하게 하는 것은, 알렉산드로스와 카이사르 그리고 나폴레옹의 불길한 운명보다도, 그리고 역사의 제단에 바친 그들의 본의 아닌 희생보다도, 역사의 거대한 익명의 힘들이라는 점에서 그렇다. 이와 동시에, 이성의 간계라는 개념 속에 겹쳐져 있던 모든 구성 요소들 — 개인적 관심, 역사적 위인들의 정열, 국가의 고등 관심, 민족 정신과 세계 정신 — 이 분리되고, 잘려나가서 다시 합칠 수 없게 된 사지(四肢)처럼 나타난다. "이성의 간계"라는 표현도 더 이상 우리를 속이지 못한다. 그것은 뛰어난 마법사가 실수를 할 때처럼 우리에게 혐오감을 불러일으킬 것이다.

헤겔의 텍스트를 좀더 거슬러 올라가보면 아주 문젯거리로 보이는 것이 있는데, "역사 속에서의 정신의 실행"으로 정의되는 철학적 세계사를 구성한다는 계획이 그것이다. 정신(즉자적 정신, 민족 정신, 세계 정신)이라는 용어와 관련하여 우리가 어떤 오해를 하고 있건, 역사 속에서의 이성의 "추상적 규정"에 이미 포함된 실현하는 목적 visée réalisante을 어떻게 잘못 이해하고 있건, 그러니까 우리의 비판이 어느 정도 부당하건, 우리는 바로 작업 받침대를 버렸던 것이다. 우리는 더 이상 세계사를 실행된 총체성으로 생각할 수 있게 하는 토대의 공식을 찾지 않는다. 그러한 실행이 물꼬를 트는 것이고, 나아가서 그 맹아(萌芽) 상태로 돌아간다 할지라도 말이다. 나아가서 자유의 정치적 실행을 강조한다 할지라도, 자유라는 관념이 그러한 실행의 초점이라는 것은 확실하지 않다. 그리고 자유가 길잡이로 간주된다 할지라도, 그것을 역사적으로 구현하는 것들이 나뭇가지가 뻗어나가는 모양 — 이 경우 차이가 동일성보다 계속 우위에 있다 — 으로 전개된다기보다는 단계를 형성한다고 확신할 수도 없다. 아마도 자유를 향한 민족들의 모든 열망들 가운데 어떤 친족 유사성, 비트겐슈타인이 가장 덜 가치가 하락된 철학적 개념으로 인정하고자 했던 그러한 '친족 유사성 family resemblance'보다 더한 것은 없을 것이다. 그런데 역사철학과 이해 모델—그것이 서술 행위와 줄거리 구성이라는 관념과 아무리 먼 친척 관계에 있다 할지라도—의 단절을 나타내는 것은 바로 총체화라는 계획이다. 관념의 유혹에도 불구하고, 이성의 간계가 스토리의 모든 극적 반전을 포괄하는 '급전 peripeteia'은 아니다. 왜냐하면 자유의 실행을 모든 줄거리를 포괄하는 줄거리로 볼 수는 없기 때문이다. 헤겔주의에서 벗어난다는 것은 최상의 줄거리를 읽어내기를 포기한다는 것을 뜻한다.

이제 우리는 헤겔주의로부터의 탈출이 어떤 의미에서 사상적 사건이라 불릴 수 있는지를 보다 잘 이해할 수 있다. 이 사건은 역사 기술의 의미에서의 역사에는 영향을 미치지 않지만, 그 자체를 통한 역사 의식의 이해, 그 자기-이해에는 영향을 미친다. 그런 뜻에서 이 사건은 역사 의식의 해석학에 포함된다. 나아가서 해석학적 현상이기도 하다. 역사 의식의 자기 이해가, 우리가 만들어냈는지 혹은 단순히 우리에게 일어나는 것인지 알 수 없는 사건들로 인해 그처럼 영향을 받을 수 있다고 고백하는 것은 역사 의식의 자기 이해를 구성하고 있는 철학적 행위의 유한성을 고백하는 것이다. 그러한 해석의 유한성이 뜻하는 바는, 모든 관념적 사유란 자기가 제어할 수 없는 자기의 전제, 우리가 그 자체로 그것을 생각할 수 없으면서도 그에 준해 생각하는 상황이 되어버리고 마는 자기의 전제를 가지고 있다는 것이다. 그러므로 헤겔주의를 떠나서 감히 이렇게 말해야 한다. 헤겔이 시도했던 역사의 관념적 고찰은 그 자체가 어떤 해석학적 현상, 유한성이라는 동일한 조건에 놓이게 된 해석적 작업이라고 말이다.

그러나 헤겔주의의 특징을 그 자체를 통한 역사 의식을 이해하는 유한한 조건에 속하는 사상적 사건으로 규정하는 것이 헤겔에 대한 반론이 되지는 않는다. 그것은 우리가 이제 헤겔에 따라 생각하기를 멈추고 헤겔 이후를 생각한다는 것을 보여줄 뿐이다. 우리가 그랬듯이 헤겔의 사상적 힘에 끌려들었던 독자 치고 헤겔을 포기하는 것을 상처로 —— 엄밀히 말해서 절대 정신이 입은 상처와는 달리, 치유되지 않을 상처로 —— 느끼지 않을 독자가 어디 있겠는가? 그러한 독자에게는, 향수로 인한 나약함에 굴복하지 않으려면, 죽음을 애도하며 용기를 갖도록 기원할 수밖에 없다.[180]

7. 역사 의식의 해석학으로

헤겔을 떠난 이후에도 역사와 역사의 시간을 생각한다고 주장할 수 있을까? 만일 "총체적인 매개" 관념이 생각의 장(場)을 고갈시킨다면, 그럴 수 없다고 대답해야 할 것이다. 하지만 아직 완성되지 않았

---

180) 이 절(節)에서 나의 입장은 가다머의 입장과 가깝다. 가다머는 그의 역저 『진리와 방법 Vérité et Méthode』의 2부를 서슴없이 다음과 같은 경이로운 주장으로 시작한다. "우리가 만일 슐라이어마허보다 오히려 헤겔을 따라가는 것을 우리의 과제로 인정한다면, 해석학의 역사는 새로운 개성을 얻게 될 것이다"[162]. 마찬가지로 [324~25][185]를 참조할 것. 가다머의 입장도, 헤겔의 사변적 구도에서 알려진 그리고 시대에 뒤진 계기들을 재생산하는 논증을 통하지 않고는 헤겔을 결코 반박할 수 없다는 것이다[325][186]. 더 나아가서 그릇된 해석과 허약한 반론에 맞서, "헤겔 사상의 진리를 보존해야"(같은 책) 한다. 결과적으로 가다머가 "'역사적이 된다는 것'은 자기 자신에 대한 지식으로 결코 귀착될 수 없음을 뜻한다 Geschichlichsein heisst, nie im Sichwissen aufgehen"[285][142]라고 적을 때, 이는 그가 비판을 통해 헤겔을 극복했다기보다는 헤겔을 포기했음을 말한다. "헤겔 철학을 그 돌쩌귀로 들어올릴 수 있게 할 아르키메데스 지점을 결코 반성에서는 찾을 수 없을 것이다"[326][188]. 그것은 포기할 힘을 가진 고백에 의해 "마법의 원"에서 나온다. 그것이 포기하는 것은 "역사와 진리 사이의 절대적인 매개 Vermittlung"[324][185]라는 생각 자체이다.

고 불완전하지만 열려 있는 매개라는 또 다른 길이 있다. 이것은 역사의 이성과 그 실행성이 일치하는 총체성 속으로의 지양 대신, 미래의 기대와 과거의 수용, 그리고 현재의 체험이 교차하며 얽혀 있는 전망의 망(網)이다.

이어지는 대목은 바로 이 길을 개척하는 작업을 다루고 있다. 한 가지 전략적인 결정을 내리면서 시작해보자.

있었던 그대로의 과거의 사라져버리는 실재라는 문제를 정면에서 공격하는 것을 포기하고, 문제들의 순서를 뒤집어야 한다. 즉, 과거와 미래의 변증법, 그리고 현재 속에서의 과거와 미래의 교환을 되찾기 위해 역사의 기획, 만들어야 할 역사에서부터 출발해야 한다. 과거의 실재성과 관련해서, 있었던 것을 직접 겨냥하게 되면 동일자 속에서의 재실행, 타자성의 인식, 그리고 유사자의 상정(想定) 사이에서 부서진 전망들이라는 앞서의 놀이를 거의 넘어설 수 없다. 보다 멀리 나아가기 위해서는 문제를 반대편에서 접근하여, 과거의 수용이라는 관념을 과거에 의해 영향받는 존재라는 관념에까지 밀고 나가 그 아래 그러한 부서진 전망들을 모음으로써 일종의 복수(複數)적인 통일성을 되찾을 수 있다는 생각을 면밀히 더듬어보아야 한다. 그런데 이러한 생각은 역사를 만든다는 생각과 대립되어서만 제대로 의미를 갖게 된다. 왜냐하면 영향을 받는다는 것 역시 행동의 한 범주이기 때문이다. 전통이라는 관념 ── 그것은 과거 전망과 현재 전망 사이의 본래적인 긴장을 이미 포함하고 있으며, 따라서 그 긴장을 넘어서면서 시간적 거리를 벌려놓는다 ── 이 매개한다는 덕목을 가지고 있음은 부인할 수 없으나, 그럼에도 불구하고 전통을 참조하며 만들어야 할 역사가 겨냥하는 것을 거치지 않고서 그것만을 우선적으로 생각할 수는 없다. 끝으로 아우구스티누스와 후설의 사유에서 사유의 시작 지점이었던 역사적 현재라는 관념은, 일차적으로 개략해보면 그러한 권좌를 잃어버린 것처럼 보이지만, 사실상 교차되는 전망들의

놀이에서 오히려 그 끝을 마무리하는 자리라는 새로운 영예를 얻게
될 것이다. 그 어느 것도 현재가 현전성으로 귀결된다고 말할 수 없
다. 현재가, 미래에서 과거로 넘어가는 과정에서, 행동 주도력의 시
간, 다시 말해서 이미 만들어진 과거의 무게가 놓여 있고 매달려 있
으며 중단된 그런 시간, 그리고 아직도 만들어야 할 역사의 꿈이 책
임 있는 결정으로 옮겨지는 시간이 되지 못할 이유가 있는가?

따라서 역사에 대한 사유가 불완전한 매개 관념의 지평 아래 그 전
망들을 교차시키는 것은 바로 능동적 행동 agir(그리고 그 당연한 결과
인 피동적 행동 pâtir)의 차원이 될 것이다.

I. 미래, 그리고 미래의 과거

이와 같이 전략을 뒤집음으로써 즉각적으로 얻을 수 있는 이점은,
과거의 "실재성"을 명확하게 규명하려는 우리의 시도에 가장 끈질긴
장애가 되는 추상적 관념, 즉 지나간 것으로서의 과거라는 추상적 관
념을 제거한다는 것이다. 이 관념은 바로 미래를 향해 나아가는 우리
의 기대, 그리고 과거를 향해 방향을 설정하는 우리의 해석, 그 사이
에서 이루어지는 상호 의미 작용이라는 복합적 유희를 망각하는 데
서 생겨난 것이다.

이러한 망각을 물리치기 위해서 나는 코젤렉 Reinhart Koselleck이
제시한 경험 공간 espace d'expérience과 기대 지평 horizon d'attente이
라는 범주 사이의 극성(極性)을 앞으로의 분석의 실마리로 삼을 것이
다.[181]

---

181) Reinhart Koselleck, 『지나간 미래, 역사적 시간의 의미론에 대하여 *Vergangene
Zukunft. Zur Semantik geschichtlicher Zeiten*』(Frankfurt: Suhrkamp, 1979). 이
두 가지 역사적 범주는 어떤 학문 분야에 속하는가? 코젤렉에게서 이 범주들은
전체를 이끌어가는 개념으로서 뚜렷하게 정해진 하나의 기획, 즉 역사와 역사의
시간에 대한 어휘에 적용되는 개념적 의미론이라는 기획에 속한다. 의미론으로서
의 그 분야는 사회사와 관계되는 현상과 과정보다는 말과 텍스트의 의미에 적용

이 두 용어는 역사적 시간의 해석학을 감안하여 지극히 합당하고 분명하게 선택된 것으로 보인다. 사실 어차피 유사한 개념인데 어째서 현재 속에서의 과거의 존속이라 하지 않고 경험 공간이라고 말하는 것일까?[182] 한편으로 독일어의 경험 Erfahrung이란 말에는 놀랄 만큼 폭넓은 뜻이 있다. 사적인 경험이든 이전 세대 혹은 현재의 제도를 통해 전승된 경험이든, 모두 결국은 낯섦의 극복, 아비투스 habitus가 된 후천적 경험과 관계된다.[183] 다른 한편으로 공간이라는 용어는 다양한 여정에 따라 길을 밟아갈 수 있는 가능성, 그리고 특히 그처럼 누적된 과거를 단순한 연대기에서 벗어나게 해주는 층상(層狀) 구조 속에 결집시키고 층을 이루게 하는 가능성을 환기한다.

기대 지평이라는 표현은 더할 나위 없이 적절하다. 한편으로 기대라는 용어는 희망과 두려움, 바람과 욕구, 근심, 합리적 타산, 호기심, 간단히 말해서 미래를 겨냥하는 사적인 혹은 공동의 표현을 모두 포함할 수 있다. 미래와 연관된 기대는 경험과 마찬가지로 현재 속에 담겨 있다. 기대란 아직-아님 le pas-encore을 향하고 있는 현재가-된-미래 futur-rendu-présent, vergegenwärtigte Zukunft다. 다른 한편으로 여기서 우리가 공간이라고 하지 않고 지평이라고 말하는 것은, 기대와 결부된 넘어서는 힘과 아울러, 펼쳐놓는 힘을 나타내기 위해서다.

된다. 개념적인 의미론으로서의 그 분야는, "역사" "진보" "위기" 등과 같은, 변화의 지표와 요인이라는 이중의 관계를 사회사와 맺고 있는 중심적인 낱말들의 의미 작용을 추출하려고 한다. 기실 그러한 중심적인 낱말들은 사회사가 이론을 수립하는 심층적 변화들을 언어로 옮긴다는 점에서, 언어학적 측면에 접근한다는 사실 자체는 그 낱말들이 가리키는 사회적 변형을 생산하고 확산하며 강화하는 데 기여한다. 개념적 역사와 사회사의 이러한 이중 관계는, 우리가 다른 것과 구별되는 어떤 학문 분야의 자율성을 의미론에 부여할 때에만 나타난다.

182) "경험이란 기억에 그 사건들이 통합되었고 einverleibt 그리로 되돌아갈 수 있는 현재의 과거 Gegenwärtige Vergangenheit다"(p. 354).

183) 코젤렉은 경험 Erfahrung이라는 용어의 온전한 의미와 역사에 대한 사유에서 그것이 내포하는 바를 말하면서 가다머의 『진리와 방법』(불역, pp. 329 이하)을 잊지 않고 참조하고 있다(앞의 책, p. 355, 각주 4).

여기에서 경험 공간과 기대 지평 사이의 균형의 부재가 부각되는데, 결집과 펼침 사이의 대립이 이것을 암시한다. 경험은 통합하려고 하며, 기대는 전망들을 파열시키고자 한다. "기대를 품고 있다면 바뀔 것이다. 경험들은 기억 속에 수집된다 Gehegte Erwartungen sind überholbar, gemachte Erfahrungen werden gesammelt"(p. 357). 이런 뜻에서 기대는 경험에서 그냥 파생되지 않는다. "경험 공간은 결코 기대 지평을 결정하기에 충분하지 않다"(p. 359). 반대로 경험의 짐을 너무 가볍게 느끼는 사람에게 숭고한 경이(驚異)란 없다. 그는 다른 것을 바랄 수 없을 것이다. 따라서 경험 공간과 기대 지평은 서로 대립하지만, 그보다 더 서로를 조건짓는다. "경험의 시간 구조는 소급적인 기대 없이 결집될 수 없다"(p. 358).

기대 지평과 경험 공간을 하나씩 다루기 전에, 코젤렉이 이끄는 대로 18세기 후반 독일 역사학 용어의 중요한 변화들 가운데 몇 가지를 상기할 필요가 있다. 흔히 기존의 용어에 부여되는 새로운 의미 작용은 궁극적으로 경험 공간과 기대 지평의 새로운 관계가 보여주는 새로운 역사적 경험의 심층적인 유기적 결합 관계를 확인하는 데에 기여할 것이다.

역사 Geschichte라는 낱말은 움직이고 있는 이러한 개념 그물의 중심에 있다. 일어나고 있는 일련의 사건들, 그리고 행하거나 겪은 행동들의 관계라는 이중의 뜻, 달리 말해서 실제의 역사와 말해진 역사라는 이중의 의미에서 독일어의 'Geschichte'가 'Historie'의 자리를 넘겨받고 있음을 볼 수 있다. 'Geschichte'는 정확히 말해서 일련의 사건들과 일련의 이야기들 사이의 관계를 뜻한다. 역사-이야기 속에서 역사-사건은, 코젤렉이 인용하고 있는 드로이젠 Droysen의 공식에 따르면, "역사 자체에 대한 앎"에 다가간다.[184] 하지만 이처럼 두

---

184) J.-G. Droysen, 『역사학 *Historik*』(R. Hübner 편집, München und Berlin, 1943).

가지 의미가 이렇게 만나는 것은, 그 둘이 어떤 전체의 통일성에 함께 다가갔기에 가능하다. 마침내 단수 집합명사의 지위로 올라간 역사 그 자체에서 드러나는 것은 바로 보편적 연쇄 관계 속에서 본 사건들의 흐름이다. 역사들 위에 역사가 있다고 드로이젠은 말한다. "역사"라는 낱말은 이제부터 소유를 표시하는 보어 없이도 나타날 수 있다. ~의 역사들이 그저 역사가 된 것이다. 이야기 측면에서 이러한 역사는 인간이 쓰는 유일한 서사시에 상응하는 서사시적 통일성을 표방한다.[185] 개별적인 역사들의 합이 역사가 되려면, 역사는 그 개별적 역사들에게 고유의 서사시적 통일성을 부여하는 세계 역사가 되어야 했다. 그러니까 집합체 agrégat에서 체계 système가 되어야 했던 것이다. 반대로 이야기의 서사시적 통일성은 사건들의 결집, 연관 관계를 언어로 옮길 수 있었으며, 그것이 사건들에 고유의 서사시적 통일성을 부여하게 된다. 철학적 낭만주의와 동시대의 역사가들이 눈앞에 펼쳐지고 있는 역사에서 발견한 것은, 내적인 일관성을 넘어서는 어떤 것, 즉 그 일관성이 나타나는 것에 대해 인간이 책임을 지도록 내버려두거나 책임을 지게 하면서 다소간 은밀한 계획에 따라 일관성을 추진하는 어떤 힘 Macht이다. 여타의 단수 집합명사들, 즉 자유 la Liberté, 정의 la Justice, 진보 le Progrès, 혁명 la Révolution 같은 것들이 그렇게 해서 역사 옆에 떠오른다. 이런 뜻에서 프랑스 대혁명

"사건 événement으로서의 역사와 나타냄 exposition, Darstellung으로서의 역사가 수렴됨으로써, 관념론의 역사철학으로 이끄는 초월적 전환점이 언어의 측면에서 마련되었다"(코젤렉이 재인용, 앞의 책, p. 48).

185) 이야기된 역사에 부여된 서사시적 특성이 불러일으키는, 역사학과 시학의 비교 문제는 여기서 다루지 않는다. 코젤렉은 1690년과 1750년 사이에는 "역사"와 "소설"이라는 표현이 서로 어깨를 함께하고 있음을 지적하면서, 이는 역사를 평가절하하기 위해서가 아니라 진리에 대한 소설의 주장을 격상시키기 위한 것이라고 말한다. 마찬가지로 라이프니츠는 역사를 신의 "소설"로 간주한다. 칸트는 『세계시민주의적 관점에서의 역사』(9번째 명제)에서, 일반사의 이해 가능한 통일성을 표현하기 위해서 "소설"이라는 용어를 은유적으로 사용하고 있다.

은 그전에 진행된 과정을 보여주는 지표이며, 또한 동시에 그 과정을 가속시킨다.

역사라는 말이 갖는 두 가지 뜻을 연결하는 끈으로 쓰였던 것이 바로 진보의 관념이라는 사실에는 거의 이론의 여지가 없다. 실제 일어난 역사가 이치에 맞는 흐름을 가지고 있다면, 우리가 그 흐름을 가지고 만드는 이야기가 역사 그 자체의 의미인 그러한 뜻과 어깨를 겨루기를 바랄 수 있다. 그렇게 해서 역사라는 개념이 마치 단수 집합명사처럼 나타나는 것은, 우리가 앞절에서 다루었던 보편적 역사라는 개념이 구성될 수 있었던 조건들 가운데 하나가 된다. 단일한 전체로서의 역사에 대한 지식에 덧붙여졌던 총체화 또는 총체적인 매개의 문제점에 대해서는 여기서 다시 언급하지는 않을 것이다. 오히려 나는 미래와 과거의 관계에서 의미심장한 **변동**variation을 불러일으켰던 그 단수 집합명사의 특징들이 갖는 문제점 쪽으로 방향을 돌리려고 한다.

코젤렉의 정교한 의미론적 분석에서 세 가지 주제가 나온다. 우선, 현시대는 전례 없는 새로움이라는 전망을 미래에 열어준다는 믿음, 이어서 가장 나은 것을 위한 변화가 가속된다는 믿음, 끝으로 역사를 만들 수 있는 인간의 능력은 점점 커진다는 믿음이 그것이다. 새로운 시대temps nouveau, 진보의 가속화, 역사의 가변성disponibilité, 이 세 가지 주제들은 새로운 기대 지평의 전개에 기여했으며, 그 반작용으로 새로운 기대 지평은 과거의 경험에서 얻은 것들이 보관되어 있는 경험 공간을 변형시켰다.

1. 새로운 시간이라는 관념은, 대략 1870년 이후 근대를 지칭한 독일어 표현 'Neuzeit'보다 1세기 앞서는 'neue Zeit'[186]라는 표현에 담겨 있다. 전자의 표현은 의미론적으로 형성된 문맥에서 벗어나게 되

---

186) 코젤렉은 'neueste Zeit'라는 한층 더 과장된 표현을 쓰고 있다(앞의 책, p. 319).

면 그저 시대 구분 périodisation을 나타내는 용어에 속하는 것으로 보인다. 여기서 시대 구분이라는 것은 금속에 따른 "시대들," 법과 은총에 따른 시대들, 또는 제국들의 계승에 대한 묵시록적 영감 ──「다니엘서」는 그에 대해 인상적인 모형을 제공한 바 있다 ── 에 따른 시대들을 분류하는 오랜 전통으로 거슬러 올라간다. 우리는 또한 새로운 시대라는 관념에서 중세라는 용어를 개조하는 효과를 볼 수 있다. 사실 르네상스와 종교개혁 이래 중세는 더 이상 성신강림과 예수 재림에 걸친 시대 전체를 포괄하는 것이 아니라, 제한되어 있고, 특히 이미 지나가버린 한 시대를 가리키는 경향이 있다. 중세를 그처럼 암흑의 과거 속에 던져버리는 것에 대한 실마리를 주는 것이 바로 개념적 역사다. 'Neuzeit'라는 표현은 기실 현재의 매 순간이 새로운 것이라는 사소한 뜻이 아니라, 미래와의 새로운 관계에서 비롯된 시간의 새로운 자질이 드러났다는 뜻에서 중요하다. 새롭다고 천명되는 것이 바로 시간 그 자체라는 사실은 주목할 만하다. 시간은 더 이상 중립적인 형태가 아니라, 역사의 힘이다.[187] "세기(世紀)"는 더 이상 연대기적 단위만이 아니라 시대 époque도 가리킨다. 시대 정신 Zeitgeist도 멀지 않다. 각 시대의 유일성과 시대들의 연속의 불가역성은 진보의 궤도 위에 새겨진다. 이제 현재는 과거의 암흑과 미래의 광명 사이의 과도기적 시간으로 인식된다. 그런데 기대 지평과 경험 공간의 관계의 변화만이 이러한 의미론적 변화를 설명한다. 이 관계를 벗어나면 현재는 해독할 수 없다. 현재가 갖는 새로움의 의미는 기다리고 있는 미래의 빛이 그 위를 비출 때 다가오는 것이다. 현재가 새로운 시대를

---

187) "시간은 역사 그 자체의 힘으로 움직인다"(앞의 책, p. 321). 코젤렉은 1770년과 1830년 사이에, 시간 자체의 가치를 그 역사적 자질에 따라 부여했던 복합적 표현(시대 Zeit-Abschnitt, 시점-Anschauung, 시간관-Ansicht, -Aufgabe 등)들이 늘어났음을 지적하고 있다. 시대 정신 Zeitgeist은 그러한 목록의 요약과 같다(앞의 책, p. 337).

연다고 믿는 한, 현재는 그 본래의 의미에서 결코 새롭지 않다.[188]

2. 새로운 시간, 따라서 또한 가속화된 시간. 가속이라는 이 주제는 진보의 관념과 밀접하게 연결되어 있다. 우리는 시간이 가속되기 때문에 인류가 향상된다고 생각한다. 이와 관련하여, 전통으로부터 얻은 것이 포괄하는 경험 공간은 눈에 띄게 축소되고, 획득된 경험의 권위는 줄어든다.[189] 반동, 지체, 잔재 등 현대 어법에서 여전히 자리

---

188) 새로운 시대라는 관념 ─ 근대성이라는 우리의 관념은 거기서 나온다 ─ 은, 그 관념이 빛을 보지 못하도록 가로막았던 이전의 역사 사상의 두 가지 논거와 그 것을 대립시킬 때 두드러지게 나타난다. 그것은 우선, 코젤렉이 16세기까지 나 타나는 것으로 보았던 정치적 종말론들이 무너진 배경에서 뚜렷이 나타난다. 세 계의 종말이라는 지평에서 보자면, 과거의 사건들과 현재의 사건들의 차이는 중 요하지 않다. 게다가 그러한 사건들은 모두 종말의 예견된 다양한 "모습들"이기 에, 그들 사이에는 의미의 밀도에서 연대기적 관계를 압도하는, 유사성에 따른 상징 관계들이 유통된다. 미래와 과거의 관계 문제에 대해 우리가 취하는 근대 적 입장을 낳게 한 기대 지평에서의 변화는 또 다른 대조를 통해 이해할 수 있 다. 그것은 정치적 종말론보다 더 끈질긴 그 유명한 논거, "역사는 삶의 교사 historia magistra vitae"라는 명구가 가리키는 논거와 관련된다(R. Koselleck, 『"Historia magistra vitae": 변화하는 현대 역사의 지평에서의 논점의 융합에 대 하여 *Über die Auflösung des Topos im Horizont neuzeitlich bewegter Geschichte*』, 앞의 책, pp. 38~66). 사례집의 상태로 환원된 과거의 역사들은 그것들에 변별 성을 부여하는 원래의 시간성을 빼앗기고, 단지 현재 속에 그것들을 현실화시키 는 교육적 전용(轉用)의 계기에 불과하다. 그 대가로 사례들은 가르침, 기념물이 되는 것이다. 그 사례들은 영속성 덕분에 과거와 미래의 연속성을 나타내는 동 시에 그 담보가 된다. 역사적 시간을 사례라는 주된 기능으로 무력화시키는 것 과는 반대로, 새로운 시대에 살고 있다는 확신은 어쨌든 "역사를 시간화"(pp. 19~58)했다. 반대로 그 사례성의 사적인 과거는 경험 공간 밖으로, 이미 시효가 지난 것의 암흑 속으로 내던져졌다.

189) 코젤렉은 레싱의 『인류의 교육 *Erziehung des Menschengeschlechts*』에 나오는 한 대목을 인용하고 있다. 그 대목에서 코젤렉은 가속을 확인하는 데 그치지 않고, 가속이 이루어지기를 바라고 기원한다(앞의 책, p. 34. 마찬가지로 p. 63. 각주 78). 로베스피에르의 다음과 같은 말도 있다. "시간으로 하여금 그 진정한 운명 을 일깨워줄 시간이 왔다. 인간 이성의 진보는 이 거대한 혁명을 준비해왔다. 그 리고 그것을 가속시킬 의무는 특별히 바로 당신에게 주어졌다"(『전집 *Œuvres complètes*』, IX, p. 495. 코젤렉 재인용, 앞의 책, p. 63, 각주 78). 칸트는 『영구 평화론 *Paix perpétuelle*』에서 다음과 같이 이에 화답한다. "그와 같은 진보가 이

를 차지하고 있는 모든 표현들이 비난을 받을 수 있는 것은 바로 이렇게 받아들여진 가속과의 대조를 통해서다. 이 표현들은 시간의 가속에 대한 믿음에 극적인 억양을 부여한다고 할 수 있는데, 그만큼 시간의 가속은 잘라버려도 끊임없이 다시 태어나는 반동으로 위협받고 있으며, 그로 말미암아 낙원 상태는 헤겔의 가혹한 무한(無限)에 상응하는 "미래 없는 미래"(코젤렉, p. 35)라는 특성을 띠게 된다. 코페르니쿠스의 『천체의 회전에 관하여 De Revolutionibus orbium caelestium』(1543)라는 유명한 책 제목에서 볼 수 있듯이, 예전에는 천체의 운행을 가리키는 데 사용되었던 'révolution'이라는 낱말이 인간사에 지대한 영향을 미치는 무질서한 격변, 뿐만 아니라 운명의 전형적인 급변, 혹은 지겹도록 번갈아 그 운명이 뒤집어지고 다시 복원되는 현상과는 전혀 다른 뜻을 지닐 수 있게 된 것은, 근대의 새로움의 뜻과 진보의 가속이 갖는 뜻을 결합시킨 덕분이라고 할 수 있다. 내란으로는 분류될 수는 없으면서, 문명화된 세계가 들어서게 된 일반적인 혁신을 그 갑작스런 폭발을 통해 보여주는 봉기(蜂起)를 우리는 혁명이라고 부른다. 이제 바로 이 혁명을 가속시키고 또 그 보조를 조절해야 하는 것이다. 혁명이라는 낱말은 이제부터 새로운 예상 지평이 열림을 나타낸다.

3. 역사를 만들어야 하고, 만들 수 있다는 것은 코젤렉이 "역사의 시간화"라고 부르는 것의 세번째 구성 요소를 이룬다. 그것은 가속의 주제와 그에 따른 부수적 결과인 혁명의 주제 뒤에 이미 그 윤곽이 드러나 있었다. 우리는 칸트의 『학부 간의 논쟁 Le Conflit des facultés』에 나오는 말을 기억한다. "그런데 예언자는 자신이 예언했던 사건들을 만들고 수립한다." 기실 새로운 미래가 새로운 시간을 통해 열린다면, 우리는 그것을 우리 계획에 따르게 할 수 있을 것이다. 우리는

루어지는 시간들은 다행히도 언제나 갈수록 더 짧아지기 때문에"(같은 책), 영구 평화란 공허한 관념이 아니다.

역사를 만들 수 있다. 그리고 진보가 가속화될 수 있다는 것은, 우리가 그 흐름을 재촉할 수 있고 그것을 지체시키는 것, 즉 반동과 고약한 잔재에 맞서 싸울 수 있다는 것이다.[190]

역사가 인간의 행위에 따라 좌우된다는 관념은 기대 지평에 대한 새로운 지각을 나타내는 세 가지 관념들 가운데 가장 새로우면서도 ── 나중에 우리는 이를 다시 언급할 것이다 ── 가장 취약하다. 역사의 가변성은 명령법 impératif에서 기원법 optatif이 되고, 더구나 직설법 미래 indicatif futur가 된다. 칸트와 같은 부류에 속하는 사상가들, 그리고 칸트 자신이 그랬던 것처럼, 임무 수행을 위한 호소를 정당한 것으로 인정하고, 또 현재의 노력에 용기를 불어넣는 "기호"들을 분간해야 한다고 끈질기게 주장하면서, 이러한 의미의 이동이 용이해졌다. 의무 실행의 초기 성과를 보여줌으로써 의무를 정당화하는 이러한 방식은, "역사를 만든다"라는 표현이 그 정점을 나타내는 진보의 수사학의 특징을 확실하게 보여준다. 인류는 스스로를 이야기함으로써 그 자신의 주체가 되는 것이다. 이야기와 이야기된 것은 다시금 일치할 수 있으며, "역사를 만든다 faire l'histoire"와 "이야기를 만든다 faire de l'histoire"라는 표현은 서로 겹칠 수 있게 된다. 행동하는 것과 이야기하는 것은 한 가지 과정의 표면과 이면이 된다.[191]

지금까지 우리는 계몽주의 철학의 특징을 개략적으로 나타내는 세 가지 논거 ── 새로운 시간, 역사의 가속, 역사의 제어 ── 라는 실마리

---

190) 이와 동시에 앞의 두 도식이 역전된다. 진정한 종말론은 바로 투사되고 바라마지 않는 미래에서 태어난다. 이것을 유토피아라고 부른다. 인간의 행동에 따라 기대 지평을 그리는 것은 바로 그러한 종말론이다. 역사의 진정한 교훈, 이제부터 우리의 임의에 놓이게 된 미래가 가르치는 교훈을 주는 것도 그것이다. 역사의 힘은 우리를 짓누르는 대신에 우리를 열광케 한다. 그것은 우리가 무엇을 하는지 모른다 해도 우리의 작품이기 때문이다.

191) R. Koselleck, 「역사의 가변성에 관하여 Über die Verfügbarkeit der Geschichte」, 앞의 책, pp. 260~77. 또 다른 주목할 만한 표현은 "역사를 만들 수 있음 Machbarkeit der Geschichte"(같은 책)이다.

를 따라가면서, 기대 지평과 경험 공간의 변증법을 해석했다. 역사적 사유를 구성하는 요소들에 대한 논의를, 규정된 논거의 비약과 퇴조에 영향을 미치는 순전히 역사적인 성찰에서 분리시킨다는 것은 사실상 어려워 보인다. 그렇다면 계몽주의 사상가들이 지금까지 보여주려고 했으며 격상시킨 논거들에 대해, 기대 지평과 경험 공간이라는 주된 범주들이 어느 정도 의존하고 있는가 하는 물음이 제기된다. 우리는 이러한 어려움을 피하지는 않을 것이다. 그전에 지금 20세기 말엽에 그 세 가지 논거들은 퇴조했다는 것을 지적하자.

새로운 시간이라는 관념은 몇 가지 점에서 수상쩍은 것으로 보인다. 그것은 우선 기원 origine의 환상과 관련된 것처럼 보인다.[192] 그런데 전반적인 사회 현상을 구성하는 다양한 요소들의 시간적 리듬들 사이의 불협화음은 한 시대의 특징을 전반적으로 단절과 기원으로 규정하기 어렵게 한다. 『위기 Krisis』에서 후설의 입장에서 보자면, 갈릴레이는 프랑스 혁명과 비교할 수 없는 기원이다. 후설은 선험주의와 객관주의의 싸움이라는, 거인들의 싸움만을 고려하기 때문이다. 보다 심각하게 말하자면, 아도르노와 호르크하이머가 계몽주의를 재해석한 이래로, 과연 그 시대가 어느 모로 보나 사람들이 그토록 찬양했던 진보의 여명기였는지 의심해볼 수도 있다. 도구적 이성의 비상(飛翔), 보편주의의 이름으로 합리화하는 헤게모니에 주어진 엄청난 기세, 프로메테우스적인 그러한 요구와 연결된 차이들의 억압은, 거의 모든 점에서 해방을 약속했던 그 시대가 남긴, 그 누구라도 알아볼 수 있는 흉터들이다.

진보를 향한 발걸음의 가속과 관련하여, 우리는 당연히 그 수많은

---

192) 우리는 퓌레 François Furet가 『프랑스 혁명을 생각함 Penser la Révolution française』에서 한 말을 기억한다. "프랑스 혁명은 과도기가 아니라 하나의 기원이며, 기원의 환상이다. 그에 대한 역사적 흥미를 불러일으키는 바는 바로 그 안에 있는 독특한 것이다. 그리고 게다가 바로 그러한 '독특함,' 즉 민주주의에 대한 첫 경험이 보편적이 되는 것이다"(p. 109).

역사적 변혁들의 가속에 대해 말할 수 있지만, 그럼에도 불구하고 그것을 거의 믿지 않는다. 그러나 진행 중인 최근의 수많은 재앙이나 혼돈들은 우리로 하여금 더 나은 시대로부터 우리를 갈라놓고 있는 기간이 줄어들고 있다는 사실을 의심케 한다. 코셀렉 스스로 지적하고 있듯이 경험 공간의 축소, 즉 과거가 오래전에 지나간 것으로 보임에 따라 언제나 더 멀리 있는 것으로 보이게 만드는, 경험 공간의 축소뿐만 아니라, 경험 공간과 기대 지평 사이의 늘어나는 괴리 또한 현대의 특징을 규정한다. 화해하는 인류라는 우리의 꿈의 실현은 점점 더 멀어지고 불확실한 미래 속으로 뒷걸음질치고 있지 않은가? 우리의 선배들에게 길을 그려줌으로써 흐름을 규정했던 과제는 유토피아, 아니 시대 착오uchronie로 돌아가고, 기대 지평은 우리가 나아가는 것보다 더 빨리 뒷걸음질친다. 그런데 기대를 어떤 결정된 장래, 구분할 수 있는 단계들로 경계가 지어지는 장래 위에 더 이상 붙잡아둘 수 없을 때, 현재 그 자체는 두 가지 회피 수단 사이에서 찢어지게 된다. 한 가지는 이미 지나간 과거이고, 다른 하나는 그 직전에 오는 그 무엇도 갖지 않는 최종적인 것이다. 이처럼 자체 속에서 분열된 현재는 "위기"로 반영되는데, 나중에 다시 이야기하겠지만 그것이 아마도 우리의 현재가 갖는 중요한 의미 작용들 가운데 하나일 게다.

근대성의 세 가지 논제들 가운데 가장 취약하고 또 여러 점에서 가장 위험해 보이는 건 아마도 세번째 논제일 것이다. 우선, 우리가 여러 차례 강조한 바 있듯이, 가장 잘 받아들여지고 우리를 참여시키기에 가장 합당한 기획에서 생기는 역효과 때문에, 역사 이론과 행동 이론은 결코 일치하지 않는다. 일어나는 것은 언제나 우리가 기대했던 바와는 다른 것이다. 그리고 기대 그 자체도 거의 예견할 수 없는 식으로 바뀐다. 그래서 시민 사회와 법치 국가를 설정한다는 뜻에서의 자유가 인류 대다수의 유일한 희망이자 큰 기대라는 것 역시 확실하지 않다. 그러나 무엇보다도 역사의 제어라는 주제의 취약성은 바로 그것이 요구되는 차원, 즉 자기 고유의 역사의 유일한 행동 주체로 간주되는 인류라는 차원에서 드러난다. 인류에게 자기 스스로를 만들어내는 힘을 부여하면서, 그것을 요구했던 자들은 적어도 개인들의 운명과 마찬가지로 역사적 거대 집단에 영향을 미치는 어떤 제약을 망각한 것이다. 행동이 만들어내는 원하지 않았던 결과는 차치하고라도, 행동은 그것이 만들어내지 않은 상황 속에서 만들어질 뿐이다. 이러한 논제의 선구자들 가운데 하나였던 마르크스는 그 한계를 잘 알았기에 『루이-나폴레옹 보나파르트의 무월(霧月) 18일 *le 18 Brumaire de Louis-Napoléon Bonaparte*』에서 이렇게 말한다. "인간은 자기 고유의 역사를 만든다. 하지만 찾아내고 주어지고 전승된 상황들 circonstances 속에서 만든다"(『마르크스 엥겔스 선집 Marx Engels Werke』, VIII, p. 115)[193]

역사의 제어 maîtrise라는 주제는 이렇게 나중에 살펴볼 역사에 대한 사유의 또 다른 측면, 즉 우리는 역사에 의해 영향을 받으며 우리 자신은 우리가 만드는 역사에 의해 영향을 받는다는 측면에 대한 근본적인 몰이해에 근거하고 있다. 엄밀히 말해서 기대 지평과 경험 공간의 변증법적 관계를 유지하는 것은 역사적 행동, 그리고 만들지 않고 받은 과거를 잇는 이러한 연관 관계인 것이다.[194]

하지만 이와 같은 비판들은 기대 지평과 경험 공간이라는 범주 그

---

193) 상황이라는 개념은 상당한 영향력을 갖고 있다. 우리는 미메시스 I의 층위에서 행동 개념을 구성하는 가장 기본적인 요소들 가운데 그것을 집어넣었다. 이질적인 것의 종합으로서의 줄거리를 배경으로 미메시스 II 층위에서 모방되는 것 또한 상황들의 몫이다. 그런데 역사에서도 줄거리는 목적, 원인 그리고 우연을 결합한다.

194) 코젤렉은 다음과 같은 노발리스 Novalis의 말을 즐겨 인용한다. 우리가 역사를 그 광대한 전체로 파악할 수 있다면, "사람은 과거의 것과 미래의 것 사이에 은밀한 관계가 있다고 인식한다. 그리고 희망과 기억에서 역사를 만드는 법을 배운다 bemerkt man die geheime Verkettung des Ehemaligen und Künftigen, und lernt die Geschichte aus Hoffnung und Erinnerung zusammensetzen"(앞의 책, pp. 352~53).

자체보다는 논제들에 관계된 것이며, 그 범주는 계몽주의 철학이 기대 지평과 경험 공간이라는 범주를 적용했던, 문제의 논제들보다 더 근본적이라는 사실에는 변함이 없다. 물론 우리로 하여금 그 범주를 가늠할 수 있게 해준 것이 바로 계몽주의 철학이었다 할지라도 말이다. 계몽주의 철학은 그 범주들의 차이가 중요한 역사적 사건이 된 계기였던 것이다.

세 가지 추론을 통해 기대 지평과 경험 공간이라는 두 범주가 갖는 보편성을 옹호할 수 있을 것이다.

우선 우리가 이 범주들을 도입하면서 제안했던 정의에 의거하여, 기대 지평과 경험 공간은 상정된 모든 논제들보다 상위의 범주적 지위에 있다고 말할 수 있을 것이다. 계몽주의로 인해 권위를 박탈당한 논제들 —— 최후의 심판, '역사는 삶의 교사' —— 이든, 반대로 계몽주의자들이 설정한 논제들이든 말이다. 코젤렉은 기대 지평과 경험 공간을 철학적 인류학의 층위에서 유효한 메타-역사적인 범주로 간주함으로써 자신의 정당성을 완벽하게 입증한다. 이 범주들은 그렇게 해서 모든 시대에 사람들이 역사라는 용어로 —— 만들어진 역사든, 이야기된 역사든, 글로 씌어진 역사든 —— 그들의 존재를 생각했던 모든 방식들을 규제한다.[195] 이런 뜻에서 우리는 그 범주들의 자질을 선험적인 것으로 규정하는, 가능성 조건들의 용어를 적용할 수 있다. 그 범주들은 이 절(節) 서론에서 제안했던 뜻에서의 역사에 대한 사유에 속한다. 그것들은 역사적 시간, 아니 "역사의 시간성"(p. 354)을 곧바로 주제로 삼는다.

기대 지평과 경험 공간 범주를 역사에 대한 사유를 위한 본래의 선

---

195) "문제가 되는 것은 역사의 가능성의 토대를 마련하는 데 도움을 주는 인식 범주들이다. 〔……〕 행동하고 혹은 고통받는 인간들의 경험과 기대에 힘입지 않고 만들어진 역사란 없다"(p. 351). "따라서 그 범주들은, 그것이 없이는 역사가 가능하지도 역사를 생각조차 할 수도 없는, 인류학적으로 미리 주어진 어떤 것 Vorgegenbenheit에 속한다"(p. 352).

험적 범주로 간주하는 두번째 이유는 시대에 따라 이 범주들이 허용하는 투하investissement가 달라진다는 가변성에 있다. 기대 지평과 경험 공간의 메타-역사적인 위상이 내포하는 것은, 그것이 역사의 시간화에 영향을 미치는 변주(變奏)의 지표로 사용된다는 것이다. 이렇게 해서 기대 지평과 경험 공간의 관계는 그 자체가 가변적인 관계다. 그리고 이 범주들이 내용의 변주에 대한 개념적인 역사를 가능하게 하는 것은, 그것들이 선험적 범주들이기 때문이다. 이 점에서 기대 지평과 경험 공간의 차이는 그것이 변할 때에만 밖으로 드러난다. 그러니까 계몽주의의 사유가 분석에서 특별한 자리를 차지하고 있는 것은, 기대 지평과 경험 공간의 관계에서의 변주가 그러한 변주를 생각할 수 있게 하는 범주들을 드러내는 지표로 사용될 수 있을 정도로 생생한 자각의 대상이 되었기 때문이다. 그에 따른 중요한 결과는, 개념적인 역사가 근대성의 논제들의 특징을 기대 지평과 경험 공간의 관계의 변주로 규정함으로써, 그러한 논제들을 상대화하는 데 기여한다는 것이다. 이제 우리는 그 범주들을 16세기 이전까지 지배적이었던 정치적 종말론, 또는 미덕과 운명의 관계로 주도되는 정치적 관점, 또는 역사의 교훈이라는 논제와 동일한 사유 공간에 위치시킬 수 있다. 그런 뜻에서 기대 지평과 경험 공간이라는 개념의 공식화는, 진보의 논제의 해체를 그러한 기대 지평과 경험 공간의 동일한 관계에 대한 그럴듯한 변주로 이해하는 방법을 제공해준다.

끝으로 말하고 싶은 것은 — 이것이 바로 나의 세번째 추론이 될 것이다 — 메타-역사적인 범주들의 보편적 의도는 그것이 언제나 내포하고 있는 윤리적이고 정치적인 함의를 통해서만 달성된다는 사실이다. 이렇게 말하면서 역사적 사유의 선험적 구성 요소라는 문제에서 정치의 문제로 슬며시 옮겨가려는 것은 아니다. 아펠K. O. Apel과 하버마스의 의견대로 나는 두 가지 문제의 심층적 통일성을 인정한다. 즉 한편으로 근대성은, 그 특수한 표현들의 퇴조에도 불구하고,

412

그 자체 "미완의 기획"[196]으로 간주될 수 있다. 다른 한편으로 이러한 미완의 기획은 정당성을 부여하는 논증을 필요로 하는데, 그 논증은 일반적인 실천 그리고 개별적인 정치가 요구하는 진리 양태에 속하는 것이다.[197] 이 두 가지 문제의 통일성은 실천 이성을 그 자체로서 정의한다.[198] 역사적 사유의 메타-역사적 범주들의 보편적 의도는 오로지 이 실천 이성의 보호 아래 인정받을 수 있다. 그러한 범주들의 기술(記述)은 언제나 규정과 분리될 수 없다. 따라서 모든 역사는 행동하고 감내하는 인간들의 경험과 기대를 통해 구성된다는 사실, 혹은 전체로 고려된 두 범주는 역사적 시간을 주제로 삼는다는 사실을 받아들인다는 것은, 역사가 존재하려면 바로 그로 말미암아 기대 지평과 경험 공간 사이의 긴장이 보존되어야 한다는 사실을 암묵적으로 인정하는 것이다.

코젤렉이 기술하고 있는 기대 지평과 경험 공간의 관계 변형이 이것을 확인해준다. 기대 지평은 언제나 보다 막연하고 불분명한 미래 속으로 뒷걸음질치는 반면에, 새로운 시간에 대한 믿음은 경험 공간을 축소시키고, 게다가 과거를 망각의 어둠 —— 중세적인 반(反)계몽주의! —— 속으로 내쫓는 데 기여한다면, 기대와 경험 사이의 긴장은 그것이 인식되었던 바로 그날부터 위협받기 시작한 것이 아닌가 자문할 수 있다. 이러한 역설은 쉽게 설명된다. 경험과 기대의 차이가 벌어져야만 근대 Neuzeit의 새로움이 지각될 수 있다 하더라도, 다시 말해서 새로운 시간에 대한 믿음이 이전의 모든 경험들에서 멀어지는 기대에 근거하고 있다 하더라도, 경험과 기대 사이의 긴장은 그

---

196) J. Habermas, 「근대성, 미완의 기획 La modernité: un projet inachevé」, *Critique*, n° 413, 1981, 10월.

197) J. Habermas, 『의사소통 행위 이론*Theorie des kommunikativen Handelns*』 (Frankfurt: Suhrkamp, 1981).

198) P. Ricœur, 「실천 이성 La raison pratique」, T. F. Geraets 편저, 『오늘날의 합리성 *La Rationalité aujourd'hui*』(Ottawa: Éd. de l'université d'Ottawa, 1979).

단절 지점이 이미 눈에 보였던 바로 그 순간에만 드러날 수 있었다. 인류의 희망이 이미 획득된 경험 그 어디에도 닻을 내리지 못하고 그 야말로 전례 없는 미래 속에 던져지게 되면, 그때부터 보다 나은 미래를 과거와 이어주었던 진보라는 관념, 역사의 가속을 통해 한층 더 가깝게 된 그 관념은 유토피아라는 관념에 자리를 내주는 경향을 갖게 된다. 유토피아와 더불어 긴장은 분열 schisme이 되는 것이다.[199]

　기대와 지평이라는 메타-역사적인 범주들이 지속적으로 내포하고 있는 윤리적이고 정치적 함의는 이제 분명해졌다. 역사에 대한 사유의 이 두 가지 축 사이의 긴장이 분열이 되지 않도록 하는 것이 과제가 된다. 하지만 지금은 그러한 과제를 명확히 규정하는 자리가 아니다. 나는 다음과 같은 두 가지 정언 명령을 제시하는 데에 그칠 것이다.

　한편으로 순전히 유토피아적인 기대의 유혹에 맞서야 한다. 그러한 기대는 행동에 좌절을 안겨줄 수 있을 뿐이다. 왜냐하면 유토피아적인 기대는 흘러가고 있는 경험에 닻을 내리지 않고 있기에, 그것이 "다른 곳"[200]에 위치시키고 있는 이상(理想)을 향해 실천 가능한 길을 만들어낼 수 없기 때문이다. 책임 있는 참여를 이끌어낼 수 있으려면,

---

199) 줄거리 구성의 패러다임들이 갖는 삶의 특징이 되는 전통성 traditionalité과 관련된, 침전 sédimentation과 혁신 innovation 사이의 양극성에서도 우리는 같은 문제와 마주쳤다. 우리는 맹목적인 반복과 분열이라는, 마찬가지로 극단적인 것들을 식별하게 된다. 분열이라는 개념은 커모드 Frank Kermode에서 빌려왔는데, 기존의 패러다임들에 대한 비판을 분열로 변모시키게 될 수정 작업에 대해 강한 거부감을 보이는 커모드의 견해에 내가 깊이 공감한다는 것은 이미 이야기한 바 있다(3부, 1장을 참조할 것).

200) 코젤렉도 이와 비슷한 방법을 제시하는 것처럼 보인다. "관계들을 규정하는 오랜 방식이 자기 권리를 찾는 것도 충분히 있을 수 있다. 즉 경험은 넓을수록 그만큼 앞을 내다보게 하지만, 기대 또한 그만큼 더 열릴 것이다. 그렇게 되면 진보의 낙관주의라는 뜻에서의 '근대'의 종말에 전혀 과장됨 없이 이르게 될 것이다"(p. 374). 하지만 역사가이며 역사 개념들을 다루는 의미론자는 그 이상은 말하지 않는다.

기대는 결정되어야, 그러니까 유한하고 상대적으로 신중해야 한다. 그렇다. 기대 지평이 사라지는 것을 막아야 한다. 행동의 사정거리에 있는 중간 계획들을 배열함으로써 그것을 현재와 접근시켜야 한다. 이 첫번째 정언 명령은 사실상 우리를 헤겔에서 칸트로, 내가 권하고 있는 헤겔 이후의 칸트 양식에 따라 다시 이끌어간다. 칸트와 마찬가지로 나도 모든 기대는 인류 전체를 위한 희망이 되어야 한다고 주장한다. 인류는 그것이 하나의 역사인 한에서만 유(類)적 존재인 것이다. 반대로 역사가 있기 위해서는 인류 전체가 단수 집합명사의 자격으로 그 주체여야만 한다. 물론 오늘날 우리가 그러한 과제를 "보편적인 방식으로 권리를 시행하는 시민 사회"를 설립하는 데 공통된 과제라고 간단하게 확인할 수 있을지는 확실하지가 않다. 사회적 권리들은 열거하려면 끝이 없을 세계를 거쳐 등장했다. 그리고 보편사 이념이 실현되는 것이 곧 어떤 특수한 사회 혹은 소수의 지배 사회의 헤게모니와 같은 것이 되어버린다면, 차이différence에 대한 권리들이 바로 그러한 보편사 이념에 연결된 억압 위협에 맞서 균형을 이루게 된다. 하지만 우리는 모든 형태의 고문과 폭정, 억압의 현대사를 통해, 개인과 비-국가적 집단들이 권리의 최종적 주체로 남아 있는 법치국가가 동시에 실현되지 않고서는, 사회적 권리도 새로이 인정된 차이에 대한 권리도 권리라고 말할 수 없다는 것을 알게 되었다. 그런 뜻에서 앞서 규정된 과제, 즉 칸트에 따르면 사회적일 수 없는 사회성이 사람으로 하여금 풀지 않을 수 없게 하는 과제는, 오늘날에도 극복되지 않았다. 그 과제를 시야에서 놓치지 않고 있고, 그것이 궤도를 이탈하거나 냉소적 조롱이 대상이 되지 않는다 해도, 여전히 그것을 달성한 건 아니기 때문이다.

다른 한편으로 경험 공간의 축소에 맞서야 한다. 이를 위해서는 완성된 것, 변하지 않는 것, 이미 지나간 것의 각도에서만 과거를 보려고 하는 경향과 맞서 싸워야 한다. 과거를 다시 열어서, 이루어지지 않았고 가로막혔을 뿐만 아니라 학살당했던 그 속의 잠재성을 되살려야 한다. 간단히 말해서 미래는 모든 점에서 열려 있고 우발적이며 또한 과거는 일방적으로 닫혀 있고 필연적이기를 바라는 격언에 맞서, 우리의 기대는 보다 더 규정되고 우리의 경험은 보다 덜 규정되어야 한다. 바로 이것이 한 가지 과제가 지닌 두 얼굴이다. 왜냐하면 규정된 기대만이 과거를 살아 있는 전통으로 드러나게 하는 소급 효과를 과거에 미칠 수 있기 때문이다. 그렇게 해서 미래에 대한 우리의 비판적 성찰은 과거에 대해 그와 유사한 성찰이라는 보완을 필요로 하게 된다.

II. 과거에-의해-영향받는-존재

"역사를 만든다"는 논지야말로 미래에서 과거 쪽으로 발걸음을 되돌리게 한다. 마르크스가 말한 대로, 인류는 오직 스스로 만들지 않은 상황들 속에서 역사를 만든다. 상황이라는 개념은 이처럼 역사와는 전도된 관계를 알려주는 지표가 된다. 우리는 역사의 능동적 주체이면서 그만큼 또 그 피동적 주체다. 역사의 희생자들, 그리고 오늘날에도 역사를 만드는 것보다 훨씬 더 역사를 감내하는 수많은 사람들은 역사적 조건의 이러한 중심 구조를 보여주는 탁월한 증인들이다. 그리고 역사의 가장 능동적인 주체인 ─ 또는 그렇다고 생각하는 ─ 사람들이라 해서 희생자들보다, 보다 정확히 말해서 그들에 의해 희생된 자들보다 덜 고통받는 것은 아니다. 비록 그것이 잘 계산된 그들의 계획이 빚어낸 원하지 않은 결과 때문이라 하더라도 말이다.

하지만 우리는 이 주제에 대해 애석해한다거나 혐오하는 식으로 다루지는 않을 것이다. 역사에 대한 사유에 합당한 절제의 태도를 위해서는, 겪고 감내하는 것이 가장 감동을 불러일으키는 양상으로 나타나는 경험에서 과거에-의해-영향받는-존재 l'être-affecté-par-le-passé의 가장 시원적인 구조를 추출해야 하며, 코젤렉과 더불어 우리가 기대 지평과 상관 관계를 맺는 경험 공간이라고 불렀던 것을 그 구조와 결부시키지 않을 수 없다.

경험 공간이라는 개념에서 과거에-의해-영향받는-존재를 이끌어내기 위해서 우리는 가다머가 『진리와 방법』에서 "역사의 생산성에 노출된 의식 Wirkungsgeschichtliches Bewusstsein"[201]이라는 일반적 명칭으로 도입했던 주제를 길잡이로 삼을 것이다. 그 주제는 ~에 의해-영향받는 우리의 존재를, 우리에 대한 역사의 행동과 상관 관계를 맺는 것으로, 또는 장 그롱댕 Jean Grondin의 탁월한 번역에 따르면 역사 작업 travail de l'histoire[202]을 나타내는 징표로 파악하지 않을 수 없게 한다는 이점을 가지고 있다. 우리는 새로운 것을 발견하게 하는 엄청난 힘을 지닌 그 주제가, 하버마스가 주장하는 이데올로기 비판이 가다머가 주장하는 이른바 전통의 해석학과 대립되었던 유감스런 논쟁이 그러한 경향을 띠었듯이, 전통에 대한 변론에 갇혀버리지 않도록 주의할 것이다.[203] 우리는 끝에 가서야 이를 환기할 것이다.

201) H.-G.Gadamer, 『진리와 방법 Wahrheit und Methode』(Tübingen: J.B.C. Mohr[Paul Siebeck], 초판 1960, 3판 1973), pp. 284 이하. 불역(Paris: Seuil, 1976), pp. 185 이하. "그러한 생산성의 역사의 행동 Wirkung은, 우리가 뚜렷이 의식하든 아니든, 모든 이해에 작용하고 있다. [······] 생산성의 역사의 힘 Macht 은 그것에 대한 우리의 인식에 의존하지 않는다"[285](141~42).

202) Jean Grondin, 「역사 작업 의식과 해석학에서의 진리 문제 La conscience du travail de l'histoire et le problème de la vérité en herméneutique」, Archives de philosophie, 44, n° 3, 7~9월, 1981, pp. 435~53. 역사에-의해-영향받는-존재라는 개념에 앞서는 것으로 우리는 앞에서 시간의 아포리아를 배경으로 언급했던 칸트의 자기 촉발이라는 개념을 들 수 있을 것이다. 우리는 우리 자신의 행위를 통해 우리 스스로를 촉발한다고 『순수이성비판』 두번째 판에서 칸트는 말한다. 초판에서는 더 나아가 우리가 시간을 생산한다고 말한 바 있다. 그러나 그 종합적 활동으로 한정된 대상을 표상하지 않고는, 그러한 시간의 생산에 대한 그 어떤 직접적 직관도 가질 수 없다(이 책의 pp. 110~14 참조).

203) P. Ricœur, 『해석학과 이데올로기 비판』, éd. E. Castelli, in Archivio di Filosofia (colloque international Rome 1973: Demitizzazione e ideologia); Aubier-Montaigne, Paris: 1973, pp. 25~64.

역사에-의해-영향받는-존재라는 주제를 통해 얼마나 많은 것을 새롭게 발견할 수 있는지를 확인하는 첫번째 방식은, 우리가 앞에서 시작했고 인식론에서 존재론으로 옮아가는 순간에도 중단되지 않았던 논의를 통한 검증이다.[204] 논의의 최종적인 관건은 역사에서의 불연속성과 연속성 사이에 뚜렷하게 나타나는 이율배반이었다. 한편으로 현재의 의식에 의한 역사적 과거의 수용이야말로 공동의 기억의 연속성을 요구하는 것처럼 보인다는 점에서, 그리고 다른 한편으로 새로운 역사에 의해 이루어지는, 기록에 바탕을 둔 혁명은 역사적 과거를 재구성하는 데 있어서 단절, 파열, 위기, 사상적 사건들의 틈입, 간단히 말해서 불연속성이 우세하게끔 만드는 것처럼 보인다는 점에서, 이율배반이라고 말할 수 있는 것이다.

미셸 푸코의 『지식의 고고학』은 이러한 모순을 가장 엄밀하게 표명하며, 동시에 역사의 연속성과 불연속성 중에서 후자가 선택된다.[205] 한편으로 역사의 불연속성에서 인정되는 특권은 새로운 연구 분야, 정확히 말하자면 지식의 고고학과 연결되어 있는데, 그것은 역사가가 일반적으로 이해하는 뜻에서의 이념들의 역사와는 일치하지 않는다. 다른 한편으로 연속성에서 이의가 제기되는 특권은 의미를 만들어내고 지배한다는 의식이라는 야망과 연결된다.

이러한 명백한 모순에 직면해서 나는 지체 없이 말하려고 한다. 그러니까 나는 추론의 앞부분에 대해서는 엄밀한 의미에서 그 아무런 인식론적 반론도 제기하지 않으며, 단지 추론의 뒷부분에 대해서, 역

---

204) 이 책의 p. 231, 각주 35 참조.
205) Michel Foucault, 『지식의 고고학 L'Archéologie du savoir』(Paris: Gallimard, 1969). 지식의 고고학은 "그 본래의 의미에서의 역사가 불안정성을 갖지 않는 구조를 위해 사건들의 침입을 삭제하는 것처럼 보일 때에도"(p. 13), "불쑥불쑥 솟아오르는 불연속성"(같은 책)을 기술한다.

사의 효력에 의해 영향받는 의식이라는 주제라는 이름으로, 완전히 결별한다고 말이다.

지식의 고고학은 고전적인 이념사가 무시하던 인식론적 단절의 정당성을 인정한다는 푸코의 주장은 바로 그 새로운 분야인 지식의 고고학의 실천을 통해서 정당화된다. 우선 지식의 고고학의 바탕이 되는 입장은 『시간과 이야기』 1권 끝부분에서 모리스 만델바움Maurice Mandelbaum에게서 빌려온 이념사 모델에 대립시켜볼 때 그 독창성을 쉽게 이해할 수 있다.[206] 만델바움은 이념사를 전문사(專門史)라는 이름으로 인위적으로 절단하여 일반사의 토대 위에서 드러내는데, 일반사란 정확히 말해서 역사적 지속성, 그러니까 실존의 연속성으로 정의되는 일차 단계의 실체들(구체적인 공동체, 국가, 문화 등)의 역사다. 전문사란 예술, 과학 등의 역사다. 그것은 사회에서의 삶에 의해 주어지는 것이 아니라, 자기 나름의 이해에 따라 어떤 것이 예술, 과학 등으로 간주되어야 하는지를 결정하는 역사가 스스로 권위적으로 규정한 어떤 주제의 통일성에 의해서만 연결되는, 본질상 불연속적인 성과들을 끌어모은다. 일반사를 토대로 추상화하고 있는 만델바움의 전문사와는 달리, 푸코의 지식의 고고학은 일차 단계의 불확실한 실체의 역사를 완전히 무시한다. 그것이 바로 지식의 고고학이 취하는 최초의 입지다. 이러한 방법론적 선택은 이어서 문제가 되고 있는 담론 영역의 성격으로 입증되고 정당화된다. 고고학에서 문제되고 있는 지식은 일반사의 흐름과 그 흐름 속에서 나타나는 지속적 실체들에 대한 영향력에 의해 가늠되는 "이념"이 아니다. 지식의 고고학은 되도록 독특한 성과들이 그 속에 들어가 있는 익명의 구조를 다룬다. 하나의 에피스테메épistémè가 다른 에피스테메에서 떨어져나오는 것을 나타내는 사상적 사건들은 바로 그러한 구조들의

---

206) 『시간과 이야기』 1권, pp. 381~417(번역본).

층위에서 위치가 표시된다. 임상의학이든, 광기든, 자연사·경제·문법 그리고 언어학에서의 계통론이든, 모두가 지배적인 에피스테메의 공시적 일관성과 그 통시적인 단절을 가장 잘 표현하는, 익명성에 가장 가까운 담론들이다. 지식의 고고학을 주도하는 범주들 ── "담론의 형성" "발화 행위적 양태들의 형성" "역사적 선험성" "사료(史料)" ── 이 자신들의 말하는 행위에 책임을 지는 개별적 발화 행위자들을 등장시키는 발화 행위의 층위로 옮겨지지 못했던 것은 바로 그 때문이다. 특히 "사료"라는 개념이 다른 모든 것보다 전통성이라는 개념과 정면으로 대립하는 것처럼 보일 수 있는 것 역시 그 때문이다.[207] 그런데 아무리 진지하게 인식론적인 반론을 제기한다 하더라도 불연속성을 "도구인 동시에 연구 대상"(『지식의 고고학』, p. 17)으로 다루지 못하게 하고, 또 "장애물에서 실천으로"(같은 책) 넘어가지 못하게 할 이유는 전혀 없다. 여기서 이념들의 수용에 보다 관심을 기울이는 해석학의 입장에서는, 지식의 고고학은 시간적 연속성이 권리를 되찾는 일반적인 문맥에서 완전히 벗어날 수 없으며, 따라서 만델바움이 말한 전문사의 의미에서의 이념사를 토대로 유기적으로 연결될 수밖에 없다는 것을 지적하는 데 그칠 것이다. 여하튼 인식론적인 단절이 있다고 해서 사회가 지식의 영역과는 다른 영역들 ── 제도적이거나 다른 ── 속에서 지속적으로 존재하지 못하는 것은 아니다. 그것은 또한 인식론적으로 서로 상이한 단절들이 언제나 동시에 일어나지 않게 하는 것이기도 하다. 지식의 어떤 가지는 계속될 수도 있고, 반면에 다른 가지는 단절 효과에 굴복하기도 한다.[208] 이 점에서 고고학이 동원하고 있는 규칙들 가운데 가장 "연속성을 지지하고 있는" 것으로 보이는 변형 규칙이라는 범주는 지식의 고고학에서 이념사로 정당하게 옮겨가는 방법을 제공한다. 일반사의 지속적

---

207) 『지식의 고고학』, pp. 166~75.

실체들에 의거하고 있는 이념사의 입장에서 보자면, 변형 규칙이라는 개념은 그 구조적 일관성을 통해서만이 아니라 아직 계발되지 않은 잠재성, 즉 모든 장치들을 재조직하는 대가로 어떤 새로운 사상적 사건이 명백히 드러낼 잠재성에 의해서 특징지어지는 담론 장치를 가리킨다. 하나의 에피스테메에서 다른 에피스테메로의 이행을 이와 같이 이해한다면, 우리는 혁신과 침전의 변증법에 다가가게 된다. 우리는 여러 차례 이러한 변증법을 통해 전통성, 혁신의 계기에 상응하는 불연속성, 그리고 침전의 계기에 상응하는 연속성의 특성을 규정한 바 있다. 이러한 변증법을 벗어나서 변형 개념을 전적으로 단절이라는 용어로 생각하게 되면, 분할할 수 없는 최소 시간을 구성하기에 이르렀던, 엘리야 학파의 제논의 시간 개념으로 되돌아올 위험이 있다.[209] 『지식의 고고학』은 방법론적 입지로 인해 그러한 위험을 떠안는다고 말해야 한다.

모순의 나머지 한쪽 가지, 즉 역사의 연속성에 대해서는, 기억이 연속성을 갖는다는 관점이 자리잡은 조건을, 구성하는 의식을 내세운 입장과 연결해야 하는 이유는 전혀 없다.[210] 아주 엄밀히 말해서,

---

208) 이 점에서 『지식의 고고학』은 다른 것들, 심지어 발전을 주도하는 사회들의 운명에 대해서도 속단하지 않고, 단지 세 가지 인식론적 영역만을 거기서 고려하고 있음에도 불구하고, 『말과 사물』에서 볼 수 있었던 전반적인 일관성과 총체적인 교체의 인상을 수정한다. "고고학은, 변화와 사건의 추상적 통일성을 분리라도 하듯이, 단절들의 공시태를 해체한다"(p. 230). 그러한 지적과 연결하여 에피스테메에 대한 지나치게 일사불란한 해석, 곧장 입법적 주체의 지배를 회복시키게 될 해석을 경계한다(pp. 249~50). 극단적인 경우에, 어떤 사회가 모든 점에서 전반적인 변동을 겪는다면, 칼 만하임이 지적한 대로, 흄을 비롯한 다른 학자들이 상상했던 전제, 즉 한 세대가 다른 세대에 의해 완전히 교체된다는 전제를 인정하게 될 것이다. 그런데 세대들이 서로 지속적으로 교체됨으로써 역사 조직의 연속성을 보존하는 데 어떻게 기여하는지를 우리는 살펴보았다.
209) 이 점에 관해서는 V. Goldschmidt, 『아리스토텔레스에서의 물리적 시간과 비극적 시간 Temps physique et Temps tragique chez Aristote』, 앞의 책, p. 14를 참조할 것.
210) 푸코에 따르면, 현재 진행 중인 변동에 이르기까지 역사는 동일한 목적으로 지

그러한 논증은 앞에서 우리가 잘잘못을 따져보았던 동일자의 사유에만 유효하다.[211] 푸코가, 마르크스와 프로이트 그리고 니체가 수행한 바 있는 주체의 탈중심화를 회피하지 않으면서, "이성의 연속적 연대기," 게다가 "획득하고 앞으로 나아가고 기억하는 의식이라는 일반 모델"(p. 16)을 내세운 것은 상당히 설득력 있어 보인다. 역사가 반드시 "의식의 지배권을 위한 특별한 피난처,"(p. 23) "백년 전부터 끊임없이 인간에게서 벗어났던 것을 인간에게 되찾아주도록 되어 있는 이데올로기적 수단"(p. 24)이 되어야 할 이유는 없다. 반대로 역사 작업에 사로잡힌 역사적 기억이라는 개념은 푸코가 내세우는 것과 같은 중심을 빗겨놓는 작업이 필요한 것처럼 보인다. 뿐만 아니라, "살아 있고 지속적이며 열려 있는 역사라는 주제"(p. 23)만이 격렬한 정치적 행동을 과거의 억눌려 있고 억압된 가능태들에 대한 기억 작용에 기대게 할 수 있는 것처럼 보인다. 요컨대, 역사의 연속성이라는 추정을 정당화해야 하는 경우, 우리가 이제 그 자체로 규명하려고 하는 역사의 효력에 노출된 의식이라는 개념은, 지배권을 가지고 있으며 그 자체에 대해 투명하고 의미를 규제하는 의식이라는 개념에 대한 유효한 대안을 제시한다.

역사의 효력에 대한 수용성 개념을 규명하는 것은 곧 전통 개념—이 개념은 성급하게 앞의 개념과 동일시된다 — 을 토대로 해명하는

배되어왔다. 즉 "그러한 문서들이 말하는 것, 때로는 다 말하지 않고 있는 것에 입각해서 그 문서들이 유출되는 과거, 그리고 이제 그 문서들 뒤로 멀리 사라진 과거를 재구성하는 것이다. 언제나 문서는 이제 침묵으로 되돌아간 목소리가 말하는 언어로 취급되었다. 문서는 취약한, 하지만 운 좋게 해독할 수 있는 그 흔적이다"(p. 14). 그때 『지식의 고고학』이 멀리 겨냥하고 있는 의도를 천명하는 말이 등장한다. "문서는 그 자체로 그리고 당연히 기억이라고 할 수 있는 역사의 행복한 도구가 아니다. 역사는 사회가 그와 분리될 수 없는 일군의 문서에 자격을 부여하고 가공하는 방식이다"(p. 14).

211) 이 책의 2장, 3절 §1 참조.

것이다. 무턱대고 단수 집합명사로서의 전통에 대해 말하는 것보다는, 오히려 여러 문제들을 구분해서 **전통성** traditionnalité, **전통들** traditions, **전통** tradition이라는 세 가지 항목으로 다루어야 할 것이다. 여기서 세번째 항목만이 이데올로기 비판이라는 명목으로 하버마스가 가다머에게 제기했던 논쟁의 대상이 된다.

전통성이라는 용어는 이미 우리에게 친숙하다.[212] 그것은 역사적 연속의 연쇄 양식, 또는 코젤렉식으로 말하자면 "역사의 시간화"의 특징을 가리킨다. 그것은 기대 지평과 경험 공간 개념과 마찬가지로 역사에 대한 사유가 갖는 초월적인 어떤 것이다. 기대 지평과 경험 공간이 대조되며 한 짝을 구성하는 것과 마찬가지로, 전통성은 경험 공간 그 자체에 종속되며 내재하는 변증법과 관계된다. 이러한 이차적 변증법은 경험이라고 부르는 것 바로 한복판에서, 우리가 겪는 과거의 효력과 우리가 수행하는 과거의 수용 사이의 긴장에서 생겨난다. (독일어의 'Überlieferung'을 번역한) "전-승 trans-mission"이라는 용어는 경험에 내재한 이러한 변증법을 잘 나타낸다. 그것이 가리키는 시간적 양식은 **가로질러간 시간**(프루스트의 작품에서 만났던 표현이다)의 양식이다.[213] 전승된 전통이 갖는 이러한 본래의 의미 작용에 상응하는 주제를 『진리와 방법』에서 찾는다면, 그것은 시간적 거리 Abstand라는 주제다.[214] 시간적 거리는 분리 간격일 뿐만 아니라, 나중에 말하겠지만, 과거의 유산에 대한 일련의 해석과 재해석으로 점철된 매개 과정이다. 우리가 여전히 견지하고 있는 형식적 관점에서 보자면, 가로질러간 거리 개념은 단지 지나가버렸고 사라졌으며 용

---

212) 『시간과 이야기』 2권, 1장.

213) 같은 책, 2권, p. 313(번역본).

214) 『진리와 방법』, "시간적 거리의 해석학적 의미 작용"[275~83](130~40). "우리의 해석학적 상황을 포괄적으로 규정하는 역사적 거리를 토대로 어떤 역사적 현상을 이해하려고 할 때, 우리는 언제나 효력을 지닌 역사 Wirkungsgeschichte의 영향 Wirkungen에 즉각 따른다"[284](141).

서받은 것으로 간주되는 과거라는 개념, 그리고 그와 동시에 낭만주의 철학의 해석학적 이상이었던 완전한 동시대성이라는 개념과 대립된다. 넘어설 수 없는 거리냐, 아니면 사라진 거리냐 하는 것이 딜레마인 것처럼 보인다. 전통성은 차라리 멀리 두기와 거리 없애기의 변증법을 가리키며, 가다머의 말에 따르면, 시간을 "현재가 그 뿌리를 내리고 있는 과정 Geschehen의 토대이자 버팀목"[281](137)으로 삼는다.

이러한 변증법적 관계를 생각하기 위해, 현상학은 잘 알려져 있고 서로 보완적인 두 가지 개념, 즉 **상황**과 **지평**이라는 개념을 제공한다. 우리는 어떤 상황 속에 있는 것이다. 그러한 관점에서 모든 전망은 하나의 거대한, 하지만 제한된 지평을 향해 열려 있다. 그러나 상황이 우리를 제한한다면, 결코 포함되지는 않으면서 넘어서려고 할 때, 지평이 생긴다.[215] 움직이는 지평에 대해 말한다는 것은, 우리의 세계와는 아무 관계가 없으나 우리가 차례로 다시 그 속에 자리를 잡는 낯선 세계들에 의해 각각의 역사 의식에게 구성되는 하나의 유일한 지평을 생각한다는 것이다.[216] 유일한 지평이라는 이러한 관념은 결코 헤겔로 되돌아오는 것이 아니다. 단지 매번 그 속에서 다시 자리

---

215) "지평은 우리가 점차 그 속을 뚫고 들어가고 우리와 함께 옮겨가는 어떤 것이라고 할 수 있다. 움직이는 사람에게 지평은 모습을 감춘다. 마찬가지로, 인간의 삶을 영위하게 하고 전승된 전통이라는 형태로 현전하고 있는 과거의 지평 또한 언제나 움직이고 있다. 모든 것을 감싸는 지평을 제일 먼저 움직이게 하는 것이 역사 의식은 아니다. 그러한 움직임은 역사 의식 속에서 단지 자기 자신에 대한 의식을 가졌을 뿐이다"[288](145). 가다머가 과거와 현재의 변증법에 지평이라는 용어를 사용한 반면에, 코젤렉은 그것을 기대와 연결시킨다는 것은 별로 중요하지 않다. 가다머는 기대 지평이라는 용어로 경험 공간을 구성하는 긴장을 설명한다고 말할 수 있다. 기대 그 자체는 우리가 여기서 현재의 지평이라고 부르는 것을 구성하는 한 요소라는 점에서 그렇게 할 수 있는 것이다.

216) "이 세계들은, 모두가 함께, 밀접하게 움직이는 유일하고 거대한 지평을 이루며, 그 지평은 현재의 경계를 넘어 우리가 우리 자신에 대해 갖는 의식의 역사적 깊이를 감싼다"[288](145).

를 잡아야 할 변화하는 지평들 사이의 틈새라는, 니체의 관념을 제거하려고 할 뿐이다. 지평들을 소멸시키는 절대적 앎과 공통의 척도로 가늠할 수 없는 무수한 지평들이라는 관념 사이에 **지평들 사이의 융합** fusion entre horizons이라는 관념의 자리를 마련해야만 한다. 우리가 우리의 선입견을 시금석에 올려놓으면서 어떤 역사적 지평을 정복하려고 애쓸 때마다, 그리고 과거를 우리 나름의 기대 의미에 성급하게 일치시키지 않도록 하는 과제를 부여할 때마다, 이러한 융합이 끊임없이 생겨난다.

지평들 사이의 융합이라는 이 개념은 우리를 역사 의식, 즉 과거의 지평과 현재의 지평 사이의 긴장에 대한 해석학의 최종적 목표로 이끌어간다.[217] 과거와 현재의 관계에 대한 문제는 그렇게 해서 새로운 조명을 받게 된다. 즉 과거는, 현재의 지평에서 떨어져나오는 동시에 그 지평 속에 다시 자리를 잡고 다시 받아들여지는 역사적 지평을 투사함으로써, 우리에게 드러나는 것이다. 투사되는 동시에 떨어져나오고, 구분되는 동시에 포함되는 시간적 지평 관념과 더불어, 전통성이라는 관념의 변증법적 구성이 완성된다. 그렇게 해서 과거에-의해-영향받는-존재라는 관념에서 일방적인 것으로 남아 있는 것이 극복된다. 바로 역사적 지평을 **투사함으로써** 우리는 현재의 지평과의 긴장 속에서 과거의 효력 —— 영향받는 우리의 존재는 그 당연한 귀결이다 —— 을 느낀다. 효력의 역사는 우리 없이 만들어지는 것이라고 말할 수 있다. 지평들의 융합은 우리가 얻으려 애쓰는 것이다. 여기서 역사 작업과 역사가의 작업은 서로에게 도움을 준다.

217) 여기서도 여전히 텍스트 해석학은 좋은 길잡이가 된다. "명시적인 역사과학과 더불어 매번 전통을 만날 때마다 텍스트와 현재 사이의 긴장 관계라는 경험을 그와 함께 얻게 된다. 해석학적 과제는 단순히 같은 것으로 간주함으로써 그러한 긴장을 숨기는 데에 있는 것이 아니라, 그것을 온전히 의식하면서 펼치는 데에 있다. 해석학적 태도가 현재의 지평과 구분되는 역사적 지평을 필연적으로 투사할 수밖에 없는 것은 바로 그 때문이다"[290](147).

형식적으로 전통성으로 이해된 전통은 이렇게 이미 일차적으로 커다란 영향력을 갖는 현상을 구성한다. 그것은 우리를 과거에서 분리하는 시간적 거리가 죽어버린 간격이 아니라, 의미를 만들어내는 전승이라는 것을 의미한다. 전통은, 무기력한 담보물이 되기 이전에, 해석된 과거와 해석하는 현재가 교류하는 가운데에서 변증법적으로만 이해되는 활동이다.

이렇게 해서 우리는 이미 "전통"이라는 용어의 첫번째 의미에서 두번째 의미로, 즉 전통성이라는 형식적 개념에서 전통의 내용이라는 물질적 개념으로 옮겨가는 문턱을 넘어섰다. 전통이라는 말은 복수로 쓰인 **전통들**을 뜻한다. 여기에서 전통성에서 전통들이라는 의미로의 이행은, 조금 전에 전통성에 대한 분석을 마무리하면서 의미와 해석이라는 개념을 원용하여 생각하는 과정에서 이루어진다. 전통들에 대해 긍정적인 평가를 한다고 해서 그것이 바로 전통을 진리의 해석학적 기준으로 삼는 것은 아니다. 전통들이라는 복수의 뜻에서의 전통이라는 개념은, 우리가 결코 모든 것을 혁신하는 절대적 입장에 있는 것이 아니라 우선 언제나 상속받는 상대적 상황에 있다는 것을 의미한다. 이러한 조건은 의사소통 일반, 그리고 특히 과거 내용들의 전승이 갖는 본질적으로 언어적 구조에 기인한다. 그런데 언어는 오래전부터 우리 각자에 앞서 이미 있어왔던 거대한 제도, 제도들 중의 제도다. 그리고 언어란 말은 여기서 각각의 자연어에서의 랑그 langue의 체계만이 아니라, 이미 말해지고 이해되고 받아들여진 것들을 뜻하는 것으로 이해해야 한다. 전통이란 따라서 해석과 재해석의 고리를 따라 우리에게 전승된 것으로서, 이미 말해진 것들 les choses déjà dites을 뜻한다.

우리가 이렇게 전통-전승의 언어적 구조를 원용하는 것은 『시간과 이야기』의 논지를 벗어나는 것이 전혀 아니다. 우선 우리는 연구의 시작 때부터 상징적 기능이란 능동적 행동과 피동적 행동 영역과 무관하지 않음을 알고 있다. 이야기가 담고 있는 첫번째 재현적 관계가, 상징적으로 매개된다는 행동의 이러한 원초적 특성을 참조함으로써 정의될 수 있었던 것도 바로 그 때문이다. 이어서 줄거리 구성의 구조화 활동과 동일시되는, 행동에 대한 이야기의 두번째 재현적 관계는, 우리로 하여금 모방된 행동을 하나의 텍스트로 다루도록 가르쳐주었다. 그런데 기록 없이 말로만 전승된 전통을 소홀히 하는 것은 아니지만, 역사적 과거의 효력은 대개의 경우 과거의 텍스트들의 효력과 일치한다. 끝으로 흔적을 통한 인식으로서의 역사가, 과거에 대해 문서의 지위를 부여하는 텍스트에 대부분 의존하고 있다는 사실은, 텍스트 해석학과 역사적 과거의 해석학 사이의 부분적인 대응 관계를 강화한다. 바로 이렇게 해서 과거로부터 물려받은 텍스트는, 적절한 유보 조건을 달고, 과거와의 모든 관계에 대해 증인 역할을 하는 경험으로 여겨질 수 있다. 오이겐 핑크Eugen Fink라면 이러한 유산들의 문학적 양태는 있는 그대로의 과거성의 광활한 풍경을 향해 열려 있는 "창"[218]의 창틀에 상응한다고 말했을 것이다.

이와 같이 역사의 효력에 노출된 의식과 우리에게 전승된 과거 텍스트들의 수용이 부분적으로 일치하는 데 힘입어, 가다머는 우리가 이 책 1장에서 역사성 이해에 대해 설명했던 하이데거의 주제에서 역으로 이해 그 자체의 역사성이라는 문제로 넘어갈 수 있었다.[219] 이 점에서 볼 때, 우리가 앞에서 이론을 정립한 바 있는 독서 행위는, 언어와 텍스트 차원에서, 과거에-의해-영향받는-존재에 대답하고 응답하는 수용이다.

218)「재현과 이미지 Représentation et image」§34, in Eugen Fink, 『현상학 연구 *Studien zur Phänomenologie*』(1930~1939)(Den Hagg: Nijhoff, 1966); 불역, Didier Franck, 『현상학에 관해 *De la Phénoménologie*』(Paris: Éd. de Minuit, 1974).
219) H.-G. Gadamer, 앞의 책, [250](103).

두번째의 전통 개념이 갖는 변증법적 특성 — 여전히 경험 공간이라는 개념 안에 있는 특성이다 — 도 무시할 수 없다. 이것은 멀리 두기와 거리 두기 사이의 긴장에서 만들어진 시간적 거리의 형식적인 변증법을 더욱 강화한다. 전통들이라는 말을 과거에 말해진 것들, 그리고 일련의 해석과 재해석을 거쳐 우리에게까지 전승된 것들로 이해한다면, 시간적 거리의 형식적 변증법에 내용들의 물질적 변증법을 덧붙여야만 한다. 우리가 과거에 물음을 던지고 과거를 문제삼기 전에 과거가 우리에게 물음을 던지고 우리를 문제삼는다. 의미의 인정을 위한 이러한 투쟁 속에서 텍스트와 독자는 각기 낯익어갔다가 낯설어진다. 이처럼 두번째 변증법은, 콜링우드에 이어 가다머가 내세웠던 물음과 대답의 논리에 속하게 된다.[220] 우리가 과거를 향해 물음을 던져야만, 과거는 우리에게 물음을 던진다. 우리가 과거에 답을 해야만, 과거는 우리에게 답한다. 이러한 변증법은 우리가 위에서 다듬어 만들었던 독서 이론에서 버팀목을 발견한다.

우리는 마침내 그동안 신중하게 검토를 미루어왔던, "전통"이라는 용어의 세번째 의미에 이르렀다. 그것은 이른바 전통들의 해석학과 이데올로기 비판을 대조하게 만들었던 의미로서, 전통들에 대한 성찰에서 전통의 옹호로 넘어가는 과정에서 생겨난다.

전통들의 해석학과 이데올로기 비판의 대조를 언급하기 전에, 두 가지 지적할 것이 있다.

우선 전통들에 대한 물음에서 전통에 대한 물음으로 넘어가는 것이 완전히 부당한 것은 아님을 지적해두자. 전통이라는 이름 아래 놓일 만한 가치가 있는 문제들은 당연히 존재한다. 왜? 전승된 모든 내용에 의해 제기되는 의미 물음은 추상적으로만 진리 물음과 분리될 수

---

220) H. -G. Gadamer, 「물음과 대답의 논리」, 앞의 책, (351~60)(216~226).

있기 때문이다. 의미 제안은 언제나 그와 동시에 진리 주장인 것이다. 우리가 과거에서 받아들이는 것은 사실상 믿음, 설득, 확신이며, 믿음을 뜻하는 독일어 'Für-wahr-halten'의 탁월한 표현에 따르면, "참으로-간주하는" 방식들인 것이다. 내가 생각하기에 바로 전통들의 언어적 체제, 그리고 의미 영역과 연결된 진리 주장의 이러한 연결 관계야말로 선입견과 권위 그리고 마지막으로 전통에 대해 호의적인 삼중의 변론에 설득력을 부여하고 있으며, 이를 통해 가다머는 다분히 논쟁적인 의도로 우리를 역사의 효력에 노출된 의식이라는 중요한 문제로 이끈다.[221] 논쟁의 여지가 많은 이 세 가지 개념들은, 실제로 전통들의 진리 주장, 모든 의미 제안의 '참으로 간주함' 속에 담겨 있는 주장과 관련하여 이해되어야 한다. 가다머의 용어로 이러한 진리 주장은, 그것이 우리에게서 비롯되는 것이 아니라 과거로부터 오는 어떤 목소리로 우리와 만난다는 점에서, "사태 자체choses mêmes"의 자기-제시auto-présentation라고 말한다.[222] 이처럼 미리-판단된 것 pré-jugé[프랑스어의 선입견 pré-jugé은 미리 pré와 판단된 jugé이 합쳐진 말이다: 옮긴이]은 그 밖을 벗어나면 "사태 자체"가 가치를 가질 수 없는 전-이해의 구조다. 바로 이렇게 해서 선입견을 복권시키는 작업은, 선입견과 계몽의 선입견을 정면 충돌시킨다. 권위로 말하자

---

221) H.-G. Gadamer, 앞의 책, [250 이하](103 이하).

222) 하이데거에 이어 가다머는 이렇게 말한다. "이해하려고 하는 사람은 누구나 사태 자체의 검증을 받지 않은 전-이해가 불러일으키는 오류에 노출되어 있다. 이해한다는 변함없는 과제는 이렇다. 즉 정당하고 사태에 적합한 계획을 수립하는 것이며, 그러한 계획은 계획으로서 '사태 자체'에서만 확인받고자 하는 기대인 것이다. 어떤 전-이해가 그것이 수립되는 과정에서 받을 수 있는 확인 말고 여기서 다른 '객관성'이란 없다"[252](105). 해석들의 갈등 자체에서 '상동성'을 찾는다는 일은 이를 입증한다. "모든 것을 이해하고Verständigung 전부 이해하려는 목표는 언제나 사태에 대해 서로 이해하려는Einverständnis 것이다"[276](132). 텍스트 이해를 주도하는 의미 기대는 우선 개인적인 것이 아니라 공동의 것이다.

면, 일차적으로 그것은 늘림('권위 auctoritas'란 말은 '늘리다 augere'라는 말에서 나왔다), 참으로 간주하는 일을 유보하면서 진리 주장이 단순한 의미에 덧붙이는 추가 의미를 뜻한다. 수용 측면에서 권위는 맹목적인 복종이 아니라 우월성의 인정과 마주 보고 있다. 전통은 끝으로 헤겔이 관습 Sittlichkeit에 부여했던 것과 비슷한 자격을 얻는다. 우리는 전통을 판단하거나 비난하는 입장에 서기 이전에 전통에 실려 간다. 전통은 과거의 사라진 목소리들을 들을 수 있는 가능성을 "보존 bewahrt"하고 있다.[223]

전통들의 해석학과 이데올로기 비판을 대조하기에 앞서 두번째로 지적할 사항은 다음과 같다. 즉, 논쟁의 첫번째 상대는 칸트에서부터 호르크하이머와 아도르노를 거쳐 이어져 온 뜻에서의 비판 Critique이 아니라, 방법론주의 méthodologisme라고 부르는 것이다. 가다머가 방법론주의라는 이름으로 지칭하면서 겨냥한 것은, 탐구의 "방법적" 개념이라기보다는, 역사의 법정에 세워져 있고 모든 선입견에서 벗어나 있는 '판단하는 의식'을 내세우는 주장이다. 사실상 이러한 판단하는 의식은, 푸코가 비난하고 우리가 위에서 갈라섰던 구성하는 의식, 의미를 주도하는 의식과 유사하다. 방법론주의에 대한 비판이 의도하는 것은 바로, 우리가 전통을 탐구하기 이전에 이미 전통은 말해진 것들과 그 진리 주장에 우리를 결부시킨다는 사실을 판단하는 의식에 일깨우려는 것이다. 거리 두기, 전승된 내용에 대한 자유로움은 일차적인 태도가 될 수 없다. 우리는 이미 전통을 통해 의미 영역, 그러니까 가능한 진리 영역 속에 자리잡는 것이다. 방법론주의에 대한 비판은 효력의 역사라는 개념이 갖는 근본적으로 반(反)–주관주의적

223) "우리의 역사 의식을 채우는 것은 언제나 과거의 메아리가 울려퍼지는 수많은 목소리들이다. 그것은 그러한 목소리들의 다양성 속에서만 현전한다. 우리가 이미 속해 있고 참여하고자 하는 전통의 본질을 구성하는 것은 바로 그것이다. 근대 역사 그 자체에서 탐구란 단지 탐구일 뿐만 아니라, 전통의 전승인 것이다" [268](123).

인 강세를 두드러지게 할 따름이다.[224] 그렇다면 전통이 진리 주장만을 제공하는 한, 탐구는 어쩔 수 없이 전통의 동반자일 수밖에 없다. 가다머의 말에 따르면, "모든 역사적 해석학은 전통과 역사과학, 역사의 흐름과 역사에 대한 앎 사이의 추상적인 대립을 제거하는 것에서부터 시작해야 한다"[267](222). 그런데 탐구라는 관념과 더불어 비판적 계기, 물론 부차적이지만 필연적인 계기가 명확하게 드러나는데, 내가 거리 두기 관계라고 부르는 그것은 곧 설명하겠지만 이제부터 이데올로기 비판이 은연중에 차지하는 자리를 가리킨다. 그것은 본질적으로 전통 ── 또는 더 나은 말로 하자면 다원적인 사회와 문화에서 우리가 속해 있는 경쟁적인 전통들 ── 의 부침(浮沈), 그것들의 내적 위기, 중단, 극적 재해석, 분열인데, 진리를 실현하는 것으로서 그러한 것들은 "낯익음과 낯설음 사이의 양극성, 해석학의 과제의 토대가 되는 양극성"[279](135)을 전통 안에 끌어들인다.[225] 해석학이 역사학적 객관성을 죽어버린 전통들, 혹은 우리 스스로의 모습을 알아볼 수 있는 전통들의 일탈로 간주하지 않는다면, 어떻게 이러한 과제를 완수할 것인가?[226] 하이데거 이후의 해석학을 "이해란 본

---

224) "어떻든 인문과학 그리고 전통들의 생존에 공통된 어떤 전제가 있다. 그것은 전통에서 부름 interpellation을 보는 것이다"[266](121).

225) "우리에게 있어 전통이 차지하는 낯설음과 낯익음 사이의 이러한 중개적 위치는, 역사 기술 용어로 받아들여지고 우리에게서 거리를 두고 제시되는 객관성, 그리고 전통으로의 귀속 사이에서 설정되는 중간 위치다. 해석학은 바로 이러한 중간 위치 속에 그 진정한 자리를 갖는다"(같은 책). 역사는 낯익은 것을 낯설게 하는 것이면서 낯익지 않은 것을 낯설게 하는 것이라는 헤이든 화이트의 생각과 비교해볼 수 있다.

226) 비판을 붕괴시킬 수 있는 요소는 이해에 관한 하이데거의 유명한 대목 속에 담겨 있었으며, 가다머의 해석학적 반성은 거기에서 출발한다. "[이해를 특징짓는] 그 순환 안에는 가장 근원적인 인식의 진정한 가능성이 숨겨져 있다. 일차적인 해석이 앞서 가짐, 앞서 봄, 앞서 잡음을 어떤 직관과 통속 개념에 의해서 제시되도록 버려두는 것이 아니라, 오히려 '사태 자체'에 따라 그것이 예견한 것을 발전시켜 학문적인 주제로 확실히 하는 것을 그 첫번째이며 지속적이고 최종적

래의 어떤 생산물을 재생산하는 것으로 여겼던"[230](136) 낭만주의 해석학과 구별짓는 것은, 바로 객관화에 따른 이러한 이행이다. 물론 이것은 더 잘 이해하는 것이 아니다. "단지 이해한다는 사실만으로도 우리는 다르게 이해한다고 말하는 것으로 충분하다"[280](137). 해석학은 낭만주의적 기원으로부터 멀어지자마자, 그것이 비난하는 입장에서 가장 뛰어난 정수를 통합하지 않을 수 없는 상황에 놓이게 된다. 이를 위해서 해석학은 직업적 역사가의 방법론적 정직성과, 비판을 "현재가 그 뿌리를 내리고 있는 과정 Geschehen"을 겸허하게 식별하는 것보다 더 근본적인 철학적 몸짓으로 만든다고 할 수 있는 소외의 Verfremdung 거리 두기를 구분해야 한다. 해석학은 방법론주의를, 철학적임을 스스로 알지 못하는 철학적 입장으로서 거부할 수 있지만, "방법적인 것"은 통합해야 하는 것이다. 나아가서 인식론적 차원에서 "과학의 방법론적 의식 또한 첨예해지기를"[282](138) 요구하는 것 역시 해석학이다. 해석자가 시간적 거리를 통해 수행되는 "여과작업"을, 적어도 부정적인 방식으로라도 사용하지 않는다면, 어떻게 "사태 자체"의 부름을 받을 수 있겠는가? 해석학을 탄생시킨 것은 바로 그릇된 이해라는 사실을 잊지 말아야 한다. "이해로 이끄는 참된 선입견과 그릇된 이해를 불러일으키는 거짓된 선입견을 구분해야 한다"[282](137)는 본래의 의미에서의 비판적인 문제는 그처럼 해석학 자체에 내재한 문제가 된다. 가다머는 기꺼이 이렇게 인정한다. "해석학적 입장에서 형성된 의식은 따라서 역사학적인 의식을 내포할 것이다"[282](139).

인 과제로 삼는 경우에만 우리는 그 가능성을 제대로 파악할 수 있다"(『존재와 시간』[153](190)). 하이데거는 해석자가 "사태 자체에 따른" 기대 의미를 즉흥적인 생각과 통속적인 개념들과 구분하는 법을 구체적으로 어떻게 배울 수 있는지에 대해서는 말하지 않는다.

두 가지를 지적한 후, 우리는 마침내 이데올로기 비판과 전통의 해석학의 논쟁을 언급할 수 있다. 오직 역사의 효력이라는 개념, 그리고 그 당연한 결과로 이러한 효력을 통해 영향받는 우리의 존재라는 개념의 윤곽을 보다 잘 드러내기 위해서 말이다.[227]

　전통들에서 전통으로 넘어가기의 핵심은 바로 정당성 légitimité의 문제를 도입하는 것이라는 점에서, 논쟁거리가 된다. 이러한 맥락에서 볼 때 전통 개념과 연결된 권위 autorité 개념은 정당화하는 결정 주체로서 서지 않을 수 없다. 바로 이 권위 개념이 가다머가 말하는 선입견을 당위성의 위치로 변형시킨다. 그런데 단지 경험적 조건, 다시 말해서 모든 이해에 불가피한 유한성에 지나지 않는 것으로 보이는 것으로부터 정당성이 나올 수 있겠는가? 어떻게 필연성 müssen이 당위성 sollen으로 전환될 수 있는가? 그것이 선입견이라는 개념 자체가 불러오는 문제 제기라는 점에서, 전통의 해석학은 그러한 문제 제기를 더욱 벗어날 수 없는 것으로 보인다. 선입견이라는 용어가 가리키고 있듯이, 그 자체는 판단의 영역으로 분류된다. 선입견은 이성의 법정에서 변호인이 되는 것이다. 그리고 그 법정 앞에서는 최상의 추론의 당위성에 따르는 것 외에 다른 방도가 없다. 따라서 그것은 재판관을 인정하지 않는 피고인으로 행동하지 않고는, 그러니까 자

227) 나는 전통의 해석학과 이데올로기 비판 사이의 갈등을 누그러뜨리려는 것은 아니다. 『해석학과 이데올로기 비판 *Hermeneutik und Ideologiekritik*』(Frankfurt: Suhrkamp, 1971)이라는 책에 실려 있는 가다머와 하버마스 간의 논쟁의 주제를 다시 빌리자면, 이들이 말하는 "보편성이라는 야심"은 두 가지 "상이한 논거"에서 비롯된다. 전자의 경우에 그것은 전통에서 받아들인 텍스트의 재해석이며, 후자의 경우에는 체계적으로 변질된 의사소통 형태에 대한 비판이다. 가다머가 선입견이라고 부르는 것, 즉 도움이 되는 선입견과 하버마스가 이데올로기라고 부르는 것, 즉 의사소통 능력의 체계적인 파행을 단순히 겹쳐놓을 수 없는 것은 바로 그 때문이다. 우리가 보여줄 수 있는 것은, 단지 상이한 두 가지 논거에 대해 말하면서 그들 각자가 서로의 논증 일부분을 합쳐야 한다는 사실이다. "해석학과 이데올로기 비판"(앞의 책)에서 내가 증명하고자 하는 것도 바로 그것이다.

기 스스로 법정이 되지 않고서는, 자신의 권위를 내세울 수 없을 것이다.

그렇다면 전통의 해석학은 여기서 항변할 말이 없는가? 나는 그렇게 생각하지 않는다. 그저 전통의 권위와 맞서는 이 경쟁에서 이성이 어떤 무기를 구사하는지 생각해보자.

이성은 우선 이데올로기 비판이라는 무기를 사용한다. 이데올로기 비판은 우선 광대한 성좌(星座), 노동과 지배를 포함하고 있는 성좌 속에 언어의 자리를 다시 찾아준다(해석학은 바로 이 언어에 갇혀 있는 것처럼 보인다). 이에 따른 유물론적 비판의 시각에서 보자면, 언어를 사용한다는 것은 철저한 왜곡의 자리임이 드러난다. 일반화된 문헌 연구(해석학은 최종적으로 문헌 연구인 것처럼 보인다)가 언어 사용 자체에 내재한 ── 그 사회적 실행 조건으로부터 임의적으로 분리되었을 때 ── 단순한 오해를 교정하려고 할 때 저항하는 왜곡 말이다. 그렇게 해서 이데올로기의 추정 présomption은 모든 진리의 주장 prétention을 짓누른다.

하지만 이러한 비판은 스스로 경계를 한정해야 한다. 그렇지 않으면 바로 스스로 말한 내용을 다시 참조하는 자기 지시성 autoréférence으로 인해 붕괴될 위험이 있다. 이때 스스로 경계를 정하기 위해, 가능한 모든 언표들의 총합을 서로 다른 여러 관심들에 결부시킨다. 경험과학과 그것이 기술적으로 연장된 것들, 즉 노동 영역은 바로 도구적인 통제에 대한 관심을 가리킨다. 해석학적 과학, 그러니까 언어 전통은 의사소통에 대한 관심에 상응한다. 끝으로 비판적 사회과학은 해방에 대한 관심과 결부되는데, 이데올로기 비판은 정신분석학과 더불어 그리고 그 모델에 따라 비판적 사회과학의 가장 완성된 표현이다. 따라서 해석학이 국지적인 정당성이나마 인정받기 위해서는 그 보편주의적 주장을 포기해야 한다. 반면에 이데올로기 비판을 해방에 대한 관심과 짝지음으로써 새로운 보편성 주장이 생긴다. 해방은 누구에게나 언제나 가치가 있다는 것이다. 그런데 그 새로운 주장을 정당화하는 것은 무엇인가? 이러한 물음은 피할 수 없다. 지배가 감추고 있는 효과들과 연결된, 언어의 체계적인 파행이라는 관념을 진지하게 고려한다면, 그처럼 변질된 의사소통이 이데올로기적이지 않은 그 어떤 법정 앞에 출두할 수 있겠는가 하는 물음이 제기된다. 그 법정은 비역사적인 초월성의 자기 정립으로 구성될 수밖에 없는데, 칸트적인 의미에서의 그 도식은 속박도 경계도 없는 의사소통, 그러니까 추론 과정 그 자체에서 생기는 합의를 통해 특징지어지는 담화 상황을 나타내게 될 것이다.

그런데 이러한 담화 상황은 어떠한 조건에서 생각될 수 있는가?[228] 이성에 따른 비판은 이성 그 자체에 대한 보다 근본적인 비판을 벗어날 수 있어야 할 것이다. 비판은 사실상 그 또한 역사적 전통, 즉 계몽의 전통을 통해 이어진다(우리는 앞에서 그 몇몇 환상을 살펴보았고, 호르크하이머와 아도르노 같은 학자가 가했던 신랄한 비판을 통해 근대적 이성의 도구적 전환에서 비롯되는 본래의 숨겨진 폭력성이 드러났다). 경쟁적으로 극복하려는, 그리고 극복을 극복하려는 노력이 그때 봇물처럼 터져나온다. 비판의 비판은, 호르크하이머와 아도르노의 경우에서처럼 악(惡)을 완벽하게 식별할 수 있는 "부정적 변증법" 속에서 길을 잃고 헤맨 후에, 블로흐 E. Bloch의 경우에서처럼 역사적 근거가 없는 유토피아 속에 "원칙-희망"의 빛을 비춘다. 그렇게 되면 남는 해결책은, 담화의 이상적 상황의 초월성을 칸트와 피히테가 새로운 해석을 제시했고 모든 권리와 모든 유효성의 근거가 되는 '자기반성'에 근거하게 하는 것이다. 하지만 칸트의 초월적 연역의 경우에

---

228) 비판 이론에 내재한 논쟁과 관련된 모든 것에 대해서는 J. -M. Ferry의 미출판 저서 『하버마스에게서의 의사소통의 윤리학과 민주주의 이론 *Éthique de la communication et théorie de la démocratie chez Habermas*』(1984)에 빚지고 있음을 밝힌다.

서처럼 본질적으로 독백적인 진리 원칙으로 되돌아오고 싶지 않다면, 반성 원칙의 본원적인 동일성을 피히테의 경우에서처럼 특별하게 대화적인 원칙과 더불어 상정할 수 있어야 한다. 그렇지 않다면 자기 반성은 속박도 경계도 없는 의사소통이라는 유토피아의 토대를 마련할 수 없을 것이다. 그것은 우리가 이 절(節)에서 설명했던 대로의 역사에 대한 사유, 결정된 기대 지평과 특정화된 경험 공간을 연관시키는 역사에 대한 사유를 중심으로 진리 원칙이 유기적으로 결합될 때에만 가능하다.

전통의 해석학은, 토대에 대한 물음에서 역사적 효력에 대한 물음으로 되돌아오는 바로 그 길 위에서, 새롭게 이해된다. 완전히 비역사적인 진리가 끊임없이 누출되는 것을 피하기 위해서는, 성공한 모든 의사소통, 우리가 의도와 의도의 식별을 어느 정도 상호적으로 경험하게 되는 모든 의사소통에서 작용하고 있는, 합의에 대한 기대 속에서 그 신호들을 분간할 수 있도록 노력해야 한다. 달리 말하면 진리라는 관념의 초월성은, 그것이 대번에 대화적인 관념이라는 점에서 의사소통의 실천에서 이미 작용하고 있는 것으로 보아야 한다. 따라서 기대 지평 속에 다시 투입된 대화적 관념은, 전통 그 자체 속에 파묻혀 있던 기대와 다시 만나지 않을 수 없다. 그렇게 간주된 순수 초월성은 실체화된 우리의 전통에 대해서와 마찬가지로 결정된 우리의 기대에 대해서도 지극히 적법하게 한계-이념이라는 부정적 지위를 누리게 된다. 그러나 역사의 효력과 무관하게 남지 않으려면, 그러한 한계-이념은 기대 지평과 경험 공간 사이의 구체적인 변증법을 지향하는 주도 이념 idée directrice이 되어야 한다.

부정적이었다가 긍정적이 되곤 하는 이념의 입장은 결국 경험 공간 못지않게 기대 지평에 대해서도 영향을 미친다. 아니 어쩌면 그것은 경험 공간에 대해서도 영향을 미치기 때문에 기대 지평에 대해 영향을 미치는 것이다. 그것이 바로 비판의 해석학적 계기이다.

우리는 이제 전통이라는 개념이 밟아온 길을 다음과 같이 정리할
수 있을 것이다. 1) **전통성**은 과거 수용의 연속성을 보장하는 형식적
연쇄 형태를 가리킨다. 그렇게 해서 전통성은 역사의 효력과 과거에-
의해-영향받는 우리 존재의 상호성을 가리킨다. 2) **전통들**은 의미를
실어나르는 것으로서 전승된 내용들로 이루어진다. 그것들은 받아들
인 모든 유산을 상징적인 것의 질서 속에 위치시키고, 잠재적으로 언
어와 텍스트의 차원에 위치시킨다. 이 점에서 전통들은 의미 제안이
다. 3) 정당성을 결정하는 주체로서의 **전통**은 공적인 논의 공간에서
추론에 제공된 **진리 주장**(참된 것으로 간주함)을 가리킨다. 스스로를
삼켜버리는 비판 앞에서 전통들의 내용들이 제시하는 진리 주장은,
보다 강력한 이성, 즉 더 나은 논증이 나서지 않는 한, 진리 추정으로
간주될 만하다. 진리 추정이라는 말은 신뢰나 자신감이 가득한 수용
을 뜻하는데, 이를 통해 우리는 우선 그 어떤 것을 비판하기에 앞서
모든 의미 제안, 모든 진리 주장에 응답한다. 우리는 결코 진리를 따
져 묻는 소송이 시작되는 시점에 자리할 수 없으며, 그 어떤 비판적
몸짓에 앞서 우리는 추정된 진리의 영역에 속하기 때문이다.[229] 진리
추정이라는 개념과 더불어 이 논쟁의 서두에서 모든 이해의 어쩔 수
없는 유한성과 의사소통적 진리라는 관념의 절대적 유효성을 갈라놓
았던 심연 위로, 다리가 놓이게 된다. 필연성과 당위성을 잇는 중간
단계가 가능하다면, 그것을 보장하는 것은 바로 진리 추정 개념이다.
그 속에서 불가피한 것과 유효한 것이 서로 접근하면서 만난다.

---

229) 『진리와 방법』 2부를 차지하는, 커다란 진폭을 갖는 이 논쟁은 1부에서 미적 경
    험의 법정에 나서고자 하는 미적 판단의 주장에 대한 논쟁, 그리고 3부에서 마찬
    가지로 언어를 단순한 도구적 기능 — 거기서는 통합적인 경험의 풍요함을 말로
    고양시키는 담화의 힘이 은폐될 것이다 — 으로 환원시키는 것에 대한 논쟁과
    같은 것이다.

과거에-의해-영향받는-존재의 조건에 대한 지금까지의 성찰에서 두 부류의 결론을 이끌어낼 수 있다.

우선 과거에-의해-영향받는-존재의 조건은 기대 지평이 겨냥하는 바와 짝을 이룬다는 것을 절대 잊지 말아야 한다. 이 점에서 효력의 역사에 대한 해석학은, 역사에 대한 사유의 두 가지 커다란 양태들의 교류는 빼놓고, 경험 공간에 내재한 변증법만을 밝히고 있다. 이러한 포괄적인 변증법을 복원시키는 것은 과거에 대한 우리의 관계가 갖는 의미에도 상당한 결과를 낳는다. 한편으로, 미래와 관계된 우리의 기대가 과거를 재해석함으로써 생겨나는 반작용은 다음과 같은 주된 효과가 있다. 즉, 이미 지나간 것으로 치부되는 과거에 잊혀진 가능성, 실현되지 못한 잠재성, 억눌렸던 시도를 열어준다는 것이다(이 점에서 역사의 기능들 가운데 하나는, 미래가 아직 정해지지 않았던 그러한 과거의 계기들, 과거 그 자체가 어떤 기대 지평을 향해 열려 있는 경험 공간이었던 계기들로 우리를 다시 이끌어가는 것이다). 다른 한편으로, 전통들의 껍질을 뚫고 이처럼 해방된 잠재적 의미는 우리 기대의 전통들에 피와 살을 부여하는 데 기여한다. 그러한 기대의 전통들은 속박도 경계도 없는 의사소통이라는 조절 이념을, 만들어야 할 역사라는 의미에서 결정한다는 장점을 갖는다. 화해하는 인류라는 유토피아는 바로 이러한 기대와 기억의 놀이를 통해 실제 역사 속에 투입될 수 있다.

이어서 다시 인정해야 할 것은 역사의 효력이라는 개념과 그 필연적 결과인 과거에-의해-영향받는 우리의 존재가, 전통이라는 용어 주위를 선회하는 수많은 의미 작용들보다 우위에 있다는 사실이다. 받아들인 유산들의 형식적 전승 양식으로 이해된 전통성, 의미를 부여받은 내용으로서의 전통들, 그리고 끝으로 의미를 담고 있는 모든 유산을 통해 지위가 올라간 진리 주장을 정당화하는 것으로서의 전통,

이 세 가지의 구별이 갖는 중요성에 대해서는 다시 언급하지 않는다. 차라리 내가 보여주고자 하는 것은, 과거의 효력이라는 주제가 전통이라는 주제에 대해 가지는 이러한 우위성으로 인해서 전통이라는 주제가 어떤 방식으로 그동안 여러 절(節)을 통해 검증되었던, 과거와 관계된 다양한 개념들과 관계 맺을 수 있는가 하는 점이다.

이전의 분석들을 차례로 거슬러 올라가노라면, 우선 3절에서의 맞대면Gegenüber의 문제가 새로운 색채를 띠게 된다. 한편으로 동일자, 타자, 유사자의 변증법은 과거의 효력에 대한 사유에 따른다는 새로운 해석학적 의미 작용을 얻게 된다. 나머지와 분리될 경우, 이 변증법은 인식의 주체가 겪는 힘의 환상을 각 영역에서 일깨울 위험이 있다. 과거의 사유들의 재실행이든, 역사적 탐구로 제기되는 불변 요소들과 관련된 차이든, 혹은 줄거리 구성에 앞서는 역사적 영역의 은유화이든, 어느 경우에나 알려진 과거와 일어난 과거의 관계를 통제하려는 구성하는 의식conscience constituante의 노력이 암암리에 스며 있다는 것을 알 수 있다. 있었던 대로의 과거는 엄밀히 말해서 바로 통제하려는 그러한 의향 — 이 의향은 우리가 말한 방식으로 변증법으로 발전하기도 한다 — 에서 끊임없이 벗어나는 것이다. 반면에 해석학적 접근은 말해진 것이든, 숨겨진 것이든, 혹은 잘못 알려진 것이든, 구성하는 의식에 초점을 맞춘 모든 시도와 관련하여 과거의 그러한 외재성을 식별하는 것에서부터 시작한다. 그것은 앎의 공간의 문제 전체를 영향받는 존재, 다시 말해서 행동하지-않음non-faire의 문제로 옮겨가게 한다.

반대로 동일자, 타자, 유사자의 변증법을 지배하는 것처럼 보였던, 과거에 대한 빚이라는 관념은 전통이라는 관념을 상당히 풍요롭게 한다. 과거의 효력에 대한 지극히 적절한 표현들 중 하나인 유산이라는 관념은 빚과 전통이라는 관념들의 융합으로 해석될 수 있다. 동일자와 타자 그리고 유사자의 변증법마저도, 전통 관념의 핵이 되는 매개하는 전승transmission médiatisante이라는 관념 속에 담겨 변증법으로 발전할 수 있는 싹을 키운다. 전통 관념은 재실행, 차이 두기, 그리고 은유화라는 삼중의 체에 걸러질 때 그 싹이 피어난다. 가까운 것과 멀리 있는 것, 낯익은 것과 낯선 것, 과거와 현재의 지평들 사이의 시간적 거리와 융합 — 그렇다고 서로 혼동되지는 않는다 — 의 이리저리 흩어진 변증법들이 이를 입증한다. 최종적으로 그와 같이 동일자, 타자 그리고 유사자의 변증법을 역사의 해석학 속에 포함시키는 것은 전통의 개념이 낭만주의의 매력에 또다시 사로잡히지 않도록 보호한다.

우리가 행한 분석들의 고리를 따라 더 위로 거슬러 올라가면, 전통 개념을 바로 흔적 개념 — 이 책의 1절은 그 개념에서 마무리되었다 — 과 접근시킬 수 있다. 남겨지고 거쳐온 흔적과, 전승되고 받아들인 전통 사이에 밀접한 유사성이 드러난다. 남겨진 것으로서의 흔적은 자국의 물질성을 통해 과거의 외재성, 즉 그것이 우주의 시간 속에 포함되었음을 가리킨다. 전통은 또 다른 종류의 외재성, 즉 우리가 만들지 않았던 과거에 영향받는다는 외재성을 강조한다. 하지만 거쳐온 흔적의 의미성과 전승된 전통의 효력 사이에는 상관 관계가 있다. 그것은 과거와 우리 사이에서 비교될 수 있는 두 가지 매개다.

흔적과 전통의 이러한 결합에 힘입어 1절의 모든 분석들은 우리가 여기서 역사에 대한 사유라고 부르는 것을 통해 다시 힘을 얻게 된다. 흔적의 분석에서 그 이전의 분석으로 거슬러 올라가면서, 우선 어떤 거대한 기억의 체제에서 문서가 담당하는 기능이 밝혀진다. 우리는 앞에서, 흔적은 남겨지지만 문서는 수집되고 보존된다고 말했다. 문서는 그렇게 해서 흔적과 전통을 다시 잇는다. 문서를 통해 흔적은 벌써 전통을 만든다. 그 당연한 결과로 문서에 대한 비판은 그 또한 전통들에 대한 비판과 분리될 수 없다. 하지만 후자는 결국 전통성 양식에서의 변이체에 불과하다.

앞선 우리의 분석에서 한 단계 거슬러 올라가면, 전통을 세대들의 연속에 접근시킬 수 있다. 그것은 동시대인, 선조 그리고 후손들로 이루어진 회로의 초-생물학적 hyper-biologique 특성을, 즉 그 회로가 상징적 질서에 속함을 강조한다. 역으로 세대들의 연속은 해석과 재해석들로 이루어진 고리가 사람들의 삶과 연속성으로 지탱될 수 있도록 한다.

끝으로 흔적과 문서 그리고 세대들의 연속은 체험된 시간이 세계의 시간 속에 다시 포함된다는 것을 나타낸다는 점에서, 달력의 시간 또한 전통 현상의 영향권 안으로 들어간다. 이러한 유기적 결합 관계는 책력 계산에서 영점(零點)이 되는 순간을 정하는 축이 되는 계기의 층위에서 드러나며, 모든 날짜 체계에 그 이원성(二元性)을 부여한다. 한편으로 책력 계산의 축이 되는 계기는 우리의 전통을 우주의 시간 속에 집어넣을 수 있게 한다. 그렇게 우리의 전통을 우주의 시간 속에 집어넣음으로써, 달력으로 경계가 지어지는 실제 역사는 우리 삶과 그 영고성쇠를 포괄하는 것으로 파악된다. 반대로 어떤 시원적 사건이 달력의 시간의 축을 구성할 만하다고 판단하기 위해서는, 전통-전승이라는 흐름을 통해 우리가 그 사건에 연결되어야만 한다. 그렇게 될 때 개인적인 모든 기억을 넘어서는 과거의 효력과 관계를 맺는 것이다. 달력의 시간은 우리의 전통에 그처럼 천문학을 통해 지탱되는 제도라는 틀을 제공하는 반면에, 과거의 효력은 달력의 시간에 가로질러간 시간적 거리라는 연속성을 제공한다.

III. 역사적 현재

경험 공간과 기대 지평의 대립을 길잡이로 삼았던 분석 안에, 역사적 현재에 대한 별도의 사색이 자리를 차지할 수 있는가? 나는 그것이 가능하다고 생각한다. 전통성이 경험 공간의 과거 차원을 구성한다면, 그러한 공간이 모이고, 앞서 암시한 것처럼 확장되고 축소될 수 있는 것은 바로 현재 속에서이다.

이어지는 철학적 사색을 나는 바로 **행동주도력** initiative 개념의 배경 아래 놓고 싶다. 나는 두 개의 동심원을 그림으로써 그 윤곽을 잡을 것이다. 첫번째 동심원은 행동주도력 현상의 경계를, 역사에 대한 사유 속으로의 포함 — 이것이 바로 우리가 논의할 내용이다 — 과는 관계없이 한정하는 것이다. 두번째 동심원은 행동주도력, 그리고 역사적 현재의 층위에서 행동주도력을 갖는 공동 존재의 관계를 밝히는 것이다.

현재의 운명을 행동주도력의 운명과 연결시킨다는 것은, 현재에서 거의 시각적인 의미에서의 **현전** présence의 권위를 단숨에 박탈하는 것이다. 아마도 과거를 향해 뒤돌아보는 시선이 회상 rétrospection — 과거에 대한 성찰에 영향받는 존재를 바라보는 시야와 시각 — 을 돋보이게 하는 경향이 있기 때문에, 우리는 현재 역시 시각 vision 과 바라봄 spection이라는 용어로 생각하는 경향이 있는 것이다. 그래서 아우구스티누스는 현재를 '직관 attentio'으로 정의하고 그것을 또한 '바라보는 행위 contuitis'라고 부른다. 반면에 하이데거가 배려를 마음 씀의 비본래적인 형태로, 우리가 근심 걱정하는 것들에 이를테면 시선이 쏠리는 것으로 규정하는 것은 당연하다. **현재로 있게 하는** 것은 그처럼 무엇에 홀린 시선이 된다. 현재로 있게 함과 행동주도력이라는 두 관념을 연결하려는 것은 현재로 있게 함 le rendre-présent에, 미래를 향해 앞질러 가보는 결단의 본래성과 맞먹는 본래성을 되돌려주기 위해서다. 이제 현재는 더 이상 보는 것이 아니라, 행동하고 겪는 것의 범주다. 현전을 포함한 모든 실사들보다 이것을 더 잘 나타내는 동사가 있는데, 그것은 "시작하다"라는 동사다. 시작한다는 것은, 어떤 연속을 예고하고 그렇게 해서 지속을 여는 행동주도력에 입각해서 사태에 새로운 흐름을 부여하는 것이다. 시작한다는 것은 계속되기 시작하는 것이며, 어떤 결과가 따라야만 한다.[230]

하지만 행동주도력은 어떤 조건에서 생각될 수 있는가?

가장 급진적인 입장은 행동하는 주체가 세계 속으로 끼어드는 것, 다시 말해서 "나는 존재한다"의 근원인 "나는 할 수 있다"의 경험의 특성을 규정하고 있는 메를로-퐁티의 입장이다. 그러한 경험은 몸 자체를, 체험된 것의 흐름과 세계 질서를 매개하는 가장 본원적인 것으로 지칭한다는 큰 이점을 갖는다. 그런데 몸 자체의 매개는 우리가 이 책 1장 1절에서 살펴보았던 역사적 층위의 모든 이음쇠들, 그리고 후에 역사적 현재와 결부시키게 될 그 이음쇠들에 앞선다. 몸 corps, 아니 육신 chair은 데카르트가 『제6성찰』에서 공간과 사유의 단절 지점에 세워지는 "제3의 실체"라고 불렀던 것에 속한다. 보다 적합한 용어, 즉 메를로-퐁티의 용어를 빌리자면,[231] 육신은 물리적인 것과 정신적인 것, 우주적 외재성과 반성적 내재성의 이분법에 도전한다고 말해야 할 것이다. 그런데 "나는 할 수 있다"는 바로 그러한 육신에 대한 철학의 토양 위에서 생각될 수 있는 것이다. 육신은 그런 뜻에서 내가 가진 능력과 무능력이 긴밀하게 결합된 전체다. 세계는 반항적이거나 순종적인 도구성, 즉 허락과 장애의 존재로서, 이러한 육신의 가능성 체계 주위에 펼쳐진다. 앞에서 말한 상황이라는 개념은, 그것이 행동할 수 있는 힘의 경계를 짓는 — 제한하고 위치시키는 — 것을 가리킨다는 점에서, 내가 말하는 무능력 개념과 결합된다.

"나는 할 수 있다"에 대한, 실존의 현상학에 속하는 이러한 설명은 이야기와 실천 공간의 일차적 재현 관계를 논하면서 말했던 행동 이론의 영역에서 이루어졌던 분석들을 다시 다루는 데 적절한 틀을 제

230) Edward W. Saïd, 『시작, 의도 그리고 방법 Beginnings, Intention and Method』, 2장, 「시작에 관한 사색 A Meditation on Beginnings」(Baltimore and London: The Johns Hopkins University Press, 1975).

231) Merleau-Ponty, 『보이는 것과 보이지 않는 것 Le Visible et l'Invisible』(Paris: Gallimard, 1964), pp. 172~204, 302~04, 307~10과 그 밖의 여러 곳을 참조할 것.

공한다. 단토 Arthur Danto의 뒤를 이어 우리는 기본 행동 action de base과 파생 행동 action dérivée을 구분했는데, 전자는 우리가 가진 능력에 대한 단순한 친밀성을 기초로 할 줄 아는 행동이며, 후자는 기본 행동의 결과가 아니라 실천적인 계산과 연역적 추론의 결과인 어떤 사건이 일어날 수 있도록 우리가 어떤 것을 하기를 요구하는 행동이다.[232] 이와 같이 전략적 행동을 기본 행동과 결합시키는 것은 행동주도력 이론에 가장 큰 중요성을 갖는다. 행동주도력 이론은 사실상 우리의 행위-능력을 "나는 할 수 있다"의 직접적 공간 너머로 확장시킨다. 또한 역으로 우리 행동의 보이지 않는 결과를 단순한 관찰 대상이라는 지위에서 벗어나게 함으로써, 그 결과를 인간의 행동 영역 속에 자리잡게 한다. 따라서 행동 주체로서의 우리는, 엄밀히 말해서 우리가 보지 못하는 어떤 것을 만들어낸다. 이러한 지적은 결정론 논쟁에서 가장 큰 중요성을 가지며, 인과적 연쇄의 시작으로 간주되는 자유 행위 acte libre에 대한 칸트의 모순을 다시 정리할 수 있게 한다. 기실 일어나는 것을 관찰하는 것과 어떤 것을 일어나게 하는 것은 같은 태도가 아니다. 우리는 관찰자인 동시에 행동 주체가 될 수는 없다. 우주 전체로 넓혀서 확대 적용하게 되면, 사건들을 만들어낼 수 있는 행동 주체로서의 우리 자신을 배제해야 하기 때문이다. 우리는 닫혀진 체계, 부분적인 결정론밖에는 생각할 수 없다. 다시 말해서 세계가 경우의 수의 총체라면, 행위 faire는 그러한 총체 속에 그대로 포함되지 않는다. 아니, 행위는 현실이 총체화할 수 없게끔 한다.

행동주도력에 대한 세번째 규정을 통해 우리는 역사적 현재에 관한 우리의 사색에 다가간다. 즉 행동 이론에서 체계들에 대한 이론으로 넘어가는 것이다. 그 이론은 앞선 분석을 통해 암암리에 예견되었

---

232) 『시간과 이야기』 1권, pp. 130, 275(번역본).

다. 우리는 갈래와 선택 가능성을 지닌 수형(樹型) 도식들을 포함하는 체계 상태와 체계 변형 모델을 구성했다. 그렇게 해서 우리는 앞에서 폰 라이트 H. von Wright의 견해에 따라 개입 intervention이라는 개념 — 체계들에 대한 이론의 틀 속에서 행동주도력 개념에 상응하는 개념 — 을, 행동 주체가 자신이 직접 이해하는 행위 능력 — 단토가 말하는 "기본 행동" — 을 어떤 체계의 내적인 조건성 관계와 연결시킬 수 있는 역량으로 정의했다.[233] 개입이란 체계를 바로 그 개입이 결정하는 최초 상태로부터 작동하게끔 함으로써, 체계의 폐쇄성을 보장하는 것이다. 우리는 그때, 행동 주체는 바로 어떤 행동을 함으로써 자기를 둘러싸고 있는 것에서 하나의 폐쇄된 체계를 분리시키는 법을 배우고, 그 체계에 내재하는 전개 가능성을 발견한다고 말한 바 있다. 개입은 그처럼 행동 주체의 능력들 가운데 하나와 체계의 잠재적 가능성이 교차하는 지점에 위치한다. 행동, 그리고 인과성 개념은 체계의 작동 관념과 겹쳐지는 것이다. 여기서, 조금 전에 언급했던 결정론에 대한 논쟁이 훨씬 더 강한 개념적 위력을 가지고 다시 전개된다. 기실 우리가 우리의 자유로운 행위-능력을 의심한다면, 그것은 우리가 관찰했던 규칙적인 시퀀스들을 세계의 총체성에 확대 적용하기 때문이다. 인과 관계는 폐쇄된 체계라는 특성을 가지고 있는 세계사의 부분들과 관련되어 있으며, 우리는 최초 상태를 만들어냄으로써 어떤 체계를 작동시키는 역량이 체계의 폐쇄성을 위한 하나의 조건이라는 점을 잊고 있다. 행동은 그처럼 바로 인과 관계들을 발견하는 것 속에 내포되어 있다.

물리적 차원에서 역사적 차원으로 옮겨지면서, 개입은 거의 인과적이라 말할 수 있는 설명 모델의 연결 지점을 구성한다. 우리는 이 모델이 행동의 의도적 국면에 상응하는 목적론적 부분들과 물리적

---

233) 같은 책, pp. 272~287(번역본).

국면에 상응하는 명목적 부분들을 유기적으로 결합한다는 것을 기억하고 있다. 역사적 현재에 관한 성찰은 바로 그 모델에서 가장 적합한 인식론적 버팀목을 찾아낸다.

행동주도력에 대한 첫번째 성찰 과정을 끝맺으면서, 언어가 어떤 방식으로 행동 내적인 매개들에 통합되는가, 보다 정확히 말해서 개입들—행동 주체는 개입을 통해 시작들의 행동주도력을 사태의 흐름 속에 끼워넣는다—에 통합되는가를 강조하지 않을 수 없다. 현재는 발화자가 자신의 발화 행위를, 자신이 말하는 언표와 같은 때로 만드는 순간이라는 에밀 벤베니스트의 정의를 우리는 기억하고 있다.[234] 현재의 자기-지시성 sui-référentialité이 강조된 것이다. 오스틴 Austin과 설 Searle이 자기-지시성이라는 속성을 더 발전시켜 연구한 것들 가운데, 나는 행동주도력의 윤리적 특성을 나타나는 데 기여한 것들만을 고려하려고 한다.[235] 그것이 부자연스럽게 에둘러가는 것은 아니다. 왜냐하면 한편으로 담화 행위나 담론 행위는 언어를 행동 차원으로 이끌어간다는 점에서("말할 때, 그것은 행동하는 것이다 [……] Quand dire, c'est faire [……]"), 다른 한편으로 인간의 행위는 기호, 규범, 규칙, 평가 등 인간을 의미 영역 속에, 혹은 이렇게 말해도 좋다면, 상징적 영역 속에 위치시키는 것들을 통해 내적으로 긴밀히 연결되어 있기 때문이다. 따라서 행동주도력을 의미 있는 행동으로 만드는 언어의 매개를 고려하는 것은 당연하다.

보다 넓은 의미에서 보자면, 모든 담화(담론) 행위는 발화자를 끌

---

234) É. Benveniste, 「프랑스어 동사에서의 시제 관계」, 『일반 언어학의 제 문제 *Problèmes de linguistique générale*』(Paris: Gallimard, 1966), pp. 237~50.

235) P. Ricœur, 「윤리학의 일반 이론을 위해 언어 행위 이론이 함축하고 있는 것들 Les implications de la théorie des actes de langage pour la théorie générale de l'éthique」, 『언어 행위 이론과 법 이론에 대한 심포지엄 *Colloque sur la théorie des actes de langage et la théorie du droit*』, *Archives de philosophie du droit*, Paris, 1985.

어들이며, 현재 속으로 끌어들인다. 말하는 행위 속에 성실성이라는 암묵적인 조항을 넣지 않고서는 나는 그 어떤 것도 확인할 수 없으며, 내가 인정하는 것을 참이라고 여길 수도 없다. 그렇게 해서 나는 내가 말하는 것을 실제로 의미하는 것이다. 모든 담화 행동주도력(벤베니스트는 담론 실현 행위 instance de discours라고 말했다)은 바로 이런 식으로 해서 나를 통해 말해진 것 le dit의 말하기 le dire를 책임지도록 한다. 그러나 모든 담화 행위가 그 발화자를 암묵적으로 구속한다고 하지만, 어떤 것들은 명시적으로 구속하기도 한다. "책임을 지는 commissif" 발화 행위가 그 경우인데, 약속을 그 전형으로 꼽을 수 있다. 약속을 하면서 나는 내가 할 것이라고 말하는 바를 해야 한다는 의무에 의도적으로 나 자신을 묶는다. 여기서 구속은 나를 연결하는 말이라는 강력한 가치를 갖는다. 내가 나 자신에게 가하는 이러한 제약에서 눈여겨보아야 할 점은 바로 현재 속에 부과된 의무가 미래를 구속한다는 것이다. 이렇게 해서 "이제부터 désormais"라는 부사가 잘 표현하고 있는 행동주도력의 중요한 특징(영어의 'from now on'이라는 표현이 잘 말해준다) 하나가 드러난다. 약속한다는 말은 실제로 내가 어떤 일을 할 것이라고 약속하는 바일 뿐만 아니라, 약속을 지킬 것이라고 약속하는 바이다. 따라서 약속을 지킨다는 사실은 행동주도력에 뒤이어지는 것이 있게 한다는 뜻이며, 행동주도력이 정말로 사태의 새로운 흐름을 열게 한다는 말이다. 간단히 말해서 현재가 단순한 우발 사건이 아니라 어떤 연속의 시작이게끔 하는 것이다.

일반적인 행동주도력 분석이 거쳐가는 단계는 다음과 같다. "나는 할 수 있다"를 통해 행동주도력은 나의 위력을 나타내며, "나는 한다"에 의해 나의 행위가 된다. 그것은 개입에 의해 나의 행위를 사태의 흐름 속에 포함시키며, 살아 있는 현재를 그처럼 어떤 순간과 일치하게 한다. 또한, 지켜진 약속을 통해서, 끈질기게 남아 있는 힘,

즉 지속하는 힘을 현재에 부여한다. 이 마지막 특징을 통해 행동주도력은 역사적 현재의 성격을 보다 특징적으로 정치적이고 범(凡)정치적으로 규정할 것을 예고하는 윤리적 의의를 띠게 된다.

행동주도력이라는 관념의 가장 큰 윤곽이 그려졌으므로, 이제 기대 지평과 과거에-의해-영향받는-존재 사이에서 행동주도력이 차지하는 자리를 확인하며, 행동주도력을 역사적 현재와 동등하게 만드는 일이 남아 있다.

이러한 동등성을 드러낸다는 것은, 어떻게 해서 역사적 현재에 대한 성찰이, 현상학이 길러낸 시간에 관한 사색의 아포리아들에 대해 역사의 사유가 응수하는 바를, 그 최종 단계로 이끌고 가는지를 보여주는 것이다. 현상학은 두 개의 시간적 연장(延長)들 사이의 단순한 단절로 환원된, 두께 없는 순간이라는 개념과, 곧 다가올 가까운 장래와 조금 전에 이제 막 흘러간 과거로 부풀어 있는 현재라는 개념을 더 벌려놓았음을 우리는 기억한다. 한 점에 국한된 현재는, 더 이상 존재하지 않는 과거와 아직 존재하지 않는 미래의 단순한 단절로 환원된 "지금"은 존재하지 않는다는 역설을 받아들이지 않을 수 없게 만들었다. 반면에 살아 있는 현재는, 곧 다가올 가까운 장래, 그리고 이제 막 흘러간 과거와 떼어놓을 수 없는 "지금"의 결과로 주어졌다. 역사에 대한 사유를 통해 이루어졌던 첫번째 연결은 달력의 시간의 연결이었다는 것도 우리는 기억한다. 그런데 달력의 시간은 다른 무엇보다도 모든 사건들의 날짜를 추정할 수 있게 하는 축이 되는 계기의 선택에 근거하고 있다는 점에서, 역사적 현재에 관한 우리의 사색은 달력의 시간 구성에서 그 첫번째 버팀목을 찾게 된다. 우리 자신의 삶과 우리가 속하는 공동체의 삶은, 축이 되는 그러한 계기와 관련하여 달력의 시간이 다양한 거리에 위치하게 하는 그러한 사건들의 일부가 된다. 축이 되는 계기는 역사적 현재의 첫번째 토대로 간주될 수 있으며, 물리적 시간과 현상학적 시간 사이의 제3의 시간을 구성한다는 달력의 시간의 덕목을 역사적 현재에 전하게 된다. 역사적 현재는 그처럼 한 점에 국한된 순간을 살아 있는 현재와 이어주는 달력의 시간의 혼합된 특성을 띤다. 그것은 달력의 시간의 토대 위에 설정된다. 게다가 새로운 시대를 여는, 초석이 되는 어떤 사건과 연결되어 있는 것으로서의 축이 되는 계기는, 시간의 시작은 아닐지라도 적어도 시간 속에서의 모든 시작, 다시 말해서 사건들의 새로운 흐름을 열 수 있는 모든 사건들의 모델을 이룬다.[236]

게다가 역사적 현재는, 그것에 밀접하게 연결되어 있는 과거와 미래와 마찬가지로, 세대들의 연속이라는 생물학적이고 상징적인 현상으로 뒷받침된다. 여기서 동시대인들의 세계라는 개념이 역사적 현재를 뒷받침하게 되는데, 우리는 슈츠Alfred Schutz에게서 그 개념을 선조들의 세계와 후손들의 세계 사이에 끼워넣는 법을 배운 바 있다. 단순한 물리적 동시성은, 그것에 대한 순전한 과학적 규정이 불러일으키는 모든 어려움과 더불어, 동시대성이라는 개념으로 교체된다. 동시대성 개념은 역사적 현재에 공동-존재의 차원을 곧바로 부여하는데, 그것에 근거해서 여러 의식 흐름들은, 슈츠의 탁월한 표현에 따르면 "같이 늙어감" 속에서 조화를 이룬다. 동시대인들의 세계라는 개념 — '같이 있음Mitsein'이 직접적으로 함축된다 — 은 그처럼 역사적 현재의 두번째 토대를 구성한다. 역사적 현재는 곧바로 공통의 경험 공간으로 파악되는 것이다.[237]

이제 전통을 통해 전승된 과거의 수용과 기대 지평의 투사를 매개하게끔 하는 행동주도력의 모든 특징들을 이 역사적 현재에 제공하는 일이 남아 있다.

위에서 우리가 약속에 대해 말한 것은 이어서 전개될 내용의 서론

236) 이 책의 pp. 209~12 참조.
237) 이 책의 pp. 220~22 참조.

역할을 할 수 있다. 약속은 발화자를 행동의 의무를 지게 하기 때문에 형식적으로 구속한다고 말했다. 이렇게 해서 현재에 대한 성찰에 윤리적 차원이 부과된다. 약속에 대한 분석을 윤리적 측면에서 정치적 측면으로 옮겨놓을 때, 역사적 현재라는 개념에 비견할 만한 특징이 생겨난다. 약속이 위치하는 **공적 공간**을 살펴봄으로써 그렇게 정치적 측면으로 옮겨갈 수 있다. 위에서는 지적하지 않고 넘어갔던 약속의 대화적 특성을 고려해보면, 보다 쉽게 옮겨갈 수 있다. 사실상 약속에는 나 혼자만이 하는 것이라는 성격은 전혀 없다. 나는 약속을 하면서 나를 묶어두는 데 그치지 않는다. 나는 항상 누군가에게 약속하는 것이다. 그 사람이 약속의 수혜자가 아니라 할지라도, 적어도 그 증인은 된다. 그러니까 내가 나를 구속하는 행위 자체에 앞서, 나를 남과 잇는 규약이 존재하는 것이다. 약속을 지켜야 함의 근거가 되는 성실성 규칙은 그처럼 윤리적 영역에서 모든 개별적 약속 행위에 앞선다. 반대로, 성실성 규칙을 주재하는 개인 대 개인의 행위는 사회적 규약에 의해 지배되는 공적 공간을 배경으로 뚜렷하게 부각된다. 사회적 규약에 근거해서, 사람들은 폭력보다 토론을 선호하며, 참으로 간주하는 것에 언제나 내재하는 진리 주장은 가장 나은 논증의 규칙에 따르는 것이다. 참된 담론의 인식론은 그처럼 진실된 담론의 정치적인 규칙, 아니 범(凡)정치적인 규칙에 종속된다. 따라서 약속으로 자신을 구속하는 발화자들의 개인적 책임성과, 자기의 약속을 지켜야 한다는 근거가 되는 성실성 규약의 대화적 차원과, 암묵적인 혹은 잠재적인 규약에 따라 만들어지는 공적 공간의 범정치적인 차원 사이에는 순환적 관계가 있다.

그렇게 공적 공간에서 펼쳐지는 책임성은 죽음에 맞선 하이데거적 결단과는 근본적으로 다르다. 하이데거의 결단은 하나의 현존재에서 다른 현존재로 옮겨질 수 없다는 것을 우리는 알고 있다.

개인의 행동주도력이 의미 있는 집단적 행동이라는 기획 속에 끼어들 수 있음을 보여주는 윤리 · 정치철학의 윤곽을 그리는 것은 이 책의 과제가 아니다. 하지만 적어도, 윤리적 면과 정치적인 면이 뒤섞여 있는 그러한 집단적 행동의 현재를 기대 지평과 경험 공간이 분절되는 지점에 위치시킬 수는 있다. 그때 우리는 앞에서 미리 던져두었던 논지, 즉 우리 시대의 특징은 멀어지는 기대 지평과 동시에 줄어드는 경험 공간으로 규정된다는 코젤렉의 논지와 다시 만나게 된다. 이러한 균열을 수동적으로 받아들이게 되면, 현재는 판단을 해야 하는 시간과 결정을 내려야 하는 시간이라는 이중의 의미에서 위기의 시간이 된다.[238] 아우구스티누스의 '정신의 이완'에 상응하는, 역사적 조건 본래의 이완이 위기 속에서 나타난다. 기대는 유토피아 속으로 도피하고 전통은 죽어버린 담보물로 바뀔 때, 현재는 전적으로 위기가 된다. 역사적 현재가 파열되는 이러한 위협 앞에서 해야 할 일은 우리가 위에서 예견했던 것, 즉 역사에 대한 사유의 두 축 사이의 긴장이 분리되지 않도록 하는 일이다. 그러니까 한편으로는, 바람직하고 합리적인 방향으로 어떻게 첫걸음을 내디딜까 고심하는 전략적 행동을 통해 순전히 유토피아적인 기대를 현재에 접근시켜야 한다. 다른 한편으로는, 묻혀 있는 과거의 잠재성을 풀어줌으로써 경험 공간의 축소에 저항해야 한다. 역사적 측면에서의 행동주도력은 바로 그 두 가지 과제 사이의 끊임없는 타협에 있다. 그러나 그 타협이 단순히 반사(反射) 의지가 아니라 위기와 대결하는 것이 되려면, 그

---

238) Emmanuel Mounier와 Paul Landsberg는 위기라는 개념에서, 1950년대의 위기가 갖는 우발적 성격을 넘어, 인격이라는 개념의 어떤 항구적인 구성 요소, 대결과 참여라는 개념들과 결합되어 있는 구성 요소를 이미 인식하고 있었다. 그와 비슷한 의미에서 Éric Weil은 "인격 personnalité"의 특성을, 위기로 인식된 도전에 대응하는 능력으로 규정한다. 위기란 그런 의미에서 "인격" 범주를 담고 있는 태도의 구성 요소가 된다. "인격은 언제나 위기 속에 있다. 언제나, 다시 말해서 매 순간, 그것은 다가올 자신의 존재인 자신의 이미지를 창조하면서 스스로를 창조한다. 그것은 다른 사람들, 과거, 비(非)본래적인 것과 언제나 갈등을 빚는다." 『철학의 논리 Logique de la philosophie』, Paris: J. Vrin, 1950, p. 150.

것은 바로 현재의 힘을 나타내야만 한다.

  "현재의 힘"을 생각할 힘을 가진 철학자가 있었다. 니체는 『시대에 뒤떨어진(혹은 반시대적) 고찰 *Considérations inactuelles(ou intempestives)*』 2권에 실려 있는 「삶을 위한 역사의 유용성과 불리한 점들에 관해」[239]라는 제목의 시론에서 대담한 생각을 펼친다. 살아 있는 현재는 역사 기술 그 자체를 통해, 과거의 영향에 대해서는 아닐지라도 적어도 그것이 우리에게 행사하는 매력에 대해서는 **중단시키**는 역할을 한다는 것이다.

  그러한 반성이 왜 "반시대적인가?" 서로 상관 관계에 있는 두 가지 이유 때문이다. 우선 그것은 삶 Leben의 문제를 위해 지식 Wissen의 문제와 관계를 끊고, 그렇게 해서 진리 물음을 유용성 Nutzen과 불리한 점 Nachteil에 대한 물음으로 바꾼다. 그처럼 까닭 없이 기준론 critériologie으로 비약하는 것이 반시대적이라는 것인데, 우리는 책의 나머지 부분을 통해 그러한 기준론이 계보학적 방법, 즉 그 정당성이

---

239) 「삶을 위한 역사의 유용성과 불리한 점들에 관해 Vom Nutzen und Nachteil der Historie für das Leben」, 『시대에 뒤떨어진 고찰 Ⅱ *Unzeitgemässe Betrachtungen Ⅱ*』(Werke in drei Bände, München: Karl Hauser Verlage), t. Ⅰ, pp. 209~365. 독자는 또한 Geneviève Bianquis 번역이 함께 실린 2개 국어판, 『시대에 뒤떨어진 고찰 *Considérations inactuelles*』(Paris: Aubier, 1964), t. Ⅰ, 「삶을 위한 역사의 유용성과 불리한 점들에 관해」, pp. 197~389를 참조할 수 있을 것이다. "우리는 역사가 삶에 봉사하는 한에서만 역사에 봉사할 것이다. 그러나 역사의 남용과 그로 인한 과대 평가는 삶이 오그라들고 퇴화하는 현상, 우리 시대에 드러나는 그 충격적인 징후들에 따르면 우리가 고려하지 않을 수 없는 만큼이나 또 더 고통스러울 수도 있는 현상의 원인이 된다"(pp. 197~98). 뒤에는 이런 대목이 있다. "그러한 성찰이 반시대적이라면, 이는 또한 내가 그 역사 문화를 악으로, 손실로, 결핍으로, 이 시대가 당연히 자랑스럽게 여기는 어떤 것으로 이해하려고 노력하기 때문이다. 그리고 우리 모두는 탐욕적인 역사적 열병에 고통을 겪고 있으며, 적어도 우리가 그로 인해 고통받고 있다는 것을 깨달아야 한다고 생각하기 때문이다"(p. 199).

삶 자체가 낳는 확신을 통해서만 보장되는 방법에 속한다는 것을 알고 있다. "역사"라는 낱말(니체는 Historie라는 낱말을 사용한다)이 겪는 변동 또한 반시대적이라는 것이다. 이 낱말은 우리가 서로 떼어놓은 다음에 다시 이으려고 했던 두 용어, 즉 일어난 일들과 그에 대한 이야기 가운데 그 어느 것도 지칭하지 않고, "역사적 문화 culture historique," "역사적 의미 sens historique"를 가리킨다. 니체의 철학에서 반시대적인 이 두 가지 양태는 서로 분리할 수 없다. 계보학적인 평가는 동시에 문화에 대한 가치 평가인 것이다. 그런데 이러한 의미 이동의 가장 중요한 결과는 역사학이라는 의미에서의 역사의 조건들에 관한 모든 인식론적 성찰, 그리고 더 나아가서 세계사를 쓰고자 하는 모든 사변적 시도 대신에 역사적으로 산다는 것이 무엇을 뜻하는가 하는 물음을 제기하는 것이다. 이러한 물음과 겨룬다는 것은, 니체의 입장에서는 자신의 작품 전체를 관류하는 근대성에 대한 거대한 이의 제기에 들어가는 것이다.[240] 근대인들의 역사적 문화는

---

240) 이 영역에서는 니체에 앞서 부르크하르트Jacob Burckhardt가 있는데, 그는 『세계사의 고찰 Weltgeschichtliche Betrachtungen』에서 "역사적인 것 das Historische"에 대한 물음은 보편적 역사를 체계화하는 원리에 대한 탐구로 대체되었다고 말한다. 인간을 역사적으로 만드는 인류학적 불변항들은 어떤 것인가라는 물음에 부르크하르트는 '역사적인 것들의 잠재력 Potenzen des Geschichtlichen'에 대한 이론으로 답한다. 즉 국가, 종교, 문화가 그것들인데, 앞의 두 개는 안정성 원리를 구성하고, 세번째 것은 정신의 창조적 양상을 표현한다는 것이다. 니체 이전에 부르크하르트는 역사의 잠재력의 근원에서 발견한 삶과 욕구의 비합리적 특성을 강조하고, 삶과 위기의 관계를 인정하고 있다. 사실상 쇼펜하우어의 의지의 형이상학은 부르크하르트와 니체에 공통적인 배경을 이루고 있다. 하지만 또한 부르크하르트는, 자신의 입장에서 '삶'이라는 개념과 짝을 이루고 있는 '정신'이라는 개념에 충실하게 남아 있었기 때문에 니체가 "유용성에 대해 [……]"에서 오로지 삶이란 개념만을 위해 거칠게 단순화시키는 것을 받아들일 수 없었다. 둘 사이의 우정은 『반시대적 고찰』 2권이 출판된 후 심각할 정도로 냉담해진다. 부르크하르트와 니체를 보다 정교하게 비교할 수 있게 하는 요소들에 관해서는 슈네델바흐 Herbert Schnädelbach(『헤겔 이후의 역사철학. 역사주의의 문제 Geschichtsphilosophie nach Hegel. Die Probleme des Historismus』(Freiburg,

인간을 동물과 구별하게 해주는 기억의 능력을 무거운 짐이 되게 한다. 즉 자신의 실존Dasein을 "영원히 끝나지 않을 미완성 imparfait 〔문법적 의미에서〕〔212〕(205)〔imparfait는 '완성되지 않은'이라는 뜻으로, 과거의 동작이 완료되지 않았음을 나타내는 '반과거' 시제를 지칭하기도 한다: 옮긴이〕"으로 만드는 과거의 짐 말이다. 바로 여기서 이 짧은 책이 반시대적임이 두드러지게 나타난다. 과거와의 이러한 타락한 관계에서 벗어나기 위해서는 망각할 수 있는 능력을 되찾거나, "또는 보다 현학적인 용어로 말하자면, 망각이 이어지는 한, 비역사적인 방식으로 느낄 수 있어야 한다"(같은 책). 망각은 힘, "사람, 민족, 문화의 조형적 힘"에 내재한 힘이다. 즉, "자기 자신을 통해 커가는 능력, 과거와 이질적인 것을 변형시키고 동화시키는 능력, 자신의 상처를 아물게 하는 능력, 자기가 잃어버린 것을 되찾고, 부서진 형태를 다시 만드는 능력이라고 말할 수 있을 것이다"〔213〕(207). 망각은 이러한 힘의 결과다. 그리고 망각은, 그 자체가 힘으로서, 오로지 살아 있는 자만이 그 안에서 건전하고 강하며 풍요롭게 머물 수 있는 "닫혀 있고 완전한" 지평의 경계를 짓는다.[241]

니체의 텍스트에서는 역사적인 것과 비역사적인 것의 대립, 그러니까 문화철학 영역에서 망각의 반시대적 침입의 결실인 그 대립을 통해 역사(역사 기술 혹은 세계사)에 대한 물음은 역사적인 것에 대한 물음으로 옮겨가게 된다. "비역사적인 것과 역사적인 것은 개인과 국가

München: Karl Alber, 1974)를 읽어볼 것(pp. 48~89).

241) 앞의 두 분석에서 끊임없이 마주쳤던 열림이라는 함축된 뜻과는 대조적으로, 지평이라는 용어를 이처럼 제한적으로 사용하고 있다는 점은 주목할 만하다. 니체의 경우, 지평은 차라리 감싸고 있는 어떤 환경이라는 뜻을 갖는다. "역사적 의미의 부재는 어떤 성운(星雲), 삶이 그 안에서 생성되었다가 그를 보호하는 성단(星團)이 파괴되면 곧 사라지고 마는 성운에 비할 수 있다. 〔······〕 과잉 역사는 인간을 파괴한다. 역사 이전에 삶을 감싸는 그러한 성운이 없다면 결코 생각하려고 할 수도, 감히 그러한 생각을 할 수도 없을 것이다"〔215〕(211).

그리고 문명의 건강에 똑같이 필요하다"[214](209). 그리고 이러한 "명제 Satz"는, 비역사적인 상태 Zustand를 근대인들의 역사 문화를 구성하는 남용과 과잉과 관련된 결정 기관으로 상정한다는 점에서, 그 자체가 반시대적이다. 그러니까 삶의 인간이 지식의 인간, 역사를 인류의 삶을 결산하는 하나의 방식으로 보는 인간을 판단하는 것이다.[242] 과잉 Übermass을 비난한다는 것[219](221), 말하자면 중용을 전제하는 것이다. 여기서 "삶"의 중재가 시작된다. 그러나 이를 착각하면 안 된다. 니체의 이 글을 유명하게 만들었던 유형론, 즉 기념비적 monumentale 역사와 골동품 antiquaire 양식의 역사, 그리고 비판적 critique 역사의 구분은 인식론적으로 전혀 "중립적인" 유형론이 아니다. 하물며 헤겔의 역사철학처럼 어떤 주도적 형태에 따른 질서정연한 발전을 나타내는 것도 아니다(여하튼 니체의 유형론에서 세번째 항목이 헤겔에서는 두번째 자리를 차지하는데, 이는 상당히 중요한 의미를 지닌다. 니체의 삼분법은 어쩌면 헤겔의 그것과 반어적 관계에 있는지도 모른다). 어느 경우이든 중요한 것은 인식론적 양태가 아니라 문화적 형상이다.

기념비적 역사와 골동품 양식의 역사는 각기 글로 씌어진 역사가 어떤 문화적 집단 속에서 실제의 역사에 끼치는 손실 같은 것을 식별하는 기회를 제공한다. 두 경우 모두 삶에 대한 봉사가 기준이 된다.

---

242) 여기서 우리는 니체가 역사 문화에 대한 계보학적 비판과 과학으로서의 역사에 대한 인식론적 의미에서의 비판을 구분하지 않은 것을 지나치다고 말할 수 있을 것이다. 정확히 말해서 바로 이러한 넘침, 두 가지 비판을 구분하지 않으려는 의도야말로 "반시대적"인 것을 나타내는 가장 주된 표시다. 니체는 자신이 또 다른 종류의 질병에 접해 있음을 잘 알고 있는데, 비역사적인 것은 B. G. Niebuhr 같은 전문적인 역사가마저도 다가갈 수 있다고 주장했던 초역사적인 관점과 그 정도로 가깝다. 하지만 비역사적 anhistorique인 것이 삶의 결과인 것만큼, 초역사적 supra-historique인 것은 그만큼 지혜와 [……] 구토의 결실인 것이다. "삶을 위해 역사를 만들도록 Historie zu treiben" 우리를 언제나 더 잘 가르치는 것은 바로 비역사적인 것이 갖는 유일한 기능이다.

기념비적 역사는 지식 문화와 관계된다. 비록 식견을 갖춘 사람들이 썼다 할지라도, 그것은 무엇보다도 "행동력과 힘을 갖춘 사람들, 자기 주변이나 동시대인들 가운데에서는 찾을 수 없는 모델이 되어 자신을 이끌어주고 위로해줄 수 있는 사람을 찾고 있는 전사(戰士)들"[219](223)에게 말을 건넨다.[243] 기념비적이라는 명칭이 암시하듯이, 그러한 역사는 집요하게 과거를 되돌아보는 시선, 반성의 절제된 숨결을 통해 모든 행동을 중단시키는 시선을 내세움으로써, 가르치고 알려준다. 니체는 기념비적 역사에 대해 빈정거림 없이 말한다. 연속적으로 이어지는 사건들의 고리를 훑어보는 전체적인 시야가 없다면, 인간의 어떤 관념도 형성되지 않을 것이다. 위대함은 기념비적인 것에서만 드러난다. 역사는 "모든 시대를 가로지르는 위대함의 응집력과 연속성에 대한 믿음"에 다름아닌 명성의 호화로운 기념물을 세워준다. "그것은 덧없이 흘러가는 세대, 존재하는 모든 것의 무상함에 대한 항의다"[221](227). "고전적인 것"을 옹호하는 가다머의 변론에 니체가 이토록 신뢰를 기울인 적은 없었다. 역사에 대한 기념비적 고찰은 고전적인 것과 교류하면서, "과거의 위대함이 일찍이 가능했다면 장래에도 아마 가능할 것이다"[221](229)라는 확신을 이끌어낸다. "하지만 그럼에도 불구하고 Und doch……!" 기념비적 역사의 은밀한 악덕은 "유추의 힘으로," 차이를 없애고 똑같이 만드는 덕분으로, "기만한다"는 것이다. 격차가 증발해버리고, 결코 모방할 수 없으며, 국경일에 기념하게 되는 "결과 그 자체"만 남는다. 그처럼 개별성이 지워짐으로써 "과거 자체는 손실을 입는다 so leidet die Vergangenheit selbst Schaden"[223](233). 행동력과 권력을 지닌 인간들 가운데 가장 위대한 사람들의 경우가 그렇다면, 기념비적인 것의 권위 뒤에 숨어서 모든 위대함에 대한 그들의 증오를 감추고 있는 범

---

243) 우리는 여기서 앞서 암시했던 '역사는 삶의 교사'라는 '논제'와 다시 만난다.

인들에 대해서는 무엇이라 말할 것인가?[244]

기념비적 역사가 위대함을 창조하기 위해 과거를 통제할 수 있도록 강자들을 도와줄 수 있다면, 골동품 양식의 역사는 친숙한 토양에 뿌리박고 있는 전통이 제공하는 일상적이고 존경할 만한 모든 것 속에서 보통 사람들이 계속 살아갈 수 있도록 도와준다. 간직하고 존경하는 것. 이 좌우명은 어떤 일가(一家), 세대, 도시 안에서 본능적으로 이해된다. 그것은 지속적으로 어울려 지내는 것을 정당화하고, 언제나 새로움을 갈망하는 세계시민주의적 삶의 유혹을 경계한다. 그러한 입장에서 뿌리를 갖는다는 것은 우발적인 것이 아니라, 스스로를 과거의 상속자, 꽃, 열매로 만듦으로써 과거를 성장시키는 것이다. 하지만 위험은 바로 그 언저리에 있다. 오래되고 지나간 모든 것을 다같이 존경해야 한다면, 다시 한 번 역사는 존경에 치우친 좁은 시각을 통해서만이 아니라, 현재가 더 이상 활기를 불어넣지도 영감을 주지도 못하는 과거의 화석화로 인해서 피해를 입게 된다. 삶은 간직되기를 바라는 것이 아니라 커가기를 바란다.

삶에 봉사하기 위해서 또 다른 종류의 역사, 즉 비판적 역사가 필요한 것은 바로 그 때문이다. 그 법정은 비판 이성의 법정이 아니라 강한 삶 vie forte의 법정이다. 비판적 역사의 입장에서 볼 때, "모든 과거는 당연히 유죄 판결을 받아야 한다"[229](247). 왜냐하면 살아 있다는 것은 정의롭지 못한 것이며, 더 나아가서 비정한 것이기 때문이다. 그것은 우리가 물려받은 착란, 정열, 잘못 그리고 범죄를 시인하는 것이다. 소홀해서가 아니라 경멸하기 때문에 그러한 가혹함을 잊어야 할 시간이다. 약속의 시간과 마찬가지로 능동적인 현재의 시간인 것이다.

---

244) 여기서도 앞서 말했던, 동일자를 통한 재실행과 "차이들의 목록" 사이의 대조를 연상할 수 있다.

이 가혹한 대목을 읽는 독자가 분명히 알아야 할 점은, 모든 내용을 문헌학과 생리학을 그 또한 문화 이론인 도덕의 계보학으로 연결시키는 거대한 은유의 배경 속에 위치시켜야 한다는 것이다.

이어지는 부분이 그러한 유형론의 계통론적 겉모습을 벗어던지고, 역사과학에 대해, "내부"와 "외부"[233](259)[245]의 구별에서 비롯된 내부성에 대한 숭배에 대해, 즉 한마디로 근대성에 대해 격렬히 비난하는 어조를 띠는 것은 바로 이 때문이다. 독설에 가까운 말도 있다. 이제 우리의 박식한 학자들은 걸어다니는 백과사전으로 바뀌었으며, 그 어떤 창조적 본능도 잃어버린 개인들은 잿빛으로 세어버린 머리털과 함께 생겨난 가면을 쓰고 다니는 사람들이 되고 말았다. 내시(內侍)로 취급되는 역사가들은 그 자체가 세계사의 거대한 하렘harem에 갇혀 있는 역사를 경비하는 임무를 맡고 있다[239](273). 우리를 천상으로 이끄는 것은, 괴테의 『파우스트』 2부의 마지막 두 시구에서처럼 영원히 여성적인 것이 아니라, 모든 역사 문화가 떠받드는 "영원한 객관성"이다!

이제 독설과는 헤어지고, 이른바 공평무사함이라는 미덕과 정의라는 미덕 ─ 이것은 "고결함Grossmut이라는 보기 드문 미덕"[244](285)보다 더 보기 드문 미덕이다 ─ 사이에 설정되는 매우 중요한 대립 관계만을 살펴보자. 객관성에 주눅이 든 악마와는 반대로, 몇 페이지 앞에서는 불의라고 일컬어졌던 정의가 대담하게 잣대를 쥐고 형을 언도하며 최종 판결을 내린다! 진리 또한 "충동과 정의의 힘"[243](285) 없이는 아무것도 아니다. 왜냐하면 "판단의 힘"이 없는

---

245) 내부와 외부의 분리에 맞서, 내부성의 과장에 맞서, 그리고 내용과 형태의 대립에 맞서 이루어진 공격은 『정신현상학』에서 "실체"라는 명목으로 이루어진 '도덕Sittlichkeit'의 투쟁, 이어서 헤겔의 『역사철학』에서 '민족 정신Volksgeist'의 투쟁을 연상시킨다. 어디서나 헤겔의 유령이 불쑥 솟아난다!

단순한 정의는 사람들에게 가장 가혹한 고통을 안겨주는 것이기 때문이다. "우월한 힘만이 판단할 권리를 갖는다. 나약함은 견딜 수 있을 따름이다"[246](291). 극작가들이 하는 식으로, 사건들의 실을 엮어 예술적으로 견고한 직물을 만드는 기술, 요컨대 우리가 줄거리 구성이라고 불렀던 것 역시, 이해할 수 있는 것에 대한 숭배로 인해 여전히 객관적 사유의 환상에 속한다. 객관성과 정의는 절대 같이 할 수 없다. 사실상 니체가 유감스러워하는 것은 구성하는 기술이 아니라 예술의 기반을 다시금 기념비적이고 골동품적인 역사에 두고 있는 초탈 détachement의 미학이다. 두 경우 모두 정의의 힘이 결여되어 있다.[246]

옳고 그름을 가리는 역사를 위한 이러한 "반시대적" 변론이 여기, 우리 본래의 탐구에서 높이 평가를 받는 것은, 그것이 현재의 모서리 위에, 미래의 투사와 과거를 붙잡기 사이에 서 있기 때문이다. "당신은 단지 현재가 갖는 지고의 힘 Kraft에 근거해서 과거를 해석 deuten할 수 있는 권리를 갖는 것이다"[250](301). 오늘의 위대함만이 과거의 위대함을, 대등하게! 알아차린다. 최종적으로 시간을 다시 형상화하는 힘은 바로 현재의 힘에서 나온다. "진정한 역사가라면 모두가 알고 있는 것을 아주 새로운 진리로 바꿀 수 있는 힘을, 그리고 매우 단순하고 깊이 있게, 깊이가 그 단순함을 잊게 하고 단순함이 그 깊이를 잊게 할 정도로, 그 진리를 표현할 수 있는 힘을 가지고 있어야 한다"[250](301). 이러한 힘이야말로 대가(大家)와 학자의 다른 점이다.

현재는, 비역사적인 것은 유보하면, 헤겔의 역사철학의 영원한 현재는 더더욱 아니다. 나는 앞에서 헤겔의 역사철학에 대한 심각한 오

---

246) 차제에 앞에서 논의했던 "역사를 만든다"는 표현도 지적할 수 있을 것이다. "우리의 박식한 학자들은, 다가갈 수 없는 영원한 것에서 이야기할 스토리를 끌어낼 수는 있겠지만, 내시이기 때문에 '역사를 만들' 수는 없다"[241](276)!

해를 언급했는데, 그것은 니체가 기여한 바가 크다.[247] 하지만 니체가 역사의 종말이라는 헤겔의 주제에 대한 그릇된 해석을 퍼뜨릴 수 있었던 것은, 비난의 대상이 된 문화 속에 그러한 그릇된 해석이 정확히 들어맞는 것을 보았기 때문이다.[248] 기실 아류(亞流)의 입장에서 시대란, "세계 역사적인 론도rondo 음악의 종결부coda"(같은 책), 즉 여분의 존재가 아니라면 무엇을 뜻할 수 있겠는가? 끝으로 "역사의 위력Macht"이라는 헤겔의 주제는 오로지 "성공에 대한 꾸밈없는 존경, 사실에 속하는 것에 대한 맹목적인 숭배"[263](335)를 보증하는 데 쓰이게 될 것이다. "우리는 이제 목표에 이르렀고, 우리가 목표다! 우리는 완벽한 경지에 이른 자연이다"[267](343). 니체는 "사실factuel의 옹호자"들이 이렇게 외치는 소리를 듣는다.

결국 니체는 19세기 유럽의 거만함을 공격한 것이다. 만일 그렇다면 그의 책은 우리에게도 "반시대적"이지는 않았을 것이다. 하지만 그 책이 여전히 반시대적인 것은, 바로 역사적 시간의 해석학이 언제나 새로운 문맥 속에서 다시 현실화시켜야 하는 어떤 지속적인 의미 작용을 감추고 있기 때문이다. 역사적 사유를 통해 시학적으로 수행되는, 시간의 세 가지 탈자태의 연쇄와 관련된 우리 본래의 연구라는 입장에서 보자면, 그러한 지속적인 의미 작용은 역사의 견지에서 본 현재의 위상과 관련된다. 한편으로 역사적 현재는 각 시대마다 이루어진 역사의 종착역, 그 자체가 이루어진 사실이고 역사의 종말이다.

---

247) 헤겔은 역사의 종말을 이야기할 뿐만 아니라, 역사를 쓰면서 그 종말을 완성했을 것이다. 그렇게 해서 헤겔은 "인류의 노쇠함"[258](323)에 대한 확신을 비난했을 것이며, 최후의 심판을 위해 이미 무르익은 인류를, 기독교가 쉴 새 없이 가르치는 메마른 '죽음을 기억하라memento mori' 속에 좀더 가두었을 것이다. 헤겔 이후에 인간들은 상속자 없는 후손, 뒤늦게 온 자, 늦둥이일 수밖에 없을 것이다. 그것이 바로 역사에 대한 골동품적인 시각이다.

248) 그의 비방은 거의 소극(笑劇) 수준에 이른다. 즉 헤겔은 "세계 과정의 정상과 최종 지점이 베를린 시민으로서의 자기 존재와 일치한다"고 보았을 것이다!

다른 한편으로 또한 각 시대마다 현재는, 만들어야 할 역사를 시작하게 하는 힘이거나 적어도 그런 힘이 될 수 있다.[249] 첫번째 뜻에서의 현재는 역사의 노화(老化)를 말하며, 그 경우 우리는 늦게 온 사람이 된다. 두번째 뜻으로의 현재는 우리의 특성을 첫번째 온 사람으로 규정한다.[250]

니체는 이처럼 비역사적인 것을 망각하고 요구하면서, 역사적인 것을 단순히 유보하는 것에서 "현재의 힘"을 확인하는 것으로 나아감으로써, 역사적 현재의 개념을 부정적인 것에서 긍정적인 것으로 기울게 한다. 동시에 그는 그러한 현재의 힘 속에 "희망의 도약 hoffendes Streben"을 포함시키는데, 그 덕분에 "삶을 위한 역사의 유용성"[251]으

---

249) 니체는 "천재들의 공화국"이라는 쇼펜하우어에게서 나온 이미지를 받아들이면서, 역사의 거인들은 역사의 과정에서 빠져나와 "그러한 협력을 가능하게 하는 역사 덕분에 시간을 벗어난 동시대성 zeitlos-gleichzeitig을 살고 있다"〔353〕(270)고 본다. 동시대에 속하지 않는 것의 동시대성이라는, 현재의 또 다른 뜻이 여기서 나타나는데, 앞에서 "같은 세대"라는 개념을 설명하면서 이를 언급한 바 있다.

250) 『유용성에 관해 Vom Nutzen』의 맨 마지막 부분은 잿빛 머리털과 함께 태어난 박식한 학자들에 의해 씌어진 역사에 맞서, 때로 선동에 가까울 정도로, 젊음에 호소하고 있다. "그 정도로 젊음을 생각하면서, 나는 대지! 대지!라고 소리친다"〔276〕(367).

251) 우리 또한 이렇게 말할 수 있을 것이다. 그럼에도 불구하고! 니체는 삶에 대한 적나라한 직관에 호소한 것은 아니다. 치료제와 해독제 또한 해석들인 것이다. 비역사적인 것은 물론 초역사적인 것은 결코 처음에 말했던 흐릿한 망각으로 되돌아가는 것이 아니라, 아이러니컬한 향수(鄕愁)의 순간이다. 물론 니체 자신은 다른 작품에서 되새김질을 요구한다. 망각의 역사는 더 이상을 〔……〕 어떤 위대한 문화를 요구한다. 니체가 "그뿐인" 삶에 관해 이야기할 때라도, 삶과 결과, 그리고 육체와 관련된 모든 "개념"들의 계보학적인, 즉 문헌학적인 동시에 징후학적인 위상을 결코 잊어서는 안 된다. 그런데 위대한 문화란 바로 역사의 좋은 관례를 다시 발견하는 것이 아니겠는가? 니체가 가장 혐오하는 선구자들 가운데 하나가 말했듯이, 그것이 비록 질병의 관례와 관계된 것이라 할지라도 말이다. 역사와 그 세 갈래 길, 즉 기념비적인 길과 골동품적인 길, 그리고 비판적 길을 지킬 것인가? 역사를 그 기능, 즉 삶에 봉사한다는 기능으로 되돌아가게 할 것인가? 과거에서 그 성과보다는 이루어지지 않은 약속, 실행될 수 없었던 잠재성을 식별하지 않고 어떻게 그것이 가능하겠는가? 그렇지 않으면 문화의 그리스적 이

로 남아 있는 것은 역사의 불리한 점들에 대한 혹평에서 벗어날 수 있게 된다.

이미 지나간 것에 갇혀 있는 것으로서의 역사에 대한 우상 파괴 같은 것은 이처럼 시간을 다시 그리는 그 힘의 필요조건을 구성한다. 우리가 겨냥하는 미래의 목표가 과거의 이루어지지 않은 잠재성을 다시 활성화하는 힘을 갖기 위해서는, 그리고 효력의 역사가 아직 살아 있는 전통을 통해 이끌려가기 위해서는, 유예 시간temps de suspens이 필요할 것이다.

상에 마지막으로 호소하는 것으로 책이 끝나는 것을 어떻게 이해하겠는가? 독일 낭만주의 철학의 위대한 꿈속에서 그처럼 일치를 이룬다는 것은 헤겔 같은 이에게는 얼마나 아이러니인가! 그래서 "반시대적" 담론은 '희망의 도약'의 철학에 비추어 전통에 대한 철학을 다시 읽도록, 이제는 현재의 이루어진 사실이 아니라 "현재의 힘"의 안내를 받아 다시 읽도록 우리를 초대한다.

결론

   긴 여정을 마무리하면서 이제 우리가 이끌어내고자 하는 결론들은[1] 지금까지 얻은 결과들을 모으는 데 그치지 않는다. 『살아 있는 은유』의 마지막 장이 그랬듯이, 이 결론은 더 나아가 우리의 기도가 마주치는 한계들을 탐색하려는 포부를 갖는다.

   나는 여기서 처음부터 우리 연구의 방향을 설정했던 가설, 즉 시간성은 현상학이라는 직접적인 담론으로 말해질 수 있는 것이 아니라, 서술 행위의 간접적 담론의 매개를 필요로 한다는 가설의 밀도와 한계를 점검하려고 한다. 시간 체험을 그 직접성을 통해 표현하려는 가장 전형적인 시도들은 분석 도구가 정교해질수록 아포리아들을 더 많이 만들어낸다는 것을 확인하는 것이, 이 논증의 부정적인 면이다. 이야기의 시학은 바로 이 아포리아들을 풀어야만 하는 매듭으로 취급하는 것이다. 간략하게 말하면 우리의 작업 가설은, 시간이 이야기되지 않고는 생각될 수 없다는 점에서, 결국 이야기를 시간의 파수꾼으로 간주하는 것이 된다. 바로 여기서 '이야기된 시간'이라는 3권의 전체 제목이 나온다. 『시간과 이야기』 1권의 제일 앞에서 아우구스티

---

1) 이 결론은 후기라고 불러야 할 것이다. 기실 이 부분은 『시간과 이야기』 3권을 끝맺고 1년 가까이 다시 읽은 후에 쓴 것이다. 원고를 최종적으로 교정하면서, 같은 시기에 결론을 집필했다.

누스의 시간 이론과 아리스토텔레스의 줄거리 이론을 대면시킴으로써 우리는 이야기와 시간의 이러한 상응 관계를 처음으로 파악했다. 뒤이은 분석들은 모두 이러한 최초의 상관 관계를 폭넓게 확대 적용한 것이다. 이제 그것을 다시 읽어보고 나서 내가 제기하는 질문은, 이러한 확장을 통해 시간과 이야기 사이의 매개가 많아진 것일 뿐인지, 아니면 논의가 전개되면서 최초의 상응 관계가 가졌던 성격이 변화되었는지 하는 것이다.

이러한 물음은 우선 인식론적 차원에서는 이야기를 통한 시간의 형상화라는 이름으로, 역사 기술을 배경으로 제기되고(『시간과 이야기』 1권, 2부), 이어 허구 이야기를 배경으로 제기되었다(『시간과 이야기』 2권). 이렇게 해서 두 경우에, 역사적 설명과 서술학적 합리성이 기본적인 서술적 형상화에서 서로 겹쳐지게 되면서, 줄거리 구성이라는 핵심 개념이 얼마나 풍요해지는가를 가늠할 수 있었다. 역으로, "역행 질문"이라는 후설의 방법론에 힘입어 이야기의 합리화는 적절한 중개를 통해 『시간과 이야기』 1권의 1부에서 설명했던 형식적인 형상화 원칙으로 연결된다는 것을 입증할 수 있었다. 준-줄거리, 준-등장인물, 준-사건이라는, 2부 끝에서 만들어졌던 개념들은 역사 기술 쪽에서 이러한 파생이 언제나 가능하다는 것을 증명한다. 마찬가지로 『시간과 이야기』 2권의 분석은, 서술학 쪽에서는, 가장 분파적인 경향을 띠는 것처럼 보이는 소설 구성 형식에서도 동일한 형식적 형상화 원칙을 볼 수 있음을 말해준다. 그러므로 오늘날 역사 기술과 서술학이 각각의 영역에서 정당하게 수행하는 인식론적 단절에도 불구하고, 형상화의 인식론적 차원에서 보자면 시간과 이야기를 중개하는 고리들이 길게 늘어날 뿐 결코 끊어지지는 않는다고 단언할 수 있을 것이다.

이야기를 통한 시간의 재형상화의 존재적ontique 차원, 『시간과 이야기』 3권의 분석이 전개되는 차원에서도 마찬가지인가? 이것은 두 가지 이유에서 제기할 가치가 있는 질문이다. 우선, 현상학이 가져온 주목할 만한 진전이 우리의 최초 분석의 핵인 아우구스티누스에 대한 분석에 덧붙여지면서 1장에서 다루고 있는 시간의 모순성에 상당한 힘이 주어졌기에, 우리는 모순성이 그와 같이 확장될 경우 동질성을 유지할 수 있는가를 당연히 문제삼을 수 있다. 한편, 시간의 모순성에 대한 이야기의 시학의 응답을 다루고 있는 7개 절 전체가, 역사 기술과 서술학의 인식론을 통해 예증되는 것과 동일한 법칙, 즉 단순한 것으로부터 복합적인 것을 이끌어내는 법칙에 따르고 있는지 분명하지가 않다.

내가 여기서 시간의 모순성을, 교조적인 이론들의 역사가 강요하는 것과는 다른 구성 순서에 따라 다시 읽도록 제안하는 것은, 바로 이러한 이중의 질문에 대답하기 위해서다.

저자에 따라, 아니 작품에 따라, 1장에는 세 가지 문제점들이 분석 속에 얽혀 있는 것처럼 보인다.

1. 우리는 현상학적 관점과 우주론적 관점이 서로를 가림으로써 생겨나는 아포리아에 특히 관심을 기울였다. 그리고 이것이 상당히 심각한 난제라는 생각에, 우리는 1장을 논쟁 형태로 — 아리스토텔레스 대 아우구스티누스, 칸트 대 후설, 이른바 "통속적 시간"의 지지자 대 하이데거 — 구성하게 되었다. 게다가 시간성의 아포리아들 가운데 가장 눈에 띄는 것에 대한 서술적 기능의 대답을 만들어내는 데에만 적어도 다섯 개 절이 필요했다. 그러고 나면 첫번째로 제기되는 물음은 역사와 허구 사이에서 대상 지시적 목표의 교차가 어느 정도까지 첫번째 커다란 아포리아, 즉 시간에 대한 사색에서 이중적 관점의 아포리아에 대해 적절한 대답을 구성하는가를 검증하는 것이다.

2. 첫번째 물음에 대해서는 대체로 긍정적인 답을 할 수 있지만, 그렇다고 해서 시간의 모순성에서 앞의 난제와 뒤얽혀 있는, 훨씬 더 까다로운 또 다른 난제가 가려져서는 안 된다. 그것은 바로 시간의

탈자태들을 총체화하는 절차에 부여해야 할 의미와 관계의 문제인데, 바로 이에 근거해서 시간은 언제나 단수로 말해지는 것이다. 이 두번째 아포리아는 첫번째 아포리아로 환원 가능한 데서 만족하지 않고 그것을 지배한다. 시간을 집합 단수명사로 표상하는 것은 실제로 현상학적 접근법과 우주론적 접근법의 구별을 넘어선다. 따라서 아포리아들의 첫번째 순환에 부여된 특권으로 인해 잊혀진 것처럼 보였던 우위성을 되돌려주려면, 이러한 표상과 연결되어 있고 역사적 탐구 속에 산재되어 있는 아포리아들을 다시 살펴보는 것이 필요하다. 이렇게 한 다음에야 우리는 과연 마지막 2개 절이 시간의 총체성의 아포리아에 대해서 적절한 답을 제공하는가, 즉 앞의 5개 절이 시간에 대한 이중적 관점의 아포리아에 제공한 것만큼이나 적절한 대답을 제공했는가 하는 물음을 제기할 수 있게 될 것이다. 시간성의 두번째 커다란 아포리아의 층위에서 이 물음에 대한 답이 조금이라도 적절한 경우, 우리는 언제나 이야기의 시학을 통해 시간의 모순성을 채우려는 포부가 최종적으로 마주칠 한계를 예감하게 될 것이다.

3. 총체화 totalisation의 아포리아는 시간의 모순성의 최종점인가? 지금까지의 분석을 다시 읽어본 후, 나는 그렇지 않다고 생각한다. 보다 다루기 힘든 아포리아가 앞선 두 개의 아포리아들 뒤에 숨겨져 있다. 즉, 시간의 궁극적인 재현 불가능성 irréprésentabilité이다. 이 때문에 현상학은 끊임없이 은유에 도움을 청하고 신화에 다시금 발언권을 부여하는데, 그렇게 해서 현재가 떠오르고 시간의 단일한 흐름이 흘러간다고 말하게 되는 것이다. 그런데 우리는 모순성의 빈틈을 돌아다닌다고 할 수 있을 이 아포리아를 다루기 위해 특별히 어떤 절을 할애하지는 않았다. 그와 나란히 한 가지 물음이 제기되는데, 그것은 시간의 표상이 안고 있는 이러한 난제에 대해 서술성이 적절한 대응책, 말이라는 유일한 능력에서 이끌어낸 대응책을 제시할 수 있는가 하는 것이다. 그런데 이러한 곤혹스런 물음은, 질문 자체도 마

찬가지지만, 2장에서 별도의 검토 대상이 되지는 않는다. 따라서 가장 강력한 아포리아에 답한다고 여겨지는 부서진 담론의 파편 membra disjecta들을 모아야 할 것이다. 당장에는 가장 간략하게 문제를 정리하는 것으로 만족하자. 즉 그것은 우리를 포함한 모든 것이 시간 속에 있다고 말하게 하는 낯선 시간 상황에 대해서도 역시 서술적 등가물을 제공할 수 있는가 하는 문제이다. (여기서 "속에"라는 말은 『존재와 시간』에서 하이데거가 바라듯이 "통속적인" 뜻이 아니라, 신화에서 말하는 것처럼 시간은 그 광대무변(廣大無邊)하므로 우리를 감싸고 있다는 뜻이다.) 이러한 물음에 답하는 것은 우리의 포부, 그러니까 이야기의 시학으로 하여금 시간의 모순성을 적절하게 뒤덮게 하려는 시도가 거치게 되는 마지막 시험이 된다.

우리가 여기서 제안하고 있는, 시간성의 아포리아들 사이의 새로운 위계는 이처럼 답이 물음에 점점 더 적합하지 않은 것으로 드러나게 할 위험, 이야기의 시학이 시간의 모순성에 점점 더 부적절한 답으로 드러나게 할 위험을 안고 있다. 이러한 적합성 시험은 적어도 시간의 모순성에 대한 이야기 시학의 응수가 타당한 영역의 규모를, 그리고 시간성이 서술성의 분할 경계를 벗어나 신비의 문제로 돌아가게 되는 한계를 동시에 드러낸다는 장점이 있을 것이다.

I. 시간성의 첫번째 아포리아 — 서술적 정체성

확실하게 말할 수 있는 점은 이야기의 시학은 첫번째 아포리아에 대해서 그래도 가장 완벽한 답을 가져온다는 것이다. 이야기된 시간이란, 사변을 통해 끊임없이 벌어져가는 현상학적 시간과 우주론적 시간의 틈새 위에 던져진 다리와도 같다.

모순성을 다시 한 번 읽어보면, 우리가 분석을 진행시키면서 아포리아의 심각성이 어느 정도까지 부각되었는지를 확인하게 된다.

아우구스티누스는 우주론적 주장에 대해서 이완되는 정신의 시간을 대립시키는 수밖에 없었다. 정신은 개인적인 영혼일 수밖에 없으며, 절대 세계의 영혼이 아니다. 그렇지만 아우구스티누스는 '창조'의 시작에 관해 사색하면서, 시간 자체는 창조된 사물과 함께 시작되었다고 고백하게 된다. 그런데 이러한 시간은 모든 피조물들의 시간, 그러니까 어떤 의미에서는 — 이 의미는『고백록』XI의 주장의 범위 안에서는 밝혀질 수 없다 — 우주론적 시간이 될 수밖에 없다. 반면 아리스토텔레스는 시간은 운동이 아니며, 순간들을 구분하고 간격을 헤아리기 위해서 시간이 정신을 요구한다는 것을 잘 알고 있었다. 하지만 순전한 "이전과 이후에 따른 운동의 수"라는 그의 시간 정의 안에는 이러한 정신의 연루 관계가 나타나지 않는다. 그렇게 되면 시간이『물리학』의 최종 원칙들의 지위로 올라서게 되기 때문이다.『물리학』은 오직 운동, 그리고 "잠재적인 것의, 그 자체로서의 엔텔러키 entéléchie〔아리스토텔레스의 철학에서 완전하게 완성된 상태를 가리키는 용어: 옮긴이〕라는 운동에 대한 수수께끼 같은 정의만이 그런 역할을 하는 것으로 인정한다. 결국 시간의 물리적 정의는 시간 파악의 심리적 조건들을 설명하지 못한다.

후설의 경우, 객관적 시간과 이미 구성된 그 규정 가능성은 물론 괄호 속에 들어가게 된다. 현상학적 시간의 실제적인 구성은 의식의 질료학 hylétique 층위에서만 이루어질 수 있다. 그런데 질료학에 관한 담론은 구성된 시간의 규정 가능성에서 빌려온 것들을 이용해야만 지탱될 수 있다. 구성하는 것 constituant에서 구성된 것 constitué으로의 의미 이동 없이는, 구성하는 시간은 그처럼 순수한 나타남 apparaître의 지위로 올라갈 수 없다. 그럴 수도 있으나, 개인적인 의식의 시간일 수밖에 없는 현상학적 시간에서 어떻게 객관적 시간, 현실 전체의 시간으로 추정되는 시간을 이끌어낼지는 알기 어렵다. 반면에 칸트가 말하는 시간은, 모든 경험적 변화의 전제라는 점에서,

우주론적 시간의 특징들을 곧바로 갖는다. 따라서 칸트의 시간은 자연의 구조이며, 이때 자연은 각자의 경험적 자아를 포함한다. 하지만 그 시간이 어떤 의미에서 정신 Gemüt 속에 "살고 있다"고 말할 수 있는지는 알 수 없다. 그의 추리 오류 paralogisme가 돌이킬 수 없이 폐기 처분한 이성적 심리학을 다시 살려내지 않고서는, 그 어떤 정신현상학도 유기적으로 구성할 수 없기 때문이다.

현존재의 해석학적 현상학을 통해 드러난 시간화 층위들의 단계가 시간 내부성, 다시 말해서 시간-속의-존재에게 자리를 마련해주고 있음에도 불구하고, 현상학적 시간과 우주론적 시간의 상호 은폐에서 비롯된 아포리아의 신랄함은 하이데거와 더불어 절정에 이르는 것처럼 보인다. 파생적인, 하지만 근원적인 의미로 이해된 시간은 세계의-시간이라는 표현이 입증하듯이 세계에 속한 존재와 동일한 외연을 갖는 것으로 보인다. 그렇기는 하지만 그러한 세계의-시간 자체는, 마음 씀과 죽음을 향한 존재 사이의 내밀한 연관이라는, 각각의 현존재를 "실존 existant"으로 규정하는 부동의 특성에 근거해서, 매번 유일한 현존재의 시간으로 남게 된다. 본래적 시간성이 갖는 세계성의 평준화를 통해 통속적 시간을 파생시키는 것이 신빙성 없어 보이는 것은 바로 이 때문이다. 우리로서는 반대로, 사유의 결함으로 나타날 수밖에 없는 평준화 작업을 통해 하이데거가 본래적 현상학의 왜곡을 간파하고 있는 바로 그 지점에, 시간에 대한 두 가지 관점 사이의 분할선을 위치시키는 것이 보다 풍요로운 논의로 이어질 것으로 보였다. 이때 두 관점 사이의 균열은, 폭이 좁기에 더욱더 깊어 보인다.

우리가 말하는 이야기의 시학은 바로 시간에 대한 두 관점들의 상호 은폐에 대한 이러한 아포리아에 답하려는 야심을 가지고 있다.

모순성으로 표시되는 균열선 바로 그 위에 제3의 시간 tiers-temps을 만듦으로써, 이야기의 재현 활동을 도식적으로 규정할 수 있다. 제3의 시간이라는 표현은, 우리의 분석에서 달력의 시간과 마찬가지로 정해진 이음쇠들이라는 역사적 사유를 통한 구성의 특징을 규정하려고 할 때 등장한 적이 있다. 하지만 이 표현은 우리의 분석 전체로, 적어도 마지막 2개 절이 시작하는 부분까지 확장시킬 만하다. 우리의 분석이 대답하지 못했고, 여기서 제기하는 물음은, 바로 이 답이 얼마나 적합한가를 평가하는 것이다. 달리 말해서 역사와 허구 각각의 존재론적 목표의 교차가 시간에 대한 현상학적이고 우주론적인 두 관점들 사이의 상호 은폐에 어느 정도로까지 적절한 답을 구성하는가 하는 것이다.

답을 준비하기 위해서, 지금까지 우리가 취한 전략을 요약해보자. 우리는 제3의 시간이 나름의 고유한 변증법을 가지고 있으며, 역사 이야기나 허구 이야기가 아니라 두 이야기의 교차가 제3의 시간을 완벽하게 만들어낼 수 있다는 생각에서 출발했다. 역사와 허구 이야기 각각의 대상 지시적 목표들의 교차라는 이러한 생각은 첫 5개 절의 전략을 주도했다. 역사와 허구 이야기 사이에서 교차하는 대상 지시를 설명하기 위해서 우리는 실제로 절(節)들 자체를 교차시켰다. 즉 우선 우주적 시간 속에 다시 들어간 역사적 시간과 허구의 상상적 변주들에 내맡겨진 시간을 대조했던 것이다. 이어서 우리는 역사적 과거의 재현성 기능과, 텍스트 세계와 독자 세계를 대조함으로써 생겨나는 의미 효과가 평행을 유지하는 단계에서 멈춰 섰다. 마지막으로 역사의 허구화와 허구의 역사화가 교차하는 과정에서 비롯되는 역사와 허구의 상호 침투 단계로 올라섰다. 그러한 상호 교배에서 새싹이 돋아나지 않는다면, 교차의 변증법은 모순성에 대해 시학이 부적절한 답임을 나타내는 기호가 될 것이다. 나는 여기서 이야기의 다양한 의미 효과들을 어느 정도 통합할 수 있음을 보여주는 이러한 새싹의 개념을 소개할 것이다.

역사와 허구의 통합에서 생겨나는 허약한 새싹은, 우리가 서술적
정체성이라고 부를 수 있는 특수한 정체성을 개인이나 공동체에 부여
하는 것이다. 여기서 "정체성"은 실천의 범주라는 뜻으로 쓰인다. 한
개인이나 공동체의 정체성을 말한다는 것은, 누가 그런 행동을 했는
가? 누가 그 행동 주체이고, 당사자인가? 하는 물음에 답하는 것이
다.[2] 우선 어떤 사람을 지명함으로써, 다시 말해서 고유명사로 그 사
람을 지칭함으로써, 질문에 답한다. 하지만 무엇이 고유명사의 항구
성을 받치고 있는가? 자기 이름으로 지칭된 행동의 주체를, 출생에서
죽음에 이르기까지 늘어나 있는 삶 전체에 걸쳐 동일한 사람이라고
간주할 수 있는 근거는 무엇인가? 대답은 서술적일 수밖에 없다. "누
가?"라는 물음에 답한다는 것은, 한나 아렌트가 역설했듯이, 삶의 스
토리를 이야기하는 것이다. 이야기된 스토리는 행동의 누구를 말해준
다. '누구'의 정체성은 따라서 서술적 정체성인 것이다. 서술 행위의 도
움 없이는 인격적 정체성의 문제는 사실상 해결책 없는 이율배반에
빠지고 만다. 즉 그 자신과 동일한 주체를 그 다양한 상태에서 제시
하거나, 흄과 니체의 뒤를 이어 그러한 동일한 주체는 실체론적 환상
으로 그것을 제거하고 나면 순전히 잡다한 인식, 정서, 의욕들밖에는
나타나지 않는다고 주장할 수밖에 없는 것이다. 동일하다idem는 뜻
으로 이해된 정체성 대신에, 자기 자신ipse이라는 뜻으로 정체성을
이해하게 되면, 딜레마는 사라진다. 동일성과 자기성의 차이는 바로
실체적 혹은 형식적인 정체성과 서술적 정체성의 차이이다. 자기성
은, 서술 텍스트의 시학적 구성에서 나오는 역동적인 정체성 모델에

---

2) 한나 아렌트 Hannah Arendt, 『인간의 조건 *The Human Condition*』(Chicago:
University of Chicago Press, 1958). 리쾨르가 서문을 붙인 불역본은, G. Fradier,
『현대인의 조건 *La Condition de l'homme moderne*』(Calmann-Lévy, 1983). 같은 주
제를 다루고 있는 하이데거의 『존재와 시간』, §25(「현존재의 '누구' Le "qui" de
l'être-là」)와 §74(「마음 씀과 자기성 Souci et ipséité」)를 참조할 것.

부합하는 시간 구조에 토대를 둔 정체성이라는 점에서, 동일자와 타자의 딜레마를 벗어날 수 있다. 자기 자신soi-même은 이처럼 서술적으로 형상화된 것들을 반성적으로 적용함으로써 다시 형상화된다고 말할 수 있다. 동일자의 추상적인 정체성과는 달리, 자기성을 이루고 있는 서술적 정체성은 변화와 변화 가능성을 삶의 일관성 속에 포함할 수 있다.3) 주체는 그때, 프루스트의 고백에 따르면 자기 자신의 삶의 독자인 동시에 필자로 구성되어 나타난다.4) 자서전에 대한 문학적 분석이 증명하듯이, 삶의 스토리는 주체가 자기 자신에 대해 이야기하는 진실하거나 꾸며낸 모든 스토리들로 끊임없이 다시 형상화된다. 그처럼 다시 형상화함으로써 삶은 이야기된 스토리들로 짜여진 직물이 된다.

자기성과 서술적 정체성의 이러한 연관은 나의 가장 오랜 확신들 가운데 하나, 즉 자기 인식의 자기soi란 이기적이고 나르시스적인 자아, 의혹의 해석학자들이 그 단순성과 위선, 유아적이고 신경증적인 시원성과 이념적 상부 구조적 특성을 비난했던 자아가 아니라는 생각을 확인시켜준다. 자기 인식의 자기는, 『변론』에 나오는 소크라테스의 말을 빌리면, 돌이켜 살펴본 삶의 열매다. 그런데 돌이켜 살펴본 삶은 상당 부분, 우리 문화에 의해 전승되는 역사적이거나 허구적인 이야기들이 갖는 카타르시스 효과로 정화되고 정제된 삶이다. 이처럼 자기성이란 스스로에게 적용시키고 있는 문화의 성과들을 통해 가르침을 받은 자기의 것이다.

서술적 정체성이라는 개념은 개인은 물론 공동체에도 잘 들어맞는다는 점에서 다시 한 번 그 풍요함을 보여준다. 조금 전에 개인적 주체의 자기성에 대해 말했듯이, 우리는 공동체의 자기성에 대해서도

---

3) "삶의 일관성" "변화 가능성" "자기에 대한 항구성"의 개념들에 관해서는 하이데거, 『존재와 시간』, §72를 참조할 것.
4) 마르셀 프루스트, 『잃어버린 시간을 찾아서』 3권, p. 1033.

말할 수 있다. 개인과 공동체가 그 누구에게나 자신들의 실제 역사가 되는 이야기들을 받아들임으로써 정체성이 형성되는 것이다.

여기서 두 가지 예를 비교해볼 필요가 있다. 하나는 가장 분리된 개인적 주관성의 영역에서, 다른 하나는 문화와 사고방식들의 역사에서 가져온 예이다. 한편으로 정신분석학의 경험은 "증례(症例)들에 대한 역사"라고 부를 수 있는 것에서 서술적 구성 요소가 담당하고 있는 것의 역할을 부각시킨다. 이 역할은 분석가의 작업 — 프로이트는 수련 Durcharbeitung이라고도 부른다 — 에서 구분된다. 더구나 이 역할은, 이해할 수 없는 동시에 견딜 수 없는 단편적인 스토리들을 일관성 있고 받아들일 만한 스토리 — 분석가는 그 속에서 자신의 자기성을 알아볼 수 있다 — 로 대체한다는, 치료 과정 전체의 목적을 통해 정당화된다. 이 점에서 정신분석학은 서술적 정체성 개념에 대한 엄밀하게 철학적인 탐색을 위해 특히 교육적인 실험실이 된다. 실제로 정신분석학에서 우리는 선행하는 이야기들에 가하는 일련의 수정을 통해 어떻게 삶의 역사가 구성되는가를 알게 된다. 마찬가지로 민족이나 집단, 제도의 역사는 신진 역사가 각자가 선배 역사가들의 기술(記述)과 설명들, 그리고 점차로, 엄밀하게 역사적인 그러한 작업에 앞서는 전설들을 잇달아 수정함으로써 발생한다. 전에도 말했듯이 역사는 언제나 역사에서 생긴다.[5] 정신분석 수련을 구성하는 수정·정정 작업도 마찬가지다. 주체는 자기가 자기 자신에 대해 자기 자신에게 이야기하는 스토리를 통해 자기 스스로를 인식하는 것이다.

정신분석 수련과 역사가의 작업의 비교를 통해, 첫번째 예에서 두번째 예로 용이하게 넘어갈 수 있다. 두번째 예는 성서 시대의 이스라엘이라는 특별한 공동체의 역사에서 빌려온 것이다. 그 어떤 민족

---

5) 『시간과 이야기』 1권, p. 388. 각주 27(번역본).

도 자기 자신에 대해서 하는 이야기에 그토록 온전하게 열광한 적은 없었다는 점 때문에, 이 예는 특별히 문제의 핵심에 닿아 있다. 한편으로 성서에 합치되는 것으로 차후에 받아들여지는 이야기들의 경계 설정은 무엇보다도 구약성서의 족장(族長)들의 이야기, 이집트를 탈출해서 가나안에 정착하는 이야기, 그리고 다윗 왕조 시대의 이야기, 이어 유배와 귀환의 이야기들을 만들어낸 민족의 특성을 표현하며, 나아가 그 특성을 반영한다. 하지만 성서의 이스라엘은, 바로 이 고유의 역사의 초석이 되는 사건들에 대한 증언으로 간주되는 이야기를 함으로써, 그 이름을 지니는 역사적 공동체가 된다고 말할 수도 있다. 이것은 순환적인 관계다. 유대 민족이라고 불리는 역사적 공동체는 그 공동체가 생산했던 텍스트들을 수용함으로써 정체성을 끌어낸 것이다.

한편으로 우리가 성격 — 개인의 것일 수도 있고 민족의 것일 수도 있다 — 이라고 부를 수 있는 것과, 다른 한편으로 그러한 성격을 표현하는 동시에 만들어내는 이야기들, 이 둘의 순환 관계는 삼중의 미메시스를 설명하면서 처음에 언급했던 순환을 훌륭하게 보여준다.[6] 우리는 실천에 대한 이야기의 세번째 재현 관계는 두번째를 거쳐 첫번째로 되돌아간다고 말한 바 있다. 사실 우리는 이 순환에 대해 안심할 수 없었다. 첫번째 재현 관계는 행동의 상징적 구조에 근거해서 이전 이야기들의 흔적을 이미 지니고 있는 게 아니냐는 반박이 가능했기 때문이다. 이미 서술 활동의 결실이 아닌 경험이 있겠는가, 이렇게 묻기도 했다. 이야기를 통한 시간의 재형상화에 대한 연구를 끝마치면서, 우리는 이것이 지극히 건실한 순환이라고 서슴없이 단언할 수 있다. 첫번째 재현 관계는, 개인의 경우에는 단지 욕망의 의미론, 인간의 욕망을 구성하는 욕구와 결부된 서술 이전(以前)의 특징

<hr />

6) 같은 책, pp. 161~68(번역본).

들만을 포함하고 있는 의미론을 가리킨다. 그리고 세번째 재현 관계
는 이후의 이야기를 통해 이전 이야기를 끊임없이 정정함으로써 생
겨나는, 그리고 그에 따른 재형상화 고리에서 생겨나는 개인이나 집
단의 서술적 정체성으로 정의된다. 한마디로 서술적 정체성은 해석학
적 순환의 시적(詩的) 해결이다.

첫번째 결론을 끝맺으면서 나는 서술적 정체성 개념이 시간성의
첫번째 아포리아에 가져오는 해결책의 한계를 지적하려고 한다. 물
론 서술적 정체성의 구성은 그 자체가 현상학적 시간이면서 우주론
적이기도 한 시간을 재형상화하면서 역사와 허구가 교차되는 유희를
탁월하게 보여준다. 그러나 반대로 내적 제한을 포함하고 있으며, 모
순성이 제기하는 물음에 대한 이야기의 대답이 일차적으로 적절하지
않다는 사실이 그것을 입증한다.

우선, 서술적 정체성은 안정되고 균열 없는 정체성이 아니다. 한
가지 사소한 애깃거리 incident(이제 더 이상 한 가지 사건 événement이
라고 부를 수 없다)에 대해 여러 개의 줄거리를 구성할 수 있는 것과
마찬가지로, 자기 자신의 삶에 대해서도 서로 다를 뿐만 아니라 상반
되기도 하는 줄거리들을 엮어내는 것이 언제나 가능하다. 이 점에 대
해, 역사와 허구 사이의 역할 교환에서, 자기 자신에 관한 이야기의
역사적 구성 요소는 다른 모든 역사적 서술 행위와 동일한 문서 검증
절차에 따르는 연대기에서 그 역할을 이끌어내며, 반면에 허구적 구
성 요소는 서술적 정체성의 안정을 뒤흔드는 상상의 변주들 쪽에서
이끌어낸다. 이런 뜻에서 서술적 정체성은 끊임없이 만들어지고 해
체되는 것이며, 우리 각자는 예수가 제자들에게 던졌던 신뢰 물음 —
너희는 내가 누구라고 말하느냐? —을, 그 질문을 받은 제자들이 느
꼈던 것과 같은 당혹스러움을 안고, 스스로에게 제기할 수 있다. 서
술적 정체성은 이처럼 어떤 문제의 제목, 적어도 그 해결책의 제목은

된다. 자서전과 자화상에 대한 체계적인 연구는 서술적 정체성의 이러한 원칙적 불안정성을 틀림없이 입증할 수 있을 것이다.

이어서, 서술적 정체성은 주체 — 그것이 특별한 개인이든 개인들의 공동체든 — 의 자기성에 대한 물음을 완전히 규명하지는 않는다. 오히려 우리는, 독서 행위에 대한 분석을 통해, 이야기의 실천은 우리 자신에게 낯선 세계들 속에서 사는 연습을 하게 하는 사유 경험에 있다고 말할 수 있다. 이런 뜻에서 이야기는 행동의 범주로 남아 있음에도 불구하고 의지보다는 상상력을 구사한다. 사실상 상상력과 의지의 대립은 책을 읽는 순간 — 우리는 이것을 정지 stase의 순간이라고 불렀다 — 에 더 잘 적용된다. 그런데 독서는 또한 보내는 envoi 순간도 포함하고 있다고 덧붙였다. 바로 그때 독서는 다른 식으로 존재하고 행동하도록 부추기는 행위가 된다.[7] 그래도 각자에게 "나 여기 있어!"라고 말하게 하는 결정을 통해서만 보냄은 행동으로 바뀐다. 그러므로 윤리적 책임감을 자기성을 구성하는 최고의 요인으로 삼는, 결정을 내리는 그러한 순간의 명목하에서만, 서술적 정체성은 진정한 자기성과 동등한 가치를 갖는다. 잘 알려진 것처럼 약속에 대한 분석, 그리고 한마디로 하자면 에마뉘엘 레비나스의 저서 전체가 이것을 증명한다. 주관성의 구성을 혼자서 지배하려는 윤리학의 야망에 맞서 그래도 이야기 이론이 펼칠 수 있는 변론은, 서술성에 규범적이고 가치 판단적이고 규정적인 차원이 전혀 없는 것은 아니라는 점을 환기시키는 것이리라. 이에 대해 우리는, 화자가 끌어가는 설득 전략은 독자에게 윤리적으로 절대 중립적이지 않은 세계관을 부과하는 것을, 그러니까 명시적이든 암묵적이든 세계와 독자 자신을 새로이 평가하게끔 유도하는 세계관을 부과하는 것을 목표로 삼는다는 것을, 독서 이론을 통해 이미 알게 되었다. 이런 뜻에서 이야

---

7) 정지와 보냄으로서의 독서에 관해서는, 이 책의 4절, p. 350 참조.

기는, 윤리적으로 올바름을 주장한다는 데서 — 이것은 서술 행위와 분리될 수 없는 것이다 — 이미 윤리적인 영역에 속하는 것이다. 그럼에도 불구하고 독서를 통해 전달되는, 윤리적으로 올바른 여러 명제들 가운데서 선택을 하는 것은 바로 독자, 다시금 행동의 주체이자 행동의 주창자가 된 독자의 몫이라는 사실에는 변함이 없다. 바로 이 지점에서 서술적 정체성 개념은 그 한계에 서게 되며, 행동하는 주체를 구성하는 비-서술적인 요소들과 결합되어야 한다.

II. 시간성의 두번째 아포리아 — 총체성과 총체화

총체성의 아포리아는 첫번째 아포리아와는 뚜렷이 구별된다. 첫번째 아포리아는 시간에 대한 두 가지 관점, 즉 현상학적 관점과 우주론적 관점이 일치하지 않는 데서 비롯되었다. 두번째 아포리아는 단수 집합명사로 이해된 비켜갈 수 없는 시간 개념에도 불구하고, 시간이 미래, 과거, 현재의 세 가지 탈자태로 분리되는 데서 생겨난다. 우리는 언제나 시간le temps이라고 말한다[시간을 말할 때 언제나 복수가 아니라 단수를 사용한다는 뜻이다: 옮긴이]. 현상학은 이러한 아포리아에 순수 이론적인 대답을 가져오지 못한다고 하면, 역사에 대한 사유 — 우리는 이것이 역사 이야기와 허구 이야기의 이원성을 넘어선다고 말했다 — 는 실천적인 대답을 제시할 수 있을까? 이러한 물음에 답을 만들어내는 것이 우리가 마지막 두 개 절에서 내건 목표였다. 그런데 이 대답은 실제 어떤 점에서 실천과 관련을 맺는가? 두 가지 뜻에서 그렇다. 우선 헤겔이 제시한 사변적 해결책을 포기함으로써 우리는 총체성totalité이라는 개념을 총체화totalisation라는 개념으로 대체하지 않을 수 없게 되었다. 이어서 총체화는 기대 지평, 과거의 유산을 되찾기, 불시에 다가오는 현재의 우발성 사이의 불완전한 매개의 결실로 나타난다. 이러한 두 가지 뜻에서, 총체화하는 절차는 역사에 대한 사유를 실천적 차원에 위치시킨다.

총체화하는 실천적인 절차와 총체성의 이론적 아포리아가 일치하는 정도를 가늠할 수 있으려면, 모순성을 새로 읽어보는 것이 필요하다고 판단된다. 1장에서는 우리가 역사적인 개관을 통해 첫번째 아포리아에 우선권을 주면서 두번째 아포리아의 다양한 표현들은 산만한 상태로 내버려두었다는 점에서도 그렇다.

하나의 시간밖에 없다는 것, 『티마이오스』는 시간을 "영원성을 움직임으로 모방하는 어떤 것"(37 d)으로 정의하면서부터 그것을 전제하고 있다. 게다가 시간은 세계의 유일한 정신과 동일한 외연을 가지고 있으며, 천지(天地)와 함께 태어났다. 그렇지만 이러한 세계의 정신은, 모두 동일자와 타자의 변증법에 의해 규제되는 다양한 분리와 혼합에서 생겨난다.[8]

시간과 운동의 관계를 다루고 있는 아리스토텔레스의 논의 또한 시간의 통일성을 전제한다. 전통과 그 아포리아들에 대한 사전 검토를 주도했던 물음은 "시간과 그 본성은 무엇인가"(『물리학』 IV, 218 a 32)라는 물음이다. 시간을 운동과 구별하는 논증, 즉 여러 운동들이 있지만 시간은 단 하나라는 논증은 명시적으로 시간의 통일성을 내세운다. (이 논증은 운동 그 자체가 하나로 통합되지 않는 한 ── 이것은 관성의 법칙이 발표된 후에야 가능해진다 ── 힘을 잃지 않을 것이다.) 반면 시간이 자연 법칙의 지위에 오르는 것을 경계한 아리스토텔레스로서는, 정신이 순간들을 구별하고 간격을 헤아리면서도 어떻게 시간의 통일성을 생각할 수 있는지를 설명할 수 없었다.

아우구스티누스의 경우, "도대체 시간이란 무엇인가?"라는 당혹스런 물음을 그가 얼마나 힘주어 제기했는지를 우리는 기억한다. 그리고 뒤이어지는 고백, 즉 의문을 던지는 사유의 어조로 문제를 검토하

---

8) 이 책의 p. 34~35, 각주 17 참조.

고 있는 고백도 기억한다. 긴장과 이완의 갈등은 그때부터 시간의 결집된 통일성과 시간의 파열 — 기억, 기대 그리고 직관 — 사이의 딜레마라는 용어로 다시 해석된다. 그에 입각해서 아포리아는 세 겹으로 이루어진 현재의 구조에 집중된다.

칸트, 후설 그리고 하이데거는 시간의 통일성 자체에 문제를 제기한다.

칸트의 경우에는 "공간과 시간이란 무엇인가"(A 23, B 38)라는 물음을 제기하면서 아우구스티누스에 화답하는 것처럼 보인다. 하지만 이것은 가능한 대답들의 목록을 자신감 있게 제시하고, 그 가운데에서 단 하나의 선택, 즉 "공간과 시간은 단지 직관의 형식, 그리고 결과적으로 우리 정신 Gemüt의 주관적 구성에 달려 있다"(같은 책)는 선택을 하기 위해서다. 따라서 바로 시간의 관념성이 시간의 통일성을 보장하는 것이다. 시간의 통일성은 우리 능력이 잡다한 인상들을 받아들이기 위해서 갖는 형식의 통일성이다. 이러한 통일성은 이번에는 시간 개념의 "형이상학적인," 이어서 "선험적인 설명"에서 논거로 사용된다. 시간이 논증적 개념, 다시 말해서 하위 개념으로 나눌 수 있는 종(種) 개념일 수 없으며 선험적 직관인 것은, 그것이 바로 단수 집합명사이기 때문이다. 여기에서 공리적인 형식을 띤 논증이 나온다. "서로 다른 여러 시간들은 똑같은 시간의 부분들일 뿐이다" (A 31, B 47). 그리고 나아가서 "시간의 무한성은, 시간의 전체 크기가 그 토대로 사용되는 유일한 시간을 한정함으로써만 결정될 수 있다는 것 외에는 그 어느 것도 의미하지 않는다"(A 32, B 48). 같은 추론에서 시간의 "재현 전체"(같은 책)라고 말하는데, 이것은 시간의 "근원적인 재현"(같은 책)에 다름아니다. 시간을 직관한다는 것은 그처럼 선험적인 것이라는 명목으로 유일한 시간을 직관하는 것으로 제시된다.

그렇지만 「선험적 분석론」에서는 시간의 통일성에 대해 문제를 제기하고 있음이 드러난다. 우선 도식성 이론은 "시간 계열" "시간 내용" "시간 순서" 그리고 "가능한 모든 대상과 관련하여 시간 전체" 사이의 구별을 도입한다. 그럼에도 불구하고 도식과 연결된, "시간 규정들"(A 145, B 184)의 이러한 다수성이 「미학」 차원에서 설정된 통일성을 정말로 위협하지는 않는다.[9] 「경험의 유추」를 차례로 검토함으로써 받아들이게 되는 "시간의 세 가지 양태들," 즉 영속성 permanence, 연속성 succession, 동시성 simultanéité의 구분 역시 마찬가지인지는 확실하지 않다. 가장 심각한 문제를 제기하는 것은 시간의 영속성이다. 그것은 실체의 도식, 그리고 그것을 거쳐 똑같이 영속성이라는 이름을 지닌 원칙과 견고하게 연결되어 있다. 그런데 칸트는 이러한 연결들 가운데 첫번째 경우에 대해서, 사실상 유보적인 태도로 괄호 속에 다음과 같이 선언하고 있다. "(시간은 흐르지 않는다. 그 속에서 흐르는 것은 바로 변화하는 것의 존재다. 따라서 그 자체로 변하지 않고 고정된 시간에는 존재에 있어 변하지 않는 것, 즉 실체가 현상 속에서 대응한다. 그리고 시간과 관련된 현상들의 연속성과 동시성은 단지 그 속에서 규정될 수 있다)"(A 143, B 183). 어떻게 보면 영속성이 연속성과 동시성을 포함하고 있기에, 이러한 선언은 마치 역설처럼 들린다. 「미학」은 규정된 대상들, 객관적인 현상들과는 아직 상관이 없기 때문에, 단지 시간의 단일성과 무한성만을 받아들인다. 그런데 이제는 현상적 객관성이 영속성이라는 예기치 않았던 특징, 「미학」이 받아들였던 시간의 특징들과 마찬가지로 선험적인 성격을 띤 특징을 생기게 한다.

당분간은 이 역설을 두번째 아포리아 — 여전히 자신의 주제에 대해 영향력을 행사하는 선험적 반성이 마주치게 되는 아포리아 — 의 경계 안에서 다룰 것이다. 우리는 세번째 아포리아를 배경으로 이를

---

9) 시간을 하나의 선으로 그려본다는 것은 시간의 단일성이라는 전제를 강화한다. 시간은 바로 그러한 표상에 근거해서 선(線)적이라고 말할 수 있다.

다시 검토할 것인데, 여기서 반성은 그 어떤 해명도 거부하는 알 수 없는 어떤 것과 어깨를 나란히 하는 것처럼 보인다. 하지만 시간은 움직이지 않고 고정되어 흐르지 않는다는 사실을 칸트가 놀라움의 대상으로 여기고 있다고 생각할 여지는 전혀 없다.

시간 형식은 단일하고 통일된 것이 특성이라는 명제 — 이것은 칸트의 저작 전체를 통해 가장 논의가 덜 된 명제이다 — 가 후설에게는 분명 문젯거리가 된다. 이러한 특성은 처음부터 배제되었던 객관적 시간에 속한다고 생각할 수도 있다. 하지만 그렇지 않다. 게다가 『강의』의 제목이 이를 암시하고 있는데, 독일어에서 허용되는 시간의식 Zeitbewusstsein이라는 복합적인 표현은 이중의 단수, 즉 하나의 의식과 하나의 시간이라는 관념을 암시한다.[10] 마지막 관건은 사실상, 시간이 단일한 흐름으로 자동 구성된다는 것이다. 그런데 질료학에서, 칸트나 브렌타노가 했던 것처럼 잡다한 인상들에 대해 외재적인 원칙에 호소하지 않고, 시간의 통일적 형식을 구성하는 것이 어떻게 가능한가? (내재적 시간의 구성은 바로 질료학의 영역에 속하는 것이다.) 우리가 후설의 공적으로 인정했던 발견, 즉 과거 지향과 미래 지향을 생생한 현재의 원천-시점에 연속적으로 덧붙임으로써 확장된 현재가 구성된다는 사실은 이 물음에 대해 부분적인 대답을 가져올 뿐이다. 즉 그렇게 해서 구성되는 것은 사실상 부분적인 총체성 — 계속해서 울려퍼지는 종소리와 같은 유형의 그 유명한 시간-객체 tempo-objet — 일 뿐이다. 하지만 어떻게 지속을 갖는 "파편들"에서 "흐름 전체"〔28〕(42)로 넘어갈 수 있는가? 해결책을 어떤 방향에서 찾아야 하는지 우리는 이미 알고 있다. 즉, 시간의 총체성은 그 연속성의 필연적 결과에 지나지 않는다는 것이다. 하지만 이러한 결과를 과거

---

10) "의식의 흐름의 내재적 시간"(『강의』〔6〕(9))이라는 표현을 참조할 것.

지향(그리고 미래 지향) 현상의 되풀이에서 끌어낼 것인가? 과거 지향의 과거 지향이 어떻게 단일한 흐름을 이루는지는 알 수 없다. 생생한 현재에서 지속적으로 생기는 기억들, 과거 지향과 미래 지향이라는 그 고유의 시간대와 더불어 자유롭게 상상되는 준-현재들, 생생한 현재와는 지속적인 관계가 없고 상상될 따름인 준-현재는 가지고 있지 않은 위치성을 부여받은 회상들, 이 모두를 동일한 흐름 속에 구성해야 하는 한, 그것은 직접 이루어질 수 없다. 계속되는 현재를 보다 큰 규모에서 최근의 과거로 바꾼다고 여겨지는 "겹침" 현상은 후설이 "시간의 연쇄"라고 부르는 것을 정말로 설명하고 있는가? 이러한 해결책이 불충분함은 내재적 시간을 보다 심층적인 근본 층위, 『강의』 3편에 가서야 도달되는 층위에서 구성할 수밖에 없다는 사실을 통해 확인된다. 우리가 대답을 해야 하는 문제는 바로 내용들이, 점점 더 멀어지고 아련해지는 과거 속으로 그것이 사라지게끔 하는 하강으로 인해서, 점점 멀어져가는 이유 외에도, 어떤 종류이건 모든 기억에 대해 시간의 단일한 흐름 속에서 고정된 자리를 인정해야 한다는 필요성에서 생겨난다. 이러한 난제에 맞서기 위해 후설은 흐름을 따라 미끄러져가는 지향성을 둘로 나눈다. 개별적인 체험의 현재적 수정을 겨냥하는 일차적 지향성, 그리고 생생한 현재와 멀어져 있는 정도와는 관계없이 그러한 체험의 시간적 상황을 겨냥하는 이차적 지향성을 구별하는 것이다. 그런데 어떤 현상의 시간 속에서의 자리는 형식forme으로 간주되는 흐름의 총체와 관련된다.[11] 이렇게 해서 우리는 시간 그 자체는 흐르지 않는다는 칸트의 역설을 다시 만나게 된다. 그리고 시간 속에서 생겨난다라는 표현에 부여해야 할 의미를 규제하는 것은 바로 이러한 구성이다. 속이라는 전치사가 가리키는 것은, 체험된 내용들이 떨어져 있는 정도와는 구분되는 시간적

---

11) 이 난해한 논증에 관해서는 이 책의 pp. 86~91에서 인용한 후설의 텍스트를 참조할 것.

상황의 고정성인 것이다.

후설이 최종적으로 부딪친 난관은, 일차적으로 근원-시점의 연속적인 확장에 적용된 현상학으로부터 시간 전체의 현상학을 이끌어내는 것이다. 그런데 생생한 현재에 여전히 한 발을 걸쳐놓고 있다고 말할 수 있는 시간-객체들의 구성도, 모든 준-현재들을 과거 지향과 미래 지향으로 파악하는 시간대들 사이의 상호적인 맞물림에서 비롯된 겹침 현상도, 총체적인 흐름으로서의 내재적 시간의 자동 구성을 완벽하게 설명하지는 못한다. 이 점에 대해 후설이 느끼는 당혹감은 여러 방식으로 표현된다. 때로 그는 「시간의 선험적인 몇몇 법칙들」(§33의 제목)을 내세우기도 하고, 때로는 의식의 흐름이 그 고유의 통일성을 구성한다는 주장이 "언짢은 (터무니없기조차 한)" 특성을 지니고 있다고 토로하기도 한다[80](105). 그리고 때로는 그저 "그 모든 것에 대한 명칭들이 우리에겐 없다"[75](99)고 고백한다.

그렇다면 흐름의 통일성이라는 물음에 적합한 대답을 찾으려는 후설의 끈질긴 노력은 이 모든 것 가운데에서도 가장 근본적인 전제, 즉 의식 그 자체의 통일성이라는, 시간의 통일성으로 중복되는 전제를 고집하기 때문이 아닌가 하고 생각할 수 있다. 그런데 이와 유사한 통일성은, 흄이나 니체 같은 이들의 비판에서는 벗어날 수 있을지라도, 그 구성의 모나드monade적인 특성은 계속해서 문젯거리가 될 것이다. 이때 공동 시간의 구성은 상호 주관성의 구성으로 유예될 것이다. 통일된 시간을 낳는 데에는, 단 하나의 의식의 내부에서 체험들의 겹침이라는 경험보다는 『데카르트의 제5성찰』에서 제시된 개별 경험들의 "공동화"가 더 낫지 않은가 생각할 수도 있다.

시간의 총체성 문제는 하이데거와 더불어 마침내 가장 높은 단계의 비판적 반성의 자리에, 그리고 바로 그 때문에 가장 당혹스런 자리에 이르게 된다. 우리의 논의에서 이미 볼 수 있었던 것처럼, "통속

적 시간"의 아포리아를 강조함으로써 우리는 한편 『존재와 시간』 제2
편을 여는 주제, 즉 현존재가 전체 존재, 통합 존재가 될 수 있는 가
능성이라는 주제는 제쳐놓았다. 그런데 이 문제가 어째서 시간의 해
석학적 현상학이 제기해야 하는 가장 중요한 물음인가 하는 것은 어
디서도 말하지 않고 있다. 죽음을 향한 존재의 분석이 가져오는 대답
은 통합 존재의 "가능화"에 대한 물음이 시급하다는 것을 나중에 드
러낼 뿐이다. 답에 대한 물음의 우선권이 어떻든 간에, 이러한 숙명
성 mortalité에 대한 관계는 총체성의 물음에 참신한 표현을 제공한다.
우선 시간은 칸트에서처럼 무한한 것으로 주어진 것이 아니라, 유한
성의 특징이다. 숙명성 ─ 공적인 시간에서 죽음의 사건이 아니라 각
자 자기 고유의 죽음을 향하고 있다 ─ 은 근원적인 시간성의 내적인
폐쇄성을 가리킨다. 이어서 시간은 칸트나 후설이 말하는 의미에서
의 형식이 아니라 현존재의 가장 내밀한 구조, 즉 마음 씀과 불가분
의 관계에 있는 과정이다. 따라서 더 이상 이중의 지향성 ─ 하나는
내용들 그리고 과거 지향과 미래 지향이라는 그 내용들의 유희와 결
부된 지향성이고, 다른 하나는 그 자체 고정된 시간 속에서 체험의
불변의 자리를 가리키는 지향성이다 ─ 을 가정할 필요가 없다. 고정
된 시간 속에서의 불변의 자리에 대한 물음은 시간 내부성, 그리고
그 평준화를 매개로, 통속적 시간의 가짜 권위로 연결된다.

 통합 존재의 물음에 대한 이러한 답이 당혹스러움을 낳는 데는 몇
가지 이유가 있다. 우선 통합 존재와 죽음을 향한 존재의 접합은 도
덕 의식의 증언을 통해 입증될 것을 요구하는데, 그 가장 본래적인 표
현은 하이데거에 따르면 결단을 내려 앞질러 가봄 anticipation résolue
이다. 그 결과 총체화 과정의 의미는 칸트의 「선험적 미학」을 주도하
는 비개인적 반성이나 후설이 말하는 선험적 자아 ego처럼 무관한 주
체의 반성으로는 붙잡을 수 없게 된다. 동시에 원칙적으로는 소통이
가능한, 여전히 실존론적인 것에 속하는 것과 실존적인 것, 다시 말

해서 인간 하이데거의 개인적인 선택에 속하는 것을 결단을 내려 앞질러 가봄의 한가운데에서 분리하는 것은 어렵게 된다. 나는 이것을 앞에서 이미 말한 바 있는데, 아우구스티누스, 파스칼, 키에르케고르, 사르트르에서와 같은 여타의 실존적 개념들은, 죽음에 맞선 결단을 본래성에 대한 궁극적인 시험으로 삼는 일종의 스토아주의라는 이름으로 배제시켰다. 하이데거의 선택은 물론 개인적 윤리의 차원에서는 받아들일 수 있으나, 통합 존재의 분석 전체를 꿰뚫기 어려운, 일종의 개념적 안개 속에 자리잡게 한다. 사실상 이 분석은 상반되는 두 가지 충동에 따르는 것으로 보인다. 첫번째 충동은, 마음 씀의 해석학적 현상학은 하나의 현존재에서 다른 현존재로 이전할 수 없는 내밀한 현상, 우리가 자신의 몸이라고 말하듯이 자신의 죽음이라고 불러야 할 현상을 가둬버리는 경향이 있다는 것이다.[12] 두번째 충동에 따르면, 자기 앞의 존재 Sich-vorweg의 개방성에 복원된 마음 씀의 시간 구조는 다가옴, 있었음, 있게 함의 무한한 변증법에 이르게 된다. 자신의 죽음에 대한 무심함을 앞질러 가보는 결단 résolution anticipante 위에 두고, 그래서 철학을 죽음에 대한 준비라기보다는 삶의 예찬으로 간주하려는 실존적인 태도로 실존론적 분석을 이끌어가는 경우에만 통합 존재의 물음에 주어진 두번째 충동이 첫번째 충동을 극복한다는 사실을 나는 감추지 않겠다. 이러한 또 다른 실존적 선

---

12) 이처럼 가두는 경향은 현존재의 분석론에서 이미 준비되었다. 기실 현존재가 실존론적인 특성 규정을 받아들일 수 있다면, 이는 실존과의 관계 덕분이다. 그런데 실존은 현존재가 "자기 것으로서의 자기 존재여야 한다 dass es je sein Sein als seiniges zu sein hat"[12](13)는 점에 있다. 그처럼 실존의 "매번"(독일어로 'je'를 강조함으로써 하이데거는 처음부터 마음 씀의 분석을 향한 길, "매번"이 그 정점에 달하는 현상 ─ 죽음을 향한 존재 ─ 에 이르는 길을 연다. 실제로 다른 존재가 현존재를 대리할 수 없다는 점으로 인해 "그 누구도 자신이 죽는다는 사실을 남에게 면하게 할 수는 없게 된다"[239~40]. 그러므로 하이데거에 따르면 시간이 숙명적인 시간, 역사적 시간, 우주적 시간으로 파편화된다 해도 전혀 놀라울 것은 없다.

택의 명목들은 철학적 인류학에 여전히 지나치게 경도되어 있는 단순한 현존재 분석론이라는 틀이 아닌 다른 곳에서 부각되어야 한다.

통합 존재와 죽음을 향한 존재 사이의 방정식이 통합 존재에 대한 물음을 질식시키지 않게 할 수 있다고 가정한다면, 통합 존재에 대한 한층 더 심각한 아포리아가 드러나게 된다.

칸트적 의미의 가능성 possibilité 개념을 가능화 possibilisation 개념으로 대체한 것과 마찬가지로, 하이데거가 어떤 식으로 시간성 temporalité 개념에서 시간화 temporalisation 개념으로 넘어갔는지를 우리는 기억하고 있다.[13] 시간화가 가능하게 하는 것은 바로 다가옴과 있었음, 그리고 있게 함의 통일성 unité이다. 그런데 그리스어의 'ekstatikon'에 준거하여 이제부터 하이데거가 시간의 탈자태 ek-stases — 독일어의 'Ausser-sich'가 이에 상응한다 — 라고 부르는 것들 사이의 파열을 통해 이 통일성은 내부로부터 침식된다. 거기서 다음과 같은 놀라운 말이 나온다. "시간성은 즉자적이고 대자적으로 근원적인 '자기-바깥 Ausser-sich'이다"[329]. 이렇게 해서 우리는 대번에 연구의 첫 출발점인 아우구스티누스의 '정신의 이완,' 즉 우리의 모든 분석들을 움직이게 했던 불협화음을 내포한 화음으로 되돌아간다.[14]

시간이 그 자체에 대해 외재화하게끔 해주는 이 "자기-바깥 hors-de-soi"은, 시간성의 핵이 되는 경험 한가운데에서 너무나도 강력한 구조를 이루며, 따라서 다른 두 가지 시간화 층위에서 통일성을 파열시키는 차별화 과정을 주도하기에 이른다. 문제되는 것이 역사성 층

---

13) 이 책의 p. 137 참조.

14) 우리 항해의 끝에 이르러 다시금 아우구스티누스의 땅을 밟게 된 것은, 시간성의 문제를 설정하는 참조 배경이 아우구스티누스의 '정신 animus'에서 후설의 내적 의식을 거쳐 하이데거의 현존재에 이르기까지 근본적으로는 바뀌지 않았기 때문이리라. 앞서 말했던 "매번"이라는, 실존론적인 것의 분배적 특성은 어쨌든 단호하게 존재론을 지향하는 분석에 주관성의 찌꺼기가 남아 있는 음조를 부여한다. 이것이 바로 『존재와 시간』이 1부로 끝나고 만 이유들 가운데 하나가 될 것이다.

위에서 시간의 늘어남이든, 시간 내부성 층위에서 시간 간격의 확장이든, 본원적 "자기-바깥"은 평준화를 통해 시간 내부성에서 발생한다고 여겨지는 통속적 시간 개념에서 승리를 거둘 때까지 그 전복적 역정을 이어간다. 그런데 퇴락이기도 한 이러한 최종적 이행은 마음 씀의 시간적 특징들을 세계-내-존재 전반에 확대 적용함으로써 가능해지며, 그 덕분에 현존재와는 다른 존재자들의 "세계-역사적인"[15) 특성에 대해 말할 수 있는 것이다. 연대기적 시간을 구성하는 여러 "지금"들의 상호 외재성은 전락한 표상일 뿐이다. 그것은 적어도 부당한 객관화라는 대가를 치르고라도 시간성의 이러한 특징, 즉 흩뜨림으로써만 모은다는 특징을 밝혀준다는 장점을 가지고 있다.

하지만 시간성이, 그것을 잠식하는 흩뜨리는 위력에도 불구하고 모은다는 것을 어디서 알 수 있는가? 그러한 물음을 제기한 적은 없으나, 이는 근원적으로 그 자체와 하나인 후설의 의식이 그러했던 것처럼, 마음 씀 그 자체가 어떤 단수 집합명사로 간주되기 때문이 아닌가?

이야기의 시학은 다양한 얼굴을 가진 총체성의 이러한 아포리아에 어떻게 대응하는가? 이야기의 시학은 우선 개념의 빛으로 완전히 투과할 수 있고, 절대적 지식의 영원한 현재를 통해 돌이켜본 역사를 총체화한다는 과감한 생각을 단호하게, 하지만 비싼 대가를 치르고 거부한다. 이어서 이 받아들일 수 없는 해결책에 대립시켜, 기대와 전통 그리고 현재의 힘이라는 세 가지 차원들 사이의 불완전한 매개라는 개념을 제시한다.

그렇다면 불완전한 매개를 통한 총체화는 시간의 총체성의 아포리아에 적합한가? 만일 단수 집합명사로 간주된 시간에 부여된 통일성

---

15) 이 책의 p. 157 참조.

의 복수(複數)적 성격을, 그리고 기대 지평, 전통성 그리고 역사적 현재 사이의 매개의 불완전한 성격을 부각시킨다면, 역사에 대한 사유를 주도하는 불완전한 매개와 시간성의 복수적 통일성 사이에서 두드러진 상관 관계를 찾아볼 수 있다는 것이 내 생각이다.

역사적 사유가 사변적인 양태와 **독백적**monologique 차원에서 진행되었던 현상학적 분석을 공동 역사라는 **실천적인 양태**와 **대화적** dialogique 차원으로 바꾼다는 사실은, 이 점에서 주목할 만하다. 이것을 보여주기 위해 역사 의식에 대한, 세 단계로 이루어진 우리의 분석을 다시 살펴보자.

우리는 의도적으로 기대 지평이라는 개념에서 시작함으로써, 하이데거가 마음 씀의 해석학적 현상학을 배경으로 우선권을 전복시킨 것에 대해 그 정당한 권리를 인정했다고 말할 수 있다. 기대 지평과 자기 앞의 존재 être-en-avant-de-soi는 이렇게 해서 일대일로 대응한다. 그러나 조금 전에 말한 실천적 양태와 대화적 차원으로의 이중의 이동에 근거해서, 기대는 대번에 실천의 구조로 이해된다. 바로 행동하는 존재들 êtres agissants이 자기들의 역사를 만들려고 노력하며 그러한 시도 자체에 의해 생겨나는 재난을 겪는 것이다. 게다가 이러한 기획 투사 projection는 우리가 속한 역사 공동체의 미래를 향해, 나아가 그것을 넘어서서 인류 전체의 미결정된 미래를 향해 열려 있다. 기대라는 개념은 그처럼 하이데거가 말한 자기 앞의 존재, 죽음을 향한 존재가 어떻게든 앞질러가려면 필수적인 내적 폐쇄성에 부딪히는 존재와 확연한 대조를 이룬다.

하이데거가 말한 있었음, 그리고 우리의 **전통성** 개념 사이에서도, 동일한 유사성과 대조를 볼 수 있다. 내던져짐에 대한 독백적 주제는 역사에 의해 영향받는 존재에 대한, 특히 대화적인 주제로 바뀐다. 게다가 내던져짐의 정념적 양상은 역사의 실효성에 대한 의식의 실천적 범주로 바뀐다. 각각의 분석을 주도하는 것은 결국 흔적, 유산

(遺産), 빚이라는 개념이다. 그러나 하이데거가 적어도 가장 근원적인 측면에서는 자기 자신에게서 자기 자신으로의 유산 전승만을 받아들이는 데 반해, 전통성은 근본적으로 다른 사람에 대해 진 빚의 고백을 담고 있다. 전승된 유산은 주로 언어적인 경로로, 그리고 가장 일반적으로는 집단 내에서 사용되는 기호와 상징 그리고 규범들을 해독하게끔 하는 규칙들에 대한 공동의 믿음과 합의가 최소한 공유되는 상징 체계들을 토대로, 그런 고백을 담고 있는 것이다.

세번째 대응 항목은 마지막으로 있게 함의 층위에서 드러나는데, 역사 의식 쪽에서는 현재의 힘이 그에 대응한다. 눈앞에 있고 손안에 있는 사물들의 현전성에 부여된 경계, 그리고 우리가 니체의 생각대로 "삶" 속에 뿌리박고 있음을 —— 역사가 "유리한 점들"과 "불리한 점들"이라는 말로 평가될 수 있는 한 —— 강조한 바 있는 역사적 현재 사이에서 유사성을 볼 수 있다. 그러나 시간의 모순성에 대한 역사 의식의 응수가 한쪽에서 다른 쪽으로 옮겨가면서 가장 큰 괴리를 나타내는 곳이 바로 이 지점이다. 한편으로 행동주도력이 가진 명백하게 실천적인 성격은 역사적 현재라는 개념에 그 독창적인 인장을 찍는다. 행동주도력이란 그 무엇보다도 행동하는 주체의 잠재 능력을 현실화하는 수행 능력이다. 그러므로 "시의적절하지 않은 고려"의 대상이 되는 것은 행동주도력 자체의 시의적절하지 않은 특징들이다. 현재는 그때 시간 속에서의 결과라는 각도에서 명료하게 포착된다. 다른 한편으로 역사적 현재의 대화적 성격은 대번에 이것을 더불어-산다vivre-ensemble는 범주 아래 위치시킨다. 행동주도력은, 슈츠의 용어를 빌리자면 바로 동시대인들의 공동 세계 속에 포함되는 것이다. 이것을 예증하기 위해 우리는 약속의 예를 들었는데, 그것은 서로 기대하는 놀이를 규제하는 상호성이라는 조건, 그리고 결국은 정의라는 관념 아래 놓인 사회적 계약이라는 조건하에서만 모나드적 주체를 구속한다.

따라서 역사 의식의 불완전한 매개는 여러 가지 방식으로 시간성의 복수적 통일성에 대응한다.

이제 우리에게 남은 일은 역사 의식 쪽에서 어떤 것이 — 그것이 무엇이든 간에 — 시간의 세 가지 탈자태들의 차별화를 넘어 통일성이라는 관념 자체에 상응하는가를 살펴보는 것이다. 『존재와 시간』의 중요한 주제 하나가 이 대답을 향한 길을 제시할 수 있을 것이다. 그것은 바로 반복 또는 재연 Wiederholung이라는 주제인데, 이에 대한 분석은 정확히 말해서 역사성의 측면과 관련된다. 우리가 지적했듯이[16] 미래를 내다봄, 내던져짐의 재개, 그리고 "자기 시대"를 겨냥한 "통찰력"은 반복이라는 이름으로 그 허약한 통일성을 다시 구성한다. 하이데거의 말에 따르면 "반복은 명백한 전승, 달리 말해서 거기-있었던 현존재의 가능성들로 되돌아가는 것이다." 이것은 지나가버린 과거와 관련해서 앞질러 가보는 결단의 우위성을 다시 확인해준다. 하지만 반복이 단수 집합명사로 간주된 시간의 필요조건들을 만족시키는지는 확실하지 않다. 우선 이 주제가 시간의 탈자적인 "자기-바깥"과 같은 층위에서, 근원적 시간성을 다루고 있는 장에서 제시되지 않고 있다는 것은 놀라운 일이다. 게다가 이 주제는, 죽음을 향한 존재를 통해 강력하게 드러나는 앞질러 가보는 결단의 주제에 별다른 것을 덧붙이지 않는다. 끝으로 시간의 세번째 탈자태인 있게 함을 그 자체로 고려해볼 때 아무런 역할도 못하는 것처럼 보인다. 서로 다른 시간들은 동일한 시간의 부분들일 뿐이라는 칸트의 명제가 시간성의 해석학적 현상학에서 아무런 만족스런 해석을 얻지 못하는 것은 바

---

16) 하이데거에 초점을 맞춘 이러한 지적들이 후설의 분석들과의 다른 상관 관계에 대한 연구를 배제하는 것은 아니다. 과거 지향의 과거 지향과 전통성의 관계가 그렇다. 허구와 상상의 변주에 대한 장(章)에서 우리는 그러한 길을 개척했다(이 책의 pp. 254~58 참조).

로 이 때문이다.

역사 의식의 응수가 가지고 있는 주목할 만한 점은, 시간의 단일성의 명제에 대항하는 실천적이고 대화적인 범주에 독창적인 위상을 제시한다는 것이다. 그 위상은 동시에 주도 이념 idée directrice이기도 한 한계-이념 idée-limite의 위상이다. 이러한 이념은 단수 집합명사로 간주되는 역사의 이념이기도 하다. 칸트로 되돌아간다고 말할 것인가? 하지만 이때의 칸트는 첫번째 『비판』의 칸트가 아니다. 이것은 두번째 비판, 다시 말해서 『실천이성비판』의 칸트로 되돌아가는 것이다. 게다가 반드시 헤겔을 거쳐야만 칸트로 되돌아갈 수 있다. 경제학, 법학, 윤리학, 종교와 문화 일반의 측면에서 대단위의 역사적 매개들을 두루 거쳐가면서, 우리는 바로 『정신현상학』과 『법철학의 원리』의 헤겔로부터 개념의 끈기를 배웠다. 그러나 이제부터는 역사적 매개의 영역에서 목표가 되는 칸트의 이념으로 우리를 다시 이끄는 것은 바로 절대지 savoir absolu의 죽음이다. 이러한 대단위의 매개들이 관조의 영원한 현재에 기대고 있는 절대지에서 정점에 이를 수 있다고는 생각하지 않는다 하더라도 말이다.

그런데 역사 의식을 다룬 긴 부분에서 우리는 바로 실천적이고 대화적인 매개를 유기적으로 결합시키지 않았는가? 그리고 주도 이념일 수도 있는 한계-이념의 지평이 아니라면 어떻게 완전하지도 못한 매개에 대해 말할 수 있겠는가? 우리의 분석에서, 지침이 되는 이념의 이러한 목표가 다양하게 표현된 것을 보았다. 첫번째는 역사라는 낱말 자체가 하나의 단수 집합명사의 뜻으로 떠오른 경우였다.[17] 여기에는 인류에 대한 서사적 이해가 전제되어 있다. 이것이 없다면 여러 종류의 인간들, 그리고 궁극적으로는 서로 다른 인종들만이 존재할 것이다. 역사를 하나로 생각한다는 것은 시간, 인류, 역사라는 세

---

17) 이 책의 pp. 201~03 참조.

가지 이념들의 등가성을 상정하는 것이다. 사실상 그것은 칸트가 자신의 역사철학 시론에서 제시했던 세계주의적 관점의 전제다. 그러나 세계주의적 관점에서 고려된 역사라는 개념을 세 『비판』의 토대에, 경우에 따라서는 『판단력비판』의 3부의 제목에 통합할 수 있는 개념 도구들, 헤겔 이후에야 가능해졌던 도구들을 칸트는 가지지 못했다.

단일한 하나의 역사와 하나의 인류라는 이러한 이념이 공허하고 창백한 초월적인 입장에 있지 않다는 것, 우리는 기대 지평과 경험 공간이라는 메타-역사적 범주의 근거를 윤리적이고 정치적인 의무, 즉 기대 지평과 경험 공간이 분파로 나뉘지 않게끔 노력해야 한다는 의무의 긍정에 둠으로써 이를 확인했다. 이를 위해 우리는 두 가지 제안을 했다. 유토피아적 상상력은 언제나 한정된 기대로 전환되어야 하며, 받아들인 유산은 그 경직된 상태에서 벗어나야 한다는 것이다.[18] 이 두번째 요청은 전통성에 대한 우리의 분석을 주도했다. 우리가 전통의 해석학과 이데올로기 비판 가운데 하나를 선택해야 하는 입장을 거부했던 것은 바로 비판 그 자체에 구체적 버팀목을 제공하기 위해서였다.[19] 우리가 끊임없이 주장했듯이, 기억이 없다면 원칙-희망 principe-espérance도 없는 것이다. 막스 베버가 "환상에서 깨어난 세계 monde désenchanté"[20]로 정의한 포스트-비판의 시대에도 과거의 이런저런 유산들이 여전히 재해석될 수 있다고 생각하지 않는다면, 비판은 헤겔 이전의 단계로 되돌아갈 것이며, 역사적 매개는 모두 공허해져버릴 것이다. 앞을 내다본다는 것에 대한 관심은 하나의 인류와 하나의 역사라는 이념을 어쨌든 도식화 ── 또한 이 말의 칸트적 의미에서 ── 하고 있으며, 이는 의사소통의 앞선 그리고 동시

---

18) 이 책의 pp. 415, 450~51 참조.
19) 이 책의 pp. 333~37 참조.
20) M. Gauchet, 『세계의 각성, 종교의 정치사 Le Désenchantement du monde, Une histoire politique de la religion』(Paris: Gallimard, 1985).

적인 실천에서 이미 작용하고 있는 것으로, 그러니까 전통 그 자체 속에 파묻힌 이런저런 예상들과 연속성을 갖는 것으로 받아들여져야 한다.

주도 이념은 미래, 과거 그리고 현재 사이의 불완전한 매개의 지평 으로서만 의미를 갖는다는 주장을 언급했던 대목에서 내가 마지막으 로 강조해서 보여주고 싶은 부분은 현재를 행동주도력으로 취급하는 것과 관련된다. 기실 행동주도력이란, 끼어드는 것으로 체험된 현재 라는 시의적절하지 않은 영향으로만 요약되는 것이 아니라, 기대와 기억 사이의 모든 형태의 상호 작용들을 포함한다.[21] 그 상호 작용들 은 집단적 실천의 측면에서 하이데거가 말한 반복에 가장 적절한 대 답을 구성한다. 현재의 그러한 재연하는 힘은 약속하는 행위의 예에 서 가장 잘 드러나는 것으로 보이는데, 약속 행위에는 개인적인 구 속, 서로간의 신뢰 그리고 대화적 관계에 공적인 공간이라는 범세계 적인 차원을 부여하는 암묵적이고 잠재적인 사회적 계약이 뒤섞여 있다.

기대, 전통성, 행동주도력 사이의 불완전한 매개는 바로 이런 다양 한 방식으로 하나의 유일한 역사라는 지평을 요구한다. 그리고 이 하 나의 역사는 유일한 시간의 공리에 대응하고 상응한다.

그렇다면 시간의 탈자태들의 복수적 통일성과 역사 의식의 불완전 한 매개의 이러한 긍정적인 상호 관계 역시 이야기 덕분이라고 말할 수 있을까? 두 가지 이유에서 답은 회의적이다.

우선 동일한 하나의 사건 흐름에 대해 줄거리는 다양하며 또 그 줄 거리들은 오로지 단편적인 시간성들만을 결합한다는 점에서, 담론의

---

21) 이 책의 pp. 447~48 참조.

"장르"라는 엄밀한 의미에서의 이야기는 공동의 역사에 대한 사유에 대해 부적절한 매개체를 제공할 뿐이다. 역사 이야기와 허구 이야기를 교차시킴으로써 그들 사이의 부조화를 넘어설 수 있다 할지라도, 이는 우리가 앞서 서술적 정체성이라고 불렀던 것만을 만들어낼 따름이다. 그런데 서술적 정체성이란 어떤 사람이나 등장인물의 정체성, 또 준-인물의 지위로 격상될 만한 가치가 있는 개개의 집단적 실체들의 정체성이다. 줄거리라는 개념은 그처럼 시간의 재형상화에서 단수 집합명사를 희생시키고 복수적인 것에 특권을 부여한다. 하나의 인류의 하나의 역사라는 이념에 버금갈 수 있는, 모든 줄거리들의 줄거리는 존재하지 않는다.[22]

엄밀한 의미에서의 이야기와 시간의 복수적 통일성 사이의 두번째 유형의 불일치는 이야기라는 문학적 범주 자체가 역사에 대한 사유와 일치하지 않는다는 데서 비롯된다. 기대 지평, 과거 전통들의 전승, 그리고 현재의 힘을 특징짓기 위해 우리가 분명하게, 엄격한 의미의 서술 장르 — 말이든 글이든 — 로서의 서술적 범주들을 사용하지 않은 것은 명백한 사실이다. 따라서 역사적 사유가 우리로 하여금 이야기의 경계를 벗어나게 하지 않았는지를 당연히 자문해볼 수 있다.

두 가지 대답이 가능하다. 우선 역사적 사유는 그 자체가 서술적이지는 않으나, 그 특별한 매개체라 할 수 있는 이야기의 담론 장르와 독특한 유사성을 가지고 있다는 사실을 주목할 수 있다. 이야기의 이러한 매개 역할은 전통들의 전승과 관련하여 뚜렷하다. 전통은 본질

---

22) 또 다른 영역에 속하는 사유, 즉 여기서는 다루지 않는 역사 신학에 대한 사유가 「창세기」를 묵시록과 연결시킬 것을 제안한다 할지라도, 그러한 사유가 모든 줄거리들의 줄거리를 만들어냄으로써 만물의 시작과 종말이 관계를 맺도록 하는 것은 분명 아니다. 우리가 4복음서를 가지고 원시 기독교 교회의 신앙 고백에 의해 역사의 축으로 간주되는 사건을 이야기한다는 단순한 사실만으로도 일방적인 초-줄거리 super-intrigue를 토대로 신학적 사유가 구성될 수 없게 하는 데 충분하다.

적으로 이야기인 것이다.[23] 반면에 기대 지평과 이야기의 관계는 덜 직접적이다. 하지만 관계가 없는 것은 아니다. 실제로 우리는 『시간과 이야기』 2권에서 다루었던 문학 이론의 범주인 서술적 목소리[24]가 가지고 있는 주목할 만한 속성, 즉 어느 시점에나 자리잡을 수 있고 ── 서술적 목소리에게 이 시점들은 준-현재가 된다 ──, 이러한 전망대 꼭대기에서 우리 현재의 미래를 준-과거로 파악하는 속성을 이용하여 미래에 대한 예상을 예상된 과거 지향으로 간주할 수 있는 것이다. 이렇게 해서 서술적 목소리의 과거인 서술적 과거가 준-현재에 부여된다. 예언은 이러한 구조를 입증한다. 예언자는 임박한 미래

---

23) 서술적 정체성이라는 개념과 관련하여 앞에서 언급했던 고대 이스라엘의 경우는 각별히 눈길을 끈다. 폰 라드von Rad는 그래서 자신의 『구약 성경의 신학』 1권 (Die Theologie der geschichlichen Überlieferungen Israels[München: G. Kaiser, 1957]. 불역, 『이스라엘의 역사적 전통들의 신학 La Théologie des traditions historiques d'Israël』[Labor et Fides, 1963])에서 기원이 다양한 이야기들을 하나의 연속된 이야기 ── 여호와를 믿는 자 Jahviste의 저작에서 그 첫번째 차원, 첫번째 구조, 첫번째 윤곽을 얻게 된다 ── 속에 점진적으로 통합함으로써 구성된 "전통들의 신학"을 다룰 수가 있었다. 신명기의 역사에서 보듯이, 다윗 왕조의 창건 이후로도 계속 이어지는 다른 이야기들은 바로 그 첫번째 핵에 합류하는 것이다. 무엇보다도 서술적 매개체는 유대 민족과 그들의 신 사이의 언약이라는 관계에 영향을 미치는 신앙 고백을 담고 있는 주된 매개로 드러난다는 점에서, 고대 이스라엘의 경우는 우리 논의의 관심을 끈다. 또 한 가지 흥미로운 점이 있다. 즉, 사실상 이러한 전통들의 신학은 비서술적인 부분들 ── 주로 율법들이다 ── 을 포함하고 있으며, 결국 헤브라이 성경의 이러한 비서술적 부분은 가르침, 토라tora[모세의 율법, 유대교의 계율: 옮긴이]가 된다고 반박할 수 있다. 이에 대해 우리가 대답할 수 있는 것은, 궁극적으로 모세의 불가사의한 얼굴과 결부되는 무수한 법제들은 법제적인 계기 그 자체를 서술화하는 대가를 치러야만 전통들의 신학에 통합될 수 있었다는 것이다. 법의 상속은 이야기될 자격, 거대 이야기에 통합될 만한 자격이 있는 사건으로 설정된다. 따라서 전통과 서술 행위 사이의 방정식을 세우는 것은 상대적으로 용이하다. 서술적인 것과 비서술적인 것의 결합에 대해서는 시간의 세번째 아포리아를 배경으로 다시 설명할 것이다. 폴 리쾨르, 「성경의 시간」, 『헤브라이즘, 헬레니즘, 기독교 Ebraismo, Ellenismo, Cristianismo』(Marco M. Olivetti(éd.), Archivio di Filosofia, Padova: CEDAM, 1985), pp. 23~25.

24) 『시간과 이야기』 2권, pp. 182~206(번역본).

와 그 위협이 현재에 녹아드는 것을 보고, 미래의 폐허를 향해 현재가 떠밀려가는 것을 이미 일어난 일로 이야기한다. 유토피아 역시 예언과 접근시킬 수 있는데, 유토피아는 완벽한 도시에 대한 묘사와 그에 다가가는 계단에 대한 서술 행위를 결합시킨다. 게다가 이러한 서술 행위는 새로운 색으로 덧칠한 전통적 이야기에서 여러 가지를 빌려온다.[25] 그러므로 미래는 생생한 현재를 전미래 futur antérieur로 변형시키는 예상된 이야기들의 도움을 통해서만 재현될 수 있는 것처럼 보인다. 그 현재는 언젠가 이야기될 어떤 이야기의 시작이 될 것이다.

하지만 서술 장르로 이해된 이야기의 범주를 이렇게 마음대로 늘리게 되면 지평 투사 projection d'horizon라는 개념을 곡해하지 않을 수 없을 것이다. 지평 투사의 견지에서 보면 이야기는 평범한 매개에 지나지 않을 수밖에 없다.

반론에 대해 가능한 두번째 대답은 보다 적절하다. 즉 서술성이라는 개념을 그 코드를 만드는 담론 장르보다 더 넓은 뜻으로 이해할 수 있다는 것이다. 일련의 수행 performance들로 이루어진 행동 과정을 가리키기 위해 우리는 서술 프로그램이라는 말을 사용할 수 있다. 이것은 서술기호학과 언어 행위에 대한 사회심리학에서 취하는 뜻이다(이 분야들에서는 일반적으로 프로그램이니 과정이니 서술 도식이라는 말을 자주 사용한다[26]). 우리는 이러한 서술 도식들을 엄밀한 의미

---

25) 그래서 바빌론 포수(捕手)에서 살아남은 유대인들은 새로운 시대에 대한 그들의 전망을 새로운 이집트 탈출, 새로운 사막, 새로운 시온 Sion, 새로운 다윗 왕조라는 모습으로 투사한다.

26) 그레마스는 서술기호학에서 이러한 뜻을 취하고 있다. 비슷한 뜻으로 클로드 샤브롤 Claude Chabrol은 미간행 논문, 『언어의 사회 심리학적 요소 Éléments de psycho-sociologie du langage』에서 증여, 공격, 교환 등과 같은 복합 행동들로 이루어진 과정을 가리키기 위해 서술 도식이라는 용어를 사용하는데, 그러한 행동들은 서로간의 작용인 동시에 서로간의 대화이며 위임하거나 방향을 정해주는 것과

에서의 서술 장르, 즉 그에 적합한 언어적 등가물을 부여하는 서술 장르 아래 잠재된 것으로 간주할 수 있다. 서술 도식을 서술 장르에 연결시키는 것은 이야기 속에 있는 잠재력, 행동의 전략적 연결이 따로 지니고 있는 잠재력인 것이다. 이야기될 수 있는 것을 이야기된 것과 구분함으로써 우리는 서술성 le narratif의 두 가지 의미가 가깝다는 사실을 나타낼 수 있다. 역사에 대한 사유가 기대 지평, 전통의 전승 그리고 현재의 힘 사이에서 수행하는 중개와 동일한 외연을 가진다고 여겨질 수 있는 것은, 담론 장르라는 뜻에서의 이야기라기보다는 오히려 이야기될 수 있는 것 le racontable이다.

결론적으로 서술성은 시간성의 두번째 아포리아에 대해, 첫번째 아포리아에 대한 대답만큼 그렇게 적절한 대답을 주지 않는다고 말할 수 있다. 우리가 다음과 같은 두 가지 원칙을 놓치지 않는다면 그러한 부적절함이 실패로 여겨지지는 않을 것이다. 첫번째 원칙. 시간의 아포리아에 대한 서술성의 응답은 아포리아를 해결한다기보다는 그것이 활동하게 하고 생산적인 것으로 만드는 데에 있다. 역사에 대한 사유는 그렇게 해서 시간의 재형상화에 기여한다. 두번째 원칙. 하나의 이론은 — 그것이 어떤 이론이라 할지라도 —, 그 유효성이 검증된 영역에 대한 탐구가 유효성 영역의 경계를 짓는 한계들을 식별함으로써 마무리될 때, 가장 완벽하게 표현된다. 이것이 우리가 칸트를 통해 배웠던 큰 교훈이다.

하지만 시간성의 세번째 계기를 맞이해서야 우리의 두번째 원칙은 그 온전한 뜻을 갖게 된다.

같은 언어 행위들을 통해 적합한 표현을 얻게 된다. 장르, 언어 행위의 범주화와는 다른 범주화가 그처럼 서술 도식에 적용될 수 있다.

III. 가늠할 수 없는 시간의 아포리아와 이야기의 한계

시간에 대한 사색이 현상학과 우주론의 분기점을 넘어서지 못하며, 다가옴, 있었음, 그리고 현재 사이의 교류를 통해 만들어지고 해체되는 총체성에 의미를 부여하기도 어렵고, 간단히 말해서 진정으로 시간을 생각하는 것이 어려운 그런 지점, 이것이 내가 다시 책을 읽으면서 도달한 지점이다. 이러한 아포리아는 우리의 분석에서 감추어져 있었고 그 어떤 부분에서도 눈에 띄게 다루어지지 않았다. 그것은 생각하는 작업 자체가 그 주제의 무게에 짓눌리는 것처럼 보일 때에만, 불쑥불쑥 솟아오른다. 시간이 그것을 구성하려는 모든 시도에서 벗어나서, 구성 활동이 언제나 전제하고 있는 구성하는 것의 질서에 속하는 것으로 드러나는 순간, 아포리아가 떠오른다. 가늠할 수 없음inscrutabilité이라는 낱말이 표현하는 것이 바로 그것이다. 이것은 그 무엇으로도 설명할 수 없는 악(惡)의 기원에 부딪혔을 때 칸트가 사용한 말이기도 하다. 여기서 잘못 해석할 위험이 가장 크다. 실패로 돌아가는 것은 이 말이 가진 모든 의미에서의 생각 le penser이 아니라, 우리의 사유가 뜻의 주인이 되려는 충동, 또는 좀더 정확히 말하자면 오만hubris인 것이다. 악의 수수께끼뿐만 아니라, 시간이 우리의 지배 의지를 벗어나 어쨌든 뜻의 진정한 주인 쪽에서 솟아오를 때에도, 사유는 이러한 실패를 겪는 것이다.

시간에 대한 우리의 성찰 전반에 흩어져 있는 이러한 아포리아에 대해, 이야기의 시학 쪽에서는 서술성이 그 자체를 벗어나, 그리고 그 자체로 만나는 한계들을 고백함으로써 응답하게 될 것이다. 그 한계들은, 이야기 또한 시간을 재형상화하는 말의 능력을 완전히 규명하지 못한다는 사실을 입증할 것이다.

우리의 성찰을 이끌었던 시간 개념들 가운데 어떤 것들은 개념이

완전히 통제하지 못하는 시원성archaïsme의 흔적을 지니고 있으며, 어떤 것들은 앞을 내다보고 신비성hermétisme으로 선회하는데, 개념들은 이러한 신비성을 있는 그대로 사유 속에 받아들이려고 하지는 않고 사유로 하여금 항상 언제나 전제되어 있는 토대에 시간을 자리잡게 하도록 되돌아갈 것을 요구한다.

첫번째 부류에는 『시간과 이야기』 1권 첫부분, 그리고 다시 시간의 모순성을 다루는 부분을 시작하면서 우리의 발걸음을 이끌었던 두 명의 사상가들이 속한다. 놀라운 것은 여기서 아우구스티누스와 아리스토텔레스가 최초의 현상학자와 최초의 우주론자로서 서로 마주 보게 될 뿐만 아니라, 그리스적 근원과 성서적 근원이라는 서로 다른 근원에서 비롯되어 나중에는 서구 사상에 그 물길을 뒤섞게 되는 아주 오랜 두 가지 흐름을 통해 지탱되는 모습으로 마주 선다는 점이다.

아리스토텔레스에게서 시원성의 노출은 "시간 속에 있다"라는 표현의 해석에서 보다 쉽게 찾아볼 수 있는 것 같다. 시간에 대한 사유의 역사를 가로지르는 이 표현은 두 가지 해석을 가능하게 한다. 첫번째 해석에 따르면, "속"이라는 낱말은 시간을 일련의 "지금," 다시 말해서 한 점에 국한된 순간들의 연속으로 표상하게 됨으로써, 어떤 점에서는 사유의 쇠퇴를 나타낸다. 여기서 내가 보다 중요하다고 생각하는 두번째 해석에 따르면, "속"이라는 말은 시간의 의미를 한정하고자, 그러니까 시간을 감싸고자 갈망하는 사유에 대해 시간의 우선권을 나타낸다. "속"의 해석에 대한 이 두 가지 방향은 아리스토텔레스의 아리송한 주장, 즉 시간 속에 있는 것들은 시간에 감싸여 있다는 주장 속에 뒤섞여 있다.[27] 물론, 골드슈미트Victor Goldschmidt가 강조하고 있듯이, "시간 속에 있다"라는 표현에 대한 아리스토텔레스

---

27) 이 책의 pp. 36~38 참조.

의 해석은 "'운동의 수nombre'의 의미를 밝히고 있다."[28] 실제로 아리스토텔레스는 이렇게 말한다. "존재들은, 시간이 그 수(數)라는 점에서, 시간 속에 있다. 그렇다면 〔수 안에 있는 것이 수에 감싸여 있고〕 어떤 장소에 있는 것이 장소에 감싸여 있는 것과 마찬가지로, 존재들은 시간에 감싸여 있다." 수에 감싸여 있다는 표현의 낯설음에 우리는 놀라지 않을 수 없다. 아리스토텔레스는 실제로 몇 줄 뒤에서 다시 우리를 놀라게 한다. "시간 속에 있는 모든 것은 시간에 감싸여 있으며 〔……〕 〔그리고〕 어떤 점에서는 시간의 행동을 감내한다." 마지막으로 덧붙인 이 말에 대한 해석은, 통속적인 표현에 담겨 오래전부터 전해진, 시간에 대한 금언에서 끌어올 수 있다. "시간은 쇠약하게 하고, 모든 것은 시간에 의해 hupo 늙어가고, 시간은 우리를 잘 잊어버리게 하지만, 우리를 가르치거나 우리를 젊고 아름답게 만들지는 않는다고 말하곤 하는 것은 바로 그 때문이다." 이러한 표현이 지니는 풍부한 의미가 아리스토텔레스의 설명에서 남김없이 드러나는 것은 아니다. "왜냐하면 시간은 그 자체로 오히려 부패의 원인이기 때문이다. 즉 그것은 운동의 수이며, 그래서 운동은 존재하는 것을 소멸시킨다는 것이다." 우리는 유보적인 설명과 함께 우리 나름대로의 해설에 결론을 내렸었다. 아득한 옛날의 지혜는 허물어뜨리는 변화 ── 망각, 노쇠, 죽음 ── 와 단순히 지나가는 시간 사이에 은밀한 공모가 있음을 깨달았던 것처럼 보인다고 말한 바 있다.[29]

아리스토텔레스의 텍스트가 가리키는 시원성의 방향으로 거슬러 올라가면서, 우리는 『티마이오스』의 "철학 이야기fable philosophique"

---

28) 이 책의 V. Goldschmidt의 주석, 앞의 책, p. 76 참조.
29) 이 책의 p. 32와 각주 13 참조. 의미의 심연을 향한 이러한 통로는, 그 또한 아리스토텔레스에 대한 우리의 해설에서 만나게 되는 또 다른 통로, 즉 운동 그 자체를 있는 그대로의 잠재적인 것에 대한 엔텔러키entéléchie로 정의함으로써 생기는 어쩔 수 없는 모호함과 다시 만나게 된다(『물리학』 II, 201 a 10~11).

를 만나게 되는데, 그에 대해서는 애석하게도 각주를 길게 달 수밖에 없었다.[30] "영원성을 움직임으로 모방하는 어떤 것"이라는 표현에서 우리가 생각하게 되는 것은 이처럼 시간에 부여된 단수 집합명사의 특성만이 아니라, 정확히 말해서 그 주제가 철학 이야기에 속하고 있다는 사실이다. 시간의 기원genèse은 오로지 신화의 철학적 재해석을 통해서만 언어로 표현될 수 있다. "하늘과 함께 태어났다"는 말은 비유로 말해질 따름이다. 그러한 철학적 사유는 이번에는 동일자와 타자의 고리를 분리하고 뒤섞고 끼워넣는 일을 주도하는 고도로 변증법적인 작업을 감싼다고 말할 수 있다. 그리고 무엇보다도 철학 이야기만이, 스스로 움직이는 동시에 스스로를 생각하는 세계의 정신에 대한 표상을 다듬어 만듦으로써, 시간의 기원을 심리-학psycho-logie과 우주-론cosmo-logie의 구분 너머에 위치시킬 수 있다. 시간은 초-심리학적인 동시에 초-우주론적인 바로 그러한 "성찰"과 같은 계통에 속한다.[31]

그렇다면 어떻게 연대기적으로도 문화적으로도 가장 오래된 것은 아니지만 여전히 철학 안에 들어 있는 시원성, 즉 소크라테스 이전의 위대한 세 철학자인 파르메니데스와 헤라클레이토스 그리고 아낙시만드로스의 시원성 쪽으로 뒤로 끌려가지 않을 수 있겠는가? 물론 우리 연구가 거의 끝나가는 이 시점에서 소크라테스 이전 철학자들의 시간에 대한 자료를 뒤질 필요는 없다.[32] 오늘날에는 그 독창적이고 근원적인 내용을 되풀이할 필요가 없을 이 시원적 사유는 선험적 주체 ── 그것이 의미를 구성하려는 주체라 할지라도 ── 의 주장이 더

---

30) 이 책의 p. 34~35, 각주 17.

31) 이 점에 관해서는 "시간 속에 있다"라는, 『티마이오스』의 철학적 우화에 나타난 표현을 중심으로 한, 실존인 색채를 띠는 고찰을 참조할 것.

32) Clémence Ramnoux, 「철학에서 시원성 개념 La notion d'Archaïsme en philosophie」, 『소크라테스 이전의 연구들 Études présocratiques』(Paris: Klincksieck, 1970).

이상 통용되지 않는 영역을 가리키고 있다는 점만을 말하고 싶다. 이러한 사유가 시원적인 것은 오로지 우리가 아직 제기할 수 있는 모든 전제들의 가능성 조건인 아르케arkhè('태초'를 뜻하는 그리스어: 옮긴이) 옆에 자리잡고 있기 때문이다. 스스로를 시원적인 것으로 만드는 사유만이 아낙시만드로스의 말을 들을 수 있다. 아리스토텔레스를 읽으면서 보았듯이 그 목소리는 현상학의 입장과 마찬가지로 그 타자인 우주론의 입장에서도 가늠할 수 없는 그러한 시간에 대한 외로운 증인으로 남아 있다. "그리고 존재자들을 낳는 그러한 것들은, 또한 존재자들은 필연성에 따라 파괴하는 것들이기도 하다. 왜냐하면 존재자들은 시간을 할당함에 따라 kata tou khronou taxin 서로에 대해 잘잘못을 가리고 보상을 하기 때문이다."[33]

소크라테스 이전 철학자들의 시원성은 여전히 철학 안에 있다. 철학이 신의 계보나 족보에 따라 아르케 개념을 신화적 시작이라는 개념과 분리시킨 최초의 철학자들에게로 돌아가는 때에도, 여전히 그들의 아르케가 되풀이되고 있기 때문이다. 아르케라는 관념 한가운데에서 이루어지는 이러한 단절에도 불구하고 그리스 철학은 두번째 시원성, 즉 첫번째 시원성과는 단절되는 신화적 시원성을 다른 분야의 양태로 물려받았다. 우리는 이 신화적 시원성에 빠져들지 않으려고 항상 경계했었다.[34] 그럼에도 불구하고 그것을 완전히 무시할 수는 없는데, 왜냐하면 언뜻 보아 그 윤곽을 그릴 수 없는 가늠할 수 없는 시간의 형상들이 바로 그 깊은 곳으로부터 솟아오르기 때문이다.

---

33) Diels Kranz, 『소크라테스 이전의 단편들 Die Fragmente der Vorsokratiker』(Berlin: Weidmannsch Verlagsbuchhandlung, 1952), fgmt. B 1.

34) 엘리아데 Mircea Eliade의 『영원 회귀의 신화 Le Mythe de l'éternel retour』(Paris: Gallimard, 1949)에서 우리는 우리 시대와 그 시대 in illo tempore에 일어났던 초석이 되는 요소들의 관계에 대한 유형론을 볼 수 있는데, 거기서는 기원들의 시간과 일상적 시간 사이의 이율배반적 관계에서 비롯되는 "역사의 테러"가 특히 강조되고 있다.

그 형상들 가운데 나는 모든 것들이 시간에 감싸여 있다는, 앞서 말한 주제와 접목되어 있는 상징적 도식을 제공했던 것으로 보이는 형상만을 살펴볼 것이다. 장-피에르 베르낭은 『그리스인들의 신화와 사유』[35]에서 헤시오도스, 호메로스 그리고 아이스킬로스 — 신통계보학(神統系譜學), 서사시 그리고 비극이라는 그리스 문학의 세 가지 주요 장르 — 에게서 크로노스Khronos〔거인족의 하나로 일명 사투르누스라고도 한다. 그리스어로 시간을 뜻하며 자식을 낳은 족족 잡아먹는 것으로 전해진다. 제우스 6남매도 모조리 삼켰다가 토해내는데, 이는 제우스 6남매가 시간을 극복했음을 상징한다: 옮긴이〕와 오케아노스Ôkéanos〔거인족의 하나로 바다의 신이다. 영어의 'ocean'에 해당한다: 옮긴이〕가 접근하고 있음을, 그것이 그 지칠 줄 모르는 흐름으로 우주를 옥죄고 있음을 찾아냈다. 시간을 순환과 동일시하는 이와 유사한 신화적 형상들과 관련해서 우리에게 가장 중요한 것은 그 형상들과 결부되어 있는 의미 작용의 양면성이다. 때로 그러한 시간에 귀속되는 통일성과 영속성은 불안정성, 파괴 그리고 죽음이라는 요인으로 체험되는 인간의 시간을 근본적으로 부정한다. 또 때로는 거대한 시간은 사계절의 변화, 세대의 연속, 축제의 정기적인 반복이 조화롭게 어우러져 있는 우주의 주기적인 구성을 나타내기도 한다. 그리고 아이온aiôn〔세계가 지속되는 시간을 뜻하는데, 조로아스터교의 경우 12,000년으로 본다: 옮긴이〕은 때로 순환의 이미지에서 떨어져나오고, 그렇게 되면 순환의 이미지는 인도의 여러 사유나 불교에서 보듯이 윤회의 잔인한 수레바퀴를 닮아간다. 그래서 아이온의 영속성은 영원히 움직이지 않는 정체성의 영속성이 된다. 여기서 우리는 파르메니데스와 헤라클레이토스를 거쳐 플라톤의 『티마이오스』와 다시 만나게 된다.

---

35) Jean-Pierre Vernant, 『그리스인들의 신화와 사유 Mythe et Pensée chez les Grecs』, 앞의 책, p. 99.

시원적인 이중의 밑바탕 ─ 아리스토텔레스는 겉으로는 여기서 떨어져 있고 동시에 속으로는 가깝다 ─ 에 대한, 마치 지나치듯 이루어졌던 설명에서, 우리는 두 가지 중요한 특징을 지적할 수 있다. 한편으로 이러한 이중의 시원성이 개념의 활동 자체에 남기는 **가늠할 수 없음**이라는 자국이다. 다른 한편으로 형상화, 그리고 형상화를 통한 인간의 시간temps humain의 평가 ─ 이것은 시간 너머의 표상과 관련된다 ─ 의 다형성polymorphisme이다. 두번째 특징은 첫번째 특징의 부수적 결과에 지나지 않을 것이다. 왜냐하면 표상할 수 없는 것은, 심리학적이고 사회학적인 양상을 통해서 본 시간 경험 자체의 변주와 관련하여 번갈아 우월한 위치를 차지하는 단편적 표상들을 통해서만 투사될 수 있는 것처럼 보이기 때문이다.[36)]

따라서 플라톤이나 아리스토텔레스의 사유에서 보듯이, "시간 속에 있다"라는 표현에 통속적이지 않은 의미 작용을 부여할 수 있다면, 바로 이러한 이중의 시원성이 다시 떠오르기 때문이다.

하지만 서구의 사유는 그리스적인 것과 헤브라이적인 것이라는 두 가지 시원성을 가지고 있다. 우리가 아리스토텔레스의 『물리학』을 배경으로 전자의 목소리를 들었듯이, 후자의 목소리는 바로 아우구스티누스의 현상학을 배경으로 들을 수 있다. 바로 그곳에서 가늠할 수 없는 시간만이 아니라 시간 너머에 있는 형상들의 다양성이 생각을 불러일으킨다.

『고백록』XI과 관련해서는, 신플라톤주의 철학의 흔적이 강한 신학적 사유가 드러나 있다는 점에서 시원성이라고는 확실히 말할 수 없다. 그럼에도 불구하고 시원성을 나타내고 있는 것은 시간 개념에 대

---

36) 고대 그리스인의 조직화된 지적 활동을 역사심리학의 입장에서 재구성하고자 하는 베르낭의 분석(같은 책, pp. 99~107)을 이끌어가는 것은 바로 이러한 상관 관계다(같은 책, p. 5).

한 검토를 말 그대로 둘러싸고 있는 시간과 영원성의 대조다.[37] 그런
데 이러한 대조에서 우리는 각자의 방식대로 시간을 그 너머로 이끌
어가는 세 가지 주제를 구분했다. 아우구스티누스는 우선 지나가버
리는 우리의 말 parole과 달리 사라지지 않고 남아 있는 말씀 Verbe의
영원성을 찬양하며 기린다. 따라서 일시적인 것의 표지를 지닌 시간
경험에 대해, 불변성은 한계-이념 역할을 한다. 영원성은 "언제나 안
정되어" 있고, 창조된 사물은 결코 그렇지 않다.[38] 미래도 과거도 없
는 현재를 생각한다는 것은, 대조적으로 이러한 충만함과 관련하여
시간 그 자체를 결핍된 것으로, 즉 무(無)에 둘러싸인 것으로 생각하
는 것이다. 이어서 아우구스티누스의 영혼은, 안정된 영원성의 전망
아래, 자기가 "닮지 않음 dissemblance의 자리"에 유배되어 있음을 발
견하며 탄식한다. 여기서 갈가리 찢긴 영혼의 신음 소리는 하찮은 피
조물, 죄인의 신음 소리와 하나가 된다. 기독교적 의식은 이처럼 문
화적 경계를 가로질러 유한자 fini의 슬픔을 단조로 노래하는 위대한
비가를 중요시한다. 끝으로 아우구스티누스의 영혼은 바로 희망에 찬
도약을 통해 언제나 덜 "이완되어" 있고 언제나 더 "긴장되어" 있는
시간화 층위들을 가로지른다. 그래서 영원성은 시간 경험을 안에서
움직이게 하여 그것을 층위로 구분하고, 그렇게 해서 시간 경험을 쫓
아내기보다는 심화시킨다는 사실을 입증한다.

플라톤이나 아리스토텔레스 같은 이들의 사유를 배경으로 우리가
이중의 시원성, 즉 고전주의 철학 "속에서" 그리고 고전주의 철학을

---

37) 『시간과 이야기』 1권, pp. 62~80(번역본) 참조.
38) 아우구스티누스를 다시 인용하자면, "영원성 속에서는 아무것도 지나가지 않고,
모든 것이 현전한다. 하지만 그 어떤 시간도 온전히 현전하지 못한다"(『고백록』
11, 13). 나아가서 "당신의 세월은 가지도 오지도 않습니다." 그것은 "동시에 존
속합니다 simul stant"(같은 책, 13, 16). 어떤 용어가 긍정적이고 어떤 용어가 부
정적인 것인가 하는 물음에 관해서는 『시간과 이야기』 1권, p. 72, 각주 35(번역
본) 참조.

"통해" 파악했던 소크라테스 이전 철학자들의 시원성이, 그리고 철학적 사유를 통해 "부인되기"는 했으나 결코 "쫓겨나지"는 않았던 신화적 사유의 시원성이 갖는 깊이를 알 수 있었던 것과 마찬가지로, 영원성과 시간에 관한 아우구스티누스의 사색과 함께하는 찬양, 탄식, 희망 뒤에서 우리는 특히 헤브라이 전통에 속하는 말을 들어야 한다. 이 말에 대한 해석은 영원성을 안정된 현재의 부동성으로 결코 환원될 수 없게끔 하는 수많은 의미 작용을 드러낸다. 성 아우구스티누스의 사유와 그 시원성 자체를 구성하는 헤브라이적 사유의 층위 차이는 「출애굽기」 3장 14a에 나오는 유명한 구절 "éhyéh asher éhyéh"의 그리스어 번역, 이어서 라틴어 번역으로 인해 감추어졌다. 프랑스어로는 오늘날 "나는 스스로 있는 자니라 Je suis celui qui suis"로 번역한다. 헤브라이적인 메시지를 그처럼 존재론적으로 해석함으로써 우리는 고대 그리스적 해석에 반발하는, 영원성이 갖는 끌어당기는 힘 valence을 은폐한다. 우리에게는 바로 이 소중한 힘이 없는 것이다. 오늘날 우리의 언어에서 이와 가장 비슷한 가치를 갖는 용어는 변함없는 사랑 fidélité이라고 할 수 있을 것이다. 야훼의 영원성, 그것은 무엇보다도 자기 백성의 역사와 함께하는, 언약의 신의 변함없는 사랑이다.[39)]

「창세기」 1장 1절의 "시작"을 보자. 헬레니즘적 사변은 이 시작의 의미를 "엿새"의 역사, 피조물들의 질서를 단계적으로 설정하는(일곱 번째 "날"은 최초의 안식일, 제의와 찬송을 통해 끊임없이 다시 실현되는 안식일을 통해 창조주와 피조물을 같이 찬양하는 날이 된다) 일련의

---

39) 다음과 같은 언명을 고려하지 않고는 「출애굽기」 3장 14절의 주석을 이해할 수 없다. "그리고 그는 이르시되, '너는 이스라엘 자손에게 이같이 이르기를 「스스로 있는 자」가 나를 너희에게 보내셨다.'" 하나님은 또 모세에게 이르시되, "너는 이스라엘 자손에게 이같이 이르기를, 나를 너희에게 보내신 이는 너의 조상의 하나님 곧 아브라함의 하나님, 이삭의 하나님, 야곱의 하나님 야훼라 하라. 이는 나의 영원한 이름이요, 대대로 기억할 나의 이름이니라"(「출애굽기」 3장, 14b~15).

유기적인 말하는 행위 actes de parole를 통해 규칙적인 리듬을 갖는 "역사"의 밖에("역사 너머에") 두려고 해서는 안 된다. 또한「창세기」 1장 1절의 "시작"은「창세기」12장 1절에서 아브라함이 선택되면서 이루어지는 또 다른 시작과 분리될 수 없다.「창세기」1장에서 11장 까지는 그 고유한 시간을 가지면서, 선택의 역사를 여는 서문(序文) 과 같은 방식으로 전개된다. 마찬가지로 구약에 나오는 족장들의 전 설은 이집트에서 나와 율법을 받고 사막을 걸어 가나안에 들어가는 역사의 커다란 서문 역할을 한다. 이 점에서「출애굽기」는 역사를 만 들어내는 사건으로, 하나의 시작을 ——「창세기」1장 1절과「창세기」 12장 1절과는 다른 의미에서의 —— 이룬다. 그리고 이 모든 시작들은 변함없는 사랑이 그 속에 뿌리박고 있다는 점에서 영원성을 이야기 한다. 물론「시편」90장 2절에서 볼 수 있듯이, 하나님은 "영원히" "대대로" "영원에서 영원으로" 사신다고 말하는 대목들이 없는 것은 아니다. 하지만 특히 찬송 문학과 지혜의 책들[구약의「잠언」「전도 서」「아가」및 외경인 지서, 집회서를 가리킨다: 옮긴이]에서 빌려온 그 대목들은, 적어도 우리가 조금 전에 시원적이고 신화적인 그리스 쪽 에서 밟아왔던 것만큼이나 광대한 분포 공간을 만들어낸다. 한탄과 찬양을 겸비하고 있는 이러한 텍스트들은 간결하게 하나님의 영원성 을 인간의 삶의 무상성(無常性)과 대립시킨다. "주의 눈에 천년은 지 나간 어제 같으며 밤의 한 경점 같을 뿐입니다"(「시편」90.4). 분명하 게 한탄 쪽으로 기울어지는 대목도 있다. "내 나날은 기울어지는 하 루와 같고 [……] 야훼여, 주는 영원히 계시고"(「시편」102. 12 이하). 약간 억양을 달리하는 것만으로도 한탄을 찬양으로 바꾸기에는 충분 하다. "어떤 목소리가 가로되 '외치라,' 대답하되 '내가 무엇이라 외 치리까' '모든 육신은 풀과 같고/ 모든 아름다움은 들판의 꽃 같으 니./풀이 마르고, 꽃이 시듦은/야훼의 숨결이 그 위에 불기 때문이 라./(이 백성은 실로 풀이라.)/풀은 마르고 꽃은 시드나./우리 주의 말씀은 영원히 있으리라'"(「이사야」 40장, 6~8절. 이 선언은 또 다른 이사야라는, 이스라엘을 위한 위로의 말이 담긴 책을 연다). 또한 피할 수 없는 시간(출산하고 죽어가는 시간 등)과 똑같은 사건들의 끊임없는 반복("있었던 것은 있을 것이고, 이루어진 것은 다시 이루어질 것이다")이 인간의 삶을 지배한다고 보는 「전도서」는 전혀 다른 분위기이다. 이러한 다양한 어조는 역사의 한가운데에서 영원성이 역사를 초월한다고 보는 본질적으로 비-사변적이고 비-철학적인 사유와 잘 어울린다.[40]

이처럼 간략하게 살펴보는 것만으로도, 아우구스티누스가 말하는 영원한 현재의 '정지해 있는 지금'이 사실상 얼마나 풍요로운 의미를 드러내는 동시에 감추고 있는지를 짐작할 수 있다.

고유의 시원성을 지니고 있는 사상가들과 신비주의에 인접한 사상가들의 중간에 자리를 잡은 칸트는 일견 완전히 중립적인 형상을 그리는 것처럼 보인다. 『비판』에는 시간은 결국 가늠할 수 없다는 생각은 전혀 보이지 않는다. 시간 개념은 가장 낮은 단계의 초월성, 즉 「초월적 감성론」의 초월성에 닻을 내리면서, 열광적인 찬미를 피해가는 것과 마찬가지로 존재론적 사변을 모두 벗어나는 것처럼 보인다. 초월성 transcendantal이라는 위상에 필연적으로 뒤따르는 결과인 전제 présupposition라는 위상으로 말미암아, 시간 개념은 정당한 용법의 한계를 벗어나려는 오성의 충동을 억제하려는 사유의 감시를 받게 된다. 본질적으로 초월성은 초월적 존재 transcendant의 유혹에 대해 경계하게 한다. 그렇지만 〔……〕 그렇지만, 변화는 시간 속에서 일어나지만 시간은 흐르지 않는다는 주장에 놀라지 않을 수 없다. 시

---

40) 발음이 불가능한 야훼 JHWH라는 이름은 초-역사적인 것과 역사-내부적인 것 공통의 소실점을 지칭한다. 재단된 이미지들에 대한 금기를 수반하는 그 "이름"은 가늠할 수 없다는 성격을 보존하고 있으며, 그것을 본래의 역사적 형상과 분리시킨다.

간의 세번째 "양태"인 영속성 ─ "일반적인 의미의 시간"이라고 불린
다 ─ 이 실체의 도식과 영속성의 원리와의 상관 관계에 의해 전적으
로 이해 가능한 것이 된다는 논증 역시 우리를 완전히 설득하지는 못
한다. 시간의 영속성이라는 관념은 시간 속에서의 어떤 것의 영속성
보다는 더 풍부한 뜻을 가지는 것처럼 보인다. 전자는 오히려 후자의
궁극적인 가능성 조건으로 보인다. 이러한 의혹은, 「초월적 감성론」
의 수수께끼라 이름 붙일 수 있는 것으로 되돌아가보면, 더욱 증폭된
다. 시간이 보이지 않기 때문에 그에 대한 직관이 없는, 그런 선험적
직관이란 무엇을 의미할 수 있는가? "대상에 촉발된다는 주체의 형
식적 속성"이라는 관념에는 어떤 뜻을 부여해야 하는가? 앞의 분석
에서 언급했던 역사에 영향받는 존재보다 더 근본적인, 그러한 촉발
되는 존재를 감안한다면, 생각이 여전히 의미의 주인이라고 할 수 있
을까?[41] 또한 칸트는 정신 Gemüt이 대상들에 의해 촉발되고[A 19, B
33], 또 그 안에 수용성 형식이 존재한다고[A 20, B 34] 말하는데, 이
정신이란 무엇인가? 이때 촉발되는 것이 바로 자기 스스로를 통한 촉
발이 될 때, 의문은 더욱 강해진다. 사실상 시간은, 『비판』의 두번째
판(B 66~69)에서 강조되었듯이, 보다 근본적인 방식으로 이러한 촉
발에 연루된다. "우리가 우리의 표상을 자리잡게 하는 setzen" 것은
여전히 시간 속인 것이다. 시간은 "우리가 [표상들을] 우리의 정신 속
에서 사용하는 방식의 형식적 조건"으로 남아 있다. 그런데 이를 고
려한다면 시간이란 정신이 자기 본래의 활동으로 촉발되는, 다시 말

---

41) 이러한 물음들은 하이데거의 『칸트와 형이상학의 문제 *Kant und das Problem der
    Metaphysik*』([Frankfurt: Klostermann, 1973]. 불역, Paris: Gallimard, 1953)에서,
    특히 §9와 §10, 32~34에서 눈에 띄게 발전되고 새로운 방향을 얻게 된다. 마찬
    가지로 『형이상학의 근본 문제들 *Les Problèmes fondamentaux de la
    phénoménologie*』(앞의 책, §7~9와 §21)과 『칸트의 "순수이성비판"에 대한 현상
    학적 해석 *Interprétation phénoménologique de la 'Critique de la Raison pure' de
    Kant*』(『전집』25권의 불역, E. Martineau, Paris: Gallimard, 1982)을 참조할 것.

해서 그러한 위치 Setzung를 통해, 이어서 자기 자신을 통해 촉발되는 방식 외의 다른 것이 될 수 없다. 즉 형식을 통해 고려된 내적인 의미라는 것이다. 이로부터 칸트가 이끌어내는 결론, 즉 정신은 있는 그자체로 직관되는 것이 아니라 스스로를 통해 촉발된다는 조건 아래스스로를 표상하는 것으로 직관된다는 결론이, 촉발된 존재가 정점에 이르는 이러한 자가-촉발과 결부된 특별한 난관을 사라지게 할 수는 없을 것이다. 적어도 그 고유의 놀이를 지배하는 선험적 연역과관련하여 시간이 가늠할 수 없는 것으로 드러나는 지점이 있다면, 그것은 시간의 영속성이라는 개념, 그리고 자기를 통해 스스로 촉발되는 시간에 연루된 것들에 관계된다.

후설에게서 시원성 또는 모든 구성 그 자체보다 근본적인 시간을가리키는 신비성의 흔적을 찾으려는 것은 아무 소용이 없다. 『시간의내적 의식에 대한 강의』의 야심은 물론 의식과 그에 내재한 시간을일거에 구성하는 것이다. 후설의 선험론은 칸트의 선험론 못지않게이 일에 주의를 기울이고 있다. 그럼에도 불구하고 나는 마지막으로앞서 말한 난관, 즉 모든 세로 방향의 지향성들이 겹치는 과정의 연속성에서 시간의 총체성을 이끌어내는 데 따른 난관 외에도, 밖으로의 지향성이 일단 유보된 상태에서 질료학에 대한 담론을 견지하는 데따른 역설을 환기하려 한다. 칸트의 경우 자기에 의한 자기의 촉발과연결된 모든 난관들은 다시금 전력을 다해 의식의 자기-구성 auto-constitution을 위협하게 된다. 바닥에 깔려 있는 이러한 난관들은 그구성이 말로 표현되는 언어 층위에서 밝혀진다. 우선 충격적인 것은, 솟아오름, 근원, 떨어지다, 잠기다, 흘러가다 등의 은유적 특성이 선험적 질료학을 가로지르고 있다는 점이다. 이처럼 수많은 은유들의중심에는 흐름 flux이라는 근원-은유 métaphore-mère가 자리잡고 있다. 『강의』의 제3편이 말하고자 하는 것은 바로 "시간을 구성하는, 의

510

식의 절대적 흐름"[42]이다. 그런데 이러한 은유들이 만들어내는 비유적 언어는 절대 말 그대로의 지시적 언어로 옮길 수 없다. 그것은 기원으로 거슬러 올라가는 작업이 사용하는 유일한 언어를 만들어내는 것이다. 이처럼 은유는 구성하는 의식이 그렇게 구성된 의식을 주도할 수 없음을 나타내는 첫번째 표지가 된다. 게다가 흐름과 의식 사이의 행동주도력 물음이 떠오른다. 흐름을 만들어내는 것은 의식인가? 아니면 흐름이 의식을 만들어내는가? 첫번째 가설은 피히테 유의 관념론으로 되돌아간다. 두번째 가설에서는 의식이 자기의 산물에 대해 갖는 행동주도력이 그것을 구성하는 생산 활동으로 추월되는, 전혀 다른 유형의 현상학으로 들어가게 된다. 그런데 그 두 가지 해석 사이에서 한 가지 선택이 어려울 수도 있다. "궁극적으로 구성하는 의식 흐름이 통일성을 가진다는 것을 어떻게 알 수 있는가?"[43] 후설은 바로 이런 물음을 던지지 않았던가? 이 물음에 대해서는, 두 가지의 세로 방향의 지향성들이 나뉜다고 답할 수 있는데, 이러한 답은 다음과 같은 후설의 주장을 끌어낸다. "의식의 흐름이 그 나름의 독특한 통일성을 구성한다고 말하는 것이 아무리 눈에 거슬린다(처음에는 터무니없기까지) 하더라도, 어쨌든 그렇게 된다."[44] 그는 다시한 번 솔직하게 이렇게 고백한다. "이 모든 사실에 대한 명칭을 우리는 갖고 있지 않다."[45] 은유에서 이처럼 용어 결핍으로 넘어가면서, 언어의 쇠약함은 궁극적인 "인상적 의식"[46] ── 그에 대해 우리는 스스로를 구성하면서 의식을 구성하는 것은 흐름이지 그 반대는 아니다라고 말할 수 있다 ── 을 향해 신호를 보낸다.

---

42) 이 책의 p. 84 그리고 p. 85의 각주 57 참조.
43) 이 책의 p. 87 참조.
44) 이 책의 p. 86~87 참조.
45) 이 책의 p. 85 참조.
46) 이 책의 p. 90 참조.

우리가 보기에 신비성에 인접한 철학자는 당연히 하이데거다. 여기서 우리가 신비성이라는 용어를 사용한다 해도 전혀 문제될 것은 없다.『존재와 시간』그리고『현상학의 근본 문제들』이 그렇듯이, 여전히 현상학적이고자 하는 유형의 담론에서 있는 그대로의 존재 이해쪽으로 통해 있는 현존재의 분석론은 신비성에 인접해 있다고 말할수 있다. 그만큼 이러한 통로는 해석학적 현상학을 그 본래의 가능성이 갖는 한계로 이끌어간다는 것도 사실이다. 그런데 하이데거는 칸트가 비난했던 광적인 흥분Schwärmerei에 상당하는 것들 — 후설과마찬가지로 하이데거의 경우에 그것은 생 vie, 실존 existence, 그리고대화 dialogue의 철학들이다 — 에 조금도 기울지 않으면서 그러한통로를 개척하려고 한다.

『존재와 시간』의 장황한 서론에서, 작품의 구상에 대한 주장들을제외하면, 우선 현존재의 분석론 analytique de l'être-là과 존재 이해 compréhension de l'être의 관계는 분석론의 미완성을 나타내는 —하지만『존재와 시간』에서 그 끝까지 다루고 있는 것은 바로 이것뿐이다 — 표지들을 통해서만 드러난다. 이러한 표지들은 동시에 분석론의 목표가 철학적 인류학에 갇혀 있지 않다는 것을 보여준다. 그런데『존재와 시간』을 쓸 당시의 하이데거의 철학적 구상을 제대로 이해하지 못할 위험은 여전히 남아 있다. 그러한 위험은, 오히려 시간의 문제를 통합 존재 l'être-intégral의 문제와 동일시함으로써, 그리고통합 존재를 죽음을 향한 존재 l'être-pour-la-mort와 동일시함으로써, 여전히 이어진다.『존재와 시간』2편 끝에 가서도 모든 분석들이 어떤 점에서 1부에 주어진 제목, 즉 "시간성에 의한 현존재의 해석과존재 물음의 선험적 지평으로서의 시간의 규명"[40](58)이라는 제목을 충족시키는지 알기 어렵다. 최선의 경우라 하더라도, 존재 물음의개방성이 아닌 시간의 탈자적 특성에 대한 해석을 제시하고 있는 분석에서 그 제목의 후반부에 상응하는 내용은 없는 것 같다. 죽음을 향한 존재의 물음을 통해 규명되는 통합 존재의 물음은 오히려 그 지평을 닫는 것처럼 보인다.

그러나 여기서 『현상학의 근본 문제들』은 『존재와 시간』에서 말하는 시간성temporalité, Zeitlichkeit과 존재시성être-temporal, Temporalität, 이 두 가지를 구분할 것을 제안하면서 『존재와 시간』보다 더 멀리 나아간다.[47] 그리고 보다 정확하게 말해서, 이러한 구분을 주장하는 사유는 끊임없이 물음을 던진다는 특성으로 말미암아 『존재와 시간』에서 말하는 시간성의 가늠할 수 없다는 특성이 드러나게 한다.

존재시성과 시간성의 구분은 『존재와 시간』에서는 감지할 수 없었던 움직임, 다시 말해서 가능성 조건이라는 개념의 용법에서 일어나는 역전을 완성한다. "현존재의 존재론적 구성은 존재시성에 토대를 두고 있다"고 분명하게 되풀이된다(『현상학의 근본 문제들』[323](276)). 이제 존재시성의 의미는 "존재 이해의 가능화"(같은 책)라고 덧붙인다. 그런데 가능성 개념의 새로운 용법은 우리가 그에 준해 존재를 이해하는 지평으로서의 시간성에 대한 설명에 따라 조정된다. 탈자성 ek-statique과 지평성horizontal(지평적 특성이라는 뜻에서)이라는 두 낱말의 결합은 존재시성의 제목 아래 놓여 있는 새로운 문제점들이 제기됨을 나타낸다[374~379](309~322).

이러한 새로운 문제점에서 시간의 지평적 특성은, 시간의 탈자태들 각각을 구성하는 지향성, 특히 자기 자신을 앞질러가고 자기 자신에게 닥쳐온다는 뜻으로 이해된 다가옴l'à-venir의 지향성과 곧바로 결부된다. 탈자적 시간의 총체화와 관련하여 죽음을 향한 존재의 역할에 대해서는 아무 말 없이 넘어가는 반면, 문제점이 방향을 선회하고 있음을 나타내는 ~을 향한, ~의 방향으로의 탈자적 이동은 강조

47) 『현상학의 근본 문제들』, 앞의 책, §19~22.

된다. 지평적이라는 말의 뜻은 "탈자태 그 자체와 함께 주어진 지평으로 규정되는"[378](322) 것으로 이해되기 때문에, 이제 탈자적-지평적 시간성이라고 말한다. 하이데거가 보기에 이처럼 탈자성에 준해 지평성이 전개되는 것은 지향성의 현상이 모든 현상학적 접근을 지배하고 있음을 입증한다. 그러나 후설과는 반대로 시간성의 탈자적-지평적 특성이 지향성을 조건짓는 것이지, 그 역은 아니다. 지향성은, 존재 이해에 내포된 ~방향으로의 기획 투사와 마찬가지로 엄밀하게 존재론적인 의미에서 다시 생각되는 것이다. 존재 이해에서 "시간 방향으로의 존재의 기획 투사"[397](337) 같은 것을 보면서, 하이데거는 또한 시간성이 그 지평, 존재시성을 향해 방향을 설정한다는 것도 볼 수 있다고 생각한다.

그런데 여전히 현상학적이고자 하는 사유, 즉 지향성이라는 관념으로 지배되는 사유의 틀 안에서는 "시간 방향으로의 존재의 기획 투사"에 대한 하이데거의 모든 주장들이 숨겨진 채로 남아 있다고 말하지 않을 수 없다. 사유를 돕기 위해 그가 제안하는 것들은 오히려 길을 벗어나게 할 위험이 있다. 자기의 새로운 논지를 플라톤의『공화국』IV에 나오는 그 유명한 "존재를 뛰어넘어 par-delà l'être(épékeina tès ousias)"와 접근시키고 있는 경우가 그렇다. 물론 하이데거의 논지는 또한 "존재 너머로, 있는 그대로의 존재 그 자체가 기획 투사되어 열려 있는"[399](339) 방향으로 묻도록 권한다. 하지만 "존재를 뛰어넘어"는 선(善)의 관념과 분리되어서는 별다른 도움이 되지 못한다. 남아 있는 것은 오로지 방향이라는 요소, 너머로의 이행뿐이다. "탈자태의 이러한 방향wohin 특성을 우리는 지평 또는 정확히 말해서 탈자태의 지평적 도식이라고 규정한다"[429](362). 그렇다면 "시간성이란 바로 그 자체로서의 시간성을 가장 본래적인 방식으로 시간화하는 것이다"[429](363)라고 말할 때, 그것은 무슨 의미인가? 솔직히 말하자면, 우리가 시성적인 temporal 것과 시간적인 temporel 것의 구별을 존재론적 차이, 다시 말해서 존재와 존재자의 차이 — 이것은 『현상학의 근본 문제들』에서 처음으로 명백하게 공식적으로 주장된다 — 에 결부시킬 수 없는 한, 그것은 아무 뜻도 없다. 그렇게 되면 시성적인 것과 시간적인 것의 차이는 오직 한 가지 기능, 즉 존재론적 차이를 가리키는 기능만을 갖는다. 이러한 역할을 벗어나 할 수 있는 일이라곤 현존재의 통합성으로 이해된 시간성의 가늠할 수 없는 특성을 나타내는 것뿐이다. 왜냐하면 그 자체로 보자면, 존재시성과 시간성의 구분은 이제 더 이상 해석학적 현상학 그 자체에 다가갈 수 있는 현상을 가리키지 않기 때문이다.[48)]

우리의 시도 전체가 마주치게 되는 가장 당혹스런 질문은 시간의 표상 불가능성과 대응하는 것을 서술성 쪽에서도 찾아볼 수 있는가 하는 것으로 요약된다. 이 질문은 일단은 당혹스러워 보인다. 가늠할 수 없는 것을 다시 형상화한다는 것이 어떤 의미를 가질 수 있겠는가? 이야기의 시학은 비정상적인 이러한 질문에 대해서 아무것도 제시할 수 없는 것은 아니다. 시간의 측량 불가능성에 대한 그 응답의 비밀은 바로 서술성이 그 한계를 향해 끌려가는 방식에 있다.

우리는 시간의 측량 불가능성과는 관계없이 서술성의 한계에 대한 물음에 여러 번 다가간 바 있다. 그래서 우리는 줄거리 구성이라는 아리스토텔레스의 모델이 현대 역사 기술이나 오늘날의 소설이 구사

---

48) 하이데거가 『현상학의 근본 문제들』 끝부분에서 천명하고 있는, 이제부터 존재시성이 구성하는 새로운 선험성의 존재론적 과학을 세우려는 포부에 대해 입장을 밝히는 일은, 이 책과는 별개의 몫이다[465](391). 여기서 새로운 신비성으로 빠지지 않겠다는 의도는 어쨌든 『강의』의 마지막 부분(사실 미완성으로 남겨졌다)에서 확실하게 드러난다. 거기서 하이데거는, 『예전에 제후가 철학을 말하면서 사용했던 어조로 *D'un ton grand seigneur adopté naguère en philosophie*』(1796)라는 소책자에서 칸트가 대조했던 것, 즉 『서한』에 나타난 플라톤의 절제와 본의 아니게 신비전수자가 되어버린 아카데미의 플라톤의 이른바 도취 사이의 대조를 자기 식으로 다시 다루고 있다.

하는 매우 복잡한 구성 형태들을 여전히 설명할 수 있는지 살펴보았던 것이다. 이러한 질문을 통해 역사 기술 쪽으로는 준-줄거리, 준-등장인물, 그리고 준-사건이라는 개념들을 만들어내게 되었다. 이 개념들을 통해 알게 된 것은 역사 기술이 줄거리 구성이라는 최초의 모델을, 그것을 넘어서면 역사가 이야기의 확장이라고 더 이상 말할 수 없는 단절 지점 가까이 이끌어간다는 것이다.[49] 소설 쪽으로도 비슷한 고백을 할 수밖에 없었고, 그래서 포스트모던이라고도 부르기도 하는 시대에는 무엇을 이야기하려 하는지 더 이상 알 수 없는 일이 생길 수도 있다는 것을 인정해야만 했다. 발터 벤야민이 매우 유감스럽게 생각했듯이, 인류는 그 누구도 누군가와 나눌 수 있는 경험을 더 이상 갖지 못하게 될 단계로 넘어갔다는 숙명적인 변동에 대해서, 우리는 공감을 표시했다. 나아가서 모습을 바꿀 수 있는 이야기의 역량 덕분에 이야기는 여전히 오랫동안 분파를 면할 것이라는 프랑크 커모드의 주장에도 신뢰를 표시했다.

앞으로 우리가 다루게 될 한계는 이와는 다른 영역에 속한다. 즉 앞에서 말한 것들은 그 내적인 형상화 수단을 통해서만 시간을 재형상화할 수 있는 이야기의 역량과 관련된 것이었지만, 이제부터 문제가 되는 것은 바로 이야기를 통한 시간의 재형상화의 한계 그 자체다.

그런데 한계라는 용어는 두 가지 의미로 이해된다. 내적인 한계는 이야기하는 기술이 고갈될 정도까지 넘어서서 가능할 수 없는 것에 근접한 것을 뜻한다. 외적인 한계는 나름대로 시간을 말하려고 애쓰는 다른 종류의 담론들로 인해 이야기 장르가 넘쳐나는 것을 뜻한다.

우선 이야기 그 자체가 고유의 영역 내에서 찾아낸 한계들에 대해 말해보자. 허구 이야기는 분명 한계에 이르는 작업에 가장 좋은 장비를 갖추고 있다. 우리는 상상의 변주 variation imaginative라는 유리한

---

49) 『시간과 이야기』 1권, 2부, 3장 참조.

방법을 알고 있다. 이것을 다루었던 부분[50]에서 우리는 주어진 경계, 즉 역사의 해결책이 아닌 다른 해결책들 ─ 시간의 현상학적 해석과 우주론적 해석의 이중성의 문제에 대해 허구가 가져온 해결책들 ─ 을 검토하는 데 머물 수 없었다. 우리는 주어진 틀을 과감하게 벗어나, 시간에 대한 이야기fable들이 시간과 그 타자의 관계를 탐사하는 데에 기여한 바를 가늠해보았다. 독자는 아마도 우리가 제시한 시간에 관한 세 가지 이야기의 극적인 순간들, 시간성의 극단적인 집중이 영원성이라는 표지 아래 놓일 수 있을 만한 다양한 한계-경험에 이르는 순간들에 대한 설명을 아직도 기억하고 있을 것이다.[51] 『댈러웨이 부인』에서 셉티머스의 비극적 선택, 『마의 산』에서 세 가지의 영원성 형상들 ─「영원의 수프」「발푸르기스의 밤」그리고「눈」의 에피소드 ─, 『되찾은 시간』의 이중의 영원성 ─ 잃어버린 시간에서 이끌어낸 영원성과 시간을 만회하려는 작품을 낳는 영원성 ─ 을 잊을 수 없다. 이와 같이 허구는 다양한 방식으로 이야기를 그 자체의 한계로 이끌어감으로써 영원성 경험들을 늘어나게 한다. 각각의 허구 작품이 그 고유의 세계를 펼친다는 점을 염두에 둔다면, 이처럼 경험-한계들이 늘어나는 것은 놀라운 일이 아닐 것이다. 그런데 시간은 매번 서로 다른 가능한 세계 속에서 영원성이 자신을 넘어서게 한다. 그렇게 해서 시간에 관한 이야기들은 시간에 관한 이야기인 동시에 그 타자가 된다. 무수히 많은 사유 경험들의 실험실 역할을 한다는 허구의 기능이 이보다 더 잘 확인되는 곳은 없다. 바로 삶의 또 다른 실현, 종교적이고 윤리적이며 정치적인 실현을 위하여, 선택을 해야 하는 것이다. 상상의 세계는 검열을 용인하지 않는다.

우리는 또한 일상적 시간의 질서와 관련하여 허구가 수행하는 두 번째 위반도 잊을 수 없다. 허구가 묘사하는 한계-경험은 영원성의

---

50) 이 책의 2장, 2절 참조.
51) 이 책의 pp. 258~62 참조.

극한을 표시함으로써 또 다른 경계, 즉 이야기와 신화 사이의 경계를 탐사한다.[52] 오로지 허구만이, 그것이 허구이기 때문에, 도취에 빠지게 한다고 말한 바 있다. 이제 우리는 그러한 열광이 뜻하는 바를 더 잘 이해할 수 있다. 즉 이러한 열광은 시원성과 신비성에서 끌어낸 충동을 억제하는 현상학의 절제 —— 현상학은 시원성에서 멀어져가려 하고 신비성에 다가가지 않으려 한다 —— 와 마주하고 있는 것이다. 이야기 le récit는 바로 이러한 시원성과 신비성을 서술로 옮겨놓음으로써 그 실체를 서슴없이 자기 것으로 만든다. 셉티머스는 삶의 소음 너머로 들리는 "시간에 부치는 불후의 송가"에 귀를 기울일 줄 안다. 그리고 "시간에 부치는 송가"를 죽음 속으로 가져간다. 『마의 산』이 환기시키는 것은 순서가 뒤바뀐 이중의 마법이다. 한쪽에는 지표와 척도를 잃음으로써 측량할 길이 없게 되어버린 시간이 마법을 걸고 있으며, 다른 쪽에는 질병과 죽음의 시련에 직면한 평범한 주인공의 "상승," 때때로 명백한 신비 단계를 거쳐가며 전체적으로는 유대교의 신비철학적 여운을 띠는 통과 제의의 특징들을 보여주는 상승이 있다. 오직 아이러니만이 허구, 그리고 신화의 순진한 되풀이 사이를 가로막는다. 끝으로 『잃어버린 시간을 찾아서』는 독일 관념론에서 비롯된, 잃어버린 정체성의 형이상학적 경험을 이야기하고 있다. 우리는 작품을 향한 창조의 충동을 낳고 작품 속에 구현될 미(美)에 대한 초시간적 경험 또한 마찬가지로 통과 제의적이라고 부를 수 있다. 그러므로 『잃어버린 시간을 찾아서』에서 시간이 다시 신화화되는 것처럼 보이는 것은 우연이 아니다. 한편으로 파괴적인 시간이 있으며, 다른 한편으로 "예술가, 시간 l'artiste, le Temps"이 있다.[53] 『잃어버린

---

52) 이 책의 pp. 262~64 참조.

53) 마법이란 낱말은 프루스트가 갑작스런 영감의 도래 장면에 뒤이어 해골들의 만찬에서 빈사 상태의 사람들에 관해 이야기할 때 사용하고 있다. "형체가 없는 세월에 채색된 인형들, 보통은 눈에 보이지 않으나 볼 수 있게 하기 위해서 육체를 찾

시간을 찾아서』가 "시간 속에서 dans le temps"라는 세 낱말로 끝나는 것 또한 우연이 아니다. 여기서 "속에서"라는 말은 거대한 그릇 속에 위치하고 있다는 통속적 의미가 아니라, 시간은 모든 것 ── 시간을 정돈하려고 하는 이야기도 포함해서 ── 을 감싸고 있다는, 시원성과 신비성에 동시에 가까운 뜻으로 쓰이고 있다.

시간이 이야기를 감싸는 또 다른 방식이 있는데, 그것은 이야기 양식이 아닌 다른 담론 양식, 즉 시간의 심오한 수수께끼를 다른 방식으로 이야기하는 담론 양식이 형성되게 하는 것이다. 시간을 언어로 승화시킬 수 있는 이야기의 힘을 다루고 있는 작품에서조차도, 이야기가 모든 것은 아니며 시간은 여전히 달리 말해질 수 있다고 고백해야만 하는 때가 오는 것이다. 시간은 이야기에서도 가늠할 수 없는 것으로 남아 있기 때문이다.

나는 성서 주석을 통해 이야기의 이러한 외적 한계에 주의를 기울였다. 기실 헤브라이 성서는 (영원성이란 낱말의 모호함과 관련하여 앞에서 언급한 모든 신중함을 고려하여) 신성한 영원성과의 관계에서 본 시간의 유언으로 읽힐 수 있다. 그런데 성서에서 이야기만이 시간과 그 타자의 관계를 말하는 것은 아니다. 헤브라이 성서의 이야기는, 그 방대함과 상관없이, 언제나 다른 장르들과 힘을 합쳐 기능을 발휘하는 것이다.[54]

아다니고, 육체를 마주치는 어느 곳에서든 육체를 낚아채 그 마법의 램프를 보여주는 시간, 그 '시간'을 겉으로 나타내는 인형들(Ⅲ, p. 924).

54) 그 첫번째 교차는 모세 5경[「창세기」에서 「신명기」에 이르는 구약성서의 처음 5서: 옮긴이]의 특징을 규정한다. 야훼의 문서에서부터 이야기와 율법은 서로 얽혀 있다. 언약과 해방의 이야기에 선행하는 「서문」 중의 「서문」을 통해 뒤로 깊숙이 파인 서술 행위의 태고성과, 시나이 산의 계시로 압축되는 율법의 태고성은 그처럼 교차한다. 다른 의미심장한 교차들이 그에 덧붙여지는데, 시간에 관한 예언적 접근 방식은, 그 반발로 모세 5경에 의해 전개된 전통 신학을 전복시키도록 부추긴다. 반대로 전통과 예언에 공통된, 미래를 내다보면서도 과거를 돌이켜보는 역사성은 또 다른 태고성, 즉 「잠언」과 「욥기」 「전도서」와 같은 지혜의 책에 모여

성경에서 볼 수 있는 이러한 이야기 le narratif와 이야기 아닌 것 le non-narratif의 결합은 우리로 하여금 다른 문학 속에서도 이야기의 의미 효과는 다른 장르의 의미 효과에 연결된 것이 아닌지 찾아보게 하며, 그렇게 해서 시간에서 어떤 것이 가장 재현되기 힘든가를 말하게 한다. 여기서는 오늘날까지 독일 시학이 자주 사용하는 세 가지 요소를 간략하게 환기하는 데 그칠 것이다. 세 가지 요소란 서사, 극, 서정이다.[55] 서사와 극에 관해서는 이미 아리스토텔레스의 『시학』에 대한 분석에서, 줄거리 구성이 그 공통의 원동력이라는 점에서, 넓은 의미의 이야기 영역에 별 무리 없이 들어간다고 인정했다. 하지만 시간의 형상화의 관점에서 유효한 논증은 그 재형상화의 관점에서도 여전히 유효한 것인가? 주목할 만한 점은, 꾸며낸 행동으로 이루어진 순전히 서술적인 짜임새 속에서, 독백과 대화들은 틈을 열어주어, 시간에 깎여갈 수밖에 없는 인간의 비참함에 대한 짧은 명상뿐만 아니라 풍부한 사색을 끼워넣을 수 있게 해준다는 것이다. 프로메테우스, 아가멤논, 오이디푸스, 비극에 등장하는 합창단, 그리고 보다 가까이는 햄릿의 입을 통해 나오는 이러한 생각들은 일화적인 것을 넘어 근본적인 것에 이르는, 한계 없는 예지의 오랜 전통 속에 포함된다. 바로 이러한 근본적인 것에 서정시가 목소리 —— 그것은 또한 **노래**다 —— 를 부여하는 것이다. 짧은 인생, 사랑과 죽음의 갈등, 우리의 탄식도 개의치 않는 우주의 광대함을 한탄하는 것은 더 이상 이야기의 기법에 속하지 않는다. 독자들은 우리가 분석한 텍스트들 곳곳에서 산문의 신중함과 절제 밑에 감추어진 탄식의 서정적 형상을 알아차릴 수

진 예지의 태고성과 대조된다. 끝으로 태고성의 모든 형상들은 「시편」에 모여진 한탄과 찬양을 통해 다시 현실화된다. 성경에서 성서 이야기는, 그처럼 이야기가 아닌 일련의 사색들을 통해 신앙 이야기의 규모에 접근하는 것이다(이 책의 p. 495, 각주 23 참조).

55) Käte Hamburger, 『문학의 논리 *Die Logik der Dichtung*』 참조(『시간과 이야기』 2권, pp. 135~38[번역본] 참조).

있을 것이다. 그래서 우리는 시간의 모순을 분석하면서 처음에, 『티마이오스』에 나타난 시간에 관한 간단한 언급을 계기로, 상처받은 영혼이 천체의 운행 질서 ── 하지만 이것은 인간을 넘어서는 것이다 ── 를 관조하면서 얻을 수 있는 평화에 관한 부드럽고도 쓰라린 성찰에 잠시 빠져들었던 것이다.[56] 이번에는 우리의 아포리아의 끝에 이르러, 시간 내부성과 이른바 통속적이라고 하는 시간의 맞물림에 대한 하이데거의 성찰을 맞이하여, 다시금 똑같은 어조를 부여할 수밖에 없었다.[57] 그러면서 사색을 통해 감정이 동요할 수밖에 없다는 사실을 지적한 바 있다. 때로는 내던져지고 떨어져 있는 우리 존재에 내재한 제어 불능non-maîtrise과 천체의 당당한 움직임을 관조하면서 우리에게 떠오르는 이 또 다른 제어 불능이 서로 공모하고 있다는 인상이 우세한가 하면, 때로는 반대로, 숙명적인 존재에게 부여된 시간과 우주적 시간의 광대함 사이에는 공통 분모가 없다는 느낌이 압도적일 때도 있다. 그래서 우리는 두 가지 제어 불능이 결탁함으로써 생겨나는 체념과 삶의 허약함과 파괴에 가까운 시간의 위력을 대조함으로써 끊임없이 태어나는 고뇌 사이에서 동요했던 것이다.[58] 사색하는 사유의 서정성은 이야기하는 기법을 거치지 않고, 다른 방식으로, 곧바로 근본적인 것에 들어간다.

서사와 극, 그리고 서정의 최종적 결합은 『시간과 이야기』 1권의 「책머리에」에서 이미 예고되었는데, 서정적 시정(詩情)은 극적인 시정과 어깨를 나란히 한다고 말했다. 이렇게 해서 『살아 있는 은유』에 제시된 재묘사 redescription와 『시간과 이야기』에서 말한 재형상화 refiguration는 역할을 바꿀 수 있고, 그때 서정적 담론에 의해 펼쳐지는 재묘사의 위력과 서술적 담론에 부여된 재현적 위력은 "예술가,

---

56) 이 책의 p. 34, 각주 17 참조.
57) 이 책의 pp. 187~91 참조.
58) 이 책의 pp. 189~90 참조.

시간"의 보호 아래 서로 결합하는 것이다.

이제까지 밟아온 길을 마지막으로 살펴보자. 우리는 이 결론 부분에서 우선 저자와 작품에 따라 유기적으로 연결해왔던 시간의 모순성에 있어서 세 가지 층위를 구분했다. 그런데 하나의 층위에서 다른 층위로 넘어가면서 어느 정도의 진전은 있었지만 체계적이지는 못했고, 그래서 각각의 아포리아 그리고 다른 무엇보다도 마지막 아포리아에 담겨 있는 체계적인 논증이 부인될 위험이 있다. 시간의 모순성에 대해 이야기의 시학이 제시하는 대답들도 마찬가지라고 말하지 않을 수 없다. 그 대답들은 나름대로 의미가 있다. 하지만 서로 연결되어 고리를 이루지는 못한다. 우리가 반드시 서술적 정체성 개념에서 역사의 통일성 관념으로, 이어서 우리를 감싸는 시간의 신비 앞에서의 이야기의 한계에 대한 고백으로 넘어가야 할 이유는 없다. 어떤 의미에서는 한 단계 옮길 때마다 시간의 아포리아에 대한 이야기의 대답은 그 적합성은 점점 더 잃어간다고, 그래서 시간은 줄거리의 그물에 갇혀 있다가 싸움에서 이기고 뛰쳐나오는 것처럼 보인다고까지 말할 수 있다. 이렇게 되는 것은 좋은 일이다. 의미를 통제하려는 구성하는 주체 sujet constituant의 주장이 이야기 찬양으로 인해서 다시금 은밀한 활력을 받게 된다고는 말할 수 없을 것이기 때문이다. 반대로 어떤 방식의 사유이든 부여된 영역 내에서의 용법의 유효성을, 그 용법의 한계에 대한 정확한 척도를 가지고 검증하는 것이 바람직하다.

하나의 아포리아에서 다른 아포리아로, 그리고 하나의 시학적 대답에서 다른 대답으로 넘어가면서는 거침없이 앞으로 나아가지만, 그 역순으로는 제약이 따른다. 즉 이야기의 한계를 고백한다고 해서 역사의 통일성이라는 관념이 갖는 위치와 윤리적이고 정치적인 함의들이 사라지는 것은 아니다. 시간의 신비에 대한 고백과 상관 관계를 맺고 있는, 이야기의 한계에 대한 고백이 또한 반(反)계몽주의를 지지하는 것이라고 말할 수는 없을 것이다. 시간의 신비가 언어를 짓누르는 금기와 같은 것은 아니다. 그것은 오히려 더 많이 생각하고 다르게 말해야 한다는 의무감을 불러일으킨다. 그렇다면 우리는 반복적인 운동을 그 끝까지 밀고 나가서, 역사 의식을 그 유효성의 한계 내에서 다시 긍정한다는 것은 반대로 개인과 그 개인이 속한 공동체가 그들 각각의 서술적 정체성을 탐구하도록 요구한다고 주장해야 한다. 그것이 바로 우리 연구의 견고한 핵심이다. 왜냐하면 오로지 바로 이러한 연구를 통해서만이 시간의 모순성 aporétique du temps과 이야기의 시학 poétique du récit은 적절하게 서로 화답하기 때문이다.

옮긴이 해제

   아우구스티누스는 이렇게 물음을 던진다. "도대체 시간이란 무엇인가? 아무도 나에게 그 질문을 하지 않을 때에는 나는 알고 있다. 그러나 누군가 나에게 그것을 묻고 내가 그것을 설명하려 한다면 나는 더 이상 알 수 없다." 리쾨르는 이렇게 대답한다 "서술성의 시학은 시간성의 모순에 답하고 대응한다." 『시간과 이야기』 전체는 그처럼 시간의 아포리아에 이야기의 시학이 어떤 해결책을 가져온다는 전제 아래, 그러한 접근법의 한계와 유효성을 더듬어나가는 과정으로 볼 수 있다. 그렇다면 리쾨르가 말하는 시간의 아포리아란 무엇인가? 크게 세 가지 아포리아를 들 수 있다. 첫번째 아포리아는 물리적·우주론적 관점과 심리적·현상학적 관점의 대립에서 비롯된다. 즉 물리적 시간에서 심리적 시간을 이끌어낼 수 없고, 현상학적 시간에서 우주론적 시간을 이끌어낼 수 없다는 것이다. 이 아포리아는 '현재의 구조'를 둘러싸고 첨예하게 나타난다. '지금'이란 이전과 이후 사이에서 절단된, 한 점에 국한된 순간인가? 아니면 방금 지나간 과거와 곧 다가올 미래로 부풀어 있는, '살아 있는' 현재인가? 두번째 아포리아는 시간의 총체성, 즉 시간은 공간처럼 우리를 감싸고 있는 하나의 통일적인 총체인가, 아니면 여러 시간들이 있는가의 아포리아다. 우리는 '시간'이라고 단수(單數)로 말하면서도 실제로는 과거, 현재, 미래라는 '시간들'을 체험한다. 세번째 아포리아는 궁극적으로 시간이란 현상학에 따른 심리적 설명과 우주론적 설명을 넘어선다는 것이다. 즉 시간에 대한 직관이 선험적 감성 형식이든 지속적인 심적 흐름이든 시간을 있는 그대로 직관하고 가늠할 수는 없다는 것이다. 현상학이 끊임없이 은유와 신화에 도움을 청하고, 리쾨르가 "시간성은 현상학이라는 직접 화법을 통해 말해질 수 있는 것이 아니라 서술 행위라는 간접화법의 중개를 필요로 한다"고 말하는 것도 그 때문이다. 그처럼 시간성의 아포리아에 서술성의 시학이 대응한다는 해법은 리쾨르의 시간론의 특징이기도 하다.

『시간과 이야기』에서 리쾨르의 해법은 아우구스티누스의 『고백록』 XI에 나오는 '정신의 이완'이라는 개념을 아리스토텔레스의 『시학』의 핵심 개념인 비극의 뮈토스 이론과 교차시키면서 시작된다. 기억의 과거와 기대의 미래, 그리고 직관의 현재 사이에서 '이완된' 정신의 시간이라는 아포리아에 예기치 못한 일들을 '줄거리로 꾸미는' 행위가 대응하는 것이다. 시간에 대한 모순적인 체험, 즉 과거는 이미 지나갔고 미래는 아직 다가오지 않았지만, 지나간 일을 기억하고 다가올 일을 기대한다는 체험된 시간과 이야기를 이해하는 능력은 그렇게 유기적으로 연결되고 이것이 『시간과 이야기』 1부의 주제다. 그 핵심은 화음과 불협화음의 변증법, 그리고 각각의 경우에 역전된 관계라고 말할 수 있다. 체험된 시간의 경우 과거, 현재, 미래를 일관성 있게 통일적으로 체험하려는 의지에도 불구하고 기억과 기대, 그리고 직관이 무질서하게 뒤섞여 있다는 점에서 불협화음이 우세하다. 비극적 줄거리의 경우에는 비극적 행동의 돌발적인 사건들의 불협화음에도 불구하고 일관된 줄거리 구성이라는 화음이 우세하다. 그래서 이야기와 시간성의 상관 관계, 즉 살아 있는 시간성은 화음을 이루는 불협화음이며, 이야기는 불협화음을 내는 화음이 된다는 관계는 시간성의 모순에 서술성의 시학이 대꾸한다는 논지를 뒷받침하는 토대가 된다. 리쾨르는 그러한 논지를 전형상화(미메시스 Ⅰ), 형상화 (미메시스 Ⅱ) 그리고 재형상화(미메시스 Ⅲ)라는 해석학적 순환의 세 가지 층위에 따라 전개시킨다. 즉 이야기가 인간의 행동을 재현(모방)하는 것이라면, 우선 이야기되기 이전의 행동의 세계가 있을 것이며 이야기는 줄거리 구성을 통해 이를 텍스트로 형상화한다(『시간과 이야기』 2부와 3부는 결국 '서술적 형상화'라는 제목으로 묶을 수 있다). 그리고 독자는 독서를 통해 이야기를 다시 그려보는데, 이러한 해석학적 순환 과정에서 시간성의 모순은 이야기의 시학을 통해 어느 정도 해결책을 찾는다는 것이다. 리쾨르는 이야기를 다시 역사 이야기와 허구 이야기의 두 가지 양태로 나누고, 두 가지 양태가 과거의 실재성이라는 측면에서는 대립적이면서도 서로에게 빚지고 있음을 밝힌다. 즉 역사는 줄거리 구성이라는 허구의 방식을 빌려오고, 허구는 과거라는 역사의 시간성을 빌려온다는 것이다. 『시간과 이야기』 3권 (4부 「이야기된 시간」)은 이제까지의 작업을 토대로 시간성의 모순에 서술성의 시학이 어떻게 대꾸하는가? 그 유효성과 한계는 무엇인가 라는 문제를 보다 깊이 있게 다루고 있다.

　1장(「시간성의 모순」)에서는 시간에 대한 현상학적 관점과 우주론적 관점이 서로 대립하면서 시간의 모순성을 더욱 심화시키고, 그 두 가지 관점은 암묵적으로 서로가 서로를 필요로 한다는 것을 밝힌다. 그렇게 해서 아리스토텔레스 대 아우구스티누스, 칸트 대 후설, 그리고 통속적 시간 개념과 하이데거라는 세 차례의 대조를 거친 다음 2장(「이야기의 시학 ― 역사, 허구, 시간」)에서는 이야기하는 행위가 어떤 창조적 수단을 통해 시간성의 모순에 답하는지를 검토한다. 시간성의 모순은 그처럼 이야기의 시학, "삼중의 미메시스가 형성하는 중력 공간" 속으로 끌려들어간다. 2장의 첫 5개 절은 시간성의 모순이 드러내게 될 주요한 난점을 중점적으로 다룬다. 역사와 허구의 대립에서 대상 지시와 관련하여 가장 중요한 것은 과거의 '실재성'이라는 개념이다. 역사와 허구는 각기 다른 존재론적 목표를 겨냥하고 있으나 시간을 다시 그려보는(재형상화) 작업을 통해 서로 만난다는 것이다. 리쾨르는 실제로 역사(1절과 3절)와 허구(2절과 4절)를 다루고 있는 절들을 서로 엇갈리게 함으로써, 이른바 역사와 허구가 교차하는 대상 지시의 문제(5절)에 대한 해결책을 마련해나간다. 그리고 거기서 '서술적 정체성'이라는 새로운 싹이 돋아난다. 마지막 2개 절에서는 "시간에 대한 현상학적 관점과 우주론적 관점 사이의 불협화음의 아포리아보다 더 다루기 힘든 아포리아, 다시 말해서 시간의 단일성의 아포리아"에 의해 야기된 문제를 다룬다. 여기서도 시간성의 모순에 서술성의 시학을 대응시키기 위해 역사와 역사 의식의 문제를 거론한다. 역사라는 용어는 "이야기된 스토리뿐만 아니라 인간이 만들고 겪는 역사"도 포괄한다. 역사의 전체화 문제는 그렇게 해서 '역사를 만든다'는 의식과 '역사에 속한다'는 이중의 의미에서의 역사 의식과 관련된다. 결론에서는 그럼에도 불구하고 서술성의 시학이 대꾸할 수 없는 시간성의 모순이 존재한다는 것을 조심스럽게 암시한다. 이제 그 내용을 좀더 자세히 살펴보기로 하자.

1장 1절(「정신의 시간과 세계의 시간」)에서는 아우구스티누스와 아리스토텔레스의 시간 개념이 안고 있는 아포리아를 다시 부각시킨다. 아우구스티누스는 시간을 정신의 긴장과 이완으로 본다. 과거나 미래를 생각할 때 정신이 늘어나는 것이고 지나가고 나서 그 길이를 재는 것이다. 하지만 그것만은 아니다. 기억은 지나간 일의 현재, 기대는 다가올 일의 현재, 현재는 지나가고 있는 것의 현재인 것이다. 이완되었다가 긴장하는 것이다. 아우구스티누스의 한계는 시간의 측정 원리를 단지 정신의 이완에서 끌어내려 함으로써 우주론적 개념을 설명하지 못한다는 점이다. 아우구스티누스는 '창조'의 시작에 관해 사색하면서, 시간 자체는 창조된 사물과 함께 시작되었다고 고백한다. 그런데, 이러한 시간은 모든 피조물들의 시간, 우주론적 시간이 될 수밖에 없는 것이다. 반면 아리스토텔레스는 시간은 운동이 아니며, 순간들을 구분하고 간격을 헤아리기 위해서 시간이 정신을 요구한다는 것을 잘 알고 있었다. 하지만 '이전과 이후에 따른 운동의 수'로 정의되는 아리스토텔레스의 시간 정의에는 정신의 연루 관계가 나타나지 않는다는 점에서 그의 추론 또한 모순에 빠진다. 결국 시간의 물리적 정의는 시간 파악의 심리적 조건들을 설명하지 못한다는 것이다. 여기서 시간의 가장 큰 아포리아, 즉 '순간'과 '현재'의 이원성에서 비롯된 아포리아가 나온다. 리쾨르가 아우구스티누스와 아리스토텔레스를 대조함으로써 얻은 결론은 이렇다. 즉 "시간의 문제를, 정신이든 운동이든 단 하나의 극단적 방법으로 공략한다는 것은 가능하지 않다는 것이다. 정신의 이완만으로는 시간의 연장을 만들어낼 수 없으며, 운동의 역동성만으로는 세 겹의 현재의 변증법을 만들어낼 수 없다."

2절(「직관적 시간과 보이지 않는 시간」)에서는 후설과 칸트를 대조하면서 시간에 관한 두 가지 대립되는 관점에서 비롯된 아포리아를 더욱 심화시키면서 이들이 서로에게 기대고 있다는 점을 밝힌다. 즉 내적 시간 의식에 대한 후설의 현상학은 칸트가 말한 객관적 시간에 대한 대상 지시를 배제할 수 없으며, 선험적 감성론에 따른 칸트의 객관적 시간 또한 시간의 현상학을 암묵적으로 빌리지 않고서는 성립될 수 없다는 것이다. 후설의 시간 현상학은 직관을 통해 '시간 그 자체를 나타나게' 하려는 시도이며, 아우구스티누스의 시간론을 발전시켜 미래 지향과 과거 지향, 그리고 일차적 기억과 이차적 기억의 현상을 탐구한다. 후설의 내적 시간 의식의 현상학에 따르면 '지금'은 한 점에 국한된 순간으로 수축하는 것이 아니라 과거 지향과 미래 지향이 겹쳐져 있는 '세로 방향의 지향성'을 내포한다. "'지금'은 그러한 지향성에 근거해서 그 자체인 동시에 '이제 막 soeben' 지나간 국면의 음(音)에 대한 과거 지향이고 곧 다가올 국면의 미래 지향이다." '지금'이란 그 어떤 현재의 순간이 아니라 과거 지향과 미래 지향으로 두터워진 순간이며, 동일한 것이 시간이 지남에 따라 비슷한 것으로 나타나는, 그래서 동일자와 타자의 변증법이 작용하는 순간이다. "과거 지향의 기능은 한 점에 국한된 현재와 한 점에 국한된 것이 아닌 내재적 객체 사이의 동일성을 확립하는 것이다. 과거 지향은 동일자와 타자의 논리에 대한 도전이며, 그 도전은 시간이다." 그것은 나중에 역사 의식의 문제, 역사적 과거의 문제와 결부된다. 이어서 일차적 기억과 '회상'이라 부르는 이차적 기억은 그것이 현재에 한 발을 담그고 있는가 아닌가의 차이에서 구별된다. 즉 일차적 기억이 계속해서 울리는 단순한 음(音)의 예에서 볼 수 있는 것이라면, 이차적 기억은 우리가 최근에 콘서트에서 들었던 선율을 기억할 때의 예에서 볼 수 있다는 것이다. 문제는 체험된 시간의 불연속성이 어떻게 연속성을 이루는가 하는 점인데, 후설은 의식의 절대적 흐름의 통일성과 연속성이라는 개념으로 이를 해결한다. 즉 연속성이라는 토대 위에서만 불연속성을 생각할 수 있으며, 그것이 바로 시간이라고 말한다. 즉 현상학에서 의식에 나타나는 대상을 내재적 대상, 지각의 대상을 현상, 실제 대상을 초월적 대상이라 한다면, 대상(1단계), 나타남(2단계), 인상(3단계)으로 이루어진 단계적 질서는 궁극적으로 절대적인 흐름을 가리킨다는 것이다. 마찬가지로 시간 그 자체를 나타나게 하기 위해서는 객관적 시간(1단계), 시간-객체들의 객체화된 시간(2단계), 내재적 시간(3단계)이라는 세 단계를 고려해야 한다. 그렇게 해서 후설은 시간을 어떤 '흐름,' 의식의 절대적 흐름에 의해 구성된 시간으로 보는 것이다. 그러나 후설의 시도는 칸트의 논제에 가로막힌다. 즉 칸트에게 시간은 그대로 나타날 수 없으며 무엇이 나타나기 위한 조건이라는 것이다. 칸트는 그렇게 해서 즉 하나의 시간만이 있을 뿐이며, 모든 시간들은 그 부분들에 지나지 않는다는 공리를 이끌어낸다. 하지만 시간은 단일한 것이라는 그러한 생각조차도 '시간적 지평'이라는 경험을 끌어들여야 한다는 점에서 사유 경험의 현상학에 기대지 않을 수 없는 모순이 생긴다. 다시 말해서 리쾨르는 객관적 시간, 보이지 않는 시간이라는 칸트의 논제를 빌려 후설의 시간이 안고 있는 모순을 드러냄과 동시에 정신에 기대지 않는 칸트의 시간론이 안고 있는 모순도 드러낸다. "시간에 관한 모든 주장은 시간을 전제"하고 있다는 칸트의 논제를 빌려 후설을 반박하고, 시간 지평이라는 경험을 의하지 않고는 시간을 논할 수 없다는 현상학의 논제를 빌려 칸트를 반박하는 것이다. 이는 앞에서 아우구스티누스와 아리스토텔레스를 대조한 것과 같은 맥락에서 정신의 시간과 세계의 시간의 양극성을 되풀이하는 것이다. 아우구스티누스와 후설의 연관 관계는 뚜렷하다. 과거 지향의 현상학, 그리고 일차적 기억과 이차적 기억의 현상학은 세 겹의 현재의 변증법과 정신의 긴장/이완의 변증법이 보다 다듬어진 형태라고 할 수 있으며, 이것을 통해 후설은 아우구스티누스의 분석에 내재한 몇몇 역설들의 현상학적 해결책을 발견한다. 즉 아우구스티누스는 과거의 이미지를 '정신 속에 고정된 인상'으로 보는 반면, 후설은 그 이미지를 현재에 남아 있는 과거의 흔적으로 본다. 시간을 객관성의 선험적 조건으로 간주한다는 점에서 칸트는 자연의 시간을 내세우는 아리스토텔레스에게로 돌아간다. 결과적으로 "시간은 그 주관인 특성에도 불구하고 어떤 자연의 시간이며, 그 객관성은 전체적으로 정신의 범주 체제에 의해 정의된다"는 것이다. "이렇게 접근시킴으로써 칸트와 후설의 관계는 새로운 국면에 놓이게 된다. 즉 후설이 말하는 시간의 직관성과 칸트가 말하는 시간의 비가시성 사이의 대립은 단지 형식적인 것만이 아니다. 그것은 아우구스티누스가 말하는 '정신의 이완'처럼, 과거와 미래를 분리하고 결합할 수 있는 현재를 요구하는 시간과, 최종적으로는 자연의 시간에 지나지 않기 때문에 현재 속에 지표를 갖지 않는 시간 사이의 질료적 대립인 것이다. 한 번 더 말하지만, 그 두 학설에서 하나는 다른 하나를 은폐한다는 조건에서만 자기의 영역을 찾게 된다."

3절(「시간성, 역사성, 시간 내부성」)에서 리쾨르는 하이데거의 해석학적 현상학에 따른 시간 개념과 "통속적" 시간 개념을 대조하면서 시간에 관한 두 가지 관점의 대립에서 비롯된 아포리아를 심화시킨다. 시간성의 모순이 안고 있는 문제는 다음과 같다. 과거는 지나갔고 현재는 지나가고 있으며 미래는 아직 다가오지 않았는데 우리는 과거를 기억하고 미래를 기다리며 현재에 주의를 기울인다. 존재하지 않는 과거가 어떻게 현재에 영향을 미치는가? 닫혀 있는 과거가 어떻게 열려 있는 미래에 영향을 미치는가? 지금과 순간은 어떻게 다른가? 시계와 시간은 어떤 관계에 있는가? 하나의 시간만이 있는가, 아니면 여러 시간이 있는가? 시간은 보이는 것인가, 보이지 않는 것인가? 이러한 모순이 정신의 시간/세계의 시간, 현상학적 시간/우주적 시간의 대립으로 이어지는 것이다.

하이데거는 그러한 시간성의 모순을 해결하기 위해 현존재라는 개념을 도입하여 정신/세계, 주관/객관의 대립을 해체한다. 즉 정신의 시간과 우주적 시간의 이원성, 그리고 현상학적 시간과 객관적 시간의 이중성을 현존재의 분석론을 통해 극복하려는 것이다. "현존재의 구조는 정신과 자연의 문제와 마찬가지로 주체와 객체의 문제도 붕괴시키는 것이 아닌가?" 존재 자체가 시간적이고 존재는 세계-내-존재라는 것이다. 세계-내-존재는 현존재의 근본 구성틀이다. 따라서 시간은 정신이나 세계 어느 한쪽에 속하는 것이 아니다. 그렇다면 하이데거가 말하는 존재란 무엇인가? 하이데거에게 존재는 사건이며 그 사건은 시간성의 근본 구조, 즉 있었고 있게 하며 다가오는 것 속에 자리잡는다. 현존재, 내던져지고 기획 투사하는 존재는 끊임없이 마음을 쓰며 살아간다. 현존재의 토대 자체는 있었던 일, 다가올 일, 있는 일에 마음을 쓴다는 것이다. 마음 씀은 시간적이고 시간은 마음 씀의 시간인 것이다. 시간의 본래 구조를 그처럼 마음 씀의 구조에 결부시킴으로써 시간 문제는 인식론을 벗어나 존재론으로 옮겨간다. 그것이 시간성의 근본 구조다("있어왔으며 있게 하는 어떤 다가옴이라는 이 통일적 현상을 우리는 시간성이라고 부른다"[326]). 하이데거의 시간론의 특징을 리쾨르는 다음과 같이 요약하고 있다. "우리는 하이데거에게 세 가지 경이적인 발견을 빚지고 있다. 첫번째 발견에 따르면 전체성 totalité으로서의 시간 문제는, 해명해야 할 여지를 남겨두는 식이긴 하지만, 마음 씀 Souci의 근본 구조 속에 감싸여 있다. 두번째로, 시간의 세 차원 ─ 미래, 과거, 현재 ─ 의 통일성은 어떤 탈자태(脫自態)적 ek-statique 통일성이며, 거기서 상호적 외재화 extériorisation는 그 연루 관계 자체에서 비롯된다. 끝으로 그러한 탈자태적 통일성의 전개는 이번에는 층상(層狀)이라고 할 수 있는 시간 체제, 별개의 명칭을 요구하는 어떤 계층화된 시간화 층위를 드러내는데, 시간성 temporalité, 역사성 historialité, 시간 내부성 intra-temporalité이 그것이다." 하이데거가 제안하고 있는 시간화 양식들의 단계적 구분에 따르면, 우선 엄밀한 의미에서의 시간성은 죽음을-향한-존재에 의해 밝혀지는 시간성이며, 이를 근본적 시간성이라 말할 수 있을 것이다. 탄생과 죽음 사이에서 "펼쳐진," 혹은 늘어난 현존재의 시간 간격을 고려함으로써 제시되는 역사성에서는, 역사 그리고 그 이전에 기억을 통해 특권이 부여되는 과거에의 대상 지시가 어떤 식으로든 우세하다. 반복이란 개념도 여기서 등장한다. 늘어난 현존재가 자신의 존재 가능으로 되돌아가는 것은 아우구스티누스의 이완과 긴장의 변증법과 정확히 일치한다. 시간 내부성, 혹은 '시간-속에-있음'에서는 완전히 눈앞에 있고 손안에 있는 사물들, 세계 속에서 우리가 그 "곁에" 존재하는 사물들의 현재에 우리를 얽매이게 하는 근심 걱정이 지배한다. 세 가지 시간화 층위 사이에는 그처럼 어떤 상관 관계가 설정되며, 미래와 과거 그리고 현재라는 세 심급(審級)이 차례로 역할을 바꾸어 우세하게 나타난다.

하이데거의 시간론이 갖는 독창성은 역사성, 시간 내부성을 근본적 시간성에서 파생된 것으로 본다는 점에 있다. 즉 정신/세계의 대립이 아니라 근원적 시간에서 시간 내부성으로 파생되는 관계로 보는 것이다. 숙명적 시간성에서 공적인 역사성으로, 이어서 세계적인 시간 내부성으로 넘어간다. 개인의 운명이라는 개념 또한 공동의 운명—공동 역운이라는 개념으로 넘어간다. 이것을 위해 하이데거는 현상학에 해석학을 접목시킨다. 마음 씀이라는 사태 자체, 그리고 지향성에 중점을 둔다는 점에서 현상학적이다. 그러나 시간 그 자체를 의식의 절대적 흐름으로 나타나게 하려는 후설의 순수 현상학과는 달리, 직접적인 무언의 직관이 아니라 간접적으로 어떤 현상의 구조를 언어로 해명한다는 점에서, 보이는 현상에서 보이지 않는 현상을 읽어낸다는 점에서 해석학적이다. 말이나 사물, 시계 등 일상적인 것 속에 숨어 있는 것을 읽어낸다. "시간의 가시성과 비-가시성의 딜레마 너머로 해석학적 현상학의 길이 열린다. 거기서 본다는 것은 이해한다는 것에, 혹은 다른 표현을 빌리자면 무엇을 발견하는 해석에 길을 양보한다. 바로 우리인 존재 의미에 대한 기대에 이끌려 그 의미를 끌어내게끔 freilegen, 다시 말해서 그 의미를 망각과 은폐로부터 해방시키게끔 되어 있는 그런 해석 말이다." 그리고 죽음을 향한 존재의 분석에서 근원성을, 양심에 대한 분석에서 본래적인 것을 추출하고 이를 결합시킴으로써 시간성에 다가간다. 즉 일상적인 것은 비본래적인 것이고 본래적인 것은 일상성 속에 감추어져 있다는 것이다. 가장 가까이 있는 것이 가장 멀리 있는 것이고, 해석은 거기서 출발한다. 바다의 표면은 바다 깊은 곳에서 가장 멀리 떨어진 곳이다.

아우구스티누스와 후설의 현상학에 대해 하이데거의 해석학적 현상학이 가지는 이점을 리쾨르는 이렇게 정리한다. "어떻게 보면 주체와 객체의 대립을 극복했다는 뜻에서, 후설과 칸트의 논쟁은 넘어섰다. 한편으로 세계 시간은, 세계로서의 세계의 현현 révélation과 동시에 발생한다는 점에서 그 어떤 객체보다 더 '객관적'이다. 그것은 물리적인 존재자와 무관한 것과 마찬가지로 심리적인 존재자와도 무관하다. "세계 시간은 우선 하늘 속에서 모습을 드러낸다"〔419〕. 다른 한편 그것은 마음 씀 속에 뿌리내림으로써 그 어떤 주체보다도 더 '주관적'이다. 아우구스티누스와 아리스토텔레스의 논쟁은 역시 한층 더 넘어선 것처럼 보인다. 한편으로 아우구스티누스의 생각과 달리 정신의 시간은 바로 세계의 시간이며, 그의 해석은 우주론의 반박을 받을 게 전혀 없다. 다른 한편으로 아리스토텔레스의 생각과 달리, 두 개의 순간을 구별하고 그 간격을 셈할 수 있는 정신이 없어도 시간이 존재할 수 있을까라는 물음은 더 이상 당혹스러운 것이 아니다. 그러나 해석학적 현상학의 이러한 이점 자체에서 새로운 아포리아들이 태어난다. 그 아포리아들은 통속적 시간 개념과의 논쟁에서의 실패, 그 반동으로 해석학적 현상학의 모순성을 한 단계씩, 그리고 전체적으로 규명하는 데 일조를 하는 실패를 통해 드러난다."

리쾨르의 비판은 하이데거가 미래에 너무 무게 중심을 두고 있는 것은 아닌가? 시간화의 세 가지 층위가 과연 파생 관계에 있는가 하는 것에 모아진다. 또한 하이데거와 파시즘과의 연관 관계도 있다. 즉 하이데거는 공동체의 운명과 개인의 운명이 구조적으로 동일하다는 관념을 암시함으로써 투쟁, 군율에 대한 복종, 충성심 같은 공동 존재 l'être-en-commun에 보다 특수하게 적용되는 공적 영역과 사적 영역을 뒤섞고 있다는 것이다. 그렇게 해서 결국은 하이데거도 정신의 시간과 세계의 시간의 대립을 해소하지 못했다는 것이다. 숙명적 시간의 유한성과 우주적 시간의 무한성 사이의 대립, 현재가 있는 시간과 현재가 없는 시간 사이의 대립에서 인간은 때로 번뇌하고 때로 위안을 느끼며 살아간다. "인간 조건의 애가(哀歌)는, 한탄과 체념 사이에서 음조를 고르면서, 머무는 시간과 흘러가는 우리의 대조된 모습을 끊임없이 노래해왔다. 바로 '우리'가 죽지 않는 것이 아닌가? 시간이 무한하다고 여기는 것은 바로 우리가 우리의 유한성을 우리 스스로에게 숨기고 있기 때문인가? 시간이 달아난다고 말하는 것은 바로 우리가 종말을 향한 존재라는 생각에서 달아나기 때문인가? 그것은 또한 우리가 사물들의 흐름 속에서, 이를테면 우리가 죽어야 한다는 것을 잊어야 한다는 결단마저도 잊을 정도로 우리의 통제를 벗어난다는 뜻에서, 우리에게서 달아나는 어떤 지나감을 보기 때문이 아닌가? 인생의 짧음이 무한한 시간을 배경으로 떠오르지 않는다면 인생이 짧다고 말할 수 있겠는가? 이처럼 대조를 이루는 모습은 벗어나려는 이중의 움직임이 취할 수 있는 가장 감동적인 형태다. 그 이중의 움직임을 통해, 한편으로는 마음 씀의 시간이 세계의 무심한 시간의 매혹에서 빠져나오게 되고, 다른 한편으로는 천체와 달력의 시간이 직접적인 근심 걱정이 주는 자극과 죽음에 대한 생각마저도 벗어나게 된다. 손안에 있는 것과 근심 걱정의 관계를 잊음으로써, 그리고 죽음을 잊음으로써 ,우리는 하늘을 바라보고, 달력과 시계를 만든다. 그리고 갑자기, 벽시계의 눈금들 가운데 어느 하나에서 슬픔이 가득한 죽음의 기억 memento mori이 떠오르는 것이다. 망각은 또 다른 망각을 지운다. 그리고 죽음에 대한 불안은, 무한한 우주의 영원한 침묵에 짓눌려 다시 시작된다. 이처럼 우리는 두 가지 느낌을 오간다. 즉, 세계 속에 내던져졌다는 느낌이 바로 시간이 모습을 드러내는 하늘의 장관과 유사하다는 것을 발견하면서 느낄 수 있는 위안, 그리고 삶의 연약함과 그저 파괴하는 시간의 위력을 대비시킴으로써 끊임없이 생겨나는 번민 사이를 오가는 것이다." 리쾨르가 말하는 역사적 시간, 즉 현상학적 시간과 우주론적 시간을 매개하는 역사적 시간이라는 관념은 그렇게 태어난다. 다시 말해서 리쾨르는 하이데거의 파생 개념을 매개 개념으로 대체함으로써 시간에 관한 두 관점의 대립에서 비롯된 아포리아를 해결하려고 한다. 현상학적 시간에 은 밀하게 기대지 않고서는 우주론적 시간을 생각할 수 없으며 그 역도 마찬가지라는 것이다.

현상학이 드러낸 시간의 아포리아들에 대해 역사와 허구가 함께 어우러져 이야기의 시학이라는 대응책을 다양한 방식으로 제공한다는 가설을 검증하는 것은 4부 2장(「이야기의 시학—역사, 허구, 시간」)의 주제가 된다. 첫 두 절(節)에서는 역사 이야기의 대상 지시의 특수성과 허구 이야기의 대상 지시의 특수성을 검토한다. 리쾨르는 시간의 현상학이 드러내는 아포리아들에 역사가 대응하는 독특한 방식은 바로 "제3의 시간 tiers-temps, 체험된 시간과 우주적 시간을 중개하는 시간을 만들어내는 데에 있다"고 말한다. 그러한 주장을 입증하기 위해 리쾨르는 "역사가의 작업에서 빌려온 결합 connexion 방식들, 즉 달력, 세대들의 연속, 사료, 문서, 흔적 등 체험된 시간을 우주적 시간 속에 다시 집어넣게끔 하는 방식들"의 도움을 구한다. 반면에 허구에서는 "시간의 현상학이 안고 있는 바로 그 아포리아들에 대한 상반된 해결책, 즉 허구가 그 현상학의 주된 테마들을 가지고 만들어내는 상상의 변주 variation imaginative"가 대응한다. 이어서 3절과 4절에서는 역사적 또는 허구적인 이야기와 실재 réalité의 관계라는 고전적인 문제를 시금석으로 역사와 허구 사이의 상호 보완 관계를 설정하기 위한 토대를 마련한다. 역사에서 '실제로 과거에 일어났던 사건들과 관계된다'고 말할 때 그 말은 무슨 뜻인가? 그리고 과연 '실재'라는 낱말은 무엇을 뜻하는가? 등이 문제의 핵심이 된다. 리쾨르는 여기서 '실재'라는 말의 조건을 제3의 역사적 시간의 창안(창조와 발견이라는 이중의 뜻에서)과 연결함으로써 새로운 의미를 부여한다. 허구의 경우에는 텍스트 세계(형상화 단계의 텍스트 세계)와 독자 세계의 만남이 문제의 핵심이다.

이야기는 인간 행동에 어떻게 영향을 미치는가? 다시 말해서 역사와 허구라는 이야기의 두 가지 양태가 어우러져 인간의 실천 영역에 불러일으키는 효과에 대한 일반 이론을 어떻게 정립할 것인가? 『시간과 이야기』 전체 가운데 백미라 할 수 있는 5절은 역사와 허구가 어떻게 서로를 빌려와서 시간을 재형상화하는가를 보여준다. "역사의 지향성은 서술적 상상 세계와 관련된 허구화 능력을 자기가 겨냥하는 바에 통합함으로써만 수행될 수 있으며, 반면에 허구 이야기의 지향성은 실제 과거의 재구성이라는 시도가 그것에 제공하는 역사화 능력을 받아들임으로써만 능동적 행위와 수동적 행위를 찾아내고 변형시키는 그 효과들을 만들어내는 것이다. 허구 이야기의 역사화와 역사 이야기의 허구화가 이처럼 서로 긴밀하게 주고받는 데에서 인간의 시간이라고 불리는 것이 태어나며, 그것이 바로 다름아닌 바로 이야기된 시간temps raconté이다."

마지막 두 개 절은 단수 집합명사로서의 시간이라는 문제를 다룬다. 역사 이야기든 허구 이야기든 시간의 단일성을 전제로 하고 있으며, 그것은 '역사'라는 낱말이 갖는 새로운 뜻에 상응한다는 것이다. 리쾨르는 역사라는 낱말이 갖는 두 가지 뜻[프랑스어의 'histoire'는 영어의 'history'와 'story' 모두를 의미한다]에 주목하여, "가장 넓은 의미로 이해된 서술적 기능은, 서사시에서 근대 소설 그리고 전설에서 역사 기술에 이르는 전개 과정을 포괄하면서, 궁극적으로는 역사적 조건을 다시 그려보고, 그렇게 해서 그것을 역사 의식의 지위로 끌어올리려는 야심으로 정의된다"고 말한다. 이야기된 시간이 있고 실제 시간이 있듯이, 이야기된 역사가 있고 실제 역사가 있다. "다시 말해서 '시간'이라는 낱말과 마찬가지로 '역사'라는 용어 또한, 이야기된 역사의 층위 및 실제 역사의 층위에서 진행되는 두 가지 전체화 과정을 감싸는 어떤 단수 집합명사를 가리키는 것이다." 역사를 하나의 흐름으로 의식하고 이를 통해 시간을 다시 그려본다는 헤겔의 사유 방식을 리쾨르가 검토하고 비판하는 것은 바로 이 지점이다. 미래, 과거 그리고 현재 사이에서 리쾨르는 헤겔이 말한 전체적 중개 대신에 어떤 불완전한 중개를 내세운다. 리쾨르는 여기서 시간에 대한 현상학과 개인적 경험에서 벗어나 공동 역사의 층위에 속하는 역사 의식의 해석학을 제시한다. "즉 미래는 기대 지평이라는 특징 아래, 과거는 전통이라는 특징 아래, 현재는 불시에 일어나는 것 l'intempestif 이라는 특징 아래, 세 가지를 연결하는 것이다." 그렇게 해서 기대, 전통 그리고 현재가 불시에 떠오름 사이의 변증법적 유희와 더불어 이야기를 통한 시간의 재형상화 작업은 완수된다.

1절(「체험된 시간과 보편적 시간 사이에서 — 역사적 시간」)에서 리쾨르는 현상학적 시간과 현상학이 구성하지 못하는 시간, 즉 세계의 시간, 객관적 시간 또는 통속적 시간이라고 부르는 시간 사이에 있는 역사적 시간의 위치에 대해 성찰하면서 이것을 달력, 세대, 흔적의 개념을 빌려 설명한다. 역사적 시간은 정신의 시간은 물론 우주적 시간에도 기대고 있다는 점에서 그 둘을 잇는 매개, 이음쇠가 된다는 것이다. 달력의 시간은 천체의 운행이라는 우주적(천문학적) 시간에, 세대의 교체는 죽은 자의 자리를 차지하러 오는 산 자라는 생물학적 시간에, 흔적은 자국의 물질성, 즉 물리적 시간에 기대고 있는 동시에 '나'의 삶과 죽음이라는 주관적 시간과 이어진다. 리쾨르의 독창성은 하이데거와는 달리 역사적 시간을 근원적 시간에서 파생된 것으로 보지 않고 그처럼 숙명성이라는, 정신의 시간이 갖는 특징과 날짜 추정 가능성, 시간 간격, 공공성이라는 우주적 시간(시간 내부성)의 특징을 동시에 같이 가지면서 그 둘을 매개하는 역할을 하는 것으로 보았다는 점이다. "역사는 달력, 세대들의 연속이라는 관념, 그와 관련하여 동시대인, 선조, 후손들의 삼중의 절대적 영향력이라는 관넘과 같은 사유 도구들을 만들어내고 사용함으로써, 그리고 끝으로 무엇보다도 사료, 문서와 흔적들에 도움을 청함으로써, 시간을 재형 상화하는 창조적 역량을 처음으로 드러낸다. 그러한 사유 도구들은 체험된 시간과 보편적 시간 사이의 이음쇠 connecteur 역할을 한다는 점에서 주목할 만하다. 그러한 자격으로 이 도구들은 역사가 갖는 시적poétique 기능을 입증하고, 시간의 아포리아들을 해결하려고 애 쓴다."

　달력의 시간은 단순히 계량화된 시간이 아니라 축이 되는 계기를 영점(零點)으로 하며, 그 영점을 기준으로 날짜와 시간 간격을 추정 함으로써 과거와 미래를 갖는 시간이다. 축이 되는 계기, 날짜 추정 가능성, 시간 간격은 달력의 시간이 갖는 세 가지 변별적인 특징이 다. 여기서 리쾨르는 신화적 시간이 달력의 시간 체제를 구성하는 데 중요한 역할을 담당하고 있음을 밝힌다. 신화적 시간은 모든 실재를 감싸고 있는 어떤 "거대한 시간"이다. 숙명적 시간과 역사적 시간 그 리고 우주적 시간으로 분화되기 이전의 그 시간은 세계의 시간과 인 간의 시간에 공통된 뿌리이며, 특히 제의를 매개로 해서 드러나는 시 간이다. "제의는 그 주기성을 통해 일상 행동의 리듬보다는 더 광대 한 리듬을 나타낸다. 그처럼 행동을 구획지음으로써 제의는 일상 시 간, 그리고 각각의 짧은 인생을 광범위한 시간 속에 끼워넣는다." 정 신의 시간과 우주적 시간을 잇는 제3의 시간을 구성하는 규칙을 추출 하기 위해 리쾨르는 벤베니스트를 길잡이로 삼는다. 벤베니스트는 "연대기적 시간"이라는 명칭을 달력의 시간에 부여하면서 그 시간은 세계와 개인적 실존을 이중으로 가리키고 있다고 말한다. "그것은 사 회의 삶과 사회에서의 개인의 삶의 필요조건이다. 사회화된 그러한 시간이 달력의 시간이다"(『일반 언어학의 제 문제』, p. 6). 달력의 시 간-연대기적 시간은 아리스토텔레스와 칸트가 파악한 물리적 시간의 속성들, 즉 벤베니스트에 따르면 "균일하고, 무한하며, 선조적이고,

임의로 분할할 수 있는 어떤 연속체"(같은 책)에 따른 분할 가능성을 가짐과 동시에 오늘-현재라는 현상학적 개념도 내포한다. 축이 되는 계기라는 핵은 "사물에 새로운 흐름을 부여한다고 간주될 정도로 중요한 사건"이다. "축이 되는 계기에서부터 시간의 우주적이고 심리적인 양상들은 각기 새로운 의미 작용을 받아들인다. 한편으로 모든 사건들은 축이 되는 계기와의 거리 ─ 햇수, 달수, 날수로 측정되는 거리 ─, 혹은 축이 되는 계기와의 거리가 알려진 다른 모든 사건과의 거리에 의해 규정되는 시간적 위치를 얻게 된다. 다른 한편으로 우리 자신의 삶에서 일어나는 사건들은 날짜가 추정된 사건들과 관련하여 상황을 받아들인다." 연대기적 시간은 그처럼 체험된 시간을 우주화하고, 우주적 시간을 인간화한다. "바로 그런 방식으로 달력의 시간은 이야기의 시간을 세계의 시간 속에 다시 집어넣는다."

동시대인, 선조 그리고 후손으로 이어지는 세대의 연속, 죽은 자들의 자리를 차지하러 오는 산 자들이라는 개념은 생물학적 주기에 따른 물리적 교체라는 특성만이 아니라 획득된 경험을 토대로 새로운 가능성을 개척한다는, 경험 공간/기대 지평이라는 정신적 특성을 갖는다. 동시대인, 선조 그리고 후손으로 이루어진 세계는 사적인 시간과 공적인 시간을 매개한다. 세대의 연속은 역사 기술에서 죽음의 위치와 관련하여 나의 죽음이라는 현상학적 시간과 산 자들이 죽은 자를 대체한다는 공적인 시간 사이에서 '익명'의 죽음이라는 특성을 드러낸다. "역사에서 죽음은, 죽을 수밖에 없는 운명에 대한 모든 인간의 내면성을 가리키는 대상 지시와, 산 자들이 죽은 자들을 대체한다는 공적인 성격을 가리키는 대상 지시가 뒤섞인 매우 애매모호한 의미 작용을 갖게 된다. 그 두 가지 대상 지시가 합류하는 지점에 바로 익명의 죽음이 있다. '누가 죽는다'라는 기치 아래, 역사가의 담론은 각 개인의 은밀한 지평으로서의 죽음을 겨냥하긴 하지만, 그것은 이내 죽음을 넘어설 뿐이다." 또한 세대의 연속은 생물학적 측면을 넘어서서 '타자'라는 상징적 측면을 갖는다. "조상과 후손들은 불투명한 상징성으로 가득한 타인들이며, 그 형상은 어떤 타자Autre, 죽음을 면할 수 없는 인간들과는 전혀 다른 타자의 자리를 차지하러 온다."

사료와 문서 그리고 흔적은 정신의 시간과 세계의 시간을 잇는 역사적 시간의 마지막 이음쇠가 된다. 리쾨르가 가장 중요하게 생각하는 것은 흔적이다. 사료에서 문서로 그리고 흔적으로 거슬러 올라감으로써 흔적이 갖는 의미는 명료해진다. "사료는 제도화된 것이고, 문서는 수집되고 보존된 것이라 할 수 있다면, 과거는 바로 이러한 전제하에서 과거를 증거로 삼아 기념물과 문서에 의해 세워지는 흔적을 남긴 것이다." 흔적을 남긴다는 것은 무엇을 뜻하는가? 흔적은 자취인 동시에 자국이다. 어떤 것이 지나갔기에 무엇이 남아 있는 것이다. "자취나 자국은, 무엇이 거기를 지나갔는지 보여주지도 않고 나타나게 하지도 않으면서, 지나감의 과거, 긁힌 자국의 선행성, 파낸 자리를 가리킨다." 일단 지나가고 나면 과거는 뒤로 묻힌다. 다시 말해서 과거는 거기를 거쳐 지나가버린 것이다. 그런데 우리는 시간이 지나간다고 말한다. 그렇다면 어디에 역설이 있는가? 지금 여기서 볼 때는 이미 지나갔으나 그 지나간 흔적은 남아 있다는 점에 있다. "그렇게 해서 흔적은 결국 현재 속에서는 지금, 그리고 공간 속에서는 여기서, 살아 있는 것들이 과거에 지나갔음을 가리킨다. 흔적은 추적, 탐색, 탐사, 연구의 방향을 잡아준다." 그래서 흔적은 지금을 기준으로 예전에 어떤 것이 지나갔음을 보여주는 자취를 뜻하는 동시에 자국이라는 물리적인 기호로 존재한다. 리쾨르는 흔적이라는 개념을 그처럼 달력의 시간과 연결함으로써 하이데거가 풀지 못했던 문제, 즉 미래와 죽음을 향해 기울어져 있는 마음 쏨의 시간성과, 순간들의 연속으로 이해된 "통속적" 시간의 관계에 대한 문제에 다시 접근한다. 그에 따르면 달력의 시간이란 시간에 관한 두 가지 관점의 이질성에서 생기는 충돌이며, 흔적은 그 두 관점이 서로를 규제하면서 감염시킨다는 것이다. 흔적이란 한마디로 "나타나게 하지 않으면서 의미"하는 것이다. 달력의 시간은 시계의 시간으로 완성된다. 시계 또한 숙명적 시간으로부터 자유로운 것은 아니다. "시계는 우리가 공동으로 마음을 씀으로써 만들어지는 모든 약속을, 우리에게 마음을 쓰지 않는 어떤 시간의 척도에 따라 통제한다. 그럼에도 불구하고 우리가 가지고 있는 벽시계들 가운데 어느 하나의 눈금 위에서, 때때로 슬픔이 가득한 죽음의 기억 memento mori이 떠오른다. 그러한 경고와 예고를 통해, 시간의 어떤 형상에 대한 망각은 다른 형상에 대한 망각을 쫓아낸다."

역사 이야기가 다시 그려보는 시간의 특수성을 다룬 1절에 이어 2절(「허구와 시간에 관한 상상의 변주」)에서는 허구 이야기가 그려보는 시간, 다시 말해서 허구 이야기의 대상 지시가 갖는 특수성을 고찰한다. 허구 이야기의 시간은 역사적 시간(달력, 세대의 연속, 문서와 흔적 등)의 제약에서 자유롭다는 점에서, 다시 말해서 체험된 시간을 우주의 시간에 다시 집어넣도록 하는 제약에서 벗어난다는 점에서 역사 이야기의 시간과 뚜렷이 구별된다. "모든 허구적 시간 경험은 각기 자기의 세계를 펼치며, 그 세계들은 제각기 독특하고 비교할 수 없으며, 유일한 것이다. 줄거리만 그런 것이 아니라, 그 줄거리가 펼치는 경험 세계 역시 하나의 상상 세계의 경계를 ─ 칸트에 따르면 연속적인 유일한 시간의 단편들로서 ─ 한정하는 것이 아니다. 허구적 시간 경험은 전체화할 수 없는 것이다." 어떻게 보면 부정적이라 할 수 있는 허구의 자유는, 다른 한편으로 현상학적 시간을 탐사할 수 있다는 긍정적 가능성을 얻게 된다. 즉 허구는 우주론적 시간의 제약에서 벗어나는 대가로 현상학적 시간의 중심 주제와 그 아포리아들에 적용되는 상상의 변주를 담을 수 있게 된다. 다시 말해서 허구는 체험된 시간과 우주적 시간 사이의 균열과 불협화음을 받아들이고 극복하는 다양한 방식, 역사를 살아가는 다양한 방식을 허구적으로 보여준다. 리쾨르는 이를 입증하기 위해 「체험된 시간과 세계의 시간 사이의 균열에 관한 변주」라는 제목으로 2권(3부) 말미에서 다루었던 세 소설을 다시 다룬다. 허구 이야기가 체험된 시간과 우주적 시간을 연결한다는 증거는 역사적 시간을 빌려오고 있다는 점에서 찾을 수 있다. 즉 서사시나 드라마 혹은 소설은 역사적 인물들, 날짜를 추정하거나 추정할 수 있는 사건들, 그리고 이미 알려진 지리적 장소들을 상상 속에서 꾸며낸 인물과 사건 그리고 장소와 끊임없이 뒤섞고 있다. 그렇게 해서 『댈러웨이 부인』의 줄거리는 제1차 세계 대전 직후, 정확히 말해서 1923년 대영제국의 수도였던 런던을 기념비적 monumental 배경으로 해서 전개된다. 『마의 산』에서 한스 카스토르프의 모험은 제1차 세계 대전이 일어나기 전에 시작하여 1914년의 대재앙에 이르게 된다. 『잃어버린 시간을 찾아서』의 에피소드들은 제1차 세계 대전 이전과 이후로 나누어진다. 드레퓌스 사건의 전개와 전쟁 중의 파리의 묘사는 날짜를 추정할 수 있는 연대기적 지표를 제공한다. 하지만 그처럼 역사적 시간을 빌려온다고 해서 허구의 시간이 역사적 시간의 중력 공간 안으로 끌려들어가는 것은 아니다. 실제로는 정반대다. "화자와 그 주인공들이 허구적이라는 사실만으로도, 실제 역사적 사건들에 대한 모든 대상 지시는 역사적 과거에 대한 그 재현 기능을 상실하고, 다른 사건들의 비현실적 위상에 맞추어 늘어서게 되는 것이다. 보다 정확히 말해서, 과거에 대한 대상 지시와 재현 기능 그 자체는 보존되고 있으나, 그것은 중립화된 양식으로, 후설이 상상적인 것의 특징으로 규정했던 것과 유사한 양식으로 보존된 것이다. 혹은 분석철학에서 빌려온 어휘를 사용하자면, 역사적 사건들은 외시(外示)되는 것이 아니라 단지 언급될 뿐이다. 그래서 우리가 분석한 세 개의 소설 속에서 매번 이야기된 사건들의 지표로 쓰이는 제1차 세계 대전은 공통의 대상 지시라는 위상을 상실하고, 서로 겹칠 수 없고 의사소통이 불가능한 시간 세계의 내부와 동일한 인용 citation이라는 위상으로 환원된다. 동시에 역사적 사건으로서의 제1차 세계 대전은, 소설 속에 포함된 모든 역사적 등장인물과 마찬가지로, 매번 다른 방식으로 허구화된다고 말해야 한다. 그것들은 이제부터 이질적인 시간 영역들 속으로 끌려들어간다. 달력의 시간만이 아니라 세대의 연속, 사료, 문서와 흔적 같은, 역사에 의해 위치가 정해진 특유의 이음쇠들도 마찬가지로 중립화되고 단지 언급될 뿐이다. 재현성 관계를 나타내는 도구 영역 전체가 그처럼 허구화될 수 있고 상상적인 것의 계정으로 옮겨질 수 있다." 따라서 문제는 제1차 세계 대전을 중심으로 한 일말의 세계적 사건들이 어떤 방식으로 허구의 인물들의 시간 경험에 합쳐지는가 하는 것이다. 그리하여 『댈러웨이 부인』의 역동성은 앞에서 말한 숙명적 시간과 기념비적 시간과의 대립에서 생겨나며, 클라리사는 체험된 시간과 우주적 시간과의 타협을 추구한다. 『마의 산』에서 카스토르프는 클라리사와는 달리 두 극단들 가운데 하나를 소멸시킴으로써 대립을 해소하려 한다. 즉 연대기적 시간을 완전히 지우고 시간의 척도를 소멸시키기에 이르는 것이다. 『잃어버린 시간을 찾아서』는 의식의 시간과 세계의 시간 사이의 양극성에 대해 매우 특이한 변주를 들려준다. 잃어버린 시간이란 흘러가버리고, 사라지고, 흩어진 시간이며 방향 상실과 환멸을 불러일으키는 시간이다. 그러나 예술 작품을 만든다는 위대한 계획에 이끌리면서 잃어버린 시간은 되찾아야 할 시간이 된다. 허구는 그처럼 세계의 시간과 체험된 시간 사이의 불협화음에 대해 다양한 해결책들을 제시한다. 그것은 또한 역사적 시간에 의해 은폐되는 "현상학적 시간의 비선형(非線型)적인 특징들"을 탐사하는 것이기도 하다. 후설의 '겹침'과 관련하여 시간적 흐름의 수평적 구성과 연결된 불협화음을 내포한 화음의 양상들, 이어서 하이데거의 '반복'과 관련하여 시간화 층위들의 계층화와 연결된 불협화음을 내포한 화음의 변주들은 그러한 현상학적 시간의 비선형성을 보여준다. 그리고 궁극적으로 아우구스티누스의 '긴장과 이완'의 변증법과 관련하여 시간과 영원성의 경계를 따라 늘어선 한계-경험들을 볼 수 있다. 그러나 허구의 힘은 여기에 그치는 것이 아니라 이야기와 신화를 가르는 경계를 탐사하는 힘을 가지고 있다. 그렇게 해서 세 소설은 결국 시간에 관한 오랜 신화, 즉 창조적 시간과 파괴적 시간의 대립을 반복하는 것으로 나타난다. 그처럼 신화는 역사 이야기에서는 축이 되는 계기와 관련하여, 허구 이야기에서는 영원과 죽음에 대한 사색과 관련하여 되돌아온다. "신화적 말의 웅얼거림은 철학의 로고스 아래 계속해서 울려퍼진다. 허구는 신화가 보다 울림이 강한 메아리를 갖도록 한다." 하지만 역사 이야기가 시간의 아포리아에 대해 이음쇠라는 편안한 해결책을 가져다주는 반면, 허구 이야기의 시학적 해결책은 오히려 아포리아를 더 예리하게 만들어 생산적인 것이 되게 한다는 차이를 갖는다. "시간에 관한 이야기들은 숙명성의 의미, 공적으로 노출시키게 하는 사회적 역할의 유지, 그리고 모든 것들을 감싸는 이러한 무한한 시간의 감춰진 존재 사이에서 찢긴 실존의 흔들림에 그러한 변주를 적용한다." 하이데거의 용어를 빌리자면, 우리는 죽음을 향한 존재라는 실존론적 상황에 맞서 결단을 내려 앞질러가 봄이라는 실존적 선택을 통해 본래성으로 돌아간다. 시간에 관한 이야기들에 의해 펼쳐지는 상상의 변주는 그러한 실존적 양태들의 다양한 모습, 영원과 죽음에 대한 사색과 취기를 보여준다는 것이다. "오직 허구만이, 허구가 아무리 경험을 투사하고 묘사한다 할지라도 여전히 허구이기에, 약간의 취기를 가질 수 있는 것이다."

3절(「역사적 과거의 실재성」)에서는 역사적 과거의 실재, 즉 재현의 문제를 검토한다. 역사가는 과거를 재구성하려고 한다는 점에서 소설가와 다르다. 문서와 문서에 따른 증거를 사용하여 역사가는 '언젠가 있었던 것'을 충실하게 재구성하려 한다. 리쾨르는 이것을 과거에 대한 '빚'이라는 용어로 표현한다. 역사가는 "과거에 대해 빚을 지고 있고, 죽은 자들에 대해 신세를 지고 있으며, 그로 인해 그는 변제 불능의 채무자가 된다." 과거의 흔적은 과거를 대리하고 재현하는 것이다. 따라서 흔적에 의한 인식은 간접적인 대상 지시라는 특징을 갖게되고 이는 형상화 작업과 불가분의 관계를 맺는다. 즉 형상화한 것들을 끊임없이 수정함으로써 과거의 무한한 잠재적 가능성을 발견할수 있다는 것이다. 리쾨르는 흔적에 의한 과거 인식의 대상 지시적 양태를 동일자/타자/유사자의 범주로 설명한다. 다시 말해서 그러한범주 아래 과거의 '과거성'을 생각할 수 있다는 것이다. 우선 콜링우드의 『역사 관념 *The Idea of History*』에 따르면 역사는 있었던 그대로의 과거를 다시 그려보는 것으로 이해된다. 역사적 작업이란 시간적거리를 없애고 예전에 존재했던 것과 동일화하는 작업, 과거를 "재실행 réeffectuation"(reenactment)하는 작업으로 간주되는 것이다. "모든역사는 과거의 생각을 역사가 특유의 정신 속에서 다시 실행하는 것"이다. 그런데 다시 생각한다는 것과 다시 사는 것은 다르다. 있었던그대로의 이미지와 사건들을 구성해야 한다는 역사가의 임무는 필연적으로 역사적 상상력의 우회로를 거치지 않을 수 없기 때문이다. '동일자'의 특징을 띤 역사 인식에 대한 리쾨르의 비판은 이 점에 집중된다. 나의 과거를 재구성하는 것과 남의 과거를 재구성하는 것과는 근본적으로 다르기 때문이다. 콜링우드와는 정반대로 역사를 "타자성의 고백, 시간적 거리의 복원, 나아가서 일종의 시간적 이국 정서에까지 이르는 차이의 옹호"로 보는 역사가들도 있다. 이들에게 역사란 현재와 과거의 차이, 나와 남의 차이다. 과거가 있기에 현재를알고 남이 있기에 나를 안다는 타자 중심의 입장을 대표하는 역사가로 리쾨르는 헤이든 화이트를 꼽는다. 화이트의 용어를 빌리면 역사는 친숙하지 않은 것을 다시 친숙하게 하려는 소망과는 반대로 "이질

감 étrangeté의 효과," 나아가서는 "낯섦 dépaysement의 효과"를 만들
어내려는 목표를 가질 수도 있다는 것이다. 역사 이해를 남 이해와
유사한 것으로 보고 남 모델을 끌어들이는 그러한 입장은 타자성을
끌어들일 뿐만 아니라 동일자를 타자와 이어준다는 점에서 매우 강
력하다. "하지만 그것은 지금의 남과 예전의 남의 차이를 소거함으로
써 시간적 거리의 문제를 없애고 현재 속에 살아남아 있는 과거와 결
부된 특수한 난점, 남 인식과 과거 인식의 차이를 만드는 난점을 피
한다는 역설을 낳는다." 결국 탈시간화된 차이라는 개념은 현재 속에
남아 있는 과거라는 시간적 거리의 수수께끼를 해결하지 못한다는
것이다. 과거를 친숙한 것으로 만드는 동일자의 범주, 그리고 과거를
낯선 것으로 만드는 타자의 범주로 과거의 대상 지시 문제를 살펴본
후에, 리쾨르는 이것을 통합할 수 있는 범주로 유사자의 범주를 제시
한다. 그것은, 단순히 용어들의 닮음이라기보다는 관계들의 닮음이
다. 여기서 리쾨르 특유의 존재론, '~처럼 본다'는 것은 '~처럼 존
재한다'가 나오는데 리쾨르는 이것을 헤이든 화이트의 시도, 즉 "비
유"(은유, 환유, 제유, 아이러니) 이론을 통해 "줄거리 구성" 이론을
완성하려는 시도와 연결시킴으로써 역사의 허구화를 향한 문을 연
다. 우선 역사가는 과거에 대해 빚을 지고 있다는 점에서 현실의 풍
경에 빚지고 있는 화가의 입장과 유사하다. "역사가와 화가는 각기
어떤 풍경, 어떤 사건의 흐름을 '되돌려주려고 rendre' 하는 것이다.
'되돌려준다'라는 용어에서 나는 존재하는 것과 존재했던 것에 '자기
가 진 빚을 되돌려주려는' 의도를 읽는다." 그러한 의도는 역사적 상
상력과 재현의 문제를 끌어들이는데, 이야기와 사건들의 흐름 사이
에 존재하는 것은 복사, 반복, 등가성의 관계가 아니라, 은유적인 관
계라는 것이다. 비유 이론은 그렇게 해서 역사적 상상력의 도식과 결
부되고 역사적 상상력의 심층 구조를 형성한다. "은유는 본질적으로
재현하고, 환유는 환원하고, 제유는 통합하며 그리고 아이러니는 부

인(否認)한다." 이러한 사유의 밑바탕에는 상상력에 대한 리쾨르의 확신, 진리는 비유적인 방식으로밖에는 말할 수 없다는 확신이 깔려 있다. "달리 말해서 언어학적 측면에서 은유의 살아 있는 특성, 즉 우리가 사용하는 낱말이 가진 최초의 다의성을 증가시키는 그 힘과 모순되지 않는 존재론적 기능을 은유에 부여할 수 있어야 한다면, 존재 자체는 처럼-존재하다의 유형으로 은유화되어야 한다. 처럼-보다 voir-comme와 처럼-존재하다 être-comme의 상응은 그러한 요구 조건을 충족시킨다." 유사성의 범주는 동일성과 타자성을 받아들이면서 넘어선다. "처럼-존재한다는 것은 존재하면서 존재하지 않는 것이라는 점에서, 유사자는 엄밀히 말해서 그 자체 안에 재실행하고 거리를 두는 힘을 보유하고 있다." 리쾨르는 "처럼-보다"에서 앞서 남겨 놓았던 흔적의 아포리아, '나타나게 하지 않으면서 뜻한다'는 아포리아를 부분적으로 해결할 수 있는 출구를 발견한다. 흔적은 그처럼 유사하게 재현함으로써 시간적 거리를 두면서도 가로지르는 은유와 같은 것이다.

역사에서의 흔적의 대리성에 상응하는 것을 허구에서도 찾아볼 수 있을까? 역사는 실제로 있었던 것을 가리키고, 허구는 실제로 존재하지 않는 것을 가리키는 것일까? 4절(「텍스트의 세계와 독자의 세계」)에서 리쾨르는 이러한 물음을 던지면서 허구의 재형상화 문제, 다시 말해서 허구가 그리는 세계의 의미 문제를 다룬다. 여기서 재형상화란 현실을 가리키고 재현한다는 단순한 대상 지시를 넘어서서 현실을 드러내고 변형시킨다는 점에서 가다머가 말한 '적용,' 그리고 '전유'의 개념과 유사하다. "허구의 기능에서도 재현성이나 대리성이라는 기능과 평행을 이루는 것이 있는데, 우리는 이것을 일상적인 실천적 행위에 대해 드러내고 변형시키는 기능이라고 뭉뚱그려 말할 수 있다. 숨겨져 있지만 우리의 실천적인 경험의 한가운데 이미 그려져 있는 특징들을 밝혀준다는 뜻에서 드러내는 것이며, 그처럼 돌이켜

본 삶은 변화된 삶, 다른 삶이라는 뜻에서 변형시키는 것이다." 드러내고 변형시킨다는 것은 칸트가 말한 생산적 상상력의 활동에 상응한다. 그것은 단지 재현한다거나 다시 그려보는 것을 넘어서서 새로이 발견하고 만들어내는 것이기에, 대상 지시라는 용어는 더 이상 적합하지 않다. 리쾨르가 이 단계에서 대상 지시라는 개념 대신에 재형상화라는 용어를 선택하는 것도 그 때문이다. 독자는 텍스트를 다시 그려보면서 무엇을 새로 발견하고 바꾼다는 것이다. 그런데 텍스트 세계와 독자의 세계를 이어주는 것은 바로 독서 행위다. 독서 행위를 통해서 텍스트의 내재적 초월성은 프락시스와 연결된다. 독서라는 매개를 거쳐야만 텍스트는 그 여정을 마칠 수 있다. 이리하여 리쾨르는 시학에서 허구의 수사학으로, 그리고 독서의 수사학에서 독서의 현상학, 수용미학으로 나아감으로써 텍스트 세계에서 독자의 세계로 나아가는 길을 더듬어간다. 웨인 부드의 『허구의 수사학』, 미셸 샤를의 『독서의 수사학』, 볼프강 이저의 『독서 행위』, 잉가르덴의 『문학 예술 작품』, 야우스의 『수용미학을 위하여』 등이 리쾨르의 논의를 뒷받침한다. 우선 작품의 '구성'이 독서를 규제한다는 점에서 독서 이론은 시학에 속한다고 말할 수 있으나 독자를 과녁으로 삼아 저자가 펼치는 설득 전략으로 본다면 수사학의 영역에 들어간다. 부드의 『허구의 수사학』은 그처럼 독자를 향한 저자의 전략이라는 관점에서 출발한다. 여기서 기억해야 할 것은, 부드가 말하는 저자는 텍스트의 의미론적 자율성을 무시하는 심리 주체로서의 저자가 아니라 어떤 작품의 뜻이 전달될 수 있게끔 하는 기법을 구사하는 작품 속에서의 저자라는 점이다. 부드는 작품의 의미론적 자율성을 희생시키지 않으면서도 실제 저자와 구별하기 위해서 이를 '내포된 저자'라고 부른다. 내포된 저자가 독자에게 들려주는 목소리, 호소 구조가 서술적 목소리다. 내포된 저자라는 개념을 통해 텍스트는 비인칭적 구조가 아니라 어떤 발언자의 작품이 된다. 내포된 저자와 결부된 신빙성 있는 화자 또는 신빙성 없는 화자라는 개념은 역사에서 문서에 따른 증거라는 개념에 상응한다. 소설가는 자신이 이야기하는 내용의 진실성에 대한 물질적 증거를 제시할 수 없기에, 혹은 그 진실성에 대해 스스로도 확신을 가지고 있지 않기에 신빙성 있는(또는 신빙성 없는) 음조를 부여한다. 하지만 부드와 달리 리쾨르는 현대 소설에서 볼 수 있는 '모호한 화자' '아이러니컬한 화자'를 옹호한다. 전적으로 신빙성 있는 화자는 작품에 대한 정서적 거리 두기를 허용하지 않기에 독자가 반성하고 생각할 수 있는 여지도 앗아간다는 것이다. 방향을 잃고 길을 헤맬 때 더 많은 생각을 하는 법이다. 여기서 저자에 초점을 맞춘 허구의 수사학이 갖는 한계가 드러난다. 위험해진 현대 문학은 그 유독성(有毒性)에 어울리는 새로운 유형의 독자, 즉 '응답하는' 독자를 요구하고 그것이 문학의 기능이라는 것이다. "바로 이 점에서 저자에 초점을 맞춘 허구의 수사학은 한계를 드러낸다. 그것은 단 하나의 주도권, 즉 세상일에 대한 자신의 관점을 전달하고자 갈망하는 저자의 주도권만을 알고 있는 것이다. 그 점에서 저자가 독자를 만들어낸다는 주장에 대한 변증법적인 상대항이 결여되어 있는 것처럼 보인다. 새로운 종류의 독자, 그 자신이 수상쩍은 독자를 나타나게 하는 데 기여하는 것이야말로 가장 신랄한 문학의 기능이라 할 수 있다. 독서는 이제 더 이상 신빙성 있는 화자와 함께하는 믿음직한 여행이 아니라, 내포된 저자와의 싸움, 독자를 다시 자기 자신으로 이끌어가는 싸움이 되었기 때문이다."

미셸 샤를이 말하는 『독서의 수사학』은 내포된 저자가 구사하는 허구의 수사학이 아니라 텍스트와 그 독자 사이를 오가는 독서의 수사학이다. "그것은 전략을 이루는 요소들이 텍스트 속에 포함되어 있고 독자 스스로가 어떻게 보면 텍스트 속에 그리고 텍스트에 의해 구성된다는 점에서, 여전히 수사학이다." 그래서 "독서는 텍스트의 일부를 이루고 있으며, 그 안에 포함되어 있다"는 공식이 나온다. 샤를은 텍스트에 담긴 독서 규정들을 분석하면서 텍스트의 미완결성을 드러내는 일이 독서의 몫이라고 주장한다. 가장 취약한 텍스트가 가장 효력적이라는 역설이 그래서 생긴다. "극단적으로 구조는 독서의 영향 effet에 지나지 않는다. 결국 구조 분석 자체가 독서 활동에서 비롯된 것이 아닌가?" 그렇다면 이제 "독서는 더 이상 텍스트가 규정하는 것이 아니라, 해석을 통해 구조를 확실하게 드러내는 것"이며, 따라서 수사학에서 해석학의 영역, 독서의 현상학과 미학 쪽으로 옮아가야 하는 것이다. 독서의 현상학과 미학은 작품이 그처럼 독자에 대해 어떤 작용을 함으로써 영향을 미치는 다양한 방식을 탐구하는 것을 주제로 삼는다.

문학 텍스트의 완결되지 않은 양상에서 출발하는 잉가르덴의 독서 현상학은 텍스트를 읽는다는 능동성과 텍스트를 받아들인다는 수동성을 결합하는 독서 행위 자체의 특성에 주의를 기울인다. "잉가르덴에게 있어 텍스트는, 독자가 구체화해야 하는 서로 다른 '개략적 시야들vues schématiques'을 제공한다는 뜻에서 일차적으로 완결되지 않은 것이다. 여기서 구체화란 이미지로 그려보는 활동으로 이해해야 한다. 바로 그 활동을 통해서 독자는 텍스트에 의해 진술된 인물들과 사건들을 그려보려고 애쓰는 것이다. 이렇게 이미지를 통해 구체적으로 그려보는 작업과 관련해서, 작품은 빈틈과 '확정되지 않은 곳'을 보여준다. 구체화 작업의 대상인 '개략적 시야들'이 아무리 유기적으로 구성되어 있다 하더라도, 텍스트는 매번 다르게 연주할 수 있는 악보와도 같은 것이다. 두번째로, 텍스트가 제안하는 세계가 일련의 문장들 — 어떤 세계를 겨냥하기 위해서는 하나의 전체로 만들어야 하는 문장들 — 의 지향적 상관 요소intentionale Satzkorrelate로 정의된다는 점에서, 텍스트는 완결되지 않은 것이다."

이저는 잉가르덴을 거쳐 받아들인 후설의 현상학적 관점들을 손질하여 독서 행위의 현상학을 발전시킨다. 이저의 개념 가운데 가장 독창적인 것은 "옮겨다니는 시점 point de vue voyageur"이라는 개념이다. 이 개념이 뜻하는 것은 "텍스트의 모든 것이 동시에 지각될 수는 없으며, 문학 텍스트의 내부에 자리잡고 있는 우리 자신은 독서가 진행됨에 따라 텍스트와 함께 옮겨다니는 것"이라는 사실이다. 그 개념은 과거 지향과 미래 지향의 유희에 대한 후설의 설명과 일치한다. 독서 과정 전체를 통해 "수정된 기대와 변형된 기억들을 바꾸는 놀이"가 계속해서 이어지는 것이다. 그리고 독서 활동의 세 가지 변증법을 통해 독서는 살아 있는 '경험'이 된다. 첫번째는 확정성의 결핍/과잉이다. 지나치게 교훈적이거나 창조적 활동의 여지를 남겨두지 않는 작품은 권태롭다. 반대로 지나치게 어려운 작품은 독자를 짓누를 위험이 있다. 그래서 "독서는 결국 저자가 말을 가져오고 독자는 의미작용을 가져오는, 그러한 소풍놀이가 된다." 두번째는 불협화음/화음의 변증법이다. 지나치게 확정적이고 화음만이 있는 작품은 의미의 빈곤을 가져오며, 불확정적이고 불협화음이 심한 작품은 의미의 과잉을 불러온다. 그러한 일관성의 탐색이라는 지평 위에 세번째 변증법, 즉 친숙함/낯섦의 변증법이 모습을 드러낸다. "탐색이 너무 성공하면 친숙하지 않은 것이 친숙해지고, 독자는 자신이 작품에 의기투합하여 그것을 믿고, 결국 그 속에 빠져버린다. 그러므로 구체화는 본다고 믿는다는 뜻에서의 환상이 된다. 반대로 탐색이 실패하면 낯선 것은 낯설게 남아 있고, 독자는 여전히 작품의 문 앞에 남게 된다." 따라서 "좋은" 독서란 어느 정도의 환상을 허용하는 동시에, 그 환상에 대한 반증을 받아들이는 독서다. 그리고 작품에 대한 좋은 거리란 환상을 계속 거부할 수도 그렇다고 견딜 수도 없게 만드는 거리다. 독자를 가장 존중하는 저자란 가장 손쉽게 독자의 요구를 충족시키는 저자가 아니라, 친숙한 주제를 독자와 공유하되 그 규범과 관련하여 "낯설게 하는 전략"을 실천함으로써 자신의 독자에게 충격을 주는 저자다. 내포된 저자와 대칭을 이루는 내포된 독자라는 개념이 그렇게 등장한다. 하지만 실제 저자는 내포된 저자, 작품에 내재한 화자의 서술적 목소리가 되면서 사라지는 반면, 실제 독자는 화자의 설득 전략이 겨냥하는 내포된 독자가 구체화된 것이라는 점에서 그러한 대칭성은 눈속임일 따름이다. 즉 작품의 의미 작용의 생성이라는 측면에서 허구의 수사학에서 문제되는 것이 내포된 저자라면 독서 행위의 현상학에서 문제가 되는 것은 바로 실제 독자인 것이다.

"미학적인 영향-반응" 이론에서 독서라는 개인적 행위의 현상학이라는 뜻으로 독서 이론을 전개하는 이저와는 달리 야우스는 독서 이론을 작품의 공적인 수용에 대한 해석학이라는 뜻으로 받아들인다. 수용미학은 그처럼 두 가지 의미를 갖는데, 리쾨르는 그 접점을 '아이스테시스aisthèsis'에서 찾는다. 야우스의 『수용미학』을 이루는 핵심 개념은 포이에시스, 아이스테시스, 카타르시스로 이루어진 해석학적 과정이다. 우선 야우스는 문학사를 세우면서 이미 존재하는 기대 지평에 따른 작품의 수용과 새로운 작품 사이의 미학적 괴리를 넘어서서 작품이란 어떤 물음에 대한 대답이라는 논리를 전개한다. "반대로 질문과 대답의 논리는, 역사가 괴리들의 역사, 그러니까 부정성의 역사에 불과하다는 관념을 수정하게 한다. 대답으로서의 작품의 수용은 과거와 현재, 혹은 과거의 기대 지평과 현재의 기대 지평 사이에서 어느 정도 중개 역할을 수행한다. 문학사의 주제는 바로 그러한 "역사적 중개 역할"에 있다." 문학사는 공시적이고 통시적인 면에서 강력한 통합력을 갖는 위대한 작품들 덕분에 가능하며, 그러한 작품들은 수용자의 기대 지평 층위에서 야우스가 "예술 작품의 창조적 기능"이라 부르고 있는 것을 실천한다. 물론 "문학 고유의 기대 지평은 일상적인 삶의 기대 지평과 일치하지 않는다. 어떤 새로운 작품이 미학적 괴리를 창조할 수 있는 것은 문학적 삶의 총체와 일상적인 실천 사이에 이미 괴리가 있기 때문이다." 도덕적 딜레마에 대한 『마담 보바리』의 답은 구체적이고 명확한 의견 표명이 아니라 '불편부당한 관찰자'의 도입으로 주어진다. "문학이 가장 높은 생산성에 도달하는 순간은 아마도 독자가 답을 받아들여야만 하는 상황에, 그러니까 작품이 제기하는 미학적이고 도덕적인 문제를 구성하는 물음들을 독자 나름대로 찾아야만 하게끔 만드는 답을 받아들이는 상황에 처하는 때일 것이다." 리쾨르는 그렇게 해서 재현의 미학에 대해 비판을 가하는 동시에 이를 수정한다. 즉 미메시스는 단순한 재현이 아니라 발견하고 변형시키는 것이며, 문학해석학은 미학적 특성, 즉 앎과 즐거움 사이의 관계를 이해하는 데에서 출발한다. 그런데 텍스트 밖으로 나가는 것을 금하는 구조주의 시학과 노동의 금욕 생활을 강조하는 아도르노의 부정적 미학이 기이하게 뒤섞여 앎과 즐거움을 분리시켰다는 것이다. "쾌락은 이해를 불러일으킨다. 그것은 텍스트라는 악보의 규정에 주의를 기울이며 지각하는 수용이며, 모든 지각이 갖고 있다고 후설이 말한 지평성에 근거해서 개방하는 수용이다." 그 점에서 미적 지각이나 경험은 일상적 지각이나 경험과 구별된다. 그것은 오히려 일상적인 것을 변모시키고 기존의 규범을 위반할 수 있는 것이다. 독자는 그러한 경험을 통해 억압에서 벗어나 카타르시스를 느끼고 자유를 누린다. 또한 예술가의 입장에서 볼 때 창조의 고뇌와 고통은 죽은 자들에 대한 역사가의 빚에 상응한다. 예술가의 자유는 바로 창조의 가혹한 법칙을 대가로 얻어진 것이다. "예술가는 ~로부터 자유롭지만 ~을 위해 더 자유로워야 한다. 그렇지 않다면 예술적 창조의 고뇌와 고통을 어떻게 설명할 것인가?" 창조적 과정에 내재한 자유와 제약 사이의 법칙은 그런 것이다. 내포된 저자가 독자에게 설득하려고 하는 것은 화자의 세계관을 지탱하는 '확신의 힘'이며, 그러한 제약을 토대로 상상의 변주는 자유를 누린다. 카타르시스란 "바로 제약된 자유, 제약에서 풀려난 자유라는 역설이 정점에 이르게 되는 항이다. 해명하고 정화하는 계기를 통해서 독자는 자기 뜻과 상관없이 자유로워진다. 텍스트 세계와 독자 세계의 대면을 싸움, 즉 텍스트의 기대 지평과 독자의 기대 지평의 융합은 단지 일시적인 평화만을 가져올 따름인 싸움이 되게 하는 것은 바로 이러한 역설이다." 궁극적으로 텍스트 세계와 독자 세계 사이의 대면은 정지stase인 동시에 보냄envoi이 된다. "텍스트의 기대 지평과 독자의 기대 지평을 혼동하지 않고 혼합하는 것으로 그려지는 이상적인 유형의 독서는 재형상화의 이러한 두 가지 계기를 정지와 보냄의 취약한 통일성 속에 묶는다. 그 취약한 통일성은 다음과 같은 역설로 표현될 수 있다. 독자가 독서를 통해 자신을 비-실재화할수록, 사회적 현실에 미치는 작품의 영향은 깊어지고 더 멀리 간다. 그것은 가장 덜 구상적이지만, 우리의 세계관을 바꿀 수 있는 기회를 가장 많이 갖는 그림이 아니겠는가?"

이어지는 5절(「역사와 허구의 교차」)은 『시간과 이야기』 전체를 통틀어 가장 중요한 부분이라 할 수 있다. 여태까지의 연구를 이끌어온 목표, 즉 역사와 허구의 교차를 통해 시간을 실제로 재형상화하고, 그렇게 해서 시간은 인간의 시간이 된다는 목표에 도달하는 것이다. 이를 다시 정리하자면 우선 1단계에서는 현상학적 시간의 아포리아에 대해 역사와 허구가 각기 제시한 대답이 서로 이질적이라는 점이 부각되었다. 다시 말해서 역사는 현상학적 시간을 우주적 시간에 다시 집어넣음으로써 대립되는 두 축을 잇고자 하는 반면, 허구는 그 두 축에 대해 자유로운 상상의 변주를 펼친다는 것을 보았다. 이어서 2단계에서는 역사적 과거를 재현하는 것과 텍스트의 허구적 세계를 독자의 실재 세계로 옮기는 것은 서로 대응하고 있음을 알게 되었다. 이제 남은 과제는 각기 역사와 허구를 다루는 분석들이 어떻게 만나서 서로를 감싸고 있는가를 알아보는 것이다. 리쾨르는 현상학과 독서 이론에서 그 접점을 확인한다. 우선 시간성의 아포리아는 현상학적 시간과 우주론적 시간의 대립에서 생기는 아포리아이며, 그러한 시간성의 모순에 서술성의 시학은 나름대로 대답을 마련한다. 또 독서 이론은 역사와 허구의 교류를 위한 공통의 공간을 만들어내었다. 독서 이론은 이제 문학 텍스트에만 국한되는 것이 아니라 역사로 확장된다. "우리는 소설의 독자인 동시에 역사의 독자이기도 하다. 역사 기술을 포함하여 모든 기술(記述)은 확장된 독서 이론과 관계되는 것이다. 〔……〕 바로 그러한 확장된 독서 이론을 통해서 역사 이야기와 허구 이야기 사이의 관계는 대립에서 수렴으로 역전된다."

'역사의 허구화'에 대한 검토는 우선 역사의 시간(이음쇠)이 갖는 특수한 대상 지시적 양태와 그 상상적 특성에서 출발한다. 역사는 체험된 시간을 우주의 시간 속에 다시 집어넣는다고 말했다. 날짜를 따지고 순서를 매긴다는 것은, 지금 이 순간, 과거 어느 때, 미래 어느 순간에 일어나는 사건, 살아 있는 현재의 사건을 하나의 단일한 역사적 시간(달력, 우주의 역사, 지구의 역사 등) 속에 집어넣는 것이다. 날짜는 기억에 의해 누적되고 기대에 의해 충전된 모든 사건들을 "잠재적인 현재, 상상된 현재에 할당"하는 것이다. 세대의 연속은 생물학적인 여건인 동시에 우리는 선조들의 기억의 연쇄 고리를 통해 기억을 확장할 수 있으며, 상상력을 통해 시간을 거슬러 올라갈 수 있다. 흔적을 도식화하는 활동의 상상적 특성은 "잔해, 화석, 폐허, 진귀한 물건, 유적 같은 것을 해석하는 작업에 수반되는 사유 활동"을 통해 확인된다. 다시 말해서 지금 남아 있는 그러한 흔적 주위에 "지금은 없다고 할 수 있는 세계를 그려보는 것"이다. 그려본다는 것은 상상적인 것의 활동에 다가가는 것이다. 역사적 상상력은 동일자의 범주에서 재실행의 도구일 뿐만 아니라, 타자의 범주에서 타자성이 말할 수 없는 것 속으로 사라지지 않게 한다. "낯선 타자가 나에게 다가오는 것은, 공감과 상상력을 통해 언제나 동일자가 어떤 식으로든 타자로 옮아가기 때문이다." 여기서 역사적 상상력에 근거한 유추적 추론이 힘을 발휘한다. "모든 역사적 이해력은 낯선 정신적 삶 속으로 옮겨갈 수 있는 주체의 능력에 뿌리박고 있다"(딜타이), "정신은 정신을 이해한다"(가다머)는 것은 유추적 전이를 통해 동일자에서 타자로 넘어간다는 뜻이다. 역사란 있었던 그대로의 과거가 아니라 역사적 상상력을 통해 비유적으로(은유, 환유, 제유, 아이러니), 다시 말해서 ~처럼 그려본다는 행위를 통해 과거를 재현하는 것이다. "과거란 내가 거기에 있었다면 보았을 것이고, 목격자가 될 수도 있었던 것이며, 마찬가지로 사물의 다른 면이란 당신이 그것을 쳐다보는 곳에서 내가 바라본다면 볼 수 있는 것이다. 따라서 비유는 재현성의 상상세계가 된다." 역사적 상상력 덕분에 우리는 과거를 보는 방법을 배우게 된다. 즉 사건의 어떠한 연쇄를 비극적이거나 희극적인 것으로 보게 되는 것이다. 위대한 역사는 동시에 위대한 소설이 될 수 있다. 허구와 역사는 그렇게 얽힌다. 놀라운 것은 그렇다고 역사의 재현성이 약화되는 것은 아니다. 오히려 과거를 재현한다는 구상을 이룩하는 데 도움이 된다는 것이다. 리쾨르는 이를 허구 효과 effet de fiction로 설명한다. 허구는 존재한다는 환상을 만들어내지만 그것은 비판적 거리 두기에 의해 통제되는 환상이다. 독자는 역사를 소설처럼 읽음으로써 한편으로는 내포된 저자에게 신뢰를 보내는 동시에 경계의 끈을 늦추고 과거로 다가간다. 하지만 리쾨르가 언제나 비판적 거리 두기를 옹호하는 것은 아니다. 더 잘 이해하고 설명하기 위해 거리를 두는 것이 어떤 과거의 역사를 충실하게 재현하는 데에는 알맞을지 몰라도, 아우슈비츠와 같은 우리 시대와 보다 가까운 사건들의 경우 윤리적 중립은 가능하지도 않고 바람직하지도 않다는 것이다. 잊어서는 안 될 사건들, 희생자의 역사는 공포를 통해 부각된다. "중요한 것은 오히려 역사적 설명을 통해 서로를 부각시키고 공포를 통해 개별화를 돋보이게 하는 것이다. 역사적으로 설명할수록 우리는 더 분개한다. 공포에 사로잡힐수록 우리는 더 이해하려고 노력한다." 허구 덕분에 역사 기술은 기억과 어깨를 겨눌 수 있게 된다. "하지만 잊어서는 안 되는 범죄들이 있고, 고통의 대가로 복수보다는 이야기되기를 호소하는 희생자들도 있을 것이다. 오로지 잊지 않으려는 의지만이 그러한 범죄가 더 이상 일어나지 않도록 할 것이다."

이어서 리쾨르는 허구 이야기가 어떤 식으로든 역사 이야기를 모방한다는 가설을 검토한다(「허구의 역사화」). "허구 이야기가 무언가를 이야기한다는 것은, 마치 그것이 일어난 듯이 이야기하는 것이라고 할 수 있다." 바인리히의 '시제'에 대한 논의에서 보았듯이 이야기의 과거 시제는 단순히 이야기의 시작을 알리는 것이 아니라 시간적인 준-과거이며, 그것은 내포된 화자-서술적 목소리로 볼 때 과거의 사실이라는 것이다. 그래서 살아 움직이는 듯한 이야기를 통해 역사가 허구화되듯이, '지나간 듯이' 이야기함으로써 허구는 역사화되는 것이다. "어떤 목소리가 이야기할 때, 자기로서는 일어났던 일을 이야기하는 것이다. 독서를 시작한다는 것은, 서술적 목소리에 의해 진술되는 사건들이 그 목소리의 과거에 속한다는 믿음을 독자와 저자 사이의 계약에 포함시키는 것이다. 이러한 가설이 타당하다면, 역사가 거의 허구적인 것과 마찬가지로 허구 또한 역사적이라고 말할 수 있다. 살아 움직이는 이야기를 통해 독자의 '눈앞에' 펼쳐지는 사건들의 준-현재가 그 직관성 덕분에 과거의 과거성이 갖는 도피적 특성, 재현성의 역설들이 보여주는 특성에 그 생동감을 더한다는 점에서, 역사는 거의 허구적이다. 이야기되는 비실재적 사건들이, 독자에게 말을 건네는 서술적 목소리로서는 지나간 일들이라는 점에서 허구 이야기는 거의 역사적이다. 바로 그렇게 해서 그 이야기들은 사건들과 닮게 되며, 허구는 역사와 닮게 된다." 허구의 역사화를 통속적인 사실주의와 동일시하면 안 된다. "가장 통속적인 의미에서의 모방은, 여기서 그 무엇보다도 미메시스의 적이다." 순수한 허구의 사실임직함과 역사적 과거에서 이루어지지 않은 잠재성 사이의 이러한 심층적인 유사성은 허구의 "준-역사적" 특성과 역사적 과거의 "준-

허구적" 특성이라는 용어로 표현된다. 요약하자면 이렇다. 역사는 실제 일어났던 일을 재현한다고 하지만 있었던 그대로를 되풀이할 수는 없다. 마치 그렇게 일어났던 것처럼 그려보는 것이다. 역사적 상상력이 개입하고 허구의 방식을 빌려온다. 그러나 단순히 빌려오는 것이 아니라 역사의 재현적 기능, 즉 과거를 기억하면서 생길 수 있는 역사의 빈틈을 메운다. 비유의 양식을 통해 감성을 자극함으로써 잊지 않게 하는 것이다. 실증적인 것은 쉽게 잊혀진다. 반면에 허구는 현실로부터 거리를 둔다. 하지만 허구적 사건들을 마치 일어난 듯이 그려 보임으로써 '허구의 환상'을 불러일으킨다는 점에서 역사를 모방한다. 허구의 사실임직함과 역사적 과거의 잠재성은 그처럼 심층적으로 유사하다. 실제 일어났던 일을 허구적 상상력으로 생생하게 그려보고, 실제 일어나지 않았던 일을 역사적 상상력으로 마치 일어났던 것처럼 그려봄으로써 인간의 시간이 태어난다는 것이 바로 리쾨르의 결론이다. "결론적으로 시간의 재형상화에서 역사와 허구의 교차는 최종적인 분석에서, 역사의 거의 허구적인 순간과 자리를 바꾸는 허구의 거의 역사적인 순간이라는 상호 맞물림에 근거를 두고 있다. 이러한 교차, 상호 맞물림, 자리 바꿈에서 바로 인간의 시간 temps humain이라고 부름직한 것이 나온다. 거기서 역사에 의한 과거의 재현성과 허구의 상상의 변주는 시간의 현상학의 아포리아를 배경으로 결합한다."

6절(「헤겔을 포기함」)에서는 역사 의식의 문제를 다룬다. 역사 의식이란 시간의 단일성을 전제한다는 점에서 시간론과 밀접한 관계가 있으며, 필연성/우연성의 문제와 결부되어 있다는 점에서 이야기론과 밀접한 관계에 있다. 헤겔은 "존재하는 것은 이치에 맞는 것이며, 이치에 맞는 것은 존재한다"라는 말로 우연을 추방하고 역사의 필연성을 내세운다. 그 핵심은 '이성의 간계'라는 개념이다. 이성은 "자기 자신을 위해 정열이 움직이도록 내버려둔다"는 점에서 간계를 부리는 것이다. 헤겔이 말하는 위인의 삶, 악과 불행의 표지를 지니고 위대한 정열에 따라 움직이는 인간의 경우가 그렇다. 이성의 간계에 시간적으로 상응하는 개념이 '발전 단계'라는 개념이다. 반대로 레몽 아롱은, "역사적 사실은 본질상 질서로 환원될 수가 없다. 우연은 역사의 토대다"라고 말한다. 모든 행동이 다 스토리-역사가 되는 것도 아니다. 예상되었거나 원했던 대로 일어난 일은 이야기할 것이 없다. 행동이 목표했던 것과는 '다르게' 일이 일어날 때 이야기할 수 있는 것이다. 여기서 리쾨르 특유의 종합적 사유가 전개된다. 모든 행동이 다 이야기할 만한 가치가 있는 것이 아니듯, 모든 과거도 다 의미 있는 것은 아니라는 얘기다. 과거와 미래의 대립이 중요한 것이 아니라 살아 있는 과거와 죽어 있는 과거의 차이가 중요하며, 그 점에서 주체를 통한 반성을 강조하는 것이다. "더 이상 존재하지 않는 것으로서의 과거와 열려 있는 것으로서의 미래의 대립이 중요하지 않은 것은 바로 이 때문이다. 차이는 죽어버린 과거와 살아 있는 과거 사이에 있으며, 여기에서 중요한 것은 살아 있는 과거이다. 역사가로서의 관심으로 인해서 우리가 지나가버린 과거와 과도기적인 현재를 향해 나아가는 것이라면, 철학자로서의 관심으로 인해 우리는 과거도 미래도 아닌 것, 현재 있는 것, 영원히 존재할 어떤 것을 향해 나아간다." 궁극적으로 리쾨르는 헤겔의 역사철학의 근간이 되는 명제, 즉 "철학이 제시하는 유일한 이념은 이성이라는 단순한 이념, 이성이 세계를 지배하고 그 결과 세계사 또한 이성적으로 전개되었다는 이념이다"라는 헤겔의 명제에 불신을 드러내면서, 이성의 간계는 그러한 철학적 신조를 옹호하는 이중 렌즈에 지나지 않으며, 발전 단계는 그것을 시간적으로 투사하는 것이라고 결론짓는다. 그리고 단계로 이해된 발전에 맞서 차이를 주장한다. 「헤겔을 포기함」이라는 이 절의 제목이 뜻하는 바는 바로 그러한 것이다.

7절(「역사 의식의 해석학으로」)에서는 과거는 닫혀 있고 미래는 불안정한 상황에서 '지금 여기서' 어떻게 행동할 것인가?라는 문제 의식을 내걸고 역사 의식의 문제를 거론한다. 있었던 그대로의 과거, 즉 과거의 실재성을 직접 겨냥하게 되면 "동일자 속에서의 재실행, 타자성의 인식, 그리고 유사자의 상정(想定) 사이에서 부서진 전망들이라는 앞서의 놀이"를 넘어설 수 없으며 이를 넘어서기 위해서는 문제를 반대편에서, 즉 있었던 역사라는 과거가 아니라 만들어야 할 역사라는 미래 쪽에서 접근해야 한다는 것이다. 이를 위해 코젤렉과 가다머 그리고 메를로-퐁티 등의 논의를 빌려 과거, 현재, 미래를 경험 공간, 행동주도력, 기대 지평의 변증법적 관계로 해석함으로써 결정론적 과거나 공허한 유토피아에서 벗어나 살아 있는 현재, 역사적 현재의 개념을 정립한다. 코젤렉의 논지에 따르면 우리 시대의 특징은 멀어지는 기대 지평과 줄어드는 경험 공간으로 규정된다. 경험은 통합하며 기대는 전망들을 펼친다. 기대는 경험에서 그냥 생기는 것은 아니지만 경험의 짐을 너무 가볍게 여기면 바뀜 자체도 없다. 리쾨르의 코젤렉에 대한 비판은 계몽주의 철학의 시간관, 즉 새로운 시대 temps nouveau, 진보의 가속화, 역사의 가변성 disponibilité의 논거에 대한 비판과 맥을 같이한다. 핵심은 기대 지평과 경험 공간 사이의 긴장을 유지하는 것이다. 지나치게 과거에 얽매여 있는 것도, 지나치게 과거에서 자유로운 것도 아닌 현재 속에서 역사를 받아들이고 만들어가야 한다는 것이다. 경험 공간과 유리된 기대 지평은 유토피아적인 기대의 유혹에 빠질 수 있고, 지나치게 규정되어 닫힌 경험 공간은 죽어버린 전통에 지나지 않는다. 일반적인 통념과는 반대로 미래는 규정되어야 하고 과거는 열려 있어야 한다는 것이다.

리쾨르는 경험 공간이라는 개념을 과거에-의해-영향받는-존재라는 주제, 가다머가 『진리와 방법』에서 "역사의 생산성에 노출된 의식

Wirkungsgeschichtliches Bewusstsein"(장 그롱댕Jean Grondin의 번역에 따르면 역사 작업 travail de l'histoire 의식)이라는 이름으로 제기했던 주제와 결부시킨다. 그 핵심은 침전과 혁신의 변증법이다. 푸코식으로 표현하자면 하나의 에피스테메에서 다른 에피스테메로 넘어가는 것은 인식론적 단절을 통해서가 아니라 연속성과 불연속성에 상응하는 침전과 혁신의 변증법을 통해서 이루어진다는 것이다. 역사의 효력을 받아들인다는 개념은 전통 개념과 결부되는데, 리쾨르는 이를 세분하여 전통성 traditionnalité, 전통들 traditions, 전통 tradition이라는 세 가지 항목으로 다룬다. 이는 다음과 같이 요약된다. "우리는 이제 전통이라는 개념이 밟아온 길을 다음과 같이 정리할 수 있을 것이다. 1) 전통성은 과거 수용의 연속성을 보장하는 형식적 연쇄 형태를 가리킨다. 그렇게 해서 전통성은 역사의 효력과 과거에-의해-영향받는 우리 존재의 상호성을 가리킨다. 2) 전통들은 의미를 실어 나르는 것으로서 전승된 내용들로 이루어진다. 그것들은 받아들인 모든 유산을 상징적인 것의 질서 속에 위치시키고, 잠재적으로 언어와 텍스트의 차원에 위치시킨다. 이 점에서 전통들은 의미 제안이다. 3) 정당성을 결정하는 주체로서의 전통은 공적인 논의 공간에서 추론에 제공된 진리 주장(참된 것으로 간주함)을 가리킨다. 스스로를 삼켜버리는 비판 앞에서 전통들의 내용들이 제시하는 진리 주장은, 보다 강력한 이성, 즉 더 나은 논증이 나서지 않는 한, 진리 추정으로 간주될 만하다. 진리 추정이라는 말은 신뢰나 자신감이 가득한 수용을 뜻하는데, 이를 통해 우리는 우선 그 어떤 것을 비판하기에 앞서 모든 의미 제안, 모든 진리 주장에 응답한다. 우리는 결코 진리를 따져 묻는 소송이 시작되는 시점에 자리할 수 없으며, 그 어떤 비판적 몸짓에 앞서 우리는 추정된 진리의 영역에 속하기 때문이다. 진리 추정이라는 개념과 더불어 이 논쟁의 서두에서 모든 이해의 어쩔 수 없는 유한성과 의사소통적 진리라는 관념의 절대적 유효성을 갈라놓았던 심연 위로, 다리가 놓이게 된다. 필연성과 당위성을 잇는 중간 단계가 가능하다면, 그것을 보장하는 것은 바로 진리 추정 개념이다. 그 속에서 불가피한 것과 유효한 것이 서로 접근하면서 만난다."

미래의 기대 지평, 과거의 경험 공간 혹은 효력에 이어 리쾨르는 현재를 행동주도력으로 설명한다. 이것은 현전성 비판과 연결된다. 현재는 아우구스티누스가 말한 직관, 즉 눈앞에 보이는 것이 아니라, 행동하고 겪는 것이다. 행동주도력이라는 개념을 통해 현재는 살아 있는 현재가 된다. 즉 현재는 단순한 우발적 사건들의 연속이 아니라 어떤 연속의 시작이 되는 것이다. 행동주도력을 갖게 하는 우선적인 조건은 육신이다. 메를로-퐁티는 "나는 존재한다"의 근원을 "나는 할 수 있다"라는 경험으로 보고, 경험이 몸에서 비롯된다고 한다. 몸이란 체험된 것과 세계 질서를 매개하는 가장 본원적인 것이다. 말하는 행위 또한 발화자의 현재 속으로 끌어들이는 행위라는 점에서 행동주도력의 분석에 포함된다. 담화 행위 가운데 발화자를 명시적으로 구속하는 '약속'은 그 전형적인 경우에 속한다. "약속을 하면서 나는 내가 할 것이라고 말하는 것을 해야 한다는 의무에 의도적으로 나 자신을 묶는다. 여기서 구속은 나를 연결하는 말이라는 강력한 가치를 갖는다. 내가 나 자신에게 가하는 그러한 제약이 가지고 있는 주목할 만한 점은 현재 속에 부과된 의무가 미래를 구속한다는 것이다." 행동주도력 분석 단계를 요약하면 다음과 같다. "'나는 할 수 있다'에 의해 행동주도력은 나의 위력을 나타내며, '나는 한다'에 의해 나의 행위가 된다. 개입에 의해 그것은 나의 행위를 사태의 흐름 속에 포함시키며, 살아 있는 현재를 그처럼 어떤 순간과 일치하게 한다. 그것은 또한 지켜진 약속을 통해서, 끈질기게 남아 있는 힘, 즉 지속하는 힘을 현재에 부여한다. 이 마지막 특징을 통해 행동주도력은 역사적 현재의 성격을 보다 특징적으로 정치적이고 범(凡)정치적으로 규정할 것을 예고하는 윤리적 의의를 띠게 된다." 하이데거의 죽음에 맞선 결단이 독백적인 데 반해, 리쾨르가 말하는 약속은 대화적이다. 역사는 혼자가 아니라 함께 만들어가는 것이기 때문이다.

　그렇다면 역사적 현재란 시간성의 아포리아와 관련하여 어떠한 위치에 놓여 있는가? 다시 말해서 한 점에 국한된 순간이란 개념과, 곧 다가올 가까운 장래와 조금 전에 이제 막 흘러간 과거로 부풀어 있는 현재라는 개념 사이에서 어떠한 특성을 띠는가? 리쾨르는 그것이 "한 점에 국한된 순간을 살아 있는 현재와 이어주는 달력의 시간의 혼합된 특성을 띤다"고 말한다. 역사적 현재의 위기는 기대가 유토피아 속으로 도피하고 전통은 죽어버린 담보물로 바뀔 때 일어난다. 아우구스티누스의 '정신의 이완'에 상응하는 역사적 조건 본래의 이완이 위기 속에서 나타나는 것이다. 위기에 대한 대응책은 과거와 미래의 변증법적 긴장을 유지하는 것이다. "그러니까 한편으로는, 바람직하고 합리적인 방향으로 어떻게 첫걸음을 내디딜까 고심하는 전략적 행동을 통해 순전히 유토피아적인 기대를 현재에 접근시켜야 한다. 다른 한편으로는, 묻혀 있는 과거의 잠재성을 풀어줌으로써 경험 공간의 축소에 저항해야 한다. 역사적 측면에서의 행동주도력은 바로 그 두 가지 과제 사이의 끊임없는 타협에 있다. 그러나 그 타협이 단순히 반사(反射) 의지가 아니라 위기와 대결하는 것이 되려면, 그것은 현재의 힘 자체를 나타내야만 한다." 니체에 대한 검토도 빠지지 않는다. 니체는 『반시대적 고찰』에서 근대성에 대해 이의를 제기하면서, 근대인은 기억할 수 있는 능력을, 짊어져야 할 과거의 짐으로 바꿔버렸다고 한다. 따라서 과거와의 그러한 타락한 관계보다는 망각할 수 있는 능력을 되찾아 새로운 역사를 만들어야 한다는 것이다. 리쾨르는 니체의 유형론, 즉 기념비적 monumentale 역사와 골동품 antiquaire 양식의 역사, 그리고 비판적 critique 역사의 구분이 인식론적으로 전혀 "중립적인" 유형론이 아니라고 지적한다. 기념비적 역사가 위대함을 창조하기 위해 과거를 통제하는 강자들의 역사라면, 골

564

동품 양식의 역사는 전통이 제공하는 일상적인 것 속에서 보통 사람들이 살아갈 수 있도록 도와주는 역사다. 비판적 역사란 역사를 비판 이성이 아닌 삶의 법정에 세우는 역사다. 니체에 따르면 역사적 현재의 시학적 위상은 이렇게 정리된다. "한편으로 역사적 현재는 각 시대마다 이루어진 역사의 종착역, 그 자체가 이루어진 사실이고 역사의 종말이다. 다른 한편으로 또한 각 시대마다 현재는, 만들어야 할 역사를 시작하게 하는 힘이거나 적어도 그런 힘이 될 수 있다. 첫번째 뜻에서의 현재는 역사의 노화(老化)를 말하며, 그 경우 우리는 늦게 온 사람이 된다. 두번째 뜻으로의 현재는 우리의 특성을 첫번째 온 사람으로 규정한다."

결론에서 리쾨르는 『시간과 이야기』의 전체 연구 방향을 설정하는 가설, 즉 "시간성은 현상학이라는 직접적인 담론으로 말해질 수 있는 것이 아니라, 서술 행위의 간접적 담론의 매개를 필요로 한다"는 가설, 그리고 "시간은 이야기되지 않고는 생각할 수 없다는 점에서, 결국 이야기를 시간의 파수꾼으로 간주"한다는 작업 가설(그래서 3권은 「이야기된 시간」이라는 제목을 갖는다!)의 한계와 유효성을 검토한다. 인식론적 차원에서 '이야기를 통한 시간의 형상화' 문제는 역사 이야기와 허구 이야기를 배경으로 제기되었다. 역사 기술에서도 이야기를 통해 형상화하며(준-줄거리, 준-등장인물 등), 가장 이단적인 경향을 띠는 것처럼 보이는 소설 구성 형식도 이야기의 죽음을 가져오는 것은 아니라는 점을 보았다. 결국 이야기와 시간을 잇는 고리들이 늘어났을 따름이지, 끊어진 것은 아니라는 얘기다. 앞에서 말한 것처럼 시간의 아포리아는 크게 세 가지로 요약된다. 첫째 아포리아는 현상학적 시간과 우주론적 시간의 대립, 즉 내가 체험하는 시간과 세계가 돌아가는 시간이 일치하지 않는다는 아포리아이다. 이야기의 시학이 그래도 가장 만족스런 대답을 제공하는 것은 바로 이 첫번째 아포리아이기에 리쾨르는 여기에 많은 부분을 할애한다. 두번째는 시간의 총체성, 즉 시간은 공간처럼 우리를 감싸고 있는 하나의 통일적인 총체인가, 아니면 여러 시간들이 있는가의 아포리아다. 유한한 인간이 어떻게 무한한 우주의 통일성을 알 수 있는가? 세번째는 시간을 도대체 가늠할 수 없다는 그 불가지성의 아포리아다. 여기서 그리스/헤브라이 신화로 돌아간다. 궁극적으로 시간은 현상학에 따른 심리적 설명과 우주론적 설명을 넘어선다는 것이다. 그러한 아포리아에 대해 이야기가 어떻게 대꾸하는지를 살펴보면서 최종적으로 이야기라는 담론 형태와 시적 서정이라는 담론의 상보적 관계를 말하고 있다.

「시간성의 첫번째 아포리아 — 서술적 정체성」이라는 제목 아래 리쾨르는 아우구스티누스, 아리스토텔레스, 후설, 칸트, 하이데거의 시간론을 다시 검토하면서 시간에 관한 현상학적 관점과 우주론적 관점이 서로 모순되면서도 서로를 필요로 한다는 점을 밝힌다. 예를 들어 후설의 경우, "개인적인 의식의 시간일 수밖에 없는 현상학적 시간에서 어떻게 객관적 시간, 현실 전체의 시간으로 추정되는 시간을 이끌어낼지는 알기 어렵다." 반면에 칸트가 말하는 시간은, "모든 경험적 변화의 전제라는 점에서, 우주론적 시간의 특징들을 곧바로 갖는다. 따라서 칸트의 시간은 자연의 구조이며, 이때 자연은 각자의 경험적 자아를 포함한다. 하지만 그 시간이 어떤 의미에서 정신 Gemüt 속에 '살고 있다'고 말할 수 있는지는 알 수 없다." 또한 리쾨르는 현존재의 본래적 시간성과 통속적 시간성은 파생 관계에 있다는 하이데거의 주장에 이의를 제기하며, 그 두 관점을 대립적인 것으로 보고 이야기의 시학의 매개를 통해 시간의 아포리아에 답할 수 있다고 말한다. 이야기의 시간은 그렇게 해서 현상학적 시간과 우주론적 시간을 잇는 제3의 시간 tier-temps이 된다. 그것은 역사 이야기나 허구 이야기 그 어느 하나의 시간이 아니라 그 둘이 교차하며 가리키는 시간이다. 그것은 역사의 허구화와 허구의 역사화가 교차하면서 서로 침투하는 시간이다. 여기서 핵심적인 부분은 서술적 정체성이라는 개념이다. "역사와 허구의 통합에서 생겨나는 허약한 새싹은, 우리가 서술적 정체성이라고 부를 수 있는 특수한 정체성을 개인이나 공동체에 부여하는 것이다. 여기서 '정체성'은 실천의 범주라는 뜻으로 쓰인다. 한 개인이나 공동체의 정체성을 말한다는 것은, 누가 그런 행동을 했는가? 누가 그 행동 주체이고, 당사자인가? 하는 물음에 답하는 것이다. [……] '누가?'라는 물음에 답한다는 것은, 한나 아렌트가 역설했듯이, 삶의 스토리를 이야기하는 것이다. 이야기된 스토리는 행동의 누구를 말해준다. 따라서 '누구'의 정체성은 서술적 정체성인 것이다. 서술 행위의 도움 없이는 인격적 정체성의 문제는 사실상 해결책 없는 이율배반에 빠지고 만다." 리쾨르는 『남인 듯한 자기 자신』에서 이러한 서술적 정체성의 문제를 상세하게 개진하게 되는데, 동일자와 타자의 딜레마를 넘어서기 위해 그는 '자아 moi' 대신 '자기 soi'라는 개념을 제안한다. "동일자의 추상적인 정체성과는 달리, 자기성을 이루고 있는 서술적 정체성은 변화와 변화 가능성을 삶의 일관성 속에 포함할 수 있다." 리쾨르가 말하는 '자기'는 니체, 마르크스, 프로이트가 말하는 자아, 이기적이고 나르시스적인 자아가 아니다. "자기 인식의 자기는, 『변론』에 나오는 소크라테스의 말을 빌리면, 돌이켜 살펴본 삶의 열매다. 그런데 돌이켜 살펴본 삶은 상당 부분, 우리 문화에 의해 전승되는 역사적이거나 허구적인 이야기들이 갖는 카타르시스 효과에 의해 정화되고 정제된 삶이다. 이처럼 자기성이란 스스로에게 적용시키고 있는 문화의 성과들을 통해 가르침을 받은 자기의 것이다." 서술적 정체성 개념은 텍스트 세계와 독자 세계의 연결, 즉 재형상화의 문제와 결부되면서 해석학적 순환의 고리 속으로 들어온다. 자신들의 실제 역사가 되는 이야기를 받아들이고 해석하면서 정체성이 형성된다는 것이다. 이야기되기 이전의 주체는 욕망의 의미론과 결부된 주체, 아직 그려지지 않은 주체이지만, 이야기를 통해 이전의 이야기를 끊임없이 수정하고 해석함으로써 생겨나는 주체는 다시 그려본 주체라는 점에서 그러한 해석학적 순환은 건실한 순환이다. 여기서 역사와 허구의 교차라는 측면은 매우 중요하다. 허구를 통해 역사를 보완하고 역사를 통해 허구를 교정하는 것이다. 이는 또한 정신분석에서의 이야기의 역할과 유대 민족과 성경에서 보는 것과 같은 민족사에서의 이야기의 역할이라는 개인과 집단의 영역으로 나눌 수 있다. 개인의 자기성만이 아니라 공동체의 자기성도 있는 것이다. 정신분석학에서는 꿈 이야기 등에 일련의 수정을 가함으로써 삶의 역사가 구성되고, 공동체의 역사는 선행하는 역사 기술과 설명을 수정함으로써 이루어진다. 그처럼 "주체는 자기가 자기 자신에 대해 자기 자신에게 이야기하는 스토리를 통해 자기 스스로를 인식하는 것이다." 서술적 정체성 개념은 그 자체가 현상학적 시간이면서 우주론적이기도 한 이야기의 시간을 재형상화하면서 역사와 허구가 교차되는 유희를 탁월하게 보여준다는 점에서 주목할 만한 개념이지만 그것이 시간성의 첫번째 아포리아에 가져오는 해결책의 한계도 있다. 우선, "서술적 정체성은 안정되고 균열 없는 정체성이 아니다." 하나의 사건이나 삶에 대해서도 서로 다를 뿐만 아니라 상반되기도 하는 줄거리들을 언제나 엮어낼 수 있다는 것이다. 여기서 역사적 구성 요소는 연대기에서 서술적 정체성의 안정성을 이끌어내는 반면, 허구적 구성 요소는 상상의 변주를 통해 서술적 정체성의 안정을 뒤흔든다. 이런 뜻에서 서술적 정체성은 끊임없이 만들어지고 해체되는 것이다. 자서전과 자화상은 서술적 정체성의 이러한 원칙적 불안정성을 입증한다. 이어서, 서술적 정체성은 실천적 주체의 자기성에 대한 물음을 완전히 규명하지는 못한다는 점에서 한계가 있다. 이야기는 우리 자신에게 낯선 세계들 속에서 사는 연습을 하게 하는 사유 경험이라는 점에서 실천적이다. 하지만 그 실천은 의지보다는 상상력에 많이 기대고 있다. 독서는 "다른 식으로 존재하고 행동하도록 부추기는 행위"이지만 결정을 통해서만 행동으로 바뀐다. 다시 말해서 윤리적 책임감을 배제하는 서술적 정체성은 진정한 자기성이 아니라는 것이다. 약속에 대한 분석이 이것을 잘 보여준다. 이야기는 윤리적인 어떤 명제를 주장하며, 그 명제들 가운데서 선택을 하는 것은 바로 독자, 다시금 행동의 주체이자 행동의 주창자가 된 독자의 몫이다. "바로 이 지점에서 서술적 정체성 개념은 그 한계에 서게 되며, 행동하는 주체를 구성하는 비-서술적인 요소들과 결합되어야 한다."

「시간성의 두번째 아포리아 — 총체성과 총체화」에서는 시간의 통일성과 파열, 화음과 불협화음의 문제를 검토한다. 단수 집합명사로서의 시간 le temps을 이야기하면서도 과거, 현재 그리고 미래를 이야기하는 것이다. 과연 시간을 총체적으로 파악할 수 있는가? 아우구스티누스의 경우, 그것은 정신의 긴장과 이완의 갈등이었으며, 세 겹으로 이루어진 현재라는 구조에 아포리아는 집중되었다. 리쾨르는 6절과 7절의 내용들을 검토하면서 절대적 지식의 영원한 현재를 통해 역사를 총체적으로 이해한다는 헤겔의 관념론을 포기하고 기대와 전통 그리고 현재의 힘이라는 세 가지 차원들 사이의 '불완전한 매개'라는 개념을 제시한다. 즉 단일한 하나의 역사, 그러나 끊임없이 해체되고 만들어지는 역사를 상정한다는 것이다. "역사를 하나로 생각한다는 것은 시간, 인류, 역사라는 세 가지 이념들의 등가성을 상정하는 것이다." 단일한 하나의 역사와 인류라는 이러한 이념은 윤리적이고 정치적인 의무에 토대를 둔 기대 지평과 경험 공간이라는 메타-역사적 범주와 결합함으로써 창백한 초월성에서 벗어난다. 이를 위해 리쾨르가 제안한 바는 "유토피아적 상상력은 언제나 한정된 기대로 전환되어야 하며, 받아들인 유산은 그 경직된 상태에서 벗어나야 한다"는 것이었다. 전통의 해석학(가다머)과 이데올로기 비판(하버마스) 가운데 어느 하나를 선택해야 하는 것은 아니다. "기억이 없다면 원칙-회망 principe-espérance도 없는 것이다." 그러나 이야기의 시학이 이 두 번째 아포리아에 제시하는 해결책의 한계도 만만치 않다. 우선 동일한 하나의 사건 흐름에 대해 줄거리는 다양하며 또 그 줄거리들은 오로지 단편적인 시간성들만을 결합한다는 점에서, 서술 장르로서의 이야기는 단수 집합명사로서의 역사를 그리기에는 미흡하다고 말할 수 있다. 역사 이야기와 허구 이야기를 교차시킴으로써 그들 사이의 부조화를 넘어설 수 있다 할지라도, 이는 앞서 서술적 정체성이라고 불렀던 것만을 만들어낼 따름이다. 그런데 서술적 정체성이란 "어떤 사람이나 등장인물의 정체성, 또 준-인물의 지위로 격상될 만한 가치가 있는 개개의 집단적 실체들의 정체성"이다. "하나의 인류의 하나의 역사라는 이념에 버금갈 수 있는, 모든 줄거리들의 줄거리는 존재하지 않는다"는 점이 문제인 것이다. 그렇다 하더라도 서술성의 시학은 시간의 아포리아를 생산적인 것으로 만든다는 점에서 유익하고 유효하다.

마지막 아포리아(「가늠할 수 없는 시간의 아포리아와 이야기의 한계」)에 대한 리쾨르의 설명은 거의 신앙 고백에 가깝다. 리쾨르는 그 모든 노력에도 불구하고 시간에 대한 사색은 현상학과 우주론의 분기점을 넘어서지 못하며, 총체적으로 인식하기도 불가능하며, 간단히 말해서 "시간을 생각한다는 것이 어렵다"고 고백한다. 바로 그 지점에서 리쾨르는 칸트가 악의 기원에 부딪혔을 때 사용한 '가늠할 수 없음inscrutabilité'이라는 용어를 사용한다. 그러나 그것은 시간에 대한 생각이 쓸모없다는 뜻은 아니다. 실패로 돌아가는 것은 "우리의 사유가 뜻의 주인이 되려는 충동, 또는 좀더 정확히 말하자면 오만hubris"이라고 리쾨르는 분명히 밝힌다. 그렇게 해서 리쾨르는 시간에 관한 신화, 시간의 현상학이 극복하려고 했던 시원성archaisme과 신비성hermétisme의 흔적을 다시 검토한다. 서구의 사유는 그리스적인 것과 헤브라이적인 것이라는 두 가지 시원성을 가지고 있으며, 아리스토텔레스의 『물리학』은 전자의 목소리를, 아우구스티누스의 현상학은 후자의 목소리를 들려준다. 그리고 전자는 순환하는 시간, 후자는 영원성과 대립하는 소멸하는 시간이라는 신화적 형상을 보여준다는 것이다. 어쨌든 "아득한 옛날의 지혜는 허물어뜨리는 변화 — 망각, 노쇠, 죽음 — 와 단순히 지나가는 시간 사이에 은밀한 공모가 있음을 깨달았던 것처럼 보인다." 결국 시간의 기원은, 심리-학 psycho-logie과 우주-론 cosmo-logie의 구분을 넘어 오로지 신화의 철학적 재해석을 통해서만 언어로 표현될 수 있다는 것이다. 그렇다면 리쾨르는 이 단계에서 서술성의 시학이 시간성의 아포리아에 대꾸한다는 가설을 포기하는 것일까? 물론 아니다. 서술성이 그 한계를 향해 끌려가는 방식은 시간의 측량 불가능성의 아포리아에 응답한다는 것이다. 여기서 말하는 것은 서술성의 한계, 즉 포스트 모던 시대의 '이야기의 죽음'을 가리키는 것이 아니라 이야기를 통해 시간을 재형상화할 수 있는 한계 그 자체를 말한다. 즉 허구가 묘사하는 한계-경험은 가늠할 수 없는 시간, 영원성을 탐사하는 실험실이 된다는 것이다. 허구는 다양한 방식으로 이야기를 그 자체의 한계로 이끌어감으로써 영원성 경험들을 늘어나게 한다. 각각의 허구 작품은 그 고유의 세계를 펼침으로써, 시간을 형상화하는 동시에 시간의 타자-영원성을 받아들인다. 시간에 관한 세 편의 이야기들에 대한 분석에서 보듯이 이야기는 또한 신화의 시원성과 신비성을 형상화한다. 그렇다면 이야기의 한계는 어디인가? "짧은 인생, 사랑과 죽음의 갈등, 우리의 탄식도 개의치 않는 우주의 광대함을 한탄하는 것은 더 이상 이야기의 기법에 속하지 않는다." 이야기를 통하지 않고 삶을 이야기할 수는 없으나 삶의 모든 경험을 이야기 속에 다 담을 수는 없다. 여기서 이야기는 시와 노래로 넘어간다.

위에서 본 것처럼 『시간과 이야기』에 나타난 리쾨르의 이야기론은 특정 이론이나 경향을 내세우는 것이 아니라 다양한 이론들에 대한 검토와 비판 그리고 종합을 통해 이루어진다는 점에서 그 특징을 찾아볼 수 있다. 우선 구조주의가 인문과학의 새로운 방법론으로 등장하여 각광을 받게 되는 1960년대 초반, 레비-스트로스, 그레마스 등 구조주의자들과의 논쟁은 리쾨르로 하여금 이야기라는 담론 형태에 관심을 갖게 하는 계기가 된다. 이어서 시카고 대학에서 강의를 하면서 그는 인식론적 관점에서 역사의 서술 구조와 역사 의식에 관심을 갖게 되고, 또 영미 분석철학을 통해 서술 명제의 의미 작용과 진리 주장에 대해 연구하게 된다. 일반적으로 프랑스의 이야기 분석은 문학 비평 쪽으로, 즉 이야기의 서술 구조에 대한 형식적 분석에서 강세를 보이는 반면, 영미 쪽에서의 이야기론은 역사 의식과 관련하여 전개되는 경향을 볼 수 있다. 또한 영미 분석철학 쪽에서는 역사적 언표들이 갖는 진리 가치에 관심을 갖는 반면, 폐쇄적이고 자율적인 기호 체계를 주장하는 소쉬르의 영향을 받은 프랑스 구조주의는 언어 바깥의 현실, 즉 역사라는 지나간 사건들의 실재성에는 관심이 없다. 구조주의에서 허구 이야기를 주된 분석 대상으로 삼는 것도 그 때문이다. 바르트가 말하는 "현실 효과effet de réel," 즉 허구에서 역사적 실재성과 관련된 언표들을 대상 지시적 환상을 이끌어내려는 담론의 전략으로 해석하는 경우는 그 대표적인 사례라 할 수 있다. 어쨌든 그렇게 해서 리쾨르의 이야기론은 프랑스의 구조주의와 현상학적 관점, 그리고 영미의 역사 인식론과 분석철학적 관점을 종합하는 독특한 모습을 지니게 된다. 여기서 하나 더 덧붙여야 할 것은 기독교 신자로서의 리쾨르가 성경, 특히 구약의 이야기 구조에 대해 가지고 있는 특별한 관심이다. 성경은 이스라엘 민족의 서사시일 뿐만 아니라 율법과 예언, 지혜와 찬송 등 다양한 갈래의 말이 뒤섞여 어우러진 텍스트로 볼 수 있으며, 그러한 관점은 나중에 리쾨르 특유의 성서해석학으로 발전하게 된다. 요약하자면 리쾨르는 이야기를 통해 시간성이라는 주제에 들어서게 되었고, 시간성이라는 주제는 서술성에 대한 그의 모든 성찰에 흔적을 남기고 있다. 리쾨르에게 이야기란 형태나 구조가 아니라 말 바깥을 향해, 그 생산자와 수용자의 영역까지 아우르는 실천적 담론 행위이며 사건이다. 그래서 서술 구조가 아니라 구조화와 서술적 기능이라는 개념을 도입하는 것이다. 언표로서의 이야기는 의미를 낳고 발화 행위로서의 이야기는 주체를 낳는다. 리쾨르가 입증하려고 하는 것도 바로 이야기가 실천적 영역의 시간 차원에 어떻게 영향을 미치는가 하는 것이며, 그것은 '형상화'와 '재형상화'라는 개념에 집약된다.

『시간과 이야기』와 리쾨르의 다른 저작들과의 연속성, 그리고 『시간과 이야기』가 불러일으킨 논쟁들도 짚고 넘어가지 않을 수 없는 문제다. 텍스트 영역과 실천적 영역을 잇는 '형상화'와 '재형상화'라는 개념은 『시간과 이야기』의 핵심 개념일 뿐만 아니라 『살아 있는 은유』(1975) 이후에 나온 저작들과의 연속성을 이루는 개념이기도 하다. 구조주의와의 논쟁을 거치고, 영미의 이야기론을 접하고 나서 즉 '언어학적 선회'라고 불리는 시기를 거친 다음, 리쾨르는 텍스트 세계와 독자 세계를 어떻게 연결하는가에 많은 관심을 기울이며, 여기에 시간과 정체성 문제가 결부되는 것이다. 텍스트의 형상화와 재형상화를 통해 의미론적 혁신이 일어나고, 그렇게 해서 정체성은 시간 속에서 끊임없이 만들어지고 해체된다. 형상화란 "규제된 구성"이다. 즉 은유에서는 부적절한 술어를 갖다 붙임으로써, 줄거리 구성에서는 의도, 원인, 우연 등의 '이질적인 것들의 종합'이 "의미론적 혁신"을 만들어낸다는 것이다. 물론 시적 상상력과 소설적 상상력은 다르지만. 이 점에서 『시간과 이야기』를 『악의 상징』에서 시작되는 상상력 철학에 위치시킬 수 있다. 하지만 리쾨르가 중요하다고 본 것은 상상적인 것의 측면에서 도식화하고 변형시키는 활동이 아니라 이해하는 능력이다. 쉽게 말해서 요리사는 음식을 만들 때 조리법에 적힌

대로 하는 것이 아니라 감각적으로 한다는 것이다. 구조주의 기호학과의 오랜 논쟁은 여기서 서술학적 합리성과 서술적 이해력 사이의 대조라는 형태를 띤다. 이야기를 하면서 살고 있기에 이야기를 이해하고 또 다른 이야기를 만들어내는 것이다. 서술학적 합리성은 그래서 서술적 이해력에 앞서는 것이 아니라 그것에 기대고 있다. 예컨대 누보로망 계열의 소설이 의미론적 혁신을 이루었다면 그것은 전통적인 이야기 방식에 익숙해 있는 독자를 겨냥하고 있기 때문이다. 결국 아방가르드란 것도 언제나 전통성에 기대고 있다는 것이다.

『시간과 이야기』는 또한 설명과 이해에 관한 논쟁을 불러일으켰다. 리쾨르의 입장은 더 많이 설명하는 것은 더 잘 이해하는 것이다라는 말로 요약된다. 이야기는 인간의 행동을 모방하는 것이며, 서술 구성을 통해 그것을 텍스트로 옮기고, 결국 어떤 스토리(역사)를 이야기하는 것이다. 텍스트와 행동 그리고 스토리(역사)라는 세 범주가 이야기 속에 얽히게 된다. 미메시스 I은 행동 차원, 미메시스 II는 텍스트 차원(『시간과 이야기』2부와 3부는 '서술적 형상화'라는 제목으로 묶을 수 있다)을 말한다. 이야기는 크게 역사 이야기와 허구 이야기로 나눌 수 있으며, 이 둘은 서로 스며들면서 서로에게 빚지고 있다. 형상화 차원에서 준-줄거리, 준-인물 등 역사의 허구화, 그리고 허구의 역사화가 그러하다. 그리고 재형상화 차원에서 이 둘은 진리 주장이라는 측면에서 다시금 서로 교차한다. 하지만 리쾨르는 역사를 일종의 이야기로 봄으로써 역사적 설명을 서술적 이해력의 한 영역으로 간주하려는 영미 쪽의 경향에 대해서는 경계심을 나타낸다. 역사적 설명이란 줄거리를 이해하는 능력으로서의 서술적 이해력에 속하는 동시에, 이야기의 인식론('~처럼 본다'와 '~처럼 존재한다')과는 단층을 이루는 부분이 있다는 것이다. 허구 이야기의 경우에도 시간의 문제는 단순히 텍스트 구조상의 문제가 아니라 인식론에까지 나아간다. 리쾨르는 바인리히의 텍스트 언어학에서 말하는 시제와 시간의 관계, 이야기하는 행위의 시간(발화 행위)과 이야기된 것들의 시간(언표)의 관계, 발화 행위의 시간과 발화자의 시간의 관계를 검토한 다음, 주네트의 '서술적 목소리' 개념을 텍스트 바깥으로 확장시킨다. 그가 말하는 서술적 목소리는, 읽기 전에 말을 건넨다는 점에서 텍스트 안에 있지만, 읽는다는 행위를 통해 실현된다는 점에서 텍스트 밖으로 열려 있다. 또 그 목소리는 화자의 입장에서 보자면 이미 일어났던 일을 이야기하는 목소리라는 점에서 과거에 속한다.

『시간과 이야기』 3권에서는 재형상화의 문제를 다루면서 이전보다 의미심장한 진전을 보여준다. 가장 전면에 대두하는 것은 구조주의와의 논쟁에서 쟁점이 되었던 담론의 '대상 지시' 문제다. 『살아 있는 은유』에서 리쾨르는 의미와 대상 지시의 차이(프레게)를 끌어들인다. 은유적 담론은 일차 의미를 밀어내고 이차 의미가 들어섬으로써 의미가 통하는, "분열된" "찢긴" 대상 지시(야콥슨)가 된다. 그렇게 해서 새로운 의미를 만들어낼 뿐만 아니라 현실을 새롭게 '그린다.' 언어의 측면에서의 '~처럼 봄'과 존재론적 측면에서의 '~처럼 있음'은 그렇게 서로 상응한다는 것이다. 은유적 대상 지시와 관련하여 리쾨르는 『시간과 이야기』에서도 그러한 기존의 입장을 계속 유지하고 있으나 독서를 통한 매개(수용 이론)를 끌어들여 문제점을 보완한다. 즉 은유적 언표가 겨냥하는 진리는 텍스트 속에 담겨 있는 것이 아니라 독서라는 매개를 통해서 텍스트 바깥에서 실행된다는 것이다. 독자의 세계란 텍스트를 매개로 독자가 다시 그려본 세계이며, 이는 텍스트를 통해 세계와 자기 자신을 다시 읽어보는 것이다. 리쾨르가 즐겨 인용하는 프루스트의 텍스트는 이 점에서 의미심장하다. 자신의 미래 독자를 향해 『잃어버린 시간을 찾아서』의 화자는 이렇게 말한다. "그러나 거기서 나 자신으로 되돌아오기 위해 나는 내 책에 대해보다 겸허하게 생각하곤 했다. 그리고 그것을 읽게 될 사람들, 내 독자들을 생각하면서라고 말한다는 것은 당치도 않을 것이다. 왜냐하면 내 책은 콩브레의 안경사가 손님에게 내미는 것과 같은 일종의 돋보기 안경알에 지나지 않기에, 그들은 내가 보기엔 내 독자들이 아니라 스스로 그들 자신의 독자이기 때문이다. 내 책 덕분에 나는 그들에게 그들 스스로를 읽는 방법을 제공하게 될 것이다." 『시간과 이야기』 3권에서 '대상 지시' 혹은 '재묘사'라는 개념 대신 '재형상화'라는 개념을 제시하는 것도 바로 그 때문이다. 대상 지시라는 개념은 언어논리학적 함축 의미가 강해서 이야기의 복잡한 요소를 고려하기에는 부적절하고, 재묘사라는 개념도 묘사 이론에 너무 기울어 있기 때문에 텍스트 세계와 독자 세계의 역학을 제대로 드러내지 못한다는 것이다. 재형상화라는 개념이 뜻하는 바는 하이데거 이후의 진리 개념, 진리란 상응하는 것이 아니라 나타나는 것이라는 관점을 받아들여 인간 경험의 숨겨진 차원을 '발견하고 découvrir' 우리의 세계관을 '변형 transformer' 시킨다는 뜻에서 현실을 '다시-그려본다'는 것이다. 그것은 프루스트의 말처럼 우리의 세계-내-존재를 다시 능동적으로 재구성하는 작업, 텍스트의 초대를 받아 독자 스스로 이끌어나가는 작업이다. 재형상화의 문제는 은유나 이야기 공통의 문제이지만, 이야기의 경우 두 가지가 덧붙여진다. 즉 이야기가 다시 그려보는 것은 행동의 시간적 차원이며, 다시 그려본다는 그 의미는 역사 이야기와 허구 이야기의 경우에 상반된다는 것이다. 허구는 실제로 존재하지 않는 것을 가지고 독자의 경험을 만들어내는 데 반해, 역사는 남겨진 흔적을 토대로 과거를 재구성하는 것이다. 흔적이란 지금은 존재하지 않는 것의 존재, 무엇을 의미하는 존재다. 실제 일어난 일을 다시 그려보는 것과 일어날 수도 있었던 일을 다시 그려보는 것은 그처럼 서로 다르지만 서로에게 기대고 있다. 살아 움직이는 듯한 이야기를 통해 역사가 허구화되듯이, '지나간 듯이' 이야기함으로써 허구는 역사화되는 것이다. 현실이 갖는 풍부한 의미와 잠재성을 드러내기 위해서는 역사나 허구 어느 한쪽만으로는 불가능하다. 그 둘이 서로 교차하면서 가리키는 것이 현실이다. 마치 그런 일이 일어난 듯이, 그렇게 일어난 듯이 다시 그려보는 것이다. 여기서 서술적 정체성이라는 생각이 생겨난다. 개인이든, 집단이든 시간 속에서 일어나는 일들을 이야기하고 이야기를 받아들이면서 주체가 이루어진다는 것이다. 리쾨르는 그러한 성찰을 토대로 『남인 듯한 자기 자신 *Soi-même comme un autre*』에서 정체성의 문제를 본격적으로 제기하고 펼친다.

용어

ㄱ

가늠할 수 없음(가늠할 수 없는 시간)
　III/ 498~523

가능태/ 현실태　III/ 42~43

가능화　III/ 91~93, 108~09, 486

가시성　III/ 170, 264

가치론　II/ 103

간계 (이성의)　III/ 378, 382, 385

강조하기 [바인리히]　II/ 147

개념화　II/ 286~91

개별화　II/ 286~91, 363, III/ 363~65

개체화　II/ 286~91

거대-주인공　I/ 397

거리 (가로질러간)　II/ 271, 313, III/ 258

거리 두기　III/ 432

겹침 [후설]　III/ 74~75, 254~55

경험 공간　III/ 399~402

계기 (축이 되는)　III/ 208

계량화　III/ 170, 173

계열적(계열체)　II/ 99

계층화　I/ 63, 183, 186, 359, 380

공간 (공적인)　III/ 450

공간 [칸트]　III/ 93~103, 115

공동-역사성　III/ 180, 188

공포와 연민　I/ 105, 109

과거(있었음)　II/ 137~43

과거성　III/ 155, 236~37, 357

과거 지향/ 미래 지향　III/ 58~59, 62~
　63, 66, 81, 148

교양소설　II/ 27, 243

교차 (역사와 허구의)　III/ 351~71, 470

구상성　II/ 112

구성 시학 [우스펜스키]　II/ 194~98

구성 모델　II/ 106, 119

구성주의　III/ 198

구조(구조화)　I/ 17, 25, 169, 194,
　405~24

국가 [헤겔]　III/ 394

인명

레드필드, 제임스 I/ 121, 123, II/ 321

레비-스트로스, 클로드 I/ 17, 216, 223,
    II/ 73, 76~77, 79, 82, 341, III/ 297, 341

레비나스, E. III/ 243~44, 302, 476

레싱, G. E. II/ 165, III/ 405

로베스피에르, M. I/ 436, III/ 405

로스, D. III/ 42

로젠버그, 해럴드 II/ 57

로크, 존 II/ 32, 34, III/ 276

로트레아몽, I. D. III/ 318

로트만, 유리 II/ 194, 204, 318

롱기누스 II/ 40

루아조, 샤를 I/ 428

루이스, W. II/ 60

루카스, F. C. I/ 84

뤼바크, 앙리 드 II/ 444

뤼베, 헤르만 I/ 108, 266, 343, III/ 379~
    80

르 고프, 자크 I/ 222~24, 425~26, II/
    75, III/ 230~31, 283

르죈, 필립 II/ 185

리글, 클라우스 III/ 6

리처드슨, S. I/ 108, II/ 31~35

리케르트, H. I/ 196

리파테르, 미카엘 III/ 341

린네, C. V. II/ 77

ㅁ

마루, 앙리-이레네 I/ 196, 202~04, 330,
    337, 400~01, III/ 284, 288, 317

마르체브스키, 장 I/ 218

마르크스, 카를 I/ 244, 322, 329, 395, III/
    389, 410, 416, 422

마르틴, 고트프리트 III/ 94, 96, 119

마이어, 한스 II/ 246

만, 토마스 II/ 22, 156, 160~61, 165,
    209, 234, 242~46

만델바움, 모리스 I/ 231, 342~43, 350,
    381~82, 385, 389~90, 392, 396~97,
    402, III/ 419

만하임, 칼 I/ 329, III/ 215~18

말라르메, 스테판 II/ 47, 312, III/ 336

말로, 앙드레 II/ 148, III/ 334

메난드로스 II/ 41

메를로-퐁티, 모리스 III/ 64, 443

메이어, 에두아르 I/ 362, 372

메이어링 E. P. I/ 27, 36~37, 46~47,
    III/ 25

멘딜로, A. A. II/ 26, 33, 209

모로, J. III/ 32

모리악, 프랑수아 III/ 311

모스, 마르셀 I/ 210, II/ 82

모파상, 기 드 II/ 99, 113, 118, 151

무니에, 에마뉘엘 III/ 451

무디, A. D. II/ 229

뮐러, 귄터 II/ 129, 157~58, 161~63,
    165~68, 173~74, 182, 337, 347

미드, 허버트 I/ 390

미슐레, J. I/ 207, 322, 333, III/ 361

민코프스키, 유진 I/ 73

시간과 이야기 1 — 줄거리와 역사 이야기

시간과 이야기 2 — 허구 이야기에서의 형상화

시간과 이야기 3 — 이야기된 시간

결론

옮긴이 해제
찾아보기